Felicia Otten

De dorpsdokter

XANDER

Uitgegeven door Xander Uitgevers
www.xanderuitgevers.nl

Oorspronkelijke titel: *Die Landärztin: Aufbruch in ein neues Leben*
Auteur: Felicia Otten
Oorspronkelijke uitgever: Blanvalet Verlag
Vertaling: Rosalyn van Moorselaar
Omslagontwerp: zero-media.net, Munich
Omslagbeeld: Arcangel Images; Marie Carr (AA12325447) en FinePic®, München
Auteursfoto: © Frank Hanewacker, Sedan Si
Zetwerk: Mat-Zet, Huizen

Eerste druk 2023

ISBN 978 94 0161 890 8 | NUR 302

1

Dokter Thea Graven staarde door het raam van de bus naar buiten. Het was een koude ochtend in maart en alles was mistig. Ze kon de huizen in wilhelminische stijl van de volgende straat nog niet eens zien. Op dat moment werden de schimmige contouren van de kerk zichtbaar. Daarna remde de bus af en kwam tot stilstand. Vanaf hier waren er nog maar twee haltes voor ze bij het universitair ziekenhuis van Hamburg aankwam. Thea had nog alle tijd voordat haar dienst om zes uur begon. Ze stond snel op en baande zich een weg tussen de passagiers door naar de deur.

Ondanks de kou en de duisternis hing er een vleugje lente in de lucht. Misschien kwam het door het zingen van de vogels of door de sneeuwklokjes die nu, eind maart, tussen het gras in de voortuinen omhoogkwamen. Thea begroef haar handen in haar jaszakken en liep snel in de richting van de kerk. Met de lage toren en het brede, gedrongen schip zag de Sint-Johanneskerk er sterk en veilig uit. Het was alweer bijna negen jaar geleden dat Hans en zij daar getrouwd waren. Afgelopen nacht had ze weer van hem gedroomd. Thea herinnerde zich geen details meer, ze wist alleen nog hoe gelukkig ze zich had gevoeld toen ze wakker werd. Omdat Hans in haar droom leefde en bij haar was.

Dat gevoel was sinds het opstaan bij haar gebleven. Het hing om haar heen als een delicaat web, als een beschermende cocon. Maar ze voelde zich ook melancholisch. Hans was dood. Zijn laatste rustplaats was op een begraafplaats aan de rand van een Italiaans bergdorp.

Klonk er gedempte orgelmuziek vanuit de kerk, of was het gewoon haar verbeelding? Thea luisterde. Inderdaad was er op dit vroege uur iemand op het orgel aan het spelen, en achter de ramen van de kerk was een zwak licht te zien. Eigenlijk had ze alleen een paar minuten voor de kerk willen stilstaan. Nu probeerde ze echter de klink. De deur ging open en Thea glipte naar binnen. Ze ging op een van de achterste banken zitten.

Het altaar en het eenvoudige kruis erachter waren zelfs in het schemerige licht duidelijk zichtbaar. Daar waren zij en Hans geknield tijdens de huwelijksceremonie. De bruiloft was geïmproviseerd, zoals zovele tijdens de oorlog, met twee willekeurige voorbijgangers van de straat als hun getuigen en geen gasten. Maar op het moment dat ze de ringen omdeden en hun geloften uitwisselden, maakte dat allemaal niet meer uit. Alleen de glimlach van Hans, zijn diepe blik en de hoop op een gelukkige toekomst samen waren belangrijk.

Thea sloot haar ogen. Zij en Hans hadden zo veel dromen en plannen gehad! Het mooiste idee was dat van een klein huis in een buitenwijk van Hamburg. Keer op keer hadden ze het aan elkaar beschreven, zodat ze het helemaal voor zich zagen. Het zou groene luiken en een laag dak krijgen en Thea zou er een gynaecologiepraktijk beginnen. Hun kinderen zouden ravotten door de kamers en de tuin. Op zolder of in een schuur zou Hans zijn atelier inrichten, waar hij kon tekenen en schilderen om verder te komen als kunstenaar. Maar door de oorlog was alles anders gelopen.

Hans, haar grote liefde... Voor hem had ze het contact met haar vader verbroken en afstand gedaan van een luxeleventje als dochter van een rijke en machtige familie. Ze had er nooit spijt van gehad.

Nog even genoot Thea van de bitterzoete herinneringen. Toen sloot ze zich weer af voor haar verdriet. Ondanks alle melancholie en het verdriet om de man van wie ze hield, wilde ze het lot niet ondankbaar zijn. Niet al haar dromen waren haar namelijk ontnomen. Al sinds ze een klein meisje was, had ze dokter willen worden. Binnen een jaar zou ze examen doen om gynaecoloog te worden en dan zou die wens eindelijk vervuld worden.

Thea keek weer naar het altaar. 'Dank je, Hans, voor je liefde,' fluisterde ze. Toen stond ze op en verliet de kerk.

Thea liep snel door. Binnen tien minuten had ze het academisch ziekenhuis bereikt. Haar melancholische stemming verdween eindelijk. Welke uitdagingen lagen er vandaag weer op haar te wachten? Ze keek uit naar haar werk.

Het enorme ziekenhuisterrein, aangelegd als een park, strekte zich uit achter het entreegebouw. Te midden van uitgestrekte grasvelden stonden bakstenen gebouwen waarin de diverse afdelingen waren gehuisvest: links de gebouwen voor de vrouwen, rechts voor de mannen. Voor een van de gebouwen, die ook wel paviljoens werden genoemd, ontmoette Thea een groep jonge zusters. Ze groette hen vriendelijk terug.

Vijf jaar na het einde van de oorlog lagen sommige gebouwen nog steeds in puin. De meeste waren echter weer herbouwd en op dit tijdstip, tegen zes uur in de ochtend, helder verlicht. Het ziekenhuispersoneel reed het ontbijt vanuit de keuken op karren naar elke afdeling. In de gangen schonken de hulpverpleegsters moutkoffie en thee uit grote potten in kopjes. De eerste patiënten werden naar de operatiekamer vervoerd. Het dagelijks leven in het ziekenhuis kwam weer op gang.

Thea werkte al een paar weken op de operatieafdeling voor mannen. Door het grote aantal collega's dat uit gevangenschap naar huis terugkeerde, waren er bijna geen vacatures voor arts-assistenten en chirurgie was zeer populair. Daarom was Thea blij dat ze in elk geval op de afdeling voor mannen aan de slag kon, omdat ze geen werk kon krijgen op de vrouwenafdeling. Ook haar algemene medische kennis wilde ze graag uitbreiden.

'Dokter Graven...'

Thea was al bijna bij de ingang van de chirurgische afdeling toen ze haar naam hoorde roepen. Ze stopte en draaide zich om. Een mollige vrouw in een versleten jas haastte zich naar haar toe.

'O, dokter Graven, zou u zo vriendelijk willen zijn om mijn Karl deze sneeuwklokjes en ingeblikte worst te brengen?' bracht ze buiten adem uit. 'Ik kan vanmiddag niet op bezoek komen, ik heb niemand voor de winkel.'

'Dat doe ik graag,' antwoordde Thea hartelijk. Ze nam het bosje bloemen en het blikje aan. Ze was dol op mevrouw Hansen en haar man, die op de afdeling lag met een gecompliceerd gebroken been. Het echtpaar had een kruidenierswinkel in de wijk Moorburg en ondanks de lange reis kwam mevrouw Hansen haar man elke dag opzoeken. Het raakte Thea om te zien hoe gehecht ze aan elkaar waren. En meneer Hansen was altijd vriendelijk en geduldig, ook al had hij een aantal operaties moeten doorstaan.

'Dat is erg aardig van u, dokter. En vertel mijn Karl alstublieft dat alles in orde is in de winkel. Hij moet ook genoeg eten en drinken. Hij is afgevallen sinds hij in het ziekenhuis ligt.'

Thea deelde deze mening niet, maar beloofde de boodschap over te brengen. Toen nam ze afscheid.

'Goedemorgen, collega.' Julius Engelhardt, een van de artsen die nachtdienst had gehad op de afdeling, stond voor de ingang en stak een sigaret aan. 'Dus je bent nu ook koerier?'

'Ja, waarom niet?' Thea vond dat haar collega zich veel te hoogdravend gedroeg. 'Is er nog iets bijzonders gebeurd vannacht?'

'Nee, de gebruikelijke dingen. Enkele patiënten klaagden over pijn na de operatie. Ik heb hun de medicijnen gegeven die ze nodig hadden en alles in het patiëntendossier genoteerd. Een jonge man heeft overgegeven, waarschijnlijk het gevolg van de verdoving. Verder verliep de nacht rustig en zonder strubbelingen. Ik weet natuurlijk niets van de onkuise dromen van sommige patiënten.' Engelhardt grijnsde.

'Het belangrijkste is dat jíj niet zo diep in je onkuise dromen verdiept was dat je het noodsignaal niet hoorde,' antwoordde Thea droog.

'Doe nu niet altijd zo preuts als een plichtsgetrouwe protestant!' Haar collega blies de sigarettenrook uit. 'Maar misschien wil je op zijn minst het grote nieuws horen?'

'Nee, niet echt.' Thea had genoeg van het geklets.

'Dat zou dom van je zijn.' Engelhardt zweeg even en maakte een theatraal gebaar. 'Die ouwe doet vandaag de visites. Dat heeft het hoofd van de afdeling me verteld.'

'O, echt? Maar het is toch geen woensdag?' Thea schrok ervan. Met 'die ouwe' bedoelde hij professor Friedrich Arnhem, de belangrijkste chirurg en de beste in zijn vak. Tijdens zijn wekelijkse rondes legde hij de arts-assistenten het vuur aan de schenen, want hij was uiterst nauwgezet en tolereerde geen enkele onzorgvuldigheid.

'Nou, ik dacht dat het je wel zou interesseren.' Engelhardt leek erg tevreden met zichzelf. 'De professor neemt deze week een paar dagen vrij. Daarom vinden de rondes vandaag al plaats.'

'Reden te meer om je tijd niet te verdoen met geklets.' Thea knikte naar haar collega. 'Ik zie je tijdens de ronde.' Ze haastte zich naar de dokterspraktijk.

Daar deed ze haar jas uit en trok een gesteven wit schort aan. Nadat ze dat dichtgeknoopt had, bekeek ze zichzelf in de spiegel. Er ontsnapte geen enkele lok uit haar haar, dat strak naar achteren was gekamd en in een knot in haar nek was vastgebonden. In combinatie met de donkere, dikke bril met het hoornen montuur zorgde dat voor een strenge trek op haar onopgemaakte gezicht en verloor ze haar vrouwelijke uitstraling.

Het maakte haar niets uit. Tijdens haar studie en in haar jaren als arts-assistent daarna had ze geleerd haar vrouwelijkheid zo veel mogelijk te verbergen, want hoewel vrouwen in Duitsland al meer dan veertig jaar medicijnen konden studeren, werden ze door mannelijke collega's en superieuren nog steeds vaak als zwak, veel te emotioneel en niet echt flexibel beschouwd. Ze offerde haar voorkomen graag op voor haar werk. En aangezien Hans, haar geliefde echtgenoot, niet meer leefde, kon het haar toch niet schelen hoe ze eruitzag.

Thea las snel de patiëntendossiers die op het bureau lagen. Toen ze bij de deur was, op weg naar de twee zalen waar ze toezicht op hield, draaide ze zich om. Ze was bijna de sneeuwklokjes en het blikje voor meneer Hansen vergeten.

In de ziekenhuiszaal met dertig bedden waren hulpverpleegsters bezig het ontbijt op te ruimen. Ze gristen het servies en bestek uit de handen van de patiënten die te traag waren. Hier lagen patiënten met diverse ziektes en klachten. Naast patiënten die van de eerste hulp kwamen, waren er ook patiënten van de thoracale en viscerale chirurgie, de onderdelen van de chirurgie die de borst en de buik betroffen.

Voordat Thea aan de eerste ronde begon en op haar beurt vroeg hoe het met de patiënten ging, ging ze snel naar meneer Hansen, die met zijn been in het gips omhoog in bed lag. Ze zette het blikje neer en plaatste de sneeuwklokjes in een glas met water op zijn nachtkastje. 'Meneer Hansen, uw vrouw heeft me dat eerder gegeven. Helaas kan ze vanmiddag tijdens het bezoekuur niet komen. Meneer Hansen?' Thea schrok. De oudere man, die haar gewoonlijk vriendelijk en met een grap begroette, lag apathisch in zijn bed. Zijn gezicht was rood aangelopen, alsof hij koorts had.

'Meneer Hansen, gaat het niet goed met u?' Thea boog zich over hem heen.

'Met mij gaat alles goed.' Hij forceerde een glimlach. 'Bedankt voor de spullen die u hebt gebracht, dokter.'

'Het is helemaal niet in orde. Vannacht heeft hij twee keer overgegeven,' zei de patiënt die in het bed naast hem lag. 'Ik was net op tijd met de waskom, anders zou hij op zichzelf en het bed hebben overgegeven.'

'Maar dat staat niet in uw dossier, meneer Hansen.'

'Hij wilde niet dat ik een verpleegster of dokter waarschuwde,' merkte de kamergenoot van meneer Hansen op.

'Hou je mond, Joseph!' snauwde meneer Hansen. 'Ik kon de kool die we gegeten hebben niet zo goed verdragen, dat is alles. Het is niet nodig om er zo'n ophef over te maken.'

'Laat me uw temperatuur eens opnemen.' Samen met een verpleegster hielp Thea meneer Hansen uit zijn pyjamajasje. Ze stopte een koortsthermometer onder zijn oksel. Toen ze de temperatuur aflas, gaf die 38,5 graden aan. Hij had koorts.

'Hebt u buikpijn? Bent u misselijk?' informeerde Thea verder.

'Nee, nee, zoals ik al zei, het gaat goed met me,' zei meneer Hansen verdedigend.

'Steek uw tong eens uit, alstublieft.' Meneer Hansen zuchtte en deed wat hem werd gezegd.

Over zijn tong was een waas te zien. Thea drukte op een bepaald punt tussen zijn navel en rechterheupbeen.

'Doet dat pijn?'

'Nee, helemaal niet.'

'En dat?' Ze wreef met lichte druk over de buikwand, terwijl ze de vorm van zijn darmen volgde.

'Ook niet.'

Daarmee had ze twee belangrijke symptomen van acute blindedarmontsteking uitgesloten. Toch zaten de verhoogde temperatuur en het laagje over zijn tong haar niet lekker. Thea overlegde met zichzelf. Soms lag de pijngrens van oudere patiënten hoger. Ze wilde geen enkel risico nemen. Dus liet ze de gordijnen om het bed trekken en samen met twee verpleegsters draaide ze meneer Hansen op zijn zij. Dat was geen gemakkelijke taak, omdat zijn been in het gips zat. De temperatuur in de endeldarm was 39,5 graden. Een verschil van één graad tussen de lichaamstemperatuur in de oksel en in het rectum was eveneens een mogelijke aanwijzing voor acute blindedarmontsteking.

'Het zou een acute blindedarmontsteking kunnen zijn, meneer Hansen.' Thea pakte zijn onderarm en zocht naar de ader. 'Ik ga nu bloed bij u afnemen. Een laboratoriumonderzoek zal duidelijkheid brengen.'

'Alstublieft, dokter, roep het ongeluk niet over me af.' Het goede humeur van meneer Hansen keerde weer een beetje terug. 'Een dubbele beenbreuk en een blindedarmontsteking, daarop heb je net zo veel kans als om de loterij te winnen.'

'We zullen zien,' zei Thea alleen. Ze liet een van de verpleegsters het afgenomen bloed naar het lab brengen en droeg haar op om door te geven dat het haast had. Daarna begon ze met haar eigenlijke ronde van de visites. Ze had nog zo'n drie uur voor de hoofdarts, professor Arnhem, zijn opwachting zou maken.

Even voor tienen stond Thea in de hal van de chirurgische afdeling te wachten met het afdelingshoofd, de zaalarts, dokter Engelhardt, drie andere arts-assistenten, de hoofdverpleegkundige en enkele andere verpleegkundigen. Zoals altijd voor de doktersbezoeken was ze nerveus. Voor haar collega Engelhardt was het niet anders, hoe koeltjes en ontspannen hij er ook uit probeerde te zien. Hij verraadde zichzelf door snel nog eens door de patiëntendossiers van zijn twee afdelingen te bladeren.

Exact om tien uur stopte de zwarte Maybach van de professor voor de deur. Daarmee begon een nauwkeurig uitgestippeld ritueel. Terwijl de hoofdarts naar de hal liep, opende een verpleegster de voordeur. Thea en haar collega Engelhardt stapten naar voren. Het was deze maand hun taak om de professor te ontvangen. Thea nam zijn paraplu en aktetas van hem aan. Engelhardt hielp hem uit zijn jas. Alle spullen werden aan een verpleegster overhandigd, die zich daarmee naar het kantoor van de hoofdarts haastte. De hoofdverpleegster overhandigde Engelhardt een wit gesteven schort, die het op zijn beurt de professor voorhield, zodat hij alleen zijn armen in de mouwen hoefde te steken.

Eerst had Thea deze rituelen dwaas gevonden, maar nu accepteerde ze die gewoon. In ziekenhuizen heerste een zeer uitgesproken hiërarchie.

'Dokter Graven, we gaan eerst langs uw twee zalen,' zei de hoofdarts op militaire toon. Hij was een lange, magere man. Hoewel hij al halverwege de zeventig was, had hij nog steeds een kaarsrechte houding. Hij had borstelige witte wenkbrauwen en keek je altijd met een doordringende en intimiderende blik aan.

'Ja, meneer de professor.' Thea haalde diep adem. Als haar patiënten eerst aan de beurt waren, zou ze in elk geval snel van de ronde af zijn.

Toen de professor binnenkwam, vielen alle gesprekken in de ziekenzaal stil. Slechts een enkeling fluisterde nog wat. Thea ging samen met professor Arnhem, haar collega's en de verpleegkundigen naar de eerste patiënt, een man van in de dertig die een paar dagen eerder was geopereerd aan een maagzweer. De professor wilde alle details van zijn huidige toestand weten, inclusief de exacte medicatie, het stadium van wondgenezing en de bloedwaarden. Thea was erg blij dat ze alle vragen naar tevredenheid kon beantwoorden. Zo gingen ze verder, van bed naar bed en van patiënt naar patiënt.

Thea kreeg twee minder goede beoordelingen. Bij een kankerpatiënt was professor Arnhem het niet met haar dosering voor pijnstillers eens en bij een andere patiënt, die een operatie aan zijn lendenwervels had ondergaan, vond hij dat ze diens situatie te omslachtig beschreef. Ze waren ongeveer halverwege de ronde op de eerste zaal toen een man in een laboratoriumjas Thea naderde.

'Neem me niet kwalijk, bent u dokter Graven?' vroeg hij.

De hoofdarts draaide zich om. Blijkbaar was de medewerker nieuw en had hij geen idee dat de hoogleraar niet gestoord wilde worden tijdens rondes. 'Dokter Graven, wat moet dat?' snauwde de professor haar meteen geïrriteerd toe.

'Neem me niet kwalijk, meneer de professor, ik heb net om de laboratoriumwaarden van een patiënt gevraagd. Ik vermoed een geval van blindedarmontsteking,' antwoordde Thea snel.

'En wat is de uitslag van het bloedonderzoek?'

Thea bestudeerde het rapport. 'Het aantal leukocyten is enorm toegenomen,' zei ze toen. 'Ik zou adviseren om zo snel mogelijk te opereren.'

'Zo, dus dat zou u adviseren. Wie is de patiënt?' Lieve hemel, ze hoopte dat ze het niet verkeerd beoordeeld had. Thea bracht de hoofdarts naar meneer Hansen. Professor Arnhem stelde de man dezelfde vragen die Thea hem eerder had gesteld en voelde aan zijn maag. Toen knikte hij en wendde zich tot de hoofdverpleegster. 'Zorg ervoor dat de patiënt klaar is voor de operatie, ik zal die zelf uitvoeren. En u zult me er beiden bij helpen.' Hij keek naar Thea en Engelhardt.

Ze mocht de hoofdarts assisteren! Thea's spanning maakte plaats voor een glimlach. Meneer Hansen pakte haar hand en kneep erin. 'Ik ben erg blij dat u bij de operatie aanwezig bent, dokter,' fluisterde hij tegen haar.

Vanwege het grote tekort aan artsen had Thea gedurende de laatste twee oorlogsjaren af en toe geassisteerd bij operaties, ook al was ze slechts geneeskundestudent. Deze operaties vonden in die tijd vaak plaats in de kelders en ondergrondse gangen van het ziekenhuis. Als de bommen vielen, trilden de operatietafels door de ontploffingen. Nu ze naar het operatiegebouw met zijn enorme ramen liep, leek het allemaal veel langer dan een paar jaar geleden. Ondanks haar medische graad en dokterstitel was ze een beetje gespannen.

Door de gebruikelijke routine voorafgaand aan de operatie kreeg Thea haar kalmte weer een beetje terug. Ze maakte haar vingernagels grondig schoon, waste haar handen en onderarmen met lysol in de voorgeschreven volgorde, en liet de verpleegsters haar in de steriele jurk en rubberen handschoenen helpen. Met een snelle blik in de spiegel controleerde ze of het mondkapje en de operatiemuts goed zaten. Daarna ging ze naar de operatiekamer. Engelhardt stond daar al in de steriele ruimte te wachten en knikte naar haar.

Direct daarna werd meneer Hansen op een brancard de operatiekamer in gereden. De anesthesist nam plaats naast de instrumenten. Nu meneer Hansen onder narcose was, zijn lichaam bedekt met steriele doeken, leek hij op de een of andere manier kleiner dan normaal en erg kwetsbaar. Toen gingen de deuren weer open en kwam professor Arnhem de operatiekamer binnen.

'Dokter Graven,' wendde hij zich tot Thea en haar collega. 'U bent mijn eerste assistent. Dokter Engelhard, u de tweede.'

Ze had de meer verantwoordelijke taak gekregen. Weer voelde Thea een golf van nervositeit in zich opkomen. De operatieassistente overhandigde professor Arnhem de scalpel. De opening tussen de steriele doeken had een oranje gloed door de verlichting en het ontsmettingsmiddel. Een lijn markeerde de operatieplaats bij de ontstoken blindedarm.

Professor Arnhem maakte de buiksnede met de scalpel en baande zich daarna snel en met precisie een weg naar de diepere lagen van het lichaam. Dokter Engelhardt trok met de klemmen de opening in de buikwand open en Thea verwijderde het bloed met een zuigslang, waarbij ze ervoor zorgde dat ze het zicht van de hoofdarts op het te opereren gebied nooit blokkeerde. De ontstoken appendix van de blindedarm werd zichtbaar.

De rechterhand van de hoofdarts bewoog met de scalpel. Thea verwachtte dat hij de appendix zou verwijderen. Maar toen begon zijn hand plotseling krampachtig te trillen. De scalpel ging ongecontroleerd heen en weer. Thea staarde nog steeds naar het mes. Ze kon niet geloven wat ze zag, toen een straal helderrood bloed omhoogspoot. Een zuster schreeuwde. De scalpel had de bekkenaorta doorgesneden.

'Aderklemmen, snel de aderklemmen!' hoorde ze professor Arnhem schreeuwen.

De buikholte vulde zich met bloed, alsof de zuigslang niet eens bestond. Maar het apparaat deed het goed en Thea zoog het bloed gecontroleerd weg terwijl ze het licht voelde trillen.

Professor Arnhem deed een greep in de buikholte. Een moment lang had hij de bekkenaorta te pakken. Toen gleed die uit zijn vingers.

Als uit de verte klonk een schrille pieptoon. Iemand riep: 'De patiënt heeft geen pols meer!'

'Een bloedtransfusie, ik heb een bloedtransfusie nodig, kom op, schiet op!' klonk de stem van de professor weer.

Het transfusieapparaat werd naast de operatietafel gereden. De professor kreeg eindelijk de bekkenaorta te pakken en kon de vaatklemmen aanbrengen. Een operatieassistente duwde steriele handdoeken in de buikholte en professor Arnhem bracht de naald in de armader van meneer Hansen. Er liep bloed door de buis. De infuuszak liep leeg. Maar het schrille piepen hield niet op.

Uiteindelijk hoorde Thea de anesthesist zeggen: 'We zijn de patient kwijt.'

Professor Arnhem wankelde even en greep de operatietafel ter ondersteuning. Toen richtte hij zich op en maakte een berustend gebaar. 'Wat jammer dat de patiënt een buikaneurysma had. En wat tragisch dat dat tijdens de operatie openbarstte. De arme man. Maar elke operatie, zelfs een routineoperatie, is zwaar voor het menselijk lichaam.'

Zei de professor dat echt? Thea kon het niet geloven. De anesthesist, Engelhardt en de verpleegsters hadden meelevend hun blik neergeslagen. Ook zij sloeg haar ogen neer, maar dan van afschuw en schaamte. Nee, het was geen samenloop van ongelukkige omstandigheden. De professor had per ongeluk de bekkenaorta doorgesneden met een scalpel. Dat had de dood van meneer Hansen veroorzaakt.

Thea trok de rubberen handschoenen uit. Daarna deed ze het mondmasker, de operatiemuts en het schort af en gooide alles in de daarvoor bedoelde metalen bak. Ze had nog steeds het gevoel dat ze in trance was.

Haar collega dokter Engelhardt kwam nu naast haar staan. Ook hij trok de operatiekleding uit. Vanuit een aangrenzende kamer was het zwakke gerinkel van metaal te horen. Waarschijnlijk waren de verpleegsters daar de instrumenten aan het schoonmaken.

Sinds zij en haar collega de operatiekamer hadden verlaten, hadden ze geen woord meer met elkaar gesproken. Ze vermeden zelfs oogcontact. Toen slikte Thea en wendde zich tot Engelhardt. 'Jij… jij zag het toch ook. Dat er bij de patiënt, meneer Hansen, geen sprake was van een aneurysma. De bekkenaorta is niet opengebarsten. Professor Arnhem sneed die door. Zijn handen trilden. De operatieassistente heeft het waarschijnlijk ook opgemerkt. Ze stond naast ons.' Haar stem brak.

Engelhardt leunde tegen een metalen kast en ontweek Thea's blik nog steeds. 'Ja, ik heb het gezien,' zei hij ten slotte zacht.

'We moeten het incident melden bij de directie van het ziekenhuis.'

'Ben je gek geworden? Dat gaan we niet doen!' snauwde hij.

'Maar…' Thea legde haar hand op haar borst, een onbewust gebaar om haar wild kloppende hart tot bedaren te brengen. Ze keek hem verbijsterd aan.

'Niemand zou geloven dat die ouwe zo'n fout heeft gemaakt,' onderbrak haar collega Thea bruusk. 'Bovendien heeft professor Arnhem vele levens gered. Hij verdient het niet dat zijn carrière door een enkele fout wordt aangetast. Wij beiden, jij en ik, zullen op een gegeven moment waarschijnlijk ook verantwoordelijk zijn voor de dood van een patiënt. En hoe vreselijk en verdrietig dat ook zal zijn, in dit geval hoop ik dat een collega mij ook bijstaat en mij niet beschuldigt van foutief handelen.'

'Maar dat hevige trillen van zijn handen? Wat als de professor ziek is, als hij misschien een kleine beroerte heeft gehad en het in een volgende operatie weer gebeurt? Wij hebben een verantwoordelijkheid naar de patiënten toe! En we moeten professor Arnhem tegen zichzelf beschermen.' Thea's hart bonsde nog steeds en ze werd misselijk.

'De professor zou de eerste zijn die een ziekte bij zichzelf diagnosticeert.' Engelhardt lachte kort. 'Nee, het was een vreselijke fout. Die we allebei snel zullen vergeten.' Daarop verliet hij Thea en haastte zich weg.

Ze bleef achter, verdrietig en onzeker. Ze begreep zijn argumenten wel. Maar toch had hij geen gelijk.

2

Uitgeput deed Thea 's avonds de deur van haar appartement dicht. Uit de kamer van een van haar huisgenoten galmde de hit 'Das Meer' van Lale Andersen. Het appartement in de buurt van de Binnenalster had gebarsten vloerplanken en het stucwerk brokkelde van de plafonds af, maar Thea was blij dat ze hier onderdak had gevonden, samen met vijf andere jonge vrouwen. Sommige delen van Hamburg lagen namelijk nog steeds in puin.

Het verschrikkelijke ongeluk tijdens de operatie kwam Thea nog steeds volkomen onwerkelijk voor. En als ze er niet met een collega over had gesproken, zou ze zich waarschijnlijk afvragen of de handen van professor Arnhem wel echt hadden getrild. Gelukkig had een zuster mevrouw Hansen op de hoogte gebracht van het overlijden van haar man. Thea zou het niet hebben kunnen verdragen om het de weduwe zelf te vertellen.

Zoals altijd als ze haar kamer binnenkwam, viel Thea's blik eerst op de foto van haar man op het bureau. Ze trok haar jas uit, haalde de kam uit haar knot, waardoor haar haar los over haar rug dwarrelde en verruilde haar rok en blouse voor een broek en een wijde trui. Daarna vulde ze de fluitketel met water bij de gootsteen, zette de elektrische kookplaat aan en maakte thee voor zichzelf.

Met een kopje in haar hand ging Thea in de versleten fauteuil naast het bureau zitten. Ze had geen honger, hoewel ze sinds die ochtend niets meer had gegeten, maar de hete, zoete thee deed haar goed. Vanaf de foto keek Hans haar aandachtig aan. Zo was zijn kijk op de wereld altijd geweest: attent, alert en welwillend.

'Er is iets verschrikkelijks gebeurd.' Thea was eraan gewend geraakt om stille gesprekken met Hans te voeren en hem te vertellen wat haar bezighield. 'Ik ben zo in de war en bang om iets verkeerd te doen.'

Ze was net begonnen de operatie te beschrijven toen er op de deur werd geklopt. 'Ja?' antwoordde Thea. Haar huisgenote Ilse stak haar hoofd om de deur.

'Thea, telefoon voor jou. Een vrouw wil je spreken. Ik heb de naam niet goed verstaan.'

Het zou een verpleegster kunnen zijn. Misschien was er een noodgeval in het ziekenhuis. Thea stond snel op. Telefoon was een luxe. Maar aangezien de verbinding er al was toen ze er introkken, hadden zij en haar huisgenoten besloten die te behouden.

'Thea, het spijt me, maar ik verwacht over een kwartier een belangrijk telefoontje van mijn verloofde...' Ilse keek haar smekend aan.

'Ja, natuurlijk, dan mag jij aan de telefoon,' antwoordde Thea beleefd. De twee hadden waarschijnlijk weer ruzie gehad en wilden zich nu verzoenen.

In de gang pakte Thea de hoorn op. 'Met dokter Graven...'

'Thea, wat fijn dat het gelukt is om je te bereiken!' De stem van haar oudere zus Marlene klonk in haar oor. Thea werd overvallen door een plotseling gevoel van vreugde, waardoor haar verdrietige gedachten even naar de achtergrond verdwenen. Het was weken geleden dat ze elkaar hadden gesproken. Door de wisselende werktijden was Thea niet vaak bereikbaar.

'Marlene, dat is een verrassing!'

'Alles goed met je? Je klinkt behoorlijk moe.'

'Het was gewoon een vermoeiende dag,' zei Thea verdedigend. Zo was Marlene, altijd bezorgd om haar familie en met een uitstekende intuïtie over hoe haar naasten zich voelden. Op de achtergrond hoorde Thea een jongen en een meisje, waarschijnlijk haar neefje en nichtje. Toen sloeg er een deur dicht en de stemmen stierven weg.

'Het huis in Monschau is eindelijk gerepareerd en vader, Katja en ik zijn hier al goed gewend. De kinderen hebben het ook naar hun zin. Wil je niet een keer bij ons langskomen?'

Een pijnlijk verlangen naar Marlene en Katja, haar jongere zusje, greep Thea bij de keel. 'Ik zou graag langskomen, maar vader wil mij zeker niet in huis hebben.'

'Ik ben er zeker van dat hij het eigenlijk al heel lang goed met je wil maken.'

'O ja? Hij heeft niet eens gereageerd op de brief die ik hem geschreven heb over de dood van Hans in Italië.' Dat kon ze haar vader niet vergeven.

Marlene zuchtte. 'Vader en jij, jullie zijn allebei zo koppig! Katja vertelde me dat hij altijd erg gespannen was als we hoorden dat Hamburg zwaar werd gebombardeerd. Ook al probeerde hij natuurlijk niets te laten merken. Hij voelt zich echt het hoofd van de familie en wil zijn ongelijk niet toegeven. Jij zult de eerste stap moeten zetten.'

'Dat doe ik niet. Het heeft toch geen zin.'

'Thea, we hebben elkaar al meer dan zes jaar niet gezien, terwijl we zussen zijn. Katja is geen meisje meer, ze is nu een jonge vrouw. En je nichtje en neefje zijn zo groot geworden.'

'Ik mis jullie ook!' Er waren inderdaad al meer dan zes jaar verstreken sinds ze elkaar voor het laatst gezien hadden. Direct na de oorlog was het moeilijk geweest om te reizen, vanwege de verwoeste spoorlijnen. Bovendien was het niet makkelijk om van de ene bezettingszone naar de andere te gaan. Thea's vermoeiende diensten hadden de rest gedaan.

'Kom dan bij ons langs.'

'Nee...'

Thea's huisgenote Ilse verscheen in de gang en maakte een smekend gebaar.

'Marlene, het spijt me, ik moet nu ophangen. Een van mijn huisgenootjes moet dringend bellen.'

'Beloof me in elk geval dat je erover nadenkt om langs te komen.'

'Dat zal ik doen,' gaf Thea toe. 'Doe de groeten aan Katja en de kinderen.' Snel nam ze afscheid. Toen gaf Thea de hoorn aan Ilse. Ergens vond ze het jammer dat ze Marlene niet wat langer kon spreken, maar ze was ook opgelucht. Marlene kon heel volhardend zijn en soms veranderde zij, Thea, dan weer in het jongere zusje en gaf ze toe, tegen haar zin in. Zo ging het vroeger tenminste.

Eenmaal terug in haar kamer pakte Thea de foto van Hans op. Zijn smalle gezicht weerspiegelde zijn humor en gevoeligheid. Ze waren iets meer dan drie jaar een stel geweest, maar omdat hij in het leger moest, waren ze maar een paar weken echt samen geweest. Maar Thea zou het voor geen geld ter wereld hebben willen missen. Toen ze met haar studie geneeskunde begon in haar geboorteplaats Dresden hielp Thea regelmatig mee in een militair hospitaal. Daar hadden ze elkaar ontmoet. Ze glimlachte toen ze terugdacht aan hun eerste ontmoeting. Hans zat te tekenen, terwijl zijn linkerarm in het gips zat en hij door zijn verbonden bovenlichaam nauwelijks kon bewegen. Wat is dat voor een dwaas, dacht zij. Toen keek hij op en ontmoetten hun ogen elkaar. Alles rondom Thea verdween. Het gekreun van de gewonden en de luide stem van de hoofdverpleegster die een onervaren verpleegster stond uit te foeteren. Alleen deze jonge, ernstig gewonde man bleef over, met zijn donkere, mooie ogen en de betoverde, bijna gelukkige verwondering op zijn gezicht. Hij keek alsof ze elkaar al heel lang kenden en elkaar eindelijk weer tegenkwamen. Ook Thea had het gevoel hem heel goed te kennen, hoewel ze niet eens wist hoe hij heette. Ze had altijd gedacht dat liefde op het eerste gezicht romantische onzin was. Maar dat was precies wat er op dat moment tussen hen was gebeurd.

Ze hadden verbaasd naar elkaar geglimlacht, alsof ze niet echt konden geloven wat er gebeurde. Thea liep met bonzend hart snel verder om haar taken uit te voeren. Maar tijdens de pauze was ze teruggekeerd naar Hans, eerst nog een beetje verlegen en met de gedachte dat alleen zij iets had gevoeld bij deze eerste ontmoeting. Het had echter meteen heel vertrouwd aangevoeld. Ze hadden niet veel woorden gewisseld en dat was ook niet nodig geweest. Hans had haar enkele tekeningen laten zien en vertelde dat hij gewond was geraakt in Griekenland, en Thea had gezegd dat ze medicijnen studeerde en dat ze in Dresden woonde. Maar toen ze afscheid van hem nam omdat de hoofdzuster haar riep, was ze geraakt tot in het diepst van haar ziel, opgewonden en eigenlijk gewoon gelukkig.

Al snel bracht ze elke vrije minuut door aan het bed van Hans, en ze verlangde naar hem als ze niet bij hem was. Hij was vijf jaar ouder dan zij, halverwege de twintig. Als kind uit de arbeidersklasse had hij een heel andere sociale achtergrond dan zij, met haar rijke familie. Maar nooit eerder had ze zo openhartig met iemand kunnen praten. Ze hield van zijn humor, zijn lach, zijn diepe vriendelijkheid en hoe serieus hij zijn droom om schilder te worden nam. Toen Hans na twee maanden uit het ziekenhuis werd ontslagen, besloten ze te trouwen.

Thea had geweten dat haar vader Hans niet zo gemakkelijk zou accepteren. Hij, professor Wilhelm Kampen, de gerespecteerde hoofdarts en eigenaar van een bekende privékliniek in Dresden, stond sceptisch tegenover het arbeidersmilieu. Voor hem waren mensen met sympathie voor de sociaaldemocratie, zoals Hans, bijna synoniem aan communisten. En het feit dat Hans zijn brood verdiende als meubelmaker voordat hij werd opgeroepen en zijn soldij niet hoog genoeg was om Thea's medische studie te betalen, maakte het nog moeilijker.

In de ogen van haar vader was Hans gewoon een sjofele man die op het geld van zijn dochter uit was en die Thea, pas net volwassen, het hoofd op hol had gebracht. Toen ze toch besloot met Hans te trouwen en haar deel van haar moeders erfenis liet uitbetalen om haar medische studie in Hans' woonplaats Hamburg voort te zetten, leidde dit tot een breuk tussen hen.

Thea had in de loop der jaren alleen contact gehad met haar zussen, zodat ze toch nog wat over hun leven hoorde. Marlenes man werd vermist in Rusland. Zij was met haar twee kinderen en Katja met hun vader naar Monschau in de Eifel verhuisd. Vader was daar een jaar geleden als hoofdarts van het plaatselijke ziekenhuis begonnen, omdat hij geen toekomst voor zichzelf zag in de Russische bezettingszone. Thea zette de foto van Hans heel voorzichtig terug op het bureau. Nee, ze kon het haar vader niet vergeven dat hij in de zomer van 1944 niet eens had gereageerd op haar brief over Hans' dood in Italië. Ze had zo naar vergevingsgezinde, troostende woorden van hem verlangd. Ze wilde haar vader echt niet meer zien.

En toch, toen Thea later naar bed was gegaan en al half in slaap was, vermengde het gezicht van haar vader zich plotseling met dat van meneer Hansen. Ze schrok, ineens klaarwakker. De veel te vroege, zinloze dood van meneer Hansen had haar opnieuw laten zien hoe snel het leven kon eindigen. Wat als haar vader stierf zonder dat ze zelfs maar probeerde zich met hem te verzoenen? Zou ze zichzelf dat ooit kunnen vergeven? Het duurde lang voor Thea die nacht in slaap viel.

De volgende dag stelde Thea de patiënten de gebruikelijke routinevragen tijdens haar ronde. Hoe de nacht was verlopen en of ze nu pijn of last van ongemakken hadden. Ze vermeed het om naar het bed van meneer Hansen te kijken. En toch gleden haar ogen er steeds weer naartoe. Het was netjes opgemaakt, wachtend op de volgende patiënt. Maar daar had meneer Hansen moeten liggen, uitkijkend naar het bezoek van zijn vrouw die middag. En over een paar weken had hij uit het ziekenhuis ontslagen moeten worden om terug te gaan naar zijn oude leven. Er zouden nog zeker tien, vijftien jaar voor hem liggen als de operatie niet zo vreselijk mis was gegaan. Thea proefde plotseling gal in haar mond.

Ze haastte zich naar de volgende patiënt en vroeg hoe het met hem ging. Haar ronde leek wel eindeloos te duren. Wat waren al die vragen zinloos wanneer een enkele misser met een scalpel een leven kon beëindigen!

Thea was bijna klaar met haar ronde over de afdeling toen de hoofdverpleegster naar haar toe kwam. 'Dokter, mevrouw Hansen wil u graag spreken,' zei ze met gedempte stem. 'Ze heeft de spullen van haar overleden man opgehaald. Ik heb haar gevraagd op u te wachten in de verpleegsterskamer, maar ik heb ook gezegd dat u 's ochtends altijd erg druk bent.' De hoofdverpleegster trok afkeurend haar wenkbrauwen op. Ze hield er niet van als er van de routine afgeweken werd.

O, lieve hemel, mevrouw Hansen wilde haar spreken. Hoe moest ze haar te woord staan en haar in de ogen kijken? 'Zeg haar alstublieft dat ik op dit moment niet...' Thea zweeg. Nee, zo laf was ze niet. Ze verzamelde al haar moed en ging naar de verpleegsterskamer.

Mevrouw Hansen was in het zwart gekleed en zat aan een tafel. Ze was erg bleek en haar ogen zagen rood. Verder kwam ze erg beheerst over. Naast haar stond een kleine kartonnen doos. Daar zaten waarschijnlijk de kleren van meneer Hansen in. Thea gebaarde naar de jonge verpleegster die het verband aan het sorteren was dat ze de kamer moest verlaten. Toen ging ze naar de weduwe. Ze gaf haar een hand en slikte moeilijk.

'Mevrouw Hansen, gecondoleerd met het overlijden van uw man. Wat kan ik voor u doen?' De woorden klonken ongemeend en leugenachtig.

'Ik wil u bedanken, dokter. Mijn Karl had altijd het gevoel dat hij bij u in goede handen was.' De ogen van mevrouw Hansen waren vochtig, maar ze schonk Thea een glimlach.

'U hoeft me nergens voor te bedanken.' Thea voelde zich ellendig.

'Ik weet dat u en de andere dokters er alles aan hebben gedaan om Karls leven te redden. Het was gewoon een tragische samenloop van omstandigheden.' Mevrouw Hansen opende haar tas en zocht naar iets, waarschijnlijk een zakdoek.

Thea proefde weer gal in haar mond. Bijna wilde ze roepen dat de dood van meneer Hansen allesbehalve tragisch was geweest. Maar de waarheid zou de weduwe alleen maar meer verdriet bezorgen. Dus zweeg ze.

Mevrouw Hansen had een blikje waarop gestileerde sinaasappels afgebeeld waren uit haar tas gehaald. De randen waren versierd met karakters in Aziatische stijl. 'Ik wil u dit graag geven.' Haar stem trilde een beetje. 'Mijn man verzamelde deze blikjes van over de hele wereld.'

'Dat kan ik niet aannemen.'

'Alstublieft! Mijn Karl zou het graag hebben gewild, daar ben ik rotsvast van overtuigd.'

Toen Thea nog steeds aarzelde, drukte mevrouw Hansen haar het blikje in haar handen. 'Alstublieft...'

'Bedankt,' stamelde Thea. Opnieuw kon ze mevrouw Hansen niet in de ogen kijken. 'Het spijt me zo,' herhaalde ze hulpeloos.

'U bent een goede dokter, het was uw schuld niet.' Mevrouw Hansen kon haar tranen toch niet langer bedwingen. Haastig nam ze afscheid van Thea.

Verdrietig en overstuur keek Thea toe hoe de weduwe met gebogen hoofd naar de uitgang liep. Nee, zij was niet verantwoordelijk voor de dood van meneer Hansen. Maar ze deelde de schuld als ze de ware reden achterhield.

'Kan ik professor Hefner spreken?' vroeg Thea aan de secretaresse in de ontvangsthal. Ze was buiten adem en haar hart bonsde in haar borstkas. Dat kwam niet alleen doordat ze de hele weg van het paviljoen van de mannenafdeling naar de balie bij de hoofdingang gerend had. Het was waar de medisch directeur van het academisch ziekenhuis kantoor hield.

'Nou, ik weet niet of de professor tijd voor u heeft.' De secretaresse wierp Thea een onvriendelijke blik toe. Thea had vaak ervaren dat de secretaresses veel behulpzamer waren voor haar mannelijke collega's dan voor haar en de weinige andere vrouwelijke artsen in het academisch ziekenhuis.

'Het is heel belangrijk,' hield Thea vol. 'Kunt u het alstublieft aan de professor vragen?'

'Waar gaat het over?'

'Dat vertel ik hem liever zelf.'

'Ik zal kijken wat ik kan doen.' Met tegenzin pakte de secretaresse de telefoon op en drukte een toets in met haar gemanicuurde vinger. Terwijl de vrouw met de directeur praatte, wilde Thea dat ze het gesprek met de professor zo snel mogelijk achter de rug had. Ergens hoopte ze echter op uitstel, hoewel ze zichzelf die gedachte meteen kwalijk nam.

De secretaresse knikte haar echter toe en legde neerbuigend uit dat de professor haar kon ontvangen. Professor Alfred Hefner was sinds de geldhervorming nogal aangekomen en zijn ietwat rode, kale schedel getuigde van een hoge bloeddruk. Thea kende de medisch directeur al sinds haar studie geneeskunde. Hij was altijd aardig voor haar geweest, en zelfs nu nam hij haar vriendelijk op over de rand van zijn leesbril.

'Wel, dokter Graven, wat is er zo belangrijk?' Hij wees naar de stoel tegenover zijn bureau. 'Als u naar me toe bent gekomen om met me te praten over de functie afdelingshoofd gynaecologie, dan heb ik een hoopvol bericht voor u. De post komt volgend jaar vrij en ik zal u aanbevelen.'

'O, dat is erg aardig van u.' Het was Thea's grootste wens. Ze was bang geweest dat een mannelijke collega de voorkeur zou krijgen, zoals zo vaak gebeurde. Aan de medisch directeur had ze echter een invloedrijke bondgenoot. 'Maar ik ben hier met een andere reden. Vanwege de dood van een van mijn patiënten, meneer Hansen...'

'Professor Arnhem heeft me erover verteld. Een *exitus in tabula*, een sterfgeval op de operatietafel. Zoiets vergeet je niet snel. Ook niet als je al lang in het vak zit. Wat een tragisch ongeval.'

Nu moest ze het ter sprake brengen. Maar ineens wist Thea niet meer hoe ze moest beginnen.

'Dokter Graven?' Professor Hefner keek haar vragend aan.

'Professor, de dood van de heer Hansen was geen tragische gebeurtenis. Hij had geen aneurysma, waardoor de bekkenaorta tijdens de operatie openbarstte. Professor Arnhem, hij heeft... hij heeft...'

'Ja?'

'Zijn handen trilden alsof hij kramp kreeg en toen sneed hij per ongeluk de bekkenaorta door met de scalpel.' Het was er eindelijk uit. Thea keek professor Hefner zwijgend aan.

Hij fronste zijn wenkbrauwen en leunde naar voren. 'Wat zei u zojuist, dokter?'

Thea herhaalde het.

Het werd even stil en het geratel van de typemachine van achter de balie was duidelijk hoorbaar. Toen sloeg de professor met de palm van zijn hand op het bureau. 'Dokter Graven, bent u helemaal gek geworden? Hoe durft u zoiets te beweren!' Zijn gezicht was vuurrood aangelopen.

Thea kromp ineen. Ze had al verwacht dat de medisch directeur haar niet zou geloven, maar op zo'n boze reactie had ze niet gerekend. Nu mocht ze niet terugdeinzen. 'Dokter Engelhardt was bij de operatie aanwezig. Hij heeft het ook gezien,' hield ze vol.

'Toevallig ontmoette ik collega Engelhardt voor de operatiekamer. We spraken elkaar over de ongelukkige exitus in tabula. Hij bevestigde dat de oorzaak een gebarsten aneurysma was.'

'Maar dat is niet waar!'

'Dokter Graven, u was als assistent-arts verantwoordelijk voor meneer Hansen.'

'Ja, dat klopt.' Waar wilde de professor naartoe?

'Dan weet u ook dat de patiënt last had van hoge bloeddruk. Hij was halverwege de zestig. Daarnaast is er nog de zware belasting waaraan een lichaam wordt blootgesteld tijdens een operatie. Dit zijn allemaal, zoals u zich wellicht realiseert, factoren die een aneurysma kunnen doen barsten.'

'Ja, meneer Hansen had last van hoge bloeddruk. Maar er was geen aneurysma van de bekkenaorta. Het...'

Professor Hefner onderbrak Thea. 'Dan zou professor Arnhem, een zeer gerespecteerde, ervaren chirurg die talloze gecompliceerde operaties heeft uitgevoerd, een blunder hebben gemaakt bij een simpele, routinematige operatie. Hij zou ook tegen me gelogen hebben over de doodsoorzaak van de patiënt. Hoe kun je hem van zoiets beschuldigen? Dat is niet alleen schandalig, het is lasterlijk.'

Thea was wanhopig. Ja, haar beschuldiging was schandalig. Dat wist ze maar al te goed. 'Ik heb sindsdien voortdurend over de kwestie gepiekerd, professor,' antwoordde ze ongelukkig. 'Dat plotselinge, ongecontroleerde trillen van de handen... Professor Arnhem heeft waarschijnlijk een lichte beroerte gehad en kan zich het moment niet herinneren waarop hij per ongeluk de bekkenaorta doorsneed.'

'Wat u suggereert is volkomen absurd!'

'Maar...' Thea wilde tegenwerpen dat de hoofdarts naar haar mening niet meer mocht opereren. Professor Hefner onderbrak haar echter abrupt.

'U hebt goed werk geleverd in dit ziekenhuis tijdens de oorlog en ook in de moeilijke jaren vol ontbering die volgden, dokter Graven. Daarom ben ik u iets verschuldigd en ik geloof ook dat u niet opzettelijk lasterlijke leugens vertelt. Ik zou zelfs zo ver willen gaan om te suggereren dat u het verkeerd gezien hebt en dat u naar mij bent gekomen omdat u dacht uw geweten te moeten volgen. Als u echter blijft beweren dat professor Arnhem medische fouten heeft gemaakt, is uw carrière in dit ziekenhuis voorbij. U kunt dan niet alleen de functie van afdelingsarts gynaecologie vergeten, ik zal u zelfs per direct ontslaan. Begrijpt u mij, dokter Graven?'

Thea liet haar hoofd zakken. 'Ja, ik begrijp u, meneer,' antwoordde ze rustig.

'Professor Arnhem heeft u op mijn persoonlijke aanbeveling aangenomen. Hij had eigenlijk liever een mannelijke collega gehad. Dat wilde ik u nog vertellen voordat u gaat.' Professor Hefner, nog steeds rood van woede, begon wat papieren op zijn bureau door te nemen en Thea stond op. Ze voelde zich erg onzeker en diep beschaamd. De secretaresse achter de balie keek haar nieuwsgierig aan. Nu pas besefte ze dat haar wangen brandden.

In de ontvangsthal van het paviljoen had iedereen van de afdeling chirurgie zich verzameld, onder wie dokter Engelhardt. Het was bijna tijd om te beginnen met de ochtendronde. Thea liep naar haar collega toe. 'Kan ik je even spreken?'

'Natuurlijk.'

Ze deden een paar stappen opzij.

'Hoe kon je professor Hefner vertellen dat meneer Hansen is overleden aan een abrupt gebarsten aneurysma? Dat is een leugen!' Thea's verbijstering was nu vermengd met woede.

'Kon je het niet laten om de kwestie op te biechten?' snauwde hij.

'Ja, dat is wat ik gedaan heb. Dat was ik meneer Hansen en zijn vrouw verschuldigd.'

'En hoe reageerde de professor?'

'Hij geloofde me niet. Dat kwam ook door jouw leugen.'

'Hij zou mij ook niet geloofd hebben.' Engelhardt had onwillekeurig luider gesproken. Een verpleegster die met een infuus langsliep, wierp hun een geïrriteerde blik toe. Hij dempte snel zijn stem. 'Ik zal altijd volhouden dat een gebarsten aneurysma de doodsoorzaak was. En laten we het nu eindelijk helemaal vergeten. Zoals ik je gisteren al heb geadviseerd.'

De hoofdarts en de zaalarts verschenen in de ontvangsthal. Dokter Engelhardt liep met zijn collega's en de verpleegsters mee. Thea bleef waar ze was.

Wat als de handen van professor Arnhem weer zouden gaan trillen tijdens een volgende operatie en hij de controle over zijn handen zou verliezen? Maar ze had alles gedaan wat ze kon.

Thea sloot even haar ogen. Ze had nog één optie. Maar ze wilde zo graag afdelingshoofd worden en daarmee zou ze haar carrière op het spel zetten. Professor Hefner zou haar zeker ontslaan. Hoe kon ze dat riskeren?

Je moet het doen, hoorde ze Hans zacht in haar hoofd zeggen.

Maar ik heb de moed niet om het te doen, dacht ze.

Natuurlijk heb je dat wel.

En mijn carrière dan?

Je kunt jezelf niet verraden omwille van je carrière.

Thea liet de woorden tot zich doordringen. Ja, ze zou zichzelf altijd verachten en zich schuldig voelen als ze geen actie ondernam.

Ze haastte zich achter haar collega's aan en tikte dokter Engelhardt op de arm. 'Ik voel me ineens niet lekker. Wil je alsjeblieft voor mij invallen tijdens de rondes? De patiëntendossiers liggen op het bureau in de kamer van de hoofdarts.'

'Natuurlijk, maar...' Haar collega keek haar verbaasd aan.

'Heel erg bedankt.' Thea haastte zich weg, voordat Engelhardt lastige vragen kon stellen. Ze moest meteen gaan, anders zou ze de moed niet meer kunnen opbrengen. Het was waarschijnlijk makkelijker als ze rechtstreeks naar de openbaar aanklager ging in plaats van de situatie aan een politieagent uit te leggen. Hij moest de klacht immers nog doorsturen en het parket zou haar zeker dagvaarden.

Thea balde haar vuisten terwijl ze over het ziekenhuisterrein liep. Had professor Hefner haar maar geloofd en professor Arnhem geen operaties meer laten uitvoeren. Dan zou ze zich niet gedwongen hebben gevoeld om die laatste stap te zetten. Ze had er een hekel aan om een collega aan te geven. En dat professor Arnhem in de loop van zijn lange carrière vele levens had gered, maakte het nog moeilijker.

Voor het academisch ziekenhuis stopte een bus. Hij reed in de richting van Dammtorpark, waar het parket vlakbij was gevestigd. Thea zette het op een rennen en bereikte de bus net voordat de deuren dichtgingen. Ze had haar besluit genomen en ze zou niet van gedachten veranderen. Ondanks alle gevolgen die dit besluit onvermijdelijk met zich mee zou brengen.

Bij wijze van uitzondering was het die avond stil in het appartement aan de Binnenalster. Voor Thea's deur lagen wat brieven. Na een urenlange wandeling door regen en wind langs de rivier de Elbe was ze doodmoe en voelde ze zich ellendig.

Nou, lieverd, zei ze tegen de foto van Hans in haar kamer. De officier van justitie was niet zo happig op mijn aanklacht en vroeg of ik die niet wilde heroverwegen. Het is tenslotte een zeer ernstige beschuldiging tegen een ervaren, bekende arts, terwijl ik nog maar een jonge dokter ben. Maar ik heb voet bij stuk gehouden. En nu moet ik maar op zoek gaan naar een nieuwe baan.

Je hebt goed gehandeld, niet meer over piekeren nu, hoorde Thea Hans in gedachten zeggen. Om zichzelf af te leiden bekeek ze de post. Twee rekeningen en nog een envelop met Marlenes handschrift erop. Haar zus moest de brief een dag of twee voor haar telefoontje van gisteren hebben verstuurd. Thea scheurde de envelop snel open en haalde de inhoud eruit. Het was een kaartje met een groet en foto's van haar nichtje en neefje.

Wat waren Liesel en Arthur groot geworden! Marlene stuurde om de paar maanden nieuwe foto's. Thea had hen voor het laatst gezien toen Arthur een baby was en Liesel een verlegen peuter. Nu was haar nichtje negen en haar neef zeven.

Ze keek naar de foto's, waar ze beiden sleeënd en schaatsend op stonden met een middeleeuws kasteel op een berg op de achtergrond. Hoorde dit bij Monschau, hun nieuwe thuis? Thea zoog haar adem scherp in toen ze de volgende foto zag, met haar nichtje en neefje naast een sneeuwpop. Een oudere man met zilvergrijs haar had zijn armen om hen heen geslagen. Hij leek trots op zijn kleinkinderen, maar ook een beetje ongemakkelijk door het liefdevolle gebaar.

Haar vader. Het was typisch iets voor Marlene om een foto van hem mee te sturen. Ze was zeker al langer van plan geweest om Thea over te halen om te komen.

Haar vader zag er net zo dominant uit als anders. Zowel in zijn familie als in het ziekenhuis was hij graag de baas. Hij geloofde er vast in dat hij wist wat het beste was voor iedereen en duldde geen tegenspraak. Toch hadden de laatste jaren hun stempel op hem gedrukt. Hij was onmiskenbaar ouder geworden. Zijn gezicht was smaller geworden en er hadden zich diepe lijnen rond zijn mond gevormd.

Thea kreeg een brok in haar keel. Ze was boos op haar vader. Maar er was ook een diepe tederheid. Ondanks hun onenigheid en ondanks zijn starheid hield ze nog steeds van hem. Als hij stierf zonder dat ze zelfs maar zou proberen zich met hem te verzoenen, zou ze het zichzelf nooit vergeven. Lange tijd zat ze alleen maar naar de foto te kijken terwijl de tranen over haar wangen stroomden.

Op de gang rinkelde de telefoon. Niemand van haar huisgenoten reageerde, blijkbaar was er verder echt niemand anders thuis. Thea veegde haar tranen weg. Toen moest ze wel opnemen.

'Dokter Graven,' zei ze hees.

'Dokter, met Steinbeck.' Het was de secretaresse van professor Hefner. Haar toon was koeltjes, bijna ijzig. 'De professor wil u onmiddellijk in zijn kantoor zien.'

'Ik... Ik ben uiterlijk over een uur bij hem.' Thea legde de hoorn weer op de haak. De officier van justitie had wel zeer snel contact opgenomen met de medisch directeur van het academisch ziekenhuis.

Ze kamde haar haar, dat in de war was geraakt tijdens de lange strandwandeling, en bond het in de gebruikelijke strakke knot. Toen trok ze haar jas aan en verliet het appartement. Ze zag ertegen op om met de professor te praten.

Toen Thea ruim een half uur later richting de hoofdingang van het academisch ziekenhuis liep, voelde ze zich nog steeds ellendig. Een aantal kamers in het administratiegebouw was nog verlicht, waaronder die van professor Hefner op de tweede verdieping. Tijdens haar studie had ze al veel tijd in dit ziekenhuis doorgebracht. In zekere zin was het ziekenhuis een thuis voor haar geworden. Haar werk had haar geholpen het verdriet om Hans te dragen en ze voelde zich op haar gemak bij haar collega's en de verpleegsters.

Een groep hulpverpleegsters kwam uit de hoofdingang in haar richting gelopen. De jonge vrouwen praatten en lachten. Toen merkte een van de zusters Thea op en ze stootte haar collega's aan. De vrouwen fluisterden wat en vielen toen stil. Met afgewende blik liepen ze langs Thea en ze negeerden haar begroeting.

In de foyer deden twee collega's alsof ze lucht was, en de portier vermeed het haar aan te kijken terwijl hij 'Goedenavond' mompelde. Dus het nieuws dat ze de hoofdarts had gemeld, had zich al als een lopend vuurtje door het ziekenhuis verspreid.

Thea hield van haar werk, maar ze kon niet meer in dit ziekenhuis werken. Het werd haar ineens heel duidelijk. Ze zou zich altijd schuldig hebben gevoeld dat ze haar dokterseed zou hebben geschonden, terwijl het welzijn van de patiënt centraal had moeten staan.

Plotseling voelde Thea een grote rust over zich komen. Ze rechtte haar rug en liep de trap op naar het kantoor van professor Hefner.

3

Er hing een dichte mist over het landschap. Het sombere weer paste goed bij Thea's stemming. Er waren ongeveer drie weken verstreken sinds ze ontslagen was, maar ze voelde zich nog steeds machteloos en vernederd. Keer op keer kwam die laatste avond in het academisch ziekenhuis van Hamburg weer in haar gedachten tijdens de urenlange treinreis van Hamburg naar Aken en tijdens de busrit naar de Eifel. De afkeurende en onzekere blikken van haar collega's en de verpleegsters die snel wegkeken alsof ze een melaatse was. En tot slot, de ijzige minachting die professor Hefner haar had getoond. Zijn woorden weerklonken nog steeds in haar oren en deden haar beven.

Professor Hefners dreigement was uitgekomen. Alle ziekenhuizen waarmee ze contact had opgenomen, hadden haar afgewezen. Zo was het ook in de dokterspraktijken geweest. Thea vocht tegen de wanhoop die haar dreigde te overweldigen. Ze moest elders solliciteren, als het nodig was in heel Duitsland. Professor Hefners connecties strekten zich niet uit tot alle uithoeken van het land. Of toch wel? De banen voor artsen lagen sowieso niet voor het oprapen.

'Monschau, volgende halte Monschau.' Thea schrok op van de stem van de buschauffeur. Haastig stopte ze haar boek, waarin ze vrijwel geen woord had gelezen, in haar tas en trok ze haar jas aan. Ze had de angst dat haar vader zou sterven zonder dat ze op zijn minst had geprobeerd zich met hem te verzoenen, samen met haar wanhoop dat het tot nu toe niet was gelukt om een nieuwe baan te vinden, niet kunnen loslaten. Daarom had ze besloten toch naar de Eifel af te reizen. Hoe zou de ontmoeting met haar vader verlopen? Ze hoopte dat hij er eindelijk klaar voor was om het weer goed te maken met haar. Even ving ze een glimp op van een vlak, weids landschap in de grijze nevels. Bomen, struiken en een paar koeien waren een paar tellen zichtbaar, maar werden meteen weer opgeslokt door de mist. Lieve help, waar waren haar vader en haar zussen terechtgekomen? Thea voelde eerder dat de bus een steile heuvel afging dan dat ze het zag. Even later kwam hij tot stilstand op een middeleeuws plein. Thea tilde haar koffer van de stoel naast haar en volgde enkele passagiers naar de deur.

'Thea!' Zodra ze het smalle trottoir op stapte, hoorde ze bekende stemmen. Ze riepen haar naam. Thea draaide zich om. Twee vrouwen renden naar haar toe en keken haar stralend aan. Een van hen was in de dertig. Ze droeg een turkoois mantelpakje en haar haar zat in een knot in haar nek. Haar heldere gezicht was innemend en sympathiek, ook al zag ze er een beetje moe uit en niet zo levendig als toen ze elkaar meer dan zes jaar geleden voor het laatst hadden gezien. De andere, jongere, vrouw van begin twintig droeg een losse, modieuze jas die nonchalant om haar schouders hing. Krullen omlijstten haar gezicht. Op de foto's die Thea af en toe van haar had gezien, was de verandering niet zo goed te zien geweest. Katja, het vrolijke meisje, was uitgegroeid tot een beeldschone jonge vrouw. Thea werd er blij van en ze vergat haar neerslachtigheid.

'Marlene, Katja, wat leuk om jullie weer te zien!' Ze omhelsde haar zussen blij. Een paar tellen hielden ze elkaar vast.

'Hoe was je reis? Kom, geef me je koffer.' Marlene nam vastberaden Thea's bagage over. Lachend en pratend liepen ze naar een zwarte Mercedes die langs de kant van de weg geparkeerd stond.

'Marlene, wil je me nu wel laten rijden?' Katja keek haar oudere zus smekend aan.

'Absoluut niet.' Marlene schudde haar hoofd. 'Je neemt die scherpe bochten in Monschau veel te snel. Papa zou boos worden als hij weer een reparatie moet betalen.'

'Het was maar een krasje,' kreunde Katja.

'Nee, het was een lelijke kras. En het gebeurde twee keer. Waarschijnlijk heeft hij er nu al spijt van dat hij je toch je rijbewijs heeft laten halen.' Marlene opende het portier aan de passagierszijde voor Thea en liet Katja plaatsnemen op de achterbank. Thea voelde zich geborgen. Het was nog net als vroeger. Er werd af en toe gekibbeld, maar het voelde zo vertrouwd. Marlene was de zorgzame oudste en Katja de zorgeloze jongste zus. En zij zat er een beetje tussenin.

Marlene startte de Mercedes en reed ermee door de stadspoort, een straat in met mooie vakwerkhuizen.

Thea slikte. 'Heb je vader verteld dat ik zou komen?'

'Nee, het leek ons beter om hem te verrassen.' Katja leunde vanaf de achterbank naar voren.

'Nou, dat weet ik niet...' Thea voelde zich ongemakkelijk.

'Hij zou vast gezegd hebben dat hij je niet wilde zien.' Katja haalde haar schouders op. 'Hij is nog net zo koppig als vroeger. We hebben gezegd dat we de auto nodig hadden om kranten te kopen bij de kiosk in het centrum.'

'Maar...'

'Deze keer heeft Katja gelijk.' Marlene wierp een zijdelingse blik op Thea. 'Als je er eenmaal bent, zal hij blij zijn om je te zien. Daar ben ik stellig van overtuigd. Een paar dagen geleden bracht hij de kinderen 's avonds naar mijn woonkamer en bleef hij bij hen terwijl ik snel wat warme melk voor hen maakte. Toen ik terugkwam, keek hij naar een foto van jou. Hij deed snel een stap naar achteren toen hij me zag. En ik deed alsof ik niets gemerkt had. Maar hij keek verdrietig.'

'Ik hoop dat je je niet vergist.'

'Natuurlijk niet.' Katja streek over Thea's schouder.

Marlene schakelde een versnelling terug en nam vervolgens een erg scherpe bocht. Ze ontweek behendig een tegemoetkomende auto voordat ze weer gas gaf om vaart te maken voor de klim. De steile, smalle straatjes deden Thea denken aan middeleeuwse Italiaanse stadjes. Eenvoudig was het zeker niet om hier een auto onbeschadigd doorheen te krijgen. Op de top van de berg was nu een kasteel te zien. Na nog een bocht verbreedde de weg zich en reden ze vlak langs de villa's.

Beneden in de vallei lag de stad gehuld in dikke mist. Uiteindelijk reed Marlene de Mercedes een oprit op.

'Hier wonen we nu al een jaar.' Met een glimlach wendde ze zich tot Thea.

De villa lag iets hoger dan de tuin en stamde duidelijk uit de wilhelminische periode. Een halfronde erker in het midden van het gebouw domineerde de crèmekleurige gevel. Daarboven was een balkon op de eerste verdieping. De voordeur en de luiken waren donkergroen geschilderd. Twee kleinere bijgebouwen pasten perfect bij het hoofdgebouw. Een brede trap leidde naar de ingang.

'Het is een mooi huis,' zei Thea.

'Ja, we hadden het slechter kunnen treffen.' Marlene knikte.

'En er is genoeg ruimte om elkaar te ontlopen,' lachte Katja. 'Marlene heeft een aantal kamers voor haarzelf en de kinderen, en ik heb ook mijn eigen territorium.' Ondertussen liepen ze de trap naar de voordeur op. Achter de deur was een lange gang. Plots klonken er kinderstemmen en voetstappen. Een deur vloog open en een meisje en een jongen stormden op Marlene en Katja af. Ze stopten abrupt toen ze Thea zagen en staarden haar nieuwsgierig aan.

'Liesel, Arthur, dit is jullie tante Thea. Ik heb jullie veel over haar verteld.' Bemoedigend sloeg Marlene haar armen om de schouders van de kinderen. 'Zeg haar maar gedag.'

Thea kreeg een brok in haar keel. Ja, ze kende hen allebei van de foto's. Maar het was iets heel anders om de kinderen in het echt te zien.

'Ik heb iets voor jullie meegebracht.' Thea opende haar koffer. Ze pakte de cadeaus eruit, die ingepakt waren in kleurig papier, en gaf die aan haar neefje en nichtje.

'Bedankt.' Arthur keek Thea met nieuwsgierige ogen aan. 'Waarom ben je nooit bij ons geweest?'

'Tante en opa kunnen niet zo goed met elkaar opschieten,' fluisterde Liesel tegen haar broer.

Er verscheen een oudere vrouw achter de kinderen, waardoor Thea geen antwoord meer hoefde te geven. Ze droeg een schort over haar jurk en de geur van gebakken koekjes zweefde om haar heen.

Marlene stelde hen aan elkaar voor. 'Thea, dit is mevrouw Mageth, onze kokkin. Mevrouw Mageth, dit is dokter Graven, onze zus.'

'Hallo, leuk om u te ontmoeten.' Thea schudde de hand van de kokkin. Mevrouw Mageth kneep stevig in de hare.

'De professor zei dat hij nog even terug moest naar de kliniek. Hij komt rond vier uur terug voor de koffie,' zei ze tegen de zussen.

Het was typerend voor haar vader dat hij ook op zondag veel in het ziekenhuis was. Gelukkig had ze nog tijd voordat ze hem ontmoette. Thea slaakte een zucht van verlichting.

Liesel en Arthur hadden hun cadeautjes al uitgepakt en bekeken ze. Ze zagen er gelukkig uit. Blijkbaar waren ze blij met het springtouw en de puzzel en de twee pennenbakjes met de sprookjesmotieven op de deksels. De paasvakantie was net afgelopen en het nieuwe schooljaar was weer begonnen.

'Ga maar fijn met jullie cadeautjes spelen of ga met mevrouw Mageth mee naar de keuken. Je tante zien jullie later wel weer.' Marlene hielp Thea uit haar jas en opende toen de deur naar een woonkamer. 'Deze is voor ons allemaal,' hoorde Thea haar zeggen. De openslaande deuren aan de achterzijde gaven toegang tot de tuin. Thea kreeg alweer een brok in haar keel. De bank en de fauteuils met de lindegroene fluwelen bekleding en de kast van perenhout kwamen uit hun huis in Dresden. Aan de muur hing een schilderij van de villa in de wijk Weisser Hirsch boven de Elbe en een grote portretfoto van hun veel te vroeg overleden moeder.

‘Moeder zou zo blij zijn geweest dat je kwam,’ zei Marlene zacht en ze kneep in Thea’s hand. ‘Ze zou heel graag hebben gewild dat vader en jij het goed zouden maken.’

‘Dat is zeker waar,’ zei Katja.

Ze gingen zitten en Katja stak een sigaret op. Thea was nog steeds erg overstuur. ‘Was het erg pijnlijk om ontslagen te worden in Hamburg?’ vroeg Marlene voorzichtig na een korte stilte.

‘Het was niet bepaald een feest,’ ontweek Thea de echte vraag. Ze wilde er nu niet over praten. ‘Hebben jullie het naar je zin hier? Je hebt er niet echt uitgebreid over geschreven in je brieven.’

‘Er was zo veel te doen. Voor de verhuizing moest het huis gerenoveerd worden. Het was jarenlang onbewoond geweest en verkeerde in een zeer slechte staat. De tuin was helemaal overwoekerd en Liesel en Arthur hadden tijd nodig om eraan te wennen.’ De stem van Marlene klonk verontschuldigend. ‘Ja, we vinden het hier leuk. We hadden het veel slechter kunnen treffen.’

‘Ze is blij dat ze de huishoudster voor vader kan spelen,’ plaagde Katja haar zus. ‘En dat je niet veel van mij hebt gehoord… nou ja, weet je, ik ben nooit zo’n briefschrijver geweest.’

‘Dat is waar.’ Thea glimlachte. Katja liet zich zelden verleiden tot het schrijven van meer dan een ansichtkaart. De luttele brieven die ze had gestuurd, waren altijd erg kort geweest.

‘Nou, eerlijk gezegd vind ik het hier erg landelijk.’ Katja nam een diepe trek van haar sigaret. ‘Vader had beter naar een stad als Aken kunnen gaan.’

‘Hij had deze baan bij het ziekenhuis in Monschau al toegezegd gekregen. De banen voor hoofdartsen liggen niet voor het oprapen. Bovendien houdt niemand jou tegen om als fotograaf in Keulen of Aken te gaan werken. Maar daar moet je dan wel wat moeite voor doen, terwijl je het als vaders secretaresse maar makkelijk hebt,’ zei Marlene bruusk tegen Katja.

‘Het is geen pretje om met vader samen te werken,’ antwoordde ze boos.

Thea wilde sussend ingrijpen, maar op dat moment sloeg de voordeur dicht. Even later hoorde ze voetstappen in de hal. Dat kon alleen haar vader maar zijn. Haar maag lag als een bal in haar buik.

'Ik haal hem wel.' Katja verliet de kamer met de sigaret in haar hand. 'Vader, wil je alsjeblieft mee naar de woonkamer komen?' Thea hoorde het haar vragen.

'Waarom? En je weet dat ik er een hekel aan heb als je rookt,' klonk de stem van haar vader.

'Er wacht iemand op je.'

'Wat is dit voor geheimzinnig gedoe?'

Thea stond op. De deur vloog open. Het ongeduld was duidelijk op haar vaders gezicht te lezen. Hij was nog steeds een imposante verschijning. Hij was lang en zijn haar viel in dikke golven om zijn gedistingeerde gezicht. Maar hij was grijs geworden en zijn ogen waren niet meer zo sprankelend als vroeger. Het leek zelfs wel of zijn rug een beetje krom was. Thea voelde ineens een brok in haar keel.

'Marlene...' Haar vader knikte naar haar zus.

'Vader...' wist Thea uit te brengen.

Nu pas merkte hij haar op. 'Jij hier...' Hij keek haar ongelovig aan.

'Ja.' Thea knikte. 'Ik ben hier...' Ze liep naar hem toe, maar iets in zijn starre houding hield haar tegen.

'We dachten dat jullie twee eindelijk eens moesten praten en het weer goed moesten maken,' kwam Katja tussenbeide.

'Marlene, Katja, laat ons alleen.' Haar vaders stem klonk nors.

Dit was niet de hereniging waar Thea op had gehoopt. Haar zussen keken haar vragend aan en Thea gebaarde zwijgend dat ze hun vaders bevel moesten opvolgen. Nadat de twee waren vertrokken, viel er een pijnlijke stilte.

'Vader...' Thea probeerde het opnieuw. Ze stak haar handen naar hem uit, maar hij negeerde het gebaar.

'Nu je niet meer weet wat je moet doen, kom je hier.' Zijn mond was een strakke streep.

‘Wat bedoel je?’

‘Ik heb gehoord wat er in Hamburg is gebeurd. Je hebt een gerespecteerde, ervaren arts ernstig in diskrediet gebracht. Zelfs na alles wat er tussen ons is gebeurd, kon ik het eerst niet eens geloven.’

Hij wist het dus. Noch professor Arnhem, noch professor Hefner had ooit gezegd dat ze hem kenden. Maar het was waarschijnlijk gewoon naïef geweest om aan te nemen dat haar vader nog niets over het schandaal gehoord had. Dit nieuws deed snel de ronde onder vooraanstaande artsen.

Maar dat haar vader haar beschuldigde was bitterder dan alles wat ze die laatste nacht in het academisch ziekenhuis had meegemaakt. Thea balde haar handen tot vuisten. ‘Ik heb professor Arnhem niet belasterd. Tijdens een routineoperatie, een operatie aan de appendix, sneed hij een bekkenaorta door. Zijn handen trilden, hij is ziek. Hij mag niet meer opereren. U, als hoofdarts, zou zoiets moeten begrijpen.’

‘Professor Arnhem ziek? Geen enkele arts in zijn positie zou zo onverantwoordelijk handelen. Zelfs routinematige interventies eindigen soms tragisch. Dat zou je nu wel moeten weten.’

Haar vader argumenteerde op dezelfde manier als de medisch directeur van het academisch ziekenhuis.

‘De dood van de patiënt was niet tragisch!’ Thea moest zich inhouden om niet tegen haar vader te schreeuwen.

‘O, je wilt jezelf altijd belangrijk maken,’ Haar vader deed geringschattend. ‘Je bent ijdel en hebt de neiging jezelf te overschatten.’

Thea hield haar adem in. Wat voor beeld had haar vader van haar? Was dat echt de geliefde vader die ze ooit onvoorwaardelijk vertrouwde? Plotseling kwam er een herinnering op in Thea’s gedachten. Het was tijdens een vakantie of een reis in hun kindertijd. Ze liep met haar kleine hand in zijn grote hand over een smal pad langs een ravijn. Beneden lag een kolkende stroom. Ze had zich heel veilig bij hem gevoeld.

‘Ik heb gehoord dat professor Hefner je een nieuwe kans had geboden. Is dit jouw manier om je dankbaarheid te tonen? Is dat soms loyaliteit?' Hij spuwde het woord uit. Iets in Thea's binnenste verhardde.

'O, verwijt je me nu weer dat ik met mijn grote liefde trouwde in plaats van een carrière na te streven in je kliniek in Dresden om je opvolger te worden?'

'Lieve kind... je stortte je op een straatarme kunstenaar die je erfenis wilde hebben en via jou hoopte toegang te krijgen tot de Dresdense samenleving om zijn stuntelige schilderijen te verkopen.'

'Hoe durf je zo over Hans te praten!' schreeuwde Thea tegen haar vader. 'Hij had mijn hulp niet nodig. Hij zou naam hebben gemaakt met zijn schilderijen als hij niet...' Haar stem stierf weg en de tranen sprongen in haar ogen. Hoe kon ze zo dom zijn geweest om te hopen op een verzoening met haar vader? Het had geen zin om dit gesprek voort te zetten. Het zou haar alleen maar meer pijn doen.

Ze rende de kamer uit en door de gang naar de straat. Daar leunde ze tegen een muur. Ze veegde de tranen van woede van haar wangen.

'Thea.' Marlene volgde haar en legde een arm om haar schouder. 'Katja en ik hoorden jullie ruziemaken. Het spijt me.'

'Vader is geen spat veranderd! Hij accepteert geen andere mening dan de zijne. Hij zal me nooit vergeven dat ik met Hans ben getrouwd en met hem naar Hamburg ben gegaan.'

'Katja praat met hem.'

'Die moeite kan ze zich wel besparen.' Thea schudde haar hoofd. 'Het feit dat ik de hoofdarts aangegeven heb, heeft er alleen maar voor gezorgd dat vader nog slechter over me is gaan denken. Ik had hier niet moeten komen.'

'Onzin! Zo zien we elkaar als zussen tenminste nog eens. Blijf nog een paar dagen. Misschien komt vader nog wat bij en wil hij het toch goedmaken met je.' Marlene dacht even na. 'Luister. Ik breng je nu naar een hotel en dan zien we morgen weer verder.'

'Het is lief dat je zo zorgzaam voor me bent, maar vader zal zijn mening echt niet bijstellen. Morgen ga ik terug naar Hamburg. Ik moet sollicitatiebrieven schrijven en een nieuwe baan vinden.'

Katja kwam de trap af. Haar gezicht stond donker en bevestigde Thea's vermoedens.

'En?' vroeg Marlene.

Katja zuchtte. 'Vader luisterde niet eens naar me. Hij stormde zijn studeerkamer binnen en sloeg de deur achter zich dicht. Hij zal waarschijnlijk de komende dagen mopperen en niet reageren.'

'Ik wist wel dat hij zo zou reageren. Het heeft echt geen zin om hier te blijven.' Het deed pijn om zo behandeld te worden door haar eigen vader. Tranen welden weer op in Thea's ogen.

Een jonge vrouw die een kinderwagen over de straat duwde, begroette hen en keek hen toen nieuwsgierig aan. Thea draaide zich snel om. Het was waarschijnlijk te zien dat er iets mis was.

Marlene leek hetzelfde te voelen. Ze legde haar hand op Thea's arm. 'Kom op, ik breng je naar een hotel. Daar kun je wat uitrusten. Later komen Katja en ik langs en praten we er nog even over.'

'Ga gerust je gang.' Thea haalde een zakdoek uit haar jaszak. Ze veegde haar natte ogen af en snoot krachtig haar neus. 'Maar ik zal niet van gedachten veranderen.'

Marlene en Thea reden naar de stad, te verdrietig om iets te zeggen. Marlene parkeerde voor een statig vakwerkhuis met erkers en gedraaide decoraties. Hotel Ritter, stond er op een bord boven de voordeur. De foyer, met zijn balkenplafond en dikke tapijten, zag er duur en chic uit. Thea kon zich zo'n hotel niet echt veroorloven. Maar ze was te uitgeput om haar zus tegen te spreken.

De portier begroette Marlene heel vriendelijk en uit hun korte gesprek maakte Thea op dat 'de professor' en haar zussen regelmatig in het restaurant te gast waren.

Natuurlijk was er een mooie kamer voor 'de dokter', verzekerde de portier hun. De kamer zag er inderdaad erg mooi uit. Ook hier was een balkenplafond en er stonden twee uitnodigende fauteuils in de erker.

'Ik hoop dat je het hier naar je zin hebt,' zei Marlene bezorgd.

'Ja, zeker.'

'Tot straks.'

'Ik kijk ernaar uit om Katja en jou weer te zien, maar je zult me niet op andere gedachten kunnen brengen.'

'Ga even liggen en rust wat uit.' Marlene kuste Thea op haar wang. Marlene nam altijd de rol van grote zus op zich. Ze had zich meteen verantwoordelijk gevoeld voor Thea en Katja na het overlijden van hun moeder, ook al was ze zelf ook nog maar een tiener geweest.

Thea omhelsde haar impulsief. 'Bedankt voor je goede zorgen.' O, waarom huilde ze nu weer? Wat was er met haar aan de hand? Haastig draaide ze haar hoofd om.

Nadat Marlene was vertrokken, pakte Thea haar koffer uit en zette de foto van Hans op het tafeltje.

'Vader weet dat ik professor Arnhem heb aangegeven en hij is er boos over,' vertelde ze hem. 'Hij zal me dit nooit vergeven. Het deed zo'n pijn dat hij niet eens naar me wilde luisteren. Ik had niet gedacht dat het me zo veel pijn zou doen. Ook andere chef-artsen zullen inmiddels op de hoogte zijn van mijn "misstap"...'

Hoe moest ze onder deze omstandigheden in vredesnaam een nieuwe baan vinden? Thea liet zich op het bed zakken. Opnieuw werd ze overvallen door angst en zorgen. Alle grote ziekenhuizen in Duitsland vielen nu af. Ze had niet alleen geen aanbevelingsbrief, maar ze werd waarschijnlijk niet eens uitgenodigd voor een gesprek.

Thea sloeg haar armen om zichzelf heen en probeerde het trillen te onderdrukken. Het kon toch niet waar zijn dat ze nooit meer als arts zou kunnen werken?

Maar plotseling deed de vermoeidheid van de lange reis zich voelen. De geestelijke uitputting eiste zijn tol. Thea's ogen vielen dicht. Half in slaap schopte ze haar schoenen uit en rolde ze zich op tussen de kussens. Na een paar seconden viel ze in slaap.

Thea werd wakker door een klop op de deur. Het duurde even voordat ze besefte waar ze was. Ze was in Monschau. Meteen herinnerde ze zich de ruzie met haar vader en het feit dat hij al wist dat ze in Hamburg op staande voet was ontslagen. Slaperig liep ze naar de deur, half op de tast. Marlene stond te wachten. 'O, lieve help, heb ik je wakker gemaakt?'

Na een vlugge blik in de spiegel constateerde Thea dat haar gezicht nogal rood was en dat er een vouw van het kussen op haar wang te zien was. De wekker op haar nachtkastje gaf aan dat het bijna zeven uur was.

Ze had meer dan twee uur geslapen. 'Het maakt niet uit.' Thea schudde haar hoofd. 'Waar is Katja? Wilde ze niet met je mee?'

'Ze moest nog iets doen. Vraag me niet wat.' Marlene haalde haar schouders op. 'Ik heb het idee dat ze regelmatig afspreekt met een man. Maar ze wil niets zeggen.' Marlene bleef voor de tafel staan en nam de foto van Hans in haar hand. 'Ik was erg op hem gesteld. Hij was zo vriendelijk en toegewijd.'

'Ja, dat was hij zeker...'

'Ben je inmiddels al een andere man tegengekomen?'

'Nee, ik ben Hans nog niet vergeten.'

'Maar het is nu al zes jaar geleden dat hij overleden is.' Marlene zei het met zachte stem.

'Dat maakt niets uit. Ik denk niet dat ik ooit nog verliefd kan worden.'

'Dat is onzin,' zei Marlene resoluut. 'Hans zou zeker gewild hebben dat je verder zou gaan met je leven en weer gelukkig zou zijn.'

Thea had geen zin om daarover in discussie te gaan met haar zus.

'Heb je nog nieuws over Bernhard gehoord?' vroeg ze in plaats daarvan.

Marlene ging op het bed zitten en streek met haar hand over de dekens. 'Nee, hij wordt nog steeds vermist in Rusland.' Ze boog haar hoofd. 'Ik hoop zo dat hij nog leeft en ergens gevangenzit en dat hij weer bij mij en de kinderen terugkomt. Maar het volgende moment zie ik er weer tegen op. Ik vraag me af of we geen volslagen vreemden zijn geworden. Sommige mannen die terugkeren uit oorlog en gevangenschap… Die drinken en zijn gewelddadig tegen hun gezin. Ik zou dat niet kunnen verdragen.' Ze keek Thea verdrietig aan. 'Vind je het vreemd dat ik zo denk en niet alleen maar hoop dat Bernhard weer bij ons terugkomt?'

'Nee, helemaal niet.' Thea ging naast haar zus zitten en sloeg haar arm om haar heen. 'Het is heel normaal dat je daar bang voor bent.'

'Ik kan er met vader in elk geval niet over praten.' Op Marlenes gezicht brak een voorzichtige glimlach door. 'Hij zou het waarschijnlijk als een schending van mijn trouwbelofte beschouwen.'

'Ja, waarschijnlijk.' Thea voelde weer boosheid jegens haar vader opkomen. Waarom was hij altijd zo overtuigd van zijn eigen gelijk? Ze zwegen een paar ogenblikken, ieder verzonken in haar eigen gedachten. Toen wendde Thea zich tot haar zus. 'Mis je Frankfurt helemaal niet?' vroeg ze. Sinds haar huwelijk had Marlene met haar man in de stad aan de Main gewoond. Hun kinderen waren daar geboren en haar schoonouders, met wie Marlene goed kon opschieten, woonden daar ook.

'Nee, helemaal niet.' Marlenes gezicht betrok en ze leek ineen te krimpen. 'Het bombardement was afschuwelijk en…' Ze stopte halverwege haar zin, haar ogen dwaalden de kamer door, alsof er slechte herinneringen bovenkwamen. Toen schudde ze haar hoofd alsof ze het van zich af wilde schudden en probeerde te glimlachen. 'Ik mis mijn schoonouders. Maar verder mis ik niets.'

Hoge hakken tikten haastig door de gang. Er werd geklopt en Katja stormde de kamer binnen. Haar wangen waren rood en op haar gezicht stond een glimlach. Het was inderdaad heel goed mogelijk dat ze een afspraakje had gehad.

'En?' Ze wendde zich tot Marlene. 'Ik hoop dat je Thea hebt overgehaald om nog een paar dagen te blijven.'

'Morgen ga ik terug naar Hamburg,' zei Thea snel. 'Ik moet weer solliciteren.'

'Je kunt toch nog wel een paar dagen wachten met het zoeken van een baan?' hield Katja vol. 'Dat maakt vast niets uit.'

‘Ik kan niet ten volle genieten van mijn tijd met jullie.’ Thea schudde haar hoofd.

‘Dat je je werk toch ook altijd op de eerste plaats moet zetten,’ kreunde Katja.

‘Het gaat erom dat er brood op de plank moet komen.’ Thea werd boos. Hoe kon Katja zo onwetend zijn?

‘Heb je geld nodig, Thea?’ Marlene keek haar vragend aan. ‘Ik help je graag. Ik heb ons huis voor een goede prijs kunnen verhuren en daarnaast heb ik nog inkomsten uit andere huurwoningen. Bernhard heeft erg goed voor de kinderen en mij gezorgd en we hebben nauwelijks last gehad van de geldhervorming.’

‘Dat is erg lief van je. Maar het lukt me wel om de eindjes aan elkaar te knopen. Luister, als ik eenmaal een baan heb gevonden en mijn plek heb gevonden, dan gaan we een paar dagen samen op vakantie. Dat beloof ik!’ Thea pakte de handen van haar zussen en gaf er een kneepje in.

‘We houden je aan je woord,’ zei Katja streng.

‘Ja, dat doen we,’ bevestigde Marlene. Ze keek op haar horloge. ‘Wat dacht je ervan om samen iets te eten in het restaurant van het hotel? Ik zou mevrouw Mageth kunnen bellen en haar vragen Liesel en Arthur naar bed te brengen.’

‘Dat is niet nodig. Ik heb helemaal geen trek. Ik ben erg moe en wil het liefst meteen weer slapen,’ loog Thea. Hoe minder tijd ze met haar zussen doorbracht, hoe beter. Anders zou het afscheid haar nog veel zwaarder vallen.

‘O, Thea, kom op…’ Katja trok een teleurgesteld gezicht. ‘We hebben elkaar amper gezien.’

‘Laat haar met rust. De ruzie met vader eist nu haar tol.’ Marlene was begripvol zoals altijd. ‘Maar we brengen je morgenochtend wel naar de bus. Ik sta erop.’

‘Dat is erg aardig van je.’ Thea liep met haar zussen de trap af naar de auto. Ze omhelsden elkaar en toen keek Thea haar zussen na. O, ze miste hen allebei nu al.

De eetzaal in Hotel Ritter werd goed bezocht. Thea ging naar een van de weinige vrije tafels. In werkelijkheid had ze erg veel trek. Het was maar het beste als ze morgen vertrok. En toch... Het zou zo leuk zijn geweest om tijd met haar zussen door te brengen. En ze zou graag een leuke tante zijn voor haar nichtje en neefje. En wat haar vader betrof... Thea's woede had plaatsgemaakt voor grote droefheid. Zou het ooit nog goed komen tussen hen?

Maar ze had haar besluit genomen. Het was nu het belangrijkste dat ze een nieuwe baan vond. Energiek drukte Thea haar bril steviger op haar neus en ze pakte de menukaart.

'Mevrouw, hebt u al een keuze kunnen maken?' Er was een ober naar Thea's tafel gekomen.

'Jazeker.' Ze liet haar ogen vluchtig over de kaart gaan. 'Voor mij het rundvlees, een glas water en een glas witte wijn, alstublieft.'

'Uitstekend.' De ober noteerde de bestelling. 'Wilt u een krant terwijl u wacht op het eten?'

'Dat zou fijn zijn.' Thea knikte. Met piekeren schoot ze niets op. Terwijl de ober wegliep, gleden haar ogen door de eetzaal. Het balkenplafond was beschilderd met rode en groene decoraties. Een betegelde kachel in de hoek verspreidde een aangename warmte. Te oordelen naar het menu en de inrichting was dit het beste hotel van de stad. Geen wonder dat haar vader en zussen hier vaak kwamen.

Nu dacht ze alweer aan haar familie. Dankbaar nam Thea de krant aan die de ober haar overhandigde. Ze bladerde snel door het politieke en zakelijke nieuws en ging toen door naar de regionale nieuwsberichten. In de zomer zou er een concert plaatsvinden met een gerenommeerde Engelse pianist in Kasteel Monschau. Thea glimlachte onwillekeurig. De omgeving was waarschijnlijk niet zo provinciaal als Katja had beweerd. De politie had enkele smokkelaars gearresteerd aan de Duits-Belgische grens. Een paard dat er met een kar vandoor was gegaan, had een ongeluk veroorzaakt waarbij één persoon ernstig gewond was geraakt.

Daarna kwam ze bij de advertenties. Een kledingwinkel maakte reclame voor de huidige lentemode. Een autodealer adverteerde met een nieuw automodel. Personeelsadvertenties. En… Thea, die op het punt stond de krant weer te sluiten, stond perplex. *Plattelandsdokter in Eichenborn zoekt per direct versterking voor zijn praktijk. Verloskundige ervaring zeer gewenst.* Daaronder stonden een naam, adres en telefoonnummer.

'Mevrouw…' De ober zette de drankjes voor Thea neer.

'O, kunt u me misschien vertellen waar Eichenborn ligt?' vroeg Thea hem.

'Het dorp ligt ongeveer vijftien kilometer van Monschau tegen de grens met België, aan de rand van de Hoge Venen.'

'Wat zijn de Hoge Venen?'

'Een uitgestrekt hoogveen, mevrouw,' legde de ober vriendelijk uit. Meteen daarna serveerde hij het rundvlees.

Vijftien kilometer verderop… Thea at, in gedachten verzonken. Misschien was deze vacature de oplossing voor haar probleem. Ze had ervaring in de verloskunde. Ze kon de arts en de verpleegsters van dienst zijn en zo de tijd overbruggen tot ze hopelijk ergens een baan in de gynaecologie vond. En misschien zou een plattelandsdokter, vooral als hij ouder was en al lang praktiseerde, blij zijn met een medewerker die goed op de hoogte was van de nieuwe ontwikkelingen in de geneeskunde.

Een staande klok achter in de eetzaal sloeg half negen. Vader zou rond deze tijd nog in de kliniek zijn. Als ze nu naar het huis zou bellen om haar zussen over de vacature te vertellen, hoefde ze niet het risico te lopen dat hij opnam. Thea at snel haar bord leeg.

In de hal stond een telefooncel. Het duurde even voordat de telefoon in het huis werd opgenomen.

'Mageth…' zei de kokkin.

'U spreekt met Thea Graven. Ik zou graag een van mijn zussen spreken.' Marlene en Katja zouden zeker blij zijn om te horen dat ze van plan was te reageren op de advertentie.

Maar Katja was niet thuis en Marlene was in de kinderkamer.

Arthur had een nachtmerrie gehad en was in paniek wakker geworden, vertelde mevrouw Mageth aan Thea. Ze wilde haar niet wegroepen bij de jongen.

'Zeg maar tegen mijn zussen dat ik solliciteer naar een baan in de buurt,' zei Thea in plaats daarvan. 'Ze hoeven me dus niet op te halen morgenochtend om me naar de bus te brengen. Zodra ik meer weet, laat ik van me horen.' Daarna nam ze afscheid.

Vervolgens draaide Thea het nummer dat dokter Berger in de advertentie had geplaatst. Ze liet de telefoon lang overgaan, hing op en probeerde het opnieuw. Er werd echter niet opgenomen.

Nou, dan zou ze maar op goed geluk naar Eichenborn gaan!

4

Er hing een fijne nevel in de lucht toen Thea de volgende ochtend naar de bushalte in het centrum van Monschau liep. Bij de receptie had ze te horen gekregen dat Marlene de rekening van haar kamer al had betaald. O, die Marlene! Thea voelde zich tegelijkertijd dankbaar en beschaamd, maar haar enthousiasme over de baan in Eichenborn overheerste. Nu ze uitgerust wakker was geworden, had ze nog meer hoop dat ze de baan zou krijgen. Er hing zo veel van af.

De bus die van Monschau langs de grens via Eichenborn naar Aken reed, stond al bij de bushalte. Thea stapte in en kocht een kaartje bij de chauffeur. Ze vond een plaatsje en zette haar koffer op de stoel naast haar. Dokter Berger, hopelijk haar toekomstige baas, had in de advertentie aangegeven dat de vacature per direct ingevuld zou kunnen worden. En als ze niet aangenomen zou worden, dan zou ze de volgende bus van het dorp naar Aken nemen en meteen naar Hamburg doorreizen.

Maar aan die mogelijkheid wilde ze nu niet denken. Thea keek geïnteresseerd naar de andere passagiers. Ze waren heel verschillend. Er waren mannen en vrouwen in boerenkleding, wier gezichten al vroeg in de lente verbrand waren door de zon, en wier kromme ruggen en eeltige handen het bewijs waren van zware lichamelijke arbeid. Andere passagiers leken uit de stad afkomstig te zijn, of in elk geval werkten ze niet dagelijks op het land. Misschien was een van hen zelfs patiënt bij dokter Berger.

Zou de plattelandsdokter in zijn praktijk zijn? Na het ontbijt had Thea hem nog een keer geprobeerd te bellen vanuit het hotel, maar het was opnieuw tevergeefs.

De chauffeur nam plaats achter het stuur en de motor kwam ronkend tot leven. De bus reed over een steile, kronkelige weg buiten de stad omhoog en door de mist heen was een bleekgele zon te zien.

Bij een halte stapten een paar passagiers uit en nieuwe mensen stapten in. De motor begon weer te ronken. Langs de weg zag ze verschillende gebouwen in puin liggen. Even later had de bus de top van de berg bereikt. Opeens was alles rond Thea weids en licht. Ze hadden de mist beneden achter zich gelaten. Een schijnbaar eindeloze hemel strekte zich uit over het landschap, dat heuvelachtig was in het oosten en vlak in het westen, en even had ze het gevoel alsof ze elk moment de zee zou kunnen zien. Deze ervaring van grenzeloosheid, het gevoel vrijer te kunnen ademen, kende ze alleen van zeilen of van strandwandelingen. Aan de kant van de weg zag ze een gele flits. Thea leunde naar voren om het beter te kunnen zien. De eerste narcissen stonden daar al in bloei.

De bus reed nu door een dorp. Vergeleken met de statige vakwerkhuizen in Monschau zagen de huizen hier er nogal armoedig uit. Sommige stonden achter hoge heggen die al een beetje begonnen uit te lopen.

Na nog een korte stop ging de reis weer verder. Een tijdlang reden ze langs weiden en velden. Er stonden berkenbomen en de lucht werd weerspiegeld in vijvers. Spreeuwen vlogen omhoog en verspreidden zich toen er plotseling een roofvogel boven hen cirkelde.

Onwillekeurig ademde Thea diep uit. De vreselijke herinneringen aan Hamburg leken hier ver weg. Ineens kreeg ze er weer vertrouwen in dat er ook voor haar nog geluk was weggelegd.

Thea ontdekte steeds iets wat haar blij maakte. Sprankelende beekjes in het landschap, vroege bloemen waarvan ze de naam niet kende, en nog meer narcissen. Eindelijk kondigde de chauffeur aan dat de volgende halte Eichenborn was.

Langs de weg zag ze de eerste huizen van het dorp verschijnen. Een paar kippen gingen kakelend aan de kant toen de bus naderde. Er waren boerderijen met mesthopen voor de stallen. Varkens staken hun kop in een trog. De bus stopte op een plein voor een kerk, waarvan de toren in puin lag. Er hing een grote bel aan een houten frame, wat er erg vreemd uitzag. Naast een paar vakwerkhuizen en gebouwen van grijze steen was er ook een winkeltje, een herberg en zelfs een telefooncel.

Thea pakte haar koffer en stapte uit de bus. Zij was de enige passagier die uitstapte. Ze raadpleegde nogmaals het briefje met het adres van de praktijk en keek toen onderzoekend om zich heen. Een vrouw stak het plein over. Ze had een hoofddoek op en droeg een schort over haar rok en dikke trui. In haar hand hield ze een schoffel.

'Kunt u me misschien vertellen waar ik de praktijk van van dokter Berger kan vinden?' vroeg Thea aan de vrouw.

'Die is bij het kasteeltje.'

'Het kasteeltje?' vroeg Thea verbaasd.

'Ja, aan de hoofdstraat, almaar rechtdoor totdat u bij de splitsing komt.' De vrouw wees in de richting waarin de bus verder was gereden. Ze sprak in een licht zingend dialect en keek Thea nieuwsgierig aan. Door haar koffer viel ze waarschijnlijk erg op. 'Bij de splitsing gaat u bij de Onze-Lieve-Vrouwe rechtsaf en daar de straat in. Helemaal aan het einde vindt u de praktijk, in een grote weide. Ik hoorde echter dat die vanmorgen gesloten is.'

'Is dokter Berger weggeroepen voor een noodgeval?'

'Misschien.' De vrouw haalde haar schouders op. 'Misschien ook niet. U kunt beter zelf even gaan kijken.' Voor Thea nog iets anders kon vragen, was de vrouw al verdwenen.

Wat moest ze met deze onsamenhangende informatie? Verward sloeg Thea de weg in die de vrouw haar gewezen had. Het asfalt was op veel plaatsen gescheurd of er was helemaal geen asfalt. Grote gaten waren opgevuld met puin. Blijkbaar waren het bomkraters. Enkele huizen langs de weg vertoonden nog duidelijke sporen van de oorlog. Muren waren ingestort en spanten waren verkoold.

Plotseling ontdekte Thea een beeld van Maria met het kindje Jezus in haar armen voor een vakwerkhuis, en op dat punt splitste de hoofdstraat zich, zoals de vrouw beschreven had. Thea sloeg rechts af. Er stonden een paar boerderijen. De weg eindigde bij een vakwerkhuis met een laag dak en donkerrode balken. Gespannen legde Thea het laatste deel van de weg af.

Achter het vakwerkhuis strekte zich een mooie weide uit. Het gebouw aan de overkant moest het kasteel zijn. Het zag er vierkant uit, met op elke hoek een kleine toren. Ook op het dak stond een torentje. Nu zag Thea ook een roestige garage van golfplaten, begroeid met klimop en wilde wingerd, aan het einde van een hobbelig pad. Een beetje verder stond nog een klein vakwerkhuis, bijna volledig verborgen achter wijnranken. Dit waren de laatste huizen van het dorp.

De gevel van het kasteel had dezelfde donkerrode kleur als de houten balken van het vakwerkhuis. Waarschijnlijk was dat ooit de stal of het koetshuis geweest.

Dokter Georg Berger, gespecialiseerd in praktische geneeskunde en verloskunde, stond op het bordje te lezen. Eronder stonden de openingstijden. Thea keek op haar horloge. Het was even na elf uur. De praktijk zou al een uur open moeten zijn. Ze voelde aan de klink. De deur zat op slot.

'Nou, de praktijk is gesloten,' klonk een mannenstem achter Thea. Ze draaide zich om. Een oudere man op een fiets was bij haar gestopt. 'Ik ben zojuist ook al voor niets langsgekomen.'

'Weet u wanneer dokter Berger terugkomt?'

'Nee, ik heb geen idee. Misschien is hij wel in het kasteel. Daar woont hij.'

'Waarom is hij dan op werkdagen niet in zijn praktijk?'

'Misschien slaapt hij zijn roes uit.'

'Wat zei u daar?' Thea's beeld van een respectabele plattelandsdokter spatte uit elkaar als een zeepbel.

'Nou, het komt niet zo vaak voor.' De man maakte een verontschuldigend gebaar. 'Maar zo af en toe gebeurt het. Zoals ik al zei, probeert u het eens bij het kasteel.' De fietser stapte weer op en fietste weg over het hobbelige pad. Een dronken dokter... Dat kon toch niet waar zijn. Thea slikte moeilijk. Zou het niet beter zijn als ze zonder een gesprek aan te gaan naar Aken zou gaan en de eerste trein naar Hamburg zou nemen? Maar de volgende bus ging pas over twee uur. Ze tilde haar koffer weer op. Nu ze hier eenmaal was, wilde ze dokter Berger spreken ook. Een breed geplaveid pad leidde door de wei naar het gebouw met de torentjes.

Vastbesloten liep Thea over het pad. Het kasteel lag in de bocht van een beek. Aan de andere kant lag een gracht. Het leek net of het kasteel op een klein eiland lag. De verf bladderde op veel plaatsen van de gevel af. Sommige ramen waren dichtgetimmerd en beschadigde delen in het dak waren slechts beschermd met dekzeilen. Toch had het een geheel eigen charme.

Er was een bruggetje over de beek en daarachter was een met onkruid begroeid pad dat naar de ingang leidde. Omdat er geen bel was, gebruikte Thea de deurklopper. Het geluid galmde door het hele gebouw. Ze wachtte, maar er kwam geen reactie. Verdraaid!

'Dokter Berger?' riep Thea. In het gebouw was geen enkele beweging waar te nemen. Ze deed een paar stappen achteruit en keek om zich heen. De gracht liep parallel aan een van de muren van het kasteel. Aan de andere kant was er een ommuurde tuin tussen het water en het kasteel aangelegd. Vlakbij ontdekte Thea een poort. Die zat dicht, maar toen ze er met al haar gewicht tegenaan duwde, ging hij open. Krakend viel de poort weer achter haar dicht.

Alleen het kabbelen van de beek en het getjilp van vogels was nu nog te horen. Sneeuwklokjes en vergeet-mij-nietjes kleurden het gazon wit en blauw. Oude fruitbomen strekten hun takken uit naar de hemel. Er was een moestuin, omgeven door een buxushaag, ook al was die al lang niet meer in vorm. Aan de rand van het gazon was een glimp te zien van de overblijfselen van bloembedden.

'Dokter Berger?' Thea liep langs de zijkant van het gebouw en tuurde door de hoge verticale raamstijlen. In de enorme keuken stond een tafel waar wel twaalf mensen aan konden zitten. Daarachter was een bijkeuken, zoals je die vaak aantrof in statige huizen. De woonkamer was spaarzaam ingericht. En inderdaad, ze had zich niet vergist. Er hing een boksbal aan het plafond. Deze dokter Berger werd steeds mysterieuzer.

Nu had Thea een van de hoeken van het kasteel bereikt. Ze wilde verder lopen, maar op dat moment klonk er verontwaardigd gekwek en gesis. Een groep ganzen stormde op haar af, de nekken gestrekt en hun vleugels gespreid, hun knobbelsnavels wijd open.

Dat was schrikken. Thea hield snel haar koffer tussen haar en de ganzen in, maar dat bleek onvoldoende bescherming te bieden. Een gans hapte naar haar been. Thea rende door de tuin, terwijl ze werd achtervolgd door de boze vogels. Ze trok aan de poort, die weer klemde. Eindelijk ging die een stukje open. Thea wurmde zich door de opening en sloot de poort achter zich. Buiten adem leunde ze ertegenaan. De ganzen gakten nog een paar keer en werden toen stil. Blijkbaar waren ze tevreden dat ze de indringer op de vlucht hadden gejaagd.

Plotseling voelde Thea een stekende pijn in haar rechterhand. Bloed druppelde van haar hand op de grond. Ook dat nog. Ze had zich verwond aan de tuinpoort. Ze zette haar koffer neer, zoog op de bloedende duim en reikte met haar linkerhand in haar jaszak naar een zakdoek.

'Wat had u in vredesnaam in mijn tuin te zoeken?' Een boze stem deed haar opkijken. Voor haar stond een lange man. Hij had een gebruind gezicht en donker haar, waartegen zijn blauwe ogen verrassend helder afstaken. Zijn gezicht werd gekenmerkt door een vierkante kin. Zijn broek was wijd en zijn jas had betere dagen gekend.

Ze schatte dat hij begin veertig was.
'Dokter Berger?'
'Wie zou ik anders moeten zijn?'
'Ik...'
'Laat me dat eens zien.' Hij wees naar haar duim.
Verbaasd stak Thea haar hand naar hem uit. Hij bekeek de wond. Het was een lange snee. Ze moest zich aan een spijker of een ander scherp stuk metaal hebben opengehaald.
'Kom mee.'
'Luister, ik...'
Zonder verder op Thea te letten haastte hij zich over het bruggetje de beek over en via het pad door de wei naar de achterkant van het vakwerkhuis. Thea had moeite om hem te volgen met de zware koffer in haar linkerhand. De achterdeur kwam uit op een gang. Nadat ze door een deur gegaan waren, stonden ze in een spreekkamer.
'Ga zitten.' Hij wees op een stoel.
'Geeft u altijd bevelen aan uw patiënten?' Dokter Berger was niet dronken, want ze rook geen alcohol in zijn adem.
'Ik heb haast en u had niets te zoeken in mijn tuin. Ik hoop dat u bent ingeënt tegen tetanus?' Hij draaide zich om naar een kast en haalde er een fles ontsmettingsmiddel, watten en een kleine chirurgische set uit.
'Gaat u het hechten? Ja, ik ben ingeënt tegen tetanus.' Thea beet op haar lip. Als ze de baan wilde, zou ze kalmer en beleefder moeten zijn.
'Ik ga de wond hechten, want de snee is behoorlijk diep. Tenzij u er een lelijk litteken aan over wilt houden.' Berger had haar hand gepakt en maakte de wond schoon met het ontsmettingsmiddel. Nu het bloed eraf was, moest Thea hem gelijk geven.
'Daar hebt u gelijk in,' gaf ze toe. 'De snee is vrij diep.'
'Ik ben altijd blij als een leek op medisch gebied het met me eens is.' Het sarcasme droop van zijn stem.
'Mijn naam is Thea Graven. Ik ben doctor in de geneeskunde. Als

u mij de gelegenheid had gegeven, zou ik eerder hebben gezegd dat ik arts ben. Ik zag gisteren uw advertentie in de krant. Ik was op bezoek in de regio, mijn familie woont in de buurt en...'

'Solliciteert u naar de functie in mijn praktijk?' Hij liet de naald en draad zakken.

'Ja, inderdaad. Ik zit eigenlijk in het laatste jaar van mijn opleiding tot gynaecologe, dus ik weet echt heel veel van verloskunde en...'

Dokter Berger onderbrak haar opnieuw. 'U had uzelf de reis kunnen besparen.'

'Hebt u de functie al ingevuld?'

'Nee, maar ik heb geen vrouw nodig in mijn praktijk.'

'Waarom niet? Denkt u dat vrouwen minder goede artsen zijn dan mannen? Of minder veerkrachtig misschien?' De naald prikte in Thea's vlees. Door de pijn klemde ze haar tanden op elkaar. Even was ze haar voorzichtigheid weer vergeten.

'Dat denk ik niet, maar vrouwelijke artsen horen in de stad en niet op het platteland.'

'Waarom denkt u dat, als ik het vragen mag?' Thea ademde diep in voor de volgende pijnlijke steek.

'Ik kom uit deze streek, ik ken de mensen. Zij vertrouwen een vreemde niet zomaar. Zelfs een man die hierheen zou verhuizen, zou het moeilijk krijgen.' Dokter Berger keek even op van de wond om Thea aan te kijken. 'En daar komt nog bij dat we soms lang moeten reizen door weer en wind. U hebt geen idee hoe streng de winters hier kunnen zijn. Zware sneeuwval, soms van eind oktober tot begin april. Af en toe moet je jezelf een weg graven naar eenzame boerderijen. In elk seizoen heb je te maken met zware mist. Onder dat soort omstandigheden is het een heel eind naar het ziekenhuis in Monschau. Soms moet een patiënt op de keukentafel geopereerd worden.'

'Ik assisteerde bij operaties terwijl er bommen vielen op Hamburg. Een operatie op de keukentafel schrikt me niet af.'

'Maar u slaat op de vlucht voor ganzen.' Berger maakte de hechting af en deed geen poging om zijn plezier te verbergen. Hij had de gênante situatie dus gezien.

Thea bloosde. 'Het verraste me gewoon.'

'U bent nog niet eens getrouwd. Een alleenstaande vrouw die mannen onderzoekt. Dat zou hier zeker niet geaccepteerd worden.'

'Ik ben weduwe,' antwoordde Thea kalm.

'U draagt geen trouwring.' Hij legde de naald in de metalen kom.

'Ik was bang hem te verliezen door het constante handen wassen en ontsmetten in het ziekenhuis. Daarom heb ik hem afgedaan.'

'Het spijt me te horen dat u weduwe bent,' zei dokter Berger na een korte pauze. Zou hij zich toch laten overhalen? Hij was een verwaande kwast. Maar hij had de snee goed gehecht en Thea wilde zo graag bij haar zussen in de buurt blijven. Bovendien had ze echt dringend een baan nodig.

'Ik studeerde in Dresden en Hamburg en werkte daar na mijn examens in het academisch ziekenhuis. Ik kan mijn transcripties hierheen laten sturen en ze aan u laten zien.'

Ze had geen aanbevelingsbrief van het academisch ziekenhuis. Maar haar referenties waren nog steeds erg goed.

'Ik ben niet echt geïnteresseerd in referenties.' Thea voelde even een glimpje hoop opvlammen. Maar hij schudde zijn hoofd. 'Nee...'

'Kunt u me niet op zijn minst een kans geven?' Nu smeekte ze bijna. 'Zoals ik al zei, ik weet echt veel over verloskunde en...'

'Het zou verspilling van uw en mijn tijd zijn.' Berger pakte een stukje gaas, legde dat op de wond en scheurde een stukje pleister van de rol.

'Ik kan de eerste dagen kosteloos voor u werken.'

'Weet u soms niet wat het woord "nee" betekent? Hoe vaak moet ik mezelf blijven herhalen?' Dokter Berger had de pleister over het gaasje geplakt. Hij ging naar de gootsteen en waste zijn handen. 'Beproef uw geluk in Aken of Keulen. Ik wens u veel succes.'

Hij zou zich niet laten overhalen. Het had geen zin om nog meer argumenten aan te voeren en zichzelf te vernederen. Thea stond op.

Ze hoopte dat hij niet zag hoe wanhopig ze was. 'Bedankt voor het hechten. Wat ben ik u verschuldigd?' vroeg ze koeltjes.

'Niets, beschouw het als een gunst onder collega's. De hechtingen kunnen over vier dagen worden verwijderd. Maar dat weet u wel.'

'Inderdaad, dat weet ik.'

'Dokter Berger...' Iemand riep zijn naam en bonsde op de voordeur. 'Dokter Berger!'

'Ja, wat is er?' Hij haastte zich langs Thea. Onwillekeurig volgde ze hem.

Voor de ingang stond een slecht geklede vrouw.

'Dokter... Mijn dochter is al anderhalve dag aan het bevallen! En nu zijn de weeën nauwelijks te voelen!' Aan haar taalgebruik te horen kwam ze uit Oost-Duitsland.

'Bedoelt u dat de weeën zijn afgenomen?' vroeg Thea snel.

De blik van de vrouw dwaalde naar haar, ze snikte bijna. 'Ja, en ze is erg verzwakt. Ik heb de non die gewoonlijk helpt niet kunnen bereiken. En ik maak me zo veel zorgen!'

'Blijft u kalm.' De stem van dokter Berger klonk scherp. 'Waar wonen u en uw dochter?'

'In een van de wagons.'

'Ik haal even mijn tas.' Hij draaide zich om naar de spreekkamer.

'Hoe oud is uw dochter?' vroeg Thea.

'Ze is achttien. Het is haar eerste...'

Als de eerste bevalling bij een jonge vrouw zo moeizaam verliep, dan was er echt iets niet goed. Thea realiseerde zich dat meteen. Ze ging voor dokter Berger staan en keek hem strak aan. 'Ik ga mee. Twee artsen weten meer dan één.'

Hij aarzelde even, maar knikte toen. 'Oké, gaat u maar mee. En ga nu alstublieft opzij.'

De wagons, een stuk of tien oude treinwagons, stonden in een weiland aan de rand van het dorp. Blijkbaar was dit de tijdelijke huisvesting voor vluchtelingen. Wasgoed hing aan lijnen te drogen. Een paar kippen zaten kakelend in hun hok en een varken wentelde zich in de modder. Dokter Berger parkeerde zijn vooroorlogse Ford naast een paar pas aangelegde perken. Thea slaakte een zucht van opluchting. Ze waren er. Tijdens de korte rit had ze geprobeerd om met de moeder te praten, omdat ze het belangrijk vond om zo veel mogelijk te weten te komen over de vrouw die aan het bevallen was. Haar achternaam was Reimers, maar veel meer had Thea niet uit de radeloze vrouw gekregen.

'In welke wagon woont u?' Dokter Berger stelde de vraag aan mevrouw Reimers nogal bruusk.

'Die daar.' Ze sprong uit de auto en rende naar een van de voorste wagons. Thea en dokter Berger volgden haar. In de wagon was het warm en benauwd en de ruiten waren beslagen. Thea ving een glimp op van een fornuis en een pan met kokend water en een paar kinderen zaten ineengedoken rond een tafel. Toen liep ze achter de moeder en dokter Berger aan naar het volgende compartiment.

Een jonge vrouw lag op een matras op de grond. Ze keek de dokter en Thea met wijd opengesperde ogen aan. Haar haar was samengeklit van het zweet en zat in de war langs haar gezicht. Er lagen nog wat op elkaar gestapelde matrassen en daarvoor stond een emmer heet water. Gelukkig waren er ook handdoeken en zeep.

'Mijn meisje, alles komt goed,' snikte de moeder.

'Ik heb uw dochter nog nooit op mijn spreekuur gezien,' zei dokter Berger ongeduldig tegen mevrouw Reimers. 'Is ze wel naar een andere dokter geweest?'

'Nee, we hebben geen zorgverzekering. En mijn vijf bevallingen verliepen goed.'

'En de vader? Waarom heeft hij niet voor een dokter betaald?'

De moeder sloeg haar ogen neer. 'We weten niet wie de vader van het kind is,' fluisterde ze.

'Wat schieten we op met al die vragen?' Thea kon zich niet meer inhouden. Het maakte haar op dat moment niet uit of ze de baan zou krijgen of niet. 'Zorg alstublieft voor die vrouw die nu in barensnood is!'

Dokter Berger snoof geïrriteerd. Hij knielde neer bij het matras en duwde de deken en het nachthemd van de jonge vrouw opzij. Het laken was helemaal nat. De vliezen waren dus al gebroken.

'Hoe heet je?' vroeg Thea aan de jonge vrouw, aangezien haar collega het blijkbaar niet nodig vond om dat te vragen.

'Christa...'

'Christa, je moeder zei dat je al anderhalve dag aan het bevallen bent?'

'Ja... Het deed zo'n pijn, tussendoor waren de weeën heel sterk. Nu heb ik nauwelijks weeën. Dat is niet goed, hè?' Haar stem was erg zwak. Ze keek Thea angstig aan. 'Ik... Ik wil niet dood.'

'Je gaat niet dood. Wij gaan je helpen om een gezonde baby op de wereld te zetten.' Thea schonk haar een bemoedigende glimlach om haar bezorgdheid te verbergen. Ze keek gespannen toe hoe dokter Berger snel en vakkundig de zwangere vrouw onderzocht. Met de stethoscoop luisterde hij naar de hartslag van het ongeboren kind. Toen duwde hij zachtjes de dijen van de zwangere vrouw uit elkaar. Nu ging er een wee door het lichaam van de jonge vrouw. Ze was inderdaad erg verzwakt.

'Er is hier zo weinig ruimte.' Thea raakte de arm van mevrouw Reimers aan. 'Het zou ons meer helpen als u naar de kinderen gaat en ons ons werk laat doen.'

'Waarom zijn de weeën niet heviger?'

'Dat betekent niets,' loog Thea. 'Laat ons alstublieft in alle rust ons werk doen.' De vrouw wierp nog een laatste angstige blik op haar dochter voor ze zich door Thea de coupé uit liet duwen.

Thea greep snel Christa's pols. Haar polsslag was onregelmatig.

'Wat is uw diagnose?' fluisterde ze tegen dokter Berger.

'Te oordelen naar de bolvormige uitstulping aan de bovenkant van de baarmoeder en andere tekenen bevindt de baby zich in een hoge, rechte positie.' Hij had een fronsende uitdrukking op zijn gezicht.

'Ja, daar ben ik het mee eens.' Bij deze geboortecomplicatie lag het hoofd van het kind niet goed ten opzichte van de bekkeningang. Dit betekende dat het hoofd niet vanzelf in het bekken zou komen en daardoor kon het kind niet geboren worden. Voor maatregelen als het anders positioneren van de bevallende vrouw was het al te laat. Ze zouden het ongeboren kind niet meer kunnen draaien. Eigenlijk moest er nu een keizersnede uitgevoerd worden. Maar de spier boven de navel was wel erg duidelijk zichtbaar...

'De hartslag van het kind is erg zwak.' Dokter Berger sprak Thea's zorgen uit. 'Het is verdraaid laat om het meisje naar het ziekenhuis in Monschau te brengen.'

Thea wendde zich tot Christa. Tot haar opluchting had de jonge vrouw haar ogen gesloten en had ze het gedempte gesprek blijkbaar niet gehoord.

'Denkt u dat het risico op een baarmoederruptuur groot is?' vroeg ze aan haar collega.

'Daar ben ik bang voor.'

'Is de baarmoederhals volledig geopend?'

'Ja, dat is het geval.' Dokter Berger knikte. 'Weet u hoe u een manoeuvre toepast waarbij je het kindje draait in de baarmoeder?'

'Daar dacht ik ook aan. Ja, daar ben ik mee bekend.' Dit was niet het moment om erop te wijzen dat ze de techniek natuurlijk kende en waarschijnlijk vaker had beoefend dan hij. 'Ik heb die greep al een paar keer succesvol toegepast,' antwoordde ze simpelweg.

'Mooi, uw handen zijn kleiner dan de mijne.' Dokter Berger opende zijn dokterstas en haalde er een spuit uit. 'U past de greep toe, dan probeer ik het kind van buitenaf de juiste richting in te manoeuvreren.'

'Gaat u Christa natriumpentothal toedienen?'

'Ja, zodat ze kan ontspannen en niet zo veel pijn heeft. En we moeten de benen van het meisje optillen.'

Thea zou hetzelfde hebben gedaan. Gelukkig leek hij te weten wat hij deed.

'Wat is...' De ogen van de jonge vrouw werden weer groot. Ze probeerde rechtop te zitten.

'Christa, dokter Berger gaat je nu een injectie geven,' legde Thea sussend uit. 'En we moeten je een beetje anders leggen, zodat ik het hoofd van je kindje in de juiste positie kan draaien.'

'Kom op, help me een handje. Er is nu geen tijd voor uitleg.' Dokter Berger was al begonnen de dekens op de andere matrassen op te vouwen. Samen met enkele kussens legden ze die onder de onderbenen van de jonge vrouw. Daarna diende hij Christa de natriumpentothal toe. Ondertussen waste Thea zorgvuldig haar handen en desinfecteerde die met lysol uit dokter Bergers dokterstas.

'Ik beloof dat ik voorzichtig zal zijn.' Ze knielde tussen de benen van de jonge vrouw.

Was haar rechterhand nu maar niet verbonden geweest. Nu zou ze het werk met haar linkerhand moeten doen. Na een nieuwe zwakke wee kon Thea het hoofdje van de baby in de baarmoeder voelen. Ze probeerde er grip op te krijgen met alle vijf haar vingers, maar het lukte niet. De jonge vrouw kreunde. Het zweet brak Thea uit. Eindelijk lag het hoofdje in haar hand. Ze probeerde het voorzichtig de juiste richting in te bewegen, maar ze kreeg het niet goed voor de bekkeningang. Thea's arm verkrampte.

O nee... Haal diep adem, ontspan! Je mag deze jonge moeder niet in de steek laten!

Thea probeerde het hoofdje weer te draaien. Wonderwel gleed het naar de juiste richting.

'Nu!' Ze knikte naar dokter Berger, die haar zwijgend had gadegeslagen. Hij drukte stevig maar voorzichtig op de onderbuik. Het hoofdje gleed het bekken in. Thea trok haar hand terug.

'Pak de tang!' Hij gaf haar het instrument aan. Eerst legde ze de ene kant van de tang en daarna de andere kant tegen het hoofdje. Thea bewoog het instrument voorzichtig.

'Zit de tang goed?' hoorde ze dokter Berger vragen.

'Ja.' Ze knikte. 'Ik heb het gecontroleerd.'

'Begin dan voorzichtig te trekken, dan zal ik duwen.' Hij plaatste zijn handen op de buik, ter hoogte van de bovenkant van de baarmoeder en oefende druk uit. Thea deed wat ze moest doen en plotseling kwam er weer een wee, en nog een. Thea ondersteunde met de tang. Eindelijk verscheen het hoofdje aan het einde van het geboortekanaal en gleed de baby helemaal naar buiten. Thea pakte het pasgeboren kindje, dat nog bedekt was met de vettige substantie die pasgeboren baby's omhulde, snel op en legde het in haar armen. Met gesloten ogen haalde de baby adem en slaakte een eerste kreetje.

'Je bent bevallen van een klein meisje.' Thea voelde een enorme opluchting. Ze wikkelde de baby in een handdoek en legde die zachtjes op Christa's buik.

'Mijn kleintje...' Een glimlach verlichtte het vermoeide gezicht van de jonge moeder.

'Wat gebeurt er...' Mevrouw Reimers rende de coupé binnen. Ze sloeg haar hand voor haar mond en slaakte een snik van opluchting toen ze haar dochter en kleinkind zag.

Thea was blij. Het kind bewoog nu haar armpjes, alsof het iets zocht om zich aan vast te houden. Het leefde, het was in orde, en ze had haar deel mogen doen.

'Moeder en kind maken het goed.' Berger had de navelstreng doorgeknipt en de nageboorte gecontroleerd.

'Ik kom vanavond nog even bij hen kijken. En bij de volgende zwangerschap zorgt u ervoor dat uw dochter op tijd naar de dokter gaat. Zij en het kind hebben veel geluk gehad.'

'Ja, dat zal ik doen.' De kersverse grootmoeder glimlachte door haar tranen heen. Thea wachtte tot dokter Berger zijn spullen in zijn dokterstas had opgeborgen en ging toen met hem mee naar het voorste compartiment. De kinderen dromden nog steeds rond de tafel en keken hen bezorgd aan.

Thea bleef stilstaan. 'Jullie hebben een nichtje gekregen,' zei ze vriendelijk. 'Op dit moment hebben zij en jullie zus wat rust nodig.

Maar binnenkort mogen jullie haar zien.' Dokter Berger was al naar buiten gegaan en stond voor de wagon een sigaret te roken.

'Het begin van een nieuw leven.' Thea was nog helemaal vol van de geboorte, die zo goed was afgelopen.

'Een nieuw leven na miljoenen doden.' Hij haalde zijn schouders op.

'Bent u altijd zo cynisch?'

'Ik ben gewoon realistisch.'

Thea keek hem uitdagend aan. 'U zult moeten toegeven dat u het zonder mijn hulp waarschijnlijk niet had gered bij deze bevalling.'

'Ja, uw hulp was erg nuttig,' gaf hij toe na een korte stilte.

'Ik ben blij dat u er zo over denkt, want ik wil de baan nog steeds.'

'Ook al is het een functie als huisarts en verloskundige, niet als gynaecoloog?'

'Ja, ik heb u al verteld dat ik dicht bij mijn familie wil zijn. Ik zou meteen aan de slag kunnen...'

Dokter Berger onderbrak haar. 'En hoe zit het met uw specialisatie in de gynaecologie? Hebt u die afgeschreven?' Hij leek te veronderstellen dat ze ontslag had genomen in Hamburg vanwege haar familie. Een misverstand dat Thea op dat moment niet slecht uitkwam.

'Nee,' gaf ze toe. 'Over een paar jaar zou ik graag examen willen doen als het mogelijk is. Een aantal maanden in uw praktijk zie ik eigenlijk als een aanvulling op mijn opleiding.' Ze wilde niet tegen hem liegen en doen alsof ze voor altijd bij hem wilde werken.

Dokter Berger rookte zwijgend door, zijn wenkbrauwen gefronst. Zou hij nu zeggen dat hij alleen iemand zou aannemen die ook op lange termijn met hem wilde samenwerken?

In de wagon begon de baby te huilen. Het geluid stopte abrupt. De jonge moeder had de kleine waarschijnlijk aan haar borst gelegd. Dokter Berger draaide zich naar de treinwagon alsof hij naar de baby luisterde. Toen nam hij weer een trekje van zijn sigaret, gooide de peuk op het gras en stampte hem uit.

Daarna wendde hij zich weer tot Thea. 'Het werk is hier hard en anders dan in de stad. Vrijwel alle vrouwen in dit gebied bevallen thuis en niet in het ziekenhuis. De patiënten van mijn praktijk wonen veelal in geïsoleerde boerderijen. Bijna geen van de boeren heeft een auto. Dat betekent dat zieke mensen vaak thuis bezocht moeten worden, ook 's nachts. Ik heb al gezegd dat sneeuw, storm en regen geen sinecure zijn...'

'Ik vind het niet erg,' zei Thea snel. 'Ik ben gewend om hard te werken.'

Hij keek haar opnieuw onderzoekend aan. 'Oké, u krijgt de baan,' zei hij ten slotte. 'Omdat u uzelf heel nuttig hebt gemaakt bij deze geboorte. Eerst twee maanden op proef.'

'U zult er zeker geen spijt van krijgen. Bedankt voor deze kans, dokter.' Het was een pak van Thea's hart en ze keek dokter Berger stralend aan.

'Eens kijken of u me over acht weken nog steeds dankbaar bent.' Hij klonk weer stuurs. Thea's enthousiasme maakte geen enkel verschil.

'U zult blij met me zijn, dat beloof ik u.'

'De tijd zal het leren.'

Ze waren weer terug bij de oude Ford. Terwijl de motor tot leven kwam, nam Thea plaats op de passagiersstoel. In de hoofdstraat werd ze meteen nieuwsgierig bekeken door een paar voorbijgangers.

'Ik hoop dat u een rijbewijs hebt?' Berger wierp een zijdelingse blik op Thea. 'Dat hebt u wel nodig hier op het platteland.'

'Ja, ik heb een autorijbewijs. Ik heb zelfs een motorrijbewijs, mocht dat ook nog van belang zijn.'

'Hoe komt u daaraan?' Hij leek meer geamuseerd dan onder de indruk.

'Dat heb ik gehaald tijdens mijn tijd in burgerdienst.'

'Hopelijk hebt u wel uw stage op het platteland voltooid?' De opleidingsregels schreven voor dat alle toekomstige artsen ook buiten het ziekenhuis ervaring op moesten doen. Als het mogelijk was, moesten ze drie maanden in een artsenpraktijk op het platteland werken.

'Nee, ik heb stage gelopen in de stad,' moest Thea toegeven.

Dokter Berger gromde wat in zichzelf. Het klonk als: 'Dacht ik het niet.' Hij had alweer een punt.

'Ik zou heel graag op het platteland gewerkt hebben,' verdedigde Thea zichzelf. 'Maar ik kon nergens een plaatsje vinden. Vóór de geldhervorming waren banen in huisartsenpraktijken op het platteland erg populair, omdat er altijd iets te eten was in de dorpen. Ik was gewoon blij toen ik eindelijk een baan vond in de praktijk van een gynaecoloog in Hamburg.' Daar had Thea lange dagen gemaakt voor een laag salaris, terwijl ze goed werk had geleverd. 'Maar ik heb echt mijn best gedaan om algemene geneeskunde onder de knie te krijgen in het ziekenhuis.' Dat was waar. Bovendien liet ze zich niet intimideren door deze Georg Berger. 'En nu zou ik graag willen weten waarom u eigenlijk op zoek bent naar een werknemer,' zei ze.

'De praktijk is de afgelopen jaren enorm gegroeid door de vluchtelingen en de mensen die terugkeren uit de oorlog. Er zijn ook meer geboorten. Verder zou ik graag de oproepdienst met iemand delen, zodat ik niet de hele tijd in de praktijk vastzit. Ik hoop echt wat minder gebonden te zijn door uw hulp.'

'Daar kunt u op rekenen.' Thea's gedachten dwaalden af naar het moment dat ze had gedacht het dorp zonder succes weer te moeten verlaten. 'Vertelt u eens... Toen mevrouw Reimers de praktijk binnenkwam, had ze het over een non die ze niet kon bereiken. Is een non de vroedvrouw van het dorp?'

'Ja, zuster Fidelis. Zij is ook de dorpsverpleegster.'

Thea had nog nooit met nonnen gewerkt die tevens vroedvrouw waren, maar ze had gehoord dat ze er waren.

Haar nieuwe baas was van de hoofdstraat naar het kasteel gereden. Hij parkeerde de Ford voor de praktijk.

'Wanneer kan ik met de baan beginnen?'

'Wat mij betreft morgen al.'

‘Ik heb mijn koffer bij me, of eigenlijk ligt die nog in uw spreekkamer. Bij de kerk zag ik een herberg. Zou ik daar kunnen overnachten? Of verhuurt iemand in het dorp kamers?’

‘Sinds de bovenverdieping van de herberg in de oorlog is beschadigd, zijn er geen kamers meer. Maar u mag in het huisje wonen.’ Hij wees naar het kleine gebouwtje een eindje achter de golfplaten garage, dat helemaal overgroeid was met wijnranken.

‘O…’ Thea aarzelde onwillekeurig.

‘Wilt u het zien of niet?’ Georg Berger deed geen moeite om zijn ongeduld te verbergen.

‘Ja, graag.’ Het kon nauwelijks erger zijn dan de bouwval waarin Thea na het einde van de oorlog een paar maanden had gewoond. Als ze eenmaal gesetteld was, zou er vast wel een andere plek in het dorp zijn.

‘Goed.’ Georg Berger verdween in de praktijk en kwam direct daarna terug met Thea’s koffer. Met grote passen haastte hij zich over het terrein, langs een onverhard pad. Net als het pad dat langs de golfplaten garage leidde, zat de weg vol gaten.

‘Hoort het huisje bij het kasteel?’

‘Ja, er woonde vroeger een personeelslid, later een leidinggevende douane-inspecteur en na de oorlog een vluchtelingengezin. Nu staat het al ruim een jaar leeg.’

Om de tuin stond een scheef hek dat, net als dat rondom het kasteel, volledig overgroeid was. Georg Berger hield het tuinhek open voor Thea. Ze volgde hem over een stenen paadje dat overwoekerd was met gras en brandnetels. Haar jas bleef haken in een bramenstruik. Gelukkig droeg ze stevige wollen kousen en geen nylonkousen!

Dokter Berger bukte zich voor de ingang van het huisje. Hij pakte een steen op en haalde er een roestige sleutel onder vandaan. De deur ging moeizaam van het slot. Het huisje was schemerig vanbinnen.

‘Oké, dan verwacht ik u morgen om zeven uur in de praktijk. Dan kunnen we alles bespreken. O, nog één ding... Er is waarschijnlijk geen beddengoed aanwezig. De eigenaresse van de herberg, mevrouw Bachen, poetst altijd voor mij. Ik zal haar vragen om u wat te lenen. En ik zal de gemeente informeren dat de elektriciteit weer kan worden aangesloten.'

'Dat is aardig van u, bedankt.'

'Tot morgen dan.' Georg Berger knikte haar nogmaals toe en haastte zich weg.

Thea stapte over de drempel en keek om zich heen. Dus dit was haar nieuwe thuis, althans voorlopig. De moed zonk haar in de schoenen. De begane grond van het huisje bestond slechts uit één ruimte. De tralievensters waren volledig overwoekerd. In het schemerige licht zag ze een smalle trap, of eigenlijk meer een ladder, die naar boven leidde. Het enorme gietijzeren fornuis moest duidelijk ook als kachel worden gebruikt, want een andere kachel was er niet. Het meubilair bestond uit een tafel, een bank en twee stoelen. Naast de gootsteen stonden wat kleinere kasten en er was een buffetkast. Daarin stond wat gehavend servies, een pan en een koekenpan. Uit de kraan kwam bruin water.

Nu Thea's ogen gewend waren aan het schemerdonker zag ze ook de dikke laag stof die alles bedekte.

Hoe zou het er boven uitzien? Thea schudde voorzichtig aan de houten trap voordat ze er een voet op zette. De trap leek stabiel. Onder het dak was de slaapkamer. Het hoekige plafond werd gekenmerkt door dikke steunbalken. De twee ramen aan de voorkant waren volledig overwoekerd, net als de andere ramen in het huis. Het meubilair was beperkt tot een bed zonder matras, een grote ladekast en een paar haken aan de muur. Er was ook een standaard met een wastafel en een emaillen kan.

Toen Thea weer beneden was, ontdekte ze een smalle deur naast het aanrecht. Ze verwachtte een voorraadkast, maar ontdekte dat de deur naar een kleine gang leidde. Een andere deur leidde naar een al even klein toilet. Het toilet was ingebouwd in een soort houten kist die over de hele breedte van de kamer liep, en de wasbak was ongeveer zo groot als een envelop. Ze zuchtte. Nou ja, waarschijnlijk was een toilet in huis een buitensporige luxe. Ze mocht de hemel wel danken dat ze niet op een regenachtige avond naar buiten hoefde te rennen.

Haar sarcastische gedachtegang hielp Thea het plotselinge gevoel van eenzaamheid te overwinnen. Eerst zou ze de ranken van de ramen verwijderen en daarna moest het huisje grondig schoongemaakt worden. Hans en haar zussen hadden altijd gezegd dat ze twee linkerhanden had als het op huishoudelijk werk aankwam. Maar ze zou het op de een of andere manier wel redden. Ze vond een emmer onder de gootsteen, maar geen doeken, en er leek ook geen bezem te zijn.

In gedachten maakte Thea een boodschappenlijstje. Een scherp mes voor de ranken en ze zou ook zachte zeep nodig hebben. Verder moest ze wat basisboodschappen doen, zoals brood en boter. Lucifers en een paar kaarsen voor de zekerheid waren ook wel handig… Naast de haard lagen houtblokken en de kolenkit was gevuld. Dat zou genoeg moeten zijn voor vanavond. Ze zou naar de dorpswinkel gaan en eerst haar huisgenoten in Hamburg bellen vanuit de telefooncel, zodat ze haar kleding en andere dingen naar Eichenborn konden sturen.

Ik red me prima hier, zei ze vastbesloten tegen zichzelf.

Verdraaid! Thea beet op haar lip. Het vuur in de haard wilde maar niet aangaan. Ze was al een tijdje met de pook aan het porren en probeerde ook de as uit de kachelpijp te krijgen. De vlam likte de verfrommelde krant op en doofde toen, zonder dat de dunne houtblokken die erop waren gestapeld in brand vlogen.

De hele middag was ze bezig geweest met het verwijderen van de wijnranken van de ramen en het schoonmaken van het huis. Ze was moe, ze had trek en ze had het koud. Nu de schemering inviel, werd het merkbaar kil in het huisje. Elektriciteit was er duidelijk nog steeds niet, want de gloeilamp die ze in de dorpswinkel had gekocht, bleef donker.

Nee, het ging niet lukken met dat vuur. Thea sloeg het deurtje van de kachel dicht. Ze wilde toch al om beddengoed en lakens in de herberg vragen. Hopelijk zou ze daar iets warms te eten kunnen krijgen. Het zou niet veel erger zijn dan de ontvangst in de dorpswinkel. Daar waren de gesprekken gestokt toen ze binnenkwam en hadden ze haar aangestaard alsof ze van een andere planeet kwam.

Provisorisch waste Thea haar gezicht en handen bij de gootsteen met koud water. Dat was wel nodig na al dat poetsen. Ze had vele emmers water gebruikt om schoon te maken, maar nu was het eindelijk netjes. Daarna trok ze haar jas aan, doofde de kaars en verliet haar nieuwe huis.

Buiten rook het naar vochtig gras en aarde, en vanaf de beek waaide er een koel briesje. Ze kroop wat dieper weg in haar jas. De hoofdstraat was verlaten. Hier en daar hing de geur van eten in de lucht, vermengd met de dampen van varkens en koeien. Waar was ze terechtgekomen? Opnieuw voelde ze een gevoel van eenzaamheid.

Die middag had ze in elk geval haar huisgenoten in Hamburg kunnen bereiken. Ze hadden haar beloofd dat ze haar spullen in de komende dagen zouden inpakken en per post zouden verzenden. In de villa in Monschau had niemand opgenomen, maar ze kon het nu nog eens proberen.

Thea stapte de telefooncel binnen. Ze gooide wat munten in de gleuf, draaide het nummer van de villa en luisterde naar de kiestoon. Ze verheugde zich op het horen van Katja's lach en Marlenes kalme, begrijpende stem. Haar zussen zouden ongetwijfeld blij zijn dat ze in de buurt bleef.

'Professor Kampen.' Het was haar vader die opnam. Ze had hem op dit uur niet verwacht. Zijn toon was kort en ongeduldig, alsof het rinkelen van de telefoon iets had onderbroken.

Geschrokken klemde Thea de hoorn steviger beet.

'Kampen. Hallo? Met wie spreek ik?'

In een reflex wilde Thea mompelen dat ze het verkeerde nummer had gedraaid, maar ze wist zich net te bedwingen. Haar vader zou haar stem waarschijnlijk herkennen. Zonder een woord te zeggen hing ze op. Ze zou de volgende dag wel terugbellen als hij echt in de kliniek was. Ze duwde het gevoel van bitterheid weg dat ze weer voelde bij de gedachte aan hun ruzie, en ging naar de herberg.

In de gelagkamer kwamen de warmte en de sigarettenrook haar meteen tegemoet. Rond een grote ronde tafel zaten een stuk of tien mannen. Dat waren de enige gasten. Ze dronken allemaal bier en een enkeling zat ook te eten. Ze droegen werkkleding, jassen en broeken van versleten, ruwe stof in combinatie met een trui. Slechts een van hen was anders gekleed. Thea zag alleen zijn profiel, maar hij was slank en eind dertig of begin veertig. Zijn leren jack en felgekleurde sjaal deden haar denken aan een schurk of een kunstenaar, net als zijn iets te lange haar en snor. Hij had een nonchalante houding. Toch scheen ieders aandacht op hem gericht te zijn.

'Goedenavond.' Thea's stem weerklonk luid in de gelagkamer.

'Goedenavond,' werd er gemompeld vanaf de tafel. Zoals eerder in de winkel stokte het gesprek en de mannen staarden haar aan. Nu draaide de man in het leren jack zich naar haar om. Hij glimlachte waarachtig, hief zijn glas en toostte op haar.

'Kan ik u helpen?' Een forse vrouw met haar haar ingevlochten om haar hoofd was achter de bar verschenen en keek Thea afwachtend aan.

'Bent u misschien mevrouw Bachen, de herbergierster?'

De vrouw knikte kort. 'Ja, dat ben ik.'

'Dokter Berger zei dat ik bij u moest zijn voor beddengoed. Ik ben dokter Graven, zijn nieuwe werknemer. Hij zei dat hij er zeker van was dat ik wat mocht lenen.' Haar stem klonk opnieuw te luid.

'Ja, hij heeft het gezegd. U kunt beddengoed lenen.' Dat klonk niet echt toeschietelijk.

'Dat is erg aardig van u.' Thea probeerde wanhopig vriendelijk te zijn. 'Ik zou ook graag iets willen eten. Helaas doet de kachel in mijn huisje het niet.'

'Het is niet mogelijk om hier iets te eten.'

'Maar… die heren zitten ook te eten.' Thea wees verbaasd naar de tafel.

'De stoofpot is helemaal op.'

'O…' Op de een of andere manier geloofde Thea daar niets van.

'O, mevrouw Bachen, er zit vast nog wel iets in de pan.' De man in het leren jack kwam tussenbeide.

'Ik zou echt heel blij zijn als ik iets warms te eten kreeg,' drong Thea aan.

De herbergierster wisselde een blik met Thea's onverwachte bondgenoot. 'Ik zal even in de keuken kijken,' zei ze. Het was vrij duidelijk dat Thea niet degene was die haar overgehaald had.

'Ik weet zeker dat er zelfs nog een royale rest is.' De man in het leren jack knipoogde naar Thea.

Ze wilde plaatsnemen aan een van de tafels die vrij waren. De herbergierster snauwde haar echter toe: 'Nee, hier kunt u niet zitten.'

'Waarom niet?' Thea verloor haar geduld. 'Er is plaats genoeg.'

'Dit is een besloten gezelschap, komt u maar mee.'

De groep mannen vormde een besloten gezelschap? Dat sloeg nergens op.

De eigenaresse van de herberg opende een deur. Daarachter strekte zich een hal uit waarin vlaggen aan de muren hingen. In tegenstelling tot in de herberg was het hier bitter koud. Thea wilde de herbergierster op haar eerste avond in het dorp niet tegen de haren in strijken en nam plaats aan een van de lange tafels.

'Ik zal u zo de stoofpot brengen en het beddengoed voor u klaarleggen.' De herbergierster leek nu wat meer benaderbaar.

Thea keek nieuwsgierig de kamer rond. De vlaggen waren van clubs, zoals ze nu zag. Te oordelen naar de inscripties waren er verschillende sportclubs, evenals een theater en een muziekclub in het dorp. Vooraan bij het podium stond een piano. Die werd waarschijnlijk gebruikt door de toneelvereniging en voor dorpsdansen. Zou zij ooit aan zo'n evenement deelnemen? Thea kon het zich niet zo goed voorstellen. Ze herinnerde zich dat ze haar kleine reisthermoskan bij zich had en om warm water wilde vragen, en haalde die uit haar tas.

De geur van bonen, aardappelen en spek vulde haar neusgaten. De herbergierster kwam de zaal binnen. In haar handen had ze een dienblad, dat ze nu voor Thea op tafel zette. Het aardewerken bord was inderdaad rijkelijk gevuld met een stoofschotel.

'Dat is erg vriendelijk van u,' zei Thea waarderend. 'De stoofpot ruikt heerlijk.'

De herbergierster nam haar complimenten met een kort knikje in ontvangst.

'Ik ben zo blij dat ik hier iets te eten kan krijgen,' probeerde Thea een gesprek aan te knopen.

Ze kreeg geen antwoord. Toen zei de vrouw ineens toch wat. 'Uw man komt zeker ook binnenkort in Eichenborn wonen?'

'Mijn man... Nee, ik ben weduwe.' Het was waarschijnlijk het beste als dit feit zich zo snel mogelijk door het dorp zou verspreiden.

'Er zijn ook veel mannen uit het dorp omgekomen.'

'Het spijt me dat te horen.'

'Ik breng uw beddengoed zo.' Blijkbaar wenste de herbergierster haar geen minuut langer in de zaal dan nodig.

'Zou u me een plezier willen doen en mijn thermosfles met heet water willen vullen?' Thea keek de herbergierster strak aan.

'Als dat echt nodig is.' Mevrouw Bachen griste de thermosfles uit haar handen en verdween.

Hoewel de stoofpot heerlijk was, was Thea's eetlust verdwenen en ze deed haar best om haar bord zo snel mogelijk leeg te eten. Ze had de laatste hap nauwelijks doorgeslikt of de gastvrouw kwam al terug met een grote, bij elkaar geknoopte bundel. Ze liet die aan Thea's voeten vallen en zette de thermoskan met een klap op tafel.

'De stoofpot kost één mark.'

Thea legde de munt op tafel. Ze stopte de thermoskan in haar tas en hees de bundel op haar schouder.

'Tot ziens.' Ze verwachtte geen antwoord en dat bleef dan ook uit.

De mannen in de eetkamer volgden haar met hun ogen. Toen ze de herberg wilde verlaten, bleef de bundel beddengoed achter het kozijn van de deur haken en de knoop raakte los. Verdraaid... Met een rood hoofd bukte Thea.

'Ik help u wel.' De man in het leren jack was opgestaan en naar haar toe gelopen.

'Bedankt, ik red me wel.'

'Ik wilde toch al vertrekken. Waar moet u heen?' Zou het als arrogantie worden beschouwd als ze zijn hulp weigerde? Ze begreep deze mensen gewoon niet. 'Naar een huisje op het terrein van het kasteel,' zei Thea toen maar.

Snel en vakkundig knoopte hij de bundel weer dicht en stapte met Thea de deur uit.

'Mijn auto staat daar.' Hij wees naar een Volkswagen Kever. 'En mijn naam is trouwens Axel Heimbach.' Hij glimlachte naar haar.

'U kent de mijne al, Thea Graven.' Ze volgde hem naar de auto, waar hij de bundel op de achterbank legde.

'Woont u in Eichenborn?' Thea probeerde opnieuw een gesprek te beginnen terwijl ze wegreden.

'Nee, in Monschau. Daar heb ik een studio, ik ben fotograaf.'

'En wat brengt u naar Eichenborn?'

'O, van alles en nog wat...' Hij maakte een wegwuifgebaar met zijn hand. 'Dus u bent nu in functie bij de praktijk van Georg Berger.'

Axel Heimbach leek hem te kennen, hoewel hij in Monschau woonde.

Thea knikte. 'Is hij eigenlijk al lang dokter in Eichenborn?' Ze wist zo goed als niets van haar nieuwe baas. 'Op de een of andere manier hebben we nog niet veel tijd gehad om met elkaar te praten.' En Georg Berger was allesbehalve spraakzaam, maar dat kon ze natuurlijk niet tegen Axel Heimbach zeggen.

'Ik denk dat hij kort na het begin van de oorlog naar Eichenborn is gekomen. Uiteindelijk werd hij opgeroepen en in 1946 of 1947 kwam hij terug uit gevangenschap. De Eichenborners zijn erg blij dat hij terug is.'

'O ja?'

'Nou, Georg Berger heeft zijn eigenaardigheden, maar hij is een goede dokter.'

Tot nu toe was ze het helemaal eens met Axel Heimbach. Ze passeerden de praktijk en Thea leunde naar voren. Ze wees naar het kleine vakwerkhuisje iets verderop. 'Daar woon ik voorlopig.'

Axel Heimbach reed over de hobbelige, onverharde weg. Hij stopte voor het tuinhek. Ze stapten uit en hij droeg de bundel dekens en lakens door de overwoekerde tuin naar de deur.

'Ik wens u het allerbeste in uw nieuwe functie.' Hij stak zijn hand uit. Zijn stem was warm.

'Hartelijk bedankt.' Thea drukte zijn hand, dankbaar voor zijn vriendelijkheid.

Bij het licht van een kaars maakte Thea even later haar bed op. Ze legde wat dekens in het houten frame als alternatief voor een matras. De nacht was helder en het huisje was nu zo koud dat ze haar kamerjas over haar pyjama aantrok en twee paar sokken aan haar voeten deed. Ze wierp nog een laatste blik op de foto van Hans op het dressoir. Lieve hemel, waar ben ik beland? De meeste mensen zijn afstandelijk, en ik heb je al over mijn baas verteld, dacht ze vermoeid.

Toen doofde Thea de kaars en wikkelde zich in de dekens. Ze had het nog steeds ijskoud. Er viel een straal maanlicht door het raam aan de voorkant. Ze moest zich bewijzen als dokter in dit dorp. Dat moest gewoon. Ergens krijste een steenuil en in de stilte hoorde ze het beekje kabbelen. Zulke ongewone geluiden… Uiteindelijk viel ze in slaap.

5

Thea schrok wakker van een lange schreeuw. Zwak licht vulde de kamer op de bovenste verdieping. Haar wekker gaf even voor half vijf aan. Opnieuw weerklonk die vreemde schreeuw. Lieve help, dat was een kraaiende haan! Ze had het nog steeds ijskoud en voelde zich uitgeput door het harde bed. Van slapen zou geen sprake meer zijn. Ze glipte in haar pantoffels en daalde de ladder af. Eerst deed ze oploskoffie in een kopje en daarna goot ze wat water uit de thermoskan erop. Gelukkig was het water nog redelijk warm. Toen Thea de beker leeg had gedronken, had ze het niet meer zo koud.

De dag ervoor was ze zo druk geweest met het verwijderen van de wijnranken en het schoonmaken dat ze niet veel aandacht had besteed aan de omgeving van het huisje. Het raam aan de voorkant keek uit op de onverharde weg en de praktijk. Door het raam boven de gootsteen kon ze de achtertuin zien en een wei met een stal, daar graasden twee paarden. Het werd begrensd door velden en weiden, en daarachter lag het moeras. De eerste vogels floten bij het ochtendgloren en de contouren van struiken en bomen begonnen zichtbaar te worden in de schemering. Een smalle maansikkel stond aan de violette hemel.

O, ze moest gewoon naar buiten. Ze had nog tot zeven uur de tijd, het tijdstip waarop haar baas haar in de praktijk verwachtte. Met koud water deed Thea een kattenwasje. Daarna poetste ze haar tanden. Gehuld in een broek, een dikke trui onder haar jas en stevige schoenen verliet ze het huis.

Een pad leidde langs de paardenweide. Het gras en de ontspruitende maisstengels waren vochtig van de dauw. Thea begroef haar handen diep in haar jaszakken, omdat het nog steeds bitter koud was. Ze liep stevig door, bereikte het moeras en genoot van de heldere lucht die haar longen binnenstroomde. Een roofvogel, door haar opgeschrikt, vloog scheldend op. Mistwolken dreven over de plassen en gleden langs haar benen. Ergens was een specht op een boom aan het inhakken.

De zon verscheen al snel aan de horizon en overgoot alles met een gouden licht. De dauw en slierten mist schitterden. Thea liep net langs een bosje struiken toen ze plotseling in het gezicht van een kind keek. Een magere jongen hurkte bij een struik en staarde haar aan. Verbaasd bleef ze staan.

'Wat doe jij hier op dit tijdstip?'

De jongen bleef haar zwijgend aanstaren. Zijn haar was opvallend witblond en hij leek tien of twaalf jaar oud te zijn. Maar de blik in zijn ogen paste niet bij zijn leeftijd. Het was de blik van een jongen die te veel dingen had gezien die hij niet had mogen zien.

Thea deed een stap in de richting van de jongen. Maar hij stond snel op en rende weg. Achter en naast hem in de struiken sprongen nog meer kinderen op. Ze verdwenen met hem in de mist. Had ze het echt gezien of verbeeldde ze het zich alleen maar? Geïrriteerd vervolgde ze haar weg. Het pad liep tussen een groep berken door en ging toen verder over open terrein.

'Goedemorgen, dokter Graven.' Thea draaide zich om. Op een groep rotsen stond een man met een schildersezel. Het was een volkomen onwerkelijk beeld. Hoe wist deze man haar naam? Toen herkende ze hem pas. Het was Axel Heimbach. Hij was dus niet alleen fotograaf, maar ook schilder. Ze baande zich een weg naar hem toe door het moerasgras. Hij liet zijn penseel zakken en glimlachte naar haar. 'Zo snel kom je elkaar hier weer tegen.'

'Goedemorgen,' zei Thea een beetje buiten adem. 'Ja, eigenlijk had ik daar niet op gerekend. En u bent niet de eerste die ik hier tegenkom. Achter die berken zag ik net een hele groep kinderen! Meteen daarna verdwenen ze als bij toverslag in de mist. Erg vreemd...'

'Dat moeten de chocoladekinderen zijn geweest.'

'Chocoladekinderen?' Ze keek de man niet-begrijpend aan.

'Zo noemen ze de kinderen die over de grens naar België rennen en daar om eten bedelen. Ze reizen vaak in groepen.'

'Maar is dat niet gevaarlijk voor de kinderen? En hoe zit het met school?'

'Bedelen is minder gevaarlijk dan spelen met oude oorlogsmunitie. Zoals kinderen helaas voortdurend doen. En een lege maag is niet bepaald bevorderlijk voor de geest. Dit gebied is arm en heeft veel geleden tijdens de oorlog.'

'Nu u het zegt... Ja, ik heb veel beschadigde huizen gezien.' Thea knikte. Toch vond ze het deprimerend om te bedenken dat er twee jaar na de geldhervorming nog steeds kinderen waren die moesten bedelen om voedsel, terwijl er eigenlijk overvloed was.

'En wat brengt u zo vroeg al buiten?' Axel Heimbach trok vragend zijn wenkbrauwen op.

'Ik werd wakker door een kraaiende haan. En toen vond ik de omgeving er zo magisch uitzien bij zonsopgang.'

'Ik hou ook van dat vroege licht en ik blijf hier terugkomen om het vast te leggen.'

Thea bekeek het schilderij op de ezel nog eens goed. Het was een combinatie van aquarel en pastelkrijt. De stijl was impressionistisch, bijna schetsmatig. Maar juist dat zorgde ervoor dat de vreemd onwerkelijke, betoverende sfeer van deze lenteochtend bij het moeras werd weergegeven.

'Ik vind het schilderij erg mooi.'

'Ik ben blij dat u er zo over denkt.' Hij glimlachte weer naar haar.

Hoe zou Hans dit op het doek hebben gevangen? Helaas had hij veel te weinig tijd gehad om zijn grote talent te ontwikkelen. Het deed pijn om erover na te denken. Thea veranderde snel van onderwerp. 'Zeg, gisteravond in de herberg was het toch geen besloten feest?'

De ogen van Axel Heimbach dwaalden naar het schilderij en hij voegde een beetje bruin toe met het penseel. 'De mensen hier in de buurt zijn gewoon wantrouwend tegenover vreemden. Dat is alles.'

'Echt?'

'En soms is het beter om niet te veel vragen te stellen.'

'Is dat een goede raad of een waarschuwing?'

'Ik zou het een goede raad noemen.'

Wat een vreemde reactie. Thea wilde wel doorvragen, maar door het geluid van een kerkklok ging ze ineens rechtop zitten. Half zeven, merkte ze op. Om zeven uur moest ze bij dokter Berger in de praktijk zijn en het zou wat tijd kosten om terug te wandelen.

'Ik moet gaan,' zei ze snel.

'Tot ziens! Ik hoop van harte dat dit niet onze laatste ontmoeting was.' Axel Heimbach legde zijn hand op zijn borst en maakte een kleine buiging.

Flirtte hij met haar? Ze had daar geen ervaring mee.

Thea knikte nogmaals naar hem en liep toen haastig terug. Ze wilde zeker niet te laat komen op haar eerste dag in de praktijk.

Uitgeput en met gloeiende wangen kwam Thea om zeven uur de praktijk van Georg Berger binnen. Het was verder lopen geweest dan ze had gedacht, en ze had een deel van de weg moeten rennen. Haar baas zat al achter zijn bureau en keek met scherpe blik op zijn horloge.

'Ik ben op tijd,' zei Thea buiten adem.

'Komt u altijd rennend naar uw werk?'

'Ik heb de bus vanuit Hamburg genomen.'

Haar grapje miste zijn doel. Georg Berger stond op zonder iets te zeggen en zonder een zweem van een glimlach. 'Kom mee.' Hij beende de wachtkamer in, waar hij een deur opendeed. 'Dit is uw spreekkamer.'

Mijn spreekkamer… Thea's hart ging sneller kloppen. De kamer was klein maar schoon en had alles wat ze nodig zou hebben. Een bureau met een telefoon, een behandeltafel, sterilisatieapparatuur voor de medische instrumenten, en een metalen kast met verband en de instrumenten zelf.

'O, dit is perfect.'

'Ik ben blij dat het naar tevredenheid is.' Er klonk een zweem van sarcasme in zijn stem.

'Is alles goed met Christa Reimers en haar kleintje? U zou gisteravond nog bij hen langsgaan.' Thea liet Georg Bergers zelfgenoegzaamheid voor wat het was.

'Ja, moeder en kind maken het goed.' Haar baas leunde tegen het bureau. 'Wanneer hebt u voor het laatst algemene geneeskunde toegepast? Dan doel ik op de veelvoorkomende ziektes, waar een huisarts veel mee te maken krijgt. Infecties, maag-, gal- en leveraandoeningen, verstuikingen, verrekkingen…'

'Tijdens mijn studie,' moest Thea toegeven.

'Dat is best lang geleden.' Georg Berger klonk weer chagrijnig en geïrriteerd. 'Nog even een spoedcursus diagnostiek dan, als opfrisser: observeer uw patiënten vanaf het moment dat ze binnenkomen. Aan de hand van de houding en de manier waarop iemand loopt, kun je vaak al de eerste conclusies trekken over ziekten. De kleur van het gezicht en de handdruk zijn ook belangrijk.'

'Ik ben me er heel goed van bewust dat een gele huidskleur wijst op een galziekte.' Thea kon het niet laten om dat te zeggen.

'Bleke en gezwollen ledematen kunnen wijzen op een nierziekte.' Georg Berger negeerde haar opmerking compleet. 'Gele vlekken op de oogleden duiden op een stofwisselingsziekte, et cetera. De diagnoses worden gesteld door de patiënt zorgvuldig te observeren en te ondervragen. Dus traint u zich erop om goed te kijken, stel vragen en trek uw eerste conclusies steeds in twijfel. Er is niets erger dan medische professionals die te snel zeker zijn van hun zaak. Twijfelt u ergens over, vraag het me dan. Ik heb liever dat er goed en sceptisch nagedacht wordt dan dat er overhaaste diagnoses worden gesteld.'

'Ik zal uw raad ter harte nemen.' Thea ergerde zich heimelijk aan zijn woorden. Ze mocht dan niet veel ervaring in de algemene geneeskunde hebben, maar ze was geen student meer. 'Hoeveel patiënten heeft de praktijk eigenlijk?'

'Ongeveer zeshonderd patiënten op rekening en ongeveer net zo veel mensen die niet verzekerd zijn...'

'Wat bedoelt u met patiënten op rekening?'

'Wel, betalende patiënten natuurlijk, wat anders?'

'U deelt patiënten in naar betalingen?'

'Dat is de gewoonte onder plattelandsdokters.' Berger haalde zijn schouders op. 'Ik begrijp niet wat daar verkeerd aan is.'

'Het zijn mensen en het gaat niet alleen om geld,' protesteerde Thea. Toen hield ze snel haar mond. Ze wilde haar proeftijd immers wel uitzitten. 'Waar is de receptioniste?'

'Nergens, want die hebben we niet.'

'Maar... hoe is de praktijk dan georganiseerd? Iemand moet de patiënten naar de spreekkamer brengen. En wie neemt de telefoon op als u er niet bent?'

'Patiënten komen de spreekkamer binnen in dezelfde volgorde als ze in de wachtkamer binnen zijn gekomen. Spoedgevallen hebben uiteraard voorrang. Buiten kantooruren bellen mensen mij thuis. Of ze kloppen me uit bed. U zult het binnenkort zelf wel merken. Zoals u waarschijnlijk op het bordje bij de voordeur wel gelezen hebt, is de praktijk open van maandag tot en met zaterdag van acht tot twaalf uur. Op woensdag- en zaterdagmiddag is de praktijk gesloten, op de overige dagen is het spreekuur van vier tot zes. Huisbezoeken vinden altijd 's middags plaats. Ook op woensdag en zaterdag.'

'En als iemand ons probeert te bereiken terwijl we zieken bezoeken? Of als we allebei onderweg zijn vanwege een noodgeval? Dan is de praktijk toch verlaten?' Voor het eerst sprak Thea over 'ons'. Het klonk nog steeds vreemd en ongewoon.

'Dan laat diegene een boodschap achter bij de deur, of hij verwittigt de buren, die mij op hun beurt informeren.' Georg Bergers toon was ongeduldig. 'En voordat u vraagt naar de boekhouding en de afrekening met de zorgverzekeraars, dat wordt geregeld door een vrouw in Monschau. Hier bewaar ik trouwens alle medische gegevens.' Hij opende de deur naar een ander kamertje, waarin een oude metalen kast stond met dossiers. Op de planken lagen medicijnen, verband en medische apparatuur. Alles zag er netjes en functioneel uit.

'O ja, en zuster Fidelis komt meestal 's ochtends langs,' nam Georg Berger weer het woord. 'Dan nemen we door voor welke patiënten ze op dat moment zorgt en hoe het zit met bevallingen of kraamzorg. Nu zult u natuurlijk ook een deel van de bevallingen op u nemen. Nou, nu bent u in elk geval op de hoogte van de basis.' Georg Berger gebaarde naar Thea dat ze hem moest volgen en liep terug naar de spreekkamer.

'Hebt u gisteren het beddengoed van mevrouw Bachen gekregen? Ik moest er ineens weer aan denken.'

'Ja, dat heb ik.'

'De gemeentewerker die de elektriciteit aansluit had gisteren een vrije dag. Men verzekerde mij dat u uiterlijk halverwege de middag weer elektriciteit hebt. Ik hoop dat alles desondanks goed gegaan is?'

'Ja, natuurlijk,' antwoordde Thea stijfjes. 'Bedankt voor het regelen.'

'Nou, dan stel ik voor dat u een witte jas aantrekt en uw dokterstas haalt.'

'Helaas zijn mijn spullen allemaal nog in Hamburg.' Thea bloosde.

'O?' Georg Berger keek haar verbaasd aan. Als ze haar baan in Hamburg had opgezegd om een nieuwe baan in de buurt van haar familie te zoeken, zoals hij dacht, dan was het logisch geweest dat ze haar dokterstas had meegenomen.

'Goed, ik kan u een oude tas van mij lenen,' zei hij ten slotte. 'Ik beschik ook over de instrumenten die nodig zijn.'

Thea slikte moeilijk. 'Ik...' Ze wilde hem eindelijk de waarheid vertellen over waarom ze naar deze baan had gesolliciteerd. Maar op dat moment ging de telefoon op het bureau.

Haar baas nam op. 'Berger.' Thea hoorde een opgewonden vrouwenstem aan de andere kant van de lijn. Georg Berger luisterde aandachtig. 'Een ziek kind,' zei hij nadat hij had opgehangen. 'Er is sprake van hevige buikpijn en hoge koorts. Ga maar mee. Met een beetje geluk zijn we voor het spreekuur begint weer terug.'

Ongeveer twee kilometer buiten het dorp remde Georg Berger de Ford abrupt af. Hij reed een dalende weg af waarover laaghangende struiken hingen. De takken schraapten over het dak van de auto. De afdaling was zo steil dat Thea er misselijk van werd. Omdat ze op weg waren naar een ziek kind, was dit niet het juiste moment om te praten over wat er in Hamburg gebeurd was. Daarom had ze niets meer gezegd.

De reis eindigde voor een vakwerkhuis in een weiland waar een beekje doorheen stroomde. Georg Berger pakte zijn dokterstas en haastte zich door de tuin naar de zijdeur. Thea volgde hem. Hij klopte en opende de deur zonder op antwoord te wachten. Thea zag een keuken, waar de was boven het fornuis te drogen hing. Een tengere vrouw zat op een bank met het hoofd van een klein meisje in haar schoot. Ze was vijf of zes jaar oud.

'O, dokter, eindelijk...' zuchtte ze.

'Goedemorgen, mevrouw Messenzehl.' Georg Berger knikte naar haar en trok de deken terug waaronder het kind lag. Het meisje had haar benen opgetrokken tot aan haar borst en hield een teddybeer vast. Het gezicht van de kleine was vuurrood en bezweet. Haar ogen waren gesloten en haar ademhaling was onregelmatig. Het kind had duidelijk hevige pijn.

'Kom, Marlies, geef me je teddybeer.' De stem van Georg Berger klonk verrassend zacht. Het meisje opende haar ogen en begon te huilen.

'Marlies, dit is de dokter,' probeerde haar moeder haar te kalmeren. 'Hij heeft papa behandeld, weet je nog wel?'

'Onderzoek het kind,' fluisterde dokter Berger Thea toe.

'Misschien is ze minder bang voor een vrouw.' Hij deed een stap achteruit en Thea nam zijn plaats in.

'Marlies, ik wil dat je geen pijn meer hebt, en ik weet zeker dat je beer dat ook wil. Om daarvoor te zorgen moet ik je snel onderzoeken. Mag de teddybeer ernaar kijken? Dan zet ik hem hier naast je.' Terwijl Thea sussend verder praatte met het kind, trok ze haar nachtjapon omhoog. De maag was erg hard. Marlies jammerde toen ze die aanraakte. De hevige pijn in combinatie met de koorts... Het moest een blindedarmontsteking zijn. Onmiddellijk zag Thea het bloed uit de bekkenaorta van meneer Hansen stromen.

'Dokter? Vertel me alstublieft wat er met mijn dochter aan de hand is.' De stem van de moeder leek van heel ver te komen.

'Ik... Ik ben bang dat Marlies blindedarmontsteking heeft.' Ze worstelde om de woorden uit haar keel te krijgen.

'Maar dat is goed te behandelen, toch?' De moeder keek haar angstig aan.

'Ja, natuurlijk.' Thea voelde Georg Bergers ogen op haar rug branden en wist zichzelf te herpakken. 'Het kind moet in elk geval direct naar het ziekenhuis.'

'Ik ben het met u eens dat ze naar het ziekenhuis moet, collega. Al ben ik er niet zeker van of het wel blindedarmontsteking is.' Georg Berger stond nu naast Thea. 'Laten we de temperatuur opnemen, rectaal en via de oksel.'

'Ik denk niet dat dat nodig is. Het kind gloeit letterlijk van de koorts.' Thea voelde zich nog steeds ellendig.

'Ja, maar ik wil nog iets controleren.' Hij had al een medische thermometer onder de oksel van het meisje geschoven. Kort daarna draaiden ze samen het kind voorzichtig op haar zij zodat ze nu ook de rectale temperatuur konden meten. Beide keren gaf de thermometer bijna veertig graden aan.

'Maar bij blindedarmontsteking moet er een temperatuurverschil zijn tussen de twee lichaamsdelen,' zei Thea verbaasd.

Georg Berger knikte. 'Het kan zijn dat de kleine een ernstige longontsteking heeft en geen blindedarmontsteking,' antwoordde hij. 'Bij kinderen zijn de symptomen soms atypisch en straalt de pijn bij het in- en uitademen uit naar de buik.'

Wat onverantwoordelijk dat ze daar niet aan had gedacht. Thea kon zich wel voor het hoofd slaan vanwege haar falen. Ze voelde zich ziek en ze stond te trillen op haar benen.

Haar moeder stopte snel een paar nachthemden in een tas. Georg Berger pakte het kind op en ze haastten zich met z'n allen naar de auto.

6

Georg Berger reed heel hard en Thea klampte zich vast aan haar stoel. Ze bleef het bloed van meneer Hansen voor zich zien en ze voelde zich misselijk.

Haar baas nam de smalle, ingewikkelde straten van Monschau in razend tempo. Pas toen hij stopte voor het ziekenhuis vlak bij het kasteel, realiseerde Thea zich plotseling dat ze hier haar vader tegen zou kunnen komen. Geagiteerd en verward als ze was, had ze er niet aan gedacht tijdens de rit naar de kliniek waar ze het zieke kind naartoe brachten.

Georg Berger tilde Marlies uit de auto en haastte zich vervolgens met het kind en de moeder naar de ingang van het kazerneachtige gebouw. Besluiteloos stond Thea naast de Ford. Het was laf, maar ze wilde haar vader nu echt niet tegenkomen. Niet na zijn beschuldigingen van twee dagen eerder.

Een ambulance stopte voor de ingang met zwaailichten en sirenes. Twee ambulancebroeders tilden een brancard uit de auto. Thea ving een glimp op van een kreunende man. Toen waren de ambulancebroeders met de patiënt in het gebouw verdwenen. Een paar jonge verpleegsters renden over het terrein en wierpen Thea nieuwsgierige blikken toe. Nu ging de voordeur weer open en Georg Berger kwam naar buiten. Zelfs van een afstand kon ze zien dat hij geërgerd keek. Hij vroeg zich zeker af waarom ze hem niet had vergezeld. Hoe moest ze hem dit nu weer uitleggen?

Een auto reed het terrein op en remde af. Het geluid van de motor stierf weg. Thea draaide haar hoofd om. Het was een zwarte Mercedes. De oudere heer in donker pak die uitstapte, was haar vader. Thea rechtte haar rug en zette zich schrap. Maar hij merkte haar helemaal niet op, hij haastte zich naar Georg Berger.

'Berger, wat doet u hier?' De twee mannen keken elkaar met onverholen afkeer aan. 'U weet dat ik u niet meer in mijn kliniek wil hebben. Ga weg of ik laat u van het terrein verwijderen!'

'Ik heb een ziek kind binnengebracht en aan een van uw artsen overgedragen. Dat was alles.' Georg Berger liet Thea's vader gewoon staan waar hij stond en liep naar zijn auto.

'Berger...' Haar vader draaide zich met boze stem om. Thea had nog steeds het gevoel dat ze niet echt begreep wat er gebeurde toen haar vader haar zag. Op zijn gezicht was eerst verwarring en daarna woede te lezen.

'Vader...' wist ze nog net uit te brengen.

'Thea, wat doe jij hier? Ik dacht dat je terugging naar Hamburg?' snauwde hij.

'Ja, dat ging ik ook. Maar toen zag ik een vacature. In het dorp Eichenborn had men een huisarts en verloskundige nodig, en...'

Haar vader onderbrak haar bruusk. 'Betekent dat dat je voor die man daar werkt?' Hij wees wrevelig naar Georg Berger.

De stilte tussen hen duurde voort. Uiteindelijk knikte Thea. 'Ja, dat betekent het inderdaad.'

'Werken in de praktijk van die charlatan die zichzelf dokter noemt... Typisch iets voor jou.'

'Vader...'

Hij keek haar aan en zijn lippen trilden minachtend. 'Ondanks alle fouten die je hebt gemaakt, had je alles in je om een heel goede dokter te worden. Je hebt een scherpe, analytische geest en patiënten vertrouwen je. Maar nu vergooi je de rest van je carrière door voor deze kwakzalver te werken. Wat is er met je gebeurd?' Zonder haar aan te kijken stormde haar vader naar de ingang van het ziekenhuis.

Thea had het gevoel de grond onder haar voeten te verliezen.

'Kom op, we hebben al genoeg tijd verspild.' De ongeduldige stem van haar baas deed Thea opschrikken. Zwijgend stapte ze bij hem in de auto. Georg Berger had gehoord dat haar vader hem een charlatan en een kwakzalver noemde. Wat een gênante situatie. Ze reden zwijgend langs de vakwerkhuizen, de stad door en de steile weg op richting de Hoge Venen.

'Dus professor Wilhelm Kampen is uw vader,' zei Georg Berger na een tijdje.

'Ja, dat klopt.' Thea's stem klonk gedempt.

'Zei u gisteren niet dat u de baan wilde omdat u dicht bij uw familie wilde zijn? Vat dit niet verkeerd op, maar het zag er niet bepaald uit alsof jullie een hechte relatie hebben.'

'Mijn vader en ik kregen ruzie, omdat hij het niet met mijn keuze voor mijn echtgenoot eens was. Maar ik ben dol op mijn twee zussen en mijn neefje en nichtje, en ik wil dicht bij hen zijn.'

'Aha...' Georg Berger versnelde en haalde een paardenkoets in.

'Het spijt me heel erg wat mijn vader over u zei.' Thea wilde het liefst nog steeds door de grond zakken.

'U hoeft zich niet voor hem te verontschuldigen. We hebben alleen wat meningsverschillen over ons werk gehad. Maar wat was er eigenlijk met u aan de hand toen u de kleine onderzocht? U werd ineens doodsbleek.'

Hij was een goede waarnemer. Na de scène met haar vader kon ze echter niet ook nog aan hem opbiechten dat ze oneervol was ontslagen. 'Enkele weken geleden assisteerde ik bij een operatie in Hamburg. De patiënt bloedde dood.' Thea's mond voelde droog aan. 'De chirurg maakte een medische fout en ik... toen...' Ze zweeg even. '... toen nam ik ontslag. Ik kon niet meer met hem werken. Nu kwam het allemaal terug.' Thea was nog steeds van streek en stond op het punt te gaan huilen. 'Gaat u me nu ontslaan?'

'Waarom zou ik? Omdat u de dochter van uw vader bent?' Georg

Berger wierp haar een zijdelingse blik toe. 'Ik hecht geen waarde aan verwantschap.'

'Bedankt,' antwoordde Thea bedrukt.

Eenmaal terug in de praktijk gaf Georg Berger Thea een oude dokterstas met de nodige instrumenten. Toen deed hij de voordeur open. Een stuk of tien patiënten kwamen pratend de wachtkamer binnen. Haar baas klapte in zijn handen en het gesprek stokte.

'Luister, allemaal,' zei hij streng, terwijl hij naar Thea wees. 'Dokter Graven gaat mij vanaf vandaag in de praktijk ondersteunen. We verdelen het werk. Daarom geldt vanaf nu het volgende principe: één patiënt gaat naar mij en één naar dokter Graven. Daar zijn geen uitzonderingen op.'

'Maar dokter...'

'Ik laat me niet door een vrouw onderzoeken.'

'De dokter is nog zo jong!'

Een koor van protesterende stemmen steeg op. Maar Georg Berger liep zijn kantoor binnen en negeerde de bezwaren. Thea's wangen brandden. Ze had niet gedacht dat patiënten ooit gedwongen zouden moeten worden om naar haar spreekuur te komen.

In haar spreekkamer waste ze haar handen grondig bij de gootsteen en hing ze de stethoscoop om haar hals. Het waren rustgevende rituelen. Daarna zette ze haar bril recht en keek snel in de spiegel of haar strenge kapsel wel goed zat. Toen haalde ze diep adem en opende de deur naar de wachtkamer. Een aantal stoelen was al leeg. Sommige patiënten gingen duidelijk liever weg dan dat ze door haar behandeld zouden worden. Veel zelfverzekerder dan ze zich voelde, zei ze: 'De volgende, alstublieft.'

Rond half twaalf noteerde Thea de voorgeschreven medicatie en de dosering op het dossier van de vorige patiënt voordat ze terugging naar de wachtkamer. Er was niemand meer. Nu ging ook de deur van de spreekkamer van Georg Berger open. Fronsend keek hij naar de lege stoelen. 'Normaal zou het hier nog vol zijn. Maar aangezien sommige patiënten voor u gevlucht zijn, zal dit het wel zijn voor vanochtend. Ik hoop dat de mensen de komende weken aan u wennen.'

'Dat hoop ik ook,' antwoordde Thea neerslachtig.

'Nou, zodra mensen ernstig ziek zijn, accepteren ze uw hulp wel. Dat is een beter alternatief dan dat ze sterven.' Georg Berger begroef knorrig zijn handen in zijn broekzakken. 'Hoe was uw eerste spreekuur?'

'O...' Thea's stem haperde. Ze zou hem zeker niet vertellen dat de patiënten openlijk vijandig en wantrouwend tegenover haar waren geweest. 'Heel goed, denk ik,' zei ze daarom. Technisch gezien wilde ze eerlijk zijn. 'Bij één patiënt vroeg ik me af of hij misschien syfilis had. Nadat ik alle symptomen op een rijtje had gezet, kwam ik tot de conclusie dat het gewoon een huidziekte was. En bij een andere patiënt was ik bang voor tuberculose. Maar het was alleen een ernstige bronchiale catarre.'

'Dat begrijp ik. In het begin zag ik ook overal potentieel dodelijke ziekten. Maar dat zal na verloop van tijd wel makkelijker gaan.'

Zijn antwoord verraste Thea. In feite had Georg Berger toegegeven dat hij soms ook onzeker was. Ervaren artsen deden dat normaal gesproken niet.

'Tijd voor de lunchpauze. Als er toch een patiënt komt, dan komt hij rechtstreeks naar het kasteeltje.' De stem van haar baas klonk weer ver weg. 'Kom om half twee naar de praktijk. Daarna zullen we samen de patiëntenbezoeken doen. Ik laat u zien welk gebied onder deze praktijk valt. Bovendien kan ik dan ook een goed beeld krijgen van uw diagnostische vaardigheden.'

'Ja, natuurlijk,' antwoordde Thea gehoorzaam. Ze begreep zijn houding. Hij was tenslotte de baas, hij was verantwoordelijk voor haar, want zij was zijn werknemer. Toch voelde ze zich weer even student.

Thea kwam om vijf voor half twee de praktijk binnen. Ze wilde zich niet opnieuw haasten en op het laatste moment binnenkomen. Achter de gesloten deur van zijn spreekkamer hoorde ze Georg Berger telefoneren. Ze zette wat wilde narcissen uit de tuin van het huisje in een vaas op haar bureau. Thea hield van bloemen en ze veronderstelde dat veel zieke mensen ervan genoten.

Op dat moment klonken er zware voetstappen in de wachtkamer. Thea verwachtte een mannelijke patiënt, en aangezien het buiten de normale uren was, zou het waarschijnlijk een noodgeval zijn. Ze opende de deur.

Een non kwam naar haar toe. Ze was minstens een kop groter dan Thea en had een fors postuur. Haar donkere wenkbrauwen liepen door over haar neus en een stevige snor ontsproot uit haar bovenlip. De non bekeek Thea van top tot teen. Haar blik bleef hangen bij de broek en ze tuitte afkeurend haar lippen. Blijkbaar was het voor een vrouw in de Eifel ongepast om zoiets te dragen.

'Bent u soms de dokter?' vroeg de non pinnig.

Thea liet haar uitgestoken hand weer vallen. 'Ja, inderdaad, dat ben ik. En wie bent u, als ik vragen mag?' Wat voor soort dragonder was dit?

'De verloskundige en verpleegster.'

O, lieve hemel. 'Zuster Fidelis?' Thea herinnerde zich de naam die Georg Berger had genoemd.

Een kort knikje was het antwoord.

'Fijn om u te ontmoeten. Ik hoop op een prettige samenwerking,' zei Thea, in een poging om vriendelijk te zijn.

De non leek het niet eens gehoord te hebben. 'Ik begreep dat u uit Hamburg komt?'

'Inderdaad.'

'Bent u dan protestant?'

'Inderdaad, nogal calvinistisch eigenlijk.' De minachtende toon van de non maakte Thea boos.

De non snoof. 'Hier in het dorp zijn alleen de vluchtelingen protestanten.'

'Tijden veranderen, nietwaar?'

'Maar zeker niet ten goede.'

'Het is de vraag of de Reformatie een vloek of een zegen is geweest. Persoonlijk vind ik het een zegen.' Thea stond versteld van zichzelf. Gewoonlijk lieten kerkelijke zaken haar volkomen onverschillig.

Zij en de non staarden elkaar aan. Toen kwam Georg Berger zijn spreekkamer uit en keek van Thea naar de non. Hij negeerde de bijna voelbare spanning tussen hen. 'Dus jullie hebben al kennis gemaakt,' zei hij simpelweg. Hij overhandigde zuster Fidelis een vel papier. 'Dit zijn de ziekenbezoeken die vanmiddag plaatsvinden. Ga alstublieft ook naar Christa Reimers, een jonge moeder in een van de wagons. De bevalling gisteren verliep moeizaam. Ik heb alle relevante gegevens voor u opgeschreven.' Hij wendde zich tot Thea. 'Laten we gaan.'

'God zegene uw dag, dokter Berger.' De non nam de lijst aan en zonder Thea nog een blik waardig te keuren stampte ze de spreekkamer uit.

Thea's hart zonk haar in de schoenen. Werken met zuster Fidelis zou beslist allesbehalve gemakkelijk zijn.

'Dat is trouwens uw auto.' In de golfplaten garage wees Georg Berger naar een gammele Opel. Hij was zelfs ouder dan de Ford. Thea had de auto die ochtend niet eens gezien, zo veel haast hadden ze gehad.

'O, hopelijk kan deze wagen gestart worden zonder slinger,' kon ze niet nalaten te zeggen.

'Ik zou maar niet zo spottend over de auto doen.' Georg Berger stapte in de Ford. 'U kunt beter blij zijn dat ik de twee auto's van mijn voorganger voor een zeer redelijke prijs heb kunnen overnemen. Anders had u de motor moeten nemen.'

Thea ging op de passagiersstoel zitten. 'Zuster Fidelis woont zeker in het dorp?' Tijdens haar studie en beroepsleven had ze met heel wat verloskundigen en hoofdverpleegkundigen gewerkt. Ze waren zeker niet allemaal aardig tegen haar geweest. Maar ze had nog nooit iemand ontmoet die zo neerbuigend deed als deze non.

Georg Berger reed achteruit de garage uit en keerde toen om op het onverharde plein voor het huis. 'Ja, in het zusterhuis bij de kerk. Ze woont daar samen met twee andere nonnen. De een runt de kleuterschool, de ander helpt op school. Sommige nonnen van de orde werken ook als verpleegster in het ziekenhuis van Monschau.'

Dus wellicht kwam zuster Fidelis ook regelmatig in het ziekenhuis waar haar vader werkte. Dat was geen prettige gedachte.

'En waarom neemt ze naast haar werk als verloskundige ook nog verpleegkundige taken op zich?'

'Het is gewoon zo gelopen.' Georg Berger haalde zijn schouders op en stak een sigaret op. 'Maar nu wil ik u een idee geven van het gebied dat onder de praktijk valt. Het dorp Eichenborn, waar we nu doorheen rijden, hoort erbij, maar ook drie andere kleinere dorpen, een aantal gehuchten en ongeveer vijfentwintig afgelegen boerderijen. De meest verre boerderij ligt zo'n tien kilometer verderop.'

Ze waren nu het dorp uit en keken uit over de Hoge Venen. Aan de horizon was de lucht donker, maar de zon scheen nog steeds en het landschap was bijna surrealistisch in het verblindende licht. Vogels vlogen laag over de struiken en bomen.

Op een klein kruispunt remde Georg Berger even af. 'Dit is de weg naar een van de kleinere dorpen. En daar ligt een van de gehuchten.' Hij maakte een weids gebaar richting een veld met gewassen. Thea zag een groepje huizen voor een klein bos.

Ze leunde achterover in de doorgezakte stoel.

'Hoe verliep uw carrière eigenlijk? En waar hebt u gestudeerd?' Ze wist nog bijna niets van haar baas.

'In Berlijn.'

'Echt waar?'

'Waarom verbaast dat u? Denkt u dat iemand uit de Eifel te provinciaal is om daar te studeren?' Hij trok zijn wenkbrauwen op.

'Nee, dat niet. Het is gewoon... De meeste mensen studeren in hun woonplaats of aan een universiteit in de buurt. Mainz of Bonn zou voor de hand hebben gelegen.'

'Ik voelde me aangetrokken tot de grote stad.'

'Maar u bent toch weer teruggekeerd naar de Eifel.'

'Ja.'

'Omdat u de grote stad beu was of omdat u heimwee kreeg?'

'Ik had daar zo mijn redenen voor.' Zijn antwoord was kortaf, als om Thea te laten merken dat dit haar niets aanging. Een van de weinige momenten waarop ze als vertrouwde collega's met elkaar omgingen, was weer voorbij.

Plotseling begon het te sneeuwen en te hagelen. Georg Berger vloekte en paste zijn snelheid aan. Vlokken plakten op de voorruit. Binnen enkele seconden was het landschap wit. De ruitenwissers gingen moeizaam door de natte sneeuw op en neer. Hoe zou het hier op een winteravond zijn? Had ze misschien de moeilijkheden van een praktijk in het land onderschat? Nee, daar wilde ze zich nu geen zorgen over maken.

Georg Berger sloeg een smalle straat in. Eigenlijk was het niet meer dan een onverharde weg. In de eerste versnelling dwong hij de Ford een heuvel op. Thea werd behoorlijk door elkaar geschud in haar stoel. Door de sneeuw zag ze velden en een weiland waar koeien stonden. Haar baas remde af voor een boerderij. Net zo plotseling als de sneeuw- en hagelbui was begonnen, stopte die ook weer. Het onderste gedeelte van het huis en de stallen waren opgebouwd uit breuksteen. Aan de bovenkant zagen ze eruit als echte vakwerkhuizen. Vanaf een paal liep een stroomdraad naar het huis.

Georg Berger draaide zich om en pakte zijn dokterstas van de achterbank. 'Let op, hier zijn ook ganzen,' zei hij, zonder de moeite te nemen zijn grijns te verbergen.

Thea negeerde de opmerking en was tegelijkertijd dankbaar dat ze haar stevige schoenen aanhad. Het erf was erg glad. 'Zou u zo vriendelijk willen zijn mij in te lichten over de patiënt?'

'Leonhard Hörter, zesenvijftig jaar. Volgens zijn vrouw klaagde hij vanmorgen over hevige pijn in zijn buik en rug en over misselijkheid.'

'Dat zou kunnen wijzen op een hartaanval.'

'Een belangrijke regel: trek nooit conclusies voordat u een patiënt hebt onderzocht.' Georg Berger klopte op de voordeur.

'Nee, natuurlijk niet, ik zeg alleen...'

De deur werd opengegooid door een kleine vrouw met een hoofddoek op en een schort voor. 'Godzijdank, u bent er, dokter! Mijn man voelt zich helemaal niet lekker.' Nu pas merkte ze Thea op. 'Is dit de nieuwe dorpsverpleegster?' De vrouw leidde hen haastig door een gang met plavuizen.

'Nee, dit is dokter Graven. Ze werkt bij me in de praktijk.'

'Een dokter?' Ze keek Thea weifelend aan.

'Ja, inderdaad, ik ben dokter.' Thea probeerde te glimlachen.

'Ik laat u alleen met mijn man.' Mevrouw Hörter deed een deur open. 'Ik wacht zolang wel in de keuken.'

In de slaapkamer stond een kleine potkachel te snorren.

Er hing een vage geur van braaksel.

'Dokter...' Vanuit het brede bed weerklonk gekreun. Er lag een grijsharige man in. Zijn ronde gezicht was bleek en bezweet. 'Dit zal het einde wel zijn.'

'O, niet overdrijven. Meneer Hörter, mijn collega dokter Graven zal u onderzoeken.' Georg Berger wees naar Thea.

'Een vrouw... moet dat echt? Kunt u niet...' De blik van de zieke man dwaalde van Thea naar haar baas.

Niet weer...

'Maakt u zich geen zorgen, ik blijf erbij.' Georg Berger deed een stap achteruit om plaats te maken voor Thea. Ze slikte haar woede in. Het welzijn van de patiënt was belangrijker dan haar emoties. Vastbeslotener dan ze zich voelde, trok ze het donzen dekbed terug en greep de pols van de patiënt. Zijn pols was zwak en onregelmatig.

'Dus u hebt ernstige pijn in de bovenbuik en rug, en u hebt overgegeven?'

'Ja, en de pijn is slopend! Het begon ineens rond tien uur.'

De blauwgestreepte pyjama zat strak om de buik getrokken. De patiënt had aanzienlijk overgewicht.

'Rookt u, meneer Hörter?'

'Ja, maar wat heeft dat met mijn conditie te maken?' Roken, zwaarlijvigheid en de genoemde symptomen zouden allemaal kunnen duiden op een hartinfarct.

'Ik ga nu uw pyjamajasje losknopen.'

'Ik weet het niet, u bent tenslotte een vrouw...' Hij sloeg beschermend zijn armen om zich heen.

'Ik ben weduwe en als arts heb ik al zo vaak mannen onderzocht...' Geïrriteerd bedacht Thea dat de reactie van meneer Hörter de aanvankelijke bedenkingen van haar baas helaas volledig bevestigde. Ze mocht zeker geen fouten maken bij het stellen van de diagnose. Haar vader had die ochtend nog gezegd dat ze een 'scherpe, analytische geest' had. Dacht Georg Berger daar nu ook aan?

Stilletjes liet meneer Hörter toe dat Thea het jasje open begon te knopen. De buik was helemaal opgeblazen. Ze voelde het duidelijk. De huid was op sommige plaatsen blauwachtig en voelde warm aan. Ze nam zijn temperatuur op en daarmee werd haar vermoeden bevestigd. De thermometer gaf negenendertig graden aan. 'Hebt u last van galstenen?' vroeg Thea.

'Ja, al een paar jaar.' De zieke man kreunde weer.

Thea dacht diep na. De pijn in de bovenbuik en de rug, het braken en de koorts, gecombineerd met de verkleuring van de huid, de opgeblazen buik en de galstenen... Nee, het was geen hartaanval, zoals ze aanvankelijk had vermoed. 'Mijn diagnose is acute pancreatitis, de alvleesklier is ontstoken.' Ze wendde zich tot Georg Berger.

'Ik ben het met u eens.' Hij knikte. 'Hoe zou u meneer Hörter behandelen?'

'Ik zou een verdovingsmiddel injecteren tegen de hevige pijn, strikte bedrust voorschrijven en indien nodig licht verteerbare, vloeibare voeding.'

'Geen antibiotica?'

'Ik zou liever even aankijken of de toestand van meneer Hörter de komende dagen verbetert. Als dat zo is, is er waarschijnlijk geen dood of ontstoken weefsel en kan een antibioticabehandeling worden vermeden.'

'Helemaal mee eens. Wilt u de injectie geven?' Hij gebaarde naar zijn dokterstas. Dus zelfs dat wilde hij zien.

'Moet dat echt, dokter?' kreunde meneer Hörter. Met opeengeklemde tanden opende Thea de dokterstas en vulde de spuit met een verdovingsmiddel. Zonder moeite diende ze de injectie toe.

'Uw pijn zal snel verdwijnen,' verzekerde ze de patiënt. 'Een van ons komt morgen terug om bij u te kijken.'

'Ik heb liever dat de dokter komt.' De zieke man sloot zijn ogen, maar ging meteen weer rechtop zitten.

'Dokter, Kurt heeft pus op zijn been. Zou u dat ook willen behandelen?' Hij keek smekend naar Thea's baas.

'Nu ik toch hier ben, kan ik dat meteen wel even doen.'

'Bedankt...' Kreunend liet de boer zich weer in de kussens zakken, en Thea en Georg Berger verlieten de slaapkamer.

'Dokter...' Mevrouw Hörter had blijkbaar de deur dicht horen gaan en haastte zich de gang in. Ze keek bezorgd naar Georg Berger, terwijl ze Thea negeerde. 'Wat is er aan de hand met mijn man?'

'Hij lijdt aan pancreatitis.' Georg Berger legde zijn hand op haar arm. 'U zult hem op een streng dieet moeten zetten, vandaag alleen thee en vanaf morgen dunne pap. Dan is hij over een week of twee weer op de been.'

'Godzijdank! Ik was zo bezorgd.' Ze kneep in haar schort. 'Heeft mijn man het al over Kurt gehad?'

'Ja, hij zei het zojuist. Kan ik uw knecht in de stal vinden?'

'Nee, hij is in het veld, zal ik hem halen?'

'O, ik regel het wel met dokter Graven. Is Kurt in de stallen?'

'Ja.' De boerin knikte en verdween in de slaapkamer.

Thea begreep er niets meer van. Waarom was deze Kurt met zijn zwerende been niet in huis? 'Is Kurt een andere knecht?' vroeg ze terwijl ze met Georg Berger het erf overstak. Ondertussen vielen er weer een paar sneeuwvlokken, hoewel de zon scheen.

'Nee, een paard.'

'Heel grappig.'

'Ik hou u niet voor de gek.' Georg Berger schudde zijn hoofd. 'Ik behandel ook af en toe dieren. Als ik het kan en ik goed op kan schieten met de eigenaren, zoals de Hörters.' Hij leek het echt te menen.

'O...'

Haar baas merkte Thea's aarzeling op. 'Als u ook bang bent voor paarden, en niet alleen voor ganzen, kan ik de knecht er wel bij halen.'

'Nee, ik help u wel.' Thea wilde geen zwakte tonen. Als klein meisje was ze echter ooit van een pony gegooid en tegen haar hoofd geschopt. Ze had een paar weken in het ziekenhuis gelegen met een zware hersenschudding. Sindsdien was ze doodsbang voor paarden.

'Nou, laten we het dan maar snel aanpakken.' Georg Berger keek op zijn polshorloge. 'We hebben niet de hele dag de tijd.' Het was schemerig en verrassend warm in de stal. Kurt begroette Georg Berger met een snuifje. Hij was een erg grote bruine hengst, en onwillekeurig deed Thea een stap achteruit.

'Kom maar mee naar buiten, daar hebben we meer licht.' Georg Berger streelde de flank van de hengst, deed hem een halster om, leidde hem uit de stal en liet hem stoppen onder de overkapping. Thea volgde hem ongemakkelijk.

'Wacht even.' Haar baas gaf haar de halster. 'Nee, u moet dichterbij komen. Lieve hemel, zo wordt het niets.' Hij nam de leren riem van haar over en bracht haar hand dicht bij het hoofd van het paard. 'Ja, zo zou het moeten werken.' Thea voelde de adem van het dier in haar nek. Doe niet zo gek, zei ze tegen zichzelf. Het is maar een paard, geen monster... Ze staarde naar de omlaagdwarrelende sneeuwvlokken en hoorde Georg Berger sussend tegen de hengst praten. Nu bewoog het dier zijn hoofd. Het paard snoof en streek met zijn lippen langs haar wang. Gespannen kneep ze haar ogen samen. Hoe lang duurde het nog? Ze rook de scherpe geur van ontsmettingsmiddelen. Toen klonk de stem van Georg Berger. 'Ik ben klaar.'

Thea opende haar ogen en ontmoette de zijne. Hij keek haar vragend aan. Ze keek snel weg. Hij had vast gemerkt dat ze bang was voor het paard.

Maar het enige wat hij zei was: 'Ik breng Kurt terug naar de stal. Gaat u maar naar binnen.'

De boerin wachtte op haar bij de voordeur. 'Ik heb alle spullen klaargelegd voor de dokter,' zei ze behulpzaam.

'Alle spullen?' vroeg Thea verbaasd. Ze voelde zich nog steeds een beetje licht in het hoofd en haar rug was bezweet.

'Nou, de vergoeding.' De boerin wees naar een mand met een aantal worsten en pakjes. Zo te ruiken bevatte een daarvan koffie.

Georg Berger kwam ook de boerderij weer binnen. Zijn anders vaak zo norse gezicht stond ontspannen. Hij leek het leuk te vinden het paard te behandelen. Wat een vreemde man.

Hij wisselde nog een paar woorden met mevrouw Hörter. Toen pakte hij de mand en namen ze afscheid.

'Mensen betalen in natura?' vroeg Thea terwijl ze naar de Ford liepen.

'Ja, veel boeren hebben geen ziektekostenverzekering.' Hij stak een sigaret op. 'Als u op het platteland stage had gelopen en niet in de stad, zou u dat geweten hebben.'

Die opmerking had hij natuurlijk weer niet voor zich kunnen houden.

7

De rest van de patiëntenbezoeken die middag verliepen gemakkelijker en Georg Berger leek grotendeels tevreden met Thea's diagnoses. Om vier uur 's middags waren ze terug bij de praktijk, net op tijd voor het middagspreekuur. De laatste patiënt ging rond zes uur weg.

Uitgeput legde Thea haar hoofd in haar handen. Ze had echt wel langere dagen gemaakt en harder moeten werken. Maar vandaag waren alle patiënten afwijzend tegenover haar geweest en dat had haar uitgeput.

Er werd op de deur geklopt. Dat moest haar baas zijn. Ze deed hem open en probeerde haar gevoelens te verbergen.

'U hebt het niet slecht gedaan vanmiddag.' Georg Berger overhandigde haar een getypt vel papier. 'Dit is uw tijdelijke arbeidsovereenkomst. Gaat u akkoord met een salaris van tweehonderd mark per maand?' Zijn toon was weer stroef. 'U kunt gratis in het huisje wonen en u krijgt de helft van de opbrengst in natura.'

'Ja, natuurlijk.' Al met al was dat ongeveer driehonderd mark. Dat leek Thea heel redelijk voor een baan in een praktijk op het platteland. Haar salaris als assistent-arts in Hamburg had slechts honderd mark meer bedragen. Ze ondertekende snel het contract.

'Dit is de sleutel van de praktijk, en hier hebt u de sleutel van de Opel.' Georg Berger duwde ze allebei over het bureau.

'Bedankt.' Haar eigen sleutels... Thea stopte ze in haar tas en voelde zich toch een beetje trots en gelukkig.

'We moeten het nog hebben over nachtdiensten en zondagsdiensten. Wellicht kunnen we allebei achtereenvolgens twee nachtdiensten draaien en dit met de zondag ook zo doen.'

'Dat klinkt redelijk,' knikte Thea.

'Er is een telefoonlijn in het huisje uit de tijd dat de leidinggevende van de douane daar woonde. Maar het zal waarschijnlijk zes tot acht weken duren voordat die weer geactiveerd is. Tot die tijd zou u tijdens nachtdiensten op een veldbed in de spreekkamer moeten overnachten en tijdens de zondagsdiensten dicht bij de telefoon blijven.'

'Geen probleem,' zei ze snel. 'Ik weet hoe het voelt om te slapen op een veldbed uit mijn tijd in het ziekenhuis. Daar deed ik ook nachtdiensten.'

'Prima, dan draai ik de rest van de week tot en met zaterdag de nachtdienst. Dit moet u voldoende gelegenheid geven om vertrouwd te raken met het gebied. Aanstaande zondag staat u dan stand-by en volgende week draait u de twee nachtdiensten op maandag en dinsdag.'

'Ja, dat is prima. Maar ik heb nog een vraag: Eichenborn ligt vrij afgelegen en de busverbinding naar Monschau is niet zo goed. Mag ik de Opel ook voor privéritten gebruiken? Dan betaal ik de benzine natuurlijk zelf.'

'Zolang u de auto heel houdt, kunt u die zo vaak gebruiken als u wilt...' Georg Berger maakte een afwijzend gebaar. 'O, trouwens, volgende week zondag is hier een kermis om de kerkwijding te vieren. De avond ervoor wordt die feestelijk geopend. Daar moet u beslist naartoe.'

'O, mag ik daar als protestant eigenlijk wel bij zijn?' De ruzie met zuster Fidelis lag haar nog vers in het geheugen.

'U hoeft niet sarcastisch te zijn. Een paar mensen vinden het misschien ongepast. Maar de meerderheid zou u waarschijnlijk arrogant vinden als u niet zou komen.' Georg Berger haalde zijn schouders op. 'Als ik u was, zou ik maar gaan.'

'Dus u bent er ook?'

'Ja, natuurlijk, als dokter heb ik zo mijn verplichtingen in het dorp.' Hij grijnsde plotseling. 'Maakt u zich geen zorgen, niemand verwacht dat we samen dansen.'

'Nou, dat is in elk geval een troost.' Thea probeerde haar toon luchtig te houden en reikte naar haar jas en handtas. Een kermis waar ze waarschijnlijk het hele dorp zou ontmoeten. Dat ontbrak er nog maar net aan.

In Thea's huis was het niet veel warmer dan buiten. Ze probeerde de lichtschakelaar. De gloeilamp aan het plafond lichtte op. De elektriciteit werkte inmiddels dus. Maar in het felle licht zag de houtkachel er nog massiever en angstaanjagender uit dan overdag.

Ze moest dat monster aan de praat zien te krijgen als ze warm water wilde. Maar daar was ze te moe voor, en bovendien zou het een eeuwigheid duren voordat het water kookte.

Het was het beste als ze vroeg naar bed ging en deze eerste werkdag zo snel mogelijk vergat. En dat terwijl ze die ochtend zo vol verwachting was geweest. Thea sneed twee boterhammen voor een snelle maaltijd en zette ook boter en kaas op tafel.

Op straat hoorde ze het geluid van een automotor. Het was vast een late patiënt die blij was dat Georg Berger hem behandelde en niet zij. De auto stopte. Ja, het was vast en zeker een late patiënt. Of haar baas kreeg bezoek. Hoewel hij haar niet bepaald een sociaal type leek.

Haar tuinhekje piepte. Toen hoorde Thea twee vrouwenstemmen. Maar dat waren... Ze liep snel naar de deur en rukte hem open. Inderdaad, het waren haar zussen die over het overwoekerde pad liepen.

'Marlene, Katja, wat doen jullie hier?' Thea haastte zich naar hen toe. 'En hoe weten jullie eigenlijk dat ik in Eichenborn ben?'

‘Dus hier woon je.’ Marlene sloeg haar armen om Thea’s schouders en keek om zich heen. ‘Een mooi huisje.’

‘Nou, afgezien van het feit dat het bijna verdwijnt onder klimop en ander onkruid.’ Katja lachte.

‘Maar hier staan rozen!’ Marlene wees naar een paar ranken tegen een langwerpig raam. Thea had ze tot op heden helemaal niet opgemerkt. ‘Ze moeten gewoon de ruimte krijgen en goed worden gesnoeid. Dan zullen ze in de zomer prachtig bloeien.’

Zou ze hier in de zomer nog zijn? Thea duwde de gedachte weg. ‘Kom binnen. Zelfs al is het binnen net zo koud als buiten. De kachel is een verschrikkelijk monster en ik denk dat hij nu al een hekel aan me heeft.’

Haar zussen volgden haar naar de keuken. Marlene zette een mand op tafel en toverde er een grote thermosfles en een porseleinen bord en bestek uit. ‘Ik weet maar al te goed dat je een hekel hebt aan koken. Daarom heb ik soep voor je meegebracht. Als je trek hebt.’

‘Ja, ik heb honger als een paard.’ Thea’s eetlust was plotseling teruggekeerd. Marlene schonk de hete bouillon met de broodballetjes met mergpijp in het bord. Er kringelde stoom omhoog in de koude lucht.

‘De keuken is echt gezellig.’ Katja keek om zich heen. Zo had Thea het nog niet bekeken. ‘Waar gaat die steile trap naartoe?’

‘Naar mijn slaapkamer. En ja, je mag gerust even kijken,’ antwoordde Thea met volle mond.

Katja klauterde de trap op terwijl Marlene voor de kachel knielde. ‘Heb je ergens kranten en lucifers?’

‘Ja, daar.’ Thea wees naast een mand met brandhout. ‘En vertel me nu eens hoe jullie weten dat ik in Eichenborn ben? Ik heb twee keer naar de villa gebeld en geprobeerd het jullie te vertellen. Maar eerst nam de kokkin de telefoon op en gisteren vader.’ Was het echt nog maar twee dagen geleden dat ze in het restaurant van Hotel Ritter in Monschau zat en de advertentie in de krant onder ogen kreeg? Het leek haar een eeuwigheid. Thea kon zich niet voorstellen dat haar vader haar zussen had verteld over hun ontmoeting bij het ziekenhuis.

'Wij, of om precies te zijn, ik, kwamen erachter via de geruchtenmolen.' Katja kwam de trap weer af en ging nonchalant naast Thea zitten.

'De geruchtenmolen? Wat bedoel je?'

'Nou, de nonnen in het ziekenhuis behoren tot dezelfde orde als de vroedvrouw uit Eichenborn. Hoe heet ze ook alweer, zuster Fidelis? Ik hoorde hen zeggen dat er een protestantse arts bij dokter Berger in dienst was gekomen, echt schandalig. En het was nog schokkender dat deze arts een broek droeg! Toen ik de naam Graven hoorde, spitste ik mijn oren en begon ik wat vragen te stellen. Zo kwam ik erachter.' Katja glimlachte naar Thea. 'Ik kon mijn oren eerst niet geloven. Maar wat lief van je om bij ons in de buurt te blijven.'

Dus de roddels uit Eichenborn bereikten het ziekenhuis van Monschau ook echt. Daar was Thea al bang voor geweest.

Marlene had wat in de kachel gepookt en stapelde nu verkreukelde kranten, spaanders en houtblokken op in de muil van het gietijzeren monster. Ze wierp een blik over haar schouder. 'Ja, het is echt zo leuk dat je hier bent gebleven, Thea. Maar het is helaas wel minder fortuinlijk dat je voor dokter Berger bent gaan werken. Vader zal niet blij zijn als hij erachter komt.'

'Nou, dat is het understatement van het jaar,' bemoeide Katja zich ermee. 'Vader wordt altijd woedend als Georg Berger wordt genoemd. We moeten er maar even over nadenken hoe we het voorzichtig aan hem kunnen vertellen.'

'Hij weet al dat ik voor dokter Berger werk.' Thea slaakte een zucht.

'Wat?' Haar zusters staarden haar verbaasd aan.

'Ik kwam vader vanmorgen tegen, toen mijn baas en ik een ziek kind en haar moeder naar de kliniek brachten. En inderdaad... Vader was buiten zichzelf van woede.'

Het werd stil in de kamer.

'Dus daarom was hij vanmorgen zo boos,' zei Katja uiteindelijk langzaam. 'Hij deed zelfs kleinerend tegen de hoofdarts, terwijl hij dat normaal nooit doet.'

'Weten jullie waarom vader zo heftig op mijn baas reageert? Is er iets bijzonders voorgevallen? Georg Berger wilde me er niets over vertellen.'

'Nou ja, dokter Berger is vrij onconventioneel in zijn gedrag en opvattingen.'

'O, kom op, Marlene.' Katja rolde met haar ogen. 'Vader is eraan gewend dat iedereen tegen hem opkijkt. Georg Berger is slechts een simpele plattelandsdokter, maar hij ging niet voor vader door het stof, ondanks zijn titel en de kennis die daarbij hoort. Daarmee streek hij vader vanaf het begin tegen de haren in. Bovendien had Georg Berger een heel andere mening dan vader over een van de patiënten.'

'Waar ging dat over?' Thea was geïnteresseerd.

'Een geval van hepatitis dat maar niet wilde genezen. Georg Berger zette de man in een rolstoel en duwde hem, ondanks de felle protesten van vader, de kliniek uit en naar zijn auto.'

'O, lieve help... Heb je enig idee hoe het die patiënt vergaan is?'

'Helaas niet.' Katja schudde haar hoofd.

'Heb je misschien iets gehoord over het kleine meisje dat we vanmorgen naar de kliniek gebracht hebben, Marlies Messenzehl?'

'Ze wordt op de kinderafdeling behandeld voor een ernstige longontsteking,' zei Katja meteen.

Dus Georg Berger had gelijk gehad met zijn diagnose.

Vlammen likten aan de krant en de krullen. De blokken hout begonnen nu ook te branden. Er kwam een aangename warmte uit de kachel. Marlene veegde de as en het stof van haar rok en ging bij haar zussen zitten.

'Hoe heb je dat monster aan de praat gekregen?' Thea kon nauwelijks geloven dat de kachel het deed.

'De verbinding tussen de kachel en de kachelpijp zat vol as. Dat was alles.'

'Maar daar heb ik gisteren ook nog naar gekeken.'

'Nou, we weten allemaal dat je hopeloos bent als het op techniek aankomt.' Marlene glimlachte. 'Het is me nog steeds een raadsel hoe je chirurgische wonden zo nauwkeurig kunt hechten, terwijl je bij een lap stof geen rechte steek kunt maken.'

'Volgens mij is je baas een soort Heathcliff.' Katja bracht het gesprek terug op Georg Berger. 'Gepassioneerd, somber en koppig.'

'Ik heb geen idee wie Heathcliff is,' zei Thea droogjes, 'maar ik zou dokter Berger beschrijven als onvriendelijk, prikkelbaar en slechtgehumeurd.'

Katja trok zich niets aan van Thea's spottende reactie. 'Dat is een personage uit een roman van Emily Brontë, *Woeste hoogten.*' Ze liet haar blik weer door de keuken dwalen, die zich geleidelijk vulde met een aangename warmte. 'Het is echt een gezellig huisje. Maar de kamer kan wel een likje verf gebruiken. En natuurlijk heb je gordijnen nodig.'

'Dokter Berger drong aan op een proeftijd van acht weken. Misschien gooit hij me er daarna wel weer uit. En ik heb echt geen tijd om me bezig te houden met het opknappen van het huis.'

'Georg Berger mag van geluk spreken dat jij voor hem wilt werken.' Katja wuifde Thea's bezwaren weg. 'Laat het huisje maar aan mij over. En Marlene kan wel voor de tuin zorgen. Ze heeft echt groene vingers en wekt zelfs mijn verdroogde kamerplanten weer tot leven.'

'Dat kan ik niet accepteren, Katja,' protesteerde Thea. 'Bovendien moet je Marlene niet zomaar voor het blok zetten.'

'Jaja, het brutale kleintje wordt weer tot de orde geroepen door haar oudere zussen.' Katja pruilde en sloeg haar armen over elkaar.

'Zo was het niet bedoeld. Luister eens, volgende week zaterdag is er kermis in Eichenborn. Willen jullie met me meegaan? Helaas moet ik erheen om mijn gezicht te laten zien en ik zie er erg tegen op.'

‘Natuurlijk gaan Katja en ik mee,’ lachte Marlene. ‘En we nemen de kinderen mee. Die twee zullen het zeker naar hun zin hebben. Net als hun tante Katja.’

‘Ik weet best dat ik het feestnummer van de familie ben dat nooit een dansje mist.’ Katja wierp Marlene een verontwaardigde blik toe voordat haar gezicht weer opklaarde. ‘Ik heb aardig wat overuren opgebouwd, ik weet zeker dat ik zaterdagmiddag vrij krijg van vader. Ik hoef hem ook niet te vertellen dat ik hiernaartoe ga.’

‘Het is waarschijnlijk beter om hem dat niet te vertellen.’ Marlene knikte en Thea voelde een steek in haar buik. ‘Dus dat is geregeld. Katja en ik gaan je huisje en de tuin mooi maken, en ’s avonds gaan we naar de kermis.’

‘Ja, dat is prima,’ gaf Thea toe. ‘Maar dan sta ik wel bij jullie in het krijt.’

‘Heb je nog andere dingen nodig, behalve gordijnen? Hoe zit het met beddengoed?’

‘Ik gebruik op dit moment geleend beddengoed. En ik heb nog geen matras. Kunnen jullie die spullen misschien voor mij in Monschau bestellen? Op dit moment kan ik hier eigenlijk niet weg.’

‘Natuurlijk. Laten we dan eerst het bed opmeten.’ Marlene stond op. ‘En daarna moeten we weer gaan. Arthur slaapt momenteel niet zo goed en heeft vaak nare dromen. Ik wil het liefst thuis zijn als hij wakker wordt.’

Thea haalde een meetlint uit haar dokterstas en nadat ze het bed hadden opgemeten en Katja snel de maten van de ramen had opgeschreven, liep Thea met haar zussen mee naar de auto.

‘Het was zo leuk dat jullie langskwamen.’ Ze omhelsde hen allebei. ‘Bedankt voor de soep en het aanmaken van het vuur en…’ Haar keel werd plotseling dichtgeknepen.

‘Graag gedaan.’ Marlene streelde haar wang.

‘Niet te hard werken.’ Katja glimlachte naar haar terwijl ze plaatsnam op de passagiersstoel. ‘En maak je geen zorgen om vader.’

‘Ik zal het proberen.’ Thea zwaaide naar hen terwijl ze wegreden.

De rook uit de haard kringelde de koude lucht in en met de felverlichte ramen zag het vakwerkhuisje er ineens heel huiselijk uit.

Later, toen ze in bed lag, voelde Thea de warmte opstijgen door de kieren in de vloerplanken. Dankbaar nestelde ze zich in de dekens. Misschien zou alles toch goed komen.

8

Thea stapte uit de afgedankte treinwagon aan de rand van Eichenborn. Een bezoek aan een bedlegerige bejaarde patiënt had haar weer teruggevoerd naar de geïmproviseerde woningen. Onder haar strekte het dorp zich uit in het licht van de middagzon. Het centrum werd gevormd door de kerk met de verwoeste toren, de pastorie met het zusterhuis ernaast, het winkeltje en de herberg. In de schaduw van de kerk lag het kerkhof met een aantal enorme taxusbomen. De lange hoofdstraat liep bijna dwars door het dorp en eindigde in een splitsing. Er waren maar een paar zijstraten. Het rode kasteeltje aan de andere kant van het dorp contrasteerde met het lentegroen van de weilanden. Vanaf deze plek kon Thea ook de praktijk en haar huisje zien.

Ze woonde en werkte ruim anderhalve week in Eichenborn, maar het leek net of ze er al veel langer was. Dat kwam doordat alles zo nieuw en onbekend was. Als ze naar de afgelegen boerderijen ging, moest ze vaak een kaart erbij pakken. Toch was ze een paar keer verdwaald, vooral tijdens haar nachtdiensten, wanneer de koplampen van de oude Opel de duisternis bijna niet konden verdringen. Dag in, dag uit als huisarts werken was soms ook een behoorlijk verontrustende ervaring. Om nog maar te zwijgen van de gereserveerde, zelfs afwijzende houding van de dorpelingen.

Een groepje kinderen kwam uit een van de wagons gestormd. Ze renden over de onverharde weg tussen de moestuinen, de waslijnen en de geïmproviseerde dierenverblijven door. Thea herkende hen als de broers en zussen van Christa Reimers. Het stemde haar meteen wat opgewekter. De eerste geboorte in dit dorp zou altijd speciaal voor haar blijven. Niet alleen vanwege de dramatische omstandigheden, maar ook omdat het zo mooi en zo bijzonder was geweest om de gezonde pasgeborene in de armen van de jonge moeder te leggen.

'Nou, zijn jullie al vrienden geworden met jullie kleine nichtje?' vroeg ze glimlachend aan de kinderen. 'Weten jullie nog dat ik erbij was toen ze werd geboren?'

De kinderen keken haar zwijgend aan. Toen schudde een meisje met een grote spleet tussen haar tanden haar hoofd en ze draalde wat, terwijl ze haar tenen in het gras draaide. 'Ze huilt zo veel,' fluisterde ze. 'We vinden haar niet leuk. We zouden willen dat ze er niet was.'

'En waarom huilt de kleine zo vaak?' vroeg Thea bezorgd.

'Ik weet het niet.' Het meisje haalde haar schouders op. 'Luister, ze begint weer.' Inderdaad, de doordringende kreet van een baby was nu te horen tussen de afgedankte treinwagons.

Zat er iets ernstigs achter het veelvuldig huilen? Omdat ze hier eerder was geweest, besloot Thea dat ze het zou onderzoeken. Ze haastte zich naar de wagen en klopte op de deur.

'Hallo?'

Toen niemand antwoord gaf, tuurde ze door het raam. Christa zat aan tafel met haar handen voor haar oren gedrukt.

Thea deed de deur open en ging naar binnen.

'Christa...' Ze raakte de schouder van de jonge vrouw aan.

'O, dokter, ik had u niet eens binnen horen komen,' begon Christa. Naast haar in een wasmand brulde het kleine meisje, haar gezicht helemaal rood en vertrokken. 'Ze huilt bijna altijd, dat is eigenlijk al zo sinds haar geboorte. Mijn moeder weet ook niet wat we eraan moeten doen.' Ze keek Thea vertwijfeld aan.

'Waar is je moeder?'

'Die is aan het werk in de melkerij in het naburige dorp.'

Alleen voor een constant huilende baby en kleine broers en zussen moeten zorgen moest allesbehalve gemakkelijk zijn.

'Wat zei zuster Fidelis over het huilen?'

'Ze zei dat de bevalling moeilijk was, en dat het dan wel vaker voorkwam.'

Dat was waar. Toch had Thea graag gezien dat de non dit bij de dagelijkse rapportages had gemeld.

'Ik heb het gevoel dat de kleine sinds gisteren ook niet goed drinkt. En mijn borst doet zo'n pijn.'

'Laat me het eens onderzoeken.'

Christa deed haar blouse en onderhemd uit.

Haar tepels waren ontstoken.

'Wat was het advies van zuster Fidelis?' vroeg Thea boven het gehuil van de baby uit.

'Ik heb het de non nog niet verteld. Ze komt pas morgen terug.'

'Ja, ik weet het, vanaf deze week komt ze nog maar om de twee of drie dagen bij je langs. Maar jij of je moeder hadden haar toch moeten informeren. Je dochtertje heeft genoeg moedermelk nodig.'

'Ze... Ze heeft zulke lelijke dingen tegen mij en mijn moeder gezegd.' Christa boog haar hoofd.

'Wat dan?'

'Wij protestantse vluchtelingen zouden immoreel zijn en zo. En ik zou daar het bewijs van zijn, want ik ben een ongehuwde moeder. We zouden een slechte invloed hebben op het hele dorp. En de moeilijke geboorte en het constante huilen van de kleine zou een straf zijn voor mijn zonde...'

Wat waren dat voor nare aantijgingen? 'Daar heeft zuster Fidelis helemaal niets mee te maken,' zei Thea resoluut. 'Pieker er maar niet meer over.'

Thea herinnerde zich dat ze in de kleine ruimte tussen de spreekkamers een doos met een borstkolf en flesjes had gezien, de gebruikelijke reclamegeschenken die aan dokterspraktijken werden gegeven. Ze haalde een pot lanoline uit haar dokterstas en gaf die aan Christa om de infectie te behandelen. Verder beloofde ze haar later de borstkolf met twee flessen te brengen, zodat de tepels konden genezen.

Maar voordat Thea naar de praktijk reed, moest ze met zuster Fidelis spreken. Hopelijk zou ze de non in het zusterhuis kunnen vinden.

Thea trof het. Een van de nonnen opende de deur. Ze was precies het tegenovergestelde van zuster Fidelis, met een tenger postuur en een verlegen uitstraling. Nadat Thea had uitgelegd waarom ze was gekomen, leidde de non haar naar een kamer op de begane grond van het zusterhuis. Toen verdween ze om de vroedvrouw te halen. De kamer op het noorden was koel, ondanks het warme weer. Het rook er naar uitgeblazen kaarsen en schoonmaakmiddel. Aan de muur hing een enorm kruisbeeld. De wonden staken rood en bloederig af tegen het gipsen lichaam van de gekruisigde.

Thea keerde het kruis huiverend de rug toe. Ik hoop dat hier geen kinderen komen, dacht ze. Ze had besloten Georg Berger niet te vertellen wat zuster Fidelis tegen Christa had gezegd. Christa had haar, Thea, in vertrouwen genomen. Het was dus een zaak tussen haar en de non.

Hoewel het haar, na wat ze had meegemaakt bij de dagelijkse rapportages, een raadsel was hoe het mogelijk was dat haar baas en de non met elkaar door één deur konden, of sterker nog, elkaar respecteerden. Georg Berger paste helemaal niet bij het beeld dat ze had van een vrome plattelandsdokter.

Dat kwam niet alleen door de boksbal die Thea op de eerste dag in de woonkamer van het kasteeltje had zien hangen, maar hij luisterde ook naar jazz. In zijn spreekkamer stond een kleine radio, en soms, als hij daar bezig was tijdens de lunchpauze of 's avonds, stond de muziek aan. Bovendien was hij zondag ook niet naar de dienst gegaan. In plaats daarvan was hij op een van de paarden uit de stallen achter het kasteel gaan rijden.

'U wilde me zien?' Zuster Fidelis was de kamer binnengekomen, haar lippen strak samengeknepen, haar kin in de lucht.

'Ja…' Thea had besloten het zo diplomatiek mogelijk aan te pakken. Per slot van rekening moesten zij en de non op de een of andere manier met elkaar kunnen samenwerken. 'Ik was net bij Christa Reimers op bezoek. Ze zit er echt mee dat haar dochtertje voortdurend huilt. Ze heeft steun en medeleven nodig. Ik begrijp dat een kind buiten het huwelijk in strijd is met uw morele besef. Maar beschuldigingen zijn slecht voor het welzijn van de moeder en het kind. Bovendien ben ik ervan overtuigd dat u echt geeft om uw patiënten.'

'Ze heeft een zware zonde begaan!'

'In uw ogen is dat misschien zo.' Thea probeerde geduldig te blijven. 'Maar ik wil niet dat u dat nog langer tegen Christa zegt. Ik kan me ook niet voorstellen dat dokter Berger zoiets goedkeurt.' Ze had het goed geraden, want de ogen van de non flikkerden even. 'Ik weet dat u al heel lang vroedvrouw bent…'

'Al langer dan u hier op aarde rondloopt.'

Thea negeerde de minachtende ondertoon. 'Ik zou graag gebruik willen maken van uw ervaring,' zei ze zacht. 'Christa's tepels zijn ontstoken. Ik zal haar later een borstkolf brengen en ik hoop echt dat ik erop kan vertrouwen dat u de behandeling voortzet.'

Ze knikte opnieuw naar zuster Fidelis en ging toen weg. Ze had haar punt duidelijk gemaakt, maar ze betwijfelde of dit haar laatste ruzie met de non zou zijn.

Desalniettemin deed Thea 's avonds opgewekt en verwachtingsvol de deur van de praktijk achter zicht dicht. Tijdens het middagspreekuur waren de pakketjes met haar spullen uit Hamburg eindelijk aangekomen. Die lagen nu in haar huisje op haar te wachten. Het kolven bij Christa was probleemloos verlopen en de kleine had de fles meteen geaccepteerd. Het was een genoegen om haar tevreden te zien zuigen.

Toen ze vroeg of ze de jonge vrouw de borstkolf en de flessen mocht lenen, zei Georg Berger op zijn gebruikelijke knorrige toon dat hij graag van de spullen af wilde. Hij had haar geen enkele vraag gesteld waarom zij zich daarmee bezighield in plaats van zuster Fidelis.

Het was een zonnige dag geweest en het was aangenaam warm in het huisje. Nadat Thea snel gegeten had, opende ze de pakketjes. Ze verheugde zich erop om eindelijk haar eigen dokterstas en jassen weer te kunnen gebruiken. Verder was het fijn dat ze nu wat andere kleding had en haar kookplaat, wat boeken en een paar kopjes en borden. Maar het allerbelangrijkste waren de twee schilderijen die Hans had geschilderd. Ze waren zorgvuldig in een krant gewikkeld en in een van de pakketten gestopt. Ze wist al precies waar ze die zou ophangen.

Met het kleinere schilderij in haar hand klom Thea de smalle trap naar haar slaapkamer op. Ze sloeg een spijker in de muur tegenover haar bed en hing het schilderijtje op, zodat ze er altijd naar kon kijken voordat ze in slaap viel en als ze wakker werd. Daarna deed ze een stap achteruit om het doek beter te kunnen bekijken. Thea werd vervuld van liefde en verlangen. De tinten groen leken boven het doek te zweven. Ze verwerden tot twee abstracte vormen die wel met elkaar leken te dansen. Het schilderijtje was zo sereen en vol leven en geluk. Hans had het kort na hun huwelijk geschilderd.

Een tijdlang stond Thea daar te staren. Ze gaf zich over aan haar herinneringen. Toen glimlachte ze naar de foto van Hans op het dressoir. Ik ben zo blij dat ik de twee schilderijen hier heb, dacht ze. Zo voelt het net alsof je bij mij bent.

Thea wilde weer naar beneden gaan om het andere schilderij op te hangen. Maar ze merkte ineens dat het een beetje benauwd was boven en opende het raam aan de voorkant. Ze keek uit op het kasteeltje en de stallen. In het afnemende licht zag ze hoe Georg Berger, die duidelijk weer een ritje had gemaakt, het zadel van zijn paard nam en zacht diens hals streelde. Met paarden ging hij veel vriendelijker om dan met mensen.

Hij wekte eigenlijk altijd de indruk dat hij niemand nodig had. Maar voelde hij zich soms niet eenzaam? En was hij ooit getrouwd geweest? Hij had er niets over losgelaten. Maar gelet op de gereserveerdheid die hij toonde als het over zijn privéleven ging, hoefde dat niets te betekenen.

Thea bleef enkele ogenblikken peinzend staan kijken, ging toen weer naar beneden en pakte de rest van haar spullen uit.

Twee dagen later reed Thea om half acht 's ochtends in de Opel het pad naar de golfplaten garages op. Er stond een stevige wind en de wolken verdwenen snel uit het zicht. Ze was de halve nacht bezig geweest met een bevalling op een afgelegen boerderij, terwijl de storm om het huis raasde. Ze was uitgeput, maar ook verheugd. Door haar specialisatie als gynaecoloog had ze altijd al de voorkeur gehad voor bevallingen en het gaf zo veel voldoening dat ze dat werk hier kon voortzetten.

Vanuit haar ooghoek zag ze nu Georg Berger voor het kasteeltje staan. Hij liep naar de brug over de beek. Goed dat ze hem juist tegenkwam.

Thea zette de Opel op het oneffen pad en stapte uit. 'Goedemorgen, dokter Berger!' riep ze naar hem.

Hij stopte en draaide zich naar haar om. Toen kwam hij naar haar toe. Het jasje dat hij droeg was nog ouder dan de andere jasjes die ze hem tot nu toe had zien dragen, en hij had stevige laarzen aan zijn voeten. Blijkbaar was hij wezen paardrijden, en voor de verandering leek hij heel opgewekt.

'Morgen! Ben je tot nu op de Steinert Hof geweest voor de bevalling?' Hij had Thea gevraagd, of beter gezegd, haar bevolen, om een briefje op zijn bureau achter te laten waarop stond waar ze tijdens haar nachtdienst heen ging en hoe laat ze vertrokken was.

'Ja, Agnes Steinert is bevallen van een sterrenkijkertje.' Zo werden baby's genoemd die met hun gezichtje naar boven in het geboortekanaal lagen, in plaats van naar beneden, zoals normaal was. Op het moment dat ze geboren werden, keken ze als het ware naar de hemel. Dus werden ze sterrenkijkers genoemd. Thea vond het een leuke term, en ze glimlachte naar haar baas.

'U bent pas twaalf dagen in dit dorp en hebt al twee bevallingen met complicaties begeleid.' Georg Bergers goede humeur weerhield hem niet van zijn gebruikelijke sarcastische opmerkingen. 'Dat overkomt mij en zuster Fidelis misschien één keer per jaar, of helemaal niet.'

Thea besloot geen aanstoot te nemen aan de opmerking.

'Ik moest de zuignap gebruiken en een episiotomie uitvoeren, maar moeder en baby maken het goed,' zei ze kalm. 'Trouwens, de schoonmoeder van de jonge vrouw heeft me betaald met een pond koffiebonen.' Thea moest nog wennen aan de betalingen in natura.

'O, de oude draak is genereus geweest.' Georg Berger grijnsde. 'Ze was vast wat teerhartig door de geboorte van haar kleinkind.'

'Ik vond de oude mevrouw Steinert niet onaardig,' zei Thea, hoewel dat helemaal niet waar was. De boerin had haar heel duidelijk gemaakt dat ze heel graag wilde dat zuster Fidelis haar schoondochter zou bijstaan, maar de non was bij een andere geboorte aanwezig geweest. 'Maar een pond koffie vond ik nogal gul.' Een kilo koffiebonen kostte iets minder dan dertig mark, wat gelijkstond aan twee daglonen voor een arbeider. De wind deed het roestige dak van de golfplaten garage rammelen en blies Georg Bergers haar uit zijn gezicht. Zijn blauwe ogen straalden heel helder. Hoe heette dat personage in die roman waarmee Katja hem vergeleken had ook alweer? Heathcliff?

'Wat ik zeggen wilde…' Thea probeerde zich niet geïrriteerd te voelen. 'Ik wil me even opfrissen en wat eten. Als ik zuster Fidelis misloop, zeg haar dan dat ik vanmiddag nog bij de jonge moeder langsga. Dan hoeft zij niet te gaan.' Dat is eigenlijk de reden waarom ze uit de auto stapte om met haar baas te praten.

'Als je dat graag wilt.' Georg Berger knikte en Thea liep naar haar huisje. Wat fijn dat ze haar zussen en de kinderen zou zien na haar middagronde.

Toen Thea rond drie uur over de landweg tussen de velden reed, keek ze ongeduldig op haar horloge. Het leek wel alsof ze het erom deden. Juist vandaag was het bezoekuur erg tijdrovend geweest. En nu moest ze nog langs meneer Hörter en de jonge moeder, Agnes Steinert. Ze was vertrokken zodra de laatste patiënt de praktijk had verlaten. Hopelijk konden haar zussen alles vinden wat ze nodig hadden in het huisje. Thea had de sleutel voor hen achtergelaten onder een steen naast de voordeur.

De motor van de Opel brulde uit protest toen ze in de eerste versnelling het steile pad naar het terrein van de Hörters opreed. Op het erf was niemand te zien. Tot Thea's opluchting liepen er ook geen dieren. Ganzen schenen haar echt niet te mogen en onlangs had een loslopend varken bij een van de andere boerderijen haar bijna omvergelopen.

Zoals zo vaak het geval was op het platteland, was de voordeur niet op slot. Omdat er niemand opendeed toen Thea riep en op de deur klopte, liep ze meteen door naar meneer Hörter. Ze wist inmiddels de weg naar de slaapkamer. Na een paar minuten was ze klaar met het onderzoek. Thea was het huis al uit en stond op het punt in de Opel te stappen toen ze door het keukenraam de boerin aan tafel zag zitten. Haar hoofd was gebogen en ze zag er verdrietig uit. Thea aarzelde, klopte toen op de achterdeur en ging naar binnen. Een doordringende geur van gebakken uien kwam haar tegemoet, een geur die ook op andere boerderijen vaak te ruiken was. Op de een of andere manier leken de mensen van de Eifel van deze groente te houden.

'Hallo, mevrouw Hörter, ik was net op bezoek bij uw man...' Ze stak haar hand uit naar de boerin.

‘O, dokter,’ begon mevrouw Hörter. ‘Ik had u niet horen aankomen.’ Haar ogen waren rood. Thea dacht niet dat het door de uien kwam.

‘Ik wilde even zeggen dat het goed gaat met uw man. U hoeft zich geen zorgen meer om hem te maken. Morgen kan hij een paar uur uit bed komen.’

‘Dat is mooi.’ Maar de stem van mevrouw Hörter klonk niet echt alsof ze gelukkig was. Er blonken tranen in haar ogen.

‘Is er iets?’ vroeg Thea bezorgd.

‘O, het is niets...’ De boerin droogde haastig haar wangen. Maar er kwamen juist nog meer tranen en ze begon te snikken.

‘Mag ik even bij u zitten?’

De boerin knikte en Thea ging op een stoel zitten.

‘Wilt u me vertellen wat u dwarszit?’ vroeg ze toen mevrouw Hörter wat gekalmeerd was.

Ze zei niets en veegde haar ogen af met haar schort.

‘Ik wil echt niet aandringen,’ zei Thea zacht. ‘Maar soms helpt het om erover te praten. En ik zal niemand iets vertellen. Dat beloof ik u.’

‘U vindt me vast erg dom...’

‘Nee, helemaal niet, ik heb in mijn leven vaak gehuild.’

‘Ik ben zo blij dat het beter gaat met Leonhard! Maar... Maar... ik ben gewoon bang dat hij over een paar weken weer ziek wordt.’ De boerin keek haar beschaamd aan.

‘Waarom dan?’ Thea begreep het niet.

Mevrouw Hörter boog haar hoofd en streek met haar hand over het tafelkleed. ‘De afgelopen jaren zijn niet makkelijk voor ons geweest...’ Haar blik dwaalde naar twee foto’s op het aanrecht. Er stonden jonge mannen van begin twintig op. Om beide foto’s zat een zwarte rand.

‘Die jonge mannen zijn uw zonen, nietwaar?’ vroeg Thea zacht.

‘Ja, ze zijn in 1943 en 1944 in Rusland omgekomen. Werner wilde de boerderij overnemen en Jörg wilde dierenarts worden. Sinds hun dood is mijn man niet meer dezelfde. Vroeger kon hij alles aan en was hij zo sterk als een boom. En nu, nu is hij de hele tijd ziek. Om de paar weken is er iets aan de hand. Ik denk dat hij eigenlijk niet meer wil.' Weer welden er tranen op in haar ogen.

'Bedoelt u dat hij eigenlijk niet meer wil leven?'

'Hij zegt zo vaak: voor wie werken we eigenlijk nog zo hard? We hadden nog een dochter, dat was Werners tweelingzus. Zij stierf aan difterie toen ze vijf was. Hadden we maar kleinkinderen om de boerderij aan over te dragen...' Mevrouw Hörter zuchtte. 'Maar we hebben niemand meer. En soms, als Leonhard en de knecht op het land zijn, is het hier zo stil dat ik er zelf bijna niet tegen kan. Dan zet ik de radio aan, het belangrijkste is dat er geluid is.'

'Het spijt me erg dat te horen.' Thea had veel begrip voor de vrouw, en vooral voor meneer Hörter. Na de dood van Hans was de geneeskunde haar enige steun geweest. Zonder haar vak had ze waarschijnlijk niet de moed gehad om het leven onder ogen te zien.

'Maar ik weet dat anderen het veel zwaarder hebben gehad dan wij.' De boerin veegde haar ogen weer af en schudde haar hoofd. 'Leonhard en ik hadden in elk geval al die jaren eten en een dak boven ons hoofd.'

'Mevrouw Hörter...' Thea raakte haar hand aan. 'Hebben u en uw man ooit overwogen om een kind in huis te nemen? Door de oorlog zijn er zo veel wezen.'

'Ik wel. Maar Leonhard wil het niet. Hij zegt het niet hardop, maar ik denk dat hij denkt dat we op die manier onze zonen verraden. Alsof we hen ooit zouden vergeten...'

'Soms veranderen mensen van gedachten als ze een kind ontmoeten op wie ze dol worden.'

'Leonhard niet. Onze zonen waren alles voor hem.' Mevrouw Hörter zuchtte. 'Maar bedankt, dokter, dat u naar me hebt geluisterd en voor Leonhard hebt gezorgd.'

'Dat spreekt toch vanzelf.'

Mevrouw Hörter aarzelde. Was er nog iets wat haar dwarszat?

Maar ze herpakte zichzelf weer. 'Dokter, wilt u een kop koffie met me drinken?' vroeg ze verlegen.

Tot nu toe had ze op geen enkele boerderij iets te eten of te drinken gekregen. Thea begreep dat dit een teken van acceptatie en waardering was.

'Ja, natuurlijk,' antwoordde ze hartelijk. Haar zussen zouden het zeker begrijpen als ze wat later zou komen.

9

Het was niet ver van de boerderij van de familie Hörter naar de boerderij van de familie Steinert, Thea's laatste adres van haar bezoekronde. De sterke koffie had haar goedgedaan. De vermoeidheid van haar slapeloze nacht was zo goed als verdreven. Ze had er ook van genoten om met mevrouw Hörter te praten. In feite was dit haar eerste gesprek in Eichenborn dat op geen enkele manier met medische zaken te maken had, afgezien van de twee gesprekken met de fotograaf Axel Heimbach op haar eerste avond in het dorp en tijdens de ochtendwandeling in de Hoge Venen.

Het waaide net zo hard als de nacht ervoor op de top van de berg. De lucht was helder. Het grijze stenen huis had een hoge, stevige basis en de ramen waren klein. Het leek alsof het speciaal gebouwd was om het hoofd te bieden aan de elementen.

Thea liep met een ruime boog om de kippen heen, die op het erf voor het huis rondscharrelden. Ze was bijna bij de voordeur toen die openging en de schoonmoeder van de jonge vrouw naar buiten stapte.

'Wat hebt u met de kleine gedaan?' snauwde de oude vrouw. 'Zijn hoofdje is helemaal opgezwollen en hij heeft geelzucht!'

'Maar dat kan niet waar zijn.'

'Wel dus.'

Geschrokken liet Thea de oude vrouw bij de deur achter en haastte ze zich naar de slaapkamer. Agnes Steinert, de jonge moeder, zat in bed en gaf de kleine borstvoeding. De bult van de zuignap zat nog steeds op zijn achterhoofd, een veelvoorkomend verschijnsel. Maar de zwelling was niet toegenomen. En de huid en ogen leken ook niet ongewoon geel te zien. Thea slaakte een zucht van verlichting.

'De kleine lijkt goed te drinken,' zei ze tegen de jonge vrouw.

'Ja, hij accepteerde de borst goed.' De moeder keek haar onzeker aan. 'Maar ik maak me zorgen over de gelige huid. En de verpleegster zei dat de bult erg groot geworden was.'

Dus zuster Fidelis was hier geweest, hoewel ze die dag niet hoefde te gaan. Thea had de non via Georg Berger uitdrukkelijk laten weten dat zij het bezoek zou doen.

Ze probeerde haar woede niet te tonen.

'Nee, de grootte van de bult is heel normaal, die is over een paar dagen weg. En wat de vergeling betreft, dat lijkt mij ook normaal, maar ik zal de kleine toch even onderzoeken.'

Thea wilde het absoluut zeker weten, want geelzucht trad bij pasgeborenen meestal pas op de tweede of derde dag na de geboorte op.

De baby protesteerde toen zijn moeder hem aan Thea gaf. Maar hij had blijkbaar genoeg gedronken, want hij kalmeerde snel en liet haar zijn luier afdoen en zijn temperatuur opnemen zonder te huilen. Hoewel de blik van pasgeboren baby's normaal nog niet gericht was, leek het alsof hij haar aankeek met zijn blauwe ogen. Hij had geen koorts en de kleur van zijn urine en ontlasting was normaal. Thea stelde Agnes Steinert nog een paar vragen. Ze wilde weten of de kleine krampjes had gehad of erg hard had gehuild. Zijn moeder zei dat dat niet het geval was.

'Dan hoeft u zich ook geen zorgen te maken over geelzucht,' zei ze ten slotte. 'Geef de kleine zo vaak mogelijk de borst, dat helpt om het bilirubinegehalte in het bloed te laten dalen. En nu zou ik graag uw hechtingen willen controleren.'

'Het doet pijn.' Agnes Steinert zuchtte.

'Toch moet u regelmatig opstaan en bewegen om geen trombose te krijgen. Dat is erg belangrijk.'

De hechtingen zagen er goed uit, en nadat ze de kleine sterrenkijker nog even had bewonderd, nam Thea afscheid.

Een met slingers versierde kar reed door de hoofdstraat van Eichenborn voor Thea langs toen ze laat in de middag eindelijk het dorp in reed. De jonge mannen die erin zaten, hadden bierflesjes in hun handen en leken al behoorlijk dronken. Dorpelingen in zondagse kleding stroomden naar het kermisterrein in de weilanden. Toen Thea kort daarna het kasteel had bereikt, klonk in de verte fanfaremuziek. Ze pakte de mand met de oogst van de bezoekersronde van vandaag, twee kleine pakjes met een paar porties koffie, een zak vol meel, boter, een stuk brood en een worstje, uit de kofferbak. Toen ze aanklopte, deed Georg Berger de deur open. In plaats van zijn gebruikelijke oude trui en versleten jasje droeg hij daadwerkelijk een pak met overhemd en stropdas. Blijkbaar had hij zich al omgekleed voor het feest.

Thea bood hem de mand aan. ‘Alstublieft, dit zijn de betalingen van vandaag. Er ligt nog een zak aardappelen in de kofferbak.’

‘Dan zal ik die even halen.’ Georg Berger stak het bruggetje over en liep naar de geparkeerde Opel. Hij tilde de aardappelen uit de auto. Met de zak op zijn schouder kwam hij weer terug.

‘Kom binnen,’ zei hij, even bars als anders.

Tot nu toe had Thea de goederen altijd in de praktijk aan hem gegeven en ze was nog nooit binnen geweest in het kasteel. Ze kon het dan ook niet helpen dat ze even nieuwsgierig om zich heen keek, terwijl ze haar baas door de hal volgde. Een schildering, ontsierd door watervlekken en afbladderende verf, sierde het plafond. De enorme kroonluchter zag grijs door stof en er misten wat gepolijste hangers. Niettemin had de entree, net als het vervallen exterieur, een geheel eigen charme en sprak het interieur van een lang vervlogen wereld vol harmonie en schoonheid.

De keuken was zo groot dat Thea’s huisje er makkelijk in zou passen. De haard was echt angstaanjagend groot, om maar niet te spreken over de grote eiken tafel die ze door het raam had gezien op de eerste dag dat ze Georg Berger zocht. Zou hij hier altijd alleen eten? Dat was een vreemd en op de een of andere manier droevig idee. Ook het buffet was enorm, het nam bijna de hele wand in beslag. Achter de houten stijlen ving ze een glimp op van een paar oude borden van aardewerk en porselein.

Vanuit de aangrenzende woonkamer was door de open deur jazzmuziek te horen. Thea zag vanuit haar ooghoek de boksbal, een enorme open haard en een mix van moderne en ouderwetse meubels. Georg Berger ging haar voor naar de bijkeuken, die Thea ook vanuit de tuin had gezien. Een kookplaat stond op een middelhoge kast naast een zandstenen wasbak en een nieuwere porseleinen wasbak. Er was ook een tafel met twee stoelen. Haar baas kookte en at vast hier in plaats van in de eigenlijke keuken.

'U woont hier behoorlijk voornaam, een keuken, een bijkeuken, kroonluchters aan het plafond...' Thea flapte het er zomaar uit.

'De oude kasten zijn nogal sjofel.' Hij haalde zijn schouders op. 'Maar er is tenminste centrale verwarming, en meestal werkt die nog ook.'

'Wat een geluk hebt u!' Thea dacht aan de kachel in haar huisje, die de enige warmtebron was. 'Bent u eigenlijk de eigenaar van het kasteel?'

'Ja, mijn voorganger was blij dat hij er vanaf was en ik heb het voordelig kunnen overnemen. Een van zijn voorouders was zo excentriek, of zo gek, om het kasteeltje zo afgelegen te bouwen. Hij wilde het vast als jachthuis gebruiken.' Georg Berger had de zak op de grond gezet en Thea zette de mand ernaast. Buiten in de tuin liep een gans op en neer, terwijl hij met zijn vleugels klapperde en dreigend naar het raam staarde alsof hij Thea's aanwezigheid rook, als ganzen tenminste een mens konden ruiken. 'Neem maar mee wat je wilt.'

'Eh, ja...' De gans had Thea even afgeleid. 'Ik wil graag een van de kleine pakjes koffie en het brood.'

'Is er iets ongewoons gebeurd tijdens de bezoekronde?' vroeg Georg Berger.

'Nee.' Thea wilde hem niet lastigvallen met het feit dat zuster Fidelis haar duidelijk aan het controleren was.

'Mooi zo. De twee vrouwen die sinds vanmiddag in je huisje bezig zijn, zijn dat je zussen?'

'Ja, hoezo?' Thea was verrast.

'Ze hebben nogal wat stof doen opwaaien. Vooral de jongedame met het kastanjebruine haar, hoorde ik.' Georg Berger verbeet een glimlach.

'Wat bedoel je daarmee?'

'Nou, de jonge mannen uit het dorp zijn diep onder de indruk. Al kreeg ik niet echt originele termen te horen en hadden ze het vooral over "mooie benen" en "lekker stuk".'

Wat had dat te betekenen? Thea voelde hoe haar maag zich omdraaide.

Uit het vakwerkhuisje klonk opgewekt gezang. Een paar jongens stonden op straat te roken. Thea had de indruk dat ze heimelijk naar het huisje keken. Marlene, gekleed in rubberen laarzen, dikke leren handschoenen en een gevoerde jas, zat geknield in de tuin en was de grond wat aan het schoffelen. Haar gezicht zag rood van de wind en er kleefde een beetje aarde aan haar wang. Ze zag er gelukkig uit. Er lag een grote hoop onkruid naast haar. Het huisje was ontdaan van braamstruiken, klimop en wilde wijnranken, en de vers gesnoeide rozentakken klommen nu vrij langs de muur omhoog. Sterker nog, ze vormden zelfs een elegante boog boven de voordeur.

'Marlene, je hebt echt wonderen verricht!' Thea hielp haar zus overeind. 'Hoe heb je dat allemaal voor elkaar gekregen?'

'Liesel en Arthur hebben me geholpen.'

'Echt?'

'Ik heb hen omgekocht door hen snoep en ritjes in de draaimolen te beloven,' lachte Marlene. 'Ze zijn al met een paar dorpskinderen naar de kermis gerend.'

'Ik was net bij mijn baas. Hij zei dat mijn zus met het kastanjebruine haar, Katja dus, nogal wat opschudding veroorzaakte. Weet je wat hij daarmee bedoelt?'

'Als je haar ziet, zul je het wel begrijpen. Gelukkig was vader vanmiddag het huis uit en heeft hij haar niet gezien.'

'Weet hij inmiddels dat jullie hier zijn om me te helpen?'

'Ja, ik heb het hem vanmorgen toch verteld. Ik vond het dom om het te verzwijgen, bovendien hoort hij het toch wel.'

'Zei hij nog iets?'

'Nee, geen woord.' Marlene hief spijtig haar handen op. De deur van het huisje vloog open en omgeven door een doordringende verflucht stapte Katja over de drempel. De jongens keken meteen naar haar.

'Katja...' Thea staarde haar aan. Haar zus droeg een spijkerbroek! De donkerblauwe broek was door de Amerikaanse soldaten in Duitsland geïntroduceerd en stond bij de burgerij symbool voor rebellie en immoraliteit. Onder jongeren was de broek echter erg populair. Katja droeg een blouse die in de taille was geknoopt, wat haar boezem benadrukte. Ze zag eruit als een femme fatale.

'Kom binnen.' Katja pakte Thea's hand en trok haar naar de deur.

'Waar heb je die jeans vandaan? Ik dacht dat die zo moeilijk te verkrijgen waren.'

'Ik heb zo mijn connecties. Maar mijn broek doet er op dit moment echt niet toe. Kijk om je heen!' Katja maakte een zwaaiend gebaar met haar hand.

De kasten bij de gootsteen en het buffet waren in een blauwe pasteltint geverfd. Voor de ramen hingen bijpassende zachtgrijze gordijnen met een gestileerd plantenpatroon en de kussens op de bank waren van dezelfde stof gemaakt. De hele kamer leek ineens fris en stralend. Alsof het plotseling lente was geworden.

'Wat is het mooi geworden, Katja! Hoe heb je dat allemaal voor elkaar gekregen in zo'n korte tijd?' Thea was enthousiast, maar stond toen geschrokken stil. 'Ik weet alleen niet of mijn baas het goed vindt dat het meubilair is geverfd, het is tenslotte van hem.'

Katja rolde met haar ogen. 'Ik heb het hem gevraagd en hij zei dat, zolang we het huisje niet in brand steken, we hier konden doen wat we wilden.'

Dat was echt een reactie voor Georg Berger.

'En wat je andere vraag betreft, een paar jonge mannen uit het dorp waren zo vriendelijk om me te helpen schilderen.'

Vandaar de groep jongens voor het huis.

'Je matras is trouwens ook vandaag al geleverd, dat hadden we met de verkoper afgesproken.' Marlene was naar hen toe gekomen en wees naar een hoek. 'En in de doos zit nog wat servies uit mijn huis in Frankfurt, ik heb het niet meer nodig. Je kunt het zonder gewetensbezwaren aannemen,' zei ze om Thea's protest in de kiem te smoren.

'Dank jullie wel!' Thea omhelsde haar zussen. 'Het huisje is zo mooi geworden!'

'Morgen is de verf droog,' glunderde Katja naar haar. 'En nu moeten we ons omkleden, zodat we nog even naar de kermis kunnen. Het is al bijna zes uur.' Ze liep naar een reistas bij de hoekbank en haalde er een jurk uit.

Thea was blij dat haar zus niet van plan was in haar spijkerbroek naar het dorpsfeest te gaan. Ze wilde niet denken aan de roddels die dat zou hebben opgeleverd.

'Ik kleed me boven even om.' Thea klom de trap op en stopte ontroerd op de laatste trede.

Haar zussen hadden hier ook de handen uit de mouwen gestoken. Op het dressoir stond een boeket narcissen bij de foto van Hans, en op het bed lag een kleurrijke sprei die perfect paste bij de nieuwe kussenslopen. Bovendien had ze eindelijk een echt matras, wat zou het heerlijk zijn om op zo'n zachte ondergrond te liggen!

Thea pakte een grijs met wit gestippelde zijden jurk van de hanger aan een van de muurhaken en trok die aan. Het was haar jurk voor meer feestelijke gelegenheden. Ze combineerde deze met een paar grijze pumps en een bijpassende hoed en handschoenen.

Terwijl ze voorzichtig de steile trap afdaalde in de schoenen die ze nog maar een enkele keer gedragen had, ritste Marlene net Katja's jurk dicht. Lachend draaide haar jongere zus zich om haar eigen as.

'Nou, hoe zie ik eruit?'

'Heel erg mooi,' glimlachte Thea. Ze meende het. Katja droeg een jurk met een wijde klokrok en een zeer smalle taille. De glinsterende donkerrode stof met het zwarte bloemenpatroon paste perfect bij de kleur van haar haar. 'En jij ziet er ook mooi uit, Marlene.'

Zoals altijd had Marlene gekozen voor wat nettere kleding, een elegant beige mantelpakje en een zijden blouse met een brede strik aan de kraag.

'En bedankt voor...' Thea wilde er nog 'het opknappen van mijn slaapkamer' aan toevoegen, maar door Katja's frons en haar kritische blik slikte ze haar woorden in. 'Is er iets, Katja?'

'Wil je mijn eerlijke mening?'

'Ja, natuurlijk.' Thea wist niet waar haar zus het over had.

'Je ziet er niet echt mooi uit.'

'Katja!' snauwde Marlene tegen haar zus.

'Ik spreek gewoon de waarheid. Thea kleedt zich alsof ze vijftig is, niet dertig. Die jurk is vast nog uit de oorlog en hij is te groot voor haar.' Ze trok aan Thea's middel en greep de stof die over was bij elkaar. 'En dan dat strenge kapsel en die bril met hoornen montuur... Daardoor ziet ze eruit als een uil.'

'Katja, zo is het echt genoeg. Hoe kun je zoiets zeggen?'

Thea was te verbijsterd om te reageren. Tegelijkertijd was ze gekwetst en boos.

Katja zag wat er in haar omging en sloeg haar arm om haar schouders. 'Thea, het spijt me. Het floepte er zomaar uit. Maar soms lijkt het alsof je jezelf met opzet lelijk maakt. Je bent echt aantrekkelijk! Je krullende haar en je mooie ogen... Maar door die onflatteuze knot en de bril komen ze helemaal niet mooi uit.'

'Ik hoef niet zo nodig op te vallen.'

'Daar gaat het helemaal niet om.' Katja schudde haar hoofd. 'Je haar moet mooi zitten en kleding moet je goed staan. En je hoeft er niet als een non uit te zien.'

'Katja...' Opnieuw probeerde Marlene in te grijpen. Maar haar zus liet haar niet uitpraten.

'Over twee weken is het mijn eenentwintigste verjaardag. Wat vind je ervan als we de dag ervoor samen naar Aken, Keulen of Düsseldorf gaan en wat nieuwe kleding kopen? Dan overnachten we daar en brengen we er gezellig een zondag door.'

'Dat lijkt me niet zo'n goed plan,' antwoordde Thea kortaf. Ze was nog steeds gekwetst.

'Thea, je had beloofd dat je met ons mee zou gaan!' Katja keek haar zo smekend aan dat haar woede verdween.

'Ja, maar dat was voordat ik hier kwam werken. Ik woon nu in de buurt.' Thea zuchtte. 'Ik wil op dit moment geen geld uitgeven aan een hotelovernachting. Om nog maar te zwijgen van het winkelen. Ik weet niet eens of ik binnenkort weer op zoek moet naar een baan.'

'Als het alleen daarom gaat, dan nodig ik je uit! Vader geeft me altijd geld voor mijn verjaardag. En ik heb ook een deel van mijn salaris gespaard.'

Thea wisselde een snelle blik met Marlene. Dat was iets nieuws. Katja had nog nooit geld gespaard.

'Alsjeblieft, Thea!' Katja pakte haar handen. 'Het is zo lang geleden dat we met z'n allen mijn verjaardag hebben gevierd en ik wil heel graag dat jullie ook meegaan. Het is mijn eenentwintigste verjaardag, ik word eindelijk volwassen! Ik hoef niets anders van je te hebben. Over vader hoef je je geen zorgen te maken. Hij is dan naar een meerdaagse internationale conferentie in München. Erg belangrijk, er komen zelfs medische professionals uit Amerika over. We hebben al afgesproken dat we mijn verjaardag pas daarna zullen vieren. En mevrouw Mageth zal graag op Arthur en Liesel passen.'

Thea schudde haar hoofd. 'Katja, het spijt me, maar afgezien van al het andere kan ik mijn baas echt niet nu al een weekend vrij vragen.'

'Vraag het hem in elk geval.' Katja kneep in haar handen. 'Beloof me dat je het hem zult vragen.'

'Nou, dat wil ik wel beloven,' gaf Thea toe. Ze was helemaal vergeten hoe volhardend Katja kon zijn.

'Leuk.' Katja straalde weer. 'En nu moeten we gaan.'

10

De kermis vond plaats op een weiland tussen het dorp en een klein bos, ongeveer tien minuten lopen vanaf Thea's huisje. De beek die erlangs lag, was vast dezelfde die langs het kasteel stroomde. Er was een ouderwetse carrousel waarop houten paarden rondjes draaiden. En er stond zelfs een kraampje met suikerspinnen en geroosterde amandelen.

'Mama, tante Katja, tante Thea!' Liesel en Arthur renden naar de drie vrouwen toe. Hun gezichtjes gloeiden van opwinding. 'We hebben een rondje in de draaimolen gemaakt en we hebben met de dorpskinderen bij de beek gespeeld. Mogen we nog een keer in de draaimolen? Alsjeblieft!'

Thea sloeg haar armen om de twee heen en trok hen naar zich toe.

'Hier...' Ze overhandigde ieder van hen een muntstuk. 'Voor een rondje in de draaimolen en wat te snoepen. Maar niet overdrijven met die zoetigheid.'

'Dank je wel!' De twee stormden weg, samen met wat andere kinderen.

'Straks zijn ze vast misselijk,' zuchtte Marlene.

'Herinneren jullie je de kermis in Dresden nog? In de tram naar huis werden we heel ziek van al het ijs, de gekonfijte appels en de suikerspinnen. Katja moest zelfs overgeven. Vader was woest.'

'In mijn herinnering moest Thea overgeven, niet ik.' Vrolijk haakte Katja in bij haar zussen. 'Op naar het feestgedruis!'

Bijna elke stoel in de tent was bezet. Thea keek nieuwsgierig om zich heen, terwijl ze met haar twee zussen door de tent liep. Een band speelde populaire liedjes bij de dansvloer. De muziek vermengde zich met het geklets en gelach van de bezoekers, waardoor het een oorverdovend lawaai was. De geuren van bier en tabaksrook zweefden door de lucht. Aan beide kanten van de tent stonden kraampjes. Bij een ervan was een loterij. Andere verkochten zelfgemaakte taarten, stoofschotels en worstjes. Boven de kramen hingen spandoeken met het opschrift dat de opbrengst ten goede kwam aan de wederopbouw van de kerktoren.

Zuster Fidelis zat met een paar andere nonnen aan het bier te nippen en leek het erg naar haar zin te hebben.

Een groot gezin stond op van de banken vlak bij de dansvloer.

'Daar gaan wij zitten!' Katja sprintte weg op haar hoge hakken en ging op een van de banken zitten. Thea en Marlene namen tegenover haar plaats.

Thea zag dat Georg Berger heel dicht bij hen zat. Onder de mannen die bij hem zaten, was een pastoor, gemakkelijk te herkennen aan zijn zwarte pak en witte priesterkraag. De andere heren behoorden waarschijnlijk ook tot de notabelen van het dorp. En aangezien Thea er nu toch was, zou ze zich ook wel aan hen voor kunnen stellen. Misschien zouden de dorpelingen haar dan eindelijk accepteren.

'Ik ben zo terug.' Thea baande zich een weg langs een jongen die hoopvol richting Katja liep. Haar baas merkte haar op en onderbrak zijn gesprek met de forse heer naast hem.

'Burgemeester, pastoor, mag ik mijn nieuwe werknemer en collega, dokter Graven, aan u voorstellen? Dokter Graven, dit zijn burgemeester Adam en pastoor Biber. En dit zijn meneer Unger, de dorpsonderwijzer, en meneer Michalski, het hoofd van de brandweer.' Hij wees naar de andere mannen in de groep. 'Wilt u bij ons komen zitten?'

De heren stonden op. 'Leuk u te ontmoeten.' Er klonk een beleefd gemompel.

'Ik wilde niet storen, ik wilde mezelf alleen maar even voorstellen.' Thea voelde zich opeens verlegen. 'Ik ben hier met mijn zussen.'

'Aangenaam kennis met u te maken, dokter.' De burgemeester keek haar sceptisch aan en schudde haar ten slotte de hand. 'Nou, een vrouwelijke dokter, dat is echt vooruitstrevend. Maar onze dokter Berger heeft wel vaker bijzondere ideeën.'

Thea dacht er nog steeds over na dat vooruitstrevend uit zijn mond een beetje klonk alsof een conservatieve politicus over socialisme sprak toen de pastoor zijn sigaar uit zijn mond haalde en naar voren leunde. Zijn ogen fonkelden achter de dikke brillenglazen met het hoornen montuur en zijn blik leek ietwat bijziend.

'Dokter, ik heb gehoord dat u de dochter van professor Kampen bent?'

Dus dat was inmiddels ook bekend.

'Ja, dat klopt.' Thea knikte.

'Nou, hoewel hij protestant is, is hij een zeer principiële, oprechte man voor wie waarden en moraal er echt toe doen. Ik heb hem bij een paar officiële gelegenheden mogen ontmoeten. Ik vond zijn lezing over christelijke ethiek en geneeskunde vandaag de dag zeer boeiend. En naar het schijnt houdt hij de kerkdiensten op zondag nog in ere, ondanks zijn doktersambt. Dat kan ik helaas niet over alle artsen zeggen.' De pastoor wierp Georg Berger zijdelings een verwijtende blik toe. Thea had het dus goed geraden, hij was geen fervent kerkganger.

'Eh, ja... Geloof is heel belangrijk voor mijn vader,' beaamde ze.

'Het zou toch erg leerzaam zijn geweest om bij uw vader in de kliniek te werken?'

Wist de pastoor van de ruzie met haar vader voor het ziekenhuis? Maar hij keek haar onschuldig glimlachend aan. 'Nou, ik...' begon Thea, op zoek naar een excuus.

'Dokter Graven wilde graag de algemene geneeskunde leren toepassen en kennismaken met het dagelijks leven in een plattelandspraktijk,' kwam Georg Berger haar onverwacht te hulp.

Thea slikte. 'Inderdaad.'

'Dat begrijp ik.' De pastoor keek opnieuw welwillend.

Maar Thea besloot dat het tijd was om afscheid te nemen.

'En nu wens ik u nog een fijne avond, heren,' zei ze snel voor ze wegvluchtte.

'En hebben de mannen in Eichenborn je welkom geheten?' Katja was nergens te zien, maar Marlene zat op haar te wachten aan de tafel.

'Zo zou je het kunnen noemen. De ontvangst was niet erg enthousiast. En de pastoor is erg op vader gesteld.' Thea zuchtte en keek toen naar de dansvloer, waar Katja rondwalste. 'Ons zusje lijkt het naar haar zin te hebben.'

'Ja, de ene dans was nauwelijks voorbij of een andere jongen vroeg haar al voor de volgende dans. Twee jonge mannen kregen bijna ruzie om haar.' Marlene lachte. 'Zal ik iets te eten voor ons halen?'

'Ja, lekker. Zal ik meelopen?'

'Ik red me wel.'

Thea was blij dat ze kon blijven zitten. Na de nacht met de bevallende vrouw en de lange werkdag erna voelde ze ineens hoe vermoeid ze was. Ze liet haar ogen doelloos door de tent dwalen. Haar blik bleef hangen bij Georg Berger. Haar baas praatte weer met zijn tafelgenoten. Ze leken hem te accepteren als een gelijke. Toch was er iets wat hem onderscheidde van de anderen. Een zekere scepsis tegenover de wereld en de mensen? Thea kon er de vinger niet op leggen. Geamuseerd zag ze hoe sommige jonge vrouwen de dokter sensuele blikken toewierpen. Niemand durfde hem echter ten dans te vragen.

Toen kwam er een lange, breedgeschouderde man met kortgeknipt grijs haar en een baard naar de tafel toe. Hij wisselde een paar woorden met de burgemeester. Georg Berger onderbrak zijn gesprek met de leraar en keek op. De grijsharige man en hij keken elkaar aan. Er speelde iets tussen hen. Was dat een koude woede die oplichtte in Georg Bergers ogen? Zond hij een stil dreigement uit dat de man niet bij hem aan tafel mocht komen zitten? In elk geval knikte de man naar de burgemeester en de pastoor en liep weg.

'Dokter Graven, wat leuk u weer te ontmoeten!' Ze hoorde een stem naast zich, die haar enigszins bekend voorkwam. 'En? Hoe bevalt het dorpsleven?'

Thea keek om. Een aantrekkelijke man met een snor en donkere ogen kwam naar haar toe. Om zijn nek hing een camera. Natuurlijk, Axel Heimbach, de fotograaf en schilder die ze op haar eerste avond in Eichenborn in de dorpsherberg en de volgende ochtend in de Hoge Venen had ontmoet.

'O, hallo, bent u hier voor uw werk?' Ze stak haar hand uit.

'Inderdaad. Ik maak foto's voor de lokale pers en voor mijn persoonlijke archief.'

'Eerlijk gezegd is dit mijn eerste dorpsfeest.'

'U klinkt niet al te enthousiast.' Hij lachte.

'Ik ben niet zo dol op grote feesten en harde muziek.'

'Wilt u desondanks met mij dansen?'

Thea was even verbijsterd en schudde toen haar hoofd. 'Het is aardig van u om het mij te vragen. Maar nee, het spijt me, ik ben bang dat ik het helemaal verleerd ben.' De laatste keer dat ze gedanst had, was met Hans, tijdens zijn laatste verlof van het front. Ze was niet in de stemming om op deze kermis voor het eerst weer te dansen, en dat ook nog met een vreemde man.

'Misschien zien we elkaar nog eens in de Hoge Venen.' Axel Heimbach leek het niet erg te vinden dat ze hem afwees. 'Dat zou ik erg leuk vinden.'

'Ja, ik ook. Het was leuk u te ontmoeten.' Thea meende het.

'Insgelijks.' Axel Heimbach knikte naar haar en liep toen tussen de biertafels door.

'Er was geen wijn, en ik dacht dat Katja en jij waarschijnlijk liever cider dan bier hadden.' Marlene zette drie glazen op tafel en nam een bord vol broodjes van Liesel over. Arthur droeg een bord met worstjes en gehaktballen. Blijkbaar waren de kinderen nieuwsgierig naar wat de volwassenen aan het doen waren en had Marlene hun opdracht gegeven om te helpen dragen.

'Mogen we nog een limonade kopen, mam?' Ze keken haar allebei smekend aan.

'Ja, maar allebei maar eentje,' zuchtte Marlene.

'Bedankt, mam.' De twee pakten snel hun broodjes met gehaktbal en worst en verdwenen haastig weer in de menigte.

Marlene keek hen na en wendde zich toen weer tot Thea. 'Hoe ken je meneer Heimbach?'

'Ik ontmoette hem tijdens mijn eerste avond hier in de dorpsherberg en de volgende ochtend op de hei. Hij had een schildersezel bij zich en was aan het schilderen. Zo raakten we aan de praat.' Thea nam dankbaar een broodje met een gehaktbal en doopte die in de mosterd. Daarna nam ze een slokje van haar cider. 'En hoe ken jij hem?'

'Voor mijn schoonouders heb ik foto's van mij en de kinderen in zijn studio laten maken. Ze zijn erg mooi geworden. Maar hij heeft een bepaalde reputatie...'

'Hoe bedoel je?' Thea nam een hap van een gehaktbal. O, ze had echt trek!

'Nou, hij schijnt nogal een casanova te zijn,' glimlachte Marlene. 'De vrouwen vallen bij bosjes voor hem. Na de oorlog zou hij betrokken zijn geweest bij transacties op de zwarte markt. Maar ik heb geen idee of dat echt het geval is geweest.'

'Hij heeft wel iets brutaals.' Thea glimlachte. 'Maar ik mag hem wel.'

Katja had de dansvloer verlaten en kwam nu naar hen toe. 'Wat heb ik een dorst!' Ze wuifde zich met haar hand koelte toe en dronk haastig van de cider.

'Je kunt niet te lang blijven zitten. Je krijgt nu al verlangende blikken,' merkte Marlene vergenoegd op. Er hingen zelfs al een paar jonge mannen rond bij hun tafel.

Katja's glas was bijna leeg en Thea en Marlene hadden ook al aardig wat van hun cider op.

'Nu is het mijn beurt om drankjes te halen.' Thea stond op. 'Katja, wil je nog een glas? Ja? En jij, Marlene?'

'Neem voor mij maar een sapje, alsjeblieft. Ik voel de alcohol al,' antwoordde Marlene. 'En ik moet nog rijden.'

Op weg naar de bar vroeg Thea aan een vrouw waar de toiletten waren. Ze kreeg te horen dat die in 'de schuur' waren. Het was al donker buiten, maar nog steeds vrij warm. Op de carrousel fonkelden kleurrijke gloeilampen. Zoals de naam al deed vermoeden, was de schuur een geïmproviseerd klein gebouw. Van daaruit liepen stroomkabels over de weide. Er was één toilet voor vrouwen en één voor mannen.

Het zag er niet erg geruststellend uit, maar het was in elk geval geen buitentoilet. Thea had net haar jarretels weer aan haar nylonkousen vastgemaakt toen ze bij de wastafels vrouwenstemmen hoorde.

'Zoals die zuster van die vrouwelijke dokter zich op de jonge kerels werpt… Echt schaamteloos,' zei de een.

'En ze is gekleed als een sloerie,' antwoordde de ander. 'Haar make-up is echt opzichtig en de halslijn is zo laag dat je bijna haar boezem kunt zien! Ik heb gehoord dat ze in Monschau rondhangt in beruchte kroegen…'

O jee! Thea opende de wc-deur. De twee jonge vrouwen herkenden haar en staarden haar beschaamd aan.

'Mijn zus maakt graag een beetje lol,' zei Thea kalm. 'Maar ze werpt zich op niemand. Dat heeft ze niet nodig. En ze is zeker geen sloerie. Is dat duidelijk?'

De twee jonge vrouwen lieten hun hoofd zakken. 'Onze excuses,' mompelden ze uiteindelijk.

'Nou, dat is dan geregeld.' Thea waste snel haar handen en liet de jonge vrouwen waar ze waren. Helaas had het bezoek aan de kermis niet bepaald bijgedragen aan het verbeteren van haar reputatie in Eichenborn.

Thea zag Liesel en Arthur op de draaimolenpaarden en zwaaide naar hen. Haar humeur verbeterde meteen. Glimlachend zag ze de draaimolen langzaam bewegen op de melodie van draaiorgelmuziek. Ja, het was zo leuk om hen nu vaker te zien. Misschien kon ze hen een dagje mee uit nemen.

Thea stond op het punt verder te gaan toen een zwaarlijvige man plotseling naar voren schoot en een jongen van een paardje trok. 'Jij verdraaide snotaap!' schreeuwde hij. 'Dit is de laatste keer dat je gratis op mijn carrousel zit.'

Hij schudde het kind ruw door elkaar en wilde hem een klap in het gezicht geven.

'Niet doen...' Thea stapte naar voren om de man bij de arm te grijpen.

Op dat moment gaf de carrouseleigenaar een schreeuw. Mopperend hield hij zijn hand vast. De jongen had hem gebeten. Een andere man probeerde het kind vast te houden. Maar de jongen schopte hem tegen zijn been, dook vliegensvlug weg en rende langs Thea weg.

In het licht van de draaimolen glansde zijn haar heel helder, bijna wit. Het was de jongen die in de ochtendmist plotseling tussen de struiken in het moeras was verschenen. Zijn kleine gezicht stond hard en grimmig, maar het straalde ook eenzaamheid uit. Het raakte Thea diep. Voor ze kon reageren, was de jongen in de duisternis verdwenen.

Er had zich een rij gevormd bij de bar in de tent, omdat er blijkbaar een leeg bierfust gewisseld moest worden. Het duurde een tijdje voor Thea haar glazen cider en sap kreeg en weer terugliep naar haar zussen.

Ze had de tafel bijna bereikt toen het luide, doordringende gehuil van een kind de dansmuziek overstemde. Thea draaide zich om. Een fronsende vrouw had haar arm om een kleine jongen geslagen die hevig bloedde onder een geïmproviseerd hoofdverband. Haar andere hand lag zwaar op Arthurs nek. Ze duwde hem naar voren en marcheerde naar Marlene. Liesel en een paar andere kinderen volgden hen op de voet.

'Is dit uw zoon?' De vrouw wees beschuldigend naar Arthur, die zijn hoofd liet hangen.

'Ja, wat is er gebeurd?' Marlene stond geschrokken op van de bank.

'Die nergens goed voor zijnde snotaap van u gooide een steen naar mijn kleintje.'

'Maar...' Marlene wendde zich boos tot haar kroost.

'De jongen noemde Arthur een evangelische bastaard,' kwam Liesel verontwaardigd tussenbeide.

Het nummer was net afgelopen en de band stopte met spelen, terwijl de dansers van partner wisselden. Thea zette snel de glazen op tafel. Ze had het gevoel dat iedereen in de tent naar hen keek.

'Mag ik even naar het hoofdletsel kijken?' vroeg ze sussend, terwijl ze zich naar het kind boog. 'Hoofdwonden bloeden altijd flink. Het ziet er waarschijnlijk erger uit dan het is.'

'U raakt mijn jongen niet aan!' De vrouw greep haar zoon vast alsof Thea een monster was. 'Het is uw schuld dat het kind van Agnes Steinert volledig misvormd is geboren en dat het ernstige geelzucht heeft!'

Thea was even sprakeloos.

Er klonk een verstikt geluid. Arthur gaf over op de grond, recht voor de voeten van de vrouw.

Nee, het bezoek aan de kermis was allesbehalve een succes geweest, dacht Thea grimmig, terwijl ze even voor tienen wegging voor haar volgende nachtdienst.

Ze was terneergeslagen en doodmoe. Alleen deze nacht nog, dan was het de beurt aan Georg Berger en kon ze hopelijk een nacht goed slapen. Ze was gewend aan nachtdiensten van haar tijd in het ziekenhuis. Maar daar viel ze altijd in slaap zodra ze op het veldbed in de spreekkamer ging liggen. Hier vond ze echter vaak lange tijd geen rust als ze net terug was van een patiënt. De moeizame reizen naar de boerderijen in het donker, de zieke mensen die veel liever haar baas hadden gezien dan haar, dat alles hield haar lang bezig als ze terug was in de praktijk. Tot Thea's verbazing brandde het licht in Georg Bergers kantoor. Hij was bezig om een aantal medische instrumenten te steriliseren. Hij had het gewonde kind en de ontdane moeder naar de dokterspraktijk gebracht om de hoofdwond te verzorgen. Sindsdien had ze geen kans meer gehad om met hem te praten. Hij had de scène in de tent vast helemaal niet leuk gevonden. Het kon best zijn dat er door haar nu nog meer patiënten de praktijk zouden mijden.

'Goedenavond.' Thea bleef dralend bij de deur van de spreekkamer staan. 'Ik hoop dat de hoofdwond van de jongen niet al te erg was?'

'Nee, ik heb het met twee of drie steken gehecht.'

'Luister... Agnes Steinerts baby maakt het goed. Ik ben vanmiddag bij haar en de pasgeborene langs geweest. De "misvorming" is een cefaal hematoom, veroorzaakt door de zuignap. En er was geen sprake van geelzucht, behalve de normale verkleuring bij een pasgeborene.'

'Ik ging er ook niet echt van uit dat u een klein monster de wereld in hebt geholpen.' Georg Bergers stem klonk droog.

Thea was niet in de stemming voor ironie. 'Maar de dorpelingen zullen de moeder van de jongen zeker geloven. Ze was behoorlijk overstuur.'

Georg Berger sloot de metalen doos met medische instrumenten en leunde tegen de rand van zijn bureau. 'Trek het u niet aan.' De ironie was uit zijn stem verdwenen, hij klonk nu kalm en vastberaden. Hij leek haar niet de schuld te geven van het incident.

'Dat is makkelijk gezegd,' antwoordde ze verbaasd.

'De oude mevrouw Steinert is een vervelende roddelaarster en de moeder van de gewonde jongen, haar nicht, is niet veel beter. Dat is algemeen bekend hier. Ik had de praktijk pas een paar maanden overgenomen toen de oude mevrouw Steinert rondbazuinde dat het mijn schuld was dat ze bijna haar arm had verloren door bloedvergiftiging. In werkelijkheid was ze gewoon te gierig om op tijd langs te komen. Als sulfonamiden niet hadden bestaan, zou ze waarschijnlijk zijn gestorven.'

'Ja, met sulfonamiden begon het.' Thea knikte. Het middel was een voorloper van penicilline geweest, hoewel het lang niet zo effectief was.

'Nou, zoals ik al zei, maakt u zich niet langer zorgen over die uitspraken.'

Thea vermoedde dat zuster Fidelis ook aan het gerucht had bijgedragen, maar ze was er niet zeker van. In elk geval geloofde Georg Berger haar en moedigde hij haar juist aan. Dat was nu het enige wat telde. 'Ik zal proberen uw advies op te volgen,' zei ze. 'En nog bedankt voor uw hulp toen de pastoor vroeg waarom ik eigenlijk niet bij mijn vader in het ziekenhuis van Monschau werkte.'

'Ik kon niet toelaten dat uw reputatie werd geruïneerd. Dat zou niet goed zijn voor de praktijk,' zei hij bars, terwijl hij schokschouderde. Zodra hij een keer benaderbaar was, werd hij meteen weer bikkelhard.

'Nog één ding...' Ze zou kunnen vragen of ze een weekend vrij mocht. Dan had ze haar belofte aan Katja waargemaakt. 'Over twee weken is mijn jongere zus jarig. Ik weet dat mijn verzoek nogal onbescheiden is, ik werk dan tenslotte nog maar een kleine vier weken in de praktijk, maar ik wilde toch vragen of ik misschien het weekend vrij kan nemen. Het is zo lang geleden dat we samen een verjaardag hebben gevierd en Katja wordt nu eenentwintig en ze wil het zo graag met z'n drieën vieren.'

Georg Berger aarzelde. 'Nou, ik ga dat weekend naar een cursus in Mainz.'

'Ik dacht al dat het niets zou worden.' Op de een of andere manier was Thea toch teleurgesteld.

'Maar vanwege de cursus zal mijn collega Frielingsdorf uit Simmerath mij vervangen. Ik was helemaal vergeten hem te laten weten dat ik nu een medewerker heb. Wat mij betreft kunt u dus vrij nemen.'

'O, dat is fijn, bedankt! Wat voor cursus gaat u volgen?' Thea was zo geïnteresseerd in geneeskunde dat ze die vraag niet had kunnen inslikken. Hopelijk zou hij deze vraag niet te persoonlijk vinden.

'Het gaat over de lichamelijke en psychische gevolgen van de oorlog en hoe daarmee om te gaan.'

'O, ik wist niet eens dat er onderzoek werd gedaan naar de psychologische gevolgen.' Thea was verrast.

'U klinkt sceptisch. Deelt u de mening van veel van onze collega's, dat de menselijke geest bijna oneindige veerkracht heeft?' De minachting in Georg Bergers stem was onmiskenbaar.

Dit was in die tijd inderdaad de heersende opvatting in de geneeskunde. 'Nou, zeker niet oneindig,' antwoordde Thea voorzichtig. 'Maar de meeste mensen hebben hun leven na de oorlog weer vrij goed opgepakt. En overal wordt weer herbouwd.'

'En denkt u echt dat er achter alle herbouwde huizen, volle winkels en nieuwe auto's geen demonen op de loer liggen?'

'Nee, ik denk dat de meeste mensen de oorlog goed hebben doorstaan.'

'Als u het zo ziet...' Georg Berger staarde even voor zich uit en stond toen op van achter zijn bureau. 'Nou, ik hoop dat u een rustige nachtdienst zult hebben. En vergeet niet om een briefje achter te laten waarop staat wanneer u naar een patiënt bent weggeroepen en waar u naartoe gaat.' Even later sloeg de deur van de spreekkamer achter hem dicht.

Thea sloeg het bed in de spreekkamer open en ging liggen. In de verte was de muziek van de kermis te horen. Haar vader was altijd erg sceptisch geweest over de psychologie, net als haar professoren tijdens haar studie en de hoofdartsen in Hamburg. Ze accepteerde dit scepticisme zonder het in twijfel te trekken. Maar zelfs gerenommeerde en ervaren artsen waren niet onfeilbaar. Die bittere les had ze onlangs nog geleerd. Had Georg Berger gelijk en had de oorlog veel diepere emotionele littekens achtergelaten dan de officiële geneeskunde suggereerde? Ondanks haar vermoeidheid lukte het haar niet om in slaap te vallen. Rond elf uur werd het eindelijk stil op de kermis.

Kort daarna werd er op de voordeur van de praktijk geklopt.

Toen Thea de deur opendeed, stond er een jong meisje te wachten. Haar gezicht zag vuurrood en de lokken van haar blonde vlechten waren losgekomen alsof ze een lange weg had afgelegd.

'Mijn moeder...' Ze snakte naar adem.

'Ja, wat is er met haar?'

'Ze is... Ze heeft sinds gisteren erg hoge koorts. Maar ze wilde niet dat ik een dokter zou halen, omdat... We hebben geen geld. Maar ik maak me zo veel zorgen.'

'Hoe heet je?'

'Eva... Eva Meixner.'

'Eva, ik pak even mijn jas en dokterstas,' zei Thea sussend. In de spreekkamer schreef ze snel een briefje voor Georg Berger. Daarna keerde ze terug naar Eva Meixner.

Het jonge meisje wees Thea de weg naar een boerderij aan de andere kant van het dorp, niet ver van de afgedankte treinwagons. Er stond een hoge muur omheen. Terwijl Thea de Opel op het erf parkeerde, zag ze een groot vakwerkhuis en een aantal ruime stallen. De inmiddels bekende geur van mest en dieren hing in de lucht. Een hond blafte, maar hield daarmee op toen het jonge meisje iets naar hem riep.

Een houten bijgebouw grensde aan een stal. Eva duwde een kromgetrokken deur open. Thea volgde haar naar een kleine keuken. Hiermee vergeleken was Thea's eigen keuken bijna luxueus te noemen. De vloer was van aangestampte aarde en de ramen waren piepklein. Ze liepen door naar een andere kamer, eigenlijk meer een kast. Daar brandde een kleine gaslamp.

Een vrouw lag op een veldbed en een kind, van misschien acht of tien jaar oud, zat gehurkt naast haar op een matras. Het was waarschijnlijk een zusje van Eva, ze leken zo op elkaar met hun platte neuzen en gezichtjes vol sproeten.

De jonge Eva keek bezorgd. 'Mama lag de hele tijd te woelen en te draaien en te kreunen,' fluisterde ze. Als om zichzelf te troosten stak ze haar duim in haar mond, hoewel ze daar eigenlijk te oud voor was.

'Mevrouw Meixner...' Thea naderde het bed en raakte de schouder van de patiënt aan. 'Mijn naam is Thea Graven. Ik ben dokter, uw dochter Eva heeft me gehaald.'

Mevrouw Meixners ogen werden groot. 'Maar dat had ze niet...'

'Maakt u zich geen zorgen over de betaling,' onderbrak Thea haar resoluut. 'Ik ga uw temperatuur opnemen.' Desnoods betaalde ze de vergoeding zelf. De koortsthermometer gaf meer dan veertig graden aan. 'Haal koud water, alsjeblieft,' zei ze tegen het oudere meisje.

'En jij,' zei ze tegen de kleine, 'breng me alsjeblieft een kom en een kan en wat handdoeken. Kun je dat?' Het kleine meisje knikte ernstig en verliet samen met haar zus het kamertje.

Thea luisterde naar de longen van de patiënte, maar niets wees op een infectie. Ook had ze geen last van hoesten of een loopneus, vaak de eerste tekenen van een griepinfectie. Thea vroeg aan de patiënte of ze pijn had, maar de vrouw ontkende dat mat.

Wat de oorzaak van de koorts ook was, de eerste prioriteit was om die omlaag te brengen. Ze gaf de patiënte aspirine. De twee meisjes hadden haar intussen gebracht waar ze om had gevraagd. Thea doopte de doeken in het koude water en wikkelde ze om de kuiten van de patiënte.

De zusjes stonden in de keuken te wachten, hun armen om elkaar heen. 'Ik blijf nog een tijdje om te kijken of de koorts afneemt,' zei Thea vriendelijk. 'Maar zolang mama ziek is, kunnen jullie niet bij haar slapen. Kom, ik zal jullie helpen je matras hierheen te dragen.'

'Zal mama weer beter worden?' fluisterde het kleine meisje.

'Ja, natuurlijk,' antwoordde Thea.

'Mama zei dat we geen geld hebben voor de dokter, maar ik heb dit.' Het kind haalde een reep chocolade met Frans opschrift uit haar schortzak en gaf die verlegen aan Thea.

'Maar Heidi, wat doe je nu?' Eva zuchtte. 'Daarmee kun je een dokter niet betalen.'

'Dat is heel aardig van je, maar het is niet nodig. De chocolade is van jou en je zus.' Thea streelde het meisje over haar hoofd. Nadat ze hen beiden had geholpen een bed in de keuken op te maken, liep ze terug naar de kleine kamer en ging op een kruk naast de zieke vrouw zitten. Ze leek wat te slapen. Thea keek op haar horloge. Over een half uur zou ze haar temperatuur weer opnemen en de koele wikkels om haar kuiten verwisselen. Ze leunde met haar rug tegen de muur. Plotseling zag ze de kermis weer voor zich. Katja, draaiend op de dansvloer. Het vriendelijk lachende gezicht van de pastoor, terwijl hij zei dat haar vader een principiële, oprechte man was. Het smalle, ingevallen gezicht van de jongen uit het moeras en de eenzame blik in zijn ogen… Toen viel ze in slaap.

11

'Is dokter Graven hier?' Van dichtbij hoorde ze een geïrriteerde mannenstem.

'Ja, ze is in die kamer...' antwoordde een van de meisjes geschrokken.

Thea ging verdwaasd rechtop zitten. Net was het nog donker geweest en nu was het plotseling licht. Ze zat in een krappe kamer. En in het bed naast haar lag een vrouw die duidelijk hoge koorts had, haar gezicht was rood en bezweet.

Nu stapte Georg Berger het kamertje binnen. Zijn uitdrukking was beslist grimmig.

'Vertel eens, weet u eigenlijk wel hoe laat het is?'

'Ik, nee...'

'Het is na achten!'

Thea staarde hem verschrikt aan. Het kon niet waar zijn dat ze bijna negen uur had geslapen.

'En de patiënt?' Hij keek nu naar mevrouw Meixner.

'Ze had koorts. Haar temperatuur was meer dan veertig graden toen ik aankwam. Ik heb geprobeerd die te verminderen met aspirine en koude kompressen.'

Mevrouw Meixner kreunde in haar slaap. Ze woelde en draaide onrustig. Georg Berger had al een koortsthermometer uit zijn dokterstas gehaald en die via de hals van het nachthemd onder haar arm gestoken.

'En wat hebt u hier in hemelsnaam al die tijd gedaan?'

Thea slikte moeilijk. 'Het spijt me zo, ik ben in slaap gevallen…'

Georg Berger gromde alleen en wierp toen een snelle blik op de thermometer. 'De koorts is in elk geval niet gezakt. Geef de vrouw penicilline en kom dan naar buiten. We moeten met elkaar praten.'

Ze was niet meer in slaap gevallen tijdens een dienst sinds het eerste semester van haar studie geneeskunde. Thea voelde zich ellendig.

Georg Berger leunde tegen de Ford voor de poort en rookte. Hij had een gezicht als een donderwolk.

'Het spijt me echt,' zei Thea ellendig. 'Ik weet dat het onvergeeflijk is om tijdens een nachtdienst in slaap te vallen.'

'Ja, dat is het inderdaad. Een paar dronken idioten strompelden na de kermis naar huis via een afgesloten gebied en bij een van hen werd zijn voet half weggeblazen door een gasgranaat. Ze haalden me rond één uur uit bed en ik ben er de halve nacht mee bezig geweest.'

'Lieve help…'

'Laat die geschokte kreten maar achterwege. Ik heb u aangenomen om de praktijk te ondersteunen. Een medewerkster die een dutje doet bij een patiënt kan ik echter missen als kiespijn.'

Thea nam het zichzelf erg kwalijk. Hij had helemaal gelijk. 'Zoals ik al zei, ik weet dat mijn gedrag onvergeeflijk was. Het zal niet meer gebeuren. Dat beloof ik u.'

'Als het nog eens gebeurt, kunt u uw spullen pakken en gaan!'

'Ja, natuurlijk, dat begrijp ik.'

'Fijn dat dat nu duidelijk is.' Georg Berger stapte in de Ford en sloeg het portier dicht. Thea keek hem neerslachtig na. Hoe had ze zo verschrikkelijk nalatig kunnen zijn?

In de late namiddag reed Thea de Opel het erf weer op. Ze voelde zich niet gerust over de hoge koorts van mevrouw Meixner. Daarom wilde ze nog een keer bij haar kijken, ook al was het haar vrije zondag.

Zoals Thea 's nachts had gemerkt, was het pand groot en waren de eigenaren waarschijnlijk ooit rijk geweest. Maar zoals bij zo veel dorpen en boerderijen in het gebied, hadden de oorlog en de barre jaren die volgden hun sporen achtergelaten. Het dak was in slechte staat en de verf bladderde van de muren tussen de spanten af.

De waakhond blafte weer woedend toen Thea over het erf liep. Er kwam een breedgeschouderde man uit de stal. Hij had kortgeknipt grijs haar en een baard. Nu herkende Thea hem. Het was de man met wie Georg Berger in de tent zo'n vreemde blik had gewisseld.

'Wat doet u hier?' snauwde hij naar Thea.

'Hallo, ik werk voor dokter Berger en zou graag even bij mevrouw Meixner langsgaan, omdat ze ziek is, zoals u waarschijnlijk al weet,' antwoordde Thea koeltjes. 'En u bent?'

'De boer. Ja, Eva heeft me verteld dat haar moeder ziek is.' Hij keek Thea onvriendelijk aan. 'U bent de dokter wiens schuld het is dat het kind van Agnes Steinert misvormd werd geboren! Nou, net iets voor Berger om zo iemand in dienst te nemen.' Hij spuugde op de grond en verdween weer in de schuur.

Nee, Georg Berger en hij leken niet bepaald vrienden te zijn. Wat er ook tussen hen was gebeurd.

Eva en Heidi zaten aan de gammele tafel, moutkoffie, brood en boter voor hen. 'Het gaat beter met mama.' Eva glimlachte verlegen naar Thea. 'Dat zei de dokter, hij was hier eerder. Ze heeft niet meer zulke hoge koorts. En ik heb ook gemerkt dat ze wat rustiger slaapt.'

'O, daar ben ik blij om.' Thea glimlachte terug naar Eva. Ze had geen enkele reden om aan de diagnose van Georg Berger te twijfelen. De penicilline werkte dus. 'Dan zal ik jullie niet langer storen.' Ze gaf de zussen nog een vriendelijk knikje en draaide zich om. Ze had de deur naar buiten al geopend toen haar ineens iets inviel. Ze draaide zich om.

'Heidi, mag ik de chocolade die je me gisteren wilde geven nog eens zien?' vroeg ze aan het kind.

'Wilt u die hebben?' Het kleine meisje sprong op en pakte de chocolade van een plank. Het was een Belgisch merk.

'Nee, ik wilde alleen weten of die uit Duitsland of België kwam.' Thea schudde haar hoofd. 'Vertel eens, ga je soms de grens over en vraag je mensen om chocolade en dat soort dingen?'

Eva trok haar zusje naar zich toe alsof ze haar wilde beschermen. 'Ja, dat doet ze regelmatig. Soms ga ik ook mee, op zondag als ik niet in de fabriek werk. Waarom vraagt u dat?'

'Kennen jullie een jongen van tien of twaalf jaar die erg mager is en opvallend witblond haar heeft? Ik heb hem vorige week op dinsdagochtend in de Hoge Venen gezien, en gisteren was hij op de kermis.'

'U bedoelt waarschijnlijk Peter Schrader,' zei Eva langzaam. 'Mijn zusje is die dinsdag met andere kinderen naar België gegaan. Heidi, was Peter er ook?' Ze keek het kleine meisje vragend aan.

'Ja, hij was er ook.' Heidi knikte.

'Woont hij hier in het dorp?'

'Nee...' begon Eva.

'Zijn ouders zijn dood,' onderbrak Heidi haar zus ernstig. 'En hij komt van ver. Hij moest lang door de sneeuw lopen. Hij was toen nog heel klein. Dat was heel erg.'

Misschien was Peter wel een vluchtelingenkind uit het oosten. 'Maar er moet toch iemand voor hem zorgen? Woont hij in een weeshuis?'

'Ooit woonde hij daar wel, maar hij is weggelopen,' zei Heidi op een toon alsof dit vanzelfsprekend was.

'Dus hij staat er alleen voor?'

'Tegen het einde van de winter dook hij ineens op in het dorp en ging hij met ons mee de grens over,' ging Eva weer verder. 'Hij verstopt zich hier en daar op binnenplaatsen. Niemand hier wil iets met de politie te maken hebben, dus niemand heeft hem aangegeven.' Ze keek naar haar kleine zusje. 'Ik wil niet dat je met hem omgaat. Je weet dat Peter behoorlijk gewelddadig kan zijn. Ben je die keer soms vergeten dat hij achter een grote jongen aanging met een mes?'

'Maar hij wilde de chocolade en de koffie van hem afpakken!' Heidi pakte het tinnen kopje weer op en zette het aan haar mond. 'Ik vind hem leuk.'

Een wees die geen huis had en overleefde door te bedelen. De arme jongen. Ze kon hem niet aan zijn lot overlaten. Ze moest hem echt helpen. Daarvoor had ze helaas wel het advies van Georg Berger nodig. Ook al had ze hem na de ontmoeting van vanochtend liever vermeden.

Er kwam een vreemd dof geluid uit het kasteeltje dat Thea niet kon plaatsen. Maar haar baas leek thuis te zijn. Ze sprak zichzelf moed in en liet de deurklopper op de deur neerkomen. Geen reactie. Ze probeerde het opnieuw.

Toen klonken er snelle voetstappen in het gebouw en werd de voordeur opengegooid.

'O, bent u het.' Georg Berger keek haar aan alsof ze een bijzonder lastige, weerbarstige patiënt was. Om zijn blote schouders hing een handdoek. Zijn gespierde lichaam glinsterde van het zweet. Blijkbaar was hij aan het boksen geweest. Dat verklaarde ook het vreemde geluid dat ze gehoord had.

'Als u uzelf nogmaals komt verontschuldigen, dat kunt u wel achterwege laten.'

'Nee, daarvoor ben ik niet gekomen, ik heb uw advies nodig.' Thea vond het niet makkelijk dat toe te geven, maar het was nu eenmaal zo.

Hij aarzelde, maar deed toen de deur verder open. 'Wacht daar maar even.' Hij duwde een deur in de hal open en verdween.

Waarom was hij toch zo bevelend? Thea probeerde haar woede in te slikken en stapte over de drempel. De kamer deed duidelijk dienst als werkkamer. Er waren planken vol boeken vanaf de vloer tot aan het plafond. Zelfs op de schoorsteenmantel stonden boeken. Daarboven hing een opgezette, door motten aangevreten hertenkop. Aan zijn gewei bungelde een stethoscoop. In elke andere situatie zou Thea erom hebben geglimlacht. Achter in het vertrek stond een microscoop op een tafel. Zelfs van een afstand kon ze zien dat die nieuw en erg duur was.

'Wat is het probleem?' Georg Berger was er weer. Hij had een trui aangetrokken en nam plaats achter het enorme oude bureau.

'Kan ik ook gaan zitten?' Ondanks haar schuldgevoel was ze niet van plan om als een studente voor hem te blijven staan.

'Geen probleem.' Hij maakte een wuivende beweging met zijn hand en Thea ging op een gammele stoel zitten.

'Op mijn eerste werkdag ging ik 's ochtends wandelen op de hei...'

'En daardoor kwam u bijna te laat, herinner ik me.'

Thea negeerde zijn opmerking. 'Plots verscheen er vanuit de mist een jongen voor me. Gisteren op de kermis zag ik hem weer. Hij beet in de hand van de carrouseleigenaar die hem betrapte toen hij niet had betaald. Om een lang verhaal kort te maken, deze jongen is een van de chocoladekinderen die regelmatig naar België gaan om te bedelen. De dochter van mevrouw Meixner gaat er ook naartoe. Ik vroeg de kleine naar de jongen, en ze vertelde me dat hij een wees was. Ze dacht dat hij uit een tehuis was weggelopen en zich al maanden hier en daar schuilhoudt op de boerderijen. Hij is niet ouder dan tien of twaalf jaar.'

'En nu wilt u weten of ik denk dat er mogelijkheden zijn en wat er voor die jongen gedaan kan worden?'

'Inderdaad, dat wilde ik vragen.' Thea knikte. Hij begreep in elk geval snel welke kant ze uit wilde.

'Naar schatting zwerven er vijf jaar na de oorlog nog een paar duizend verweesde en dakloze kinderen en jongeren door dit land.' Georg Berger steunde met zijn onderarmen op het bureau en wierp Thea zijn gebruikelijke norse blik toe. 'En gezien de situatie in veel weeshuizen, zijn deze kinderen niet zo slecht af.'

'Dat kunt u niet menen! De jongen is hoogstens twaalf.'

'U vroeg om mijn mening. Er zijn heel wat weeshuizen die worden beheerd door het personeel dat het ook tijdens het nationaalsocialisme al voor het zeggen had. Dat zegt genoeg over de situatie daar. Dus ik zou de politie erbuiten laten. Ze zouden hem gewoon weer in een weeshuis stoppen.'

'We hebben het over een kind!' Thea begreep niets van zijn reactie.

'Dat besef ik. Maar de jongen moet zijn redenen hebben gehad om weg te lopen. En hij redt zich al een paar maanden prima in zijn eentje.' Georg Berger zweeg even en trommelde met zijn vingertoppen op het bureaublad. Toen leunde hij voorover, alsof hij een besluit nam. 'Nou, ik vermoed dat u me niet zomaar met rust laat wat de jongen betreft. Bij uw huisje hoort ook een schuur. Leg er wat dekens en eten in en laat de jongen op de een of andere manier weten dat hij daar kan schuilen. Misschien zal hij vertrouwen in u krijgen. Daarna kunt u verder kijken.' Georg Berger stak een sigaret op.

'Ik weet niet echt...'

'In Aken hebben de Britten een tehuis voor de chocoladekinderen. Als u hem echt wilt helpen, vraag daar dan naar de jongen. Ik ben echter van mening dat wij artsen tevreden moeten zijn als we een leven kunnen redden. We moeten oppassen dat we niet de hele wereld willen redden.'

'Ik ben niet van plan de hele wereld te redden, ik wil gewoon een eenzaam kind helpen.' Thea besefte dat haar toon nogal scherp was geweest.

'Was dat alles?'

'Er is nog iets.'

'Wat?' gromde hij.

Thea stond op. 'Mevrouw Meixner heeft geen geld voor een dokter. Voel u vrij om de vergoeding van mijn salaris af te trekken.'

'Dat overleef ik nog net.' Georg Berger maakte een afwijzend gebaar.

Thea deed bewust stilletjes de deur achter zich dicht. Ze had gewerkt onder bazen die prikkelbaar waren of incompetent en hoofdartsen die graag jonge dokters vernederden. Maar niemand had haar zo kwaad gemaakt als Georg Berger.

Ze stopte bij de brug over de beek. Het was haar vrije zondag en het was maar zo'n twintig kilometer naar Aken. Zou ze naar Peter vragen in het Britse opvanghuis voor de chocoladekinderen? Misschien zou dat haar helpen om te beslissen of ze wel of niet de politie moest bellen. In haar huisje zat er niemand op haar te wachten en haar medische studieboeken konden wel wachten. Thea besloot erheen te gaan.

Aken, de oude keizerlijke stad, kende ze alleen van de plaatjes. De kathedraal met zijn achthoekige toren en hoge schip leek, althans van een afstand, niet geraakt te zijn door de bommen. Maar verder was het stadje aan de belangrijke spoorlijn naar België behoorlijk beschadigd tijdens de oorlog. Wat had Monschau het er dan goed van afgebracht.

Nadat Thea een paar keer was gestopt en aan voorbijgangers de weg had gevraagd, was er eindelijk iemand die haar kon vertellen waar het opvanghuis voor de chocoladekinderen was. Het was gevestigd in een zijstraat aan de rand van het centrum, in een smal, onopvallend bakstenen gebouw.

Een jonge vrouw in een grijze plooirok en een kort gebreid vest deed open. Haar krullende haar was naar achteren gekamd en vastgezet met een sierkam. Er waren een paar lokken losgeraakt die rond haar gezicht piekten en er zat een vlek op haar wang. Vanuit een kamer waren kinderstemmen te horen.

'Waarmee kan ik u van dienst zijn?' Ze keek Thea vragend aan. Haar Duits had maar een licht accent, en Thea was blij dat ze haar roestige Engels niet hoefde te gebruiken.

Thea stelde zich voor. 'Ik zou graag de beheerder van dit opvanghuis willen spreken,' zei ze. 'Het gaat over een jongen genaamd Peter Schrader. Hij is tien of twaalf jaar oud en heeft opvallend witblond haar. Ik vroeg me af of hij hier ooit heeft gewoond?'

'O, Peter, ja... ik herinner me hem nog goed.' De jonge vrouw knikte en schudde Thea de hand. 'Claire Morgan, ik ben het waarnemend hoofd. Miss Brewer is er deze week niet. Maar misschien kunt u het met mij bespreken.'

'Natuurlijk, graag zelfs,' knikte Thea. Ze volgde Miss Morgan naar een kantoor op de eerste verdieping, met kleurrijke kinderplaten aan de muur en een speelgoedhoek met bouwblokken en wat knuffelbeesten. Het waarnemend hoofd nodigde Thea uit om plaats te nemen. Ze was pas halverwege de twintig, maar ondanks haar ietwat slordige uiterlijk en haar jeugd straalde ze warmte en bekwaamheid uit. Thea vond haar aardig. Ze vroeg zich af of iemand als Miss Morgan in een Duits weeshuis een leidinggevende functie zou hebben gekregen. Waarschijnlijk niet.

'Ik neem aan dat Peter weer weggelopen is uit een weeshuis?' vroeg Miss Morgan.

'Ja, hoe weet u dat? Op de een of andere manier is het hem gelukt om zich een paar maanden te verstoppen in het dorp Eichenborn, waar ik dokter ben. Met andere kinderen steekt hij de grens over naar België om te bedelen. Ik ben hem toevallig twee keer tegengekomen en maak me grote zorgen om hem,' beschreef Thea de redenen voor haar bezoek. 'Hij is hoogstens twaalf.'

'De politie heeft Peter twee keer naar ons tehuis gebracht,' zuchtte Miss Morgan. 'We kunnen de kinderen maar een paar weken per keer opvangen. Daarna worden ze naar weeshuizen gestuurd.'

'Vertel me alstublieft alles wat u over Peter weet.'

'Wel, hij komt uit Oost-Pruisen, van een kleine boerderij. Hij is dol op dieren. We hebben hier een kat en wat kippen. Eigenlijk was hij alleen in hun bijzijn echt op zijn gemak.' Ze glimlachte. 'Op de een of andere manier is het Peters moeder gelukt om met hem naar het westen te vluchten. Ze was dienstmeisje ergens in de Eifel, helaas ben ik vergeten waar precies. Ongeveer een jaar geleden stierf ze aan een longontsteking en werd Peter in een weeshuis geplaatst.'

'Liep hij toen weg?'

'Ja. Peter is een verlegen jongen, maar hij is ook eigenwijs en kan erg opvliegend zijn. Hij beet en schopte de agenten die hem oppakten. En hij vocht vaak met de andere kinderen. Als ze hem plaagden of iets van hem wilden afnemen. De twee keer dat hij hier kwam, was zijn lichaam helemaal bont en blauw. In de weeshuizen hebben ze waarschijnlijk geprobeerd zijn slechte gewoonten eruit te slaan. Bij zijn tweede verblijf begon hij in bed te plassen. Zo van slag was hij.'

'O, wat erg...' Thea had diep medelijden met hem. Hoe kon iemand een kind zo wreed behandelen? En dan ging het ook nog om een kind dat zijn moeder had verloren.

'Ik heb het altijd jammer gevonden dat Peter zo snel weg moest, terwijl hij zich hier net een beetje thuis begon te voelen en zich meer openstelde. Mijn superieuren zouden zeker niet goedkeuren wat ik nu ga zeggen.' Miss Morgan hief hulpeloos haar handen op. 'Maar ik ben van mening dat Peter eigenlijk overal beter af is dan in een Duits weeshuis.'

'Zelfs buiten, helemaal in zijn eentje?' Thea was sceptisch.

Miss Morgan aarzelde en dacht na. 'Hij groeide op het platteland op. Nu, in de lente heeft hij het buiten waarschijnlijk beter dan in een weeshuis,' zei ze ten slotte.

Thea sprak nog een tijdje met Miss Morgan over Peter en nam toen afscheid.

Georg Berger leek dus gelijk te hebben gehad over de jongen. Tijdens de rit terug naar Eichenborn dacht Thea erover na. Zat hij meer in over Peters lot dan hij liet blijken? Ach, waarschijnlijk niet. Zijn houding tegenover haar tijdens het gesprek die middag lag nog vers in haar geheugen.

Inmiddels was het donker geworden. Nog tien of vijftien minuten en ze zou in het dorp zijn. Het was nog niet zo laat, nog geen negen uur, maar ze kwam vrijwel geen andere auto's tegen. Plotseling zag ze hier en daar rode vlekken oplichten in de duisternis van de avond.

Dat was vuur! Wat had dat te betekenen? Thea schrok, maar toen begreep ze het. Morgen was het 1 mei en dit was de Walpurgisnacht. Vreugdevuren hoorden bij de traditie.

Thea reed een tijdje door de duisternis, terwijl in de verte de vuren oplichtten. Het was een vreemd, onwerkelijk gezicht. Toen zag ze in het licht van de koplampen een veldkruis aan de kant van de weg. Tegelijkertijd zag ze iets bewegen. Ze vertraagde haar snelheid. Het licht viel op een vrouw die langs de weg liep. Aan haar bolle buik te zien was ze hoogzwanger en liep ze moeilijk. Ze zou hier niet alleen moeten zijn. Thea remde naast haar en opende het portier. 'Kan ik u ergens naartoe brengen?' vroeg ze bezorgd.

De vrouw staarde Thea verbijsterd, zelfs geschokt aan. Ze keek als een dier dat gevangen was in het licht van de koplampen. 'Nee... dat is niet nodig,' zei ze afwerend.

Het viel Thea op dat ze grote ogen had en een rond gezicht met een klein moedervlekje op haar wang. Een lok blond haar kwam onder een zwarte kap vandaan. Verder was ze ook helemaal in het zwart gekleed. Was ze in de rouw?

'Het is voor mij geen probleem.'

'Nee...' De vrouw boog haar hoofd en haastte zich verder.

Thea wist niet goed of ze weer verder moest rijden. In haar achteruitkijkspiegel keek ze naar de zwangere vrouw. Ze vond het echt niet fijn om haar in de steek te laten. Wat deed ze hier 's avonds in haar eentje, in dit verlaten gebied? Toen struikelde de vrouw en viel ze op de grond. Lieve help, en dat in haar toestand! Thea sprong uit de Opel en rende naar haar toe.

'Bent u gewond? Ik help u wel even overeind.' Ze stak haar hand uit naar de vrouw.

Plots kwamen er donkere figuren uit de struiken langs de weg. Ze kwamen om Thea en de vrouw heen staan. Thea's hart bonsde in haar keel. Was de vrouw weggelopen? Maar waarom was ze dan niet ingegaan op haar aanbod om haar mee te nemen?

'Laat deze vrouw met rust!' snauwde een man tegen Thea. Iemand deed een zaklamp aan en scheen ermee in haar gezicht. Thea probeerde tevergeefs haar ogen ervoor af te schermen.

'Maar ze is hoogzwanger en het is gevaarlijk om zo'n val te maken!' Stonden er vijf of zes mensen om haar heen? Ze kon het echt niet zien.

Thea wilde nog een poging doen om de vrouw weer overeind te helpen. Maar de man duwde haar opzij. 'Hou daarmee op!'

'Nee!'

Iemand trok de zwangere vrouw overeind. Thea draaide zich naar haar om. 'Het is belangrijk dat u onderzocht wordt!'

Het volgende moment gaf iemand haar een harde duw, waardoor ze tegen de auto viel. De vrouw werd bij haar armen gegrepen en naar de struiken langs de weg getrokken. Even later was ze erachter verdwenen. Thea had het gevoel dat ze geen lucht kreeg en haar hart bonsde. Moest ze de politie bellen? Maar de vrouw leek vrijwillig mee te zijn gegaan. Ze had zich niet verzet of geschreeuwd. Wat was dit allemaal?

Het duurde een tijdje voor Thea weer in staat was om verder te rijden.

De volgende ochtend werd Thea wakker door het rinkelen van de wekker. Verdwaasd opende ze haar ogen. Half zes... Het was 1 mei en ze had oproepdienst. Had ze de vreemde ontmoeting op de donkere landweg misschien alleen maar gedroomd, met de meivuren in de verte? Dat kon echter niet, want haar borstbeen voelde nog pijnlijk aan op de plaats waar ze de Opel had geraakt.

Het zien van de foto van Hans verbeterde haar humeur en ze glimlachte. Mijn liefste, waar ben ik toch beland? Aan haar baas hoefde ze het in elk geval niet te vertellen, want hij nam haar toch niet serieus.

Na haar ochtendtoilet en haar gebruikelijke snelle ontbijt ging Thea naar buiten. Over het dorp en het nabijgelegen moeras hing mist en de lucht was klam en koel.

Onderzoekend keek ze in de schuur rond. Tot nu toe was ze hier steeds maar even geweest om brandhout te halen. Er stond een oude kist die waarschijnlijk ooit was gebruikt om zaden of kippenvoer op te slaan. Daar zou ze wat etenswaren in kunnen bewaren, zonder dat de ratten en muizen erbij konden. En het dak leek goed afgewerkt te zijn. In een van de hoeken zou ze een bed voor Peter in elkaar kunnen zetten.

Had hij die nacht ergens beschut en redelijk warm en droog doorgebracht? Thea hoopte het. Ze hoopte ook dat hij hier in de schuur zijn toevlucht zou zoeken. Thea wilde proberen het hem te laten weten via de kleine Heidi Meixner. Misschien kon ze er later met haar over praten als ze bij mevrouw Meixner langsging.

12

Waar bleef Georg Berger toch? Thea keek ongeduldig op haar horloge. Het was dinsdagochtend, het was al elf uur geweest en hij was nog steeds niet in de praktijk. De Ford stond in de golfplaten garage. Dat had ze gezien toen ze er die ochtend langs liep. Eerst had ze aangenomen dat haar baas misschien was opgeroepen voor een noodgeval in de buurt en daarom lopend was gegaan. Maar hij had nu toch wel zo'n beetje in de praktijk moeten verschijnen.

De wachtkamer zat aardig vol vandaag. Thea deed een nieuw tabblad in een medisch dossier en stond op om de volgende patiënt binnen te vragen.

Tussen de patiënten in de wachtkamer zat een heer van middelbare leeftijd in een grijs pak en met zijn haar netjes in een scheiding. Thea kende hem niet. Bij zijn voeten stond een aktetas. Hij keek demonstratief op zijn polshorloge. 'Ik had om elf uur een afspraak met dokter Berger, maar toen ik op de deur van zijn spreekkamer klopte, kreeg ik te horen dat hij er niet was.' Hij keek om zich heen. De andere patiënten knikten instemmend.

Een vrouw met grijs haar en jichtige handen sneerde: 'Heláás is de dokter er niet.' Ze wierp Thea een giftige blik toe.

Thea deed alsof ze de opmerking niet had gehoord.

'Mag ik vragen wie u bent?' vroeg ze aan de heer.

'Theiss van de gezondheidsdienst.' Hij haalde een identiteitskaart uit zijn jas en liet die aan Thea zien.

'Komt u maar mee naar mijn spreekkamer,' zei Thea snel. 'Mijn naam is dokter Graven, ik werk voor dokter Berger.' Ze deed de deur achter hen dicht. 'Waar gaat het over?'

'Nou, ik ben hier voor een praktijkinspectie.' Meneer Theiss hipte duidelijk geïrriteerd van zijn ene op zijn andere voet. Praktijkinspecties waren routinecontroles om bijvoorbeeld te kijken of de hygiënenormen werden nageleefd, wist Thea.

'Zal ik u een rondleiding geven?' vroeg ze.

'Nee, dat dient de eigenaar te doen. Dit is de derde afspraak die ik dit jaar met dokter Berger gemaakt heb. Bij de vorige twee kwam hij niet opdagen. In het verleden waren er ook al vaak problemen met afspraken die niet werden nagekomen. Dokter Berger heeft daar een nogal lakse kijk op. Het spijt me, maar nu zal ik de Vereniging van Wettelijke Zorgverzekeringsartsen op de hoogte moeten stellen.'

Thea schrok. In het ergste geval zou het Georg Berger zijn artsenregistratie bij de zorgverzekeraars kunnen kosten. Hoe kon hij zo onvoorzichtig zijn?

'Ik begrijp uw boosheid volledig.' Thea dacht snel na. 'Maar dokter Berger werd opgeroepen voor een noodgeval in het dorp,' improviseerde ze. 'Wacht alstublieft nog een half uurtje. Ik zal kijken of ik zijn werk bij de patiënt over kan nemen.'

'Nou, ik weet het niet...' Meneer Theiss leek niet overtuigd.

'Een mensenleven is belangrijker dan een afspraak. Dokter Berger doet gewoon zijn plicht als arts. Dat kunt u hem juist als ambtenaar van de gezondheidsdienst toch niet kwalijk nemen?'

Meneer Theiss aarzelde. 'U bent de dochter van professor Kampen van het ziekenhuis in Monschau, nietwaar?' vroeg hij toen.

'Ja, dat klopt,' antwoordde Thea voorzichtig.

'Goed, ik geef u een half uur, breng dokter Berger maar hier.' Meneer Theiss zuchtte. Hij keek weer demonstratief op zijn horloge en nam plaats in een van de bezoekersstoelen.

'Bedankt voor uw begrip!' Thea schonk hem een stralende glimlach. Toen haastte ze zich de praktijk uit op weg naar het kasteel. Blijkbaar had de naam van haar vader in haar voordeel gewerkt. Goed dat hij dat niet wist.

Thea bespeurde nergens beweging in het gebouw en toen ze aanklopte werd er niet opengedaan. Het was echt iets voor haar baas om afspraken met de gezondheidsdienst als onbelangrijk te beschouwen. Op de dag dat ze in Eichenborn was aangekomen had een dorpeling tegen haar gezegd dat de praktijk waarschijnlijk gesloten was omdat Georg Berger ergens zijn roes lag uit te slapen. Zou hij vanochtend niet zijn komen opdagen voor het ochtendspreekuur omdat hij dronken was? Het zou zomaar kunnen. Verdraaid! Boos rammelde ze aan de voordeur. Tot haar verbazing gaf die mee.

'Dokter Berger?' Thea stapte de hal binnen. Haar stem echode luid tussen de muren. Opnieuw geen reactie. Was hij dan toch niet thuis? Dan wist ze ook niet wat ze verder nog moest doen. Ze beet op haar lip. 'Dokter Berger?'

Geen antwoord. Thea aarzelde. Ze schrok ervoor terug om zomaar deuren te openen. Maar een snelle blik op haar horloge leerde haar dat er al vijf minuten waren verstreken.

'Dokter Berger?' Ze aarzelde niet langer. Ze wierp de deur van de werkkamer open en haastte zich de keuken in. Toen ze hem daar niet aantrof, keek ze in de bijkeuken en de woonkamer. Tevergeefs. Er waren nog twee deuren in de hal. Achter de ene was een oude badkamer, de andere leidde naar een trap.

Thea stormde de trap op. Ze kwam uit op een gang met verschoten behang.

Daar, een geluid... Van achter een halfopen deur klonk gesnurk.

'Dokter Berger!' Thea wachtte een paar seconden en ging toen de kamer binnen. Een doordringende geur van drank kwam haar tegemoet. Op de grond lag een lege fles, die over de houten vloerplanken rolde toen Thea er per ongeluk tegenaan schopte. Haar baas lag op het enorme bed. Hij was poedelnaakt.

Dat kon toch niet waar zijn! Thea wendde haastig haar blik af, trok de deken op tot over zijn buik en schudde hem ruw bij de schouder.

'Dokter Berger! U moet onmiddellijk opstaan! Een meneer Theiss van de gezondheidsdienst zit in de praktijk te wachten, hij heeft een afspraak met u!'

Er klonk gekreun. Hij draaide met zijn hoofd op het kussen en mompelde iets. Onwillekeurig boog Thea zich naar hem toe. Weer bewoog hij zijn lippen. Een naam. Zo verlangend en verdrietig dat het Thea ondanks haar woede raakte. 'Melanie...' Zijn normaal barse gezicht stond nu zacht en kwetsbaar.

Melanie? Was hij ooit getrouwd geweest en was dat de naam van zijn vrouw? Was ze wellicht overleden?

'Dokter Berger...' Thea schudde zijn schouder wat zachter.

Hij zuchtte en pakte haar hand. 'Melanie,' fluisterde hij met zijn ogen dicht. 'Ik heb je zo gemist.'

Thea bleef een moment roerloos staan, voelde zijn hand in de hare en de warmte die ervan uitging. Toen trok ze haar hand los. Zo zou het niet lukken.

Ze haastte zich naar beneden en rende naar de bijkeuken. Ze keerde terug naar de slaapkamer met een kan koud water. Georg Berger was weer in slaap gevallen, met zijn hoofd diep weggedoken in het kussen.

Misschien zou ze hierdoor haar baan kwijtraken. Maar als hij zijn registratie zou verliezen, had ze toch geen werk meer. Thea haalde diep adem en gooide het koude water over haar baas heen.

Hij stootte een verbaasde kreet uit en begon te proesten. Toen ging hij rechtop zitten en knipperde met zijn ogen terwijl het water langs zijn lichaam droop. 'Bent u... Bent u gek geworden? Wat doet u in mijn slaapkamer?'

Thea was het zat. 'Nee, ik ben niet gek geworden,' snauwde ze. 'In tegenstelling tot u ben ik heel nuchter. U hebt nog ongeveer twintig minuten om in de praktijk te verschijnen, waar een meneer Theiss van de gezondheidsdienst op u wacht. En ik kan u vertellen dat hij behoorlijk kwaad op u is en de Vereniging van Wettelijke Zorgverzekeringsartsen wil informeren als u deze afspraak niet nakomt.'

'O, verdorie, die bemoeial...' Onvast stond Georg Berger op. Hij hield zich vast aan de bedstijl.

Thea knipperde met haar ogen en keek weg. Zo hoefde ze haar baas echt niet te zien.

Pas toen realiseerde hij zich dat hij naakt was en bedekte hij zich met een deken. 'Sorry...'

Ze keken elkaar even aan. Hij zag er eigenlijk een beetje beschaamd uit. Maar dat stelde Thea niet gerust.

'Als u me zoekt, ik ben in de bijkeuken. U hebt sterke koffie nodig om er redelijk nuchter uit te zien,' zei Thea ijzig, terwijl ze de kamer uit stormde.

Op de elektrische kookplaat stond een fluitketel. Thea vulde die met water en zette de kookplaat aan. Na even gezocht te hebben vond ze een blikje met gemalen koffie. Ze schepte een paar lepels in een kopje, want er was geen tijd om echte koffie te zetten. Ze had er net kokend water overheen gegoten toen Georg Berger binnenkwam.

Hij droeg een broek en een trui en zijn haar was gekamd. Gelukkig leek hij vrij nuchter. Met menthol maskeerde hij de alcoholwalm in zijn adem.

'Hier...' Thea reikte hem de beker aan.

'Dat is niet nodig.' Hij schudde zijn hoofd. 'Ik heb mezelf cafeïne toegediend.'

'U hebt wat?' Thea was verbijsterd. 'Bent u wel goed bij uw hoofd? U weet hoe gevaarlijk dat is.'

Hij keek haar grimmig aan. 'Dat zijn niet uw zaken.'

'O ja, dat zijn mijn zaken wel. U zou buiten bewustzijn kunnen raken.'

'Dat zal niet gebeuren. Ik ken de dosering.'

'Dus u hebt dit al eerder gedaan?'

'Zeg, ik ben uw patiënt niet, dus kalmeer een beetje.' Zonder nog een woord te zeggen verliet hij de bijkeuken en sloeg de deur achter zich dicht.

Trillend van woede bleef Thea achter. Ze had de beker graag naar zijn hoofd gegooid. Die arrogante kwal! En hij had haar niet eens bedankt.

Die middag ging Thea met de auto naar de afgedankte treinwagons. Ze wilde er echt zeker van zijn dat het goed ging met Christa Reimers en haar baby. Ook al waren er inmiddels een paar uur voorbijgegaan, ze was nog steeds boos op Georg Berger.

De inspectie was goed gegaan. Meneer Theiss had bij het afscheid een beetje zuur tegen Georg Berger gezegd dat 'alles in orde was'. Thea beschuldigde haar baas van veel dingen, maar ze moest ook toegeven dat hij de hygiëneregels en andere medische normen strikt naleefde. Maar opnieuw had er bij Georg Berger geen woord van dank of verontschuldiging vanaf gekund. Nadat de ambtenaar van de gezondheidsdienst was vertrokken, was hij gewoon weer naar het kasteeltje gegaan en had haar alleen achtergelaten met de laatste patiënten.

Thea betrapte zichzelf erop dat ze hoopte dat hij een stevige kater had. Misschien zou hij dan stoppen met drinken.

'Hallo, dokter!' Een vrouw die voor een van de wagons de was aan het ophangen was, begroette haar vriendelijk. Een man die konijnen in een kooi voerde, lichtte zijn pet op en knikte naar haar. 'Fijne dag, dokter.'

'Bedankt, u ook,' antwoordde ze glimlachend. In tegenstelling tot de dorpelingen leken de vluchtelingen blij te zijn met haar komst, en dat deed haar goed. Thea's humeur klaarde een beetje op. Tussen een groep kinderen die tikkertje speelden in de wei ontdekte ze Heidi Meixner. De boerderij waar ze met haar moeder en grote zus woonde, was er ook niet ver vandaan.

'Heidi, wil je even komen?' riep ze naar het kind.

De kleine ontweek een achtervolger en rende toen naar haar toe. Buiten adem bleef ze voor haar staan.

'Hallo,' zei ze verlegen, terwijl ze haar blik neersloeg.

'Heidi, ik was gisteren bij je moeder, maar Eva en jij waren er niet...'

'We waren met andere kinderen naar België gegaan, maar daar kregen we bijna niets.' Heidi streek een lok haar uit haar gezicht.

O, wat was het toch verschrikkelijk dat de kinderen om eten moesten bedelen.

'Was Peter er ook bij?'

'Nee.'

'Als je hem ziet, wil je hem dan alsjeblieft vertellen dat er eten voor hem is en een bed in de schuur in mijn tuin?' vroeg Thea op dringende toon. 'Ik woon in het kleine vakwerkhuis bij het kasteel aan de andere kant van het dorp.'

'Ik weet waar dat is. Daar ben ik weleens geweest.'

'Hij mag er altijd komen en zo vaak als hij wil. Ik zal hem niet aangeven bij de politie. Dat beloof ik.'

'Ik zal het tegen Peter zeggen.' Heidi hief haar hoofd op en keek Thea serieus aan. 'En ik zal het aan niemand anders vertellen, zodat niemand het eten kan pakken.'

'Goed zo. Dank je wel.' Thea antwoordde met een glimlach. Ze keek Heidi na, die terugrende naar de andere kinderen. Toen ze op het punt stond om naar de wagen van de familie Reimers te gaan, werd ze benaderd door een vrouw met een verschoten schort om. Doordat ze een hoofddoek droeg, was het moeilijk om haar leeftijd in te schatten.

'U bent de dokter, nietwaar?' Het leek de vrouw niet gemakkelijk te vallen een praatje met Thea aan te knopen.

'Ja, dat ben ik.'

'Kan ik u even spreken?' Ze keek Thea onzeker aan.

'Is het iets medisch? Dan zou ik u willen vragen naar de praktijk te komen.'

'Het is... Het is waarschijnlijk iets medisch. Ja, ik zal wel naar de doktersspraktijk komen,' antwoordde ze snel.

Maar door de manier waarop de vrouw aan haar schort friemelde, geloofde Thea niet dat ze echt bij de praktijk langs zou komen.

De vrouw draaide zich om en wilde gaan.

'Wacht!' riep Thea haar na. 'Ik heb wel een paar minuten. Waar gaat het over?'

'Misschien kunnen we even naar binnen gaan, in de wagon?' De vrouw keek zenuwachtig om zich heen, alsof ze bang was dat iemand haar zou afluisteren.

'Goed,' gaf Thea toe. Ze volgde haar naar een van de afgedankte treinwagons en kwam uit in een soort keuken. Ook hier stond, net als in de wagen van de Reimers, een potkachel en in wat fruitkisten stond een bij elkaar geraapt servies. Aan een lijn hingen wat luiers te drogen, die een vage geur van urine verspreidden. Een kleine tafel en drie oude stoelen namen het grootste deel van de ruimte in beslag.

'Hoe heet u?' vroeg Thea, terwijl ze gingen zitten.

'Kowalski, Irma Kowalski. We komen eigenlijk uit Danzig, mijn man was daar procuratiehouder. Nu is hij magazijnmedewerker in Aken...' Mevrouw Kowalski stopte even, alsof ze probeerde haar kalmte te hervinden. 'We hebben vier kinderen en er is nauwelijks genoeg geld en het is hier zo krap...' Ze bloosde.

Er waren niet eens genoeg stoelen. Thea luisterde naar mevrouw Kowalski en vroeg zich af waar ze met haar verhaal naartoe wilde.

'En... En... mijn man en ik... We willen geen kinderen meer... Tenminste niet nu.'

'Dat begrijp ik.' Thea knikte.

'Maar we willen ook niet zonder... de liefde...' Mevrouw Kowalski zweeg nu helemaal. Nu Thea haar langer had aangekeken, schatte ze dat ze achter in de dertig was.

'En nu wilt u weten hoe u en uw man intiem kunnen zijn met elkaar zonder dat u zwanger wordt?' vroeg Thea voorzichtig.

'Ja.' Mevrouw Kowalski knikte en trok weer aan haar schort. Haar wangen werden nog roder. 'Ik weet dat er van die rubberen dingen zijn en daar heb ik de verpleegster naar gevraagd. Maar ze zei dat het een zware zonde was om die te gebruiken.'

'Een zwangerschap voorkomen in een moeilijke situatie is beslist geen zonde.' Thea schudde haar hoofd. 'De veiligste manier om te voorkomen dat u zwanger raakt, is als uw man een condoom gebruikt.'

'Is er niets anders?'

'Ja, maar deze methoden zijn behoorlijk ingewikkeld en verre van betrouwbaar, dus ik ben bang dat ik die niet kan aanbevelen.'

'Maar als het zondig is, kunnen we zo'n ding niet gebruiken!' Mevrouw Kowalski keek Thea ongelukkig aan. 'Ik hoopte zo dat er een andere manier was...'

Thea onderdrukte een zucht. Het was waarschijnlijk onmogelijk om mevrouw Kowalski op andere gedachten te brengen. Toch hadden zij en haar man recht op liefde en tederheid. Teleurgesteld dat ze mevrouw Kowalski niet kon helpen, nam Thea uiteindelijk afscheid.

's Avonds trok Thea stevige schoenen en een jas aan. Daarna verliet ze het huisje. Ze moest er even uit. Bovendien was het zulk mooi weer. Ze nam het pad dat ze op de ochtend van haar eerste werkdag had genomen, langs de stallen, richting het moeras. Ook hier was te zien dat de lente eindelijk was aangebroken. Over alles lag een vage groene gloed, de berkenbomen begonnen uit te lopen en het gras rond de poelen en langs de beekjes was met wit stuifmeel bespikkeld. Langs de waterkanten stonden lange pluizige stengels die er wollig uitzagen. In de verte tekenden de heuvels van de Eifel zich af tegen de blauw- en grijstinten van de heldere hemel.

Thea liep snel en ademde de frisse buitenlucht diep in. Wat voelde het goed om zo lekker buiten te zijn. Ze kon het gesprek met mevrouw Kowalski maar niet uit haar hoofd zetten. Zelf had ze zo graag een kind met Hans gewild. Daarom had ze tijdens haar korte huwelijk geen voorzorgsmaatregelen tegen een zwangerschap genomen, omdat helaas de zeer reële, afschuwelijke mogelijkheid bestond dat Hans niet zou terugkeren uit de oorlog. Vanwege haar studie en haar droom om gynaecoloog te worden had Hans haar geadviseerd met een zwangerschap te wachten tot de oorlog voorbij. Maar ze had zijn advies in de wind geslagen. Ze was ervan overtuigd dat ze haar studie wel zou kunnen afronden en een manier zou vinden om tegelijkertijd een kind op te voeden. Maar toen was alles toch anders gelopen. Ze was niet zwanger geworden en Hans was niet teruggekeerd uit de oorlog.

Van ver weg klonk het luiden van een kerkklok over het moeras. Het geluid bracht Thea terug naar het heden. Ze was al een dik half uur onderweg. Prikkeldraad markeerde de grens met België. Op sommige plaatsen was de afscheiding vertrapt. Nee, een echt obstakel was het niet.

Uit het berkenbos vlakbij, aan de Duitse zijde, kwamen plotseling twee mannen tevoorschijn. Onwillekeurig deinsde Thea een beetje achteruit. Ze was van nature niet snel bang, maar ze was zich ervan bewust dat ze hier helemaal alleen was, ver weg van het dorp en andere mensen.

Toen herkende ze echter een van de mannen. Het was Axel Heimbach! Hij en zijn metgezel schudden elkaar de hand. Op de een of andere manier leek dat meer symbolisch dan ten afscheid, bijna alsof ze een afspraak bezegelden. Toen stapte de metgezel van Axel Heimbach op een motor, die Thea op dat moment pas zag staan. Via het hobbelige pad reed hij weg.

Ze liep door. 'Hallo, meneer Heimbach, nu treffen we elkaar alweer!' Ze riep het hem glimlachend toe.

Hij draaide zich naar haar om en in eerste instantie leek hij allesbehalve blij haar te zien. Maar toen verscheen er ook op zijn gezicht een glimlach. 'Wat een leuke verrassing! Dus ook u voelde de aantrekkingskracht van de Venen op deze mooie avond.'

'Ja, ik moest er echt even uit.' Thea knikte. 'Bent u hier weer om te schilderen of te fotograferen?' Axel Heimbach had naast hem op het gras een grote leren tas neergezet, die was voorzien van een aantal kleine buitenvakjes. Hans had zijn schilderspullen in een soortgelijke tas bewaard.

'Ik heb wat geschetst.' Zijn blik dwaalde weg. Pas toen keek hij haar weer aan. 'Ik heb mijn auto aan de rand van Eichenborn geparkeerd. Als u wilt, kunnen we samen teruglopen. Als u nu tenminste op de terugweg bent...'

'Ik was inderdaad van plan om langzaamaan terug te lopen naar het dorp,' bevestigde Thea. Ze wilde voor het slapengaan haar medische studieboeken nog even openslaan. 'En ja, ik loop graag een stukje met u mee.'

Axel Heimbach zwaaide de riem van de leren tas over zijn schouder. 'Bent u al een beetje ingeburgerd?'

'Nou, ik zou willen dat de mensen wat benaderbaarder waren,' zei ze spontaan. Axel Heimbach zou haar openheid vast niet beledigend opvatten. Ze kon zich niet voorstellen dat hij chauvinistische gevoelens koesterde ten opzichte van het dorp.

'Ja, mensen kunnen hier behoorlijk afwijzend zijn. Dat merk je pas als je een tijdje in een grote stad hebt gewoond.' Zijn toon was een beetje bitter. Hij zag Thea's vragende blik. 'Ik heb gestudeerd aan de kunstacademie in München en werkte daar als fotograaf.'

'En waarom bent u teruggekeerd naar de Eifel? Als dat geen al te persoonlijke vraag is...' Thea probeerde niet te vrijpostig te zijn, maar ze vond het leuk om met hem te praten. Zijn houding tegenover haar was zo open en vlot.

'Na de oorlog lag alles in München in puin. Mijn vader was te oud om de fotostudio in Monschau voort te zetten en ik had geld nodig. Men zegt niet voor niets dat kunst geen brood op de plank brengt. Na zijn overlijden ben ik hier blijven hangen.'

'Dat klinkt niet alsof u voor altijd in Monschau wilt blijven.'

'Ik voel me aangetrokken tot de grote stad, maar wie weet wat de toekomst in petto heeft.' Hij haalde zijn schouders op. 'Vanaf mijn kindertijd ben ik al dol op de Venen geweest. Mijn vader maakte hier ook vaak foto's en dan ging ik met hem mee. Later dwaalde ik hier vaak alleen rond. Er was altijd wel iets te ontdekken.'

'Ik kan goed begrijpen dat het landschap u fascineert. Ik ben meteen verliefd geworden op het moeras.'

Hier en daar groeiden kleine paarse bloemen langs het pad. Waren dat orchideeën? Een vogel met een roodbruin verenkleed hipte door het gras, voordat hij achter een struik verdween. Het was hier inderdaad mooi, maar de omgeving kon ook onheilspellend zijn. Thea moest ineens denken aan haar ontmoeting tijdens de Walpurgisnacht. Een paar minuten lang liepen ze zwijgend door.

Uiteindelijk keek Axel Heimbach haar van opzij aan. 'Het lijkt alsof u ergens mee zit.'

'Is dat zo?'

'Ja, u fronst en u bent duidelijk ver weg met uw gedachten.' Hij glimlachte licht.

Hans had ook vaak gezegd dat haar gezicht een open boek was. 'In de nacht van 1 mei had ik een vreemde ervaring op een landweg, een paar kilometer van Eichenborn.' Ze beschreef hem de ontmoeting met de hoogzwangere vrouw en hoe er plotseling mannen vanuit het donker waren opgedoken die de vrouw meenamen.

Axel Heimbach luisterde aandachtig naar haar. 'Dus de vrouw ging vrijwillig met hen mee?' vroeg hij toen.

'Ja, daar leek het wel op.'

'Misschien waren het vluchtelingen. De mensen geven hun vaak het gevoel dat ze hier niet welkom zijn, waardoor ze wantrouwend en erg op zichzelf zijn. Dat is waarschijnlijk alles.'

Thea kon zich er in elk geval wel iets bij voorstellen dat ze zich niet welkom voelden in de Eifel. Maar er was nog iets wat haar dwarszat. 'U lijkt nogal veel op pad te zijn. Neem me mijn brutaliteit alstublieft niet kwalijk, maar ik denk niet dat u hier alleen bent om te schilderen en foto's te maken.' Ze mocht Axel Heimbach eigenlijk wel. Maar het moment waarop hij had gezegd dat hij aan het schetsen was geweest en dat hij daarbij haar blik had vermeden, zat haar niet lekker. Daarnaast was ze de goede raad die hij haar gegeven had toen ze elkaar voor het eerst ontmoet hadden in het moeras, om 'niet te veel vragen te stellen', nog niet vergeten.

'U geeft niet snel op, hè?' Hij keek haar geamuseerd aan.

'Omgaan met patiënten verscherpt je perspectief. Ik merk het meestal wanneer iemand om de hete brij heen draait.'

'Dan moet ik u eerst een beetje bijpraten. U bent waarschijnlijk niet bekend met de geschiedenis van dit gebied. Net als sommige andere plaatsen langs de grens is Eichenborn sinds het Verdrag van Versailles een Duitse enclave in België.'

'Ja, dus...' Thea had geen idee waar Axel Heimbach op doelde.

'België claimde deze plaatsen aan het einde van de Tweede Wereldoorlog, maar gaf die claims op Goede Vrijdag vorig jaar op. Voor sommige mensen in Eichenborn en omgeving is daar het laatste woord nog niet over gesproken. Ze willen liever bij België horen.'

'En waarom dat?'

'Deels om financiële redenen, want grote stukken van hun eigendom staan nu aan Belgische kant en ze hebben daar niet makkelijk via de grens toegang toe. In sommige gevallen zit er ook een idealistische redenering achter. Na twee wereldoorlogen en het nationaalsocialisme willen sommige mensen gewoon niet meer Duits zijn. Anderen zien dat juist als verraad aan hun vaderland. Dat zorgt voor ruzies binnen de gemeenschappen.'

'En wat is uw rol in dit alles?'

'Ik heb connecties met mensen aan beide kanten van de grens die graag zouden zien dat de gemeentes weer deel uit zouden maken van België. Het raakt mij allemaal niet direct, omdat ik in Monschau woon, maar ik hou meer van België dan van het behoudende, burgerlijke naoorlogse Duitsland. Daarom help ik graag en breng ik mensen met elkaar in contact.'

'Daarover ging het dan zeker ook op die besloten bijeenkomst op mijn eerste avond in Eichenborn?'

'Onder andere, ja.'

'Wat vindt Georg Berger eigenlijk van deze kwestie?'

'Voor zover ik weet maakt het hem niets uit.'

Dat bevestigde Thea's vermoeden dat haar baas zich maar voor weinig interesseerde.

Inmiddels hadden ze de velden van Eichenborn bereikt. Axel Heimbach wees naar zijn Volkswagen Kever, die naast een kapel geparkeerd stond. 'Zal ik u even naar het dorp brengen?'

'Ja, graag.' Thea was moe van de lange dag.

Ze stapten in. Axel Heimbach liet een paard-en-wagen passeren op de onverharde weg, gaf toen gas en stuurde de Kever richting het dorp. 'Bent u geïnteresseerd in schilderkunst?'

'Waarom denkt u dat?'

'Toen we elkaar voor het eerst ontmoetten in de Venen, keek u geïnteresseerd naar mijn schilderij.'

'Wijlen mijn man was schilder,' gaf Thea toe.

'O ja? Is hij gesneuveld?'

'Ja, in Italië.'

'Ach, die vervloekte oorlog. Al die doden... Er zijn zo veel talenten en kansen voor altijd verloren gegaan. Ik heb er wel door geleerd in het heden te leven en van mijn tijd te genieten.' De stem van Axel Heimbach klonk weer bitter. Ze reden nu door de lange hoofdstraat. In de meiboom op het kerkplein zwaaiden kleurige linten in de wind en voor veel huizen stonden kleine altaren met beelden van Maria met bloemen erbij. Waarschijnlijk was dat traditie bij de katholieken.

'En, wat hebt u van de oorlog geleerd?' Axel Heimbach sloeg de weg in die naar het kasteel leidde.

'Ik weet het niet... Ik ben blij en dankbaar dat ik nog leef, maar dat is vast niet hetzelfde als er echt van genieten.' Thea dacht erover na. 'Misschien heb ik ervan geleerd dat niets vanzelfsprekend is. En doordat ik zo veel doden en gewonden heb gezien, denk ik dat de oorlog ervoor gezorgd heeft dat ik nog meer de behoefte voelde om mensen te genezen.'

Hij schonk haar een glimlach. 'Een echt nobel doel, mensen genezen.'

'Waarin ik vaak genoeg faal,' antwoordde Thea droogjes. Ze waren nu bij het huisje en Axel Heimbach stopte voor het tuinhek.

'Bedankt voor de lift,' zei Thea glimlachend.

'Het was leuk u weer te zien.' Hij stak een hand in zijn leren jack en overhandigde Thea een visitekaartje. 'Dit is het adres van mijn atelier in Monschau. Wilt u op de foto of hebt u een camera of fotorolletje nodig, dan bent u van harte welkom. En als u zin hebt in een filmavond, over drie of vier weken zal ik in Eichenborn een film vertonen.'

'U organiseert filmavonden?'

'Ja, dat is mijn hobby.'

Naar de bioscoop gaan was een van de weinige pleziertjes die Thea zich regelmatig gegund had in Hamburg. 'Weet u al welke film u gaat draaien?'

'Nee, maar ik kan u verzekeren dat het geen heimatfilm wordt, waarin Duitsland of Oostenrijk opgehemeld wordt.'

'Klinkt goed.' Ook Thea hield niet van dat soort films.

'Zodra de datum bekend is, hangt er een bericht in de dorpswinkel. En wie weet kan ik u er binnenkort zelf meer over vertellen.'

'Dat zou leuk zijn.'

Ze namen afscheid en wensten elkaar nog een fijne avond. Toen draaide Axel Heimbach zich om en reed weg. Thea keek peinzend naar het visitekaartje in haar hand. Het was erg leuk om met hem te praten. Ze keek ernaar uit hem weer te zien.

'Dokter Graven!'

Thea had net het tuinhekje geopend toen ze Georg Berger haar naam hoorde roepen. Meteen hoorde ze ook het gekletter van hoeven. Ze draaide zich om en zag haar baas naar haar toe rijden. Blijkbaar keerde hij net terug naar de stallen. Haar stemming was opgeklaard na de ontmoeting met Axel Heimbach en ze was eigenlijk niet van plan om die te laten verpesten door haar baas. Maar hij was al bij haar en sprong uit het zadel. Thea deinsde onwillekeurig achteruit voor het paard.

'Ja?' vroeg ze stug. Georg Bergers gezicht zag nog steeds bleek en hij had donkere kringen onder zijn ogen.

'Ik wilde u bedanken dat u me uit een lastig parket hebt gered. Als ik de afspraak met die vent van de gezondheidsdienst had gemist, zou het waarschijnlijk een ingewikkeld verhaal zijn geworden.'

'Nou, als u uw registratie was kwijtgeraakt, had het mij ook mijn baan gekost.' Thea kon zichzelf er niet toe brengen vriendelijker te antwoorden.

'En ik wilde me ervoor verontschuldigen dat u mij zo... in die toestand gevonden hebt.'

'Ik heb wel erger gezien.'

Het paard, waarschijnlijk een merrie, aan het formaat te zien, kwam nieuwsgierig dichter bij Thea staan. Ze week terug en drukte zich tegen het tuinhek. Georg Berger spande de teugels aan en trok het paard bij haar weg. Hij had vast gemerkt dat ze bang was voor het dier.

'Trouwens, een zekere mevrouw Helmholz heeft eerder voor u naar de praktijk gebeld. Ze zei dat ze uw zus was. Ze vroeg of u wilde terugbellen, maar het heeft geen haast.'

'Bedankt voor het doorgeven.' Thea glipte door het tuinhek, zodat ze buiten het bereik van het paard was.

'Dan zie ik u morgen in de praktijk.' Georg Berger knikte naar haar.

'Ja, tot morgen,' antwoordde Thea kortaf.

Hij had haar ten slotte bedankt en zijn excuses aangeboden. Dat was meer dan ze had verwacht.

Waarom zou Marlene haar willen spreken? Thea draaide het nummer van de villa voor haar spreekuur de volgende ochtend begon. Even voor achten zou haar vader zeker al in het ziekenhuis zijn.

'Katja Kampen.' Haar zus nam op, ze klonk een beetje buiten adem.

'Katja,' zei Thea verbaasd. 'Hoef je niet te werken?'

'Ik maak veel overuren en vond dat ik vanmorgen wel een knipbeurt en een manicure verdiend had.' Haar zus lachte. 'Je belt zeker vanwege Marlenes telefoontje? Ja? Dat komt goed uit. Ben je vrij zondag?'

'Ja, dat ben ik, want ik heb op 1 mei gewerkt. Maar waarom...'

'O, dat is geweldig!' viel Katja haar in de rede. 'Vader heeft de auto niet nodig en Marlene en ik willen de kinderen meenemen op een reis naar Bonn en de Drachenfels. Dat is een bekende berg aan de Rijn waar je een slot en een oude ruïne kunt bezichtigen. Met muilezels kun je naar boven rijden en sinds Liesel en Arthur er op school van hoorden, wilden ze er graag naartoe. We zouden het geweldig vinden als je met ons meegaat!'

'O...' Thea was even verbaasd.

'Kom, Thea! Zeg nu niet dat het een luxe is die je je niet kunt permitteren om aanstaande zondag met de kinderen op stap te gaan en een week later een weekendje weg met ons.'

'Nee, dat zeg ik helemaal niet.' Thea lachte. 'Ik zou graag met jullie meegaan. En doe niet net of ik een geboren calvinist ben, dat doen ze hier in Eichenborn al vaak genoeg. Ik ben niet zo sober en wars van pleziertjes.'

'Die vroedvrouw die ook non is, dat is echt een draak. Hoe heet ze ook alweer, Fidelis? Een paar dagen geleden kwam ze in het ziekenhuis langs om met de hoofdzuster te praten. Ze maken deel uit van dezelfde orde, en ze keek me zo afkeurend aan.' In Katja's stem klonk onverholen geamuseerdheid door. Thea kon zich goed voorstellen dat de non aanstoot nam aan Katja, die niet gierig was met lippenstift en graag chique, nauwsluitende kleding droeg. Had zuster Fidelis geprobeerd meer over haar, Thea en hun vader te weten te komen via de hoofdzuster? De gedachte kwam plotseling bij haar op. Meteen schudde ze haar hoofd. Ze werd zo langzamerhand een beetje paranoïde.

Ze sprak met Katja af dat ze zondag rond negen uur 's ochtends bij de villa zou arriveren. Vader zou dan naar de kerk zijn. Daarna beëindigde ze het telefoongesprek.

Hoe mooi ze de Hoge Venen ook vond, het zou fijn zijn om even uit Eichenborn weg te zijn.

13

Die zondagochtend liep Thea de treden op naar de voordeur van de villa in Monschau. Boven het moeras was het nog wat mistig geweest, maar hier was het vrij zonnig en warm. Het zag ernaar uit dat dat de rest van de dag zo zou blijven. Ze wilde net aanbellen toen ze de stemmen van Liesel en Arthur in de tuin hoorde. Op de een of andere manier klonk het alsof de twee ruzie hadden. Ze liep dan ook maar om het huis heen en zag dat ze gelijk had.

'Je bent gemeen!' Arthur gaf zijn zus een duw en zij duwde meteen terug.

'En jij bent onhandig, je bent echt onhandig…' Lachend rende Liesel over het grasveld terwijl haar broertje boos achter haar aan rende.

'Wat is er?' Thea pakte haar neefje bij de schouder.

'Ze lacht me uit.' Arthur wees beschuldigend naar Liesel. Ze stak haar tong naar hem uit.

'Hij kan niet eens radslagen maken. Terwijl het zo gemakkelijk is!' Ze begon radslagen te maken op het gazon, achter elkaar in een wervelende beweging, met haar lange slanke benen en wuivende kastanjebruine krullen.

Arthur staarde haar na.

'Ik zal je laten zien hoe het moet. Kom op, niet langer boos zijn.' Thea schudde hem vriendelijk door elkaar.

‘Kun jij een radslag maken, tante Thea?’ Arthur keek haar verbaasd aan.

‘Vroeger was ik er best goed in, en ik denk niet dat ik het verleerd ben.’ Toevallig had ze een losse, comfortabele broek aangetrokken voor het uitstapje en geen rok.

‘Je moet niet te veel vaart maken. Je doet een uitvalspas en, kijk…’ Thea landde eerst op haar ene hand en toen op haar andere in het gras. Haar benen strekte ze recht in de lucht. Haar bril gleed een beetje af en ze zag de achterkant van de villa op zijn kop. Dat gold ook voor de oudere heer die in zijn donkere zondagse pak het terras op kwam. Haar vader. Blijkbaar was er iets waardoor hij de kerkdienst niet kon bijwonen, mogelijk was hij opgeroepen door het ziekenhuis.

Thea stond weer op. Ze keken elkaar aan. Hij fronste boos. Zou hij haar de les lezen in het bijzijn van de kinderen?

‘Opa, tante Thea gaat vandaag met ons naar Bonn en de Drachenfels!’ Arthur pakte enthousiast zijn hand vast.

‘Aha…’ De stem van haar vader klonk stug.

‘Jammer dat u niet meegaat, we gaan op muilezels rijden en…’

‘Grootvader, kijk eens!’ Stralend liet Liesel haar kunstje nog eens zien.

Thea schraapte haar keel. ‘Ze lijkt op Katja op die leeftijd, vind je niet?’ zei ze zacht.

‘Ja, inderdaad.’

‘En ze heeft moeders bruine ogen.’

‘Dat klopt.’ Een paar ogenblikken stonden ze zwijgend naast elkaar op het terras. Vanuit de villa klonk muziek uit een radio. Katja riep iets en Marlene gaf antwoord.

‘Moet u weer naar het ziekenhuis, opa?’ Arthur verbrak de stilte tussen hen.

‘Nee, daar kom ik net vandaan.’

Haar veronderstelling was dus juist geweest.

‘Nou, fijne dag nog.’ Haar vader draaide zich om, liep naar de openslaande deuren en ging het huis binnen.

Had hij haar echt even een kort knikje gegeven? Thea slaakte een zucht van verlichting.

Marlene riep de kinderen om nog even naar het toilet te gaan. Na wat heen en weer gedraaf, omdat Arthurs jas spoorloos was en Katja toch op het laatste moment andere schoenen aan wilde, reden ze eindelijk weg.

De confrontatie met haar vader was veel beter verlopen dan Thea had gevreesd. Was dat misschien het begin van een toenadering? Ze hoopte het echt.

'Dus hier vergadert het Duitse parlement tegenwoordig.' Nadenkend bekeek Katja het witte Bauhausgebouw in een zuidelijke wijk van Bonn. 'Het ziet er niet echt indrukwekkend uit.' Na een wandeling langs de Rijn hadden ze een kleine omweg gemaakt naar het regeringsdistrict. Ze wilden weleens zien waar er over het lot van de pas vorig jaar opgerichte Bondsrepubliek beslist werd. De regeringsinstituten waren veelal gevestigd in oude villa's met prachtige tuinen aan de oevers van de rivier. Het was een oase van rust.

'Nou, het parlement is hier waarschijnlijk maar tijdelijk gehuisvest,' antwoordde Thea lachend.

'Bonn is zo provinciaal! Dresden zou het als hoofdstad veel beter hebben gedaan. Als het niet in de oostelijke zone had gelegen, en natuurlijk niet grotendeels vernietigd was geweest...' Katja maakte haar zin niet helemaal af.

Dresden, de prachtige barokke stad en zetel van de Saksische koningen, lag na het bombardement van februari 1945 grotendeels in puin en as. Thea wist dat haar zussen op dat moment net zo verdrietig waren om hun geboortestad als zij.

Katja gooide haar haar naar achteren en glimlachte moeizaam. 'Om over Berlijn maar te zwijgen natuurlijk...'

'Hoe oud was je toen je voor het laatst in Berlijn was? Elf of twaalf?' Marlene zuchtte. 'En jij vindt alles provinciaal.'

Katja keek haar strijdlustig aan. Maar toen kwamen Liesel en

Arthur aanrennen, die aan de kant van de weg tikkertje hadden gespeeld. 'Wanneer gaan we op de muilezels rijden?' klaagden ze.

Marlene keek op haar horloge. 'Na het middageten.'

Er was geen restaurant in het parlementskwartier te vinden, althans geen gelegenheid die op zondag open was. Ze reden door naar het centrum. Na een korte zoektocht ontdekten ze een herberg op het stadhuisplein met een terras in de zon en gingen daar zitten.

Het menu was huiselijk en de kinderen aten friet met worstjes. 'Mogen we een ijsje?' smeekten ze na de maaltijd, geheel volgens verwachting.

Thea onderdrukte een glimlach. Ze zag dat Marlene wilde weigeren en legde snel haar hand op de arm van haar zus. 'Het is een uitstapje. Ik vind dat die twee wel een ijsje verdienen. Ze zijn tenslotte zonder zeuren met ons gaan wandelen. Willen jullie ook?'

'Niet als we straks nog koffie gaan drinken.' Marlene schudde haar hoofd.

'Ik sla ook over.' Katja liet haar ogen over het plein glijden. Het barokke stadhuis stond fier tussen wat winkels, cafés en restaurants. 'Ik ga even de etalages bekijken.'

'Ik ga met je mee, als je het niet erg vindt om alleen met de kinderen te blijven.' Marlene keek Thea vragend aan.

'Helemaal niet.' Thea bestelde een ijsje voor Liesel en Arthur en een kop koffie voor zichzelf. Ze vond het heerlijk om in de zon te zitten en wat met haar nichtje en neefje te praten. Ze wist niet dat Liesel onlangs had leren paardrijden en dat Arthur een gepassioneerd voetballer en keeper was.

Arthur had met zijn lepel het laatste ijs uit de coupe geschraapt toen hij zijn ogen dichtdeed. Daarvoor had hij al een paar keer met zijn ogen geknipperd van vermoeidheid.

'Hij heeft weer een nare droom gehad.' De opmerking die Liesel maakte was eigenlijk te wijs voor haar leeftijd. Met haar vinger maakte ze de ijscoupe schoon.

'Ik weet dat hij vaak naar droomt.'

‘Hij huilde veel als mama er niet was. Dat was nog in Frankfurt.’

‘Als mama er niet was? Hoe bedoel je?’

‘Nou, ze was ’s nachts veel weg.’ Liesel likte aan haar vinger. ‘Ik was ook bang, maar ik ben ouder en heb niet gehuild. En ik heb nu ook geen nare dromen meer.’

Marlene zou haar kinderen toch niet ’s nachts alleen laten? Liesel moest zich vergissen.

Even later kwamen haar zussen terug. Arthur werd wakker en Marlene sloeg teder haar armen om haar kinderen heen. ‘Laten we gaan! Wat vinden jullie ervan om de veerboot over de Rijn te nemen?’

De kinderen vonden het spannend om de autoveerboot te nemen vanaf Bad Godesberg. Ze keken dan weer naar de golven rond de veerboot en dan weer naar de Drachenfels, die nu snel dichterbij kwam. Ze konden de ruïne boven op de berg en het kasteelachtige gebouw dat iets lager stond nu goed zien. In het zuiden lag het Rijndal, waarover ze vanaf dit punt een nogal dramatisch uitzicht hadden, met steile bergen links en rechts van de oever. Het zag er heel anders uit dan het lieflijke Elbelandschap bij Dresden.

Na een korte rit aan de overkant van de rivier bereikten ze Königswinter, een mooi stadje met toeristische restaurants en een promenade met platanen. Bij het station van de tandradtrein, die naar de Drachenfels leidde, konden ook muilezels en paarden gehuurd worden. Liesel en Arthur kozen ieder een dier, en Katja besloot ook te rijden. Sierlijk zat ze op de rug van het dier.

Thea en Marlene volgden hen te voet de berg op. Thea merkte geamuseerd op dat Katja weer veel aandacht kreeg van mannen. Ze haakte in bij Marlene. ‘We hebben het nog niet echt over de kinderen gehad. Die twee lijken al helemaal op hun plaats te zijn in Monschau. Zo klonk het tenminste toen ze mij wat over zichzelf vertelden. Maar hoe gaat het met jou? Heb je al nieuwe vrienden gemaakt, of ga je alleen met vader en Katja om?’

‘Als ik afhankelijk was van Katja’s gezelschap, zou ik behoorlijk eenzaam zijn,' lachte Marlene. 'Ze is eigenlijk altijd weg. Ik zet me in voor een aantal goede doelen en ben bevriend geraakt met een paar vrouwen. We spreken af in een café, gaan naar de bioscoop of bezoeken een tentoonstelling. Ja, ik voel me wel thuis in Monschau.'

'Dat is mooi.' Thea kneep in Marlenes arm.

'En jij, in je dorp? Hoe gaat het met je? Ik voel me nog steeds schuldig over dat gedoe met Arthur op de kermis.'

'Nou, ik heb de Eichenborners nog niet voor me kunnen winnen. Tijdens spreekuren en bij patiëntenbezoeken steken ze niet onder stoelen of banken dat ze alleen Georg Berger als arts willen.'

'Je bent er pas drie weken.'

'Dat is waar.' Dat had Thea ook al tegen zichzelf gezegd en ze wilde niet teerhartig zijn. Maar soms trof de afwijzing van de mensen uit de Eifel haar. Ze liepen een paar minuten naast elkaar zonder iets te zeggen, omdat het pad erg steil werd. Maar het uitzicht over het Rijndal was spectaculair. De glinsterende blauwgroene rivier meanderde door het ruige, rotsachtige landschap.

'En Georg Berger, hoe is hij als baas?' vroeg Marlene buiten adem.

'Hij is een goede dokter. Dat moet ik toegeven.' Thea probeerde objectief te zijn.

Marlene knikte. 'Katja zei dat er vorige week zaterdag 's avonds een jonge man naar het ziekenhuis werd gebracht. Hij was op een granaat gestapt of zoiets. Hoe dan ook, het was een wonder dat hij levend in het ziekenhuis terechtkwam, en de hoofdarts zei dat als Georg Berger de wond niet goed had behandeld, de jonge kerel het waarschijnlijk niet zou hebben gehaald.' Dat was het geval waarvoor Georg Berger was wakker gemaakt toen zij in slaap was gevallen aan de zijde van mevrouw Meixner. Thea schaamde zich nog steeds diep en biechtte haar fout op aan Marlene. 'Maar afgezien van zijn kwaliteiten als arts kan ik helaas niet anders zeggen dan dat hij meestal bars en onvriendelijk doet, zowel tegen de patiënten als tegen mij. En ik heb de indruk dat niets hem interesseert. Alsof hij zich door niets wil laten raken.' Thea haalde haar schouders op. 'Hij praat vrijwel nooit over zichzelf. Weet jij toevallig of hij getrouwd is geweest? Volgens mij is hij al over de veertig.'

'Nee, daar weet ik niets van. Althans... Wacht even... Misschien weet ik wel hoe het zit.' Marlene fronste nadenkend.

'O ja?'

'Een vriendin van mij is getrouwd met een dokter, die in Aken werkt. Toen ik op een dag met hen aan het dineren was, raakten we op de een of andere manier aan de praat over Georg Berger. Ik weet niet meer hoe we daarop kwamen. Misschien omdat de man van mijn vriendin in Berlijn gestudeerd had en je baas kende van de universiteit. Als ik het me goed herinner, zei hij dat Georg Berger een affaire had met een zangeres.'

'O, een zangeres...' Thea rolde met haar ogen. Haar baas had echt verrassende kanten.

'Ja, ze moet heel mooi zijn geweest en was dan ook het onderwerp van gesprek onder collega's. Ze zou in nachtclubs hebben opgetreden. Wel die van het betere soort,' voegde Marlene er haastig en beschaamd aan toe.

Thea onderdrukte een glimlach, haar zus was soms heel preuts. Ze dacht aan het voorval eerder die week toen ze Georg Berger dronken en naakt in zijn bed had aangetroffen. Zou ze het aan Marlene vertellen? Maar ook al mocht ze haar baas niet zo graag, hij had er zo kwetsbaar uitgezien en het zou niet loyaal zijn om erover te praten. Ze kon beter haar mond houden, zelfs tegen haar zus.

'Weet je nog of de naam van de zangeres ter sprake kwam?' Ze zou graag willen weten of deze vrouw de mysterieuze Melanie was voor wie Georg Berger zo veel leek te voelen.

'Nee, dat herinner ik me niet meer.' Marlene schudde haar hoofd.

Ze passeerden een van de vele souvenirstalletjes die langs de weg stonden. Er waren wandelstokken met het embleem van de kasteelruïne, glazen sneeuwbollen en windmolentjes, waarvan de stelen gevuld waren met kleurrijke suikerparels, te koop.

'Wat handig dat ze allebei met een muilezel zijn gegaan.' Marlene keek naar de kinderen en Katja, die al bijna de ruïnes van het kasteel hadden bereikt. 'Anders hadden ze vast wat willen kopen hier. Trouwens, Arthur had weer een onrustige nacht met nachtmerries. Hij was nog laat wakker en kon niet meer slapen. Ik ben blij dat hij zich tot nu toe zo fit voelt.'

'Nu je het over nachtmerries hebt... Toen hij zijn ijsje op had, viel hij even in slaap. Liesel zei iets geks. Ze zei dat je haar en Arthur 's nachts vaak alleen liet toen jullie nog in Frankfurt woonden. Ik geloofde haar niet.'

'Wat...' Marlene legde haar hand op haar borst en werd bleek. Ze staarde Thea verschrikt aan. 'Nee... Na de oorlog werkte ik af en toe 's avonds laat in de keuken van een ziekenhuis, omdat ik zo aan eten kon komen. Er was bijna niets te krijgen, behalve op de zwarte markt. Maar ik vroeg onze huurster altijd om op hen te passen.'

'Ik dacht al wel dat Liesel iets door elkaar haalde,' antwoordde Thea sussend, want Marlene leek niet echt op haar gemak. Even later bereikten ze de anderen.

Liesel en Arthur waren al van hun muilezels gesprongen en keken stralend om zich heen. 'Het is geweldig om te rijden, tante Thea, zou je dat niet een keer willen?' Arthur pakte haar hand.

'Ik ben blij dat je het leuk hebt gehad, maar ik ga niet rijden,' zei Thea resoluut. Muildieren waren veel kleiner dan paarden, maar ze had geen behoefte zich door hen te laten vervoeren. Haar blik gleed even naar Marlene voordat de kinderen hen naar de ruïne trokken. Haar zus had een afwezige blik in haar ogen. Zat er toch een kern van waarheid in Liesels verhaal? Maar dat kon toch niet waar zijn? Waarom zou Marlene daarom liegen?

Opgetogen parkeerde Thea 's avonds de Opel in de golfplaten garage. Ze haastte zich naar haar huisje. Het was zo leuk geweest om een dag met haar zussen en de kinderen weg te zijn. Eindelijk had ze haar neefje en nichtje beter leren kennen. Ze moesten zo'n uitstapje snel nog eens over doen.

Thea was al naar binnen gegaan toen ze van gedachten veranderde en naar de schuur liep. Net als de afgelopen dagen lagen de dekens onaangeroerd in de hoek en was het deksel van de kist gesloten. Toen ze het deksel opendeed, waren de beschuit, de noten en de fles sap weg. Peter was geweest. Hopelijk kwam hij snel weer terug.

14

Thea kon het meisje niet uit haar hoofd zetten. De elfjarige kwam helemaal overstuur op het spreekuur aan. Nadat de laatste patiënt de praktijk die woensdagmiddag had verlaten, klopte ze op de deur van Georg Berger. Haar baas was bezig zijn dokterstas te vullen met medicijnen en andere dingen.

'Dokter Berger…'

'Ja, wat is er?'

Thea negeerde het feit dat hij, zoals gewoonlijk, allesbehalve blij was dat ze hem lastigviel. 'Mag ik wat vragen? Ik was altijd in de veronderstelling dat plattelandskinderen dieren zagen paren en lammeren, kalfjes en veulens geboren zagen worden.'

'Hebt u ineens interesse in diergeneeskunde?'

'Nee, helemaal niet. Ik probeer erachter te komen hoe het kan dat kinderen en tieners, voor wier ogen dit alles gebeurt, duidelijk geen idee hebben van de meest basale dingen van het seksuele leven van mensen. Een paar uur geleden kwam er een elfjarig meisje op mijn spreekuur. Ze was compleet in paniek omdat ze dacht dat ze zou doodbloeden. Het was haar eerste menstruatie.'

'Dieren en mensen zijn op het platteland twee heel andere dingen. Als kinderen hun ouders vragen wat de hengst en de merrie samen van plan zijn, krijgen ze bovendien meestal alleen een ontwijkend antwoord.' Georg Berger haalde zijn schouders op.

'Ik heb geprobeerd haar voorzichtig uit te leggen wat er in haar lichaam aan de hand is en dat ze nu een vrouw is en daar trots op mag zijn. En dat je niet zwanger wordt van een kus, want dat was wat ze dacht. Ik heb uitgelegd dat dit andere activiteiten vereist.'

'Ik hoop dat u het beschaafd hebt uitgelegd. Anders krijg ik gegarandeerd een paar nonnen op mijn dak.'

'Zoals ik al zei, ik heb me voorzichtig uitgedrukt.' Georg Berger leek zich ook al ongemakkelijk te voelen bij het onderwerp. 'Maar ik heb het meisje ook verteld dat seks niet zondig is, juist niet zelfs.' Iets in de verveelde uitdrukking van haar baas had Thea ertoe aangezet om die laatste zin er nog uitdagend aan toe te voegen. Ineens herinnerde ze zich hoe fijn en bevredigend het was geweest om met Hans naar bed te gaan en hoe erg ze dat miste. Een brandende blos verspreidde zich over haar wangen.

Georg Berger keek langs haar heen. Zijn gezicht versomberde. Hadden haar woorden hem doen denken aan die vrouw voor wie hij duidelijk zo veel voelde, Melanie? Toen wendde hij zich weer tot haar.

'Goed, u hebt dus een lans gebroken voor de ongeremde moraal, hoe men dat hier in het dorp ook zal opvatten.' Hij fronste zijn wenkbrauwen. 'Maar u zou uzelf ook nuttig kunnen maken.'

'O ja...'

'De voorraden medicijnen, ampullen, verbandmiddelen en andere zaken moeten weer worden aangevuld. Ik heb al een lijst gemaakt. Ga maar naar Monschau en haal de spullen.'

'Natuurlijk, dat doe ik graag.'

'De praktijk is vanmiddag sowieso gesloten. Het opstellen van de declaraties voor de zorgverzekeraar kan ik wel zonder u. Neem de rest van de middag maar vrij.'

'Bedankt,' antwoordde Thea koeltjes. Het was eigenlijk een aardig aanbod, maar haar baas had het bijna beledigend laten klinken. Ze begreep gewoon niets van hem.

Even later reed Thea peinzend naar Monschau. Het was zo jammer dat mensen moesten lijden vanwege hun geslacht. De ontmoeting met het elfjarige meisje deed haar denken aan mevrouw Kowalski, die bang was om zwanger te worden en daardoor ook bang was intiem te zijn met haar man. Zou ze haar echt niet kunnen helpen?

Enige tijd later legde Thea de aankopen voor de praktijk in de kofferbak van de Opel. Ze wist niet of ze moest lachen of boos moest zijn. Toen ze ook twee pakjes condooms voor mevrouw Kowalski had gekocht, had de apotheker ze gegeneerd in een papieren zak over de toonbank geschoven, alsof het pornografische foto's waren.

Thea besloot haar goede humeur niet te laten bederven. Het was gewoon fijn om een paar vrije uurtjes te hebben, zeker op deze heerlijke, bijna zomers warme dag. Nu kon ze ook mooi een verjaardagscadeautje voor Katja kopen. Langzaam slenterde ze door de straten van Monschau. Hoewel het een normale woensdag was, waren er veel mensen op straat. Ze ving wat woorden Frans en Vlaams op, of was het Nederlands? Even later reed er inderdaad een bus met een Nederlands kenteken door de smalle straat en langs de pittoreske vakwerkhuizen met hun uitbundig versierde gevels en erkers.

Ineens viel Thea's blik op een winkel met camera's en grote portretten in de etalages. De zwart-witfoto's waren echt goed en vol met expressie. Was dat de fotostudio van Axel Heimbach? Ja, zijn achternaam stond op een bord boven de winkeldeur. Misschien moest ze daar even binnenkijken. Het zou leuk zijn om een praatje met hem te maken. Thea tuurde door de etalage. Er stond slechts één jongeman achter de toonbank, blijkbaar een medewerker. Hij liet een klant een paar fotorolletjes zien om uit te kiezen.

Toen zag Thea een boekwinkel. Dat kwam goed uit. Ze wilde sowieso een recent verschenen gynaecologisch studieboek bestellen, waarover een goede recensie in het medische tijdschrift had gestaan waarop Georg Berger was geabonneerd. Daarnaast vond ze een heel mooi geïllustreerd boek voor Katja. Haar zus was een gepassioneerd fotografe en zou de foto's van fotograaf Henri Cartier-Bresson vast kunnen waarderen.

Ze liep verder en kwam uit op een plein, dat volledig gedomineerd werd door een imposant barok gebouw. De voorgevel had dezelfde tint rood als het kasteeltje. De hoge muren waren met leisteen bekleed. Aan de overkant zag Thea een kledingwinkel met modieuze sjaals en omslagdoeken in de etalage. Zou daar nog iets voor Katja's verjaardag tussen zitten? Thea stond op het punt het plein over te steken toen ze een bekende stem hoorde roepen. 'Thea!'

Alsof Thea's gedachten haar tevoorschijn hadden getoverd, kwam Katja naar haar toe hollen. 'Ik heb pauze. Maar wat doe jij hier? Drink je een kopje koffie met me mee?' Haar zus zag er heel charmant uit in haar lichte zomerjurk met de wijde, zwierige rok. Haar ogen straalden en ze leek eigenlijk helemaal van binnenuit te gloeien. Ze had waarschijnlijk een bewonderaar ontmoet.

'Ja, daar heb ik wel tijd voor,' antwoordde Thea met een glimlach. 'Ik heb wat dingen ingekocht voor de praktijk en heb een middag vrij.'

'Er is een leuk café aan de Roer.' Katja haakte in bij Thea. 'Trouwens, ik heb voor zaterdag een kamer voor ons geboekt in een hotel in Aken. Ik hoop dat je dat goed vindt. Er is nog wel veel beschadigd in de stad, maar een van de dokters die bij vader werkt, komt daar vandaan en hij heeft me een goed hotel aanbevolen. Er zijn ook een paar hele leuke kledingwinkels.'

'Ja, Aken lijkt me prima.'

'O, en Marlene heeft je hulp nodig bij een van haar inzamelingsacties. Ik heb geen idee waar het precies over ging.' Katja praatte verder. 'Met die fatsoenlijke, moederlijke dames met wie Marlene omgaat, kan ik helemaal niets.'

Thea onderdrukte een glimlach. Nee, liefdadigheidsorganisaties waren niet echt Katja's ding. Ze besloot later naar de villa te gaan om Marlene te vragen waar het over ging.

Ze kwamen al snel aan bij de rivier. Onder de parasols voor de cafés en restaurants zaten toeristen. Plotseling hield Katja halt. 'O, kijk, daar...' Ze wees naar de winkel van een opticien in een scheefgezakt vakwerkhuis, waarvoor een paar rekken met zonnebrillen stonden. 'Ik heb dringend een nieuwe nodig. Wil jij me helpen kiezen?'

'Ik help je graag.'

Katja bekeek op haar gemak de zonnebrillen op de rekken en haalde toen haar schouders op. 'Er is er niet één bij die ik leuk vind. Laten we naar binnen gaan.'

Thea volgde haar de winkel in, die was ingericht met moderne glazen vitrines en schappen. Katja zette een oversized zonnebril met donkerbruin montuur op en bekeek zichzelf in een van de spiegels. 'Wat vind je van deze?'

'Een beetje opvallend, maar hij staat je wel.'

Haar zus keek om zich heen en pakte toen een bril van een van de schappen. 'Wil je deze niet eens proberen, terwijl ik een beetje rondkijk?'

Toen begreep Thea het. Dat Katja een zonnebril wilde kopen, was waarschijnlijk slechts een excuus om haar naar de opticien te lokken.

'Katja, ik heb geen nieuwe bril nodig.'

'Probeer eens!' smeekte haar zus.

'Ja, probeert u die bril eens. Het is geheel vrijblijvend.' Een elegante man van middelbare leeftijd, die zelf een heel nette bril droeg, kwam naar hen toe.

'Wel...' Thea gaf toe. Ze zette haar hoornen bril af, zette de bril die Katja haar aanreikte op en bekeek zichzelf in de spiegel. Op de een of andere manier leek haar gezicht frisser zonder het strenge donkere montuur.

'Niet slecht... Maar het kan beter.' De opticien schudde zijn hoofd en pakte een ander montuur van een plank. Toen opende hij een la en haalde er nog een uit. Het montuur was vlindervormig en de roodbruine rand was bezaaid met glinsterende gouden stippen.

'O, die is echt speciaal,' fluisterde Katja.

'Dit model is niets voor mij. Veel te opzichtig.' Maar Thea liet toe dat de opticien hem op haar neus zette.

'Een chique bril voor een chique dame,' glimlachte hij.

En warempel... Plots leken haar ogen veel groter en helderder.

'Zo zie je er echt leuk uit!' Katja legde haar arm om haar schouders. 'En heel mooi.'

Thea stond in tweestrijd. 'Nee, ik weet het niet...'

'Thea!'

Weer bekeek ze zichzelf in de spiegel. Het montuur stond haar echt goed. 'Oké, ik neem hem,' hoorde ze zichzelf uiteindelijk tot haar eigen verbazing zeggen, ook al wist ze niet goed wat haar bezielde.

'Wat leuk dat je dit doet!' glunderde Katja naar haar. 'Je zult er geen spijt van krijgen.' Ze keek op haar horloge. 'Ik moet helaas gaan, dus de koffie moeten we maar een keer inhalen. Vader windt zich enorm op als ik te laat kom.'

Op dat punt moest Thea haar vader wel gelijk geven. Ze zwaaide naar haar zus. De opticien deed een oogmeting en vertelde haar dat de bril over ongeveer een week klaar zou zijn. Daarna ging ze naar de kledingwinkel waar ze na enig zoeken een sjaal vond, die precies de felle kleur blauw van Katja's ogen had.

Toen ging ze op weg naar Marlene.

Ze trof haar oudere zus boven in de villa, in een mooi ingerichte kleine woonkamer met dakkapellen. Her en der lag speelgoed van Liesel en Arthur en er stond een schommelstoel uit hun voormalige huis in Dresden. Marlene was net oude foto's aan het uitzoeken en zette snel de doos opzij om plaats te maken op de bank voor Thea.

'Dus je baas is zo slecht nog niet,' zei ze glimlachend, nadat Thea had uitgelegd hoe ze die middag onverwacht vrij had gekregen.

'Daar zou ik niet om durven wedden.' Een zweem van een glimlach speelde om Thea's lippen. 'Ik kwam Katja net tegen in de stad en ze zei dat je mijn hulp nodig had bij een liefdadigheidsevenement.'

'Ja, volgende week, op Hemelvaartsdag, is er een groot benefietevenement in Kasteel Monschau. De opbrengst gaat naar oorlogsweduwen en hun kinderen. 's Avonds treden er lokale koren en landelijk bekende solisten op. En daarvoor, in de late namiddag, wordt er eten en drinken verkocht en is er een bazaar...'

'Dus een beetje zoals op de kermis,' onderbrak Thea haar geamuseerd.

'Ja, al is het eten en drinken dan wat luxer.' Marlene lachte. 'Ik sta in de grote stand waar handwerk en tweedehands speelgoed worden verkocht. We hebben echt heel veel donaties gekregen, veel vrouwen uit Monschau en omgeving hebben ons geholpen.'

'Heb je dat zelf geregeld?'

'Ja, het meeste wel.'

'Hoe heb je dat voor elkaar gekregen?' Tot nu toe vond Thea de mensen uit de Eifel niet echt behulpzaam.

'Nou, ik heb kerkkoren en verenigingen benaderd. Velen wilden graag iets doen voor de oorlogsweduwen,' antwoordde Marlene bescheiden. 'Helaas brak een van de dames die me op de stand zou bijstaan eergisteren haar voet en daardoor kan ze me niet meer helpen. Verder is iedereen al ergens anders bezig, maar eigenlijk moeten we met z'n vieren zijn. Katja weigert pertinent om te helpen bij zoiets.'

'Ik wil je graag helpen, maar op Hemelvaartsdag ben ik oproepbaar. Misschien wil Georg Berger echter wel een dienst ruilen. Ik zal het hem zo snel mogelijk vragen.'

'O, het zou geweldig zijn als hij zou willen ruilen,' zuchtte Marlene.

Thea's blik viel op een van de foto's op tafel. Ze nam die in haar hand en keek er met droefheid en tederheid naar. Er stond een heel mooie, lange vrouw op, wier gezicht erg op dat van Katja leek. Het was hun moeder.

'Het is nu al meer dan vijftien jaar geleden dat ze overleden is,' zei

Marlene zacht. Kort na de geboorte van Katja kreeg hun moeder een zeldzame zenuwaandoening. Ze kwijnde jarenlang weg. Haar ziekte had de kinder- en tienertijd van de zussen overschaduwd, maar hen ook nader tot elkaar gebracht. 'Hoewel ik zelf al heel lang moeder ben, mis ik haar nog steeds.'

'Ik mis haar ook.' Thea kneep in Marlenes hand. Als haar moeder nog had geleefd, zou de ruzie met haar vader zeker niet zo hoog zijn opgelopen. Een moment lang waren ze allebei in gedachten verzonken.

Toen keek Marlene naar Thea. Haar gezicht was weer opgeklaard. 'Wil je wat jurken passen?'

'Ja, maar hoe kom je daarbij?' Thea was verbaasd.

'We hebben allebei ongeveer dezelfde lengte en lichaamsbouw. Ik moet een en ander opruimen, omdat ik aangekomen ben. Dat meen ik echt.' Daarmee voorkwam ze dat Thea zou protesteren. 'En ik dacht: misschien vind je ze wel leuk en wil jij ze hebben.'

'Het lijkt me leuk om de jurken te passen die jij niet meer wilt,' zei Thea nadrukkelijk. Ze had in het verleden ook weleens afdankertjes van Marlene overgenomen. Samen liepen ze naar de slaapkamer van haar zus.

Die avond stak Thea onverrichter zake de brug bij het kasteeltje over. Ze had haar baas noch daar, noch in de praktijk kunnen vinden. Dan moest ze hem morgen maar vragen of hij haar oproepdienst op Hemelvaartsdag wilde overnemen. Toen ze terugliep naar haar huisje begon ze te glimlachen. Het was zo leuk geweest om de kleding te passen voor de grote spiegel in de slaapkamer van Marlene. Terwijl Thea de uitgezochte kleding paste, hadden ze gelachen en gegiecheld zoals ze vroeger in Dresden deden. Inderdaad waren er kledingstukken bij geweest die haar pasten en bovendien goed stonden. Ze had een hele koffer vol meegenomen naar Eichenborn.

15

Eigenlijk wilde Thea snel iets te eten maken om daarna een wetenschappelijk artikel te lezen over een 'pijnloze bevalling', een actueel thema onder gynaecologen en verloskundigen. Maar na het eten klom ze de trap op naar haar slaapkamer. Daar opende ze de koffer en spreidde de verschillende kledingstukken uit op haar bed. Het waren er een stuk of tien en het was lang geleden dat ze iets nieuws had gehad. Vóór de geldhervorming was er bijna niets te koop, en daarna ontbrak het haar op de een of andere manier aan tijd en interesse.

Maar nu was ze wel blij dat ze ineens een nieuwe garderobe had. De klokrok met de hoge taille en het groen met rode patroon was zo mooi. En o, die elegante donkergroene zijden cocktailjurk... De jurk had een vrij diep decolleté en halflange mouwen, en de rok viel ook nog eens heel wijd. Dat model was gewoon magisch. Thea kon het niet laten. Ze deed haar broek en trui uit en trok de jurk aan. Ze bekeek zichzelf in de spiegel. Ze moest toegeven dat de nieuwe bril daar heel goed bij zou passen.

Een luide klop op de deur beneden deed haar opschrikken. Thea zuchtte. Was het een patiënt die tevergeefs aangeklopt had bij de praktijk of het kasteel?

Ze had de rits aan de achterkant niet dichtgedaan, omdat ze er niet goed bij kon. Ze trok snel een vest aan, haastte zich de steile trap af en deed de deur open.

Voor haar stond Axel Heimbach.

'Neem me niet kwalijk, ik hoop niet dat ik u stoor?' Hij bekeek haar vreemde kleding, de elegante cocktailjurk in combinatie met het oude vest, met enige verbazing. 'Ik was in de buurt en toen schoot me iets te binnen...'

'O?' Thea stond nog steeds perplex van zijn onverwachte bezoek.

'U zei dat uw overleden man schilder was. Ik ben lid van een groep mensen die tentoonstellingen organiseren in Monschau. Misschien zijn de schilderijen van uw man daar wel geschikt voor. Ik zou natuurlijk eerst een paar van zijn werken moeten zien...'

'Het meeste van zijn werk staat in Hamburg opgeslagen,' zei Thea verbaasd. 'Maar ik heb er hier twee. U mag gerust even binnenkomen...' Er kwam een gevoel van vreugde in haar op. Wat zou het mooi zijn als de schilderijen van Hans eindelijk voor publiek getoond zouden worden. Het klepperen van het tuinhekje deed haar opkijken. Haar baas kwam het tuinpad op gelopen. Wat moest hij nu hier? Plotseling merkte ze op dat hij een vreemde houding had en dat zijn mond gespannen stond, alsof hij pijn had.

'Goedenavond, Heimbach.' Georg Berger knikte naar de fotograaf en keek toen naar Thea. Ook hij keek verbaasd naar haar kleding. 'Sorry dat ik u stoor, dokter Graven, maar ik heb dringend uw hulp nodig.'

'Nou, dan kom ik een andere keer wel terug.' Axel Heimbach glimlachte naar Thea.

'Oké, tot snel.' Wat zou het leuk zijn geweest om hem de schilderijen te laten zien...

'Kom binnen.' Kortaf nodigde ze Georg Berger uit. 'Wat is er precies aan de hand?'

'Mijn paard schrok en heeft me uit het zadel geworpen. Mijn linkerarm is uit de kom.'

Georg Berger ging op een kruk zitten. Thea hielp hem voorzichtig uit zijn jas, trui en hemd. Toen draaide ze zich naar zijn linkerschouder. Even hield ze haar adem in. Over zijn rug liep een groot litteken van een brandwond, waarschijnlijk een oorlogswond. Waar zou hij die opgelopen hebben?

'Ga uw gang!' gromde hij.

'Ja, natuurlijk.' Thea duwde voorzichtig op de zere plek. 'Er is niets gebroken,' legde ze toen uit. 'Ik ga u een pijnstiller geven.'

'Dat is niet nodig, ik kan er wel tegen.'

'U weet net zo goed als ik dat uw spieren zullen ontspannen door de pijnstiller. U hoeft hier niet de sterke man uit te hangen.' Thea negeerde zijn grimmige uitdrukking. Ze pakte een spuit en een ampul uit haar dokterstas en diende hem het verdovende middel toe. 'Over tien minuten zou het moeten werken.'

'O ja? Dat is nieuw voor mij.' Met zijn rechterhand streek hij zijn haar van zijn voorhoofd. Nu pas besefte ze hoe vreemd de situatie eigenlijk was. Daar stond ze dan, in een cocktailjurk met de rits aan de achterkant open, terwijl haar baas zonder hemd voor haar zat. Het licht van de plafondlamp viel op zijn bovenlichaam met de krachtige spieren. Snel legde ze zijn hemd over zijn schouders.

'Bedankt,' zei hij een beetje neerbuigend. 'Zou u een sigaret voor me willen opsteken?'

'Nee, u rookt toch al te veel.'

Plotseling grijnsde hij. Hij wilde zijn hoofd schudden, maar stopte halverwege de beweging, zijn gezicht vertrokken van pijn. Ze keken elkaar enkele ogenblikken zwijgend aan. Toen begonnen Georg Bergers lippen weer te krullen. 'Misschien moeten we de tijd doden met een gesprekje,' merkte hij op. 'Om te beginnen met dat schilderij.' Zijn ogen waren gericht op het schilderij van Hans boven de keukentafel. 'Dat is erg interessant.'

'Mijn man heeft het geschilderd.'

'Ik wist niet dat wijlen uw echtgenoot een kunstenaar was.' Hij leek verrast.

'We praten dan ook niet zo veel over privézaken.' Thea kon het niet nalaten dat te zeggen.

Georg Berger reageerde niet, maar bestudeerde het schilderij aandachtig. Het was abstract en geschilderd in donkergroene, blauwe en bruine tinten.

Als hij er iets minachtends over zegt, gooi ik hem eruit, dacht Thea.

'Het is vreemd,' zei hij langzaam, alsof hij de juiste woorden probeerde te vinden. 'In eerste instantie lijkt het somber te zijn, maar hoe langer je kijkt, hoe lichter het wordt. Vrolijk is niet het juiste woord, maar een beetje hoopvol.' Hij keek haar vragend aan, alsof hij om haar mening gaf.

'Ja, dat klopt,' gaf Thea toe. 'Niet iedereen herkent dat, maar ik ervaar hetzelfde.' Hans had dit doek geschilderd tijdens zijn laatste verlof. Hij was uitgeput en somber gestemd door de oorlog, die hij verafschuwde, maar ze hadden uitgekeken naar vrede en een leven samen. Thea zag beide gevoelens terug in het doek: de somberheid en de hoop.

De gesloten, grimmige uitdrukking was van Georg Bergers gezicht verdwenen en had plaatsgemaakt voor een bedachtzame, open blik. Had ze zojuist een glimp opgevangen van zijn ware gezicht? Waarom was hij toch zo afwijzend?

'U woont hier eigenlijk best gezellig.'

'Bedankt... Zoals u weet hebben mijn zussen me enorm geholpen met het inrichten van het huisje.'

'U bent hecht met uw zussen, hè?'

Dat soort vragen stelde hij echt nooit. 'Ja,' antwoordde Thea. 'We... o, nu ik eraan denk, zou ik de oproepdienst op Hemelvaartsdag met u kunnen ruilen? Mijn oudere zus vroeg me of ik haar die dag kon helpen bij een liefdadigheidsevenement.'

'Geen probleem. Neem dan Pinkstermaandag van mij over. Op beide dagen zijn er zieke mensen die ons nodig hebben.'

Die opmerking paste beter bij hem. 'Mag ik u iets persoonlijks vragen?'

'Ik denk niet dat ik u tegen zou kunnen houden. De echte vraag is of ik antwoord zal geven.' Hij trok zijn wenkbrauwen op.

'Waarom bent u eigenlijk dokter geworden? Komt u uit een doktersgezin?' Thea was daar al langer nieuwsgierig naar. Bij het merendeel van haar collega's was de vader of grootvader ook al arts geweest, net als bij haar.

'Nee, mijn vader was advocaat en mijn moeder runde een hotel in Prüm, daar ben ik ook opgegroeid. En voordat u erover begint, ze zijn beiden al een aantal jaren geleden overleden.'

'Het spijt me dat te horen.'

'Ze waren allebei ruim in de zeventig en hebben een mooi leven gehad. Ik was hun enig kind en ze waren al op leeftijd toen ze mij kregen.' Hij verzonk even in gepeins. 'Wat uw eigenlijke vraag betreft... ik weet niet of er een specifieke reden is waarom ik besloot dokter te worden. Maar toen ik tien was, kregen mijn beste vriend en ik difterie. Ik heb het overleefd, hij niet. Ik kan me nog herinneren hoe vreselijk het was toen ik bijna niet kon ademen en hoe bang ik was dat ik zou stikken. En Willy, mijn vriend, stierf daardoor in doodsangst. Ik denk dat ik sindsdien een hekel heb aan ziektes. Daarom wil ik ze overwinnen.'

Ziektes willen overwinnen, ja, dat was een drijfveer die bij Georg Berger paste. En Thea begreep hem. Bij sommige patiënten met ernstige ziekten was het voor haar soms ook persoonlijk geworden.

'En bij u? Wat heeft u doen besluiten om dokter te worden?' Hij keek haar een beetje geamuseerd, maar aandachtig aan.

'Nou, mijn vader...' Thea aarzelde, maar het was haar eigen schuld dat ze nu Georg Berger over haar vader moest vertellen. 'Af en toe mochten mijn zussen en ik bij hem op bezoek in de kliniek. Ook toen we nog klein waren. Dan voelde ik dat de patiënten hem erg dankbaar waren en dat hij veel voldoening haalde uit zijn beroep. Ik denk dat ik sindsdien nog maar één ding wilde doen en dat was mensen genezen.'

'Ik wist wel dat u een hopeloze idealist was.' Maar Georg Berger zei het dit keer met een glimlach en zonder zijn gebruikelijke sarcasme. 'En waarom hebt u dan voor gynaecologie gekozen?'

'Ik was negen toen mijn zus Katja werd geboren. En ik herinner me nog goed hoe ontroerd ik was toen Katja in mijn moeders armen lag toen ze net was geboren. Ze was zo klein en kwetsbaar. Mijn moeder straalde van geluk. Waarschijnlijk was dat het begin van mijn interesse in gynaecologie.'

Thea realiseerde zich plotseling dat ze Georg Berger nog steeds niet had opgebiecht dat ze uit het ziekenhuis van Hamburg was ontslagen en niet zelf ontslag had genomen, zoals ze had beweerd op haar eerste ochtend tijdens de rit van het ziekenhuis van Monschau naar Eichenborn.

Moest ze hem nu de waarheid vertellen? Maar ze hadden net een goed gesprek gehad, voor het eerst eigenlijk, en Thea wilde dit moment van vertrouwen niet verpesten.

'De tien minuten zijn allang voorbij en de pijnstillers werken,' merkte haar baas toen op. 'Dus tijd om in actie te komen.'

'Ja, u hebt gelijk,' antwoordde Thea snel. Ze pakte een kleed van de bank en spreidde het uit op de vloerplanken. Georg Berger ging er op zijn rug op liggen en keek haar aan. 'Hebt u ooit een ontwrichte schouder weer in de kom gezet?'

'Een paar keer, maar niet zo vaak. Het valt nu niet bepaald onder het specialisme van een gynaecoloog. Maar daar had u eerder aan moeten denken.' Thea deed haar schoen uit en drukte haar hak in Georg Bergers linkeroksel. Toen greep ze zijn uitgestrekte arm en trok die in de richting van haar voet en naar buiten. En, o nee, de jurk… Haar borsten gingen onmiskenbaar naar voren in die wijde halslijn. Thea kreeg het erg warm en Georg Berger richtte zijn ogen op het plafond. Daar was het. Een krakend geluid, en het schoudergewricht gleed in de kom. Georg Berger stond weer op en bewoog voorzichtig zijn arm. 'Het lijkt in orde te zijn.'

'Ik ben blij dat te horen.' Toen Thea hem aanraakte om hem in zijn overhemd en trui te helpen, voelde ze het bloed door haar aderen stromen en haar ademhaling plotseling vreemd versnellen. Ze schraapte haar keel. 'U bent zich ervan bewust dat u die arm voorlopig niet kunt gebruiken?'

'Ja, dat realiseer ik me, maar bedankt voor de tip. En bedankt dat u me hebt opgeknapt.'

'Graag gedaan.' Als hij haar een vast contract aanbood, zou ze hem sowieso de waarheid vertellen over haar vertrek uit Hamburg. Dat beloofde ze zichzelf.

16

Waarom wilde die verdraaide auto nu niet starten? Thea drukte het gaspedaal in. De motor gierde en viel toen uit. Niet wetend wat ze moest doen, stapte ze uit de Opel. De bezoeken voor deze vrijdagmiddag waren al gepland. Zonder er al te veel vertrouwen in te hebben, opende ze de motorkap. Er lagen droge bladeren en de onderdelen zagen er nogal roestig en gehavend uit. Dat was het enige wat ze kon vertellen.

'En, hebt u de auto vernield?' Georg Berger had duidelijk het lawaai gehoord vanuit het kasteeltje en was naar de golfplaten garage gekomen. Hij keek haar aan met zijn handen in zijn zakken. Zou haar baas nu weer even ontoegankelijk worden als vroeger? Hij was eigenlijk heel vriendelijk en open tegen haar geweest nadat ze zijn schouder had gezet.

'Ik heb helemaal niets gedaan,' antwoordde Thea kwaad. 'Bovendien was er toch niet veel meer te ruïneren aan deze oude bak. Het is een wonder dat hij überhaupt reed.'

'De carburateur is waarschijnlijk weer defect. Ik zal de garage in Monschau informeren. Maar waarschijnlijk zal het nog wel een tijdje duren voordat ze het vervangende onderdeel hebben.'

'Een tijdje? Hoezo?'

'Ongeveer een week, schat ik. Zo lang duurt het doorgaans voor de onderdelen voor de Ford weer op voorraad zijn, al hebben we een paar moeilijke jaren achter de rug. Neemt u de Ford maar zolang, dan ga ik op de motor.'

'Uw schouder heeft rust nodig, dat kan echt niet,' protesteerde Thea. 'Bovendien was u van plan om vandaag naar die cursus in Mainz te gaan. Ik heb mijn motorrijbewijs gehaald tijdens de burgerdienst. Dat komt de komende dagen goed van pas.'

'Nou, ik weet het niet...' Georg Berger leek niet al te enthousiast over haar suggestie.

'Voor mij is het geen probleem, in die tijd heb ik veel motor gereden. Waarom laat u het me niet in elk geval proberen?' Op de een of andere manier vond ze het plotseling belangrijk om hem te bewijzen dat ze net zo goed kon motorrijden als een mannelijke collega.

Georg Berger aarzelde, maar opende toen de deur van de schuur naast de golfplaten garage. Er stond een vrij grote en zware motor in. 'Denkt u echt dat u dit aankunt?'

Thea slikte even. 'Ja.'

'Rij hem er maar uit.' Hij pakte een sleutel van een haak aan de muur en gaf die aan haar.

Thea pakte de motor bij het stuur beet. Het viel inderdaad niet mee, maar ze slaagde erin het voertuig vast te houden en naar buiten te manoeuvreren. Georg Berger keek haar sceptisch aan.

'Laten we samen een ritje maken. Of hebt u vanmiddag nog een spoedgeval gepland?'

'Nee, maar...' Thea was stomverbaasd. Dat had ze niet verwacht.

'U dacht toch niet dat ik u zomaar op de motor zou laten stappen?' Hij ging terug naar de schuur en kwam terug met leren helmen, beschermbrillen en twee paar leren handschoenen. Thea zette een bril over de hare en tegen de tijd dat ze de helm had opgezet en de vrij grote handschoenen had aangetrokken, zat Georg Berger al achter op de motor.

Na twee pogingen slaagde Thea erin de motor te starten. Hij sloeg zijn armen om haar lichaam. Natuurlijk moest hij dat wel doen om zich vast te kunnen houden, maar het voelde onwennig en vervelend. Onwillekeurig verstrakte ze. Daarna hobbelden ze over het pad naar de weg.

'Kies zelf maar een route!' schreeuwde Georg Berger tegen haar, terwijl hij boven het geluid van de motor probeerde uit te komen.

Thea reed langzaam in de richting van de hoofdstraat en volgde die door het dorp. Geleidelijk aan voelde ze zich veiliger en begon ze aan de zware motor te wennen. Bij de laatste huizen in het dorp begon ze wat harder te rijden. Ze had al meer dan tien jaar niet meer op een motor gezeten en was vergeten hoe heerlijk het was om bij mooi weer over een landweg te zoeven, de wind in je gezicht te voelen en je zo licht en gewichtloos te voelen.

Nu stoorde het haar niet langer dat Georg Berger zijn armen om haar heen geslagen had. Integendeel, het voelde volkomen natuurlijk aan.

Ze koos een kronkelige, smalle weg die naar beneden leidde. Ze nam de bochten voorzichtig en gaf pas weer gas als ze er voorbij was. Vervolgens reed ze de volgende weg in aan de andere kant van de diepe vallei, die al even bochtig was.

Eenmaal boven stuurde Thea de motorfiets langs de weg aan de rand van een veld en zette de motor uit. Toen stapte ze af en zette de bril op haar voorhoofd. Georg Berger kwam naast haar staan.

'En, hebt u er vertrouwen in als ik de komende dagen de motor neem? Ik vind dat ik het redelijk goed heb gedaan.'

Onverwacht brak er een glimlach op zijn gezicht door. 'Ja, dat vind ik ook.'

Wat zag hij er anders uit als hij lachte. Zijn gezicht was heel open en vriendelijk, zelfs aantrekkelijk. Thea keek hem verwonderd aan, en hij keek haar aan alsof ook hij ergens verbaasd over was.

Ineens klonk er een oorverdovend geluid. Gealarmeerd draaide Thea haar hoofd om. Ze kende dat geluid. Van achter de heuvel kwam een vliegtuig tevoorschijn en het vloog recht op hen af.

Meteen was ze in gedachten weer terug in een veld in het Altes Land bij Hamburg. Ze had gekocht wat ze krijgen kon bij de lokale boeren en de riemen van haar rugzak sneden in haar schouders. Plotseling kwam daar een laagvlieger aan. De kogels van de schutter vlogen rond, een eindje voor haar spatte de droge aarde op. Ze kon nergens dekking vinden. Het enige wat ze kon doen was zich op het pad werpen. En...

'Dokter Graven?'

Thea realiseerde zich dat ze in een hurkende houding zat en haar armen beschermend over haar hoofd had geslagen. Georg Bergers handen rustten op haar schouders.

'Lieve hemel.' Ze slaakte een zucht.

'De Amerikanen hebben een vliegveld bij Spangdahlem. Soms houden ze hier oefenvluchten.'

'Ik... Ik ben ooit in de vuurlinie van een laagvlieger terechtgekomen in de buurt van Hamburg. Ik had veel geluk dat ik niet werd geraakt.'

'Ik begrijp goed dat u doodsbang bent.' Hij kneep nog een keer in haar schouder. Zijn bemoediging klonk meelevend en niet neerbuigend. Het hielp Thea om zich te herpakken. 'Gaat het weer?'

'Ja, wat mij betreft kunnen we weer gaan.'

Uiteindelijk bracht Thea de motor weer tot stilstand op het pad dat naar de golfplaten garage leidde. Ze wilde snel naar de Opel lopen en haar dokterstas uit de auto halen. Daarna kon ze eindelijk vertrekken om de patiënten te bezoeken. Beiden stegen ze af.

Hij rekte zich uit, maakte de helm los en zette de veiligheidsbril af. 'Ik vertrek over een uur of twee. Waarschijnlijk zien we elkaar pas maandag weer. Een fijn weekend gewenst met uw zussen. Waar gaat u naartoe? Dat hebt u nog niet verteld.'

'Naar Aken, ik kijk ernaar uit om de stad te bezoeken. Ik ben er overgestapt op de bus naar Monschau bij het centraal station en verder was ik er even toen ik het Engelse tehuis voor de chocoladekinderen bezocht om te informeren naar Peter Schrader. Die keren tellen dus eigenlijk niet echt mee.'

'De afgelopen dagen zag ik een jongen bij de stallen met opvallend witblond haar. Is dat Peter?'

'Dat moet hem inderdaad zijn geweest. Volgens het waarnemend hoofd van het tehuis groeide hij op een boerderij op en is hij dol op dieren.'

'De twee paarden zijn mensen gewend en vriendelijk. Als hij ze voorzichtig benadert, zullen ze hem geen kwaad doen. Haalt de jongen eten uit de schuur?'

Thea had Georg Berger verteld dat Peter voor het eerst eten had meegenomen. Maar hij had zo onverschillig gereageerd dat ze er vrij zeker van was geweest dat het hem niets kon schelen.

'Ja, eigenlijk elke dag. Hij heeft echter nog niet in de schuur geslapen,' antwoordde ze, verbaasd dat hij ernaar vroeg.

'Het is een begin.' Hij knikte naar haar. 'Tot maandag dan.'

'Ja, tot maandag en ik hoop dat uw cursus interessant is,' antwoordde ze glimlachend. Gek genoeg keek ze ernaar uit om haar baas na het weekend weer te zien.

Aan het einde van haar bezoekronde reed Thea de motor over de weide bij de afgedankte treinwagons. Ze had hier nog iets te doen waar ze eerder geen tijd voor had gehad. Ze wuifde vriendelijk naar de kinderen die zich nieuwsgierig rond de motorfiets verzamelden en haastte zich naar Irma Kowalski, die de groenten water gaf die in een moestuintje voor haar wagon groeiden.

'Hallo, mevrouw Kowalski!' Thea haalde het papieren zakje met de condooms uit haar dokterstas. 'Eergisteren was ik bij de apotheek in Monschau en ik dacht: laat ik nog wat voor u meebrengen.'

'Maar...' Mevrouw Kowalski zette verrast de gieter neer.

'Het is natuurlijk helemaal aan u en uw man of u de condooms gebruikt of niet. Wat u ook besluit, ik hoop dat u er helemaal achter staat.' Thea gaf mevrouw Kowalski snel het papieren zakje en haastte zich toen weg.

Toen ze op de motor stapte, zag ze dat mevrouw Kowalski het

zakje met een nadenkende uitdrukking op haar gezicht in de zak van haar schort liet glijden. Misschien durfden zij en haar man toch condooms te gebruiken.

Moe deed Thea de volgende ochtend om acht uur haar tuinhekje open. 's Nachts was ze twee keer bij patiënten geroepen en de rest van de tijd had ze bijzonder slecht geslapen op het veldbed in de spreekkamer. Ze keek echt uit naar het weekend met haar zussen, maar ze zou het ook niet erg hebben gevonden om nog een paar uurtjes te slapen.

Rook het nu naar koffie? Thea snoof de lucht op bij haar voordeur. En ja hoor, toen ze de keuken binnenkwam, was Marlene filterkoffie aan het zetten en Katja zette een mandje met geurige, verse broodjes en croissants van gistdeeg op tafel.

'We dachten dat je wel een ontbijt kon gebruiken voordat we zouden vertrekken.' Marlene glimlachte naar haar.

'O, een kop koffie zou heerlijk zijn.' Thea ging op de bank zitten. 'Waren Liesel en Arthur teleurgesteld dat je twee dagen weg zult zijn?'

'Helemaal niet.' Marlene schudde haar hoofd. 'Ze weten dat mevrouw Mageth hen tot op het bot zal verwennen. Ze neemt hen morgenmiddag mee naar een kinderfilm in de bioscoop en bakt in elk geval één keer patat, en er is ook genoeg cake en pudding.'

Katja schonk voor hen alle drie koffie in de kleurrijke kopjes. 'Trouwens, ons weekend is een beetje aangepast. Ik hoop dat je het niet erg vindt.'

'Gaat het uitje niet door?' Nu was Thea toch een beetje teleurgesteld.

'Natuurlijk gaat dat wel door!' Katja keek haar verontwaardigd aan. 'Maar we gaan naar Bad Neuenahr in plaats van naar Aken. Eergisteren werd ik gebeld door een modetijdschrift. Ze vroegen me of ik vanmiddag foto's wilde maken bij een modeshow in het Kurhaus in Bad Neuenahr. Dit is echt een geweldige kans voor mij.

In tegenstelling tot wat Marlene denkt, ben ik niet van plan mijn dagen als vaders secretaresse te slijten.' Ze keek hun oudere zus verwijtend aan. Marlene concentreerde zich op het smeren van een broodje en rolde slechts met haar ogen.

'Maar dat is geweldig!' Thea raakte Katja's hand aan.

'En het mooiste van alles is dat we gratis kunnen overnachten in het Kurhotel.' Katja beet in een croissant. 'Natuurlijk heb ik voor jullie allebei vrijkaartjes geregeld voor de modeshow. Bovendien heb ik eindelijk weer eens het genot om zelf auto te rijden. Vader heeft de Mercedes nodig om naar het congres in München te gaan, en ik betaal de huurauto.' Opnieuw keek ze Marlene verwijtend aan.

Even later leunde Thea tevreden achterover op de achterbank van de chique crèmekleurige Borgward. Ze had geen flauw idee waar in Monschau Katja de auto opgeduikeld had, maar er zat zelfs een radio in, waaruit Engelse hits schalden. Haar zus gaf gas toen ze Eichenborn uit waren en raasde over de landweg. Wat zou het een geweldig weekend worden.

'We zijn er bijna!' Thea werd wakker door Katja's stem. Tijdens de rit was ze steeds in slaap gevallen en ze had een paar seconden nodig om zich te oriënteren. Ze reden over een brug. Twee verfijnde gebouwen domineerden het ruime plein aan de andere kant van de rivier. Een daarvan was klassiek en had een zeer hoge toren. Volgens de inscriptie boven het portaal was dit het Kurhotel. Bij het andere gebouw omlijstten twee neobarokke torens een halfrond voorportaal dat rijkelijk versierd was met crème- en beigekleurig stucwerk. Boven de ingang stond KURHAUS.

Geestdriftig parkeerde Katja de Borgward en Thea ving een glimp op van de elegante winkels op de begane grond van het hotel.

Thea deed het portier open en rekte zich uit. Het was ongeveer elf uur 's ochtends en het was al aangenaam warm buiten. De blauwe hemel was hier en daar bezaaid met mooie witte wolken. De vrouwen die met hun metgezellen in het Kurpark wandelden, droegen frisse mantelpakjes of jurken uit hun lentegarderobe. Thea's leven als dokter in de Eifel, met alle problemen en moeilijkheden van dien, leek ineens ver weg.

Katja opende de kofferbak. 'Zie je, we zijn veilig op onze bestemming aangekomen,' hoorde Thea haar scherp tegen Marlene zeggen.

'Ja, maar ik heb een paar keer mijn twijfels gehad,' antwoordde haar oudere zus zuchtend.

Thea stapte uit de auto en pakte haar koffer van Katja aan. 'Hé, geen ruzie maken,' zei ze lachend. Samen liepen ze naar het hotel, de felgekleurde hal in. Katja ging naar de receptie en wikkelde de formaliteiten af, terwijl Thea en Marlene op haar wachtten.

'Heeft Katja echt zo hard gereden?' vroeg Thea met gedempte stem. 'Ik heb geloof ik het grootste deel van de rit geslapen.'

'Gelukkig voor jou, er waren een paar situaties bij waarbij ze inhaalde...' Marlene zweeg omdat Katja naar hen toe kwam, twee sleutels in haar handen.

'Onze kamer...' Ze keek naar Marlene. '... is op de tweede verdieping en die van jou...' Ze gaf Thea een sleutel. '... is op de derde.'

'Betaalt je klant voor twee kamers?' Thea kon haar oren niet geloven.

'Ja, hij is erg gul.'

'Katja, nu lieg je.' Thea keek haar doordringend aan.

'Ik weet hoe vermoeiend je werk is en hoe vaak je 's nachts uit je bed moet. Daarom wilde ik optimaal comfort en privacy voor jou.'

'Dat kan ik niet aannemen.'

'Dat kun je wel.' Katja omhelsde haar. 'Ik word betaald voor mijn foto's. Bovendien ben ik morgen jarig, dus mag ik cadeautjes geven aan wie ik wil.'

'Katja...'

'Accepteer het nu maar gewoon,' drong Katja aan met een ongelukkige uitdrukking op haar gezicht.

Thea realiseerde zich dat ze haar zus zou kwetsen als ze het genereuze aanbod zou weigeren, dus stemde ze in.

'Prima, ik accepteer dat je voor de kamer betaalt. Maar het moet bij deze ene keer blijven!'

'Ja, dat beloof ik.' Katja's goede humeur keerde terug.

Met z'n drieën liepen ze naar de lift. Haar twee zussen stapten uit op de tweede verdieping en Thea ging nog een verdieping naar boven. Haar kamer had een klein balkon met uitzicht op het riviertje de Ahr en het stadscentrum. Thea liep naar de balkondeur en opende die. Vanaf dit uitkijkpunt leek de stad volledig onbeschadigd. De plaats lag veilig in de vallei en tussen de wijngaarden en er waren geen sporen van bombardementen te zien. O, Hans, ik had de vrede graag samen met jou meegemaakt, dacht Thea teder en weemoedig. Maar Hans zou willen dat ze van de tijd met haar zussen genoot.

Vol verwachting liep ze dus terug naar beneden.

Een paar uur later slenterde Thea met haar zussen terug naar het hotel, terwijl ze een aantal tassen droeg. Ze voelde zich een beetje aangeschoten. Ze hadden de rest van de ochtend gewinkeld in het centrum van Bad Neuenahr en ze had zich laten overhalen om een paar schoenen met hoge hakken en een zomerjas te kopen. 's Middags hadden ze op het terras van een restaurant aan de Ahr gegeten en het glas wijn dat ze daarbij gedronken had was haar een beetje naar het hoofd gestegen.

Uit een winkel op de begane grond van het Kurhotel kwam de geur van heerlijke shampoo en zeep. Een kapsalon. Onwillekeurig stopte ze. Ze bekeek zichzelf in de ruit, die versierd was met een gouden gravure. In combinatie met haar gebloemde rok en lichte jas zagen haar hoornen bril en haar streng naar achteren gekamde haar er erg ouderwets uit.

'Denk je eraan om je haar te laten knippen?' hoorde ze Katja prompt vragen. 'Wat een goed idee!'

'Ja... nee... Ik heb net een paar nieuwe dingen gekocht, en dan de bril die ik in Monschau heb besteld... Dat kan ik allemaal niet betalen. Zeker niet bij zo'n dure salon.' Thea schudde heftig haar hoofd en wilde verder lopen.

'Ze zijn op zoek naar modellen.' Marlene wees naar een klein briefje achter de ruit.

'Nou, als dat geen teken is!' Het volgende moment had Katja de deur al geopend en liep ze naar een elegante oudere dame die achter een zwartgelakte toonbank stond.

'Katja...' Thea greep haar zus bij de schouder en wilde haar de salon uit trekken, maar het was te laat.

'Mijn zus zou zich graag ter beschikking stellen als model,' zei Katja tegen de vrouw. Te oordelen naar haar goed getailleerde lichtgrijze jurk en de subtiele sieraden was ze de eigenaresse van de zaak. 'Volgens mij hebt u daar echt geluk mee. Ze heeft heel lang, mooi haar, dat zich leent voor veel verschillende kapsels.'

'Mag ik eens kijken?' De eigenaresse leek niet helemaal overtuigd.

'Natuurlijk.' Katja gaf Thea een duwtje.

Of het nu kwam doordat ze te veel gedronken had of niet, Thea maakte haar knot los en schudde haar haren over haar rug.

De eigenaresse voelde eraan. 'Het is inderdaad heel mooi en vol en u hebt mooie natuurlijke krullen,' stemde ze uiteindelijk toe. 'Momenteel experimenteren we met allerlei soorten kapsels. U moet het aandurven om iets heel nieuws te proberen.' Ze pakte een dunne, glanzende catalogus met zwart-witfoto's en opende die. 'Zoiets.'

Het model had kort krullend haar, dat net haar oren bedekte. Thea twijfelde.

'Ik denk dat dat heel goed bij u past,' hoorde ze de eigenaresse zeggen. 'Bij dit kortere kapsel zouden uw jukbeenderen en ogen mooi uitkomen.'

'Dat denk ik ook,' bemoeide Marlene zich ermee.

'Kom op.' Katja stootte Thea weer in haar zij.

'Heb ik een permanent nodig bij dit kapsel? In het dagelijks leven heb ik echt geen tijd om krulspelden in mijn haar te doen na het wassen.'

'Normaal gesproken zou het inclusief permanent zijn, omdat mijn stagiaire graag haar vaardigheden wil verbeteren. Maar met uw haar zou u waarschijnlijk wel zonder kunnen.'

Op de een of andere manier was het kapsel heel bijzonder. Het zou prima passen bij de nieuwe, eigenlijk te chique bril die volgende week klaar zou zijn, en het zou dit bruisende weekend helemaal compleet maken.

'Oké, ik zal mijn haar zo laten knippen,' gaf ze toe.

'Nou, u hebt geluk, want Tilly heeft nu tijd voor u.' De eigenaresse wees naar een jonge kapster die net de kapmantel van een klant haalde na het krullen van haar haar en de vrouw uit de stoel hielp.

17

O, wat een genot om je haar te wassen met warm water. Dit was heel wat anders dan in het huisje in Eichenborn, waar ze te warm of te koud water met een kan over haar hoofd moest gieten. Het was ook heerlijk en ontspannend om de naar sinaasappel en lavendel geurende shampoo door bekwame handen in haar hoofdhuid te laten masseren.

Tot haar opluchting ging de stagiaire zeer vakkundig met de schaar om en leek ze heel zeker van zichzelf. Thea voelde zich even paniekerig toen haar haar steeds korter werd, maar ze troostte zichzelf met de gedachte dat het uiteindelijk weer terug zou groeien. De lokken werden in krulspelden gedraaid en toen deed de kapster een droogkap over Thea's hoofd.

Ze bladerde door verschillende vrouwen- en roddelbladen, een plezier dat ze zichzelf al tijden had ontzegd. De bruiloften van Libet Adenauer en Elizabeth Taylor kwamen uitgebreid aan bod.

'Nou, nog een paar minuten.' Na een dik half uur kwam de jonge kapster naar Thea toe. Ze schonk haar een professioneel bemoedigende glimlach. 'En? Bent u al nieuwsgierig naar uw nieuwe kapsel?'

'Eh, jazeker...' Thea voelde weer paniek in zich opkomen.

Na een subtiel belletje tilde de jonge vrouw de droogkap van Thea's hoofd. Ze maakte de spelden los en rolde de krulspelden uit haar haar. Thea liet de dochter van de kanselier en de actrice uit het tijdschrift aan hun lot over. Ze zag eruit alsof ze een soort donkerbruine bloemkool op haar hoofd had. Toen pakte de kapster een borstel en begon met haar haar te rommelen.

Thea vermeed het om naar zichzelf te kijken. In plaats daarvan keek ze in de spiegel naar een klant aan de andere kant van de kapsalon. Glanzend honingblond haar viel over haar rug. Haar gezicht met de grote ogen, omlijst door lange wimpers, was klassiek mooi. Thea zag het zelfs zonder bril. Sierlijk stond ze nu op uit de stoel en met een nonchalant zelfvertrouwen liep ze op adembenemend hoge hakken naar de toonbank.

De eigenaresse nam haar geld bijna onderdanig aan. De mooie klant was amper de kapsalon uit of Katja en Marlene stormden binnen.

De kapster haalde de borstel nog een laatste keer door Thea's haar.

'En, hoe vindt u het?' Ze nam de kapmantel van Thea aan en stapte verwachtingsvol achteruit. 'Bedankt voor de kans om te oefenen!'

Thea pakte haar bril. Tijd om haar nieuwe uiterlijk onder ogen te zien.

'Wacht even, nog niet in de spiegel kijken!' Katja pakte de hoornen bril uit Thea's handen en toverde een etui uit haar handtas. Ze haalde een bruine vlindervormige bril met gouden spikkels op het montuur tevoorschijn en zette die voorzichtig op Thea's neus.

Het was de bril die Thea bij de opticien in Monschau had besteld.

'Maar… hoe kom je aan mijn bril?' vroeg Thea overrompeld. 'Ik zou die pas volgende week kunnen ophalen.'

'Nou, ik heb woensdag de opticien gebeld en hem overgehaald om de bril gisteren klaar te hebben.' Katja haalde nonchalant haar schouders op.

'Het is een cadeautje van ons voor jou.' Marlene boog zich naar voren en bekeek Thea. 'Voor alle verjaardagen die we niet samen gevierd hebben. En nee, daar valt niet over te onderhandelen. Maar zeg eens, wat vind je ervan?'

Aarzelend keek Thea in de spiegel. Een vreemde keek terug. Haar haar, dat meestal zo strak naar achteren gekamd was, lag in losse krullen om haar hoofd. Het kortere kapsel accentueerde haar mond. Ze was helemaal vergeten dat die eigenlijk prachtig gewelfd was en dat ze vrij hoge jukbeenderen had. Haar ogen glansden door de nieuwe bril.

'Je ziet er verschrikkelijk uit,' zei Katja.

'Wat zei je?' Thea staarde naar haar zus. Maar toen zag ze de glimlach in haar ogen.

'Nee, je ziet er geweldig uit!' Katja schudde haar hoofd. 'Eindelijk weer vrouwelijk en minstens twintig jaar jonger.'

'Ja, het kapsel en de bril staan je echt goed,' bevestigde Marlene.

'Bedankt voor het compliment, Katja,' antwoordde Thea een beetje nijdig. Maar haar zus had wel een beetje gelijk. Ze zag er echt jonger en knapper uit. Dat moest ze toegeven.

Thea bedankte de jonge kapster en de eigenaresse hartelijk en volgde haar zussen opgewekt naar buiten. Katja en Marlene waren al een stukje verder gelopen. Thea draaide haar hoofd weer om naar zichzelf in een etalage te kijken en kwam bijna in botsing met een lange, donkerharige man.

'O, het spijt me.' Ze wilde doorlopen, maar bleef toen verbijsterd staan. Was dat mogelijk? De man die bijna tegen haar op was gebotst, droeg een driedelig pak in plaats van zijn gebruikelijke versleten jasje en oude wollen trui. Maar het was onmiskenbaar haar baas.

'Dokter Berger...'

Hij stopte ook en draaide zich naar haar om.

'Ja?' Nu pas herkende hij Thea. 'Wat doet u in Bad Neuenahr? Zou u het weekend niet in Aken doorbrengen?' Zijn gezicht betrok. Hij was duidelijk niet blij haar te zien.

'Onze plannen zijn veranderd.' Mijn hemel, hij hoefde haar echt niet enthousiast te begroeten, maar zo onvriendelijk had hij ook niet hoeven reageren.

'Maakt een uitstapje naar Bad Neuenahr onderdeel uit van de cursus?' Soms gebeurde dat en Mainz lag maar zo'n honderd kilometer verderop, wat dus niet zo ver weg was.

'Nee,' zei hij kortaf. Alsof de toenadering tussen hen nooit had plaatsgevonden.

'Nee? Maar...' Thea begreep het niet. Wat bracht hem naar Bad Neuenahr? Een noodgeval, misschien van een familielid?

Toen kwamen haar zussen bij haar staan. Katja schonk dokter Berger een stralende glimlach.

'Dokter Berger, wat een verrassing! Nou, wat vindt u van de nieuwe look van uw medewerkster?'

'Katja!' Thea zou het liefst door de grond zijn gezakt.

'Doe niet zo kinderachtig.' Georg Berger keek Katja geïrriteerd aan. 'Wilt u me excuseren, dames?' Hij lichtte zijn hoed even op en liep verder.

'Even onbeschaafd en nors als Heathcliff.' Katja keek hem hoofdschuddend na. 'Wist je dat je baas ook in Bad Neuenahr zou zijn, Thea?'

'Ik had geen idee! Ik was in de veronderstelling dat hij een cursus volgde in Mainz.' Thea ergerde zich nog steeds aan zijn afwijzende reactie. Het was toch helemaal niet erg dat ze elkaar toevallig tegen het lijf waren gelopen.

'Ik moet opschieten. Ik moet nog een kijkje nemen in de ruimte waar de modeshow plaatsvindt en de lichtomstandigheden beoordelen.' Katja keek op haar horloge. 'We zien elkaar daar, zusjes.' Ze haastte zich in de richting van het Kurhaus.

'En daarmee is het onderwerp Georg Berger ook weer afgedaan.' Thea haakte in bij Marlene. Ook al was ze gekwetst, ze had geen zin meer om over hem en zijn vreemde gedrag te piekeren. 'Wat zullen we gaan doen?'

De zaal van het Kurhaus waar de modeshow plaats zou vinden, was bijna vol. Thea was blij dat zij en Marlene dankzij Katja op een van de eerste rijen zaten. Haar zus stond op de rand van de catwalk met wat andere fotografen. Ze was de enige vrouw onder de mannelijke collega's. Katja had zich omgekleed en droeg nu een kort jasje en een zacht vallende zijden blouse met wijde broek. Ze zag er een beetje jongensachtig uit, maar tegelijkertijd heel vrouwelijk. Ze was duidelijk aanwezig met haar camera in haar hand.

Thea voelde ineens hoe trots ze was op haar jongere zusje.

'Weet je nog hoe Katja op zesjarige leeftijd stiekem de camera van vader meenam en het hele rolletje volschoot?' Ze wendde zich met een glimlach tot Marlene.

'Ja, hij was behoorlijk boos. Maar toen jij de foto's liet ontwikkelen, bleken Katja's foto's best goed te zijn.'

'Dat kan ik me niet eens meer herinneren.'

Thea's aandacht werd getrokken door een groepje mensen bij de ingang van de zaal. Het middelpunt was de blonde schoonheid van de kapsalon. Ze werd omringd door mannen, onder wie de directeur van het Kurhaus. Katja had hem al eerder aan haar zussen voorgesteld. Het lichtblauwe zijdeachtige mantelpak van de dame was voorzien van grote modieuze knopen en kwam zeker uit een exquise modestudio. De houding van de heren kon niet anders dan onderdanig worden genoemd.

Marlene volgde Thea's blik. 'O, een van de mannen daar is het parlementslid uit Bad Neuenahr. Ik heb hem een keer ontmoet op een liefdadigheidsevenement.'

'Ken je de blonde vrouw ook?'

'Nee, maar ze lijkt zeker tot de rijkste één procent te behoren.' Marlene glimlachte. 'Als je haar zo ziet, zou ze een mannequin kunnen zijn.'

De dame en de directeur van het Kurhaus leken in een discussie verwikkeld te zijn. Thea richtte haar aandacht weer op de zaal. Ze had zin in de modeshow, ook dat was iets wat ze al jaren niet meer had gedaan.

'Neem me niet kwalijk.' Iemand sprak hen aan en schraapte zijn keel. De directeur kwam naar hen toe, in gezelschap van de blonde schoonheid. 'Dames...' Hij keek eerst naar Thea en toen naar Marlene. 'Het spijt me, maar er is een probleem. Er is iets misgegaan met de inschrijving en de toewijzing van plaatsen, en mevrouw Winter heeft geen plaats toegewezen gekregen. En aangezien u...' Hij zei het niet, maar het was duidelijk wat hij bedoelde: aangezien zij niet voor de kaartjes hadden betaald. 'Vindt u het erg om...' Uw plaatsen af te staan aan mevrouw Winter, maakte Thea de zin in gedachten af.

'Natuurlijk vinden we dat niet erg,' antwoordde Marlene vriendelijk. Thea en zij stonden op.

Waarom was ze zo verongelijkt dat ze hun plaats moesten afstaan? Thea was er vrij zeker van dat er niets mis was gegaan met de toewijzing van de plaatsen en dat mevrouw Winter pas die middag had besloten om bij de modeshow aanwezig te zijn.

'Dat is erg aardig van u, bedankt.' Mevrouw Winter glimlachte naar haar. 'Ik heb veel gehoord over deze nieuwe modeontwerper en ik zou het jammer hebben gevonden om de modeshow te missen.' Ze ging gracieus in Thea's stoel zitten en raakte haar arm aan. 'U was eerder ook bij de kapper, nietwaar? Uw kapsel staat u heel goed en het ziet er niet uit alsof het een proefknipbeurt is. Maar Tilly is dan ook een zeer getalenteerde jonge kapster.' De woorden kwamen er luchtig uit en waarschijnlijk zat er geen beledigende bedoeling achter, maar Thea vond haar neerbuigend en ze voelde zich weer boos worden.

'Dames, zou u me alstublieft willen volgen?' De directeur van het Kurhaus, die even was weggelopen, was weer terug. 'Van achter de catwalk kunt u de modeshow bekijken. Ook daar vandaan hebt u goed zicht.'

Samen met Marlene volgde Thea hem door de gang. Achter de catwalk stonden de mannequins al te wachten in hun creaties. Ze droegen zomerjurken met smalle tailles en wijde rokken, mantelpakjes en jassen met een A-lijn, avondjurken van fluweel, zijde of fijn kant, afgewerkt met strikjes en volants. Er hing een verwachtingsvolle sfeer.

'Eigenlijk is dit nog beter dan vanuit de zaal,' hoorde Thea Marlene zeggen.

'Ja.' Ze knikte, maar ze was nog steeds boos op mevrouw Winter, die het vanzelfsprekend leek te vinden dat iedereen zich naar haar wensen voegde.

'Laten we naar de bar gaan.' In de hal van het Kurhotel draaide Katja zich lachend om naar haar zussen.

'Over een uur is het al middernacht en dan wil ik met jullie proosten op mijn volwassenheid.'

'Is het echt al elf uur?' Thea voelde zich klaarwakker, alsof ze geen vermoeiende nachtdiensten had gedraaid. Na een uitgebreid diner was ze met haar zussen naar de bioscoop gegaan om de film *The Third Man* te zien. De modeshow, de feestelijke sfeer in het restaurant en de spannende film met de indrukwekkende zwart-witbeelden van het verwoeste Wenen hielden haar nog in hun greep. Ergens had ze ook zin om te pronken met de donkergroene cocktailjurk die ze van Marlene had overgenomen en de nieuwe schoenen met hoge hakken nog wat langer aan te hebben. Ze had tenslotte zelden de kans om zoiets te dragen. Tijdens haar werk in de landelijke huisartsenpraktijk kon ze dat echt niet aantrekken.

'Op naar de bar dan,' zei Marlene opgewekt.

'Gaan jullie maar vast, ik kom er zo aan.' Katja zwaaide vrolijk naar haar zussen en verdween door een deur aan het einde van de gang.

'Op de een of andere manier heb ik niet het gevoel dat ze naar het toilet gaat.' Thea keek haar na.

'Ik gok dat ze naar een telefooncel gaat. Ze zag er zo stralend uit.' Marlene haakte bij Thea in. 'Ze is waarschijnlijk aan het telefoneren met haar mysterieuze vriend of minnaar of wat hij ook voor haar is.'

'Je hebt geen idee wie dat zou kunnen zijn?'

'Nee.' Marlene schudde haar hoofd. 'Als ze wil, kan ze heel goed geheimen bewaren.'

Alle tafeltjes waren bezet, maar er waren nog enkele plaatsen vrij aan de bar. Thea en Marlene namen plaats op de krukken. Ze bestelden twee cocktails en vroegen om een fles bubbels koud te zetten, zodat ze later met Katja konden proosten op haar verjaardag. Terwijl de barman de cocktails klaarmaakte, keek Thea om zich heen.

Ook het terras was helemaal bezet. De lichten van het café-restaurant werden weerspiegeld in het water van de Ahr. Net als Thea en haar zussen leken de andere gasten te willen genieten van de mooie, warme meiavond. Een band speelde een bekend nummer van Glenn Miller. Veel stellen dansten energiek op de muziek. Thea neuriede onbewust mee met de melodie.

'Zo te zien zit je lekker in je vel.' Marlene toostte met haar.

'Ja, dat klopt. Eichenborn en de afwijzende mensen uit de Eifel zijn momenteel ver weg.' Thea lachte, maar werd toen serieus. 'Vertel eens… Katja betaalt mijn kamer en ze heeft ons vanavond mee uit eten genomen. Ze heeft ook aardig wat geld uitgegeven in de winkels. Kan ze dat echt allemaal betalen? Zo veel zal ze zeker niet verdienen als vaders secretaresse, en ik herinner me nog goed dat haar zakgeld altijd halverwege de maand op was.'

'Ze heeft geld van vader gekregen voor haar verjaardag en ze wordt betaald voor foto's die ze tijdens de modeshow heeft gemaakt.'

'Maar is dat genoeg om dit alles te betalen? Daar heb ik ernstige twijfels over.'

Marlene zuchtte. 'Het betekent echt heel veel voor Katja dat je weer deel uitmaakt van ons leven. Ze zat er erg mee dat we het contact verloren waren na je ruzie met vader over je huwelijk. Daarna kwam dat verschrikkelijke bombardement op Dresden nog… Het lijkt altijd net alsof ze alles lichtvaardig opvat, maar dat is niet waar. Eigenlijk is ze erg kwetsbaar.'

'Ja, maar dat besef je niet altijd.' Thea hield snel haar mond, want Katja gleed naast hen op een barkruk.

'Wat hebben jullie genomen? Een Tom Collins en een Manhattan? Ik zou ook wel een Manhattan willen,' zei ze een beetje buiten adem tegen de barman.

Thea wisselde een blik met Marlene. Hun zusje leek van binnenuit te stralen. Ja, ze had zeker gebeld met de man op wie ze verliefd was.

'Wat was jullie favoriete scène uit de film?' Katja sloeg sierlijk haar benen over elkaar.

'Het moment waarop Holly Martins, schrijver van stuiverromans, wordt aangezien voor een literair schrijver.' Marlene lachte.

'De achtervolging door de riolen van Wenen,' zei Thea.

'Mijn favoriet was de scène op de begraafplaats, na de begrafenis van Harry Lime, toen Anna Schmidt Holly Martins gewoon liet staan en tussen de graven door liep naar de uitgang.' Katja zuchtte melodramatisch.

'Holly Martins was echt verliefd op haar en bedoelde het goed. Lime had Anna echter verraden aan de sovjets, hij was een mensenhater en een smokkelaar. Ik begreep niet wat ze in hem zag.' Marlene schudde haar hoofd.

'Anna hield gewoon van hem.' Katja haalde haar schouders op. 'En Harry Lime had wel iets.'

'Je valt gewoonlijk toch op knappe mannen.'

'Maar Harry Lime had een heel bijzonder charisma...' Katja nipte van haar Manhattan. 'Wat een opwindende man!'

Thea trok haar wenkbrauwen lichtjes op. Het was te hopen dat Katja's mysterieuze minnaar niet ook onder de categorie opwindend viel.

Ze praatten en lachten samen en bestelden een tweede ronde cocktails. Toen keek Marlene op haar horloge. 'Twintig voor twaalf! Thea en ik moeten even weg.'

Samen haastten ze zich naar de lift en stapten ieder op hun eigen verdieping uit. Thea haalde Katja's verjaardagscadeautjes uit haar kamer en liep snel terug door de gang toen een heer en een dame uit de lift stapten en elkaar omhelsden. De sfeer rond de twee leek te zinderen. Thea hield onwillekeurig haar pas in.

Toen ze een kamerdeur openden, kusten de twee hartstochtelijk. De dame in de strapless rode avondjurk met de bontstola was de blonde schoonheid, mevrouw Winter. De man maakte zich nu een beetje van haar los, op zijn gezicht stond een blije, maar tegelijkertijd gekwelde uitdrukking. 'Melanie, waarom moet ik toch zo veel van je houden?' mompelde hij. Het was Georg Berger.

Thea deinsde haastig achteruit. Ze voelde zich een voyeur. Georg Berger draaide zijn hoofd om en keek in haar richting. Ze drukte zich tegen een deurpost aan. Toch kruisten hun blikken. Zijn ogen werden groot van verbazing en ergernis. Toen pakte Melanie Winter zijn hand, trok hem de kamer in en de deur sloeg dicht.

'Thea, is alles goed met je? Je ziet eruit alsof je een geest hebt gezien.' Marlene, die in de hal bij de liften op Thea had staan wachten, keek haar bezorgd aan.

'Ik ben gewoon een beetje verstrooid, dat is alles.' Thea schudde haar hoofd. Haar eenzame, ruige, mensenschuwe baas, die lak had aan sociale normen en waarden, was verliefd op deze mooie, zelfverzekerde en ogenschijnlijk rijke vrouw, die zich in de beste kringen bewoog. Thea kon het nog steeds niet geloven. Ze vertelde haar zussen ook liever niet dat ze hem toevallig met Melanie Winter betrapt had. Dat zou voelen alsof ze hem verraadde. Thea was er namelijk op de een of andere manier van overtuigd dat deze liefde, al was die dan niet zo gelukkig, geheim was.

Stipt om twaalf uur proostten ze in de bar met een glas bubbels op Katja's volwassenheid en gaven ze hun cadeautjes aan hun zus. Katja pakte ze uit, opgewonden als een kind. Van Thea kreeg ze het geïllustreerde boek met foto's van Henri Cartier-Bresson en de sjaal met het blauwe patroon. Van Marlene kreeg ze blauwe sieraden, in precies dezelfde kleur als de sjaal.

'Hadden jullie dat afgesproken?' Katja hing de ketting met de geslepen glasstenen en de sjaal om haar hals. Toen deed ze de armband om en bekeek zichzelf stralend in de spiegel achter de bar. 'Heel erg bedankt! En ik ben ook blij met het geïllustreerde boek. Henri Cartier-Bresson is een geweldige fotograaf!'

'Nee, we hadden niets afgesproken. We weten wat je mooi vindt en wat bij je past,' antwoordde Marlene met een glimlach.

'Ik heb nog nooit zo'n leuke verjaardag gehad.' Katja omhelsde haar zussen onstuimig. 'Bedankt dat jullie het weekend met mij hebben doorgebracht! Ik ben zo blij dat we weer met z'n drieën zijn.'

Thea omhelsde Katja stevig. 'Ik ook.' Ze was ook echt blij. Toch bleef ze denken aan het tafereel dat ze boven in de gang van het hotel had gadegeslagen, en ze wenste dat ze Georg Berger niet was tegengekomen.

Een fel licht streek over Thea's gezicht en maakte haar wakker. Ze knipperde met haar ogen. Ze zat op de achterbank van de Borgward. Een geüniformeerde politieagent keek de auto in.

'Uw papieren, alstublieft,' zei hij tegen Katja. Voor hen stonden politieauto's en een rood-witte reflecterende barricade blokkeerde de weg. Ondanks de duisternis herkende Thea de Hoge Venen. Ze waren dus bijna thuis.

'Wat is er aan de hand, agent?' vroeg Katja.

'Daar kan ik niets over zeggen,' zei hij verdedigend. 'Wilt u de kofferbak voor me openmaken, juffrouw?'

'Als het moet.' Katja zuchtte en stapte uit de auto. 'Maar u zult er niets anders in vinden dan onze bagage.'

Het deksel van de kofferbak zwaaide open. De agent controleerde de inhoud. Toen hief hij zijn arm op en riep: 'Laat de dames passeren!'

De barricade werd opzijgeschoven en langzaam passeerden ze de plek.

'Wat was dat?' Thea voelde zich nog steeds suf.

'De politie is waarschijnlijk op zoek naar smokkelaars,' merkte Marlene op.

‘Dat is dan nogal een grote operatie.’

‘Nou, er wordt veel gesmokkeld hier aan de grens.’

‘Echt? Ik wist alleen van de chocoladekinderen die de grens oversteken om te bedelen.’

‘Vermoedelijk gebruiken de smokkelaars zelfs afgedankte Belgische legertanks en hebben ze auto’s met kogelvrije banden. Er zijn ook regelmatig vuurgevechten tussen hen en de politie.’

‘Lieve hemel… Ik had gedacht dat dit soort praktijken voorbij zouden zijn toen er een einde kwam aan de voedselrantsoenering,’ zei Thea geeuwend.

‘Koffie is in België een stuk goedkoper dan in Duitsland. Daarmee verdienen ze het meeste,’ zei Katja. ‘Veel mensen hier zijn behoorlijk arm en kunnen het geld dat ze verdienen met smokkelen goed gebruiken.’ In de verte zag ze nu ook lichten boven het moeras. Alsof de zielen van verdronken mensen uit de sagen door de nacht spookten. Ook daar leek men op zoek te zijn naar smokkelaars. Thea huiverde onwillekeurig.

Het plaatsnaambord van Eichenborn verscheen in de koplampen. Zoals meestal laat in de avond het geval was, waren de straten verlaten en vredig.

Achter de ramen van het kasteeltje brandde geen licht. Georg Berger bracht waarschijnlijk opnieuw de nacht door met Melanie Winter. Thea was blij dat ze hem die ochtend in het hotel niet was tegengekomen en dat haar een nieuw pijnlijk moment bespaard was gebleven.

Katja parkeerde voor het huis en ze stapten alle drie uit.

‘Hou je taai.’ Marlene gaf Thea haar koffer aan en omhelsde haar.

‘Bedankt voor alles!’ Katja kuste haar op de wang.

‘Het was heerlijk, jullie ook bedankt voor deze twee fijne dagen!’ Thea zwaaide haar zussen uit tot ze uit het zicht waren verdwenen. Toen opende ze het tuinhekje en liep naar het kleine vakwerkhuis. Binnen was het koel, want het vuur in de haard was natuurlijk allang gedoofd. Maar door de gordijnen en kussens en de vrolijke kleuren van de kasten voelde de kamer toch huiselijk aan. De vreugde van de afgelopen twee dagen zat nog in haar hart.

Ze maakte het vuur aan en besloot zich pas in de ochtend te wassen. Hier ben ik weer, Hans. Boven in haar slaapkamer glimlachte ze naar zijn foto. O, wat was het gezellig met Katja en Marlene! Wat vind je van mijn nieuwe bril en mijn nieuwe kapsel? Hoorde ze hem nu echt zeggen dat het haar goed stond en dat het eindelijk eens tijd werd? Of klonk Katja's stem in haar hoofd? En stel je voor, ik zag Georg Berger met een vrouw in het hotel in Bad Neuenahr. Het is duidelijk dat hij heel veel van haar houdt.

Thea vertelde Hans over het weekend. Daarna smeerde ze haar gezicht en armen in met een hydraterende crème. Zij en haar zussen hadden die dag een lange wandeling gemaakt in het Ahrdal en ze was echt verbrand. Bovendien voelde ze lichte spierpijn.

Thea had zich net in bed laten glijden toen er buiten in de tuin iets kraakte. Was dat de schuurdeur en kwam Peter Schrader terug om wat te eten? Ze spitste haar oren en hoopte dat hij het was.

18

Toen Thea de volgende ochtend naar buiten stapte, glinsterde het gras nog van de dauw en hingen er mistflarden boven de Hoge Venen. Het was een koude nacht geweest. Ze haastte zich door de tuin en tuurde door het raam van de schuur. Ze had het vreemde geluid de avond ervoor correct geïnterpreteerd. Peter Schrader was hier geweest en de dekens lagen slordig op de grond. Voor het eerst leek hij haar genoeg te vertrouwen om hier te blijven slapen. Wat fijn! Er verscheen een glimlach op Thea's gezicht. Ze haalde snel wat verse voedingsmiddelen, legde ze in de daarvoor bestemde kist en liep toen naar de dokterspraktijk.

Thea zag op tegen de ontmoeting met Georg Berger. Ze was zijn verbaasde, boze blik toen ze in de gang van het Kurhotel tegen elkaar op botsten nog niet vergeten.

De deur van zijn kantoor zat dicht. Thea legde een paar tijdschriften die ze van Katja had gekregen op de tafel in de wachtkamer en bekeek de voorraad medicijnen. Er ging een kwartier voorbij. Er kwam geen rook uit de schoorsteen van het kasteel en er bewoog niets achter de ramen. Was haar baas helemaal niet teruggekeerd naar Eichenborn? Of lag hij weer dronken in bed?

Thea trok haar jas aan en verliet de praktijk. De Ford stond niet in de golfplaten garage. Georg Berger was er dus waarschijnlijk nog niet, tenzij hij was opgeroepen voor een patiënt. Maar ze dacht niet dat dat het geval was. Tenslotte had dokter Frielingsdorf de praktijk tot die ochtend beheerd. Toch haastte ze zich naar het kasteel. De voordeur was op slot en er werd niet opengedaan toen ze aanklopte.

Dan zou ze het alleen moeten rooien. Terug in de praktijk belde Thea, geïrriteerd en een beetje overstuur, haar collega Frielingsdorf op en vroeg hem welke patiënten ze die dag moesten bezoeken. Omslachtig legde hij haar de gevallen uit die nadere aandacht verdienden.

'Er is een jonge vrouw langs geweest... Wacht, waar zijn mijn aantekeningen?' Thea hoorde dokter Frielingsdorf ritselen met papier. 'Steinert... Agnes Steinert heet ze en ze is ruim twee weken geleden bevallen. Gisteren heeft ze zich met ernstige trombose gemeld. Ik heb haar een bloedverdunner voorgeschreven. Uiteraard moeten de bloedwaarden gecontroleerd worden en...'

'Maar ik heb Agnes Steinert er specifiek op gewezen dat ze moest blijven bewegen om trombose te voorkomen!' Thea was geschrokken.

'Daar heeft ze zich blijkbaar niet aan gehouden. Als u net zo lang arts zou zijn geweest als ik, dan had u geweten dat patiënten ons advies helaas vaak niet opvolgen.'

Thea was niet in de stemming om naar een preek te luisteren. 'Dokter Frielingsdorf,' zei ze snel. 'Voor zover ik weet zou dokter Berger vanochtend weer aanwezig zijn in de praktijk. Hij is er echter nog niet. Heeft hij misschien een bericht voor u achtergelaten waarin hij heeft laten weten wanneer hij terugkomt?'

'Nee, ik weet evenveel als u. Maar maakt u zich geen zorgen. Hij zal zeker snel komen opdagen of contact met u opnemen. Of misschien is hij gewoon, eh... onwel, dat komt soms voor.'

Onwel was waarschijnlijk een bedekte term voor dronken. Thea bedankte dokter Frielingsdorf voor het invallen.

Zodra ze de hoorn neerlegde, ging de telefoon weer. Ze kreeg een vrouw aan de lijn die zich voorstelde als een medewerker van het universitair ziekenhuis in Mainz. 'Neemt u me niet kwalijk, ik heb een vraagje... Dokter Berger is zaterdag niet komen opdagen voor de cursus, maar hij heeft zich niet afgemeld. Mijn baas maakt zich wat zorgen en wil graag weten of hij in orde is.'

'Ja, ik ga ervan uit dat het goed met hem gaat,' antwoordde Thea kortaf. Na een paar beleefdheden beëindigde ze het gesprek.

Georg Berger en Melanie Winter hadden dus blijkbaar pas kort van tevoren een afspraak gemaakt. Even later schudde ze haar hoofd weer. Waarom dacht ze daar eigenlijk over na? Het liefdesleven van Georg Berger was niet haar zaak.

Met piepende remmen stopte er een brommer voor de praktijk. Even later klonken de zware voetstappen van zuster Fidelis in de gang. Thea liep haar tegemoet. 'Goedemorgen zuster. Volg mij, alstublieft.'

'Is dokter Berger er niet?' De stem van de non klonk verwijtend, alsof het Thea's schuld was.

'Nee, en ik weet ook niet wanneer hij er weer is. Dus laten we nu uw bezoeken even bespreken. Er staan nog wat controlebezoeken bij wat jonge moeders op de agenda en sommige patiënten hebben verbandwissels nodig.'

'Maar mijn bezoeken worden gepland door dokter Berger.'

Thea probeerde haar boosheid te onderdrukken. 'Zoals ik al zei, is dokter Berger er momenteel niet. Dus de verantwoordelijkheid ligt bij mij.' Ze liet de non voorgaan naar haar spreekkamer.

Zuster Fidelis nam met tegenzin plaats voor Thea's bureau. Ineens werd haar starende blik nog afkeurender. Dat kwam door haar nieuwe kapsel, realiseerde Thea zich. Bovendien had ze ook wat lippenstift op. Ze zou zich echter niet laten afschrikken door het ongenoegen van zuster Fidelis.

'Zuster, u bent de afgelopen twee weken bij Agnes Steinert geweest...'

'Inderdaad.' De non knikte gereserveerd.

'Ik kreeg bericht van dokter Frielingsdorf dat ze een ernstige vorm van trombose heeft. Blijkbaar heeft Agnes Steinert mijn dringende advies om te bewegen niet opgevolgd.'

De blik van zuster Fidelis flikkerde even. Thea begreep het. 'Hebt u haar dat afgeraden?' vroeg ze na een korte stilte.

'Agnes Steinert had kraamkoorts...'

'Ja, wat wilt u daarmee zeggen?'

'Natuurlijk heb ik tegen haar gezegd dat ze in bed moest blijven.'

'Hoe kunt u tegen mijn voorschriften in handelen?'

'Ik weet precies wat goed is voor een vrouw die pas bevallen is.' Zuster Fidelis hief haar kin agressief de lucht in. 'Ik ben tenslotte al bijna veertig jaar verloskundige.'

'Agnes Steinert is net bevallen en ze heeft aanzienlijk overgewicht. Beide zijn duidelijke indicatoren voor een risico op trombose. Ze had eraan kunnen overlijden!'

Er klonken stemmen in de wachtkamer. Het was nu niet het juiste moment voor een oeverloze discussie met de non. 'Als zoiets weer gebeurt, moet ik dat bespreken met dokter Berger.'

Zuster Fidelis trok een grimas. 'De dokter weet wat hij aan me heeft,' zei ze minachtend.

'Misschien vergist hij zich. Dit is de lijst met patiënten die u vandaag moet bezoeken.'

Zonder een woord te zeggen griste de non het stuk papier uit Thea's hand en stampte de spreekkamer uit.

Inmiddels zaten er ongeveer tien patiënten in de wachtkamer. En die verdraaide baas van haar had nog geen teken van leven gegeven.

Sommige diagnoses kon ze maar moeilijk stellen en de gesprekken met de patiënten waren navenant lang. De telefoon ging een paar keer over en Thea's lijst met ziekenbezoeken werd steeds langer. Telkens wanneer ze de wachtkamer binnenliep om een nieuwe patiënt op te halen, had ze het gevoel dat haar verstolen blikken werden toegeworpen en dat er werd gefluisterd. Dat kon toch niet door dat beetje lippenstift komen.

Pas ruim na het middaguur liep de wachtkamer leeg. Na een haastige maaltijd besloot Thea om direct aan haar bezoekronde te beginnen. Zelfs als ze meteen vertrok, zou ze vast niet op tijd terug zijn voor het spreekuur van vier uur.

De telefoon rinkelde. Misschien was dit dan eindelijk haar baas en verwaardigde hij zich haar te vertellen wanneer hij in de praktijk zou verschijnen.

'Praktijk dokter Berger, met dokter Graven,' zei Thea, terwijl ze haar toon vriendelijk en professioneel probeerde te houden, hoewel ze geïrriteerd was.

'U spreekt met Nimwegen. Ik zou graag dokter Berger spreken.' Het was een vrouw die het lokale dialect sprak.

'Dokter Berger is er niet.' Hoe vaak had ze die zin die ochtend niet herhaald? 'U zult het met mij moeten doen. Wat is er aan de hand?'

De vrouw aan de andere kant van de lijn aarzelde. 'O, onze meid Lioba is nogal moeilijk. Ze is bang voor dokters. Ze wil alleen geholpen worden door dokter Berger.'

'Zoals ik al zei, is dokter Berger helaas niet in de praktijk en ik kan u niet zeggen wanneer hij terug zal zijn. Waar heeft uw dienstmeisje last van?'

'Ze heeft hevige buikpijn en moet overgeven.'

'Heeft ze koorts?'

'Dat weet ik niet, maar ze klaagt nooit zomaar. Ze voelt zich echt niet goed.'

Ernstige buikpijn en braken... Dat zou van alles kunnen zijn, van maagklachten tot darmklachten en van bedorven voedsel tot een ontstoken alvleesklier. Thea vroeg de volledige naam en het adres van de patiënt en beloofde de boerin dat ze er binnen het uur zou zijn. Het ging om een boerderij in Höfen, een dorp aan de andere kant van Monschau, dat helemaal niet tot het praktijkgebied behoorde.

Toen pakte ze de lijst met patiënten die ze moest bezoeken en haastte zich naar de kleine ruimte tussen de spreekkamers om de kaart van Lioba Fromme te voorschijn te halen. Ze bladerde snel door het register met de letter F. Er was geen medisch dossier onder de achternaam Fromme.

Echt weer iets voor Georg Berger. Terwijl ze hem in zichzelf vervloekte, legde Thea een briefje op zijn bureau voor het geval hij binnen een paar uur zou komen opdagen, en ze haastte zich de praktijk uit.

Toen Thea op haar motor langs het plein reed, stonden zuster Fidelis, de eigenaresse van het winkeltje en een andere vrouw daar te praten. Ze draaiden hun hoofd om en keken haar boos aan. Op de een of andere manier had Thea het gevoel dat ze over haar hadden gepraat. Als dat zo was, dan was het zeker niet veel goeds geweest. Verdorie…

Na ongeveer een half uur rijden bereikte ze het dorp Höfen. Langs de dorpsstraat stonden hoge hagen van koperbeuk of haagbeuk, stevige heggen die de landgoederen moesten beschermen tegen de koude wind. Thea minderde vaart, op zoek naar een huisnummer of de naam van een boerderij. Eindelijk, helemaal aan het einde van het dorp, ontdekte ze aan de rand van het veld het pand dat ze zocht.

In de heg was een brede poort en Thea reed er stapvoets doorheen. Daarna parkeerde ze de motor voor de boerderij. Het was een statig pand, de begane grond was van grijze steen, de twee bovenste verdiepingen waren in vakwerkstijl. De haag lag met zijn zachtgroene bladeren als een beschermende wal om het terrein. Thea maakte een ruime bocht om een bok heen, die met een touw aan een paal vastgebonden was en op een stukje gras liep te grazen. Ze veronderstelde dat de keuken aan de zijkant van het gebouw was en haastte zich ernaartoe.

Uit de openstaande deur kwam stoom. Als Thea de sterke geur goed interpreteerde, was de vrouw van middelbare leeftijd die in de keuken stond varkensvoer aan het koken in een grote pan op het fornuis.

'Mevrouw Nimwegen?' zei Thea om de aandacht van de vrouw te trekken.

'Godzijdank dat u er bent.' De boerin veegde haar handen af aan een schort. 'Kom met me mee.' Ze leidde Thea langs de moestuin.

'Helaas heb ik geen medische gegevens van juffrouw Fromme kunnen vinden,' zei Thea. 'Wat was de reden dat dokter Berger haar de laatste keer heeft behandeld? Weet u dat?'

'Ze brak haar been. Dokter Berger heeft het gespalkt en er gips omheen gedaan.'

'Dus mevrouw Fromme is niet naar het ziekenhuis in Monschau gegaan? Er zijn geen röntgenfoto's gemaakt?'

Ze stonden nu voor een aanbouw, eigenlijk meer een hut, naast een stal. Thea had al een aantal van dit soort woningen gezien.

'Ik moet zeggen... Lioba is soms in de war en doet dan een beetje vreemd.' De boerin zuchtte. 'Enkele maanden na het einde van de oorlog kwam ze ergens in de Eifel terecht. Vraag me niet waarom, ze vertelt maar weinig over zichzelf. Ze smeekte ons om werk. Een van onze dienstmeisjes was ziek. Ze hielp met het vee, en toen bleek dat ze goed met dieren om kon gaan. Dus bleef ze bij ons. Toen ze haar been brak, wilde ze niet dat er een dokter bij haar in de buurt kwam. Ze was buiten zichzelf, huilde en sloeg om zich heen. We dachten dat we haar naar een gesticht moesten laten brengen. Dokter Berger slaagde er uiteindelijk in om haar te onderzoeken en haar been te zetten.'

Er kwam een verstikt geluid uit de hut. De boerin wierp de lage deur open. Een vrouw leunde uit een bed en gaf over in een emmer.

'Lioba, o, lieve hemel.' De boerin rende naar haar toe en hield haar hoofd vast. 'Lioba, dit is dokter Graven. Ze werkt voor dokter Berger.'

'Helaas kon dokter Berger niet komen.' Thea viel met de deur in huis. 'Ik val voor hem in.' Nu pas zag ze dat er overal in de hut kleine afbeeldingen van madonna's, heiligen en engelen hingen, met veren en gedroogde bloemen of kruiden ertussen gedrapeerd. Het leek wel een soort bezwering tegen het kwaad, dacht Thea.

Lioba Fromme ging nu rechtop zitten. De boerin veegde het braaksel van haar mond. Een grijze vlecht hing naar voren over de schouder van de meid. Ze had een fijngebouwd gezicht, waaraan je haar leeftijd niet kon aflezen. Ze staarde Thea angstig aan met waterige lichtblauwe ogen. 'U bent nog jong…'

'Ja, zo zou u het kunnen zeggen.' Thea knikte.

De meid ontspande zich een beetje, alsof dat feit haar op de een of andere manier geruststelde. 'En u werkt voor dokter Berger.'

'Dat is inderdaad zo. En nu wil ik u graag onderzoeken,' zei Thea zacht maar resoluut. 'Mevrouw Nimwegen zei dat u hevige buikpijn had.'

'Ja…'

Thea wendde zich tot de boerin. 'Wilt u alstublieft buiten op me wachten?'

De vrouw verliet het hutje en Thea sloeg de dekens wat terug. Tot haar opluchting bleef de meid stilliggen. Zelfs onder de ruwe nachtjapon kon Thea de bobbel op haar buik zien. Voorzichtig trok ze de stof omhoog. Bij de navel was een uitstulping te zien, die groter was dan een vuist, een hernia umbilicalis, oftewel een navelbreuk. Daaronder liep een operatielitteken tot aan het schaambeen. Misschien was die mede schuldig aan de navelbreuk.

'Juffrouw Fromme, ik ga u nu aanraken.' Thea voelde voorzichtig aan de bobbel. Die leek vol te zitten. Thea stelde Lioba Fromme nog een paar vragen. Toen stelde ze de diagnose. De navelbreuk was te groot om terug te duwen in de buikholte.

'Juffrouw Fromme…' Thea pakte haar hand. 'Het spijt me heel erg, maar u moet zo snel mogelijk geopereerd worden. Uw darmen kunnen niet goed werken en als het niet snel wordt verholpen, gaat u dood. U moet onmiddellijk naar het ziekenhuis.'

'Het ziekenhuis, nee…' Lioba's gezicht vertrok en ze draaide zich weg van Thea.

'Juffrouw Fromme, begrijpt u dat uw leven op het spel staat?'

'Nee, geen ziekenhuis. Nee!' Haar stem werd schril en sloeg over.

'Juffrouw Fromme…'

'Nee!' Nu begon ze te huilen en heen en weer te wiegen. Ze was duidelijk niet vatbaar voor rationele argumenten.

'Juffrouw Fromme, kalmeer alstublieft. Niemand wil u pijn doen, dat beloof ik u.'

Lioba Fromme liet zich terugzakken in de kussens, maar hield Thea angstig in de gaten.

'Ik ben zo terug.' Thea glimlachte naar haar.

'Ik hoorde wat Lioba zei.' De boerin stond zuchtend buiten te wachten. 'Dit is precies waar ik bang voor was. Wat wilt u nu doen, dokter?'

'Hebt u een telefoon?' Ze wist niet zeker of de vrouw die ochtend misschien vanuit een telefooncel naar de dokterspraktijk had gebeld.

'Ja, die hebben we.' De boerin knikte.

'Dan wil ik graag even bellen.'

Samen liepen ze naar de keuken, waar de telefoon op het dressoir stond. Thea had die nog niet eerder opgemerkt. Ze draaide het nummer van de praktijk. Misschien was Georg Berger teruggekomen en had hij wat advies, of kon hij Lioba Fromme tot bezinning brengen en haar overhalen om de operatie te accepteren. De telefoon ging eindeloos over. Niemand nam de oproep aan. Verdorie! Waar zat haar baas toch? Ze moest een beslissing nemen, dus wendde ze zich tot de boerin, die weer bezig was met de pan met varkensvoer.

'U kent Lioba Fromme al heel lang. Bent u van mening dat haar mentale toestand onstabiel is en dat ze het gevaar voor haar leven, dat ze loopt zonder operatie, niet goed kan inschatten?'

'Ja, daar ben ik van overtuigd.' De boerin knikte.

Dan had ze geen andere keuze. Ze moest Lioba Fromme tegen haar wil op laten nemen in een ziekenhuis. Thea belde het ziekenhuis van Monschau en vroeg om doorverbonden te worden met een dokter. Tot haar opluchting was het een assistent-arts die de oproep beantwoordde, niet haar vader. Ze beschreef de situatie aan haar collega en vroeg hem een ambulance naar Höfen te sturen.

'Dit is het enige wat u kunt doen.' De boerin hoorde het korte telefoontje en gaf een klopje op de tafel om haar goedkeuring te laten merken.

'Ja, waarschijnlijk.' Thea was niet tevreden over haar beslissing, ook al had ze die naar haar beste weten en vanuit volle overtuiging genomen.

Wat moest ze zeggen tegen Lioba Fromme? Thea twijfelde. Moest ze haar vertellen dat ze naar het ziekenhuis zou worden gebracht, of moest ze wachten tot de ambulance arriveerde en haar dan voor een voldongen feit stellen?

De beslissing werd voor haar genomen, want toen ze het hutje weer binnenkwam, was de meid ingedommeld. Thea ging op een kruk zitten. Wat waren al die kleine afbeeldingen aan de muren vreemd. Wat was er gebeurd in het leven van Lioba Fromme waardoor ze deze denkbeeldige bescherming nodig had?

Na ongeveer een kwartier was de sirene van de ambulance te horen en werd Lioba Fromme wakker. Ze ademde zwaar en haar blik dwaalde af naar Thea. Nu kon ze het niet langer uitstellen en moest ze haar wel de waarheid te vertellen.

'Juffrouw Fromme, het spijt me zo, maar er is geen andere manier. U moet geopereerd worden. U wordt nu naar het ziekenhuis gebracht. De operatie duurt niet lang en...'

'Nee!' De meid was plotseling opgesprongen. Thea wilde haar stevig vasthouden, maar Lioba gaf Thea een duw met een kracht die ze niet had verwacht van zo'n tengere vrouw. Thea verloor haar evenwicht en stootte haar hoofd pijnlijk tegen een kast. Lioba Fromme rende in haar nachtjapon naar buiten.

'Juffrouw Fromme!' Thea rende haar verschrikt achterna. De ambulance reed inmiddels het erf op met sirene en blauwe zwaailichten. Twee mannen in witte jassen stapten uit. De meid merkte hen op en veranderde van richting, blootsvoets haastte ze zich door de moestuin. Haar gezicht vertrok van angst en ze sloeg dubbel.

'Hé, rustig aan!' De ambulancebroeders hadden haar ingehaald en pakten haar vast.

'Nee, nee, laat me los!' De meid schreeuwde, smeekte en huilde.

Thea stond als verlamd. Lioba Frommes angst kreeg haar in zijn greep. Maar zonder de operatie was ze in levensgevaar.

'Nou, maakt u zich niet zo druk. Rustig aan.' De ambulancebroeders trokken haar overeind en droegen de meid naar de ambulance.

'Verdorie! Wat is hier aan de hand?' Een boze mannenstem. Het was Georg Berger, die door de poort stormde. 'Laat die vrouw los,' snauwde hij de ambulancebroeders toe.

'Maar we hebben opdracht gekregen haar naar het ziekenhuis in Monschau te brengen...' begon een van de mannen.

'Dokter Berger, dit is een noodgeval,' kwam Thea tussenbeide. Blijkbaar had haar baas haar bericht op zijn bureau gevonden en was hij onmiddellijk naar Höfen gekomen. Ze was blij hem te zien. Maar ze was vooral boos. Waar had hij al die tijd uitgehangen? Zijn gezicht zag wit en zijn ogen waren bloeddoorlopen, alsof hij te veel gedronken had. 'Ik heb de ambulance geregeld. Juffrouw Fromme heeft een navelbreuk en...'

Lioba Fromme maakte zich los van de ambulancebroeders. Ze haastte zich naar Georg Berger en klampte zich aan hem vast.

'Juffrouw Fromme gaat niet naar het ziekenhuis.' Hij keek naar de ambulancebroeders. 'Jullie zijn hier niet meer nodig.'

'De ambulance is zeker nodig!' Thea kon haar oren niet geloven. 'Jullie kunnen niet vertrekken zonder juffrouw Fromme.'

'Jullie doen wat ik zeg.' Georg Berger klonk heel beheerst en vastberaden.

'Nee...' protesteerde Thea.

'Nou, dokter Graven, als de dokter vindt dat we weg moeten gaan, dan gaan we weer,' zei een van de ambulancebroeders, terwijl hij zijn schouders ophaalde.

Georg Berger tilde Lioba Fromme op en droeg haar naar het hutje. Geërgerd volgde Thea hem. Hij legde de patiënt voorzichtig op het bed. Inmiddels had ze haar ogen gesloten en leek ze zich niet meer echt bewust van wat er om haar heen gebeurde.

'Hoe kunt u zo onverantwoordelijk zijn!' Thea probeerde haar stem te dempen omwille van de patiënte. 'Ze moet meteen geopereerd worden aan die navelbreuk. U zet Lioba's leven op het spel!'

Georg Berger had de nachtjapon opgetrokken en voelde aan de bobbel bij de navel. 'Dat is precies wat ik van plan ben te doen: opereren.' Hij opende zijn dokterstas en haalde er een doek en een flesje chloroform uit.

'Wilt u het zelf doen? Hier? Onder deze omstandigheden?' Thea was verbijsterd.

'Ja, u kunt me helpen of u kunt vertrekken.'

Thea aarzelde.

Georg Berger keek haar in de ogen. 'Ik weet wat ik doe.'

Als ze erbij bleef, zou het risico voor Lioba Fromme kleiner zijn. 'Goed, ik help u.'

'Fijn.' Georg Berger overhandigde haar een fles ontsmettingsmiddel en een paar rubberen handschoenen. Toen legde hij de doek met de chloroform op Lioba's gezicht. De madonna's, engelen en heiligen leken op hen neer te kijken en hen in de gaten te houden.

We zullen jullie hulp echt nodig hebben, dacht Thea grimmig terwijl ze steriele handdoeken rond de inmiddels gereinigde uitstulping bij de navel legde. Georg Berger legde de instrumenten die ze nodig hadden voor de operatie klaar op een andere steriele doek en trok uiteindelijk zelf rubberen handschoenen aan.

Met de scalpel maakte hij snel de eerste sneden. Thea trok de wondranden uit elkaar met de operatieklemmen. Haar baas werkte snel en geconcentreerd en het zag eruit alsof hij heel zelfverzekerd te werk ging. Thea's woede en bezorgdheid namen af. Ze was nu volledig gefocust op de operatie, hield de klemmen vast en depte af en toe bloed op. Ze werkten alsof ze al zo vaak samen operaties hadden uitgevoerd. De opening in de buikwand was nu groot genoeg en Georg Berger duwde de uitstulping met een geoefende greep terug in de buik.

Thea gaf hem naald en draad aan. Hij naaide de wond snel en zelfverzekerd dicht, zoals hij de hele operatie had gewerkt. Lioba ademde rustig en gelijkmatig. Georg Berger controleerde haar pols nog eens. 'Het gaat goed.' Hij knikte naar Thea en begon de instrumenten in zijn tas te doen.

Thea voelde zich zwak van opluchting.

'Zeg tegen mevrouw Nimwegen dat ze bij Lioba moet blijven tot ze wakker wordt. Ik kom over een paar uur terug om bij haar te kijken.' Georg Berger sloot zijn tas en stond op. Was dat alles? Thea staarde hem aan.

'Nog één ding,' zei ze ijzig en ze liep het hutje uit.

Georg Berger volgde haar. 'Wat is er?' Zijn stem klonk ongeduldig.

'Wat is er? Durft u die vraag echt te stellen? U bent de hele dag weg geweest zonder zelfs maar de moeite te nemen om me te bellen en te zeggen wanneer u terug denkt te zijn!' Ongemerkt begon Thea tegen hem te schreeuwen. 'En dan gaat u hier, in deze hut, een operatie uitvoeren onder deze onmogelijke omstandigheden. Voor Lioba Fromme zou het in het ziekenhuis van Monschau veel veiliger zijn geweest.'

'Daar had ik mijn redenen voor.'

'O ja? Behoort uw ruzie met mijn vader misschien tot deze redenen? Moest u hem laten merken wat een geweldige dokter u bent?'

'Praat geen onzin. Uw vader had er helemaal niets mee te maken,' snauwde hij. 'Ik zou het op prijs stellen als u de rest van de patiëntenbezoeken afwerkt.' Hij negeerde haar verder volkomen, haastte zich naar de Ford en reed met piepende banden weg.

Buiten zichzelf van woede stelde Thea snel de boerin op de hoogte en liep toen naar de motor. Was Georg Berger zo bruusk en onvriendelijk omdat hij haar in het hotel had gezien? Ja, dat was heel goed mogelijk.

19

Thea bracht het bordje met de resten van haar avondmaaltijd naar de gootsteen. Ze was teleurgesteld, maar ook boos. Lioba Frommes paniekerige geschreeuw weerklonk nog steeds in haar oren. Ook het vreemde gedrag van haar baas liet haar niet los. Na het spreekuur hadden Georg Berger en zij kort wat zakelijke dingen doorgenomen en hij had haar opnieuw afgesnauwd.

Het was niet langer alleen alsof ze nooit vertrouwd met elkaar waren omgegaan, maar hun relatie leek zelfs nog moeizamer dan voorheen. Zelfs als Georg Berger haar na afloop van de proeftijd een vaste baan zou willen geven, wist ze niet zeker of ze dat wel wilde. Zou ze het echt nog een of twee jaar volhouden met een humeurige, norse en lompe baas die ook regelmatig te veel dronk? Of zou ze beter op zoek kunnen gaan naar een andere baan, ook al zou die heel moeilijk te vinden zijn?

In gedachten verzonken wilde Thea weer plaatsnemen aan tafel toen ze door het raam aan de voorkant van het huisje een oudere vrouw door de overwoekerde tuin zag komen. Het was mevrouw Hörter, de boerin wier man pancreatitis had gehad en die Thea op de dag van de kermis voor een kop koffie had uitgenodigd.

Thea opende de deur en ging haar tegemoet. ‘Mevrouw Hörter, dat is een verrassing! Gaat het soms weer niet goed met uw man?’ vroeg ze vriendelijk.

'Nee, nee, met mijn Leonhard is alles is in orde.' Mevrouw Hörter schudde haar hoofd. Nu pas realiseerde Thea zich dat ze een grote mand met een deksel droeg. 'Ik kwam erachter dat u de zus bent van mevrouw Helmholz, die de verkoop van het handwerk op het liefdadigheidsevenement regelt op Hemelvaartsdag in Kasteel Monschau, en dat u haar helpt. Ik heb er al kindertruien en jasjes voor gebreid en zelf speelgoed gemaakt en gegeven. Maar nu heb ik nog een paar dingen. En aangezien mijn Leonhard met paard-en-wagen naar Eichenborn reed om mest te halen, leek het me een goed idee om mee te gaan en deze spullen bij u af te geven. Dan hoef ik ze niet per post op te sturen. Dat vindt u toch niet erg?' Ze was een beetje buiten adem na die lange toespraak en keek Thea bezorgd aan.

'Nee, helemaal niet, natuurlijk neem ik de spullen graag mee en het is heel fijn dat u daarmee het goede doel steunt,' antwoordde Thea hartelijk. 'Wilt u even binnenkomen?'

'Ik stoor u toch niet?'

'Ik heb nog wat tijd voor de nachtdienst begint.'

Mevrouw Hörter volgde Thea het huisje in. Afgezien van haar zussen had ze nog niet eerder bezoek gehad. 'Wilt u misschien iets drinken? Thee of water misschien?' vroeg ze.

'Nee, nee, dat is niet nodig.' De boerin wimpelde het haastig af. Toen tilde ze het deksel van de mand op en haalde er iets langwerpigs uit dat boven op het handwerk lag. Het was in theedoeken gewikkeld en rook naar vers gebakken brood. 'Ik dacht dat u wel van vlechtbrood zou houden, ik heb het vandaag gebakken.'

'Dat vind ik heerlijk, dank u wel.' Thea werd opnieuw geraakt door de vriendelijkheid van de boerin.

Mevrouw Hörter aarzelde even. 'Ik heb ook wat speelgoed van onze jongens in de mand gedaan,' zei ze ten slotte zacht. 'Het is nog in redelijk goede staat, en ik weet zeker dat het nog wat opbrengt. Het lag gewoon in de boerderij en werd door niemand gebruikt. Ik dacht altijd dat onze kleinkinderen er nog mee zouden spelen. Maar er zullen nooit...' Er sprongen tranen in haar ogen en ze boog haastig haar hoofd. 'Zo hebben andere mensen er tenminste iets aan.'

Thea begreep goed hoe pijnlijk het voor haar moest zijn. Ze kneep in de hand van mevrouw Hörter. 'Bedankt voor het doneren van het speelgoed.' Zelf had ze het ook moeilijk gevonden om afstand te doen van Hans' kleding en schilderspullen. Ze wist dat niets troost kon bieden voor het verlies van de twee zoons. 'Komt u naar de inzamelingsactie? Ik zou het leuk vinden u daar te ontmoeten,' zei ze ten slotte vriendelijk.

'O, het is zo lastig om vanaf onze boerderij de bus naar Monschau te nemen. Met paard-en-wagen is het nog ingewikkelder. En mijn Leonhard houdt sowieso niet meer van gezelligheid om zich heen.' Mevrouw Hörter droogde snel haar ogen met haar zakdoek. 'Maar als u langs de boerderij wilt komen voor een kopje koffie en mij dan over de markt wilt vertellen, zou ik dat erg op prijs stellen.'

'Dat zou ik gezellig vinden,' verzekerde Thea haar. Buiten was nu het gekletter van paardenhoeven te horen. Voor het tuinhek stopte een wagen, getrokken door een stevig bruin paard. Meneer Hörter zat op de bok. Thea sprak met de boerin af dat ze de grote mand terug zou brengen de volgende keer dat ze naar de boerderij kwam. Daarna namen ze afscheid.

Nadat ze het veldbed in de praktijk had uitgeklapt en de inhoud van haar dokterstas had gecontroleerd en aangevuld, ging Thea aan haar bureau zitten. Het gynaecologische leerboek dat ze vorige week bij de boekhandel in Monschau had besteld, was vandaag met de post aangekomen. Snel nam ze de inhoudsopgave door. Ze verheugde zich vooral op het hoofdstuk over een 'pijnloze bevalling'.

Haar blik bleef hangen bij het trefwoord 'sterilisatie'. Thea voelde walging. Zeker, soms was zo'n operatie een medische noodzaak, bijvoorbeeld als zwangerschap een te groot risico voor een vrouw inhield. Maar er was ook wreed misbruik geweest. Ook in het universitair ziekenhuis van Hamburg waren vrouwen gedwongen gesteriliseerd die, volgens de nationaalsocialistische ideologie, als gendragers van erfelijke ziekten of als asociaal werden beschouwd.

Ineens dacht Thea aan het chirurgische litteken op het schaambeen van Lioba Fromme. Ze dacht nu te weten wat de paniek van de patiënt had veroorzaakt, en die gedachte maakte haar misselijk.

Thea werd wakker toen de voordeur van de praktijk openging en ze de voetstappen van Georg Berger in de wachtkamer hoorde.

Verdwaasd keek ze op haar horloge. Half acht... Ze was die nacht niet voor een noodgeval opgeroepen, maar het had lang geduurd voordat ze in slaap viel. Ze stapte uit het bed, kamde haar haar voor de spiegel boven de wastafel en spoelde haar mond met menthol. Toen klopte ze op de deur van de spreekkamer van haar baas.

Zelfs door het hout heen klonk zijn gedempte 'Kom binnen' onmiskenbaar geïrriteerd.

Thea zette zich schrap voor zijn slechte humeur en rechtte haar rug. 'Goedemorgen, dokter Berger.'

'Morgen.' Hij knielde voor zijn medicijnkastje, kennelijk de inhoud controlerend, en ging toen rechtop staan. Zijn ogen waren rood, blijkbaar had ook hij slecht geslapen. 'Hebt u die verdraaide damesbladen in de wachtkamer neergelegd? Minstens vijf of zes patiënten hebben bij mij geklaagd over de onzedelijke plaatjes. Ik kreeg er gisteravond een paar telefoontjes over. Ik heb echt geen tijd voor dat soort onzin.'

Vandaar het gefluister en de scheve blikken toen ze gisteren de wachtkamer binnenkwam. 'Ik zal de tijdschriften weghalen.'

'Bedankt.'

Thea haalde diep adem. 'Ik ben eigenlijk benieuwd hoe het met Lioba Fromme gaat. U zou haar gisteravond nog bezoeken.'

'Gezien de omstandigheden gaat het goed met haar.'

Meer hoefde ze waarschijnlijk niet te verwachten. 'Lioba Fromme is onder dwang gesteriliseerd, nietwaar?' vroeg ze na een korte stilte.

'Helaas realiseerde ik me dat gisteravond pas. Toen ik door een studieboek gynaecologie bladerde.'

'Ja.' Georg Bergers ogen stonden erg donker en zijn mond was vertrokken tot een dunne streep. 'God weet wat ze haar nog meer hebben aangedaan.'

'Ik... In het universitair ziekenhuis van Hamburg, waar ik werkte, werden ook gedwongen sterilisaties uitgevoerd. Ik had de moed niet om ertegen te protesteren, maar ik zweer dat ik er nooit aan meegewerkt heb.'

Georg Berger keek uit het raam. Uit de beek voor het kasteel stegen twee eenden op. Loom vlogen ze naar het dorp. Een van de dekzeilen die op het dak lagen, bewoog in de wind.

'Fijn dat u op dat gebied in elk geval een schone lei hebt.' Zijn stem was koel.

Thea kromp ineen. 'Het was niet mijn bedoeling om mezelf schoon te praten,' antwoordde ze kalm. 'Ik wilde alleen maar zeggen dat het me spijt dat ik niet goed heb gereageerd op de angst van Lioba Fromme en dat ik haar zo veel leed heb aangedaan. Dat is alles.'

Ze verliet de spreekkamer en sloot de deur achter zich. Als ze ooit weer met een paniekerige patiënt te maken zou krijgen, zou ze, wanneer de omstandigheden het toelieten, altijd proberen de reden voor de angst te achterhalen. Dat nam ze zich vast voor.

Thea had net de laatste patiënt van die middag bezocht. De boerderij was een van de verst verwijderde adressen van de praktijk, ruim tien kilometer buiten Eichenborn. Nu was ze op de terugweg en reed ze op de landweg die van Aken naar Monschau liep. De wind streelde langs haar wangen. Ze was hier nog maar één keer eerder geweest, op de avond dat ze het tehuis voor de chocoladekinderen had bezocht. Nu de zon scheen, was er niets sinisters aan het moeras. Hier en daar bloeide de eerste gaspeldoorn langs de kant van de weg, en de berken hadden al mooie groene bladeren. Sinds het gesprek van die ochtend met Georg Berger was Thea nogal somber geweest, maar nu klaarde haar stemming op.

Ze remde de motor af om de bocht zo goed mogelijk te nemen en stond juist op het punt weer gas te geven toen ze een kruis langs de weg zag. Hier had ze op die donkere avond van de eerste mei de hoogzwangere vrouw ontmoet. Zag ze nu een gat in de struiken tegenover het kruis?

Thea bleef staan en steeg af. Voorzichtig duwde ze de stekelige takken uit elkaar. Ja, achter de struiken liep een onverharde weg over een weiland, en ongeveer een halve kilometer verderop stond een boerderij naast een paar hoge bomen. De vrouw en de mannen die haar hadden meegenomen, zouden zeker deze weg gevolgd zijn. Waarschijnlijk woonden ze bij de boerderij. Thea dacht er nog eens diep over na. Toen ze Alex Heimbach over de vreemde ontmoeting vertelde, had hij haar verteld dat ze zich waarschijnlijk geen zorgen hoefde te maken. Hij had verondersteld dat de mensen vluchtelingen waren en dat ze daarom zo heftig op haar hadden gereageerd. Maar wat als de hoogzwangere vrouw niet vrijwillig met de mannen was meegegaan en in de problemen zat? Die avond had het al niet goed gevoeld om haar te laten gaan.

Thea haalde een kaart uit haar motortas en raadpleegde die. Er liep ook een onverharde weg naar de afgelegen boerderij toe. Dit was een zijweg van de landweg, die ongeveer tweehonderd meter verderop lag. Omdat ze er nu toch was, besloot ze voor een controle bij de vrouw te gaan kijken. Anders zou ze er toch over na blijven denken.

Op de onverharde weg werd ze flink door elkaar geschud. De bomen die ze van ver had gezien waren oude beuken. Nu, van dichtbij, zag het pand er armoedig uit, zoals zo veel woningen in de omgeving. Er groeide mos op het dak van het vakwerkhuis, veel stenen waren dringend aan vervanging toe en een paar ramen waren dichtgetimmerd. Een hond begon woedend te blaffen en aan zijn ketting te rukken toen Thea van de motor stapte. Ze pakte de dokterstas, hing haar kleine handtas over haar schouder en stak toen het erf over, terwijl ze goed oplette dat ze niet in een van de diepe plassen stapte.

De deur van het huis ging open en een slanke jonge vrouw stapte naar buiten, een melkbus in haar hand. Een paar lokken blond haar piepten onder haar hoofddoek vandaan. Ze had erg grote ogen en een kleine moedervlek op haar wang. Het was de vrouw die Thea die avond had ontmoet. Ze zette de melkbus op de grond en staarde Thea aan.

'Hallo,' zei Thea. Het kwam goed uit dat de jonge vrouw alleen was. Plotseling aarzelde ze. Het veel gewassen schort zat strak om het lichaam en benadrukte de slanke lijn van de vrouw. Sinds die bewuste avond waren er nog geen drie weken voorbijgegaan. Zelfs als ze inmiddels bevallen was, hoe had ze haar zwangerschapskilo's dan zo snel kwijt kunnen raken? De hond blafte nog steeds als een razende.

'Marie, wat is hier aan de hand?' Een enorme man in werkkleding kwam achter een stal vandaan. Toen zag hij Thea. 'Wat doet u hier?' snauwde hij agressief. 'We wensen geen vreemden op ons erf.'

'Mijn naam is dokter Thea Graven, ik ben dokter in Eichenborn. Het spijt me, ik moet verkeerd gereden zijn,' improviseerde ze.

De reus keek haar met gefronste wenkbrauwen aan. Nu verschenen er nog twee jonge kerels op het erf. Met hun handen in hun broekzakken gingen ze naast de man staan. Er ging een dreiging van hen uit.

'Zoals ik al zei, ik ben gewoon verkeerd gereden.' Thea maakte een verontschuldigend gebaar en deed een stap achteruit.

'Dat is de vrouw die me niet los wilde laten tijdens de Walpurgisnacht,' hoorde Thea de jonge vrouw zeggen. 'Ik weet het bijna zeker.'

'Zo.' De reus liep naar de waakhond en maakte de ketting los, maar hield hem vast bij zijn halsband. 'Dus u bent verkeerd gereden? Ik denk dat u hier wilt rondsnuffelen. Verdwijn of ik stuur de hond op u af!'

Het dier rukte aan de halsband en blafte als een bezetene.

'Ik ga al!' Thea deinsde haastig achteruit. Daarbij verloor ze echter haar evenwicht op de natte grond en viel in een plas.

De mannen lachten haar uit, terwijl ze opstond en zich naar de motor haastte. Op de een of andere manier slaagde ze erin om zich om te draaien en weg te rijden.

Thea's hart bonsde nog steeds als een razende toen ze de motor in de schuur naast de golfplaten garage zette. Hoe kon deze Marie zo snel haar zwangerschapskilo's zijn kwijtgeraakt? Ze kon zich niet vergist hebben. De moedervlek en de grote ogen waren onmiskenbaar geweest. Bovendien had Marie haar herkend.

Toen Thea de dokterstas van de motor nam, stond Georg Berger in de schuurdeur. Hij bekeek haar van top tot teen.

'Wat is er met u gebeurd? Bent u gevallen met de motor?'

Ze zat natuurlijk helemaal onder de modder. Dat hij nu juist nu naar buiten moest komen. 'Nee, ik ben uitgegleden in de modder op een erf, dat is alles,' zei Thea.

'Oké. Tegen het einde van de week zou de Opel weer moeten rijden, heeft de garage me verteld.'

'Dat is mooi. Mag ik wat vragen?' Thea was nog steeds van streek door wat er op het erf bij de boerderij was gebeurd, maar ze probeerde haar hoofd koel te houden. 'Hoort die boerderij op de heuvel, ongeveer een halve kilometer van de landweg die naar Aken leidt, ook bij onze praktijk? Er staan een paar grote beukenbomen.'

'U bedoelt waarschijnlijk de boerderij van Erich en Marie Klaussner. Het is al een jaar of twee geleden dat ik de boer behandeld heb. Waarom vraagt u dat?'

'Vandaag zag ik een hoogzwangere vrouw op de onverharde weg die naar de boerderij leidt en ik vroeg me af of ze patiënt bij u was,' loog Thea. Ze zou Georg Berger zeker niet over haar vernederende ervaring vertellen.

'Marie Klaussner is al heel lang niet meer in mijn praktijk geweest en zuster Fidelis heeft ook niet verteld dat ze zwanger is.' Georg Berger haalde zijn schouders op. 'Laten we ons om onze eigen patiënten bekommeren. We moeten ons niet bemoeien met mensen die daar niet om vragen.' Toen draaide hij zich om en ging weg.

In haar huisje deed Thea grimmig haar vuile kleren uit en waste zich bij de geëmailleerde wasbak. Wat zou een warme douche fijn zijn geweest. Marie Klaussner leek in elk geval niet in gevaar. Misschien had haar baas bij wijze van uitzondering gelijk en moest ze zich met haar eigen zaken bemoeien in plaats van te proberen mensen te helpen die helemaal geen hulp nodig hadden.

20

Thea maakte de motortas vast aan de bagagedrager. De cocktailjurk die ze van Marlene had gekregen, de schoenen met hoge hakken en haar lichte zomerjas zaten erin. De Opel was nog steeds niet gerepareerd en ze wilde eigenlijk niet in haar gebruikelijke motoroutfit, een broek en stevige wandelschoenen, op het liefdadigheidsevenement verschijnen.

Tegen de middag regende het flink. Voorzichtig manoeuvreerde Thea de motor over het pad met kuilen en plassen naar de weg. Na de regenbui was de lucht weer stralend en het uitzicht was overweldigend. Thea genoot van de rit. In de vakantietijd was er nauwelijks verkeer. Slechts af en toe passeerde ze een fietser of een paard-en-wagen in een rustig tempo. De smalle, kronkelende straatjes van Monschau vormden een echte uitdaging. Ze moest op een gegeven moment even stoppen, maar uiteindelijk bereikte ze veilig het kasteel.

Ze ging naar binnen en een brede, open deur in de hal gaf zicht op een zaal waar lange tafels waren opgesteld. Vlak bij de entree was een toilet. Daar kleedde Thea zich snel om en deed ze een nieuw laagje lippenstift op. Nadat ze zichzelf opnieuw in de spiegel had bekeken en haar bril had opgezet, liep ze met de motortas naar de zaal. Ze was nog steeds blij met haar nieuwe kapsel.

Een stuk of tien vrouwen waren al druk in de weer. Ze waren nog steeds bezig glazen neer te zetten en liepen met heerlijke hapjes op zilveren dienbladen. Er waren cocktailprikkers met ham en kaas en gevulde eieren. Marlene en twee andere vrouwen waren bezig bij de tafels met handwerk. Er was veel kleding, zoals gehaakte babyschoentjes en gebreide rompertjes, truien, jasjes en sokken, maar ook pannenlappen, geborduurd tafellinnen en kussens en nog veel meer. De vrouwen hadden vast weken of zelfs maanden gewerkt om spullen te kunnen geven aan het goede doel.

'Thea, wat fijn dat je er bent!' Marlene omhelsde haar. 'Geef mij de tas maar, dan zet ik hem onder de tafel. Trouwens, dit zijn mevrouw Hielscher en mevrouw Böcklin...' Stralend stelde Marlene haar voor aan de andere twee dames. Toen haakte ze bij Thea in en stelde haar voor aan de andere vrouwen in de zaal. Thea bleef maar handen schudden en in haar hoofd was het een warboel van namen. Marlene zag er zo gelukkig uit. Ja, ze leek zich echt thuis te voelen in Monschau.

'Wil je deze tafel op je nemen?' Marlene wees naar de tafel met babykleertjes en speelgoed. 'Een andere mag natuurlijk ook.'

'Nee, dit is prima,' glimlachte Thea. 'Jij en je assistenten moeten uren gewerkt hebben om het er allemaal zo mooi uit te laten zien.'

'Nadat ik gisteren de mand met de spullen van mevrouw Hörter bij jou had opgehaald, ben ik hier meteen naartoe gereden. Rond tien uur 's avonds hadden we het meeste wel staan. Vanmorgen hebben we nog snel de prijskaartjes geschreven.' Marlene trok een kussen recht dat niet helemaal goed lag en streek het tafelkleed glad. Thea had aangeboden haar te helpen met het uitpakken en inrichten van de kraam. Marlene had echter gezegd dat het niet nodig was en dat ze het wel zouden redden. Al vermoedde Thea dat haar zus eigenlijk dacht dat ze meer in de weg zou lopen dan echt van nut zou zijn.

Marlene was tevreden over de tafel met uitgestalde waren en wendde zich weer tot Thea. 'Er was toch nog een beetje opschudding. Gelukkig niet op de bazaar. Een zanger moest op zeer korte termijn afzeggen vanwege een ongeval in de familie. Onze voorzitter zat er wel over in, maar ik heb gehoord dat ze nu waarschijnlijk een geschikte vervanger heeft gevonden.'

Thea stemde ermee in dat dat toch wel erg fijn was en zuchtte zacht in zichzelf. Ze stond niet zo negatief tegenover liefdadigheidsinstellingen en de dames die zich daarvoor inzetten als Katja, maar het was ook niet echt haar ding. De vrouwen maakten een nogal bezadigde en conservatieve indruk en hun kleding zag er duur uit. Opeens moest ze weer denken aan het verdriet van mevrouw Hörter toen de boerin haar had verteld over het speelgoed dat van haar gesneuvelde zonen was geweest.

'Vertel eens, Marlene...' Ze liet haar blik over de tafels dwalen. 'Welke spullen waren van mevrouw Hörter? Of ligt het allemaal door elkaar?'

'Nee, het ligt apart. Het handwerk van mevrouw Hörter is van zo'n hoge kwaliteit dat haar spullen tot de duurste behoren die we verkopen.' Haar zus wees op wat gebreide spullen met ingewikkelde kabels en mooie Noorse patronen. Daarnaast waren er een paar goed bewaard gebleven foto- en kinderboeken, blokken en houten dieren. Bij het gedoneerde speelgoed waren ook een stoffen olifant en een paard. Thea raakte ze zachtjes aan. Hier hadden de twee gesneuvelde jongemannen dus mee gespeeld toen ze nog klein waren. Plots kreeg ze een brok in haar keel. 'Denk je dat Liesel en Arthur blij zouden zijn met het paard en de olifant, of zijn ze daar te oud voor?' vroeg ze, nadat ze haar keel geschraapt had.

'Nee, ze nemen allebei nog knuffels mee naar bed.' Marlene lachte.

'Dan koop ik de olifant en het paard voor hen.' Thea haalde haar handtas tevoorschijn.

'Je hoeft niet...' Marlene stopte echter halverwege haar zin, want een slanke dame van middelbare leeftijd, gekleed in een elegante, duidelijk op maat gemaakte crèmekleurige jurk en subtiele gouden sieraden was de kamer binnengekomen. 'O, dat is mevrouw professor Vollmer, onze voorzitster,' fluisterde Marlene. 'Al is de professor natuurlijk haar echtgenoot, hij doceert rechten aan de universiteit van Keulen.'

'O, ik begrijp het.' Als ze hoorde dat vrouwen werden aangesproken met de titel van hun echtgenoot, was Thea er altijd trots op dat ze zelf haar doctoraat had behaald.

'Het ziet er allemaal prachtig uit, mevrouw Helmholz!' De voorzitster kwam naar hen toe en schudde Marlene de hand. 'Is dit uw zus, de dokter over wie u me vertelde? Ze lijkt wel een beetje op u, de ogen en de mond zijn hetzelfde.' Ze schudde Thea vriendelijk de hand. 'We zijn erg blij met mevrouw Helmholz, zij is een aanwinst voor onze organisatie. Altijd zo energiek en behulpzaam.'

Marlene bloosde een beetje. 'U overdrijft,' protesteerde ze. Thea was blij voor haar zus, al kon ze zich voorstellen hoe geamuseerd Katja zou zijn geweest over die opmerking.

'U hebt vast wel gehoord dat de zanger die zou komen helaas afgezegd heeft,' vervolgde mevrouw Vollmer, zich tot hen beiden richtend. Thea werd echter afgeleid door de dame die nu de zaal binnenslenterde. Ze droeg een duifgrijze strakke jurk met driekwartmouwen, waarbij het enige opvallende accent een oversized riem was. De verfijnde snit werd er juist door benadrukt. Haar honingblonde haar was opgestoken en ze droeg een hoed zo groot als een wagenwiel.

Thea staarde de dame aan. Dat kon niet waar zijn... Hoe was dat mogelijk? De mooie vrouw was Melanie Winter. Wat deed ze hier? Ze woonde vast niet in Monschau. Net als in het Kurhaus in Bad Neuenahr leek ze als een magneet ieders aandacht te trekken. De dames van het goede doel en de eerste klanten in de zaal draaiden zich naar haar om.

'Helen,' zei ze, terwijl ze haar hand lichtjes op de arm van mevrouw Vollmer liet rusten. 'Het spijt me dat ik je even in de steek liet, maar ik kwam een oude vriend tegen voor het kasteel, een industrieel uit Aken. Hij en zijn vrouw zullen later nog hier komen.'

'Dat is geweldig nieuws.' Mevrouw Vollmer glimlachte blij. 'Ik weet zeker dat ze je allebei graag zullen horen zingen.'

Thea had het gevoel dat ze iets niet begreep. Nu keek de voorzitter naar haar en Marlene. 'Mag ik u voorstellen, Melanie Winter. Zij is een goede vriendin van mij en ze is zo vriendelijk om hier vanavond te zingen in plaats van de zanger die afgezegd heeft. Natuurlijk is ze meer dan een plaatsvervanger, ze is een geschenk uit de hemel.'

Lieve help... Thea rolde inwendig met haar ogen. Kon het nog onderdaniger?

Melanie Winter keek naar Thea en Marlene, toen drong het tot haar door. 'O, ik heb u afgelopen zaterdag ontmoet in Bad Neuenahr, nietwaar?' Ze glimlachte naar hen. Was het echt neerbuigend, of kon Thea het gewoon niet hebben van Melanie Winter?

'Ja, we komen elkaar al snel weer tegen,' antwoordde ze koeltjes.

'Wat een leuke verrassing,' antwoordde Marlene vriendelijk.

'U woont dus allebei hier?'

Mevrouw Vollmer stelde hen voor. 'Mevrouw Helmholz is de dochter van professor Kampen, de hoofdarts van het plaatselijke ziekenhuis, en dokter Graven werkt als arts in de buurt.'

'O, echt? Waar werkt u dan?' Melanie Winter toonde Thea een matige interesse terwijl ze de kamer rondkeek. Ze was waarschijnlijk op zoek naar andere prominenten.

Verdorie... Thea foeterde binnensmonds. 'In Eichenborn.' Op de een of andere manier vond ze het niet leuk dat Melanie Winter nu wist dat er een verband was tussen haar en Georg Berger, ook al wist ze niet waarom dat zo voelde.

'O, dus u bent de nieuwe werkneemster van Georg Berger.' Uit haar mond klonk het alsof Thea de keukenmeid was. Melanie Winter keek haar verbaasd aan. Nu had Thea haar onverdeelde aandacht.

'Kent u dokter Berger?' Thea deed net of ze nergens van afwist.

'Ja... hij... hij is een oude vriend van mij,' zei ze aarzelend, terwijl ze haar ogen neersloeg.

Een oude vriend notabene! Ondanks haar spottende gedachten

herinnerde Thea zich echter hoe verlangend Georg Berger haar naam had gefluisterd.

Mevrouw Vollmer liet haar blik door de zaal dwalen, die de afgelopen minuten behoorlijk vol was gelopen. 'Er zijn inmiddels aardig wat bezoekers binnen. Ik denk dat ik nu mijn welkomstwoord moet houden. Ga je met me mee, Melanie? Dan kan ik je meteen aankondigen als onze verrassingsgast.' De twee vrouwen knikten nog een keer naar Thea en Marlene, toen liepen ze naar het einde van de gang, waar al een microfoon stond te wachten.

'Wat een verrassing om mevrouw Winter hier zo plotseling weer te zien.' Glimlachend schudde Marlene haar hoofd. 'De wereld is zo klein. Ze heeft bijzonder veel charisma.'

'Eh, inderdaad...' Krampachtig bracht Thea er een neutraal antwoord uit.

'Wat jammer dat ik haar straks niet meer kan horen zingen! Maar Liesel heeft al een paar dagen koorts en moet in bed blijven, ook al zegt vader dat het niets ernstigs is. Ik was gisteravond niet thuis en heb Liesel beloofd dat ik vandaag even met haar zou spelen en haar een verhaaltje zou voorlezen voor het slapengaan.' Marlene haalde spijtig haar schouders op.

Het geroezemoes in de zaal verstomde, toen de voorzitster aan haar toespraak begon. Melanie Winter stond gracieus en zelfverzekerd naast haar. Wist Georg Berger dat ze hier vanavond optrad? Zou hij zijn gekomen als hij geen oproepdienst had gehad? Of wilden ze liever niet samen gezien worden? Mevrouw Winter... Het was natuurlijk mogelijk dat ze weduwe was. Maar op de een of andere manier dacht Thea niet dat dat het geval was. Toen ontdekte ze onder de bezoekers een lange, oudere heer met grijs haar. Haar vader was er ook... Natuurlijk had ze er al wel op gerekend dat hij naar een evenement zou komen waar Marlene zo veel voor gedaan had.

Applaus barstte los toen mevrouw Vollmer haar toespraak beëindigde.

'Laten we onze plaatsen innemen.' Marlene tikte Thea blij op haar arm. Samen met haar zus en de andere twee dames nam ze plaats achter de tafels.

Thea werd meteen omringd door geïnteresseerden. Ze was net een van de mooie vesten van mevrouw Hörter aan het verkopen toen ze haar vader naar Marlene zag lopen en een paar woorden met haar zag wisselen. Nu keek hij in haar richting. Thea verstrakte onwillekeurig. Zou hij haar negeren, of was dat korte gesprek in de tuin van de villa het eerste teken geweest dat het wat makkelijker tussen hen zou worden? Ja, hij keek naar haar. Even leek hij te aarzelen, maar toen gaf hij haar een bijna welwillend knikje. Opgelucht wikkelde Thea een teddybeer in vloeipapier voor een klant.

De volgende twee uren vlogen voorbij. Thea verkocht het handwerk of prees het aan klanten aan die geen beslissing konden nemen. Ze hielp kinderen de jassen en truien te passen om te kijken of die de juiste maat hadden en ze luisterde geduldig naar verhalen over de verschillende brei- en haaktechnieken wanneer klanten daarover begonnen. Voor haar was het puur technisch jargon.

Thea hield net een gestreept boxpakje omhoog toen ze plotseling een paar felle flitsen zag. Verward draaide ze haar hoofd om. Axel Heimbach stond naast de tafel met een camera in zijn handen.

'Wat een plaatje.' Hij knipoogde naar haar. 'Ik had echt niet verwacht dat ik u hier kinderkleding zou zien verkopen.'

'Mijn oudere zus heeft het allemaal georganiseerd,' antwoordde Thea snel. 'Ik help haar een handje. Bent u hier voor de krant?'

'Dit grote sociale evenement in Monschau mocht ik niet missen.' Hij grijnsde.

'Juffrouw,' zei de oudere dame die geïnteresseerd was in het boxpakje energiek. Thea keek Axel Heimbach verontschuldigend aan en wendde zich toen snel tot de klant.

Rond zeven uur gingen de deuren van een aangrenzende zaal open. Er stonden stoelen en er was een podium. Een groep kinderen in dirndls en lederhosen haastte zich naar binnen, waarschijnlijk was het een kinderkoor dat daar zou optreden. De belangstelling voor de kramen, hapjes en drankjes nam af en de eerste bezoekers namen plaats in de andere zaal.

Even na half acht gingen de deuren van de zaal dicht en direct daarna klonken heldere kinderstemmen die een vaderlands liedje zongen.

Uitgeput glimlachend wendde Thea zich tot Marlene en de andere twee vrouwen. 'Mijn hemel, ik zou zeggen dat het een groot succes was, de tafels zijn letterlijk geplunderd.' Er waren alleen nog een paar handwerkjes over.

'Bijna alle hapjes en drankjes zijn op.' Marlene zwaaide vrolijk naar wat vrouwen aan de andere kant van de zaal. Toen wendde ze zich tot haar assistenten. 'Mevrouw Hielscher en mevrouw Böcklin, u wilt vast het recital bijwonen. Mijn zus en ik ruimen wel op, toch?' Ze keek Thea vragend aan.

'Natuurlijk...' Thea knikte.

Na de twee dames te hebben bedankt deden Thea en Marlene het onverkochte handwerk, de olifant en het paard voor Arthur en Liesel en de opbrengst in twee dozen.

Marlene nam snel afscheid van de andere dames, die nu de vuile glazen en dienbladen aan het opruimen waren. Toen droegen Thea en haar zus de dozen naar de binnenplaats en tilden die in de kofferbak van de Mercedes.

'Je mag wel trots zijn op jezelf!' Thea kneep haar zus zachtjes in haar arm. 'De bazaar heeft zeker een paar honderd mark opgebracht.'

'Nou, het zou geen succes zijn geweest zonder alle mooie dingen die gedoneerd waren. Ik heb het alleen maar georganiseerd.'

'Doe nu niet zo bescheiden.' Thea schudde haar zus liefdevol door elkaar. 'Het was een enorme prestatie om zo veel vrouwen handwerk te laten doneren. Ik zou dat nooit voor elkaar gekregen hebben. Doe Liesel en Arthur de groeten van me als je thuiskomt, oké? En wens Liesel beterschap. We zien elkaar snel weer.' Thea omhelsde haar zus en zwaaide naar haar. Daarna ging ze terug naar binnen om zich om te kleden voor de reis terug naar Eichenborn.

Bij de ingang slenterde Axel Heimbach op haar af. 'Zit het werk er weer op?' vroeg hij glimlachend.

'Uw werk nog niet, maar mijn werk wel, ja.'

'Wilt u even wat met me drinken? Er is een restaurant in het centrum met een prachtig terras aan de Roer, en de avond is zo zacht.'

'Hoeft u dan geen foto's te maken tijdens het recital?'

'Mijn jonge werknemer is er ook, hij doet het graag. De echte ster van de avond, Melanie Winter, zal pas rond tien uur opkomen. Die foto's neem ik wel op me, maar tot dan is er nog genoeg tijd.'

De ironische toon waarmee Axel Heimbach 'ster van de avond' zei, suggereerde dat hij niet tot Melanie Winters bewonderaars behoorde.

Het was een mooie avond en bijna zomers warm. Opeens had Thea geen zin om die alleen door te brengen in Eichenborn.

'Ja, ik ga graag met u mee,' antwoordde ze. 'Ik moet alleen nog snel de motortas uit de zaal halen. De auto waar ik meestal mee reis staat bij de garage en ik ben hier op de motor.'

'U rijdt motor?' Axel Heimbach keek haar verbijsterd aan. 'Dokter Graven, u blijft me verrassen.'

Op de een of andere manier voelde Thea zich gevleid door zijn verbaasde bewondering.

In de Kever van Alex Heimbach legden ze de korte afstand naar het centrum van de stad af. Daar parkeerde hij bij een groot gebouw in barokstijl. Boven de ingang stond Hotel Restaurant Löwen. Daar gingen ze vast naartoe. Door de laagstaande zon wierpen de oude huizen lange schaduwen over de straat en toen Thea uitstapte, hoorde ze het ruisen van de rivier.

Ze struikelde meteen. 'O jee, ik ben niet meer gewend aan schoenen met hoge hakken.'

'Neem mijn arm maar.' Axel Heimbach hield haar zijn arm voor. 'De stoep is nogal ongelijk.' Thea struikelde weer en ze nam zijn aanbod dan ook dankbaar aan. Ze had al zo lang niet meer gearmd met een man gelopen. Het was onwennig, maar op de een of andere manier gaf het ook een goed gevoel en ze was zich zeer bewust van zijn nabijheid. Twee vrouwen die hun tegemoetkwamen, wierpen Axel Heimbach smachtende blikken toe. Hij was echt een aantrekkelijke man.

Bij de ingang van het hotel liet Thea langzaam zijn arm weer los. Ze liepen door een hal en een groot restaurant met een prachtig stucplafond en donkere meubels. Toen stapten ze naar buiten, waar ze uitkwamen op een soort terras. Er stonden een stuk of twaalf tafels. Vlak bij het muurtje was er eentje vrij.

'Als dat geen geluk is.' Axel Heimbach schoof een stoel achteruit voor Thea. Onder het muurtje kabbelde de Roer tegen de rotsen. De avond was nog zo warm dat Thea haar zomerjas uitdeed. Een ober kwam naar hen toe en stak een kaars in een lantaarn aan.

'Ik trakteer natuurlijk.' Axel Heimbach leunde naar voren. 'Wat wilt u drinken?'

'Ik moet nog naar Eichenborn terugrijden, misschien een lichte witte wijn.'

'Dan is een wijn uit de Ahr zeker een goede keuze.' Axel Heimbach wendde zich tot de ober. 'En voor mij een bordeaux, alstublieft.'

'Het is mooi hier.' Thea leunde achterover in haar stoel.

'Ik hoopte al dat het u hier zou bevallen.' Axel Heimbach stak een sigaret op. 'Hebt u Georg Berger vorige week eigenlijk nog kunnen behandelen?'

Dat was pas acht dagen geleden. In die paar dagen tijd waren ze vertrouwd met elkaar geworden en weer van elkaar vervreemd en had ze de vrouw ontmoet van wie hij hield. 'Ja, na mijn behandeling was hij weer in orde.' Thea knikte.

De ober kwam terug en zette de glazen voor hen op tafel. Ze brachten een toost uit.

'Ik ben zaterdag nog bij u langs geweest, maar u was er helaas niet.' Axel Heimbach nam een slokje van de rode wijn. Hij liet de wijn even walsen in zijn glas.

'Jammer dat we elkaar zijn misgelopen. Ik zou zo graag willen dat de schilderijen van mijn overleden man op een tentoonstelling worden getoond en dat veel mensen ze kunnen zien,' antwoordde Thea impulsief. 'Maar ik was een weekendje weg met mijn twee zussen.'

'Ik kwam er pas kort geleden achter dat u de dochter van professor Kampen bent.'

'Maakt dat iets uit?' Thea was een beetje verbaasd over de opmerking.

'Nee, niet echt.' Hij schudde zijn hoofd en glimlachte.

'Ik liep u vorige week mis in uw studio. Overigens vind ik de portretopnames in de etalage erg geslaagd en sprekend.'

'Ik zou graag een foto van u willen maken. U hebt een fotogeniek gezicht, als ik dat zeggen mag.'

'Natuurlijk mag u dat zeggen.'

'Uw hoge jukbeenderen en grote ogen zouden prachtig uitkomen op een zwart-witfoto.'

'Flirt u nu met me?' vroeg Thea geamuseerd.

'Een beetje,' gaf hij glimlachend toe. 'Maar ik hou ervan om gezichten te fotograferen die een verhaal vertellen.'

'En wat vertelt mijn gezicht?'

'Dat u moedig en dapper bent en dat u eindelijk durft te laten zien hoe mooi u bent.'

'Dat is een compliment met dubbele bodem.' Thea nipte van haar wijn.

'O, ik vond u al aantrekkelijk voor u een nieuw kapsel en een stijlvolle bril droeg. Maar als ik u meteen zo had gezien, had ik liever gesproken van liefde op het eerste gezicht.' Hij glimlachte weer naar haar.

Thea genoot van de onschuldige flirt, het was lang geleden dat ze dat had meegemaakt. En ze had een zwak voor Axel Heimbach met zijn boefachtige charme.

'Nou, ik had in elk geval niet gedacht dat ik in Kasteel Monschau ooit foto's zou maken van Melanie Winter,' hoorde ze Axel Heimbach zeggen.

‘Kent u haar?’ Het verraste Thea.

‘Niet persoonlijk, maar tijdens het zogenaamde “Duizendjarige Rijk” werd er veel over haar gepubliceerd. Althans in München en omgeving. Ze woonde daar toen met haar man en ik woonde toen ook in München, dus kreeg ik dat soort berichten ook te zien.’

‘Hoe bedoelt u dat er veel over haar werd gepubliceerd?’ Thea’s nieuwsgierigheid was gewekt.

‘Ze stond altijd op de krantenpagina’s met societynieuws. Haar naam was toen nog Melanie Spangenberg en ze was getrouwd met een vermogende, invloedrijke nazi.’

‘Wat?’ Thea verslikte zich bijna in haar wijn. Melanie Winter was getrouwd geweest met een invloedrijke nationaalsocialist? En Georg Berger hield van deze vrouw? Terwijl hij zo woedend had gereageerd op het wrede onrecht dat Lioba Fromme was aangedaan. Hoe was dat mogelijk?

Axel Heimbach trok zijn wenkbrauwen op. ‘Wat kijkt u verbaasd. Zou u dat niet gedacht hebben van Melanie Winter?’

‘Ja, nee… ik ken haar alleen van gezicht. Ik dacht aan iets anders,’ zei Thea. Ze kon hem echt niets vertellen over Georg Berger en zijn relatie met Melanie Winter.

‘Na de oorlog scheidde Melanie Spangenberg vrij snel van de nazi. Kort daarna trouwde ze met een rijke industrieel uit Düsseldorf die hoog in aanzien stond bij de geallieerden.’

‘O…’

‘De dame is nogal pragmatisch.’ Axel Heimbach haalde zijn schouders op. ‘Ik denk dat geld erg belangrijk voor haar is.’

Voor zover Thea haar baas kende, was hij helemaal niet zo. ‘Komt ze misschien uit een arm milieu?’ Geld was voor haar helemaal niet belangrijk, maar ze had nooit armoe gekend.

‘Nee, als ik het me goed herinner, was haar vader bankier en moet haar moeder afstammen van een adellijke familie. Haar familie was blijkbaar niet echt blij dat ze zangeres werd, hoewel ze in Berlijn heel succesvol was.’

Dan was Melanie Winter waarschijnlijk de zangeres met wie Georg Berger een affaire had gehad in Berlijn. Dat had Marlene Thea verteld tijdens de reis naar de Drachenfels. Haar baas was dus al jaren verliefd op Melanie Winter. Thea merkte ineens dat Axel Heimbach haar vragend aankeek.

'Afgelopen weekend ontmoette ik mevrouw Winter toevallig in Bad Neuenahr,' zei ze snel. 'Zowel daar als hier had ik het gevoel dat de mensen aan haar voeten liggen. Vooral mannen. Op u lijkt ze echter niet zo'n magische uitwerking te hebben.'

'Nee.' Axel Heimbach glimlachte en nam peinzend een trekje van zijn sigaret. 'Ze is ontegenzeggelijk mooi, maar deze dame is naar mijn smaak wat te berekenend en haar huwelijken en scheidingen lijken alleen het gevolg te zijn van de geldende politiek. Bovendien – hoe zeg ik dit netjes? – denk ik dat ze de ziel van een man compleet kan verteren. Het klinkt wellicht wat hoogdravend. Maar daar ben ik het type niet voor.'

Plotseling was Thea het beu om nog langer over Melanie Winter te praten. 'Laten we het over iets anders hebben. We hebben lang genoeg over deze vrouw gepraat. Eigenlijk doet het er ook helemaal niet toe. Weet u al welke film u in Eichenborn gaat vertonen?'

'Ja, ergens volgende week zal ik *The Third Man* vertonen in de herberg. De exacte datum is nog niet vastgesteld.'

'Echt waar? Die film heb ik met mijn zussen in Bad Neuenahr gezien.'

'Betekent dat dat u er niet meer naar komt kijken?'

'Natuurlijk kom ik. Als het kan, kom ik naar de voorstelling. Als films me boeien, kijk ik ze vaak twee of zelfs drie keer.' Thea lachte. Ze raakten verwikkeld in een geanimeerd gesprek over de bioscoop en hun favoriete films. Op een gegeven moment hoorde Thea een kerkklok luiden. Ze keek op haar horloge. 'Mijn hemel, het is al half tien, we zijn de tijd helemaal vergeten. Als u Melanie Winter nog wilt fotograferen tijdens haar optreden, moeten we opschieten.'

‘O, waarom heb ik deze klus toch aangenomen?’ Axel Heimbach stond zuchtend op.

Nadat ze uit de Kever waren gestapt, wandelde Thea met Axel Heimbach naar het kasteel om zich daar om te kleden.

‘Bedankt voor de uitnodiging en de leuke avond,’ zei ze bij de ingang. Bij wijze van afscheid schudde ze hem de hand. ‘En ook bedankt daarvoor.’ Glimlachend wees ze naar de motortas. Axel Heimbach had erop gestaan die voor haar te dragen.

‘Het was me opnieuw een genoegen.’ Hij boog zich naar haar toe en gaf haar de tas aan. Zijn lippen streelden haar wang in een lichte kus. Hij knikte naar haar en haastte zich toen weg. Thea bleef staan, enigszins verrast. Betekende ze meer voor hem dan een flirt? Dat was zeker niet het geval, hield ze zichzelf voor.

In het toilet kleedde ze zich snel om en verruilde met een zekere spijt de cocktailjurk en hakken voor haar broek en stevige schoenen. Eichenborn en het dagelijks leven wachtten op haar.

Toen Thea de entreehal in stapte, hoorde ze een luid applaus. Verbaasd draaide ze zich om. Alle deuren stonden wagenwijd open, wellicht vanwege de warmte. Ze kon zo de zaal in kijken waar het levendige recital plaatsvond. Melanie Winter stond op het podium in een avondjurk van zwart fluweel, haar blonde haar los. Ze begon ‘Lili Marleen’ te zingen. Haar stem klonk hees en erotisch en vol belofte. Ze was zeker een mooie vrouw. Toch was het voor Thea een raadsel waarom Georg Berger verliefd op haar was.

21

Thea verliet haar huisje en haastte zich naar de schuur. De avond was zonnig, maar niet zo warm als de avond ervoor, toen ze met Axel Heimbach op het terras aan de Roer had gezeten. De hele dag had ze gedacht aan de bazaar en het gesprek met hem. Georg Bergers gebruikelijke slechte humeur en de afwijzende houding van zuster Fidelis deden daar niets aan af.

In de schuur legde Thea weer wat etenswaren in de kist. Er was nu bijna elke dag wel iets weg en ze had ook de indruk dat Peter Schrader hier nu regelmatig sliep. Liefdevol streelde ze de dekens. Misschien zou het spoedig mogelijk zijn om een gesprekje met hem aan te knopen zonder dat hij op de vlucht sloeg.

Thea was net de tuin weer in gelopen toen er een Kever voor het tuinhek stopte. Axel Heimbach stapte uit. Ze liep snel naar hem toe en gaf hem een hand. 'Leuk om u vandaag weer te zien. Helaas heb ik niet veel tijd, mijn nachtdienst begint over een goed half uur. Maar kom binnen.' Thea vond het echt jammer dat ze niet meer tijd met hem kon doorbrengen.

'Ik was in de buurt en wilde even kijken of u thuis was, gezien ons gesprek van gisteravond.' Axel Heimbach volgde haar het huisje in.

'Helaas heb ik geen wijn of andere drank in huis,' zei ze verontschuldigend.

'Bedankt, maar ik hoef ook geen drankje.' Zijn blik viel op het schilderij dat boven de keukentafel hing. 'Is dat een van de schilderijen van uw man?'

'Ja, ik zal het andere even boven halen.' Thea klom snel de smalle trap op en haalde het werk van de muur. Het was een klein schilderij met abstracte vormen in groentinten die op dansende mensen leken. Eenmaal terug beneden zette ze het kunstwerk op de bank.

Axel Heimbach bestudeerde beide schilderijen lang en Thea wachtte met spanning op zijn reactie.

'Ik vind beide schilderijen erg goed,' zei hij ten slotte. 'Artistiek gezien zijn ze zeer expressief en ik weet zeker dat de andere leden van de commissie die de schilderijen voor de tentoonstelling selecteert er net zo over zullen denken.'

'O, wat fijn om te horen!' Thea was er altijd vrij zeker van geweest dat de schilderijen van Hans een bijzondere uitstraling hadden, maar ze was blij dat haar mening bevestigd werd.

'Dit schilderij komt op mij nogal somber en droevig over.' Axel Heimbach wees naar het doek met de overwegend donkere tinten. 'Uw man schilderde dat waarschijnlijk toen hij een moeilijke periode doormaakte.'

'Ja, het was een moeilijke tijd, hij was erg terneergeslagen tijdens zijn laatste verlof. Maar hij hoopte tegelijkertijd zo op vrede en keek uit naar ons leven samen. Het schilderij weerspiegelt dat ook voor mij.' Thea raakte het zachtjes aan.

'Iedereen ziet iets anders in schilderijen. Dat maakt kunst zo bijzonder, dat er verschillende interpretaties mogelijk zijn.' Axel Heimbach knikte. 'Ik heb trouwens nog iets voor u meegebracht.'

'O ja?'

Axel Heimbach haalde een envelop uit zijn leren jack. Hij pakte er iets uit en legde het op de keukentafel. Het was een zwart-wit foto.

Thea leunde verwachtingsvol naar voren. 'Dat ben ik...' zei ze verbaasd. De foto maakte waarschijnlijk deel uit van een grotere foto. Ze zag haar eigen gezicht. Op de een of andere manier viel het licht zo dat haar jukbeenderen en mond benadrukt werden. Ze zag er erg mooi uit, bijna erotisch. Thea bloosde een beetje.

'Vindt u hem mooi?' Axel Heimbach was naast haar komen staan en keek nu ook naar de foto. Zijn stem had een zachte toon.

'Ja, heel erg. Op de foto ben ik veel mooier dan in het echt.'

'Daar denk ik heel anders over.' Hij glimlachte naar haar. Zijn gezicht was heel dicht bij het hare. Hij boog zich naar haar toe, zijn ogen warm en intens en zijn mond sensueel en uitnodigend. Thea stond even als aan de grond genageld. Toen klonk het geluid van een automotor in de buurt. De Ford reed over de hobbelige oprit naar de golfplaten garage.

'O...' Thea deinsde achteruit en keek haastig op haar horloge. 'Het spijt me. Mijn nachtdienst begint, ik moet gaan.'

'Natuurlijk, ik begrijp het.' Axel Heimbach hielp haar galant in haar jas. Ze pakte haar dokterstas en samen liepen ze door de tuin. Thea was nog steeds een beetje in de war.

'De datum voor de filmvoorstelling staat trouwens vast,' hoorde ze hem zeggen.

'Wanneer gaat het gebeuren?'

'Dinsdag over twee weken.'

'Leuk, die avond heb ik vrij.'

'Dan zien we elkaar uiterlijk over twee weken weer.' Axel Heimbach hield het tuinhekje voor haar open. Ze stonden nu voor de Kever en Thea schudde hem de hand. 'Tot bij de filmvoorstelling. Ik kijk ernaar uit.'

'Ik ook.' Hij kneep in haar hand en hield die iets langer vast dan de beleefdheid vroeg.

Hij reed weg en claxonneerde nog een keer ten afscheid. Peinzend liep Thea naar de praktijk. Hoe zou het zijn om Axel Heimbach te kussen? Het was zo lang geleden dat ze intiem was geweest met een man. Zojuist had ze zich echt vrouwelijk en begeerlijk gevoeld, maar haar liefde voor Hans zat nog diep. Wilde ze echt dat de onschuldige flirt met Axel Heimbach iets meer werd? Ze wist het niet zeker.

Later, toen Thea op het veldbed lag, flitsten de belangrijkste momenten van de voorbije dag door haar gedachten, zoals zo vaak voordat ze in slaap viel. Ze dacht aan het moment waarop Axel Heimbach haar bijna gekust had en hoorde in haar hoofd zijn stem weer. 'Ik vind beide schilderijen erg goed,' had hij gezegd. Hij had naar het donkere schilderij gewezen. 'Dit schilderij komt op mij nogal somber en droevig over.'

Ineens herinnerde ze zich dat ze ook met Georg Berger over dit schilderij had gesproken. 'Het is vreemd, in eerste instantie lijkt het somber te zijn, maar hoe langer je kijkt, hoe lichter het wordt. Vrolijk is niet het juiste woord, maar een beetje hoopvol.' Zo had hij het schilderij gezien.

Net zoals zij.

Thea viel in slaap met het schilderij op haar netvlies.

Toen Thea de volgende ochtend heel vroeg de Opel het pad op reed naar de golfplaten garage, hing er nog wat mist boven de beek. De auto was de dag ervoor naar Eichenborn gebracht door een monteur van de garage in Monschau. De zon kwam op en wierp een gouden gloed over de nevel. De nevel strekte zich uit over de grond voor het kasteel, zodat dat wel leek te zweven. Door de wei waggelde een familie eenden. Thea was die nacht weggeroepen vanwege een bevalling. Alles was heel vlot verlopen en de moeder en de kleine jongen maakten het goed. Het had haar weer een intens gelukkig gevoel gegeven om de baby in haar armen te houden.

Naast de golfplaten garage zag Thea iets glinsteren in het zonlicht. Verbaasd ging ze kijken wat het was. Er stond een zilveren Mercedes cabriolet geparkeerd, half verscholen achter een struik. De auto had een kenteken uit Düsseldorf. De wagen was beslist van Melanie Winter. Ze had de nacht dus bij Georg Berger doorgebracht.

Thea was bijna bij de praktijk toen ze de brommer van zuster Fidelis hoorde sputteren. Verbaasd bleef ze staan. De non tufte over het pad naar de golfplaten garage en liep naar de Mercedes. Ze leek het kenteken te bekijken. Even later reed ze weer weg. Blijkbaar had ze op de een of andere manier ontdekt dat de auto daar geparkeerd stond. Wist de non dat de eigenaar van de auto de nacht had doorgebracht in het kasteel?

Waarschijnlijk wist ze er alles van. Als Melanie Winter en Georg Berger al jaren een affaire hadden, was het waarschijnlijk niet de eerste keer dat ze hier was.

Eenmaal in haar spreekkamer ging Thea weer op het veldbed liggen. Langzaam dommelde ze in. Half in slaap hoorde ze een auto van de garage naar de straat rijden. De motor was bijna geruisloos, niet te vergelijken met de luidruchtige Ford.

Zoals altijd na haar nachtdienst verliet Thea de praktijk rond acht uur en ging ze snel terug naar haar huisje.

Toen ze door de achterdeur naar buiten stapte, hoorde ze een geluid uit het kasteeltje komen. Het waren harde en agressieve klappen, die elkaar snel opvolgden. De mist boven de beek was nu verdwenen. Naast de voordeur stond een groot raam met verticale stijlen open, waardoor ze recht in de woonkamer keek. De nog laagstaande zon drong overal doorheen en het silhouet van Georg Berger werd duidelijk afgetekend tegen het licht. Hij was aan het boksen.

Zijn nacht met Melanie Winter leek hem niet gelukkig te hebben gemaakt.

Tijdens de ochtendbespreking was Georg Berger niet langer zijn chagrijnige zelf. Hij was verstrooid en teruggetrokken, wat Thea nogal irriteerde. Bij zijn gebruikelijke korte opmerkingen wist ze tenminste waar ze aan toe was.

Zuster Fidelis, die er ook bij was, reageerde met evenveel respect voor hem als anders, alsof ze er geen idee van had dat hij de nacht met een vrouw had doorgebracht. Soms leek Thea zelfs een bezorgde blik van de non op te vangen. Opnieuw vroeg ze zich af wat deze twee zo verschillende mensen met elkaar verbond. Ze was er gewoon zeker van dat er meer was dan alleen een professionele relatie.

Het spreekuur liep tegen twaalf uur ten einde. Thea had voor die middag twee bezoeken gepland staan, daarna had ze vrij tot haar nachtdienst begon. Op zaterdagmiddag was er geen spreekuur. Zou ze na de bezoeken naar Monschau gaan? Na de lunch zou haar vader zeker in het ziekenhuis zijn. Ze zou even bij Liesel langs kunnen gaan, die waarschijnlijk nog in bed moest blijven, en de mand van mevrouw Hörter mee terug nemen.

Mevrouw Mageth, de kokkin, deed open toen Thea aanbelde. Ze begroette haar hartelijk. Haar handen zaten onder de bloem, dus ze was duidelijk iets aan het bakken. Juffrouw Kampen was aan het werk, maar mevrouw Helmholz was in de tuin. Thea liep door de grote woonkamer op de begane grond en ging door de openslaande deuren naar buiten. Toen ze de villa voor het eerst bezocht had, waren de bomen kaal en de tuin grotendeels bruin geweest. Nu stond er een magnolia in al zijn weelderige roze glorie en de bloembedden stonden vol met allerlei soorten bloemen, tulpen, viooltjes en ranonkels. De knoppen van de pioenrozen stonden op het punt open te barsten. Veel van deze weelderige overvloed was duidelijk Marlenes werk.

Thea zag haar zus aan het einde van het gazon zitten. Ze zat geknield voor een border met een troffel in de hand. Thea slenterde naar haar toe.

Ze wilde haar net vertellen hoe mooi ze de tuin vond, maar de woorden bestierven haar op de lippen. Marlene staarde recht voor zich uit met een lege uitdrukking op haar gezicht. Haar schouders waren naar voren gezakt, alsof ze bijna niet meer rechtop kon blijven zitten.

'Lieve help, Marlene!' Thea hurkte naast haar zus neer en omhelsde haar stevig. 'Wat er is gebeurd? Heb je slecht nieuws gekregen over Bernhard?' Ze kon zichzelf er niet toe brengen om rechtstreeks te vragen of haar man als krijgsgevangene gestorven was.

'Wat? Nee, er is niets gebeurd.' Nu pas leek haar zus haar echt op te merken. Marlenes gezicht zag lijkbleek, maar ze schudde haar hoofd. 'Er is niets aan de hand.'

'Zo lijkt het anders niet.'

'Soms achtervolgen de herinneringen me gewoon. Dan denk ik aan de bombardementen.'

Thea dacht er weer aan hoe erg ze zelf in paniek was geweest toen het Amerikaanse vliegtuig plotseling was verschenen. Misschien had haar zus een soortgelijke ervaring gehad. 'Is dat echt alles?' vroeg ze om zichzelf ervan te verzekeren.

'Ja, echt waar.' Marlene stond op en veegde de tuinaarde van haar schort. 'Wat leuk dat je zo onverwacht op bezoek komt!'

'Ja, het leek me leuk om bij Liesel op ziekenbezoek te gaan en nu kan ik ook meteen de mand van mevrouw Hörter meenemen.'

'Daar zal Liesel blij om zijn. Ze was behoorlijk uit haar humeur, want Arthur is bij een vriendje en ze verveelt zich nogal. Ik heb trouwens nog een verrassing voor je.' Marlene zag nog wat bleek, maar leek weer zichzelf te zijn.

'O ja? Wat dan?'

Eenmaal in de woonkamer pakte haar zus een krant van de tafel. 'Je hebt de huidige editie van de *Aachener Rundschau* vast nog niet gezien.' Marlene opende de krant en gaf hem aan Thea. Er stond een groot, rijk geïllustreerd artikel in over het liefdadigheidsevenement in Kasteel Monschau. Het nam bijna een hele pagina in beslag. Er stond een prachtige foto van Melanie Winter bij die op het podium stond te zingen. Thea's blik dwaalde over de pagina. Daar stond ook een foto van haarzelf bij de kraam met het boxpakje in haar handen. Haar foto was even groot als die van Melanie Winter! Het moest de foto zijn waarvan Axel Heimbach haar slechts een klein gedeelte had gegeven.

'Je staat er heel mooi op.' Marlenes stem was vol warmte.

'Ja, dat vind ik ook,' gaf Thea toe. Het was vast door het toedoen van Axel Heimbach dat haar foto zo groot in de krant was gepubliceerd, want eigenlijk had ze geen belangrijke functie gehad op het evenement.

'Het optreden van mevrouw Winter was een groot succes, ze schijnt een staande ovatie te hebben gekregen. In het artikel wordt ook enthousiast over haar geschreven. Gisteren kwam ik de voorzitster, mevrouw Vollmer, nog tegen in de stad. Ze was zo trots! Mevrouw Winter is tenslotte haar vriendin en zij had haar overgehaald om de zanger te vervangen die afgezegd had,' zei Marlene enthousiast. 'Misschien ontmoet ik mevrouw Winter zelfs nog wel een keer. Waarschijnlijk is ze nog een paar dagen bij mevrouw Vollmer. Haar man is de stad uit.'

'Echt waar?' Melanie Winter gebruikte dit bezoek anders ook om Georg Berger te ontmoeten. Thea vouwde de krant weer dicht en ze liepen de trap op naar de tweede verdieping.

'Katja was trouwens erg jaloers op je foto.'

'O, is dat zo? Zij had ook in de kraam mogen staan.'

'Dat zei ik ook,' antwoordde Marlene meteen.

Liesel zat in bed met een boek op de dekens voor zich. Haar gezicht lichtte op toen ze Thea zag. 'Tante Thea, ik verveel me zo! Wil jij met me spelen?'

'Liesel, was er niet nog iets wat je tegen je tante wilde zeggen?' Marlene streelde haar haar.

'O ja! Bedankt voor de olifant en het paard. Arthur en ik hebben een tekening van hen gemaakt. Mam zei dat het speelgoed ooit van twee kleine jongens is geweest en dat hun moeder het aan het goede doel gegeven had. De tekening is voor haar.'

Liesel wees naar een laag kindertafeltje waarop een tekenblok en kleurpotloden lagen. Op de tekening had de olifant zijn enorme slurf als een soort slang om het paard geslagen. De twee dieren lachten de toeschouwer toe. Een wat scheve boerderij maakte het landschap compleet.

'Daar zal mevrouw Hörter zeker blij mee zijn,' zei Thea glimlachend. Ze gaf een kneepje in Marlenes hand. Wat fijn dat de kinderen mevrouw Hörter iets wilden geven. Haar zus had hen goed opgevoed.

'Ik zal jullie met rust laten.' Marlene kneep even terug.

Thea speelde een kinderkaartspel met Liesel en daarna memory. Toen haar nichtje eindelijk moe werd, stopte ze haar in. Liesel viel meteen in slaap en Thea verliet stilletjes de kamer. Ze praatte nog wat met Marlene. Haar zus gedroeg zich net als anders.

Toen Thea uiteindelijk wegreed en aan het einde van de straat in de achteruitkijkspiegel keek, stond Marlene echter nog steeds bij het tuinhek, haar schouders weer omlaaggezakt, alsof er iets zwaars op haar drukte. Misschien was het niet alleen de herinnering aan het bombardement waardoor ze zo van slag was geweest. Maar wat zou er kunnen zijn?

Rond tien uur 's avonds ging Thea weer naar de praktijk. Ze controleerde de inhoud van haar dokterstas, vulde wat dingen aan en sloeg het bed open. Het waren inmiddels vertrouwde rituelen. In het kasteel brandde licht. Georg Berger was dus thuis. Zou Melanie Winter weer bij hem zijn? Gedecideerd draaide Thea zich van het raam weg. Waarom dacht ze daar eigenlijk over na?

Thea was moe en viel snel in slaap. Door een klop op de deur werd ze wakker. Snel stond ze op, zette haar bril op en streek haar haren uit haar gezicht. De wijzers van haar horloge gaven iets voor drieën aan.

Buiten de praktijk stond een man in een pak van grove stof naast een brommer te wachten.

'Het gaat niet goed met de boer, Jupp Vogten,' mompelde hij. 'Hij heeft een dokter nodig. Ik was eigenlijk op zoek naar dokter Berger.'

'Ik ben dokter en zijn compagnon. Kunt u de symptomen in meer detail beschrijven?'

'Nou, ik weet niet of het wel in orde is als u meegaat.' De man, waarschijnlijk een knecht, draaide steeds zijn pet rond in zijn handen.

'Als de boer medische hulp wil, zal hij het met mij moeten doen,' antwoordde Thea kortaf. Zouden de mensen van de Eifel ooit aan een vrouwelijke dokter wennen?

'Nou, als het niet anders kan… De boer heeft een wond aan zijn been en die is geïnfecteerd. Nu heeft hij hoge koorts.' De bediende haalde zijn schouders op. 'De boerderij ligt in de richting van Simmerath en is ongeveer zes kilometer verderop…'

'Wilt u even op me wachten en dan voor me uit rijden? Ik zal snel mijn jas en tas halen.' Thea vond het nog steeds eng om 's nachts naar afgelegen boerderijen te rijden, over wegen met bochten die in het donker vaak moeilijk te zien waren. Ze liet de gebruikelijke boodschap achter op het bureau van haar baas. Toen reed ze de Opel uit de golfplaten garage.

Het was een donkere nacht. De hemel was bewolkt en er was geen ster te zien. Thea was moe, hoewel ze een paar uur had geslapen. Ze was blij dat de man op zijn brommer voor haar uit tufte, want na een kilometer of twee ging hij van de landweg af en reed hij een weg in die, zoals overal in deze streek, nauwelijks breder was dan een pad.

Ze reden door het bos en langs eenzame boerderijen. Als de brommer door een bocht uit het zicht verdween, waren de koplampen van de Opel het enige licht in de nacht.

Eindelijk, na nog een stuk bos, doemden in de duisternis de contouren van een kleine boerderij op. Tussen een paar stallen stond een laag huis verborgen. Bij de voordeur hing een lantaarn. De onverharde weg, die op dit stuk vol kuilen zat, eindigde daar.

Terwijl Thea de Opel parkeerde, begon een roedel honden luid te blaffen. Ze wierpen zich tegen de tralies van een kennel. De knecht stapte van zijn brommer af. Met een kort bevel kalmeerde hij de dieren. Toen opende hij de voordeur voor Thea.

'De boer is daar, in zijn slaapkamer.' Hij wees door de schemerige gang naar een deur waar licht onderdoor kwam.

'Bedankt dat u de weg hebt gewezen.' Thea knikte naar hem. De knecht aarzelde. Hij leek op het punt te staan nog iets te zeggen, maar liep toen weg. De boer was waarschijnlijk niet getrouwd, want anders zou zijn vrouw zeker zijn komen opdagen. Misschien was hij weduwnaar.

Thea klopte op de deur en deed open. De kamer werd gedomineerd door een bed met massieve houten bedstijlen en een kast. De metalen lamp zorgde nauwelijks voor genoeg licht. Er hing een muffe en benauwde lucht. De man in bed draaide zich naar haar om. Hij was mager, zijn baard en haar waren vaalblond.

De boer staarde naar Thea en zijn gezicht vertrok in een grijns. 'O, dus u bent de dokter waar iedereen het over heeft. Kijk eens aan.'

'Ja, mijn naam is dokter Graven.'

'Aha.' Hij lachte droog.

'Uw knecht zei dat u een geïnfecteerd been had en koorts hebt gekregen.'

'Dat klopt.'

'Wilt u uw pyjamajasje alstublieft losknopen, zodat ik uw temperatuur kan opnemen?'

'Ja, dat zal ik doen.' Hij friemelde met zijn rechterhand aan de knopen en Thea sloeg de dekens terug om naar de beenwond te kijken. Onwillekeurig deinsde ze terug. De boer miste zijn rechteronderbeen en ook zijn linkeronderarm was geamputeerd. Nu pas zag ze het houten been en de kruk tegen de muur staan.

'Dat gebeurde in de buurt van Minsk. Ze hebben me te grazen genomen met een paar granaten.' Hij grinnikte zacht. Thea had hem op minstens zestig jaar geschat, maar als hij in Rusland had gevochten, moest hij jonger zijn.

Voorzichtig verwijderde ze het geïmproviseerde verband van zijn dij. De wond was diep en vreemd gekarteld.

'Ik snij de wondranden weg en maak het dan schoon,' zei ze tegen de boer.

'Prima.'

'Hoe komt u aan die wond?' Thea haalde een flesje verdovingsmiddel uit haar dokterstas en vulde een spuit.

'Dat is tijdens het werken op de boerderij gebeurd.'

De koortsthermometer gaf meer dan negenendertig graden aan.

Thea spoot het verdovingsmiddel in de arm van de boer en begon kort daarna de randen van de wond weg te snijden. Ze werkte geconcentreerd met een scalpel en een pincet. De boer lag met zijn ogen dicht en ademde door zijn mond. Hij zag er onverzorgd uit en het beddengoed kon ook wel een wasbeurt gebruiken.

Thea was blij toen ze de wond eindelijk helemaal had behandeld. Ze legde er steriel gaas overheen en maakte dat vast met pleisters. Toen legde ze een zakje penicillinepillen op het nachtkastje.

'Meneer Vogten, u moet overdag drie tabletten innemen tegen de ontsteking. Dit zou ook de koorts moeten verminderen. Kan de knecht of iemand anders u in de gaten houden? Dokter Berger of ik komen later vandaag weer bij u langs.'

De boer reageerde niet. Was hij nog slaperig door het opiaat? Thea boog zich naar hem toe en wilde haar woorden herhalen. Ineens schoot zijn rechterarm omhoog en trok hij haar ruw tegen zijn borst. 'O, ik heb liever dat u terugkomt.'

Een moment lang was Thea verstijfd. Het had haar compleet verrast. Voordat ze kon reageren, had hij haar bij haar nek in een ijzeren greep genomen en haar gezicht naar het zijne getrokken. Hij drukte zijn lippen tegen de hare en duwde zijn tong diep in haar mond. In zijn onderbroek was zijn opwinding duidelijk zichtbaar.

'Laat me los!' Eindelijk lukte het Thea om zich uit zijn greep te bevrijden en hem weg te duwen. Half verblind door walging tastte ze naar haar dokterstas en haar handtas en rende de kamer uit, gevolgd door het gelach van de boer.

Thea spuugde voor het huis om van de walgelijke smaak in haar mond af te komen. Ze kokhalsde en draaide zich geschrokken om toen de boerenknecht uit een van de stallen kwam. Kwam hij haar soms ook lastigvallen?

Maar hij haalde alleen zijn schouders op. 'Nou, dokter, ik zei toch dat het beter zou zijn als de dokter naar de boer kwam kijken.'

Met een ruk trok Thea het bestuurdersportier van de Opel open en stapte in. Ze keerde de auto en gaf gas. Ze reed zo hard over het pad dat ze op en neer schokte in de stoel. Eenmaal uit het bos begon haar hart plotseling als een razende te kloppen. Ze had het gevoel dat ze geen lucht meer kreeg en zette de auto langs de weg. Haar hoofd liet ze op het stuur rusten. Rustig blijven ademen, er overkomt je niets, zei ze tegen zichzelf. Geleidelijk aan verminderde de druk op haar borst en vertraagde haar hartslag.

Het was weleens vaker voorgekomen dat mannelijke patiënten haar hadden betast of geprobeerd te kussen, vooral in de tijd dat ze geneeskunde studeerde. Later dwong ze met haar positie als arts en haar kalme en assertieve houding het respect van de meeste patiënten wel af.

Ze had zich echter nog nooit zo hulpeloos en vernederd gevoeld als op deze eenzame boerderij, in de greep van deze kreupele man, zelfs niet in haar studententijd.

22

'Dokter Graven!'

Thea kwam snel overeind. Nadat ze van de boerderij van Jupp Vogten naar de praktijk was gereden, was ze nog even op het veldbed gaan liggen en had ze naar het plafond liggen staren. Blijkbaar was ze uiteindelijk toch ingedommeld.

Georg Berger deed de deur van haar spreekkamer open zonder te kloppen. Thea stond haastig op. Ze voelde zich nog steeds wankel en leunde tegen het bureau voor ondersteuning. In de verte luidden de klokken voor de zondagsmis.

'Goed dat u er bent.' Hoewel hij haar niet eens begroette en kortaf tegen haar was, zag ze een opgeluchte uitdrukking op Georg Bergers gezicht. Hij droeg rubberen laarzen. Blijkbaar was hij bij de paarden geweest. 'Waren er problemen met Jupp Vogten? Ik wilde iets uit mijn spreekkamer halen toen ik uw bericht op mijn bureau vond.'

'Goedemorgen. Nee, er waren geen problemen,' loog Thea. Wat er met Jupp Vogten was gebeurd, had ze misschien aan de Georg Berger toevertrouwd die zich zo empathisch had gedragen toen ze tijdens de proefrit op de motor in paniek was geraakt toen het Amerikaanse vliegtuig overvloog. Maar ze was niet van plan om over deze walgelijke, vernederende ervaring te vertellen tegen de man die haar de afgelopen dagen had uitgescholden.

'Echt niet? Het spijt me, Jupp Vogten is al lang niet meer mijn patiënt, dus ik ben vergeten u voor hem te waarschuwen.'

'Nee, echt niet.' Thea keek Georg Berger in de ogen en slaagde erin een ontspannen, verbaasde toon aan te slaan. 'Waarom vraagt u dat?'

'Waarom bent u bij hem geroepen?' Georg Berger gaf geen antwoord op haar vraag.

'Een wond aan zijn been was gaan ontsteken. Ik heb de wondranden weggesneden, de wond schoongemaakt en hem penicilline gegeven.'

'U behandelt hem niet langer, dat zal ik zelf doen.'

'O ja? Zou u me willen vertellen waarom?' Thea's hart bonsde, maar ze slaagde erin haar stem in bedwang te houden.

'Jupp Vogten is een vervloekte klootzak.' Georg Berger gebaarde ongeduldig. 'Een stroper en...'

'Maar hij mist zijn linkeronderarm! Hoe kan hij dan schieten? Zijn rechteronderbeen is ook geamputeerd.'

'Volgens de geruchten heeft hij een soort speer voor zichzelf gemaakt. Zijn honden brengen het wild naar hem toe en hij doodt het.'

Dan zou de vreemde wond aan zijn been van de slagtand van een zwijn kunnen zijn. Thea meende even het ongewassen lichaam van Jupp Vogten weer te ruiken en werd misselijk. Tot haar opluchting leek Georg Berger het niet te merken, want hij zei nog iets. 'Zeer waarschijnlijk is hij ook een verkrachter.'

'O...' Thea greep zich vast aan de rand van het bureau.

'Tijdens zijn verlof van het front in de zomer van 1943 heeft hij hoogstwaarschijnlijk een vrouw verkracht. Dat was vast niet de eerste keer. Alleen was het die keer geen onbeduidend dienstmeisje of een buitenlandse, het was de dochter van een rijke boer.' De stem van Georg Berger klonk grimmig. 'Jupp Vogten had het geluk dat hij al terug in Rusland was toen de jonge vrouw uiteindelijk besloot een klacht in te dienen. Hij werd uiteindelijk niet vervolgd, omdat ze kort daarna omkwam bij een bombardement.'

Thea begon plotseling te beven, een late reactie door de shock.

'Wat is er met u aan de hand?' Georg Berger wierp haar een onderzoekende blik toe.

'Het... Het klinkt zo vreselijk, en ik... ik heb het gewoon koud.'

'Ga naar huis en haal iets warms te drinken. Deze zondag is het sowieso mijn beurt om te werken.' Georg Berger knikte naar haar en verliet de spreekkamer weer.

Thea liet zich in haar bureaustoel zakken. Jupp Vogten was een nog grotere boef dan ze had vermoed.

Eenmaal in haar huisje ging Thea nog even in bed liggen. Maar ook in haar dromen werd ze geconfronteerd met haar ervaring met de boer. Ze had er bijna spijt van dat ze die zondag vrij had, want ze had geen enkele afleiding. Steeds weer dacht ze aan wat er was gebeurd.

In de vroege namiddag begaf ze zich naar de Hörters. Ze hoopte dat ze mevrouw Hörter zou treffen, want ze keek ernaar uit even met haar te praten. Toen Thea uit de Opel stapte, kwam meneer Hörter in werkkleding en met een oude hoed op zijn hoofd uit een stal. De dieren moesten op zondag natuurlijk ook gewoon verzorgd worden.

'Dat dacht ik al toen ik de auto hoorde. Nou, dokter, vandaag had u voor mij niet hoeven komen.' Meneer Hörter kwam met uitgestoken hand naar haar toe. Hij glimlachte vriendelijk. 'Sinds u me hebt opgelapt, gaat het heel goed met me.'

'Ik ben blij dat het goed met u gaat. Eigenlijk kwam ik de rieten mand van uw vrouw terugbrengen en met haar bijpraten over de bazaar.' Thea schudde zijn hand.

'Ze is vast in de keuken.' De boer aarzelde en streek met zijn vingers langs zijn nek. 'Mijn vrouw zei dat ze het speelgoed van onze jongens aan de bazaar had gedoneerd,' zei hij terwijl hij zijn gezicht afwendde.

'Ja, dat klopt, en het is allemaal verkocht.'

'Het is voor een goed doel.' Hij zuchtte. Het was duidelijk dat hij niet echt blij was met de beslissing.

'Meneer Hörter, uw vrouw wil het verdriet om de dood van uw zonen graag loslaten,' zei Thea voorzichtig. 'Ik weet zeker dat het niet makkelijk voor haar is geweest om het speelgoed weg te geven.' Misschien was het wel goed dat ze de boer was tegengekomen en even met hem kon praten. 'Uw vrouw heeft me ooit in vertrouwen verteld dat ze zich vaak eenzaam voelt,' ging ze voorzichtig verder. 'Door de oorlog zijn er zo veel kinderen wees geworden en uw vrouw zou er graag een willen adopteren. Voelt u daar niets voor?'

'Daar zijn wij te oud voor.' Meneer Hörter schudde verdedigend zijn hoofd.

'Daar ben ik het niet mee eens. Een ander kind zou uw zonen nooit vervangen, als dat is waar u mee zit. Ze zullen altijd een deel van uw leven blijven.'

'Het is aardig van u dat u zich zorgen maakt over mij en mijn vrouw, dokter. Maar de oorlog heeft onze jongens van ons afgenomen. Het is zoals het is. Daar is niets aan te doen en we moeten daarmee leren leven. Nu moet ik weer aan het werk. Niet verkeerd bedoeld, dokter. Een fijne dag nog.' Meneer Hörter tikte tegen zijn pet ten afscheid en liep toen terug naar de stal. Nee, hij was er waarschijnlijk nog niet klaar voor. Wat jammer.

De keuken rook ditmaal niet naar gebakken uien, maar naar koffie.

'Heb ik u gestoord tijdens het koffiedrinken?' vroeg Thea nadat zij en de boerin elkaar hadden begroet.

'Wat? Nee, nee, helemaal niet,' zei mevrouw Hörter snel. Ze bloosde van schaamte, ook al begreep Thea niet waarom. 'Maar ik zal meteen koffiezetten.'

'Dat is echt niet nodig,' antwoordde Thea vriendelijk. Ze wist maar al te goed hoe duur koffie was.

'Ja, natuurlijk wel, want u bent er en het is ook nog zondag.' Mevrouw Hörter pakte een koffiemolen van een plank. 'We drinken samen een kopje, dan kunt u me vertellen over de bazaar.' Ze goot wat bonen uit een blikje in de molen en begon aan de hendel te draaien.

Thea vroeg zich af of mevrouw Hörter voordat zij de keuken binnen was gekomen de bonen in het blik had gedaan. Dat zou de intense koffiegeur veroorzaakt kunnen hebben.

'Mevrouw Hörter, dit is voor u.' Ze overhandigde haar de kindertekening. 'Ik heb de olifant en het paard op de bazaar gekocht voor mijn nichtje en neefje en zij hebben dit voor u getekend.'

'Ach, wat leuk en dat terwijl de kinderen me niet eens kennen.' Mevrouw Hörter zette de koffiemolen even neer en knipperde een traan weg. Toch had Thea de indruk dat ze blij was dat het speelgoed in goede handen was en het deed haar goed om te horen dat haar breiwerk zo positief was ontvangen. Later, toen ze Thea naar buiten vergezelde naar de Opel, leek ze bijna opgewekt.

Het bezoek aan mevrouw Hörter had Thea zelf ook goedgedaan. Terwijl ze bij haar was, had ze nauwelijks aan Jupp Vogten gedacht. Toen ze echter terug was in haar huisje en op haar stoel achteroverleunde, kwam de herinnering weer terug. Ze probeerde zich te concentreren op haar medische studieboek, maar steeds weer dacht ze dat ze de walgelijke tong van de boer in haar mond voelde en zijn hand op haar borst.

Thea staarde recht voor zich uit. Zou ze nu bang zijn als ze 's nachts een onbekende patiënt bezocht? Ze wilde niet dat die oude engerd zo veel macht over haar had. Ze wilde het gewoon niet. Thea dacht na. Er was een manier om ervanaf te komen.

Moet ik het echt doen, Hans?

Ja, ik denk het wel, lieverd, maar wees voorzichtig.

Eindelijk stond Thea op. Ze pakte haar dokterstas en ging naar de golfplaten garage.

In een weiland bij de boerderij was de boerenknecht een koe aan het melken. De honden blaften al toen Thea de Opel het erf op draaide. Een Duitse herder trok wild aan zijn ketting. De andere dieren zaten gelukkig weer opgesloten in de kennel. Nu het daglicht was, zag ze pas duidelijk hoe verwaarloosd het pand was. Tussen de plassen groeide onkruid. Een stalmuur was gedeeltelijk ingestort en hout en puin stapelden zich op tussen brandnetels achter een roestende zinken badkuip.

Moest ze echt weer naar Jupp Vogten? Thea greep haar stuur vast. Ze kon nu nog wegrijden. Maar dan zou ze voor altijd het gevoel hebben dat ze laf was weggelopen. Met een naar gevoel in haar maag pakte ze haar dokterstas van de passagiersstoel en stapte uit.

In de gang draaide ze zich bijna om. Het was waarschijnlijk haar verbeelding, maar het leek net of ze de geur van de boer al kon ruiken. Ze overwon haar angst echter en deed de slaapkamerdeur open.

'O, bent u het.' Ze had Jupp Vogten duidelijk wakker gemaakt, want zijn ogen knipperden verbaasd en slaperig naar haar. Toen werd zijn blik wellustig. 'Ik ben zo blij dat u terug bent gekomen. Ik wist dat u het leuk vond gisteravond.'

Geloofde hij dat echt? Thea haalde een tourniquet uit haar dokterstas en maakte twee lussen.

'Ik kom uw bloed afnemen.'

'Ga uw gang!' Hij grijnsde.

Razendsnel, voordat hij haar weer te pakken kon krijgen, greep Thea zijn rechterarm en liet een van de lussen eromheen glijden. Ze trok hem strak, gooide snel de andere lus over de bedstijl en trok die ook aan. Met een haastige knoop bond ze de boer vast. Thea deed een paar stappen achteruit.

'Hé, wat moet dat?' Verbaasd staarde Jupp Vogten haar aan voor zijn gezicht vertrok van woede. Hij probeerde uit bed te komen, de stomp van zijn linkerarm zwaaide in de lucht.

'Walgelijke klootzak!' Thea pakte haar scalpel uit de steriele instrumentenkoffer en wees daarmee naar hem. 'Ga meteen weer liggen en hou uw mond of ik ga u pijn doen.' Zei ze dat echt tegen een zieke man? Het kon haar geen moer schelen dat wat ze deed totaal in strijd was met haar dokterseed.

'Slet!'

'Ga liggen!' Thea kwam naar hem toe. Iets in haar stem en in haar ogen intimideerde de boer. Hij stopte met rukken aan de tourniquet.

'Liggen!'

Aarzelend gehoorzaamde hij haar.

'Verontschuldig u voor uw gedrag jegens mij!'

'Bekijk het maar.'

'Ik wens een verontschuldiging!'

Hij zei niets en staarde haar boos aan, zijn blik op haar scalpel gericht. 'Ik... het spijt me,' mompelde hij ten slotte, terwijl hij de andere kant op keek.

'Kijk me aan.'

Hij draaide zijn gezicht naar haar toe. 'Het spijt me,' siste hij.

'Dat wilde ik horen.' Thea stopte de scalpel terug in de instrumentenkoffer, sloot de tas en verliet de kamer.

'Hé, u kunt me hier niet zo laten liggen!' riep Jupp Vogten haar na.

De vloeken en bedreigingen van de boer waren nog hoorbaar toen Thea het erf op liep. Daar kwam ze de knecht tegen. 'Ik hoorde uw auto aankomen,' zei hij. 'Maar...' Hij keek naar het huis en hief verwonderd zijn hoofd op om te luisteren. 'Wat is er met de boer aan de hand?'

'Het was niet makkelijk voor meneer Vogten om zich te verontschuldigen voor zijn gedrag afgelopen nacht,' antwoordde Thea. 'U kunt het beste meteen even bij hem gaan kijken.'

Thea wachtte niet op zijn reactie en reed weg. Pas toen ze een eindje van de boerderij verwijderd was, realiseerde ze zich dat het zweet over haar rug gutste. Maar ze voelde zich tenminste niet meer vernederd.

23

De daaropvolgende vrijdag verliet Thea tegen de avond een van de afgedankte treinwagons aan de rand van Eichenborn. Ze was opgeroepen voor een kind dat leed aan mazelen en hoge koorts had. Ze hoopte dat het medicijn dat ze het kleine meisje had gegeven snel zou werken en dat haar lichaamstemperatuur zou dalen.

In de verte doemden dreigende wolken op in de avondlucht, maar de zon scheen nog steeds. Het dorp en de velden eromheen baadden in een heldere gloed.

‘Dokter Graven!’ Thea hoorde een vrouwenstem haar naam roepen. Ze draaide zich om en tuurde tegen het zonlicht in. Christa Reimers kwam naar haar toe, haar baby in haar armen.

‘Is er iets mis met je kleintje?’ vroeg Thea bezorgd. Omdat de baby zich goed had ontwikkeld, was ze lange tijd niet bij moeder en kind geweest.

‘Met mijn kleine Emilia gaat alles goed.’ Christa Reimers streelde liefdevol het hoofdje van de baby. Door een hevige windvlaag klapperde de doek waarin ze was gewikkeld.

‘Dus je hebt haar Emilia genoemd. Wat een mooie naam.’

‘Ja, ik heb haar naar mijn grootmoeder vernoemd. Volgende week wordt ze gedoopt in de evangelische kerk in Monschau. En…’ Christa Reimers leek ineens verlegen.

‘Ja?’ Thea probeerde haar op haar gemak te stellen.

'Als u en de dokter niet bij de bevalling waren geweest, zou ze het zeker niet gehaald hebben en zou ik ook zijn gestorven. En... daarna bent u ook zo aardig tegen me geweest. En... En daarom wilde ik u vragen of Thea haar tweede naam mag zijn.'

'Natuurlijk, ik ben vereerd!' Thea was ontroerd.

'Dank u, dokter.' Christa Reimers zuchtte opgelucht.

'Ik vind het fijn dat je binnenkort mijn naam zult dragen, kleine Emilia Thea.' Thea boog zich naar de baby toe en glimlachte naar haar. De kleine, nu zes weken oud, trok een scheef mondje en haar blauwe ogen lichtten op.

'Dat doet ze al een paar dagen,' zei Christa Reimers trots. 'Glimlachen, bedoel ik. Ze lacht ook naar mijn broers en zussen, en die vinden haar nu veel leuker.'

'O, wat goed om te horen!'

De eerste grote druppels vielen. Thea nam snel afscheid en haastte zich naar de Opel.

Ze had nog steeds een warm gevoel toen ze kort daarna met een paraplu boven haar hoofd naar haar huisje rende. Het hoge gras in haar overwoekerde tuin was kletsnat. Toen ze de voordeur opendeed, vielen er dikke druppels van de rozenknopjes.

Het was even na zevenen. Ze zou snel iets te eten maken en dan naar de dokterspraktijk gaan. Ze had nachtdienst en de tijd voordat ze ging slapen wilde ze benutten om in het nieuwe nummer van het medische tijdschrift te duiken dat vandaag met de post was binnengekomen.

Thea had net de tafel gedekt voor haar gebruikelijke spartaanse diner toen ze iets wits achter de deur op de grond zag liggen. Ze dacht eerst dat het een brief was, omdat de postbode de post altijd onder de deur door schoof. Toen zag ze dat het een opgevouwen vel papier was met haar naam erop. Verbaasd vouwde ze het open.

Beste dokter Graven, vandaag was ik weer in Eichenborn. Jammer dat ik u niet trof. Mocht u in het pinksterweekend niets te doen hebben, dan maak ik graag tijd voor u vrij. U kent mijn zakelijke adres, hierbij mijn privéadres. Hartelijke groet, uw Axel Heimbach

Daaronder stond een adres in Monschau met een telefoonnummer.

Thea keek peinzend naar de brief. In het pinksterweekend had ze twee oproepdiensten en ze zou Axel Heimbach volgende week dinsdag ontmoeten bij de filmvertoning in Eichenborn. Ze had er erg van genoten zo luchtig met hem te praten, maar ze wilde niets overhaasten.

Je mag best verliefd worden op een andere man, hoorde ze Hans zacht in haar hoofd zeggen. Ik zal je geluk niet in de weg staan.

Maar ik wil niet echt verliefd worden, dacht ze. Daar ben ik nog niet klaar voor.

Volledig in gedachten verzonken at Thea haar avondeten. Zelfs als ze er klaar voor was om weer verliefd te worden, zou Axel Heimbach dan wel de juiste voor haar zijn? Hij was charmant, grappig, onderhoudend, maar ook op de een of andere manier grillig en rusteloos. Marlene had hem een casanova genoemd. Hoe graag Thea hem ook mocht, dat laatste klopte wel een beetje.

Toen ze later naar de praktijk liep, kwam er een windvlaag onder haar paraplu, waardoor die omklapte. De regen kletterde op haar neer.

'O, verdorie!' Ze sprintte weg. Het was zo donker in de spreekkamer dat ze het licht moest aandoen, terwijl het nog niet eens acht uur was. Wat een weer! Ze zette de druipende paraplu in een hoek en wilde net haar zomerjas uittrekken toen de telefoon ging.

'De praktijk van dokter Berger, u spreekt met dokter...' begon ze buiten adem.

'Ja, prima, ik weet wie u bent.' Ze had haar baas aan de lijn en Thea rolde geërgerd met haar ogen. Blijkbaar had hij gezien dat het licht in haar kantoor was aangegaan. 'Zou u even naar het kasteel willen komen? Dan kunt u reageren op de beschuldigingen tegen u. Dan houdt die onzin hopelijk op.'

'Wat bedoelt u daarmee?' Thea was verbaasd. 'Welke beschuldigingen?'

Hij had echter al opgehangen.

Thea ving een glimp van zichzelf op in de spiegel boven de gootsteen. O, wat zag ze eruit. Haar haar was helemaal in de war door de wind en regen. Snel opende ze haar handtas. Portemonnee, sleutels, tissues, wat snoep... Waar was haar kam? Ze keerde haar tas om boven het bureau. Daar was hij. Nadat ze haar haar had gekamd en haar spullen weer in haar tas had gestopt, pakte ze haar paraplu en haastte zich naar het kasteel.

'Moest dat zo lang duren?' Georg Berger keek Thea geïrriteerd aan.

'Wilt u me alstublieft vertellen...' begon ze.

Zonder nog een woord te zeggen draaide hij zich om en liep de werkkamer in. Thea zette de paraplu neer in de hal en volgde hem boos. De stethoscoop bungelde nog steeds aan het gewei van de door motten aangevreten hertenkop. In de kamer stonden een stuk of zes vrouwen en ze keken allemaal grimmig.

Georg Berger maakte een ongeduldig gebaar met zijn hand. 'Nu dokter Graven hier is, kunt u haar zelf vertellen waarvan u haar beschuldigt.'

'Ja?' Thea keek de vrouwen vragend aan. Ze kende hen niet allemaal, maar twee boerenvrouwen waren haar patiënten en behoorden tot de groep die duidelijk maakte dat ze haar niet accepteerden als arts. Een van de dorpelingen stapte naar voren. Het was een oudere vrouw met grijs haar dat in een krans om haar hoofd was gevlochten.

'Zoals ik al heb gezegd, verspreidt dokter Graven immorele afbeeldingen.' Ze vouwde het vel papier dat ze in haar handen had open en hield het beschuldigend omhoog voor Thea.

Het was een pagina die uit een van Katja's damesbladen gescheurd was. Thea had de bladen een week eerder in de wachtkamer neergelegd en daar hadden ze niet langer dan een dag gelegen. Op de bladzijde stond een advertentie voor lingerie. De bustehouder en jarretels zagen er op de paspop hoogstens zo kuis uit als een badpak. Thea moest bijna hardop lachen.

'Is er nog iets waar u me van beschuldigt?' vroeg ze kortaf.

'Ja, u hebt...' Een andere vrouw, die onder haar jas een schort droeg, slikte, alsof ze moeite had om de woorden uit te spreken. '... een kind aangezet tot immoreel gedrag.'

'Neem me niet kwalijk?' Thea was verbijsterd. 'Waar hebt u het over? En wie bent u eigenlijk?'

'De tante van Lotti Kerpen. Mijn broer heeft me verteld wat u tegen Lotti hebt gezegd.'

Het duurde even voordat Thea het begreep. Lotti Kerpen was het elfjarige meisje dat in paniek was geraakt door haar eerste menstruatie. 'Sorry, maar wat heb ik voor verwerpelijks gezegd?'

'Dat... die omgang niet zondig is, integendeel.' De vrouw staarde beschaamd naar haar tenen.

'En er is nog iets.' De ogen van een andere dorpeling keken boosaardig. Ze was achter in de veertig en behoorlijk mollig. Ze was een keer bij Thea geweest vanwege haar hoge bloeddruk. 'De dokter kocht van die dingen in de apotheek in Monschau, condooms... Dat weet ik van mijn buurman. En die had het weer van iemand uit zijn familie gehoord.'

Ja, toen zij om de condooms had gevraagd, was er een vrouw de apotheek binnengekomen. Thea herinnerde het zich vluchtig. Blijkbaar hadden de dorpelingen al deze beschuldigingen tegen haar verzameld. Waarschijnlijk zat zuster Fidelis hierachter. Thea kon zich tenminste niet voorstellen dat de vrouwen zonder haar medeweten en goedkeuring bij Georg Berger kwamen opdraven.

'In elk geval willen wij deze vrouwelijke dokter niet meer zien hier in Eichenborn,' zei de vrouw met het gevlochten kapsel.

'Inderdaad,' bevestigden de anderen. 'Ze moet vertrekken.'

Georg Berger had alles in stilte aangehoord, terwijl hij tegen zijn bureau leunde. Nu deed hij een stap naar voren.

'Bent u helemaal gek geworden? Wie ik in mijn praktijk in dienst heb, is nog steeds mijn zaak,' zei hij bars. 'En nu vertrekt u. Allemaal!'

'Als ze blijft, komen we niet meer naar de praktijk,' bevestigde de mollige vrouw, die last had van een hoge bloeddruk. 'En er zijn er nog veel meer die er net zo over denken.'

'Eruit!'

De dorpelingen keken elkaar even aan en liepen toen met opgeheven hoofd de werkkamer uit.

Georg Berger keek hen boos na.

Thea stond nog steeds als door de bliksem getroffen. De beschuldigingen hadden haar echt gekwetst. Hoe absurd het ook was, het hele gebeuren was ook nogal kwaadaardig geweest.

'Bedankt dat u mij verdedigde, dokter Berger,' zei ze ongemakkelijk.

Hij draaide zich naar haar om, zijn uitdrukking nog steeds boos.

'Ik laat me niet door een paar nonnen vertellen hoe ik mijn praktijk moet runnen,' zei hij streng. 'Hoewel er veel minder gedoe was voor u deze baan aannam. En nu zou ik graag weer aan het werk willen.' Hij gebaarde naar een opengeslagen studieboek op zijn bureau. Aan de anatomische tekeningen zag Thea dat het over chirurgie ging.

Ze slikte haar woede om zijn onvriendelijke reactie in. Gelukkig had hij zaterdag vrij en zou ze hem een tijdje niet zien. 'Ik ga al.'

'Fijn...' Hij ging aan zijn bureau zitten.

Thea verliet de werkkamer en liep de gang door. Buiten het kasteel begon haar hart plotseling wild te bonzen en had ze opnieuw het gevoel dat ze niet kon ademen. Ze liet zich tegen de muur zakken, terwijl de koude regen in haar gezicht werd geblazen. Pas na enkele ogenblikken kalmeerden haar hartslag en ademhaling voldoende om door te kunnen lopen.

Rond tien uur klapte Thea het bed in haar spreekkamer uit. Ze was nog steeds verdrietig en boos en het duurde lang voordat ze de slaap kon vatten. Ze werd uit een onrustige droom gewekt door het rinkelen van de telefoon. Verdwaasd ging ze rechtop zitten en nam op.

'De praktijk van dokter Berger, met dokter Graven,' mompelde ze.

'Ik ben zo blij dat jij opneemt, Thea!' Marlenes opgewonden stem klonk in haar oor. 'Katja is nog niet thuisgekomen. Ik ben zo bezorgd!'

Thea zag de wijzerplaat van haar horloge glinsteren in het donker. Twee uur. Ze tastte naar de lichtknop.

'Hoe weet je dat ze nu niet thuis is?'

'Ik kon niet slapen. Ik had haar zeker thuis horen komen.'

'Katja wordt volwassen. Ze is waarschijnlijk uit met een man. We denken allebei dat ze iemand heeft.'

'Ze is nog maar net volwassen. In sommige opzichten gedraagt ze zich nog als een kind. Anders komt ze altijd uiterlijk om één uur thuis, omdat ze geen problemen wil met vader. Ik weet zeker dat er iets met haar is gebeurd. Kun jij haar alsjeblieft gaan zoeken?'

'Marlene, ik heb nachtdienst. Ik kan hier niet weg.' Thea wilde er liever niet aan denken hoe Georg Berger op haar verzoek zou reageren. Zeker niet na de scène met de dorpelingen die eisten dat ze vertrok.

'Ik zou wel alleen willen gaan...' Marlene had waarschijnlijk niet eens naar haar geluisterd. '... maar vader is bij een vriend in Aken en mevrouw Mageth is op bezoek bij haar zus. Zij heeft haar vrije dag en ik wil de kinderen niet alleen laten. Je weet dat Arthur vaak nachtmerries heeft en hij raakt in paniek als hij wakker wordt. En met Liesel gaat het nog steeds niet helemaal goed.' Haar altijd zo verstandige oudere zus klonk radeloos en was bijna in tranen. Thea begreep niet waarom ze zo heftig reageerde op Katja's afwezigheid.

Nu barstte Marlene echt in huilen uit. 'Alsjeblieft, Thea... Ik zal het mezelf nooit vergeven als er iets met Katja gebeurt,' snikte ze.

Haar zussen hadden veel voor haar gedaan sinds ze naar Eichenborn was verhuisd en waren haar steeds tot steun geweest. Thea geloofde niet dat Katja ernstig gevaar liep, maar misschien zat ze in een lastig parket. Soms was ze immers nogal onnadenkend. Thea kon haar nu niet in de steek laten. Ze zou de toorn van haar baas dus moeten verduren.

'Heb je enig idee waar Katja zou kunnen zijn?'

'Ze zei dat ze wilde gaan dansen.' Marlene klonk wat rustiger.

'Nou, alle nette zalen zouden nu al gesloten moeten zijn. Had ze met iemand afgesproken?' Met de telefoon nog in haar hand greep Thea haar jas en tas.

'Ja, en daarom maak ik me zo veel zorgen. Ik had haar vriendin net aan de telefoon. Rond half elf hebben ze afscheid genomen. Katja zei dat ze "nog één drankje ging pikken" in een restaurant aan de Roer, je weet hoe ze soms praat. Daar zijn een aantal gelegenheden die nogal slecht bekendstaan.'

Thea dacht aan de roddels die ze op de kermis had gehoord. Bij het riviertje, aan de rand van het stadscentrum, stond een aantal nogal vervallen restaurants. Ze had ze wel gezien tijdens haar bezoeken aan Monschau. 'Dan zal ik daar gaan zoeken.'

'Bedankt, Thea! Maar pas goed op jezelf, oké?' Marlene klonk weer alsof ze in huilen uit zou barsten. 'Katja draagt een lichtgekleurde jas, een broek en een blauwe coltrui. Misschien helpt dat je bij het zoeken.'

Toen ze de praktijk uit stapte, voelde Thea meteen een koude motregen in haar gezicht. Hoogstwaarschijnlijk was Marlenes bezorgdheid ongegrond en lag Katja lekker in een warm bed in de armen van een man. Natuurlijk dacht ze weer niet na over de commotie die ze veroorzaakte.

Gelukkig brandde het licht in de werkkamer nog. Georg Berger leek nog op te zijn. Door het raam zag ze hem aan zijn bureau zitten, intens geconcentreerd over een boek gebogen, zijn gezicht vermoeid, maar zonder zijn gebruikelijke geïrriteerde uitdrukking.

Ze moest denken aan de avond dat ze zijn ontwrichte schouder had gezet. Hij had gezegd dat hij dokter was geworden om ziekten te overwinnen. Op zijn eigen manier hield hij zeker van zijn werk, al was hij dan misschien niet dol op zijn patiënten. En zeker niet op zijn medewerker, die hem nu kwam vragen een uurtje of twee haar dienst op zich te nemen.

Thea haalde diep adem en liet de deurklopper vallen. Het geluid galmde hard door het gebouw. Er scheen licht in de hal.

Even later vloog de deur open en stond haar baas voor haar in zijn gebruikelijke versleten trui.

'Is er een probleem?' Zijn toon was kort en nuchter. Hij was er klaar voor om met haar mee te gaan als er een noodgeval was.

'Neem me niet kwalijk dat ik u stoor.' Thea slikte. 'Er is geen medisch noodgeval. Het gaat over mijn jongere zus. Ze is niet thuisgekomen en mijn oudere zus maakt zich daar grote zorgen over. Zij vroeg me haar te gaan zoeken. Ik weet dat het veel gevraagd is, maar zou u een paar uur voor me kunnen invallen? Ik kom zo snel mogelijk terug.'

'Is uw jongere zus niet onlangs meerderjarig geworden?' Georg Berger deed geen moeite om zijn ongenoegen te verbergen.

'Ja, dat is waar. Maar ze woont nog bij mijn vader en ze zou niet zomaar een nacht wegblijven.' Lieve help, nu had ze het over haar vader tegen Georg Berger. 'Het zal niet meer gebeuren, dat beloof ik. En ik zal uw volgende nachtdienst overnemen.'

Hij aarzelde en knikte toen kort. 'Oké, ga maar.'

'Hartelijk dank, dat is erg genereus van u.' Thea slaakte een zucht van verlichting. Dat was makkelijker gegaan dan ze had verwacht.

Toen ze over het plateau reed en vervolgens de steile weg naar Monschau afdaalde, was het nog harder gaan regenen. Zoals zo vaak bij dit weer was het in het dal echter overgegaan in een soort mist. Thea was blij de natte, glibberige straten achter zich te hebben gelaten. Ze stapte uit de Opel en keek om zich heen. De vakwerkhuizen aan de Roer in het buitengebied van Monschau zouden er waarschijnlijk ook bij goed weer niet mooi uit hebben gezien. Er was geen straatverlichting. Thea liet haar zaklamp over de gevels schijnen. Veel ramen waren dichtgetimmerd en de geur van schimmel hing in de koude, vochtige lucht.

Twee mannen kwamen op Thea af. 'Hallo, lieverd,' mompelde er een dronken en hij deed een stap in haar richting. Thea greep de zaklamp wat steviger vast.

'Ik ben vroedvrouw en ik moet helpen bij een bevalling,' zei ze zo zelfverzekerd mogelijk. Ze liep snel verder. Een oudere collega had haar ooit geadviseerd om dat te zeggen. De woorden vroedvrouw en bevalling leken bij de meeste mannen respect op te roepen. Terwijl het woord dokter juist nog meer vragen en plagerijen uitlokte. Net als in Hamburg werkten de twee toverwoorden ook hier en liepen de dronken mannen verder.

Thea haalde diep adem. Die verdraaide zus van haar... Een uithangbord van een café lichtte op in de regenachtige nacht. Door de gesloten luiken hoorde ze gedempte Amerikaanse muziek. Thea duwde de deur open. Bierdamp en sigarettenrook kwamen haar tegemoet. Ondanks het late uur was de gelagkamer nog vol. Veel mannen droegen leren jacks en platte petten. Onder de gasten waren ook enkele Belgische en Engelse soldaten. De meeste vrouwen waren wulps gekleed en zwaar opgemaakt. Thea zag Katja nergens. Ze drong zich tussen de mannen aan de bar.

'Mag ik wat vragen? Was hier eerder een jonge vrouw? Ze is begin twintig met krullend bruin haar en draagt een lichtgekleurde jas, broek en coltrui,' zei ze tegen de man achter de bar.

'Niet dat ik weet.' Hij haalde zijn schouders op en keek om zich heen. 'Of heb jij zo iemand hier gezien?'

'Nee, maar het klinkt wel goed.'

'Hé, schat, wil je niet blijven en bij ons komen zitten?' De mannen hinnikten luid.

Thea draaide zich zwijgend om en verliet het café. Twee deuren verderop was nog een café. Ook hier was het nog erg druk. Thea keek zoekend om zich heen. En ja hoor, daar was haar zus. Katja zat achter in de gelagkamer tegen een jonge man gedrukt op een bankje. Ze had een bierflesje in haar hand. Haar haar zat warrig voor haar gezicht en de hand van de jongeman lag op haar dij. Thea baande zich een weg tussen de gasten door. Katja's lippenstift was uitgelopen, zag ze nu. Een deel ervan zat op de mond van haar metgezel. Voor hen op tafel stond een hele reeks lege borrelglaasjes en bierflesjes.

'Hé, jij daar...' Thea schudde de jonge kerel ruw aan zijn schouder. 'Ga weg en laat me alleen met mijn zus.'

'Maar...' Met een trage glimlach draaide de dronken jongen zijn gezicht naar haar toe.

'Ga nu weg!' Thea was woedend. 'Kom op, snel een beetje!'

'Vooruit dan maar.' Iets in haar boze blik deed hem zijn handen opheffen en opstaan.

'Thea...' Katja keek haar met glazige ogen aan. 'Wat... Wat doe jij hier?'

'Ik was jou aan het zoeken. Marlene is buiten zichzelf van zorgen. Wat denk je wel, om in zo'n hol te blijven rondhangen? Kom, ga met me mee.'

'Schreeuw niet zo tegen me!'

'Kom op...' Thea greep Katja's jas en hing die om haar schouders. Wankel kwam haar zus overeind. Haar adem rook sterk naar bier en schnaps. Lieve hemel, wat had ze allemaal gedronken?

Thea gaf haar een arm om haar te ondersteunen. Ze hadden bijna het midden van de gelagkamer bereikt toen plotseling de voordeur openvloog en geüniformeerde mannen binnen kwamen rennen. Ze zwaaiden met wapenstokken. Thea besefte met afgrijzen dat het Duitse politieagenten waren en soldaten van de Britse marechaussee, die ze herkende aan hun kenmerkende rode petten.

'Politie! Iedereen tegen de muur.' De kreten van de geüniformeerde mannen vulden de ruimte. De gasten schreeuwden. Sommigen renden naar een achteruitgang, maar ook door die deur drongen nu politieagenten naar binnen. Thea en Katja werden tegen de bar gedrukt. Het was een razzia. De politie was waarschijnlijk op zoek naar smokkelaars en prostituees om onderzocht te worden op geslachtsziekten. De geallieerden maakten zich grote zorgen over hun soldaten. Ook in Hamburg, dat deel uitmaakte van de Britse bezettingszone, waren om deze reden vaak razzia's gehouden.

'Tegen de muur.' Twee Duitse politieagenten grepen Thea vast en duwden haar ruw door de gelagkamer.

'Maar ik ben een dokter,' protesteerde Thea. 'Laat mij en mijn zus nu los.'

'Dokter!' Een van de politieagenten lachte honend. 'Nou, dat is een originele smoes voor een hoer.'

'Wacht even... Ik kan het bewijzen.' Thea opende haar tas en tastte naar haar portemonnee, waarin haar dokterskaart zat. Die kon ze echter niet vinden. O nee! Het zweet brak haar uit toen ze besefte dat ze die in haar spreekkamer had laten liggen toen ze haar tas op het bureau had leeggekiept.

'Thea,' jammerde Katja in paniek. 'Ze... Ze kunnen ons niet arresteren.'

'Probeer nuchter te lijken,' siste Thea met gedempte stem.

'Hop, alle vrouwen naar buiten.' De agenten dreven de vrouwen bijeen en leidden hen vervolgens naar buiten naar een politiebusje. Somber stapte Thea achter Katja in. Hoe konden ze zich uit deze vernederende situatie redden zonder ophef te veroorzaken?

24

Na een paar minuten kwamen ze aan bij een politiebureau aan de rand van het centrum van Monschau. Thea, Katja en de andere gearresteerde vrouwen werden naar een ruimte op de begane grond gebracht. Achter een houten slagboom was een oudere politieagent aan het telefoneren. Sommige vrouwen, waarschijnlijk prostituees, scholden en protesteerden. Anderen, die waarschijnlijk onbedoeld in deze situatie waren beland en gewoon lol wilden hebben in het café, durfden niets te zeggen of huilden zachtjes.

Thea ging naast Katja op de houten bank zitten. 'Wie was die jonge man bij wie je zat?' fluisterde ze tegen haar.

'Ik weet het niet…'

'Dus je kent hem niet?'

'Nee, ik zag hem voor het eerst…' Katja boog haar hoofd. 'Ik voel me helemaal niet goed.'

Die man was dus tenminste niet haar mysterieuze minnaar. 'Wat is er met jou aan de hand? Waarom ben je naar die bar gegaan en dronken geworden?' Katja zag er echt ellendig uit, waardoor Thea haar woede een beetje voelde afzakken.

'Liefdes… Liefdesverdriet.' Tranen welden op in de ogen van haar zus. 'Ik heb ruzie met mijn vriend.'

Lieve help, dacht Thea. 'Geef me je portemonnee.' Thea gluurde naar de politieagent. Hij was nog steeds aan de telefoon en negeerde de vrouwen. De twee jonge agenten in uniform die op de vrouwen moesten letten, fluisterden en giechelden tegen elkaar.

Katja reikte haar de chique leren tas aan. Thea opende die. Zoals verwacht vond ze al snel lippenstift, rouge en een kwast.

'Draai je gezicht naar mij toe. Ja, zo.' Snel veegde ze Katja's lippen schoon, bracht de lippenstift opnieuw aan en poederde haar bleke wangen.

'Probeer alsjeblieft nuchter te lijken, zoals ik al zei,' fluisterde Thea tegen haar zus. Toen liep ze naar de politieagent, die zijn gesprek net beëindigd had.

'Meneer agent, ik wil nu uw chef spreken,' eiste ze. 'Ik ben dokter, mijn naam is dokter Thea Graven. Mijn zus en ik worden hier onwettig vastgehouden.' Ze sprak resoluut, alsof ze het tegen een patiënt had die niet wilde luisteren.

De agent aarzelde, maar stond uiteindelijk op en verdween in een aangrenzende kamer. Even later verscheen hij weer en wees met zijn duim naar de open deur. 'U kunt zich melden bij inspecteur Wagner.'

'Katja...' Thea wendde zich tot haar zus. Gelukkig slaagde ze erin overeind te komen en recht te lopen.

De inspecteur, een man met grijs haar, keek hen met gefronste wenkbrauwen aan.

'Wie van jullie is de dokter?' vroeg hij toen.

'Ik, inspecteur.' Thea deed een stap naar voren.

'En waarom hebt u mijn mensen uw dokterskaart niet laten zien?'

'Die heb ik per ongeluk thuis laten liggen. Luister... Ik werk als dokter voor dokter Berger in Eichenborn. Vanavond ben ik bij mijn zussen geweest. Mijn vader, professor Wilhelm Kampen, is de hoofdarts van het plaatselijke ziekenhuis. Er kwam een telefoontje dat er iemand gewond was geraakt in het café. Mijn vader was er niet. Daarom ging ik er met mijn zus Katja Kampen heen. Ik wilde er niet alleen naartoe. Het gebied heeft nu niet echt een goede reputatie.'

'Voor zover ik weet, is er geen gewonde onder de gearresteerden.' De inspecteur vouwde zijn armen voor zich op het bureau.

'De stem aan de telefoon was moeilijk te verstaan.' Thea probeerde kalm te klinken. 'Ik heb het waarschijnlijk verkeerd verstaan.'

'En waar is uw dokterstas?'

O nee, daar had ze niet aan gedacht. Toen ze het verhaal in de politiebus had verzonnen, had het allemaal zo aannemelijk geleken.

'Die ligt nog in het café.' Thea keek de inspecteur in de ogen. 'Het is allemaal heel snel gegaan.'

'Die tas moet daar dan nog steeds liggen.' De inspecteur krabde peinzend aan zijn kin. 'U werkt dus voor dokter Berger, en u en deze jongedame...' De inspecteur wees naar Katja, die Thea's arm greep voor wat extra steun. '... zijn de dochters van professor Kampen.'

'Zo is het.' Thea knikte.

'En wie moet ik vragen om u te identificeren? Dokter Berger of professor Kampen?' De ogen van de inspecteur fonkelden.

Thea slikte. Het was ondenkbaar dat ze dit aan hun vader zouden vertellen. 'Bel dokter Berger maar,' zei ze toonloos.

'Ja, ik kan bevestigen dat deze vrouw mijn werknemer dokter Graven is.' De stem van Georg Berger deed Thea schrikken. Ze was in slaap gevallen met Katja's hoofd op haar schouder. Haar baas stond samen met inspecteur Wagner voor haar. Het zou een understatement zijn om te zeggen dat hij boos keek. Hij was laaiend.

'Nou, dokter Graven, het was niet verkeerd bedoeld. Excuses voor het ongemak. De gelegenheden aan de Roer hebben een slechte naam en aangezien u geen identiteitsbewijs kon overleggen.' De inspecteur knikte naar haar en ging toen terug naar zijn kantoor.

'Katja.' Thea stootte haar zus aan.

'Wat is er aan de hand?' Katja's ogen werden groot en ze had duidelijk moeite om zich te oriënteren.

'Kom met me mee.' Thea hielp haar opstaan. Achter Georg Berger aan liepen ze langs de agenten die de wacht hadden gehouden. Ze slaakte een zucht van verlichting toen ze eindelijk buiten waren. Het miezerde nog steeds en aan de oostelijke hemel was een heldere streep te zien.

'Dokter Berger, bedankt voor...' begon Thea.

Maar haar baas onderbrak haar. 'Verdorie, als u uw zus nog eens midden in de nacht uit een compromitterende situatie moet zien te redden, laat mij er dan buiten.'

'Het spijt me echt heel erg. Ik had mijn dokterskaart niet bij me en...'

Ze waren nu bij de Ford. Thea opende het achterportier.

'Ik voel me zo beroerd,' kreunde Katja. Ze leunde tegen de auto en gaf over.

'Zorg er wel voor dat ze niet in de auto overgeeft.' Georg Berger nam plaats achter het stuur.

Thea hielp haar zus op de achterbank en ging toen naast haar zitten.

'Wilt u haar meenemen naar Eichenborn?' vroeg Georg Berger haar.

Marlene moest inmiddels gek van zorgen zijn. 'Kunt u mijn zus misschien naar de villa van mijn vader brengen?' vroeg ze hem. Ze gaf hem het adres. 'Het is niet echt om.'

Georg Berger gromde iets in zichzelf. Het klonk als een vloek.

Ze reden zwijgend naar het centrum en vervolgens bergopwaarts door de donkere, kronkelende straatjes van de stad. Katja kreunde bij elke bocht. Thea had haar graag door elkaar geschud van woede.

'Is dit het juiste adres?' Georg Berger stopte uiteindelijk voor het tuinhek van de villa. Achter de luiken van de woonkamer brandde nog licht.

'Ja.' Thea schudde haar zus aan haar arm. 'Kom op, we zijn er!' Ze stapte uit de auto. Katja schoof over de achterbank en duwde zichzelf uit de auto. Ze klampte zich zwaaiend aan de deur vast.

'Ik voel me nog steeds zo ziek,' jammerde ze.

'Verdorie! Zo gaat het eeuwig duren.' Georg Berger stapte nu ook uit en legde Katja's arm om zijn schouders. 'Nooit dronken worden als je niet tegen alcohol kunt.'

Met z'n drieën beklommen ze de treden naar het huis. Ze waren nog niet boven toen de voordeur openvloog en Marlene op hen afkwam. 'Ik dacht dat ik een auto hoorde stoppen. Gelukkig, Thea, jij bent het! O, dokter Berger?' Ze keek hem verbaasd aan.

'We kunnen Katja het beste naar de woonkamer brengen,' zei Thea snel. Ze moest er echt niet aan denken dat Georg Berger Katja ook nog de trap op moest helpen. Ze vermeed het om hem aan te kijken, maar zijn woede was voelbaar in de lucht.

Ze liepen door de grote hal. In de woonkamer liet Georg Berger Katja nogal ruw op de bank zakken.

'Ik zal in de auto op u wachten,' zei hij kortaf tegen Thea.

'Ik kom er zo aan.' Thea hielp Katja te gaan liggen en spreidde een deken over haar heen.

'Thea... Katja is duidelijk dronken! Wat is dit allemaal? En waarom was je baas erbij?'

'Ik zal het je een andere keer uitleggen. Ik kan Georg Berger niet laten wachten. Hij is erg boos en er is niemand in de praktijk. Het lijkt me een goed idee om een emmer te halen. Katja zal nog wel een keer overgeven.'

'Ik blijf vannacht bij haar. Dank je, Thea.' Marlene glimlachte zwakjes. 'O, ons domme zusje.'

'Ik zou haar nek wel kunnen breken en haar een pak slaag kunnen geven en...' Thea zweeg. In de hal ging het licht aan en hun vader verscheen in de deuropening, een ochtendjas over zijn pyjama, zijn haar in de war.

'Wie was er aan de deur, Marlene? Ben ik nodig in het ziekenhuis?' Hij zweeg even en zijn blik viel op Katja, die weer zacht kreunde. 'Is Katja ziek?' Pas toen merkte hij Thea op. 'Wat doe jij hier?' vroeg hij verbaasd.

'Vader...' kwam Marlene tussenbeide.

'Wat is er met Katja?' Haar vader keek van Marlene naar Thea.

Toen Katja haar naam hoorde, werden haar ogen groot.

'Dank je wel, Thea,' mompelde ze. 'Vader, ik ben... in orde.' Ze kokhalsde en Thea dacht: o nee, niet doen! Toen leunde ze naar voren en gaf over op het tapijt.

'Katja!' De stem van hun vader klonk donderend. Hij had een geschokte uitdrukking op zijn gezicht.

Opeens had Thea het gevoel dat ze zichzelf, haar zussen en haar vader op een theaterpodium zag staan. Een hysterische lach rees in haar op. Ze vluchtte de woonkamer uit en rende de trap af naar de straat. Ze opende het passagiersportier van de auto en liet zich op de stoel glijden.

'Dokter Berger, nogmaals bedankt dat u naar het politiebureau bent gekomen en mij en mijn zus hebt opgehaald.' De drang om te lachen was even plotseling verdwenen als hij was gekomen. Thea was gewoon moe en de situatie was oneindig gênant. 'Het spijt me allemaal heel, heel erg. Dat u midden in de nacht eruit moest en...'

Hij liet haar niet uitpraten. 'Waar staat de Opel?'

'Aan de Roer, bij die vervallen gebouwen.'

'Geweldig.' Georg Berger gromde weer geïrriteerd en startte de motor.

'Als u me daar afzet, rij ik hem meteen terug.'

'Nee, ik wil de praktijk niet langer onbeheerd laten. De ervaring leert dat ongelukken altijd gebeuren als er geen dokter in de buurt is.'

'Als u iemand inhuurt om de auto naar Eichenborn te brengen, betaal ik dat natuurlijk.'

Georg Berger negeerde haar opmerking. 'Uw zus zou waarschijnlijk wel baat hebben gehad bij een nachtje in de gevangenis. Misschien was ze daar wel genezen van dat onvolwassen, dwaze gedrag.'

'Ja, ik weet dat ze zich onmogelijk heeft gedragen. Maar ze is jong en ze wil van het leven genieten, en een nachtje in de gevangenis... Dat zou een enorm schandaal hebben betekend in dit stadje.' Thea sloeg haar armen om zich heen. Ze kon zich niet voorstellen hoe haar vader daarop zou hebben gereageerd.

'En dan? Iedereen moet leven met de gevolgen van zijn of haar gedrag.'

'O ja? Geldt dat ook voor u?' Thea beet op haar lip. Ze had het eruit geflapt voordat ze erg in had, maar ondanks haar schuldgevoel voelde ze woede opkomen. Georg Berger had gelijk. Maar toch...

'Wat bedoelt u daarmee?' De scherpe toon in zijn stem was onmiskenbaar.

'Niks.'

'Dan is het goed.'

Wat was hij arrogant en zelfingenomen! Thea kreeg ineens een waas voor haar ogen. 'Mag ik u eraan herinneren dat ik u nog niet zo lang geleden stomdronken in het kasteel aantrof?' vroeg ze op ijskoude toon. 'Als ik de ambtenaar van de gezondheidsdienst niet had tegengehouden, was u waarschijnlijk uw artsenregistratie kwijtgeraakt.'

'Zo ver zou het niet gekomen zijn.'

Ze reden nu de steile weg naar Imgenbroich op. Onder hen lag Monschau. In sommige huizen brandde al licht.

'Zo kwamen de woorden van de beambte beslist niet over. Daarna hebt u me afgeblaft en beledigd, omdat ik Lioba Fromme in een ziekenhuis wilde laten opnemen. U accepteert niet eens dat ik daar spijt van heb. Maar als u die dag op tijd in de praktijk was geweest en mij niet in de steek had gelaten, was het waarschijnlijk helemaal niet gebeurd.' Thea was haar geduld verloren. Dit alles had al een lange tijd in haar hoofd gezeten. Ze begon te schreeuwen tegen Georg Berger. 'En er is nog iets... Ik kon zien dat u die middag dronken was. U hebt waarschijnlijk die ochtend ergens uw roes uitgeslapen. En dan beschuldigt u mijn zus van onvolwassen gedrag? En nu ik toch bezig ben... Het spijt me echt dat ik u en mevrouw Winter zag in de gang van het hotel in Bad Neuenahr. Ik wilde dat niet. Het kan me niet schelen dat u een affaire met haar hebt. Het interesseert me helemaal niets. Als u uzelf ongemakkelijk voelt door de hele situatie, ontsla me dan! Maar ik heb er genoeg van dat u voortdurend op me vit en me nog onbeschofter behandelt dan voorheen. Ik ben het echt beu.' Thea hield haar mond en voelde zich ineens alleen maar moe en uitgeput.

'Bent u nu klaar?' De stem van Georg Berger klonk kalm. Te kalm. Zijn ogen waren op de straat gericht, waarover de motregen in sluiers van dunne druppels werd voortgedreven. De omgeving was verlaten. Alleen in de verte waren de koplampen van een ander voertuig zichtbaar. Had dit landschap haar ooit echt gefascineerd?

'Ja, ik heb alles gezegd wat ik al heel lang wilde zeggen,' antwoordde Thea kortaf.

Georg Berger zei niets, maar zijn uitdrukking was grimmig en gespannen. Ook in Eichenborn brandde in sommige huizen al licht. Een boer stapte uit zijn stal en stak zijn hand op ter begroeting toen hij de oude wagen herkende. Op de weg naar de praktijk hobbelde de auto door de kuilen, net als anders, tot ze eindelijk bij de golfplaten garage aankwamen.

Georg Berger zette de motor uit en wendde zich tot Thea. 'De rest van de nacht is het uw beurt,' zei hij streng.

'Ja, natuurlijk.'

Georg Berger sloeg de autodeur dicht en sjokte naar het kasteeltje.

Thea liep naar de praktijk. Blijkbaar was ze nog niet ontslagen. Maar hoe moest het verder met haar en Georg Berger?

25

De rest van de nachtdienst verliep rustig. Rond half acht ging Thea naar haar huisje om zich snel te wassen, schone kleding aan te trekken en wat te eten. Ze was erg opgelucht dat Georg Berger vrij had vandaag.

Zodra ze terug was in de praktijk en zuster Fidelis hoorde aankomen op haar brommer, zette Thea zich echter weer schrap.

Toen de non haar gedag zei, klonk het Thea zoals altijd meer als een vloek dan als een vrome wens in de oren.

'Hebt u mijn planning voor me?' vroeg de non kortaf, terwijl ze haar hand uitstak.

'Die zes vrouwen die gisteravond bij dokter Berger verschenen heb ik aan u te danken, nietwaar, zuster?' Thea slaagde erin haar stem koel en beheerst te laten klinken, hoewel ze zich er nog steeds over opwond. 'Ik begrijp niet waarom u die vrouwen hebt gestuurd en niet zelf bent gekomen, want ik geloof niet dat u een lafaard bent.'

De non staarde Thea uitdrukkingsloos aan.

'Of maakte u zich zorgen dat dokter Berger uw optreden niet echt zou kunnen waarderen? U vindt hem echt aardig immers. U moet toch hebben geweten dat hij zich niet zou laten chanteren?'

'Voor u ben ik in elk geval niet bang.' De ogen van de non lichtten minachtend op. 'Er klopt iets niet aan u. Daar ben ik absoluut zeker van. U bent de dochter van professor Kampen, maar u bent nooit in het ziekenhuis. Alleen op de eerste dag dat u voor dokter Berger werkte. En u was ook niet aanwezig op het feestje van uw zus in Hotel Ritter, toen ze haar eenentwintigste verjaardag vierde.'

'Hoe kunt u dat weten?' Thea stond perplex.

'Ik heb de eigenaar op de wereld geholpen.' Zuster Fidelis hief haar kin op. 'In deze omgeving kennen we elkaar allemaal. Hij vertelde het me. Uw vader, uw twee zussen en uw nicht en neef vierden daar haar verjaardag. Er was champagne, lekker eten en een ijstaart als toetje. Maar u was er niet bij. Dat had zeker niets te maken met het feit dat u die avond dienst had, daar ben ik vrij zeker van. Bovendien is er vast ook iets voorgevallen toen u Hamburg verliet. Ik zal het tot op de bodem uitzoeken, daar kunt u zeker van zijn.'

Thea verhief haar stem. 'U kunt nu gaan!' Zuster Fidelis keek haar minachtend aan en liep toen de kamer uit. Thea liet haar hoofd in haar handen zakken. Ze had Georg Berger nog steeds niet verteld dat ze in Hamburg was ontslagen. Maar maakte het wat uit in dit stadium? Ze had zich in lange tijd niet zo moedeloos gevoeld.

Rond tien uur kwam er een man in werkoverall naar de praktijk. Hij vertelde Thea dat hij de Opel in de golfplaten garage had geparkeerd. Georg Berger had dat dus geregeld. Even later hoorde ze haar baas wegrijden. De zaterdag ging maar langzaam voorbij. De kerkklokken gaven het middaguur aan en om drie uur luidden ze om de zondag aan te kondigen. Sommige patiënten kwamen met kleine problemen naar de praktijk en Thea werd twee keer weggeroepen naar een zieke. In de loop van de dag veranderde de motregen in stortregen, die uiteindelijk overging in een dikke mist. Het leek eerder herfst dan mei.

Even na zevenen hoorde Thea de Ford langsrijden en meteen daarna gingen de lichten in het kasteel aan. Thea wachtte tot haar baas de praktijk binnenkwam om door te nemen wat er was gebeurd terwijl ze dienst had. Dat deed hij eigenlijk altijd. Maar zelfs na een half uur was hij nog niet komen opdagen. Er was maar één verklaring: hij wilde haar niet meer zien, zelfs niet om professionele redenen. De enige reden dat hij haar die ochtend niet had weggestuurd, was dat hij de praktijk niet onbemand kon achterlaten terwijl hij weg was. Hoe had ze na haar uitbarsting op iets anders kunnen hopen?

Thea schreef op wat er die dag was gebeurd en legde het bericht op zijn bureau. Dan zou hij tenminste op de hoogte zijn als zijn nachtdienst begon. Daarna verliet ze de praktijk.

Eenmaal in haar huisje trok Thea een broek, een dikke jas en haar wandelschoenen aan. Ze moest gewoon naar buiten, even wandelen. Als ze afleiding had, zou ze tenminste niet meer zo piekeren. Ze liep nog even snel naar de schuur, waar ze wat eten in de kist legde, en haastte zich toen naar het moeras. De mist was nu zo dik dat het zicht hooguit vijftig meter was. Thea voelde de koude, vochtige lucht op haar gezicht en haar wangen werden klam.

De meeste van de dorpsbewoners wezen haar af en sommige vrouwen wilden haar zelfs uit het dorp weg hebben. Zuster Fidelis had een hekel aan haar. En Georg Berger… Hoe had ze zich zo kunnen laten gaan?

Als ze eerlijk was tegen zichzelf, was dat niet omdat ze vond dat hij haar oneerlijk had behandeld of omdat hij zo neerbuigend had gedaan over Katja. Ze was teleurgesteld. Na die avond waarop ze zijn ontwrichte schouder had gezet en de motorrit had ze gehoopt dat ze een vriendschappelijke relatie zouden kunnen ontwikkelen.

Nu zou ze voor de tweede keer in een paar maanden haar baan verliezen. En terecht. Hoewel haar vader een sterke afkeer had van Georg Berger, zou hij het op dit punt zeker met hem eens zijn. Je schreeuwde niet tegen een dokter die boven je stond en je bemoeide je niet met zijn privéleven.

Verderop in het moeras klonken nu vreemd vervormde geluiden. Meerdere knallen en een brullend geluid als van motoren. Maar Thea hoorde niets anders dan het geluid van haar voetstappen op de zachte grond. Ze had gefaald. Mislukt, mislukt… Met elke voetstap weerklonk het woord in haar hoofd. Haar droom om gynaecoloog te worden zou ze nooit kunnen verwezenlijken. Sterker nog, misschien zou ze zelfs nooit meer kunnen werken als arts.

Tranen welden op in haar ogen. Half verblind veegde ze die weg. Plotseling doemde er een motor voor haar op uit de mist. Hij reed recht op haar af. Ze slaakte een kreet en sprong opzij. De motorrijder zwenkte uit en slipte op de modderige grond. Aan de legergroene kleur te zien was het een motor die voorheen van de Wehrmacht was geweest. De motorrijder probeerde zich nog op te vangen, gleed enkele meters uit en viel toen op de grond.

'Bent u soms gek geworden? Zo hard door de mist rijden!' Thea rende naar hem toe, misschien was hij gewond.

Kreunend en vloekend stond hij op en zette de motor weer overeind.

'Hé!' Thea greep zijn arm. 'Ik zei wat tegen u.'

De chauffeur schudde zich los en keek haar toen aan. 'Ik ken u, u bent de dokter.' Hij zette zijn motorbril af. Een bleek, bezweet en vooral jong gezicht kwam eronder vandaan.

'Ja, inderdaad, dat ben ik.' Thea kon zich niet herinneren de man ooit te hebben gezien. Maar misschien was hij wel op de kermis geweest of had hij haar bij een andere gelegenheid ontmoet.

'U moet met me mee naar een gewonde! Hij ligt in een schuur in het moeras.'

Thea's professionele achtergrond kreeg de overhand en haar eigen zorgen verdwenen naar de achtergrond.

'Ik heb mijn dokterstas niet bij me, kunt u me even naar de praktijk brengen?'

'Dat gaat niet. Daar hebben we geen tijd voor. Kom alstublieft met me mee!' smeekte de jonge man, duidelijk wanhopig. 'Hij… Misschien bloedt hij wel dood.'

'Goed.' Thea ging achter hem op de motor zitten. Dan moest ze maar improviseren.

Ze reden over hobbelige wegen en paden, door diepe plassen en smalle beekjes. Een paar keer gleden ze bijna uit. Het water spatte op Thea's gezicht en twijgen streken langs haar wangen. Ze dacht weer aan die vreemde geluiden die ze eerder gehoord had. Waren het schoten geweest? Zouden de motorrijder en de gewonde smokkelaars zijn die betrapt waren door de politie?

Thea had geen besef meer van tijd en had geen idee waar ze waren, toen voor hen in de mist een soort veldschuur opdoemde. Terwijl de motorrijder zijn voertuig tot stilstand bracht, ving Thea een glimp op van enkele berken, coniferen en struiken in de omgeving. Er tussenin stond een voertuig dat er militair uitzag, misschien een jeep.

De motorrijder wierp de schuurdeur open en Thea volgde hem naar binnen. Onder een van de ramen lag een man. 'Daar ben je, Heiner…'

De stem kwam Thea bekend voor. Toen de man een beetje rechtop ging zitten en het vale licht op zijn gezicht viel, herkende ze hem. Het was Axel Heimbach.

'Ik kwam de dokter in de Venen tegen en heb haar meegebracht.' De jonge man wees naar Thea.

'O, dokter Graven…' Er verscheen een glimlach op Axel Heimbachs gezicht. 'Ik… Ik heb een aanvaring gehad met de politie. En… ze hebben me behoorlijk te pakken genomen.'

'U bent een van de smokkelaars, hè?' Thea knielde naast hem neer en knoopte zijn overhemd los. Hij was op twee plaatsen onbeholpen verbonden. De grond onder hem was doordrenkt met bloed.

'Ja…'

Ze verwijderde voorzichtig het verband dat bestond uit zakdoeken en stroken van overhemdstof. De ene kogel was door zijn zij gegaan en de andere kogel zat voor in zijn schouder.

'U moet naar een ziekenhuis. Afgezien van het feit dat ik geen medische apparatuur of ontsmettingsmiddelen bij me heb, zou het veel te gevaarlijk zijn om de kogel in uw schouder hier te verwijderen,' zei ze resoluut.

'Nee, dat kan niet.'

'Er is zoiets als medisch beroepsgeheim. Mijn vader houdt zich er strikt aan. Schotwonden hoeven niet gemeld te worden.'

'De politie en de douaniers vermoeden of weten zeker dat ze een van ons hebben neergeschoten. Ze houden het ziekenhuis ongetwijfeld in de gaten. En een van de verpleegsters of iemand anders van het personeel praat zeker zijn mond voorbij.' De zojuist zwakke stem van Axel Heimbach had nu luid en dringend geklonken. Hij maakte een woest gebaar met zijn hand. Zijn gezicht vertrok meteen van de pijn.

'De kogel zit heel dicht bij de slagader. Mogelijk is de slagader beschadigd en werkt de kogel als een soort prop. Als ik hem verwijder, moet de ader onmiddellijk worden vastgeklemd en gehecht. Anders bloedt u dood.'

'Zou u me kunnen opereren als u uw instrumenten had?'

'Nee,' antwoordde Thea resoluut. 'Ik denk niet dat ik daartoe in staat ben.' De herinnering aan de mislukte operatie in Hamburg deed haar huiveren.

'Ik ga niet naar het ziekenhuis.' Axel Heimbach probeerde op te staan.

'Verdorie, blijf waar u bent!' snauwde Thea hem toe. Haar hersens maakten overuren. Ze wendde zich tot de motorrijder. 'Kunt u dokter Berger op de hoogte brengen van het incident en hem hierheen brengen?' De hernia van die arme, radeloze vrouw had hij zo vakkundig geopereerd, deze kogel verwijderen zou hem ook zeker lukken.

De man wisselde een blik met Axel Heimbach. Die knikte. 'Probeer het. Dokter Berger zal ons niet verraden.'

'Geef me uw overhemd,' zei Thea snel. De jonge man deed het uit.

Terwijl de motor wegreed en het geluid wegstierf, scheurde ze stroken van het overhemd en gebruikte die om de schotwonden te verbinden. Bij de wond in de schouder zorgde ze ervoor dat het geïmproviseerde verband de kogel op zijn plaats hield.

Axel Heimbach had al veel bloed verloren. Misschien zou een transfusie nodig zijn. Ze had zelf bloedgroep O, een bloedgroep die vrijwel altijd aansloeg. Zij zou dus bloed kunnen afstaan als hij niet…

'Meneer Heimbach!' Hij had zijn ogen gesloten en Thea raakte zachtjes zijn schouder aan. 'Hebt u ooit een bloedtransfusie gehad?'

Zijn oogleden trilden en hij keek haar aan. 'Nee.'

'Dan is het goed.' Dan had hij nog geen antistoffen tegen donorbloed ontwikkeld en zou een transfusie veilig zijn.

'Overweegt u om uw bloed aan mij af te staan?' Er verscheen een scheve glimlach op zijn gezicht. 'Ik wil uw bloed wel.'

'Hou uw mond!' Maar Thea moest ook glimlachen. 'Ik hoop dat een transfusie niet nodig is.'

'Nu zie ik u toch nog met Pinksteren. Ook al had ik het me niet zo voorgesteld.' De stem van Axel Heimbach was slechts een fluistering en hij sloot uitgeput zijn ogen.

Hopelijk kwam Georg Berger snel.

Het was bijna donker toen ze eindelijk de motor hoorde. Georg Berger kwam met de motorrijder de schuur in. Met de Ford zou hij natuurlijk niet zo ver in het moeras kunnen komen.

Axel Heimbach had liggen dommelen. Nu deed hij zijn ogen open. 'Dat duurde lang, Heiner,' mompelde hij.

'Overal waren wegversperringen, de politie is naar ons op zoek en ik moest een flinke omweg maken.' De stem van de jongeman klonk hoog van spanning.

Georg Berger knikte Thea kort toe. Toen deed hij een zaklamp aan. Hij hurkte naast Axel Heimbach neer en voelde zijn pols. 'Vermaledijde idioot!' snauwde hij. 'Je wist dat het vroeg of laat hierop uit zou draaien.'

Dus hij wist ook van de smokkel. Blijkbaar was zij de enige die er geen flauw idee van had gehad.

'Bewaar je preek voor later, Berger. Verwijder nu die vervloekte kogel.'

‘Het zou kunnen dat de schouderslagader is geraakt,’ bemoeide Thea zich ermee.

‘Dan moet hij in een ziekenhuis geopereerd worden.’

‘Ik kan niet naar een ziekenhuis!’ Axel Heimbachs stem brak. ‘Jij moet dit doen.’

‘Als ik je hier in dit niemandsland bij het licht een zaklamp opereer, sterf je waarschijnlijk onder mijn handen. Moet ik je lichaam dan in een moerasvijver dumpen? Of hoe stel je je dat voor?’

‘Je bent me iets schuldig, Berger!’ Axel Heimbach keek boos naar Georg Berger. ‘Dat weet je heel goed. Mijn leven voor dat van je vriend.’

Wat bedoelde hij daarmee? Blijkbaar kenden de twee mannen elkaar niet zomaar, zoals Thea eigenlijk al vermoedde.

Georg Berger beantwoordde kalm de blik van Axel Heimbach en schudde zijn hoofd. ‘Ik ben het je verschuldigd om je in leven te houden. Je bent een van de grootste smokkelaars uit de omgeving. Aanvaard dan verdorie de gevolgen en ga naar de gevangenis!’

‘Het gaat niet alleen om mij. Het netwerk is groots opgezet. Volgende week wordt er een paar ton koffie in militaire voertuigen over de grens gesmokkeld. Mijn contactpersoon is een Belgische officier. Hij onderhandelt alleen met mij. Als ik gearresteerd word, stort het hele gebeuren in. Het halve dorp is er op de een of andere manier bij betrokken, Berger. Dat weet je heel goed. Wil je dat ze allemaal hun geld verliezen? Voor velen betekent dit eindelijk weer een soort zekerheid. Ze kunnen hun huizen repareren of een tractor en meer vee kopen.’

‘Hou toch op! Het gaat je vooral om je eigen winst.’

‘Natuurlijk, dat is een mooie bijkomstigheid.’ Axel Heimbach liet een moeizaam, piepend lachje horen. ‘De meeste voormalige nazi’s hebben weer een hoge positie gekregen en hebben voor een zakcentje gezorgd toen ze een puinhoop van het land maakten. Dus waarom zou ik niet voor mezelf zorgen? Maar ook de mensen in het dorp hebben er veel voordeel bij.’

Georg Berger zei niets. Thea wist in haar hoofd wel dat Axel Heimbach naar een ziekenhuis moest worden gebracht. Maar in haar hart voelde ze dat ze zwichtte voor zijn argumenten.

Axel Heimbach pakte Georg Berger bij zijn arm. 'Ik wil het zo, Berger. Ik heb altijd met hoge inzetten gespeeld. Nu is die inzet mijn leven.'

'Oké, ik zal het doen,' zei Georg Berger ten slotte. 'Op twee voorwaarden. We brengen je naar de praktijk. Hier opereren zou niets anders dan zelfmoord zijn. En...' Hij keek naar Thea. 'Ik heb uw hulp nodig.'

Ze wist dat hij realistisch was over zichzelf en zijn kunde en dat ze hem kon vertrouwen. 'Ik help u. Ik heb trouwens bloedgroep O en de heer Heimbach heeft nog geen transfusie gehad, dus ik zou bloed kunnen doneren als dat nodig zou zijn.'

'Bedankt,' kreunde Axel Heimbach.

'Je mag ons pas bedanken als je dit verhaal hebt overleefd,' antwoordde Georg Berger droogjes. 'Nu moeten we je naar mijn auto brengen. Rijdt de jeep nog die voor de schuur staat?'

Heiner, die tot nu toe had gezwegen, knikte.

'Ik zal wel rijden, dokter.'

Thea zou zich die rit door de mist en de duisternis altijd als vreemd en onwerkelijk herinneren. Het licht van de koplampen werd weerkaatst door de vochtige lucht en het leek net alsof ze in een witachtig glinsterende cocon reden. De bomen en struiken die vaag voor hen opdoemden verdwenen weer, terwijl er meteen weer andere verschenen. Als ze niet had gevoeld hoe de jeep zich over dikke wortels en door greppels worstelde, zou ze zich zelfs hebben afgevraagd of ze überhaupt bewogen, zo moe was ze.

Ze zat op de achterbank met Axel Heimbach. Zijn hoofd lag op haar schouder. Ze probeerde hem te ondersteunen om hem zo min mogelijk heen en weer te laten schudden en de kogel in zijn schouder op zijn plaats te houden. Georg Berger zat voorin naast de chauffeur en had een sigaret opgestoken. Haar vader zou de geplande operatie onverantwoord hebben gevonden. Thea was zich er ook van bewust dat het onder deze bijzondere omstandigheden zeker riskant was, maar ze had een diep vertrouwen in Georg Berger.

Uiteindelijk viel het licht van de koplampen op een auto. Het was de oude Ford, die geparkeerd stond aan de rand van een bospad.

'Hier zijn we dan.' Georg Berger hielp Axel Heimbach voorzichtig uit de jeep en leidde hem naar zijn auto. 'Het spijt me, maar je moet in de kofferbak gaan liggen.'

Ondersteund door Georg Berger klom Axel Heimbach in de kofferbak. Zijn gezicht was erg bleek en zweetdruppeltjes parelden op zijn voorhoofd.

'Veel succes, dokter Berger, dokter Graven.' Hun chauffeur stak zijn hand op en startte de jeep.

Een beetje geluk kunnen we wel gebruiken, dacht Thea terwijl ze naast haar baas ging zitten. Hij keerde de auto en reed langzaam over de hobbelige bosweg. Normaal hield hij een halsbrekende snelheid aan, maar nu reed hij ook op de landweg heel voorzichtig, waarschijnlijk om te voorkomen dat Axel Heimbach door elkaar geschud werd in de kofferbak. Nu zag Thea ook waar ze waren: zo'n tien kilometer van Eichenborn vandaan. De mist hing nog boven de Hoge Venen, maar boven de Eifel was het helder. De bergen tekenden zich duidelijk af tegen de nachtelijke hemel. Hier en daar scheen een eenzaam licht in de duisternis.

'Verdorie!' vloekte Georg Berger. Op dat moment zag ook Thea de wegversperring. Hij stopte en graaide in zijn jaszak.

'Uw papieren, alstublieft.' Een politieagent boog zich naar het raam aan de bestuurderszijde.

'Ik ben dokter, dokter Berger uit Eichenborn, en ik kom net van een patiënt met mijn collega.' Georg Berger liet hem zijn identiteitsbewijs zien.

De politieman bestudeerde hem. 'In orde, u mag doorrijden,' zei hij toen. Thea voelde haar knieën knikken van opluchting.

'Ik hoop dat dat de enige controle is,' gromde haar baas toen ze verder reden. Gelukkig bereikten ze het dorp zonder nogmaals te hoeven stoppen.

Tot Thea's verbazing stopte dokter Berger niet voor de praktijk, maar reed hij door in de richting van de golfplaten garage.

'Maar...' begon ze.

Hij schudde zijn hoofd. 'De meeste dorpelingen zijn betrokken bij de smokkel, maar niet allemaal. Het is te riskant om Heimbach naar de praktijk te brengen. Misschien ziet iemand het. Verder naar achteren bij de beek is een aanlegsteiger. Ik breng hem vandaar naar de tuin. Haal alles wat we nodig hebben voor de operatie uit mijn spreekkamer en ga dan naar het kasteeltje. Sluit de luiken in de keuken.'

'Wilt u op de keukentafel opereren?'

'Nou, die heeft de juiste maat. Hier is de sleutel van het kasteeltje.' Georg Berger overhandigde Thea zijn sleutelbos en ze haastte zich weg.

26

Thea's voetstappen echoden luid door de donkere hal van het kasteel. Ze liep meteen rechtdoor naar de keuken en sloot de luiken. Pas toen durfde ze het elektrische licht aan te doen. Ze desinfecteerde snel de keukentafel en legde de medische instrumenten in steriele metalen bakjes. Toen ze de deur naar de tuin opende, kwamen Georg Berger en Axel Heimbach in de beschutting van de bomen naar haar toe gelopen. Haar baas had de rechterarm van de gewonde man om zijn schouders gelegd en ondersteunde hem. Hij zwaaide op zijn benen en leek half bewusteloos. Samen tilden ze hem op de oude houten tafel. Het verband om zijn schouder was doorweekt van het bloed.

Thea schrok. 'Hij heeft een bloedtransfusie nodig.'

'Dat weet ik. Ik heb ook bloedgroep O. Ik zal wel bloed afstaan.' Georg Berger haalde een Jubé-spuit uit zijn dokterstas. Dat was een slangetje met twee injectienaalden aan elk uiteinde en een pompje in het midden. Hij bond Heimbachs onderarm af met de tourniquet. 'Knel nu mijn onderarm af en steek die vervloekte naald in mijn ader. En stop dan het bloeden uit zijn schouder.'

De norse toon en het grove taalgebruik van Georg Berger hielpen Thea haar kalmte te hervinden.

Terwijl het bloed van haar baas door het lichaam van Axel Heimbach stroomde, wist Thea het bloeden van de wond te stoppen en werd zijn hartslag geleidelijk weer normaal.

Toen Georg Berger de naald verwijderde, trilden de oogleden van Axel Heimbach even.

'Ik moet... morgenochtend thuis zijn. Anders krijgt de politie argwaan,' kreunde hij.

'Dat is echt de minste van onze zorgen!' snauwde Georg Berger hem toe. Hij zette het chloroformmasker op Heimbachs gezicht en liet er een paar druppels verdovingsmiddel op vallen. Heimbach verloor langzaam het bewustzijn. Ze ontsmetten het gebied rond de schotwond, desinfecteerden hun handen en trokken rubberen handschoenen aan. Vervolgens reikte Georg Berger naar de scalpel en maakte een incisie onder het sleutelbeen.

Net als bij de eerdere operatie werkten Thea en hij samen alsof ze dat al jaren zo deden. Thea kreeg opnieuw de indruk dat haar baas precies wist wat hij deed. Na ruim een uur was de schouderwond geopereerd en gehecht, de kogel had de slagader inderdaad beschadigd. Verder hadden ze ook de schotwond aan de zij van Axel Heimbach schoongemaakt en behandeld.

Uiteindelijk trok Georg Berger zijn handschoenen uit en legde de chirurgische instrumenten opzij. Hij controleerde Axel Heimbachs hartslag en ademhaling. 'Hij zal nu wel een tijdje slapen,' zei hij toen. 'Kom mee, ik wil even met u praten.' Hij duwde de deur naar de aangrenzende woonkamer open.

Zou hij haar nu gaan ontslaan? Thea volgde hem met een beklemd gevoel en ging op de versleten bank zitten. De hele situatie kwam haar opnieuw onwerkelijk voor. Axel Heimbach, die ze net hadden geopereerd, lag nu op de massieve keukentafel, en zij zat in deze kamer, waar de boksbal aan het plafond hing, met haar baas. Hij ging in een stoel tegenover haar zitten, met zijn hemdsmouwen opgerold. Er zaten bloedspatten op zijn onderarmen en op zijn kleding. Zijn donkere haar hing over zijn vermoeide gezicht. Met een ongeduldige beweging veegde hij het weg.

'Afgezien van het feit dat u een aantal slechte eigenschappen hebt, waaronder de neiging om u zorgen te maken over dingen die niet uw zaak zijn, bent u een goede dokter. Als u wilt, kunt u een vast contract krijgen.'

'Wat?' Thea was totaal verrast. Had ze het wel goed begrepen? Ze keek Georg Berger verward aan.

'U lijkt niet erg enthousiast over mijn aanbod.'

'Dat hebt u helemaal mis! Maar ik dacht dat u me zou ontslaan na wat ik u naar het hoofd heb geslingerd. Of dat u in elk geval het contract niet zou verlengen.'

'Het kost een beetje te veel tijd om een andere medewerker te zoeken.'

'O...'

'Nee, ik kan er wel tegen.' Zag ze echt een glimlach in zijn ogen? 'En, wilt u de baan nu nog of niet?' Zijn stem klonk weer nors.

Thea werd overweldigd door vreugde, maar ineens voelde ze een knoop in haar maag. 'Ik... Ja, zonder twijfel! Maar er is iets wat ik u nog niet heb verteld. Op mijn eerste werkdag, op de terugweg van het ziekenhuis van Monschau naar Eichenborn, ben ik niet helemaal eerlijk geweest. Ik heb niet zelf ontslag genomen in Hamburg, omdat de hoofdarts een medische fout had begaan. Ik ben ontslagen, omdat ik hem heb aangegeven bij het parket. Ik wilde het al heel lang vertellen en ik heb er echt spijt van dat ik dat niet heb gedaan. Maar na de ruzie met mijn vader durfde ik u niet in vertrouwen te nemen. Het was allemaal zo verschrikkelijk gênant! Toen ik uw schouder zette, was ik bang dat mijn bekentenis het vriendschappelijke moment teniet zou doen. Maar ik was echt van plan het u te vertellen zodra u me een vast contract aanbood. Dat zweer ik.'

Angstig keek Thea naar Georg Bergers gezichtsuitdrukking. Zou hij haar dit leugentje om bestwil vergeven?

Hij haalde zijn schouders op. 'Ik weet al heel lang dat u bent ontslagen.'

'Maar...' Nu liet hij haar weer versteld staan.

'Waar ziet u mij voor aan? Er komt iemand naar mijn praktijk die haar baan bij een prestigieus academisch ziekenhuis in de grote stad opgeeft voor een functie hier in niemandsland. Wat bovendien helemaal niet paste bij uw droomcarrière in de gynaecologie. De volgende dag kom ik erachter dat uw redenering om dicht bij uw familie te willen zijn op zijn minst twijfelachtig lijkt. De relatie met uw vader is immers niet bepaald hecht. Natuurlijk pakte ik toen de telefoon om naar Hamburg te bellen en navraag te doen.'

En ze had nog wel gedacht dat het hem niets kon schelen en dat hij zich er niet druk om maakte!

'En wat heeft het bestuur van het ziekenhuis u verteld?'

'Dat u een hoofdgeneesheer hebt belasterd en dat u daarom bent ontslagen.'

'Maar dat geloofde u niet?' Thea's hart bonsde wild. Ze had zo vaak te horen gekregen dat ze professor Arnhem onterecht had beschuldigd en dat zij een dwaas was om te denken dat hij een fout had kunnen maken dat ze niet meer verwachtte dat iemand daar anders over zou denken.

'Het klonk niet echt logisch. Waarom zou u een hoofdarts zonder redenen in diskrediet brengen en uw eigen medische carrière vergooien? Bij de bevalling in die treinwagon realiseerde ik me dat u een dokter in hart en nieren bent. Later, toen ik u beter leerde kennen, besefte ik telkens dat u geen blad voor de mond neemt. Iemand vals beschuldigen past helemaal niet bij u.'

Thea staarde naar Georg Berger. Het waren nuchtere woorden, maar het was het aardigste wat iemand in lange tijd tegen haar had gezegd.

'Dus u gelooft me als ik zeg dat professor Arnhem echt een medische fout beging en dat ik het niet verzonnen heb?'

'Ja, ik geloof u en ik vind het heel moedig dat u hem hebt aangegeven. Bijna niemand zou zoiets hebben gedurfd.' De blik van Georg Berger was warm, open en intens. Hij was de eerste die haar niet veroordeelde voor haar daden en die haar begreep. Thea kreeg plotseling een brok in haar keel. Een paar ogenblikken zwegen ze. Buiten was het stil, op de roep van een uil na. Het was waarschijnlijk allang middernacht geweest.

Georg Berger leunde naar voren. 'Dus u neemt de baan? Ik vraag het niet nog eens.'

Thea schraapte haar keel. 'Ja, heel graag.' Ze hoopte dat Georg Berger niet zag dat ze op het punt stond in tranen uit te barsten.

'Prima, dan is dat eindelijk geregeld.' Hij stond op, liep naar een kast en opende die. 'Laten we dan maar proosten op uw contract voor onbepaalde tijd.' Hij haalde een fles en twee glazen tevoorschijn. Thea kon nog steeds nauwelijks geloven wat er gebeurd was, maar ze was er blij mee.

Hij schonk een amberkleurige vloeistof in het glas dat voor haar stond. Verschrikt besefte ze wat het was. 'Maar... bent u niet goed bij uw hoofd? Na het doneren van bloed mag u geen alcohol drinken!' protesteerde ze.

'Ik heb nu behoefte aan een whisky. Of u drinkt met mij mee of niet. Maar dat zou geen goed begin zijn van onze verdere samenwerking.' Hij grijnsde naar haar, zijn gezicht leek plotseling jong en ondeugend.

'Prima, maar een klein beetje dan,' gaf ze toe. Ze wilde nu niet met hem in discussie gaan. 'Een klein beetje voor allebei,' voegde ze er streng aan toe, om haar medische geweten niet helemaal het zwijgen op te leggen.

Georg Berger zuchtte en liet het bij een bodempje.

'Op onze samenwerking!'

'Ja, op onze samenwerking!' Ze klonken met hun glazen. De whisky brandde in Thea's mond, maar bij het doorslikken verzachtte de smaak.

Het licht van de staande lamp weerkaatste op het gladde leer van de boksbal en de platenhoezen op de plank. Het hoge gestuukte plafond was niet eens duidelijk zichtbaar in het zwakke licht en de buitenwereld, achter de openslaande deuren, was ver weg. Maar Thea voelde zich vreemd veilig in deze kamer en in dit schaarse licht.

Misschien was het ook de aanwezigheid van Georg Berger. Op de een of andere manier was hij veranderd sinds vannacht, dat begreep ze nu. Hij kwam ontspannen en vredig over, bijna gelukkig.

Een paar ogenblikken leek hij in gedachten verzonken, toen wendde hij zich weer tot haar. 'Dit leugentje om bestwil hebt u nu uitgelegd. Maar waarom loog u eigenlijk tegen me over Jupp Vogten? Hij heeft u beslist iets aangedaan. Anders had u hem niet met een tourniquet aan de bedstijl vastgebonden.'

'Hoe weet u dat?' Thea verslikte zich bijna in de whisky.

'Ik vond hem in die situatie. De rest kon ik wel bedenken.'

'Maar ik had de knecht gevraagd hem los te maken.'

'Ik denk dat hij Jupp Vogten ook niet echt mag. Wat is er voorgevallen?'

Thea sloeg haar ogen neer. 'Hij... Hij betastte me en kuste me. Dat kon ik niet zomaar op me laten zitten. Anders zou het me altijd hebben achtervolgd.'

'Die oude klootzak! Ik neem het u niet kwalijk. Maar waarom hebt u me dat niet verteld?' Zijn stem was meelevend, niet veroordelend. Het klonk meer alsof hij echt wilde weten waarom en hij keek haar aandachtig aan.

'Ik voelde me zo vernederd. En sinds we elkaar in Bad Neuenahr tegen zijn gekomen, bent u onbeleefd geweest en hebt u me zelfs uitgescholden.'

Stilte vulde de kamer weer. Georg Berger keek recht voor zich uit. Zijn gezichtsuitdrukking was somber. 'Ik denk dat ik me bij u moet verontschuldigen,' zei hij ten slotte. 'De laatste tijd ben ik niet mezelf geweest. Er zat me iets dwars.' Hij zweeg even. 'Nou, u weet toch al van mevrouw Winter, Melanie, en mij. Dus waarom zou ik het ook niet vertellen? Het is over. Ik... Ik heb er een punt achter gezet.'

Thea durfde nauwelijks adem te halen. Had hij Melanie Winter vandaag ontmoet en de relatie beëindigd? Of eigenlijk moest ze gisteren zeggen, omdat het al na middernacht was. Die kans was groot. Georg Berger was tot nu toe zo terughoudend geweest over zijn privéleven. Het was vast niet gemakkelijk voor hem om haar erover te vertellen. Het ontroerde haar.

Zijn blik dwaalde naar de openslaande deuren, waarachter de donkere tuin lag. 'Deze keer is het voorgoed voorbij,' hoorde ze hem zacht zeggen, alsof hij het tegen zichzelf had. Het klonk als een gelofte.

Thea zei niets. Hij zou waarschijnlijk alles wat ze zei opdringerig en ongepast vinden.

Plotseling werd er luid op de deur geklopt. Het geluid echode door het gebouw en verbrak ruw de stilte. Geschrokken sprongen ze op. Thea dacht opeens weer aan de afgelopen uren. Axel Heimbach, een voortvluchtige van de politie, lag in de keuken. Hopelijk stonden er geen agenten voor de deur die naar hem op zoek waren!

'Beslist een medisch noodgeval,' zei Georg Berger snel, alsof hij haar gedachten had geraden. Hij stond op en liep de hal in. Thea hoorde hem met iemand praten. Onmiddellijk daarna keerde hij terug. 'Een oudere man is flauwgevallen. Daarvoor heeft hij overgegeven. Het zou voedselvergiftiging kunnen zijn. Als dat zo is, kan het wat langer duren. Let u op Axel Heimbach?'

'Natuurlijk.'

'Heimbach kan als hij wil op de bank in de woonkamer blijven slapen, als hij eenmaal uit zijn narcose is ontwaakt. Er is een logeerkamer boven, maar hij kan beter niet de trap op gaan. Wat een vreemde nacht! Tot later. Ik hoop dat ik niet te lang weg ben.' Hij knikte ter afscheid en haastte zich de kamer uit.

Thea schopte haar schoenen uit en legde haar voeten op de bank. Toen pakte ze een dekentje dat naast een trui lag en spreidde dat over zichzelf heen. De meinacht was koud, ook al leek de mist over de tuin en de beek intussen te zijn opgetrokken, voor zover dat te zien was door de openslaande deuren. Georg Berger had Melanie Winter dus vaarwel gezegd… Ook al had zij natuurlijk niets te maken met zijn liefdesleven, op de een of andere manier was ze er toch blij om. Hij zag er zo anders en ontspannen uit. Ze wenste dat hij zonder deze vrouw erg gelukkig zou worden.

Slaperig liet ze haar blik door de woonkamer dwalen. Ondanks het versleten meubilair en de boksbal was de kamer huiselijk. Dat kwam door de platencollectie en de boeken, die overal opgestapeld waren, net als in de werkkamer, en door de oude landschapsschilderijen in hun gouden lijsten, die naast enkele zwart-witfoto's hingen. De vulkanisch aandoende bergen waren zeker die van de Eifel. Op de een of andere manier leek deze kamer op haar baas zelf. Er verscheen een glimlach op Thea's gezicht. Van allebei zag je de kwaliteiten pas als je wat langer keek.

Vanuit de keuken klonken geluiden. Eerst hoorde ze een kreun en toen wat gerommel. Ze stond snel op en liep erheen. Axel Heimbach was bij bewustzijn en zat rechtop op de oude tafel. Hij knipperde met zijn ogen alsof hij moeite had zich te concentreren.

'Dank u wel, dokter Graven.' Zijn stem klonk een beetje duf.

'Kom maar met mij mee. Dokter Berger zei dat u in zijn woonkamer mag slapen.' Thea wilde Axel Heimbach een arm geven om hem te ondersteunen, maar hij schudde zijn hoofd.

'Ik moet naar Monschau. De politie verdenkt me waarschijnlijk. Als ik niet in mijn appartement ben, worden ze nog wantrouwiger.'

'U moet nog een paar uur rusten!'

'Nee, dat kan niet. Bel maar iemand die me kan ophalen.' Axel Heimbach stond onvast op en begon een telefoonnummer op te noemen. Blijkbaar was hij vastbesloten om zo snel mogelijk naar Monschau te vertrekken.

'Dokter Berger is bij een patiënt. Ik breng u wel thuis.'

'Daar komt niets van in! U hebt al meer dan genoeg voor me gedaan. Ik wil u niet meeslepen in deze hele zaak.'

'Ik moet ervoor zorgen dat u veilig en wel naar uw appartement terugkeert. Bovendien heb ik nu geen geduld voor ruzie,' verklaarde Thea resoluut.

Axel Heimbach aarzelde.

'Of ik breng u thuis, of u blijft hier. U beslist. En snel een beetje.'

Ze zag een zweem van een glimlach in Heimbachs vermoeide

ogen. 'U bent goed in het uitdelen van bevelen. Nou, als u erop staat, mag u me thuisbrengen.'

Het overhemd van Axel Heimbach hadden ze gebruikt als geïmproviseerd verband. Zijn leren jack was bebloed en er zaten twee kogelgaten in. Thea herinnerde zich de trui die ze op de bank in de woonkamer had zien liggen en ging hem halen. Georg Berger zou best een paar dagen zonder kunnen.

Thea controleerde of het verband op zijn plaats zat en trok de trui over het hoofd van Axel Heimbach. Daarna leidde ze hem door de nachtelijke tuin, over de smalle brug en naar de golfplaten garage. Ze hielp hem voor in de Opel te stappen.

De mist was op het plateau intussen geheel verdwenen en hier en daar glinsterden de bloeiende bomen en struiken witachtig op in het duister, alsof het gisteren helemaal niet zo'n koude, sombere herfstdag was geweest. Axel Heimbach had zijn ogen gesloten en liet zijn hoofd achterover rusten. Zijn ademhaling was kalm en gelijkmatig. Toch was Thea blij toen ze eindelijk Monschau bereikten.

'Meneer Heimbach, waar moet ik u heen brengen?' vroeg ze hem.

'Ik ga liever niet via de voordeur, voor het geval de politie het huis in de gaten houdt.' Hij draaide zich naar haar toe en zijn gezicht vertrok even, alsof de beweging hem pijn had gedaan. Zijn stem klonk gespannen. 'Er is ook een achteringang.' Hij wees haar de weg.

In de vallei was het nog steeds mistig. Thea ging langzamer rijden toen ze de steile heuvel afdaalde en door het stille, donkere stadscentrum reed. Aan de andere kant ging de weg net zo steil omhoog. Ze hadden de mist net achter zich gelaten toen Axel Heimbach Thea vroeg een smalle weg in te slaan en te stoppen bij een nauw steegje tussen twee vakwerkhuizen.

'Ik breng u naar binnen.' Thea reikte naar haar dokterskoffertje op de achterbank. Axel Heimbach stond opnieuw op zijn benen te wankelen toen hij uit de auto stapte.

'Leun op mij,' fluisterde Thea tegen hem. Heimbach legde zijn goede arm om haar schouders. Dicht tegen elkaar, alsof ze geliefden waren, liepen ze naar het steegje tussen de huizen. Het leidde naar een poort in een muur en een klein tuintje daarachter. Thea zag een vakwerkgevel. Toen stonden ze in een keuken. Ook hier stond een bank, zoals in zo veel huizen het geval was, omdat de keuken in de winter vaak de enige verwarmde ruimte was.

'U zult de rest van de nacht op de bank door moeten brengen. Traplopen is nu niet goed voor u.' Thea hielp Axel Heimbach om te gaan liggen en controleerde de verwondingen opnieuw. Helaas was de hechting bij de schouderwond een beetje losgegaan.

'Ik zal nog een paar hechtingen moeten aanbrengen. U had in Eichenborn moeten blijven,' zei ze verwijtend.

'U ziet er heel mooi uit als u boos bent.' Axel Heimbach glimlachte naar haar.

'Hou uw mond! Helaas kan ik u geen pijnstillers geven. Na de chloroform kan uw lichaam dat waarschijnlijk niet aan.'

'Ik red me wel, dokter.'

Axel Heimbach ademde scherp in en klemde zijn tanden op elkaar toen ze de eerste hechting zette. Hij onderging alles echter rustig. Thea verbond de wond opnieuw.

'Nou, ik hoop dat de hechtingen blijven zitten en dat de politie niet naar u toe komt. Hoe bent u in deze smokkelhandel verzeild geraakt?' Thea stond in tweestrijd. Aan de ene kant begreep ze dat mensen hun armoede probeerden te verlichten, aan de andere kant vond ze smokkel erg gevaarlijk.

'Mijn vader stierf kort na het einde van de oorlog en ik nam zijn atelier over, dat heb ik u al eerder verteld. Hij was iemand die dingen oppotte. In dat opzicht had de inflatie na de Eerste Wereldoorlog hem gevormd. Er stond een hele voorraad camera's in de kelder. De Amerikaanse en Britse soldaten waren er dol op. Ik ruilde de camera's voor sigaretten. Op een gegeven moment deden ook de Belgen mee. Met de extreem hoge koffiebelasting in Duitsland was het gewoon lucratief om koffie te smokkelen. Zo begon het, eerst op kleine schaal, daarna werd alles groter.'

'Tot er uiteindelijk ook Belgische militaire voertuigen beschikbaar kwamen om koffie te vervoeren...'

'Inderdaad.' Axel Heimbach glimlachte zwakjes. Ondanks alle gevaren leek hij plezier te hebben in het smokkelen. Thea moest denken aan hun eerste ontmoeting in de herberg. Toen had ze meteen al gedacht dat Axel Heimbach eruitzag als een schurk of een kunstenaar. Met schurk had ze er niet zo ver naast gezeten.

'Die avond toen ik het beddengoed van de herbergierster leende en u me naar huis bracht... Op die bijeenkomst ging het zeker ook over de smokkel?'

'Ja, dat klopt. Toen u me ernaar vroeg tijdens onze wandeling bij het moeras, kon ik u helaas niet de waarheid vertellen.'

'Geeft niet,' zuchtte Thea. 'Ik begrijp het wel.'

Heimbach pakte haar hand en kneep erin. 'Ik waardeer echt wat u allemaal voor me hebt gedaan. U hebt zo veel voor mij op het spel gezet.'

'Ik was niet de enige.' Thea trok zachtjes maar beslist haar hand terug. 'U bent dokter Berger minstens zo veel verschuldigd. Hij heeft u geopereerd.'

'Berger en ik staan nu quitte.'

'Wat bedoelt u daarmee?' Thea vroeg zich af of het iets te maken had met de vreemde opmerking van Axel Heimbach in de schuur in het moeras. 'Mijn leven voor dat van je vriend,' had hij gezegd.

'Het is lang geleden.'

'U hoeft het me niet te vertellen.'

'Ik denk dat Berger het niet erg zou vinden als ik het u vertel. Tegenwoordig kan er weer open over gepraat worden.' Axel Heimbach bewoog zich voorzichtig op de bank om zijn gewonde schouder te ontzien. 'In de zomer van 1939, kort voor het uitbreken van de oorlog, verborg Berger een Joodse vriend in het kasteel om hem te behoeden voor deportatie naar een concentratiekamp. Hij was toen nog niet zo lang in Eichenborn en kende de weg in het moeras niet zo goed. Ik was toevallig in Monschau, omdat mijn vader ziek was en ik in de studio voor hem inviel. Zo hielp ik Berger om zijn vriend veilig over de grens te krijgen.'

'Dat was voor u allebei een groot risico.' Het duurde even voordat Thea de reikwijdte begreep van wat Axel Heimbach had gezegd. Georg Berger verwierp niet alleen de ideologie van de nazi's. Hij had zelfs zijn vrijheid en zijn leven op het spel gezet om een Joodse vriend te redden. Toch had hij jarenlang van een vrouw gehouden die met een overtuigde nazi getrouwd was geweest. Hoe was dat mogelijk? Of ging de liefde gewoon haar eigen gang?

'Ik beschouw mezelf niet als een held.' Axel Heimbach lachte droog. 'Ik had nog een rekening te vereffenen met de nazi's, om het zo maar te zeggen. Het was het risico dan ook waard. Ik ben ooit flink in elkaar geslagen.' Hij zag Thea's geschokte gezicht en schudde zijn hoofd. 'Niet om politieke redenen. Ik had een relatie met een van hun vriendinnen. Berger heeft me behandeld.'

'En bij die gelegenheid heeft hij u in vertrouwen genomen?'

'Ja. Zuster Fidelis wist ook dat hij zijn vriend in het kasteel had verstopt. Ze haatte de nazi's ook. Zij zag hen als heidenen van het ergste soort. Ze heeft geholpen om mij ter wereld te brengen. Mijn vrome moeder was bevriend met haar, voor zover men bevriend kan zijn met een non. Ze nam me mee naar Berger na het gevecht, toen ik zo erg in elkaar geslagen was. Ze dacht, en dat denkt ze nu nog steeds, dat ik een nietsnut ben.' Axel Heimbach grijnsde weer zwakjes. Hij sprak nu langzaam en schokkerig. 'Maar zuster Fidelis wist dat ik de Hoge Venen kende als mijn broekzak en vertelde dat aan Berger. Waarschijnlijk heeft zij hem ook verteld dat hij me kon vertrouwen.'

Vandaar het wederzijds respect tussen Georg Berger en de non. Nu begreep Thea het.

Axel Heimbach kon zijn ogen maar met moeite openhouden.

'U moet nu gaan slapen,' zei ze resoluut. 'Ik had u dat allemaal niet moeten vragen. Dat was te vermoeiend voor u.'

‘Maar ik… vond het leuk om met u te praten.’ Hij glimlachte naar haar. ‘De film overmorgen… zal doorgaan… Al kan ik… die zelf niet vertonen. Beloofd.’

‘Welke film?’ Thea begreep het niet.

‘U keek er… zo naar uit. *The Third Man*… Mijn compagnon zal…’ Nu vielen zijn ogen echt dicht. Thea wachtte nog even. Toen ze ervan overtuigd was dat hij stabiel was, stond ze op en glipte naar buiten. Georg Berger had gelijk gehad. Wat een vreemde nacht…

27

De dag brak net aan toen Thea Eichenborn weer bereikte. Achter de ramen van het kasteel brandde licht. Georg Berger was teruggekeerd van de patiënt en hij was nog niet naar bed gegaan. Ze kon dus wel even bij hem langsgaan om kort verslag uit te brengen. Thea was net de brug over toen de voordeur openging en Berger naar haar toe kwam lopen.

'Ik hoorde de Opel aankomen,' zei hij. 'Aangezien Heimbach niet in de woonkamer is, neem ik aan dat u hem naar Monschau hebt gebracht.'

'Ja, daar drong hij op aan. De wond op zijn schouder ging open, dus ik heb het opnieuw gehecht.' Thea volgde Georg Berger door de hal, waar de eerste zonnestralen op de stoffige kroonluchter vielen. Ze liepen de keuken in. Niets wees er meer op dat er onlangs een bloedtransfusie en een operatie op de oude tafel hadden plaatsgevonden. Thea merkte ineens hoe moe ze was na de slapeloze nacht.

De bijkeuken rook naar sigarettenrook. In de asbak smeulde een peuk. Buiten in de tuin begonnen de vogels te fluiten. Thea en Georg Berger gingen op de gammele stoelen zitten.

'Ik heb uw trui uitgeleend aan Axel Heimbach. Hij had geen overhemd meer en zijn jas was bebloed en had kogelgaten. Ik hoop dat het in orde is.'

'Die trui kan ik wel missen.' Georg Berger wuifde het weg. 'Ik rij wel langs zijn huis straks, en morgen ook, want dan ga ik op bezoek bij een vriend in Keulen. Monschau ligt op de route.'

'Oké, dan weet ik dat.' De volgende dag zou ze oproepdienst hebben. Eigenlijk was het haar taak om bij Axel Heimbach langs te gaan. Maar misschien was het beter dat ze wat afstand van hem hield. Ze wist nog steeds niet helemaal zeker wat ze voor hem voelde.

Thea's blik viel op een koffieblikje dat op het keukenkastje stond en plotseling kwam ze tot een ietwat verontrustend besef. 'Wilt u me vertellen dat de koffie waarmee we soms betaald worden ook tot de smokkelwaar behoort?'

'Hoogstwaarschijnlijk wel,' grijnsde Georg Berger. 'Maar daar hoeft u zich niet ongemakkelijk bij te voelen. Ik heb er in elk geval geen moeite mee. Ons werk is tenslotte volledig legaal.'

'Ik had nooit gedacht dat de koffiesmokkel hier zo belangrijk was dat er zelfs Belgische militaire voertuigen voor worden ingezet.'

'Dat zijn wel de uitzonderingen. De meeste mensen smokkelen de koffie in rugzakken, kinderwagens of verstopt onder hun kleding de Eifel in.'

Verborgen onder kleding… Lieve hemel! Dan kon de buik van de hoogzwangere vrouw die ze tijdens Walpurgisnacht op de landweg had gezien te wijten zijn geweest aan pakjes koffie die om haar middel waren gebonden. Vandaar dat haar extra kilo's zo snel weer verdwenen waren. Wat was ze naïef geweest.

'Wat kijkt u bedrukt.' Georg Berger trok vragend zijn wenkbrauwen op.

'O, niets aan de hand.' Ze schaamde zich te diep om hem nu over dit misverstand te vertellen.

'U hebt vast weleens een doordringende uiengeur geroken tijdens uw huisbezoeken.'

'Inderdaad, ik vroeg me al af waarom de bewoners van de Eifel zo dol zijn op uien.'

'De gebakken uien gebruikt men om de geur van de gebrande koffiebonen te verdoezelen als er vreemden komen.'

'Lieve hemel.' Dus zelfs meneer en mevrouw Hörter deden mee aan de koffiesmokkel.

'Geniet van uw vrije dag.' Georg Berger gaapte nu hartgrondig. 'Ik ga zo naar bed. Als ik geluk heb, word ik er niet voor de middag uit geroepen.'

'Ik zal voor u duimen.' Op Thea's gezicht brak een glimlach door. Ze glimlachte nog steeds in zichzelf terwijl ze naar haar huisje liep.

Op de bovenverdieping van haar huisje, onder het dak, kleedde ze zich uit tot op haar ondergoed. Ze wierp nog een snelle blik op de foto van Hans. Hans, ik heb je straks nog zo veel te vertellen, maar ik ben nu te moe... Haar hoofd raakte haar kussen nog maar nauwelijks of ze viel in slaap.

Thea werd wakker van een klop op de deur. Blijkbaar was Georg Berger opgeroepen voor een patiënt en kwam er nu iemand naar haar huisje voor hulp. Ze deed snel haar ochtendjas aan en haastte zich de smalle trap af.

'Thea?'

Was dat Katja die haar naam riep? Het was inderdaad haar zus die door het raam stond te gluren.

Thea deed de deur voor haar open.

'Thea, ik moet je echt spreken over eergisteren! O...' Haar zus stopte met praten en keek berouwvol naar haar ochtendjas. 'Heb ik je wakker gemaakt? Het spijt me. Dat had ik echt niet verwacht, het is al na tweeën...'

Mijn hemel, wat had ze lang geslapen. 'Ik heb een behoorlijk zware nacht gehad,' zei Thea ontwijkend. Ze kon Katja natuurlijk niets vertellen over Axel Heimbach en de smokkel. 'Wat wil je me precies vertellen?' Ze was nog steeds boos op haar zus.

'Mag ik binnenkomen?' Katja's stem klonk schaapachtig.

'Ja, natuurlijk.' Enigszins gekalmeerd ging Thea haar voor. Ze gingen aan de keukentafel zitten.

'Ik wil me verontschuldigen, Thea. Ik besef dat ik me onmogelijk heb gedragen. Ik wilde gisteren al naar je toe komen, maar ik moest werken en 's avonds had vader de auto nodig.'

'Je hebt je inderdaad onmogelijk gedragen,' antwoordde Thea streng.

'Ik schaam me zo. Het is gewoon...' Haar zus staarde naar haar handen. 'Er is iemand die veel voor me betekent. Ik ben nog nooit zo verliefd geweest. Vrijdagavond vertelde hij me dat hij... dat hij onze relatie wilde beëindigen. Want...' Katja zweeg even. Tranen glinsterden in haar ogen. Boos veegde ze die weg. 'Want... hij is verliefd geworden op een andere vrouw. Ik accepteerde dat niet en we kregen enorme ruzie. Toen ben ik weggelopen. Het deed zo'n pijn! Ik wilde er gewoon niet meer aan denken. Daarom ben ik dronken geworden.' Haar stem brak.

Katja's verdriet raakte Thea. Toch probeerde ze streng te zijn. 'Je hebt je volkomen onverantwoordelijk gedragen. Marlene was op van de zorgen. En die kerel bij wie je bijna op schoot zat... Als je met hem was meegegaan, zou het waarschijnlijk niet best zijn afgelopen. Een paar kussen zouden voor hem echt niet genoeg zijn geweest.'

'Dat weet ik, en ik ben erg blij dat jij kwam.'

'Hoe ken je dat café? Die tent heeft een slechte reputatie.'

'O, ik ben er een paar keer geweest met vrienden.' Katja haalde haar schouders op. 'Ik vond de sfeer altijd spannend. De smokkelaars en de muziek...'

'Komen daar vaak smokkelaars?'

'Ja.'

'O, Katja...'

'Ik beloof je dat ik er niet meer heen ga.' Katja pakte Thea's hand vast. 'Kun je me vergeven?' In haar smekende ogen was oprechte spijt te lezen.

'Ja, natuurlijk vergeef ik je.' Thea zuchtte.

'Dank je!' Katja omhelsde haar onstuimig en kuste haar op de wang.

'Hoe vatte vader het op?'

'Ik heb gezegd dat het allemaal mijn schuld was en dat je me alleen maar te hulp kwam.'

Geloofde haar vader Katja? Thea was er niet echt zeker van. Hun moeizame relatie was iets verbeterd, maar ze zou er niet van staan te kijken als hij haar de schuld zou geven van Katja's onaanvaardbare gedrag.

Katja's vingers vlogen onrustig over het tafelblad. 'Was Georg Berger erg boos?' vroeg ze zacht.

'Hij was niet bepaald blij dat hij ons allebei op het politiebureau moest ophalen,' antwoordde Thea kortaf.

'Moet ik hem ook mijn excuses aanbieden?'

'Lieve help, begin daar maar niet aan.' Gisteravond waren ze weer vriendschappelijk met elkaar omgegaan, vertrouwelijk zelfs. Toch wilde Thea er liever niet aan denken hoe haar baas op Katja zou reageren.

'Bovendien heb ik mijn excuses al aangeboden voor ons allebei.'

'O, Thea, je bent veel beter af zonder mij.'

'Dat hoor je mij niet zeggen.' Thea glimlachte en schudde haar hoofd. 'Ik ben erg blij dat jij en Marlene weer deel uitmaken van mijn leven.'

Marlene... Ze herinnerde zich hoe heftig haar zus had gereageerd op het feit dat Katja 's avonds laat niet thuis was gekomen. Ze was eveneens overstuur toen Thea een week geleden bij Liesel op bezoek kwam. 'Katja, is je de laatste tijd iets opgevallen aan Marlene? Zit ze in de put?'

'Nee, ik heb niets gemerkt.' Katja keek haar verbaasd aan. 'Waarom vraag je dat?'

'Ze gedroeg zich een beetje vreemd toen ik laatst bij haar en Liesel was, maar het is waarschijnlijk niets.'

'Zoals ik al zei, ik weet van niets. O, ik ben zo blij dat wij zussen weer bij elkaar zijn!' Katja's ogen werden opnieuw vochtig en ze kneep in Thea's hand. Toen haalde ze een zakdoek uit haar tas en snoot krachtig haar neus. 'Ik zou nog wat langer bij je willen blijven, maar ik moet gaan. Vader is nu in het ziekenhuis, maar hij wil later vandaag nog een uitstapje maken met Liesel en Arthur, en hij weet niet dat ik de Mercedes even heb geleend.'

'Katja!' Haar zus was echt onverbeterlijk.

'Ik moest echt even bij je langs. Maak je geen zorgen, ik breng de auto veilig terug naar Monschau.'

Thea vergezelde haar zus naar de deur en keek toe hoe ze veel te snel over het hobbelige pad naar de straat reed. Maar ondanks al haar fouten was Katja ook in staat tot zelfkritiek en had ze een groot hart.

Nadat Katja was vertrokken, maakte Thea voor zichzelf een ontbijt klaar en ging aan de keukentafel zitten. Met een beker in haar handen zat ze wat te mijmeren. O, Hans, wat een bijzondere nacht! Ik heb nu een contract voor onbepaalde tijd. Trouwens, de koffie die ik nu aan het drinken ben, is waarschijnlijk het land in gesmokkeld. Maar op de een of andere manier maakt het me niet zo veel uit.

Thea hoorde de motor van de Ford razen terwijl die naar de golfplaten garage reed. Georg Berger kwam blijkbaar terug van een ziekenbezoek. Zou hij haar vertellen hoe het met Axel Heimbach ging? Even later zag ze hem haar tuin in lopen. Ze stond snel op en deed voor hem open.

'Ik wilde nog even snel bij u langs. O...' Haar baas keek haar een beetje verrast aan.

Nu pas realiseerde Thea zich dat ze haar ochtendjas nog aanhad, met alleen haar ondergoed eronder. 'Ik werd pas vrij laat wakker.' Beschaamd sloeg ze haar ochtendjas strakker om zich heen.

'Fijn dat u goed geslapen hebt... Wat Heimbach betreft... Zijn temperatuur is wat hoog, maar dat is te verwachten met zo'n wond. Zijn instinct had hem overigens niet bedrogen. Rond zes uur stond de politie al voor zijn deur. Hij werd er wakker van en slaagde erin overeind te komen en te doen alsof alles in orde was met hem. Ze hebben hem een paar vragen gesteld en zijn toen vertrokken zonder iets bereikt te hebben.'

'Gelukkig!'

'U beseft hopelijk wel dat u zojuist enthousiast een misdrijf hebt goedgekeurd?' Georg Berger grijnsde.

'Jaja...' Dit dorp brengt op de een of andere manier onbekende kanten van mij boven, dacht Thea. Ze had ook nooit gedacht dat ze op een dag een zieke aan zijn bed zou vastbinden en hem zou bedreigen met een scalpel.

Haar baas keek haar even geamuseerd aan.

'Zoals ik al zei, morgen ga ik nog even bij Heimbach langs als ik naar Keulen ga,' zei hij toen. 'Geniet van uw vrije zondag en voor morgen een rustige oproepdienst.'

'Bedankt en een fijne dag morgen!'

'Daar doe ik mijn best voor.' Hij knikte haar nogmaals toe en liep toen het tuinpad af naar het hekje, zijn hoofd licht gebogen alsof hij ergens over nadacht. Die houding was typerend voor hem, besefte ze plotseling.

Ze begreep nog steeds niet hoe hun relatie zo had kunnen veranderen, maar ze was er blij mee.

Thea ging terug naar de keuken en haar blik viel op het schilderij boven de tafel. Ze werd overvallen door tederheid en schuldgevoel. Vandaag zou Hans jarig zijn geweest. Hij zou zesendertig jaar oud zijn geworden. Daar had ze door alle gebeurtenissen van de afgelopen dagen helemaal niet aan gedacht.

In de vroege avond kwam Thea terug van een wandeling. Ze had een bos veldbloemen in haar handen. Ze nam het pad naar het centrum en liep richting de kerk. Omdat ze het graf van Hans niet kon bezoeken, zou ze de bloemen op het kerkhof leggen.

'Dag, dokter.' Een forse man kwam uit een boerderij aan het kerkplein. Ter begroeting tilde hij zijn hoed even op. 'Fijne avond!'

'Bedankt, u ook.' Een beetje verbaasd liep Thea door. De boer was een van de patiënten in de praktijk en hij was tot nu toe nogal onvriendelijk tegen haar geweest. Misschien hadden de vrije zondag en het zomerse weer hem in een milde bui gebracht.

Voor de kleine kruidenierswinkel was de eigenaresse net de bloemen aan het vernieuwen op een Maria-altaar. Glimlachend zwaaide ze naar Thea.

Nog steeds verbaasd liep Thea het kerkhof op. Ze was er twee of drie keer eerder geweest en had wat over de rustige paden gewandeld. In de schemering was de flakkering van de brandende kaarsen op de graven bijzonder intens. Thea hield van deze katholieke gewoonte. Ze vond de kaarsvlammen troostend.

Zoals op bijna elke begraafplaats was er een oorlogsmonument. Hans had echter een hekel gehad aan het zinloze bloedvergieten. Thea ging dan ook naar een van de oude taxusbomen aan de rand van de begraafplaats en legde het boeket wilde bloemen bij de voet neer. Toen ging ze op een bankje in de buurt zitten en sloot haar ogen.

Hans had tijdens zijn laatste verjaardag verlof gehad. Het was een winderige dag met wisselvallig weer geweest. Ze waren op de fiets naar het Altes Land gegaan en ze had een taart gebakken. Voedsel was toen al op de bon, dus ze had er eieren en boter voor bewaard. Maar de taart was compleet mislukt. Misschien kwam het door haar slechte bakvaardigheden of was er iets misgegaan met de bloem. Op de zwarte markt werd het vaak aangelengd met gips. De taart was taai en niet eetbaar. Ze was zo teleurgesteld geweest dat ze in tranen was uitgebarsten. Hans had haar moeten troosten. Later zochten ze beschutting tegen de regen in een kleine boerderij. De oude vrouw die daar woonde had hun wat van haar tulband gegeven. Ze had het heel spontaan aangeboden, alsof voedsel niet schaars was. Omdat het door de regen zo donker was, had ze een kaarsje aangestoken en er had een bos bloemen op tafel gestaan. Zo kreeg Hans uiteindelijk toch nog een feestelijke verjaardag. Zelfs na al die jaren was Thea nog steeds intens blij met de vriendelijkheid van de boerin. Hans had naar haar geglimlacht. Zie je, alles is toch goed gekomen, hadden zijn ogen gezegd.

De roep van een vogel bracht Thea terug naar het heden. Voor de muur rondom het kerkhof, op een plaats waar alleen gras en struiken groeiden, stond iemand. Het was een grote vrouw in een habijt. Zuster Fidelis. Ze legde iets bij de muur neer. Thea kon in de schemering niet goed zien wat het was, maar het leek op een bloem. De non bleef even staan en liep toen in de richting van de taxusboom en de bank waarop Thea zat. Pas toen merkte ze haar op. Thea knikte naar haar, maar de non negeerde haar, zoals ze al wel verwacht had.

Ze liep nog een paar meter door, maar stopte toen. Ze draaide zich om en liep naar Thea toe.

Hopelijk wilde ze hun ruzie van de dag ervoor niet voortzetten. Thea had geen zin om weer met de non in discussie te gaan.

'Mag ik u even spreken, dokter?' Ze ging voor haar staan.

'Ja, als het dringend is.' Thea onderdrukte een zucht.

'Is het waar dat u Jupp Vogten aan zijn bed hebt vastgebonden?'

'Ja, dat klopt...' Thea was verbaasd. Die vraag had ze niet verwacht.

'Er werd vanmorgen over gepraat in de herberg.' De non knikte nadenkend. 'Zijn knecht was daar na de mis. Jupp was zeker opdringerig geworden.' Het was meer een constatering dan een vraag.

'Hij betastte me en kuste me,' bekende Thea. Ze begreep nog steeds niet waarom dit belangrijk was voor de non. 'Ik wilde dat hij zijn verontschuldigingen aan mij aanbood. Uiteindelijk deed hij dat.

'Dat is goed.' De ogen van de non glommen fel, zelfs in het afnemende licht. Maar er stond ook een andere uitdrukking in te lezen. Was het pijn?

'Wilt u bij me komen zitten?' Thea maakte wat ruimte voor haar.

De non aarzelde, maar ging toen naast haar zitten.

'Hebt u ook een aanvaring gehad met Jupp Vogten?' Georg Berger had laten merken dat het een walgelijke man was. Toch kon Thea zich niet voorstellen dat hij zich aan de non had durven vergrijpen. Ze was eigenlijk wel een beetje angstaanjagend.

'Ik? Nee.' De droge lach van de non klonk droevig. 'Maar tijdens de oorlog was hier een buitenlands meisje om te werken, Jana. Ze kwam uit Polen en ging elke zondag naar de kerk. Toen we eenmaal kennisgemaakt hadden, spraken we elkaar vaker. Ik vond haar erg aardig. Ze was een lief, fijn ding. Toen ze op het land aan het werk was, kwam Jupp Vogten en...' De non slikte moeizaam. 'Jana kon er niet overheen komen en ze... ze heeft zichzelf verdronken. Nu ligt ze daar.' De non staarde naar de muur. 'Zonder kruis en zonder christelijke begrafenis. Ze is voor altijd verdoemd, doordat ze haar eigen leven heeft beëindigd. Ze zal nooit in de hemel komen.' Haar stem trilde en ze veegde haar ogen droog.

'Jana is beslist niet verdoemd,' antwoordde Thea impulsief. 'God is genadig. Waarom zou hij haar straffen voor iets wat ze uit wanhoop heeft gedaan?'

'Dat zegt de dokter ook. God – als Hij zou bestaan, zegt hij er dan altijd bij – zou mensen die zelfmoord plegen echt niet naar de hel sturen. Maar aan de leer van de kerk kan nu eenmaal niet getornd worden.'

'Als ik u was, zou ik meer op de barmhartigheid van God vertrouwen dan op de leer van de kerk.'

'Het is aardig van u om me te troosten, dokter. Gods woord vormt echter de basis voor de leer van de kerk.' De non schudde haar hoofd. Ze stond op en streek haar habijt glad. 'Nu we elkaar toch spreken... Ik wil u mijn excuses aanbieden. Ik heb dingen gezegd die ik niet had moeten zeggen. En ik wilde u uit de praktijk weg hebben. U had gelijk, ik heb de vrouwen aangezet om over u te klagen bij de dokter. Dat alles spijt me erg.'

'Zullen we het maar gewoon vergeten en opnieuw beginnen?' Thea stak haar hand uit en zuster Fidelis schudde die.

'Dan zie ik u waarschijnlijk morgen in de praktijk. Dokter Berger heeft namelijk een vrije dag,' voegde Thea er vriendelijk aan toe.

'Als ik niet nodig ben bij een bevalling, ben ik er rond acht uur.' De non knikte naar haar en liep weg.

Thea bleef een tijdje zitten. Toen liep ze langs de flakkerende vlammetjes tussen de graven door naar de uitgang. Was ze net getuige geweest van een wonder? Daar leek het wel op.

De volgende ochtend, voordat ze naar de praktijk ging, liep Thea nog even naar de schuur. Ze opende de houten deur en stopte abrupt op de drempel. Peter lag in dekens gewikkeld op de grond. Hij kwam overeind en deinsde achteruit tegen de muur. Hij staarde haar aan met een wilde, angstige uitdrukking en een mes in zijn hand. De jongen was hier 's ochtends nog nooit geweest.

'Peter…' Thea deed een stap achteruit en zorgde ervoor dat ze niet langer de deuropening blokkeerde. 'Ik ben hier alleen om verse etenswaren in de kist te doen. Ik wil je zeker niet opsluiten. Dat beloof ik je. Mag ik binnenkomen?'

Peter bleef haar aanstaren en knikte toen lichtjes.

Heel langzaam en voorzichtig, alsof ze een schuw dier naderde, stapte Thea de schuur in en opende de kist. Die was leeg, op wat beschuit na.

'Ik heb weer wat beschuit voor je. En gedroogd fruit, sap, havermout en wat koekjes en noten.' Met rustige bewegingen legde Thea het eten in de kist. 'Er is ook een stukje chocolade. Je vindt het vast lekker.' Thea deed het deksel dicht en liep naar de deur. 'Hier ben je veilig, Peter.' Ze glimlachte nog eens naar hem en verliet de schuur. Ze liet de deur expres openstaan, zodat hij niet bang zou zijn dat ze hem toch wilde opsluiten.

Pas toen ze een heel eind verderop was, draaide ze zich even om. Peter hurkte bij de kist en keek haar na. Maar hij was niet gevlucht. Thea was opgelucht en blij. Misschien zou hij binnenkort wel met haar willen praten.

Even voor tien uur 's avonds verliet Thea het huis van een patiënt aan de hoofdstraat van Eichenborn. Omdat het niet ver van de praktijk was, had ze besloten de Opel te laten staan en lopend te gaan.

Zoals zo vaak rond deze tijd was het dorp verlaten. Uit een open raam schalde muziek uit een radio. In veel huizen was de verlichting echter uit.

Thea had een rustige oproepdienst achter de rug. Het meest opvallende was dat de patiënten en hun familieleden allemaal vriendelijk tegen haar waren geweest. Hadden ze gehoord dat ze Georg Berger had geassisteerd bij de operatie van Axel Heimbach? Of had zuster Fidelis een goed woordje voor haar gedaan? Thea vertrouwde de rust niet helemaal, maar het gaf haar wel hoop.

In de stilte weerklonk een vertrouwd motorgeluid. Thea draaide zich om. De oude Ford reed tuffend door de straat. Hij stopte naast haar. Georg Berger opende zijn portier. 'Is de Opel weer kapot, of had u zin om te gaan wandelen?'

'Dat laatste, ik ben op de terugweg naar de praktijk.'

'Stap maar in.'

Thea nam plaats op de stoel naast hem.

'Is er nog wat bijzonders gebeurd tijdens mijn afwezigheid?' Georg Berger gaf gas en de auto reed hotsend en botsend door een kuil.

'Nee, het was een rustige dag. Bijna saai.'

'Na het drama van eergisteren zou ik daar maar blij om zijn als ik u was.'

'Dat ben ik ook, het was een grapje.' Thea glimlachte. 'Hebt u een leuke dag gehad?'

'Ja, mijn vriend leidt momenteel een vrijgezellenbestaan, zijn vrouw is een tijdje weg met de kinderen. We hebben geroeid op de Rijn en hebben het begin van de avond doorgebracht in een brouwerij in Keulen.' Georg Berger wierp een zijdelingse blik op Thea. 'Voor het geval u nog nooit in een brouwerij in Keulen bent geweest, dat is een soort permanente kermis. Veel mensen zitten dicht opeengepakt aan lange tafels en drinken bier, Kölsch om precies te zijn. De lucht is vergeven van sigaren- en sigarettenrook.'

'Dat zou vast niets voor mij zijn.'

'Dat denk ik ook niet, maar wij hebben ervan genoten.' Hij grijnsde.

Ze hadden nu het pad naar de golfplaten garage bereikt en Georg Berger schakelde terug naar de eerste versnelling. 'Trouwens, met Axel Heimbach gaat het goed. Als u of ik hem overmorgen nog eens bezoeken, is dat wel voldoende. Dan moeten we ook kunnen constateren of hij zover is hersteld dat hij medisch gezien het huis kan verlaten. Hoewel hij ons advies toch niet zal opvolgen, vrees ik.'

'U denkt aan de ontmoeting met zijn contactpersoon, de Belgische officier?'

'Ja, dat klopt.' De stem van Georg Berger klonk nuchter, maar ze hoorde er ook iets anders in. Hij parkeerde de Ford in de garage en ze stapten uit. Het pad werd zwakjes verlicht door de straatlantaarn die voor de praktijk stond. Ze liepen naast elkaar, goed oppassend om de kuilen te ontwijken.

'U mag Axel Heimbach niet echt, hè?' vroeg Thea uiteindelijk. 'Dat komt niet alleen doordat u de grootschalige koffiesmokkel niet goedkeurt. Op de een of andere manier hoor ik een bepaalde toon in uw stem als u over hem praat. Niet echt duidelijke minachting, maar een beetje aarzelend en sceptisch...'

Georg Berger nam de tijd om zijn antwoord te formuleren. 'Het is niet dat ik Heimbach niet mag.' Hij sprak langzaam, alsof hij probeerde zijn gedachten op een rijtje te krijgen. 'In een bepaald opzicht zal ik altijd bij hem in het krijt staan. Heimbach redde het leven van een Joodse vriend van mij. Hij hielp me hem via de Hoge Venen veilig over de grens naar België te krijgen.'

'Dat heeft hij me verteld toen ik zijn wond behandelde.' Thea knikte. 'Het kwam zomaar ter sprake. Hij schepte er niet over op. Integendeel.' Op de een of andere manier was het belangrijk voor haar om hem te verdedigen.

'Ondanks alle bedenkingen die ik tegen hem koester, weet ik dat Heimbach niet iemand is die zichzelf als een held zou beschouwen,' zei Georg Berger opnieuw nadenkend. 'Het was heel moedig van hem om dat risico te nemen, vooral nadat een paar nazi's hem halfdood hadden geslagen. De meeste mannen zouden zich daarna hebben omgedraaid en elk gevaar hebben vermeden. Hij niet... Misschien doe ik hem onrecht, maar het stoort me misschien een beetje dat hij alles als een spel ziet. En dat hij niets echt serieus neemt.'

'Ik denk dat hij het schilderen en fotograferen erg serieus neemt.'

'Dat zou kunnen, ik ken hem niet zo goed. En zoals ik al zei, misschien doe ik hem onrecht.'

Ze waren nu bij de praktijk en stopten voor het kleine gebouw. 'Doe rustig aan, ik gun mezelf nog een whisky en dan ga ik naar bed,' geeuwde Georg Berger. 'Ik wens u een kalme nacht.'

'Dat zou ik niet erg vinden,' antwoordde Thea glimlachend. Bedachtzaam liep ze naar haar spreekkamer. Schilderen en fotografie waren belangrijk voor Axel Heimbach, daar was ze vast van overtuigd. Maar als alleen die twee dingen echt belangrijk voor hem waren, was dat niet genoeg.

28

De volgende avond rond zeven uur lepelde Thea net het laatste beetje van de haastig bereide soep naar binnen. Kort voor het einde van het middagspreekuur was ze opgeroepen voor een ongeval. Een kind was tijdens het spelen zo ongelukkig gevallen dat hij zijn hoofd had opengestoten. Het moest zelfs gehecht worden.

Zou ze echt nog naar de herberg gaan om *The Third Man* te zien? Zoals gebruikelijk na de vrije zondag was het druk geweest op het spreekuur en ze was uitgeput. Maar ze had zich zo op de film verheugd. En die ochtend had ze in de dorpswinkel gehoord dat de voorstelling vandaag zou plaatsvinden. Ondanks zijn blessure was het Axel Heimbach toch gelukt.

Thea glimlachte in zichzelf. Ja, ze was het hem verschuldigd om naar de film te gaan. Als ze niet ging, zou het lijken alsof ze hem in de steek liet. En dat verdiende hij niet.

Bij de ingang van de herberg drukte een jonge vrouw in een zeer nauwsluitende blouse en met roodgestifte lippen een stempel op Thea's hand. Dat was het bewijs dat ze de toegangsprijs had betaald. Daarna ging Thea de grote zaal binnen waar de filmvertoning zou plaatsvinden. Ze was er niet meer geweest sinds haar eerste avond in het dorp.

Bijna alle stoelen waren bezet, alleen achterin waren er nog een paar vrij. Ze baande zich een weg tussen de tafels door. Het leek net of sommige mensen haar nakeken, elkaar aanstootten en wat fluisterden. Of verbeeldde ze zich dat alleen maar? Thea voelde zich ineens onzeker. Had ze het misschien bij het verkeerde eind gehad en wezen de mensen in het dorp haar nog steeds af? Wilden ze haar niet in de herberg hebben?

'Dokter, nee, daar komt niets van in!' De herbergierster, mevrouw Bachen, schudde fel haar hoofd.

Thea bleef staan. Ze verwachtte dat de vrouw haar eruit zou zetten. Maar mevrouw Bachen glimlachte naar haar. 'Nee, u kunt beslist niet achterin gaan zitten. Volg mij maar.' Ze leidde Thea naar de eerste rij tafels en vroeg een jong verliefd stelletje om op te staan. 'Maken jullie eens even plaats voor de dokter.'

'Dat is echt niet nodig,' wierp Thea tegen.

'Ja, dat is het wel, deze plaats is voor u.'

'Het zit wel goed, dokter.' De jonge mensen knipoogden naar haar en verdwenen naar achteren in de zaal.

Een beetje verbijsterd ging Thea op de stoel zitten.

'Wilt u wat cider, dokter? Of iets anders? Het is van het huis.' De herbergierster boog zich naar haar toe.

'Een cider graag, maar ik betaal er natuurlijk wel voor.'

Maar mevrouw Bachen had zich al weggehaast. Zo snel had het bericht dus de ronde gedaan in het dorp dat ze Georg Berger had geassisteerd bij de operatie van Axel Heimbach, met alles wat daarbij op het spel had gestaan. Zoals nachtelijke koffiesmokkel met Belgische militaire voertuigen. Dat moest de reden wel zijn voor al deze vriendelijkheid.

Opgelucht en ook een beetje opgelaten liet Thea haar blik door de zaal dwalen. De gordijnen voor de ramen waren dichtgetrokken en de muur waar de laatste keer dat ze hier was clubvlaggen hadden gehangen, was nu kaal. Dat zou waarschijnlijk als scherm dienen. Toen Thea zich omdraaide, zag ze dat de filmprojector er inderdaad op gericht was. De jonge medewerker van Axel Heimbach was ermee bezig. Hij droeg een blauwe spijkerbroek en een zwarte coltrui. Deze outfit had hem waarschijnlijk geschikt geleken voor zijn huidige functie. Thea onderdrukte een glimlach.

'Vindt u het goed als ik bij u kom zitten?' Plots stond Georg Berger voor haar.

'Ja, natuurlijk. Ik had u helemaal niet verwacht...' Thea staarde hem verbaasd aan. Het was een avond vol verrassingen.

'Waarom niet? Dacht u dat ik niet van films hou?' Hij trok geamuseerd zijn wenkbrauwen op.

'Nou, ik was ervan uitgegaan dat u in het kasteel zou blijven tijdens uw oproepdienst.'

'De mensen weten me hier ook wel te vinden. Dat is altijd zo als er iets te doen is.'

'Ik had eigenlijk niet gedacht dat u van deze vorm van entertainment zou houden.'

'U hebt een nogal vreemde indruk van mij. Ik hou onder andere van westerns. En Axel Heimbach verdient de complimenten voor zijn uitstekende smaak op het gebied van films.'

De lichten gingen uit en de filmprojector begon te zoemen. De herbergierster haastte zich naar haar toe en zette een glas cider voor Thea neer en een biertje voor Georg Berger. In de zaal hing een verwachtingsvolle sfeer.

Thea vond het fijn om samen met haar baas de film te zien. Toen verschenen de begintitels op de kale muur en klonk de karakteristieke muziek van de citer. Net als in Bad Neuenahr was Thea opnieuw helemaal gebiologeerd door de zwart-witbeelden die op het geïmproviseerde scherm verschenen. Gedurende de hele film bleef ze geboeid kijken, meer dan anderhalf uur lang.

Dat het licht aanging na de film was zoals altijd even wennen. Thea knipperde met haar ogen terwijl de muziek wegstierf. Er werd geschoven met stoelen. De toeschouwers begonnen met elkaar te praten, eerst zachtjes, daarna luider, terwijl ze de betovering langzaam van zich afschudden. Georg Berger rekte zich naast Thea uit.

'Ik ga naar het kasteel. Blijft u nog hier of gaat u met mij mee?'

'Ik ga met u mee, ik ben best moe.' Thea haalde haar portemonnee uit haar handtas, maar haar baas legde zijn hand op haar arm. 'Laat maar zitten. Als u erop staat te betalen, beledigt u mevrouw Bachen. U hebt een rondje van de zaak gekregen, net als ik.'

Thea besefte dat hij gelijk had en volgde hem naar de uitgang, terwijl iedereen vriendelijk gedag zei.

De late avond was vrij fris, maar helder en er stond een bijna vollemaan aan de hemel.

'Laten we door de velden naar het kasteel teruglopen,' stelde Georg Berger voor. 'Het duurt maar een paar minuten langer dan wanneer we via de hoofdweg gaan, en de weg is veel mooier.'

'Ja, dat is prima.'

Ze slenterden langs de kerk richting de velden.

'U was zo betoverd door de film, ik neem aan dat u hem leuk vond.' Georg Berger wierp haar een zijdelingse blik toe. Er klonk een glimlach in zijn stem.

'Ja, ik heb ervan genoten, ook al heb ik hem onlangs al gezien toen ik met mijn zussen in Bad Neuenahr was.' Thea wilde niet net doen alsof de film nieuw voor haar was, ook al twijfelde ze hoe Georg Berger zou reageren als ze dat weekend aanhaalde.

'Ik heb de posters daar inderdaad zien hangen.' Hij knikte. Zijn toon was neutraal.

'Wat vond u van de film?'

'Geweldig, en zo anders dan die vreselijke nazifilms met hun valse moraal. Orson Welles zette een zeer indrukwekkende schurk neer in de rol van Harry Lime.'

Ze vertelde hem liever niet dat Katja ook zo enthousiast was geweest over het personage van Harry Lime.

Ze hadden het kerkhof achter zich gelaten en sloegen het pad in dat door de velden voerde. Naast hen kronkelde de beek door het hoge gras. Het gekabbel was duidelijk hoorbaar in de stilte. De intense geur van een bloeiende boom of struik hing in de lucht.

'Hoewel het wel een pikant detail is dat de dorpelingen aan het beeld gekluisterd zijn als het over illegaal verhandelde penicilline gaat, terwijl ze zichzelf bezighouden met koffiesmokkel,' pakte Georg Berger de draad van het gesprek weer op.

'O, die parallel was me niet eens opgevallen.' Thea glimlachte, maar werd meteen weer serieus. 'Ik kan me nog goed herinneren hoeveel mensen na de oorlog stierven aan bacteriële infecties in het universitair ziekenhuis van Hamburg, omdat de sulfonamiden niet effectief genoeg waren. Dat greep me erg aan, vooral als het kinderen waren.' Ze zweeg even, getergd door de herinneringen.

'Inmiddels is het moeilijk voor te stellen dat er geneeskunde was zonder penicilline,' antwoordde Georg Berger peinzend. 'Eigenlijk is het pas tijdens de oorlog echt ontwikkeld door de Britten en de Amerikanen. Ik ben er erg dankbaar voor en hoop dat ik ook nog zal meemaken dat er effectieve behandelmethoden en medicatie voor hartaanvallen en beroertes worden ontwikkeld, zodat ik de betreffende patiënten meer kan voorschrijven dan alleen bedrust.'

'We hebben nu tenminste de ijzeren long en de couveuse voor vroeggeboren baby's. En de Amerikanen zijn een vaccin tegen polio aan het onderzoeken.'

'Ja, dat geeft ook hoop voor hartaanvallen en beroertes.' Dat was weer een van Georg Bergers droge opmerkingen. Ze liepen zwijgend naast elkaar, verzonken in hun eigen gedachten. Thea vond de stilte echter prettig en totaal niet beklemmend.

'Wat ik u steeds al wilde vragen...' Eindelijk hervatte Thea het gesprek.

'Ja?'

'U zou tegen de wil van mijn vader in een patiënt met langdurige hepatitis B uit het ziekenhuis van Monschau hebben gehaald. Hoe hebt u die man eigenlijk behandeld?'

'Met levende schapenluizen.'

‘Neem me niet kwalijk?’ Even dacht Thea dat Georg Berger haar voor de gek hield. Maar zijn blik was serieus.

‘Ja, met levende schapenluizen,’ herhaalde hij. ‘Een paar schapenluizen in wat witbrood. De patiënt was binnen een paar dagen de oude.’

‘Echt waar?’ Thea geloofde haar oren niet.

‘Echt waar. Op het platteland is het algemeen bekend dat schapenluizen een genezende werking kunnen hebben. Ik neem niet vaak mijn toevlucht tot dit soort behandelmethoden. Maar soms, als ik niet meer weet wat ik moet doen, doe ik het wel.’

‘Voor mijn vader behoort zoiets tot de meest duistere magie.’ Nu begreep Thea waarom hij dacht dat Georg Berger een charlatan was.

‘Dat begrijp ik. Maar kijk bijvoorbeeld eens naar de medicijnen uit de middeleeuwen... Sinds de verlichting wordt het als onzinnig en primitief gezien dat monniken schapenmest vermengd met honing op wonden legden. Maar het mengsel werkt prima als een antibioticum.’

Achter de velden tekende het kasteeltje met het hoge dak en de karakteristieke torens zich af tegen de nachtelijke hemel. Nu het gebouw baadde in het maanlicht zag het eruit als een sprookje. Die gedachte hield Thea echter liever voor zich. Georg Berger zou er vast ironisch op reageren.

Ze naderden de weide waarin de paarden graasden. Het ene paard lag te slapen in het gras. Het andere moest hen hebben opgemerkt, want het draafde naar het hek en strekte snuivend zijn hoofd naar Georg Berger uit. Thea deinsde achteruit.

‘Braaf,’ zei hij, terwijl hij het dier over de neus streelde en tegen zijn nek klopte. Toen liepen ze tot Thea’s opluchting verder.

‘U bent nogal bang voor paarden, hè?’ Hij keek opzij naar Thea. ‘Op de boerderij van de Hörters merkte ik het al toen ik de hengst moest behandelen. Ik was ervan onder de indruk hoe u met uw angst omging.’

'Ik dacht wel dat u dat gemerkt had. In mijn kindertijd heeft een pony me van zijn rug gegooid en me tegen mijn hoofd geschopt, waardoor ik een zware hersenschudding opliep. Dat vergeet ik nooit meer. Rijdt u al van kinds af aan?' Thea was benieuwd hoe hij zo'n hechte band met paarden had opgebouwd.

'Ik heb u verteld dat ik als kind difterie had. Mijn beste vriend stierf eraan. Daarna trok ik me volledig in mezelf terug en reageerde heel agressief op elke benadering. Mijn ouders maakten zich grote zorgen om mij en gaven me uiteindelijk een paard. Ik had eerder gereden en had er altijd al een willen hebben. In zekere zin bracht het paard me weer tot leven. Genezing kan soms heel eenvoudig zijn. Een dier dat je warmte en geborgenheid en genegenheid geeft... Het verbaast me in elk geval niet dat ik die jongen van u, die Peter Schrader, vaak bij de paarden zie. Ik begrijp wel dat hij dicht bij hen wil zijn.'

'Toen ik gisterochtend in de schuur kwam, lag Peter daar te slapen. Hij was erg bang, maar hij is niet gevlucht.'

'Wel, uw project hoe-red-ik-een-weesjongen lijkt voorspoedig te verlopen.'

Ze stonden nu voor het kasteel. Thea bleef staan en keek Georg Berger uitdagend aan. 'U doet altijd zo cynisch, maar de waarheid is dat u nogal zachtmoedig bent. Geef het maar toe.'

'Misschien, maar hou dat alstublieft voor u.' Hij gaf haar een vriendelijk tikje tegen haar schouder. 'Tot morgen.'

'Ja, tot morgen.' Op de een of andere manier klonk dat goed.

Na het ochtendspreekuur liep Georg Berger Thea's spreekkamer binnen, zijn handen in de zakken van zijn doktersjas. Hij zuchtte. 'Zou u vandaag Axel Heimbach kunnen bezoeken? Ik heb zo veel ziekenbezoeken gepland staan. Soms lijkt het net of dit dorp één grote broedplaats is voor ziektekiemen en bacteriën.'

'Natuurlijk zal ik graag even bij hem langsgaan. Mijn patiënten hadden niet echt iets bijzonders.' Thea keek hem onschuldig aan.

'Beschouw dat maar niet als vanzelfsprekend. U hebt gewoon geluk gehad dat de moeilijkere zaken bij mij terechtkwamen,' mopperde hij. 'Vergeet niet om de achteringang te gebruiken als u naar Heimbach toe gaat. Het kan best zijn dat de politie zijn huis nog in de gaten houdt. En als een dokter uit Eichenborn hem opzoekt, kan dat verdenking opwekken.'

'Ik zal eraan denken,' verzekerde ze hem. Ze verheugde zich erop Axel Heimbach weer te zien.

Het was een warme dag en Thea draaide de ramen van de Opel naar beneden. Ze genoot van het gevoel van de wind op haar gezicht. De bloemen stonden in volle bloei in de velden en langs de bermen. Hier en daar glansde het felle geel van koolzaad, en de kenmerkende zoete geur drong haar neusgaten binnen.

Vlak bij Monschau moest ze een versnelling terugschakelen, omdat een Nederlandse bus moeite had met de bochten. Hoewel het een normale doordeweekse dag was, stond de parkeerplaats bij de brug over de Roer vol met auto's en gingen mensen in zomerse outfits en masse naar het pittoreske centrum. Kort daarna bereikte Thea het smalle steegje achter het huis van Axel Heimbach. Ze parkeerde de Opel naast het steegje naar zijn tuin. Alex Heimbach zat op de bank in de keuken met een krant in de hand. Hij droeg een vest en had een stoppelbaard, die bijdroeg aan zijn schurkachtige charme. Door zijn pijnlijke schouder had hij zich duidelijk niet kunnen scheren.

'Wat leuk dat u langskomt in plaats van Georg Berger of zuster Fidelis.' Hij glimlachte naar haar. 'Ik was al bang dat u me vermeed.'

'Nee, niets van dat alles. Qua werkuren was het gewoon beter dat mijn baas en de zuster naar u toe kwamen.' Thea legde haar dokterstas op tafel. 'Hoe is het met u?'

'Ik verveel me verschrikkelijk, maar verder voel ik me goed.' Hij haalde zijn schouders op. 'Ik wil wel weer eens terug naar mijn studio en ik moet nog een paar andere dingen doen. Dus doe me alstublieft een plezier en verklaar me gezond, dokter.' Hij hief zijn handen op in een theatraal smekend gebaar.

Met 'dingen' doelde hij hoogstwaarschijnlijk op zijn ontmoeting met de Belgische officier vanwege de koffiesmokkel. Thea vroeg er liever niet naar.

'We zullen zien,' zei ze in plaats daarvan. 'Knoop uw vest en overhemd maar los, dan kan ik uw temperatuur opnemen.'

Axel Heimbach deed wat hem werd opgedragen. 'Bent u nog naar de film geweest gisteren?'

'Ja, ik vond het heel indrukwekkend dat bijna het halve dorp in de herberg was. Georg Berger was er ook.'

'Ja, hij komt vaak naar de filmavonden.'

'De film fascineerde me opnieuw, net als de eerste keer dat ik hem zag. En een bioscoop in een zaal van de herberg heeft een heel eigen charme.' Thea controleerde de koortsthermometer.

De lichaamstemperatuur van Heimbach was slechts licht verhoogd. Ze begon het verband om zijn schouder los te maken en onderzocht de wond. Hij zat heel stil en volgde aandachtig elke beweging. Hij leek op de een of andere manier gespannen, maar dat moest iets met het onderzoek te maken hebben.

'Dus ik kom u nog weleens vaker tegen bij de filmavonden?'

'Natuurlijk, als ik niet hoef te werken. Laat me nu alstublieft die schotwond in uw zij controleren.' Thea verwijderde ook daar het verband en onderzocht de wond.

'En?' Axel Heimbach trok vragend zijn wenkbrauwen op.

'Ik ben tevreden over het genezingsproces. U mag best weer naar buiten, maar u moet het nog steeds rustig aan doen.' Zoals ze bij zijn schouder ook had gedaan, maakte Thea een nieuw verband dat ze met een pleister over de wond aanbracht. 'Ik zal zuster Fidelis zeggen dat zij u over een paar dagen kan bezoeken om het verband te verwisselen. Over ongeveer tien dagen kunnen de hechtingen worden verwijderd in de praktijk.'

'Ik hoop u weer te zien voordat de tien dagen om zijn.'

'Misschien een wandeling bij het moeras, dat zou ik leuk vinden.' Thea stopte de koortsthermometer en het verband terug in haar dokterstas.

'Dokter Graven... Thea...' Axel Heimbachs blik was plotseling heel intens en zijn ogen waren donker en er waren pretlichtjes in te zien. Een glimlach speelde om zijn lippen. Soepel stond hij op en voordat Thea kon reageren, nam hij zachtjes haar hoofd in zijn handen en kuste haar. Verbaasd gingen haar lippen iets van elkaar. Zijn kus werd inniger, hartstochtelijker. Thea voelde het bloed door haar aderen stromen. De kus voelde heel fijn en sensueel. Maar... Het was haar ineens heel duidelijk. Het voelde niet goed. Hij was niet de juiste man voor haar.

Ze maakte zich los. 'Axel, doe dat alsjeblieft niet...'

Verbaasd keek hij haar aan. 'Het spijt me, ik dacht dat je het fijn zou vinden als ik je zou kussen.'

'Ja... Nee...' Thea voelde zich een beetje beverig en verward, en ze ademde heel snel.

'Je vond het leuk om met me te flirten, toch?'

'Ja, maar dat betekent niet dat ik je ook wil kussen. Misschien ben ik ouderwets. Maar een kus is iets belangrijks voor mij.'

'Zou het iets uitmaken als ik je vertelde dat ik verliefd op je ben geworden?'

'Wat zeg je?'

'Ja, ik ben verliefd op je geworden.' Axel Heimbach zuchtte en glimlachte met wat zelfspot. 'Tot over mijn oren, eerlijk gezegd. Ook al dacht ik dat dat jongensachtige gebeuren voor mij allang verleden tijd was. Vanaf het moment waarop je die ochtend plotseling voor me verscheen uit de mist bij het moeras, als een wezen uit een andere wereld. Of misschien gebeurde het al eerder, op de avond dat je de gelagkamer van de herberg binnenkwam. Je zag er onzeker uit en hoorde daar niet te zijn. Toch wekte je de indruk dat je dit dorp in de Eifel wel aankon.'

'Ik weet niet wat ik moet zeggen...'

'Jammer dat de gevoelens niet wederzijds zijn. Het is als de figuurlijke dolk in mijn hart.' Hij zweeg even en keek haar onderzoekend aan. 'Gewoon uit interesse, is er al een man in je leven?'

'Nee, in het geheel niet. Het zou overigens ook niets veranderen aan deze situatie.'

'Zo vaak komt het niet voor dat ik word afgewezen door een vrouw. Dat ben ik niet gewend.' Hij glimlachte weer met wat zelfspot.

'Je komt er wel overheen,' zei Thea na een korte pauze.

'Als jij het zegt.'

'Daar ben ik zeker van. Sneller dan je denkt.' Thea glimlachte nog eens naar hem, pakte toen haar dokterstas en haastte zich naar buiten.

Op de terugweg dwaalden haar gedachten af naar wat er was gebeurd. Ze mocht Axel Heimbach graag en vond hem aantrekkelijk. In zijn aanwezigheid voelde ze zich levendig en opgewekt. Een beetje alsof ze mousserende wijn of champagne had gedronken. Maar het was als alcohol: als ze hem te veel zag, zou er zeker een kater volgen. Hij was absoluut niet geschikt voor haar. Maar ze was ook niet verliefd op een ander. Thea zette energiek haar bril recht en reed weg.

Toen Thea de Opel in de golfplaten garage parkeerde, stapte Georg Berger net uit de Ford. Blijkbaar was hij net voor haar thuisgekomen.

'Alles goed met Heimbach?'

'Ja...'

'Echt? U klinkt een beetje aarzelend.'

'Ja, hij is in orde en ik heb hem gezegd dat hij morgen weer naar zijn studio mag gaan.' Thea voelde haar gezicht warm worden. Nu begon ze ook nog te blozen, besefte ze geïrriteerd.

Georg Berger keek haar aan. 'Nou, laten we hopen dat Heimbach zich binnenkort niet weer in de nesten werkt,' zei hij ten slotte.

'Ja, laten we het hopen. Als u me nu wilt excuseren, ik moet nog snel iets uit mijn huisje halen.' Thea vluchtte weg voor zijn onderzoekende blik. Georg Berger hoefde niets te weten over de liefdesverklaring van Axel Heimbach.

29

Een dag later, op donderdagmiddag, verliet Thea de kleine boerderij waar ze net de laatste patiënt van haar ronde had bezocht. Ze liep naar de Opel die langs de kant van de weg stond geparkeerd. De warme wind joeg door de bloeiende gaspeldoorn en trok zilverachtige lijnen in een groen gerstveld. In het noorden was de lucht nog steeds helder, maar in het zuiden pakten zich donkere wolken samen. De hevige windstoten deden de populieren schudden. Ze stonden langs een smalle laan die naar een nabijgelegen landhuis leidde. Thea had horen zeggen dat het pand eigendom was van de eigenaar van de wol- en garenfabriek in Monschau.

Ze was bijna bij de Opel toen ze het geluid van een naderende auto hoorde. Een zwarte Mercedes stopte naast haar aan de kant van de weg. Haar vader zat achter het stuur. Waarschijnlijk was hij op weg naar een patiënt. Naast zijn werk als hoofdarts behandelde hij soms patiënten in zijn eigen tijd. Wat zou hij van haar willen? Ging het om het feit dat ze Katja laatst dronken naar huis had gebracht? Ze zette zich schrap om zich te verweren tegen zijn beschuldigingen.

Het gezicht van haar vader stond op onweer toen hij uitstapte en naar haar toe liep. Lieve hemel, er kwam dus toch nog een confrontatie.

'Hallo, vader,' zei ze ongemakkelijk.

'Nu ik je hier toevallig tegenkom…' Hij ging voor haar staan. 'Blijkbaar kun jij je familie alleen maar te schande maken.'

'Bedoel je dat met Katja?' Thea werd boos. 'Nu overdrijf je een beetje. Het was niet eens mijn schuld.'

'Ik bedoel dat het jammer is dat jij je met mannen inlaat!'

'Sorry?' Dat had Thea niet aan zien komen. 'Hoe kom je daar nu bij?'

'Ik weet dat je met een beruchte casanova...' Haar vader aarzelde en spuugde toen het woord uit. '... slaapt.'

Hij kon alleen Axel Heimbach bedoelen. Had iemand hen na de operatie samen zijn huis binnen zien lopen en iedereen erover verteld?

'Vader, laat het me uitleggen...'

'Er valt niets uit te leggen. Eerst trouw je met een louche erfenisjager en nu kom je weer met een gelukszoeker aan.'

Thea slikte haar woede in over de manier waarop haar vader over Hans sprak. 'Het is niet wat het lijkt.'

'O nee? Wat is het dan?' sneerde hij.

'Deze man is een patiënt van de praktijk. Hij was gewond, dus bracht ik hem midden in de nacht thuis.' Thea vroeg zich af hoe ze haar vader over die operatie kon vertellen zonder te verraden dat Axel Heimbach betrokken was bij een vuurgevecht met de politie.

Hij schudde echter al ongeduldig zijn hoofd. 'Lieg niet tegen mij! Ik weet uit absoluut betrouwbare bron dat hij je minnaar is.'

'Maar...' Thea begreep het niet.

'Je eigen zus, Katja, heeft het me verteld!'

'Katja? Dat kan niet waar zijn.'

'Jawel, ik weet het van haar.'

Thea was sprakeloos en kreeg het koud. Zwijgend keek ze haar vader na, die terugliep naar de Mercedes en het portier dichtsloeg.

Katja zou zoiets nooit over haar zeggen. Thea balde haar handen tot vuisten. Haar vader wilde haar gewoon graag kwetsen. De Mercedes reed nu de populierenlaan in naar het statige huis. Dan zou hij dus het komende uur niet in het ziekenhuis zijn. Maar Katja zou daar wel op kantoor zijn. Ze moest haar nu meteen spreken.

'Katja...' Buiten adem deed Thea de deur van het kantoor open en liep naar haar zus toe. Ze was de trap op gerend naar de tweede verdieping van het ziekenhuis, omdat ze zo snel mogelijk de leugen van haar vader de wereld uit wilde helpen.

Katja zat achter haar typemachine te typen. Ze was bleek en had wallen onder haar ogen.

'Ik kwam vader net tegen. Hij zei dat je me ervan beschuldigt met een man te slapen.' Katja's lippen verstrakten. Ze maakte de regel af waar ze mee bezig was, duwde haar stoel weg van het bureau en rolde in Thea's richting. 'Nou en? Het is waar, je slaapt met Axel Heimbach!'

Ze sloeg haar armen over elkaar en wierp haar hoofd in de nek.

'Dus jij hebt vader die onzin wijsgemaakt...' Opeens dacht Thea dat ze het begreep. Ze herinnerde zich plotseling hoe Katja gezwijmeld had in Bad Neuenahr over de spannende smokkelaar Harry Lime uit de film. Heimbach was een smokkelaar, en hij had ook wel iets. 'Is Axel Heimbach je mysterieuze minnaar?'

'Dat was hij. Hij heeft me verlaten voor jou.' Het gezicht van haar zus stond strak.

'Ik heb niets met hem!'

'O, je liegt! In de buurt van Axel woont een verpleegster in opleiding, dus een gewone zuster, geen non. Ze kent jou van de foto in de krant. Zaterdagavond zag ze jullie innig gearmd naar zijn huis lopen en via de achteringang naar binnen gaan. Ze weet van Axel en mij, we gaan weleens samen uit. Ze had alleen een paar dagen vrij deze week, daarom heeft ze het me gisteren pas verteld.'

'Katja...'

Maar haar zus liet haar niet uitpraten. 'Ik kon het eerst niet geloven! Dus gisteren tijdens de lunch ging ik naar zijn huis. Ik wilde nog eens met hem praten. En toen zag ik jullie door het keukenraam. Jullie kusten elkaar.'

'Axel Heimbach kuste mij! Het verraste me en...'

Maar Katja luisterde helemaal niet naar haar. 'Waarom was ik zo blind? Ik zag al hoe Axel naar je keek op de kermis. Toen dacht ik nog dat ik het me verbeeldde... En toen kwam die foto van jou in de krant. Je staat er zo mooi op. Het was gewoon een openlijke liefdesverklaring!' Tranen welden op in de ogen van haar zus. 'Ik heb nog nooit zo veel van een man gehouden. Hij betekent alles voor me en dan pak jij hem van me af!'

'Katja, ik ben niet verliefd op Axel Heimbach, en ik heb hem niet van je afgepakt.' Thea dwong zichzelf kalm te worden. 'Had je niet op zijn minst eerst met mij kunnen praten voordat je dat sprookje aan vader vertelde? Je weet hoe conservatief hij is.' Ze dacht het nu een beetje te begrijpen. Katja was diep gekwetst. Ze wist precies hoe haar vader op de beschuldiging zou reageren en had hem daarom meteen verteld over de vermeende affaire. Ondanks al haar goede eigenschappen was Katja immers behoorlijk egocentrisch. Ze wist dat ze Thea hiermee kon raken.

'Het is geen sprookje! Je wilt gewoon niet toegeven dat je niet zo deugdzaam bent als je je voordoet.' Katja's gezicht was vertrokken van pijn en woede. 'De weduwe die nog steeds rouwt om haar overleden man. In werkelijkheid ben je een gemeen, stiekem kreng!'

'Hou je mond!' Hete woede steeg op in Thea en verdreef het laatste spoor van medeleven om het liefdesverdriet van haar zus. Ze deed een stap naar voren en hief haar hand op. Pas toen Katja ineenkromp en er een rode vlek op haar wang verscheen, realiseerde Thea zich dat ze haar zus zojuist een felle klap in haar gezicht had gegeven.

Thea was nog steeds buiten zichzelf van woede toen ze de Opel voor de studio van Axel Heimbach parkeerde in het centrum van Monschau. Door de glazen deur zag ze dat er geen klanten in de winkel waren. Ze stormde naar binnen en sloeg de deur zo hard achter zich dicht dat het glas rinkelde.

'Thea...' Heimbach kwam uit een achterkamer met een paar foto's in groot formaat in zijn hand. Op zijn gezicht was een verrukte uitdrukking te zien, maar toen hij zag hoe overstuur ze was, veranderde die in ontzetting. 'Wat is er gebeurd?'

'Je durft me te vertellen dat je verliefd op me bent, terwijl je een affaire met mijn jongere zus had!'

'Het een staat los van het ander.'

'Voor mij niet!'

'Ik... Het was niet mijn bedoeling om je te kussen en die bekentenis af te leggen toen je bij mij was. Maar toen je zo dichtbij was en me aanraakte... Toen gebeurde het gewoon. En Katja wist vanaf het begin waar ze aan begon met mij.'

'Dat je vrouwen gebruikt en ze dan afdankt?'

'Zo was het niet. Ik dacht dat Katja onze liaison licht zou opvatten en gewoon wat plezier wilde hebben. Ik vind haar echt leuk. Ze is zo levendig en grappig en...' Axel Heimbach zweeg en wreef met zijn handen over zijn gezicht. 'Maar ik hou niet van haar.'

'Ik vraag me af of je wel weet wat het betekent om van iemand te houden,' snauwde Thea hem toe.

'Waar je me ook van beschuldigt, ik heb geen misbruik gemaakt van Katja. Ik heb haar voorgesteld aan belangrijke mensen van kranten en tijdschriften,' antwoordde Axel Heimbach heftig. 'Zo kreeg ze bijvoorbeeld de kans om foto's te maken bij de modeshow in Bad Neuenahr. En dat is echt een mooie opstap voor haar carrière.'

'Wat fijn dat je jezelf als haar mentor ziet!' In zekere zin had Axel Heimbach haar hotelkamer dus geregeld. Thea raakte er nog meer door van streek. 'Ik weet zeker dat er nog veel meer jonge, mooie vrouwen zijn die je graag zou willen helpen.'

'Thea, je hebt veel voor me gedaan, maar dit is echt oneerlijk.'

Maar Thea luisterde niet meer. Ze herinnerde zich dat ze nog maar pas geleden 's avonds laat haar zus had opgehaald bij het café waar volgens de politie ook smokkelaars kwamen. En Katja had altijd zo veel geld. 'Nog één ding: heb je mijn zus bij je smokkelactiviteiten betrokken?' Ze keek Heimbach boos aan.

Hij aarzelde.

'Ja dus!'

'Het was Katja's idee, niet het mijne. Ik heb jeans van de Amerikanen gekregen voor haar en zij heeft die doorverkocht. Dat was alles.'

'Dat is strafbaar!'

'Ze is een volwassen vrouw, het was haar keuze.'

'O, loop naar de maan!' Thea stormde naar de deur. Daar draaide ze zich echter weer om. 'Weet je waar ik het meest van walg? Dat je beweerde geïnteresseerd te zijn in de schilderijen van mijn man!'

En die gokker en casanova had ze van de politie gered.

Thea wist zich op de een of andere manier door het middagspreekuur heen te worstelen. Nadat de laatste patiënt was vertrokken, wisselde ze een paar woorden met Georg Berger voordat ze naar haar huisje ging. Ze was nog steeds boos op Katja, maar ook verdrietig. De laatste keer dat ze haar jongere zusje had geslagen was toen die in een vlaag van woede haar geliefde pop had stukgemaakt. Zij was toen dertien jaar en Katja vier.

Het was zo fijn geweest om weer dicht bij haar zussen te wonen. Maar nu hadden zij en Katja een vervelende, kwetsende ruzie gehad. Hoe moest dat weer goed komen? Katja zou haar de klap in haar gezicht zeker vergeven, maar de vermeende liefdesaffaire met Axel Heimbach beslist niet.

Thea opende de deur en ging haar huisje binnen. Ze had net haar dokterstas neergezet toen ze een envelop op de grond zag liggen. Zoals altijd had de postbode die onder de deur door geschoven. Met haar gedachten nog steeds bij Katja raapte ze de envelop op. De brief had een Hamburgs poststempel. Haar maag draaide zich om. De brief was van het universitair ziekenhuis.

Met een slap gevoel in haar benen liet Thea zich op de bank zakken en scheurde de envelop open. Toen vouwde ze het vel papier open. Ze las wat er stond, maar de woorden dansten voor haar ogen.

Stellen u graag in kennis… het Openbaar Ministerie… onderzoek tegen Prof. Dr. Arnhem beëindigd wegens irrelevantie... Wij behouden ons het recht voor om juridische stappen tegen u te ondernemen...

Thea's hart bonsde wild in haar borst en de regels werden wazig voor haar ogen. Was het universitair ziekenhuis van plan haar aan te klagen wegens laster? Als ze werd veroordeeld, zou ze haar bevoegdheid als arts verliezen en kon ze haar beroep niet meer uitoefenen.

Nergens anders, ook niet hier in de praktijk.

'Wat is er?' Georg Berger opende de voordeur van het kasteel. Thea had hem wakker gemaakt. Hij gaapte. 'Moet u de wereld of een van uw zussen weer eens redden?' Maar toen schrok hij. 'Thea... Dokter Graven, u ziet doodsbleek! Is er iets met uw familie of een patiënt?' vroeg hij geschrokken.

'Nee, maar er is iets ergs gebeurd,' antwoordde ze met gedempte stem.

'Dat klinkt heel dramatisch. Kom binnen.' Thea volgde Georg Berger naar zijn werkkamer. Op het bureau lag een studieboek over chirurgie open. Blijkbaar had ze hem gestoord terwijl hij aan het lezen was.

Nee, ze wilde haar bevoegdheid niet kwijtraken. Ze wilde haar vak blijven uitoefenen, en het liefst hier, in de praktijk van Georg Berger.

'Vertel me eens wat er aan de hand is.' Hij ging achter het bureau zitten en Thea nam tegenover hem plaats. Georg Berger stak een sigaret op.

'Ik heb een brief ontvangen uit Hamburg, van het universitair ziekenhuis. De onderzoeken naar mijn voormalige hoofdarts worden gestaakt. Het management van het ziekenhuis behoudt zich het recht voor om juridische stappen tegen mij te ondernemen, waarschijnlijk met de bedoeling mij aan te klagen wegens laster...' Door het te zeggen werd het werkelijkheid en nog angstaanjagender.

'En als u veroordeeld zou worden, zou u uw bevoegdheid verliezen.' Georg Berger knikte begrijpend.

'Ja...' Thea voelde dat ze het weer benauwd kreeg, maar probeerde het weg te drukken.

Georg Berger rookte zwijgend door. 'Maar het is nog niet zeker dat er daadwerkelijk een aanklacht ingediend wordt,' zei hij ten slotte. 'En mocht dat wel het geval zijn, dan weet ik zeker dat u met een goede advocaat een heel eind komt. Het lukt ons wel.'

Zei hij nu ons? Thea kon haar oren niet geloven.

'Kijk maar niet zo verbaasd. Ik laat een hoofdarts die wandaden pleegt daar niet mee wegkomen. Het heeft een patiënt het leven gekost en ze proberen uw carrière en uw leven te ruïneren.'

Ze had het dus niet verkeerd begrepen. Een warm gevoel van dankbaarheid stroomde door Thea heen. Tranen welden op in haar ogen en ze keek haastig weg.

'Niet huilen, dokter Graven.' Zijn stem klonk verrassend zacht.

'Neem me niet kwalijk, de tranen zitten nogal hoog de laatste tijd.'

'Hier.' Georg Berger reikte haar een zakdoek aan en ze snoot verlegen haar neus. Hij keek haar peinzend aan en stond toen plotseling op. 'Volg mij.'

'Waarheen?'

'Stel voor de verandering eens geen vragen.'

Hij haastte zich door de gang en opende een deur. Daarachter was een wenteltrap. Thea volgde hem de trap op. Ze kwamen uit op een schemerige zolder vol dozen en rommel. Er stond zelfs een skelet, al miste er een arm, en wat oude medische apparatuur. Aan het stof en de spinnenwebben te zien was hier gedurende vele jaren nooit iets opgeruimd. Na nog een paar stappen kwamen ze opnieuw bij een deur en plotseling was er helder licht.

Thea was sprakeloos. Ze stond met haar baas in het torentje van het kasteel. Onder hen wierp de avondzon haar laatste zonnestralen over het dorp en de Hoge Venen. Ze kon tot ver over de Belgische grens kijken. Ver weg, in het oosten zag ze een glinstering aan de horizon. Begon daar de Rijn?

'Het is goed om alles af en toe eens vanuit een andere hoek te bekijken,' hoorde ze Georg Berger droogjes zeggen.

'Het is geweldig.' Thea zocht naar woorden. 'Alsof we ineens vleugels hebben.' Op de een of andere manier voelde ze dat hij haar iets belangrijks over zichzelf had onthuld. Een tijdje stonden ze daar alleen maar en keken toe hoe de avondlucht langzaam donkerder werd.

'Bedankt dat u me deze plek hebt laten zien,' zei Thea ten slotte zacht.

'Voelt u zich al wat beter?' Georg Berger raakte vriendelijk haar arm aan. 'U hebt in elk geval weer wat meer kleur op uw gezicht.'

'Ja, maar...' Aan de volle asbak te zien kwam hij wel vaker in de toren. Had hij hier ook geprobeerd om afscheid te nemen van Melanie Winter?

'Toen ik ruim elf jaar geleden naar Eichenborn kwam, ging ik om verschillende redenen door een moeilijke periode. Ik was blij toen ik deze plek ontdekte. Sommige dingen zie je hier ineens anders,' hoorde ze Georg Berger zeggen.

Thea dacht ineens aan het chirurgische leerboek op zijn bureau en hoe vakkundig hij Lioba Fromme en Axel Heimbach had geopereerd. 'Ik wilde u eigenlijk nog iets vragen...'

'Wat wilt u nu weer weten?' vroeg hij bars, maar hij glimlachte erbij.

'U werkt zo bedreven en zo zelfverzekerd. Hebt u een paar jaar als arts-assistent in de chirurgie gewerkt?'

'Ik ben chirurg.'

'Wat zegt u?'

'Kijk me nu niet zo verbluft aan.' Hij trok zijn wenkbrauwen op.

'Maar...'

'Nu vraagt u uzelf af waarom ik dat heb opgegeven en mezelf hier begraven heb?'

'Ja, chirurgie is immers de hoogste discipline van de geneeskunde. Er zijn zo veel dokters die dat als droom hebben.' Thea begreep het niet.

'Kort nadat ik was afgestudeerd als chirurg lag mijn leven ineens overhoop.' Hij legde zijn handen op de reling en staarde in de verte.

Zou hij haar in vertrouwen nemen? Thea wachtte zwijgend af, ze wilde hem niet onder druk zetten.

Uiteindelijk draaide hij zich weer naar haar toe. 'Melanie... de liefde van mijn leven verliet me voor een man die ik verachtte. Dat bracht me behoorlijk van de wijs. Ik wilde weg uit Berlijn, naar een plaats waar niemand me zou vinden.'

Net als toen hij een kleine jongen was, dacht Thea onwillekeurig, toen zijn beste vriend stierf aan die ernstige ziekte.

'Dit niemandsland aan de rand van het moeras leek me de juiste plek.'

'Maar daarmee hebt u wel uw carrière vergooid.'

'Wat dat betreft ben ik niet de enige hier,' merkte Georg Berger droog op.

'Misschien kan ik ooit weer als gynaecoloog aan de slag. Dat hoop ik tenminste. Voor u zal het echter heel moeilijk zijn om verder te gaan in de chirurgie. Als u dat tenminste zou willen...'

'Dat wil ik helemaal niet.' Georg Berger schudde zijn hoofd. 'Ik heb altijd een hekel gehad aan de hiërarchie in het ziekenhuis. Als ik niet het geluk had gehad om in het Charité in Berlijn een hoofdarts te ontmoeten die erg onorthodox was, zou ik in mijn tijd als arts-assistent waarschijnlijk al afgeschreven zijn. Hij behandelde mij echter heel vaderlijk en nam me in bescherming. Hier in Eichenborn ben ik mijn eigen baas en kan ik de chirurgie evengoed toepassen. De laatste tijd komt dat zelfs wat vaker voor.' Hij grijnsde zwakjes. 'Daarom probeer ik op de hoogte te blijven van alle chirurgische ontwikkelingen.'

Ja, ze kon zich voorstellen dat haar onconventionele en eigenzinnige baas zich moeilijk aan kon passen aan de ziekenhuishiërarchie. Haar vader zou hem als dienstdoende arts zeker binnen korte tijd hebben ontslagen. Toch vond Thea het jammer voor Georg Berger. Je moest wel veel van het beroep houden, wilde je door de lange opleiding tot chirurg heen komen, met alle eisen die daarbij hoorden.

Haar gedachten waren blijkbaar op haar gezicht te lezen, want

Georg Berger zuchtte. 'Kijk me niet zo verdrietig aan, ik ben blij met mijn leven. En nu we eindelijk elkaars duistere geheimen kennen, wat zou u ervan vinden om elkaar in de toekomst bij de voornaam aan te spreken?'

'Dat zou ik heel fijn vinden.'

Georg Berger strekte zijn hand uit en ze schudde die.

'Georg.'

'Thea.'

Zijn handdruk was heel stevig en zijn warme ogen stonden vol medeleven. Een paar seconden waren hun handen in elkaar gevouwen en glimlachten ze naar elkaar. Was dit echt de man die ze ooit arrogant en zelfingenomen had gevonden? Thea kon het bijna niet geloven.

Later, in haar huisje, nam Thea het kleine blikje versierd met de gestileerde sinaasappels uit de keukenkast. Het was het blikje dat mevrouw Hansen haar na de dood van haar man had gegeven. Ze streelde nadenkend over het metaal. Ja, het was goed dat ze aangifte had gedaan van de medische fout van professor Arnhem, ondanks alle ernstige gevolgen. Zelfs al zou ze haar bevoegdheid verliezen. Thea keek nog een paar minuten naar het blikje en zette het toen voorzichtig terug in de kast.

30

De volgende middag reed Thea weg bij een afgelegen boerderij waar ze een patiënt had bezocht. Ze draaide de landweg op. In de afgelopen uren had ze zich meer dan eens wanhopig gevoeld over de brief van het universitair ziekenhuis van Hamburg. Ze zag haar toekomst somber in. Aan de andere kant ervoer ze steeds sterker het gevoel van warmte en vertrouwen dat ze bij Georg Berger in het torentje had gevoeld. Daarnaast was er het troostende gevoel dat ze er niet alleen voor stond. Georg Berger zou haar niet in de steek laten als ze werd aangeklaagd. Daar was ze zeker van.

Plotseling begon de motor te sputteren, waarna die even later uitviel. De Opel rolde nog een paar meter door, de licht glooiende weg af, maar kwam uiteindelijk volledig tot stilstand.

Thea kreunde. Was die oude bak nu weer kapot? Fronsend keek ze naar het dashboard. O nee… De wijzer van de brandstofmeter stond op nul. Ze was zo in beslag genomen geweest door haar problemen dat ze niet eens het benzinepeil had gecontroleerd toen ze wegreed, terwijl de Opel veel verbruikte. Maar in de kofferbak lag nog een jerrycan.

Toen Thea die oppakte, merkte ze echter meteen dat die leeg was. Verdorie… Waarom had ze dat niet gecontroleerd?

Ongeveer twee kilometer verderop was een tankstation, heel dicht bij de grens met België. Ze moest maar door de zure appel heen bijten en ernaartoe lopen. Gelukkig was ze in elk geval klaar met de bezoeken en zaten er geen patiënten meer op haar te wachten.

Boos op zichzelf pakte Thea de jerrycan op en ging op weg. Dat het nu begon te motregenen was niet echt goed voor haar humeur.

Na ongeveer een half uur kwam Thea doorweekt aan bij het tankstation. Ze had geprobeerd te liften, maar geen enkele auto was gestopt. De bediende, een man van in de dertig met een rozig gezicht en zijn donkere haar in een strakke scheiding, riep en gebaarde dat ze even moest wachten. Zo te horen was hij in gesprek over de levering van dieselbrandstof, waar problemen mee waren.

Ongeduldig keek Thea om zich heen. De regen liep in stromen langs de ramen. Wat een trieste dag. Aan de overkant van de straat was een autoreparatiewerkplaats. Een man en een vrouw stonden onder de luifel, verlicht door een neonreclame. De man was lang en had rood haar. Zijn volle baard was niet echt van deze tijd. Hij droeg een leren jack met een donkere coltrui. Thea zag de vrouw alleen van achteren. Haar haar was verborgen onder een hoofddoek en de kraag van haar lichtgroene regenjas stond omhoog.

'Wat kan ik voor u doen?' De bediende van het tankstation had eindelijk zijn gesprek beëindigd.

Thea vroeg hem de jerrycan te vullen en liep met hem mee naar buiten naar de benzinepomp. Terwijl de bediende van het tankstation het mondstuk van de slang in de opening van de jerrycan hing, keek ze nog eens achterom naar de garage. De vrouw in de regenjas gaf de man iets. Hij zei een paar woorden en lachte, waarna ze terugdeinsde alsof hij haar had geslagen. Ze draaide zich om en rende blindelings door de regen de straat over. Een vrachtwagen moest remmen om haar niet te raken, en de chauffeur toeterde luid. Daarna stapte ze in een zwarte auto.

'De jerrycan is vol, kan ik nog iets voor u betekenen?' vroeg de bediende van het tankstation haar.

‘Nee, bedankt, dit is alles. Althans…’ Thea dacht er ineens aan. ‘Het zou fijn zijn als u een taxi voor me zou kunnen bellen.’

‘De garagehouder rijdt ook taxi.’ De bediende wees naar de overkant.

De man bleek tijd te hebben en had tevens een auto tot zijn beschikking. Terwijl ze over de landweg reden, dacht Thea weer aan de vrouw die door de regen was gerend. Marlene had ook zo’n lichtgroene regenjas. Wat een toeval.

Toen ze thuiskwam, trok Thea droge kleren aan en stookte het vuur in de kachel op. De meidag was erg fris en ze wilde die avond niet in de kou zitten. Toen was het alweer tijd voor het middagspreekuur. Maar daarvoor kon ze nog snel de voedselvoorraad in de kist in de schuur controleren.

De regen drupte van de struiken en bomen, en na een paar stappen door het hoge gras waren Thea’s schoenen en kousen alweer vochtig. Wat een weer! Haastig opende ze de deur van de schuur. Binnen was het schemerig. Thea hoorde gekuch en toen pas zag ze tussen de dekens de jongen op de grond liggen. Geschrokken boog ze zich over hem heen. Overdag had hij hier nog nooit geslapen. ‘Peter, hoe is het met je, ben je ziek?’ Ze raakte zachtjes zijn voorhoofd aan. Dat gloeide van de koorts. De jongen slaakte een jammerkreet, als een gewond dier, en staarde haar met glazige ogen aan.

Thea streelde zijn wang. ‘Peter, ik ga hulp halen en ben zo terug.’ Toen haastte ze zich weg.

‘Georg!’ Thea vond haar baas in zijn spreekkamer, waar hij medische instrumenten aan het steriliseren was. ‘Peter is in de schuur, hij heeft hoge koorts. Ik kan hem niet alleen dragen en…’

‘O, verdorie, ik kom eraan.’

Op de een of andere manier klonk zijn gemopper geruststellend. Georg Berger ging naar de wachtkamer, waar al een paar patiënten zaten. 'Er is een noodgeval, het spreekuur begint wat later,' legde hij kort uit. 'Ga maar naar huis als het te lang duurt.'

Samen met Thea haastte hij zich naar de schuur.

Toen Georg Berger zich over Peter boog, begon de jongen weer te jammeren. Hij probeerde van hem weg te kruipen, maar hij was te zwak. Thea's hart kromp ineen van medelijden. Ze wilde Peter geruststellen, hem vertellen dat hij niets te vrezen had van haar baas. Maar Georg Berger deed een stap terug. 'Jij bent vaak bij de paarden, hè, Peter? Ik zag je daar en ik weet dat je ze leuk vindt. Ze zijn van mij en ik begrijp best dat je je bij hen veilig voelt. Ik voelde me net zo, toen ik zo oud was als jij. Ik was ook erg verdrietig. Je hoeft niet bang voor me te zijn, ik wil gewoon dat je beter wordt.' Zijn stem was heel zacht. Peter ontspande zich. Toen Georg Berger zich na enkele ogenblikken weer naar de jongen toe boog, liet hij zich zonder weerstand optillen.

'We brengen hem naar het kasteel,' zei Georg Berger snel tegen Thea.

Wat kon haar baas gevoelig en empathisch zijn. Ondanks al zijn cynisme had hij eigenlijk maar een klein hartje.

Georg Berger droeg Peter naar de logeerkamer op de eerste verdieping en legde hem voorzichtig op het bed. Snel zette hij de verwarming aan. Daarna trokken ze de jongen zijn gescheurde kleren uit. Ze waren vochtig en klam.

Peter kreunde, zijn tanden klapperden heftig in een vlaag van rillingen. Hij leek zich helemaal van niets bewust te zijn.

Georg Berger nam zijn temperatuur op en luisterde naar zijn longen. 'Meer dan veertig graden, maar waarschijnlijk geen longontsteking,' constateerde hij. 'Kun je bij de jongen blijven terwijl ik het spreekuur doe?' Hij gaf Peter een injectie met een koortswerend medicijn.

'Ja, natuurlijk.' Thea knikte. 'Er zal vannacht ook iemand bij hem moeten waken. Dat wil ik ook graag doen.'

'Ik zal zuster Fidelis vragen om je af te lossen en dan zal ik in de praktijk slapen voor de oproepdienst.' Hij glimlachte licht. 'Er zouden alleen maar praatjes van komen als jij hier 's nachts in het kasteeltje bent, terwijl ik hier slaap.'

'Maar ik was hier ook in de nacht dat je Axel Heimbach opereerde...'

'Dat is niet hetzelfde als de hele nacht bij iemand waken. Bovendien staan de mensen welwillend tegenover alles wat met Axel Heimbach en koffiesmokkel te maken heeft. Het verlangen naar winst staat boven de geldende moraal.' Georg Berger grijnsde en stond op. 'In de kast liggen wel handdoeken voor koude kompressen.' Hij wees naar een donker houten meubel. 'In de bijkeuken zijn schalen, doe alsof je thuis bent. Ik ben rond zes uur terug.' Hij knikte naar haar en ging weg.

Thea ging in de oude fauteuil naast het bed zitten.

Peter bleef maar woelen in het bed. 'Mama?' vroeg hij op klagende toon. Ze streelde zijn klamme hand en wachtte tot hij gekalmeerd was. Toen ging ze naar beneden en vulde in de bijkeuken een kom met koud water. Eenmaal terug in de logeerkamer legde ze koude kompressen rond Peters kuiten.

Thea hield de wacht en luisterde naar het geluid van de regen die tegen de ruiten kletterde.

Na een tijdje viel Peter eindelijk in slaap. Wat had hij allemaal meegemaakt sinds zijn moeder was gestorven?

Rond twee uur 's nachts ging Thea's wekker. Zuster Fidelis had vanaf acht uur die avond over Peter gewaakt, nu was het haar beurt weer. Ze stond op, kleedde zich snel aan en haalde een borstel door haar haar. Ze wierp nog een snelle blik op de foto van Hans. Ik ga nu naar de zieke jongen toe, ik hoop dat zijn toestand verbeterd is, zei ze zachtjes voordat ze naar beneden ging en het huisje verliet.

Buiten was het koud en de lucht was helder. De omgeving van de praktijk was erg rustig. De voordeur van het kasteel was niet op slot,

Peter mocht niet wakker worden door een klop. Thea glipte het gebouw binnen. Vanuit de bijkeuken viel een zwak licht de hal in.

Zuster Fidelis stond met een lepel in een pan te roeren die op de elektrische kookplaat stond. Het rook naar salie en kamille. 'Ik zal een kompres voor de hals van het kind maken,' zei ze. 'Zijn keel is helemaal rood en gezwollen. De koorts zakte pas een uur geleden een beetje. Daarvoor had de jongen nare dromen en schreeuwde hij om zijn moeder, de arme ziel.' Ze liet zich op een stoel zakken.

Thea ging naast haar zitten. 'Het is mooi dat de koorts gezakt is.' Ze voelde zich opgelucht.

'De dokter vertelde me dat de jongen is weggelopen uit het weeshuis. Ik heb ook een jaar in een tehuis gezeten. Toen ik tien was, overleden mijn ouders aan de griep. Toen nam een oudtante me in huis.'

'Het spijt me dat u uw ouders zo jong hebt verloren.'

'Ik weet hoe het eraan toe gaat in zo'n weeshuis...' De non schudde haar hoofd alsof ze slechte herinneringen wegduwde. Ze staarde enkele ogenblikken recht voor zich uit. 'Ik ken de dokter nu elf jaar,' zei ze plotseling. 'In het begin kon ik niet zo goed met hem opschieten. Hij mag dan katholiek zijn, maar eigenlijk is hij een heiden. Op een gegeven moment leerde ik hem echter waarderen. Hij is eerlijk op zijn eigen manier, en in tegenstelling tot velen liep hij niet achter de nazi's aan.'

'Ja, dat weet ik.'

'Afgezien van de jaren dat hij gevochten heeft en daarna gevangenzat, heb ik altijd met hem samengewerkt. We deden samen de praktijk. Dat is nog een reden waarom ik het niet leuk vond dat u kwam. Niet alleen omdat u protestant bent en uit de grote stad komt.' Het klonk alsof de non zich nogmaals wilde verontschuldigen.

'Ik begrijp best dat u mij als een indringer beschouwde,' antwoordde Thea vriendelijk. 'En ik ben heel blij dat we nu prettig met elkaar samenwerken.' Dit soort gesprekken kende ze van de nachtdiensten met haar collega's, als alles rondom hen stil en donker was. Soms was er een soort vertrouwdheid en werden er dingen gezegd die anders onuitgesproken zouden zijn gebleven.

De non zweeg een poosje. 'Ze was hier weer,' zei ze toen abrupt, alsof ze na een opeenvolging van gedachten eindelijk wist wat ze zeggen moest. Haar blik was somber.

'Ze...' Maar Thea wist wie ze bedoelde.

'Melanie Winter. Voorheen heette ze Melanie Spangenberg. U hebt haar ontmoet, ze trad op tijdens het liefdadigheidsevenement in Kasteel Monschau. Zij is de kwelgeest van de dokter.'

Thea keek de non zwijgend aan, niet wetend wat ze moest zeggen.

'Ze waren of zijn een stel en ze leven in zonde... Momenteel gaat het goed met de dokter, dus ik denk dat hij zijn verhouding met haar beëindigd heeft. Ik hoop en bid dat het zo blijft. Maar ik ben bang dat ze weer bij elkaar komen. Zo gaat het elke keer.' De non zuchtte.

Van boven klonk een geluid, alsof er iets omviel. 'Ik ga bij Peter kijken,' zei Thea snel. 'Gaat u maar naar huis en rust wat uit. En bedankt voor uw hulp.'

'U vertelt de dokter toch niet wat ik gezegd heb?' Zuster Fidelis keek Thea somber aan. 'Ik maak me gewoon zorgen om hem. En ik kan er met niemand anders in het dorp over praten.'

'Natuurlijk zal ik niets tegen dokter Berger zeggen,' verzekerde Thea haar.

In de logeerkamer zag ze dat Peter uit bed was gekomen. Hij had een kruk omgestoten. Ze kalmeerde de jongen, die met grote ogen op de grond lag en niet leek te weten waar hij was, en legde hem weer in bed. Daarna legde ze de kompressen om zijn nek, gaf hem een injectie met een koortswerend middel en dekte hem toe. Ze liet het lampje op het nachtkastje branden en ging op de stoel ernaast zitten.

Had zuster Fidelis gelijk en zou Georg Berger zijn relatie met Melanie Winter weer oppakken? Ze hoopte van niet. Hij leek zo veel gelukkiger zonder haar.

Thea was juist bezig Peter pap te voeren toen Georg Berger die ochtend naar het kasteel kwam. Hij keek de kamer in, knikte naar haar en wierp Peter een onderzoekende blik toe.

'Gaat het beter met de jongen?'

'Ja, gelukkig wel.'

'Goed zo.' Hij knikte weer en even later hoorde Thea hem in de bijkeuken rondscharrelen.

Toen Peter genoeg had gehad, hielp Thea hem weer te gaan liggen. 'Dat zijn ganzen,' fluisterde hij.

'Ja, dat klopt.' Nu hoorde Thea ze ook snateren, buiten bij de beek.

'We hadden thuis ook ganzen en koeien en een paard...'

Het was het eerste wat hij tegen haar zei sinds hij weer bij bewustzijn was. 'Rust nu eerst maar uit en vertel me er later over, oké?' zei ze zacht.

'Heidi...'

'Denk je dat ze zich zorgen om je maakt? Ik zal haar zeggen dat je hier bent, dat beloof ik.'

Peter sloot zijn ogen. Thea wachtte nog even. Toen liet ze de deur op een kier openstaan en ging naar de bijkeuken.

Het rook naar vers gezette koffie. Georg Berger was bezig met de elektrische kookplaat en tikte eieren stuk op de rand van een pan. Zijn haar zat in de war en op zijn wangen groeiden stoppels. Hij zag er ontspannen en tevreden uit en, op een ruige manier, onmiskenbaar aantrekkelijk.

Heathcliff, dacht Thea. Toen draaide hij zijn hoofd om en hun ogen ontmoetten elkaar. Zijn blauwe ogen straalden warmte uit. Ze keken elkaar een paar seconden aan. Een zonnestraal viel door het raam en de ganzen snaterden buiten.

'Eh...' Thea schraapte verlegen haar keel.

'Tja...' Georg Berger streek zijn haar van zijn voorhoofd. Ook hij leek een beetje verlegen te zijn. 'Ik heb trek en dacht dat jij misschien ook wel wat zou lusten.'

'O ja… graag.' Thea ging aan de tafel zitten, waarop oud porselein stond van allerlei serviezen. Er waren met goud omrande kopjes en borden met bloemen en jachtmotieven, waarvan sommige beschadigd waren. Die hadden waarschijnlijk tot de inventaris van het kasteel behoord. Er was ook een verzilverd botervlootje dat nodig gepoetst moest worden. Echt een mannenhuishouden. Ze onderdrukte een glimlach.

'Dus de jongen voelt zich weer wat beter…'

'Ja, de koorts is gedaald. Zijn temperatuur is nu nog negenendertig graden en het hoesten is weg.'

'Dat is prachtig.'

'En hoe was jouw nachtdienst?'

'Een geval van galsteenkoliek. Gelukkig om elf uur al, nog voordat ik ging slapen.' Georg Berger schepte eieren met spek op twee borden en schonk koffie in de kopjes.

Thea smeerde een boterham met boter en nam een hap. Ze had echt trek en het was fijn om hier samen te ontbijten. 'Ik heb nog even nagedacht…'

'O ja?' Hij trok zijn wenkbrauwen op.

'Peter zal nog een tijdje in bed moeten blijven. Zelfs als hij geen koorts meer heeft, mag hij niet urenlang alleen zijn. Jij, zuster Fidelis en ik hebben niet echt tijd om de hele dag bij hem te zijn. Daarom vroeg ik me af of het niet mogelijk zou zijn om mevrouw Hörter te vragen om op Peter te passen.'

'In de hoop dat de Hörters Peter in huis zullen nemen?' Georg Berger wierp Thea een doordringende blik toe. 'Meneer Hörter zal daar niet direct blij mee zijn.'

Thea voelde zich betrapt, want dat was precies waar ze op had gehoopt. 'Dus je weet dat mevrouw Hörter graag voor een pleegkind zou willen zorgen en meneer Hörter dat niet wil?'

'Nou, ik ken de Hörters al jaren en ik ben niet blind.'

'Maar als Peter eenmaal gezond is, kunnen we hem niet aan zijn lot overlaten. Hij heeft een thuis nodig, en mensen om lief te hebben en te vertrouwen.'

'Dat weet ik en ik denk er al over na hoe we dat op kunnen lossen.'

'Het gaat er in de eerste plaats om dat mevrouw Hörter op Peter past,' hield Thea vol. 'En dat is haar keuze, niet die van haar man.'

'Dat ben ik met je eens. Maar wat als mevrouw Hörter gek op Peter wordt en hem als pleegkind zou willen opnemen? Dan zou het haar hart breken als meneer Hörter het er niet mee eens is. Ze heeft al twee zonen verloren.'

'Dat weet je niet. Misschien vindt ze het gewoon leuk om voor Peter te zorgen. Bovendien denk ik dat het niet goed is om van dingen af te zien uit angst dat je hart gebroken zou kunnen worden.' Die opmerking ontglipte haar zomaar. Hans' dood had haar hart gebroken, maar ze had er geen moment spijt van gehad dat ze van hem had gehouden.

Georg Berger staarde langs haar heen. Even was zijn gezicht betrokken. 'Soms heb je geen keuze of je hart gebroken wordt of niet,' zei hij ten slotte zacht. Toen wendde hij zich weer tot Thea en haalde zijn schouders op. 'Oké, misschien zie ik het allemaal te somber in. Vraag het maar aan mevrouw Hörter.'

'Ik ga na het middagspreekuur naar haar toe.'

Had Georg Berger met zijn woorden gezinspeeld op zijn ingewikkelde relatie met Melanie Winter? Dat was goed mogelijk. Thea probeerde haar gedachten voor zich te houden en stuurde het gesprek in kalmer vaarwater.

Die middag ging Thea bij Georg langs in de praktijk, waar hij de rekeningen aan het doornemen was. Hij kreunde. 'Wat haat ik deze administratieve rompslomp! En voordat je het vraagt, Peter is in orde, zuster Fidelis is bij hem. Hoe is je missie bij de Hörters verlopen?'

'Mevrouw Hörter wil graag voor Peter zorgen. Hij is erg verlegen en vreemden maken hem bang. Daarom hebben we besloten dat ze pas langskomt als hij het wat beter met hem gaat.'

'Wat zei meneer Hörter ervan?'

'Dat weet ik niet, hij was er niet.' Thea was blij dat ze mevrouw Hörter alleen had getroffen.

'Laten we dan maar afwachten hoe het zich allemaal ontwikkelt.' Georg Berger leek nog steeds niet erg overtuigd van haar plan. 'Trouwens, je zus belde nog.'

'Welke?' Wilde Katja het uitpraten?

'Je oudere zus, mevrouw Helmholz.' Het glimpje hoop in Thea's hart verdween meteen.

'Bedankt voor het doorgeven.'

Thea sprak de ziekenbezoeken nog even met hem door en ging toen naar haar spreekkamer. Het was zaterdagmiddag half drie. Om deze tijd zouden haar vader en Katja nog in de kliniek zijn en kon ze zonder zorgen de villa bellen.

De telefoon ging een paar keer over voor die werd opgenomen. 'Helmholz?' Marlenes stem leek een beetje te trillen, of beeldde ze zich dat in?

'Met mij, Thea.'

'Sorry dat ik je op je werk gebeld heb. Weet jij wat er met Katja aan de hand is? Sinds eergisteren is ze nog humeuriger dan anders, als ze zich überhaupt al laat zien. Als ze niet op kantoor is, brengt ze het grootste deel van haar tijd op haar kamer door. Dat is niets voor haar.'

'Ja, ik weet wat er aan de hand is. Ze heeft liefdesverdriet, en helaas is dat niet alles. We hebben ruzie gehad.'

'O nee, waarover?'

'Het is ingewikkeld en ik bespreek het liever niet telefonisch. Misschien kunnen we afspreken?'

'Vanavond komen mijn schoonouders voor een paar dagen naar Monschau. Schikt morgen over een week, op zondag? De kinderen zouden je ook graag weer zien. We kunnen een uitstapje maken of als het mooi weer is gaan zwemmen.'

'Dat is een goed idee.'

Op de achtergrond hoorde ze Arthur en Liesel luid kibbelen.

'Ze zijn allebei zo opgewonden over het bezoek van hun grootouders, ze vliegen elkaar momenteel bij het minste of geringste in de haren,' verzuchtte Marlene. 'Ik bel je over een paar dagen terug en dan bespreken we de rest, oké? Liesel, Arthur!' Thea hoorde de kiestoon en ze legde de hoorn op de haak.

Zelfs als ze iets met de kinderen zouden gaan doen, was er zeker gelegenheid om met Marlene over Katja te praten. Door de brief van het universitair ziekenhuis in Hamburg en de ziekte van Peter was de ruzie met Katja op de achtergrond geraakt. Maar nu voelde Thea het verdriet plotseling weer hevig oplaaien. Het zou goed zijn om haar hart uit te kunnen storten bij Marlene. Bovendien had ze haar veel te vertellen. Marlene wist nog niet eens dat ze plotseling op goede voet met Georg Berger stond.

31

Bij de ingang van het zwemgebied aan het Roermeer kwam het gelach, gepraat en opgewonden gekrijs van kinderen Thea al tegemoet. De onmiskenbare geur van zonnebrandcrème en snoep hing in de lucht. Bezweet en uitgeput keek ze om zich heen. Hoe moest ze tussen al deze mensen Marlene en de kinderen vinden? Op deze hete zondag in juni was er bijna geen plekje meer vrij op de ligweide. Ze hadden eigenlijk bij het loket afgesproken, maar Thea was opgeroepen voor een patiënt, waardoor ze ruim een uur te laat was.

'Tante Thea, tante Thea!' Zwaaiend kwamen Liesel en Arthur op haar af in hun natte zwemkleding. 'Je bent veel te laat, we zijn al gaan zwemmen en...'

'Fijn dat jullie mij zagen.' Ze begroette de twee opgelucht. 'Waar is jullie moeder?'

'Mama is daar.' Ze wezen naar een boom waar Marlene in de schaduw op een kleed zat, omringd door een aantal tassen. Haar zus droeg een zonnehoed en een zonnebril en haar tere huid glom van de zonnebrandcrème. 'Tante Katja is niet meegekomen. Ze zei dat het niet goed met haar ging.'

Thea zat er niet echt op te wachten om Katja nu tegen te komen. Blijkbaar had ze nog steeds liefdesverdriet en wentelde ze zich in zelfmedelijden. Ze haastte zich naar Marlene. 'Het spijt me zo dat ik jullie zo lang heb laten wachten. Georg Berger heeft vandaag eigenlijk dienst. Maar hij was bij een patiënt, dus klopten ze bij mij aan, net toen ik op het punt stond om te vertrekken.'

'Dat dacht ik al. Het is niet erg.' Marlenes stem klonk hoog en vlak. Was ze boos? Dat was echter niets voor haar zus. Thea kon er tenslotte niets aan doen dat ze te laat was.

'Tante Thea, ga je mee zwemmen?' Arthur en Liesel trokken ongeduldig aan haar armen.

'Ja, ik zal me snel omkleden.' Thea haastte zich naar de kleedkamers. Het badpak dat ze droeg had ze nu al een paar jaar en het zou Katja's goedkeuring beslist niet hebben kunnen wegdragen. O, haar zus kon naar de maan lopen! Ze sprong onder de douche en ging toen terug naar Marlene en haar nichtje en neefje.

'Gaan jullie drieën maar, ik lees liever wat.' Marlene reikte naar een boek dat op het kleed lag. Het verbaasde Thea niet echt, want in tegenstelling tot haar zussen was Marlene nooit een waterrat geweest. Thea besloot zich geen zorgen meer te maken, Marlene had waarschijnlijk wat last van de hitte.

Ze spetterde in het water met de kinderen, deed een spelletje met hen wie het snelste was en genoot ervan om zichzelf gewichtloos door het water te laten glijden. De dorpen aan de oevers van het enorme stuwmeer blaakten in het zonlicht. In de verte dreven een paar boten, hun zeilen als witte driehoekjes tegen de blauwe lucht. Het Roermeer was niet te vergelijken met de Alster of het Elbestrand bij Blankenese. Maar Thea had wel hetzelfde gevoel van opgewonden, zomerse vrolijkheid als wanneer ze daar ging zwemmen. Ze bewonderde Liesel en Arthur die trots en stralend van de drie meter hoge duikplank sprongen en klapte voor hen. Toen zag ze dat hun huid een beetje blauw begon te kleuren door de kou. Ze lagen vast al twee uur in het water.

'Kom op, het is tijd voor een ijsje,' zei ze glimlachend. 'En jullie moeder mist ons vast ook.'

'Tante Thea, ik moet naar het toilet!' Liesel stond met haar dunne beentjes tegen elkaar gedrukt.

'Ga je gang, ik zie je bij de ijscowagen.' Thea ging met Arthur in de lange rij staan, terwijl Liesel naar de kleedkamers en toiletten rende.

'Hoe hebben jullie zo goed leren zwemmen?' vroeg ze aan haar neefje.

'Opa heeft het ons geleerd. En ook hoe je van de duikplank springt.'

'Opa Wilhelm?'

'Ja, wie anders? Onze opa in Frankfurt noemen we oop.' Arthur tuurde in de richting van de ijscowagen en hupte ongeduldig van de ene voet op de andere.

Thea voelde een pijnlijke steek van gemis. Haar vader had haar en haar zussen ook leren zwemmen. Hoewel hij het druk had met zijn werk, had hij er de tijd voor genomen en ging hij in de zomer regelmatig met zijn dochters naar het zwemgebied aan de oever van de Elbe in Dresden. Zijn sterke hand had hun kleine lichaam ondersteund en zijn bemoedigende, liefdevolle woorden toen ze zelfstandig leerde zwemmen behoorden tot haar dierbaarste jeugdherinneringen.

'Mam zei dat dokter Berger en jij zorgen voor een zieke jongen.' Dat had Thea aan Marlene verteld toen ze een paar dagen geleden telefonisch een afspraak hadden gemaakt om te gaan zwemmen. 'Is die jongen nog steeds zo ziek?' Arthur hupste niet langer meer op en neer, maar keek Thea aandachtig aan.

'Hij heeft geen koorts meer, maar hij slaapt veel. Mevrouw Hörter zorgt voor hem, dat is de vrouw voor wie Liesel en jij de tekening hebben gemaakt. Ze is dol op Peter, zo heet de jongen, en hij vindt haar ook erg aardig.' Peter had al snel vertrouwen gekregen in mevrouw Hörter.

Arthur zweeg, zijn gezichtje stond ernstig. 'Is mevrouw Hörter nog steeds verdrietig omdat haar zonen dood zijn?'

'Ja, natuurlijk. Als een dierbare overlijdt, blijf je lang verdrietig, soms zelfs altijd.'

'Mama is ook verdrietig. Maar papa leeft nog, toch?' Arthurs stem trilde.

'Wat? Ja, natuurlijk!' Thea keek haar neef geschrokken aan. 'Hoe bedoel je dat mama verdrietig is?'

Arthur liet zijn hoofd hangen en pakte haar hand.

'Ze huilt veel. En soms staart ze recht voor zich uit alsof ze er helemaal niet is. Dat is al een hele tijd zo. Zij denkt dat Liesel en ik het niet merken. Maar we zien het wel. Weet jij waarom ze verdrietig is?'

'Ik weet zeker dat je moeder niet verdrietig is om je papa,' zei Thea resoluut.

'Maar waarom dan?'

'Dat kan ik je niet vertellen, Arthur, ik heb ook geen idee.' Thea schudde haar hoofd. Marlene had zich ook zo vreemd gedragen tijdens haar laatste bezoek aan de villa. Waarom zei ze niet wat haar dwarszat?

Dat paste helemaal niet bij Marlene. 'Ik zal je moeder vragen waarom ze verdrietig is,' zei ze bemoedigend.

'En dan komt alles goed met haar?' De jongen keek haar hoopvol aan.

'Dat kan ik niet beloven. Maar ik hoop dat ik haar kan helpen.'

Liesel kwam terug van de toiletten en ze waren al snel aan de beurt. Thea kocht het beloofde ijsje voor de kinderen, ging met hen op een bankje aan de oever van het meer zitten en wachtte tot ze het hadden opgegeten. Ze hoefde hen daarna niet eens over te halen om een tijdje zonder haar te gaan zwemmen. Tevreden renden ze terug het water in.

Thea liep naar Marlene. Haar zus had een boek opengeslagen in haar hand, maar haar ogen waren gericht op een denkbeeldig punt op het meer. Ze keek, zoals Arthur had gezegd, alsof ze er helemaal niet was. Haar armen had ze om zichzelf heen geslagen alsof ze het ijskoud had, ondanks de hitte.

'Ik heb voor Arthur en Liesel een ijsje gekocht.' Thea ging naast haar op het kleed zitten. 'Nu zijn ze weer in het water.'

‘Ze houden allebei van zwemmen.’ Er verscheen een moeizame glimlach op Marlenes gezicht, die meteen weer verdween. ‘Vader heeft het hun geleerd.’

‘Ja, dat heeft Arthur me verteld. Hij vertelde me echter ook dat je de laatste tijd veel huilt en verdrietig bent.’

Marlenes glimlach vervaagde. ‘Dat is niet waar. Dat beeldt hij zich gewoon in.’

‘Zo klonk het niet. En Arthur is een gevoelige, slimme jongen.’

‘Er is niets aan de hand.’

‘Ik geloof je niet,’ zei Thea zacht. ‘Toen ik je laatst in de tuin van de villa aantrof, deed je ook al zo vreemd.’

‘Wat ik al zei, ik dacht aan de bombardementen en de uren in de schuilkelder…’

‘Dat was vast niet alles. Marlene, wat is er aan de hand?’ drong Thea aan.

Haar zus zei niets, maar ze was duidelijk overstuur. Plotseling flitste er een herinnering door Thea’s hoofd. Ze dacht weer aan het tankstation bij de Belgische grens en de vrouw in de lichtgroene regenjas. De jas had erg geleken op die van Marlene. Zou het?

‘Marlene, ruim een week geleden, op een vrijdag, was ik bij een tankstation vlak bij de Belgische grens met een jerrycan, omdat ik geen benzine meer had,’ zei ze aarzelend. ‘Ik zag een vrouw in een lichtgroene regenjas met een man praten voor een garage aan de overkant van de straat. Toen rende de vrouw blindelings de straat over. Ze werd bijna overreden door een vrachtwagen… Jij hebt ook zo’n regenjas. Ik zag die in je kast hangen toen ik de jurken paste. De kleur viel me op.’

Marlenes gezicht werd asgrauw.

Ze was het dus geweest… Thea kneep in haar hand. ‘Vertel me alsjeblieft wat je dwarszit.’

‘Dat… Dat kan ik niet.’

‘Natuurlijk kun je dat. Ik ben je zus.’

‘Nee.’ Over Marlenes wang rolde een traan onder haar zonnebril vandaan.

'Marlene...'

Het lichaam van haar zus schokte van het ingehouden snikken. Thea wachtte en hield haar hand vast.

'Beloof me dat je Katja niets vertelt,' smeekte Marlene haar.

'Dat beloof ik,' zei Thea resoluut.

'Ik... Ik heb...' Marlenes stem was slechts een fluistering. Ze haperde.

Thea boog zich naar haar toe. 'Wat wil je me vertellen?'

'Ik...' Marlene probeerde het nog eens, maar haar stem was ook deze keer nauwelijks hoorbaar. 'Ik heb... heb me... ik was een... prostituee.'

Op de oever begon men te klappen. Blijkbaar was er iemand van de tien meter hoge duikplank gesprongen. Vlakbij struikelde een klein kind over een badhanddoek en begon te huilen.

Thea staarde naar haar zus. Het zwembad en alle mensen waren heel dichtbij en toch ineens mijlenver weg. Thea kon het niet geloven. Maar de tranen rolden ontegenzeggelijk over de wangen van haar zus. Marlene trok haar hand uit die van Thea en draaide zich van haar weg. 'Je veracht me. En daar heb je helemaal gelijk in,' snikte ze.

'Nee, ik veracht je helemaal niet. Ik vraag me alleen af waarom je het hebt gedaan.'

'Arthur... Hij was vreselijk ziek...'

Thea wachtte geduldig. Eindelijk veegde Marlene haar tranen weg. Ze boog haar hoofd alsof ze het niet kon verdragen om haar zus aan te kijken bij wat ze ging vertellen. 'Het was februari 1947. Je weet hoe verschrikkelijk die winter was. We hadden het geluk dat we in Frankfurt een dak boven ons hoofd hadden en niet gebombardeerd waren. De stad lag in puin. Maar de vrieskou, wekenlang. En de honger...'

'Ja, dat weet ik nog goed,' antwoordde Thea rustig. Op deze hete junidag was het moeilijk om voor te stellen dat die hongerwinter pas drie jaar geleden was, terwijl ze nu bij een zwemwater zaten waar kinderen ijs aten en een man in badkleding verderop genoot van zijn hotdog en de mosterd van zijn vingers likte. In die tijd werden er voortdurend mensen naar het ziekenhuis gebracht die zwaar ondervoed waren of tekenen vertoonden van bevriezing. Soms had ze zelf nauwelijks de kracht gehad om de dagen door te komen, zo hongerig en verzwakt was ze geweest door de constante kou.

'Arthur had een bloedvergiftiging. Hij verwondde zich tijdens het spelen. Ik wist sulfonamiden voor hem te bemachtigen op de zwarte markt, maar die werkten niet. De dokter zei dat Arthur zonder penicilline zou sterven. Hij gaf hem nog maar twee dagen.' Marlene huiverde.

'Ik weet nog hoe moeilijk het destijds was om aan penicilline te komen.' Thea knikte. Nog niet zo lang geleden had ze het er met Georg Berger over gehad.

'Ik had mijn laatste sieraden geruild voor de sulfonamiden. Ik had bijna niets meer. Ik had alles geruild voor kolen en voedsel. Mijn schoonouders konden me ook niets geven. Hun huis was gebombardeerd en mijn schoonvader was zijn baan als directeur bij de bank kwijtgeraakt vanwege zijn partijlidmaatschap. En vader zat in Dresden. In de Sovjetzone kon je praktisch niemand bereiken. Het zou dagen hebben geduurd om toestemming te krijgen om te reizen.'

Marlene zweeg even en Thea wachtte geduldig tot ze verderging. 'Ik heb nog mijn best gedaan om het via de zwarte markt te verkrijgen. Maar het weinige dat ik nog had om te ruilen, een paar oude kleren en schoenen van Bernhard, was gewoon niet genoeg. Tot iemand de naam van een Belg noemde, die als tolk voor de Amerikanen werkte en ook een bar runde. Ik zocht hem daar op en hij was bereid me de penicilline te geven als ik ermee instemde om te poseren voor... naaktfoto's. Natuurlijk stemde ik ermee in.' Marlene haalde diep adem, als een drenkeling die boven water kwam.

'Ja, dat begrijp ik,' zei Thea. Ze was ineens bang voor wat Marlene haar verder nog zou vertellen.

'Een paar uur later had ik de penicilline. Arthur voelde zich een stuk beter na de eerste paar doses en ik was gewoon blij en dacht dat het allemaal voorbij was. Maar na een paar dagen kwam die Belg, Henry Villiers heet hij, naar me toe. Hij zei dat ik nog steeds bij hem in de schuld stond en voor hem moest blijven werken. Ik dacht dat het weer over naaktfoto's ging. Maar hij zette me in een... een...' Marlenes stem was opnieuw slechts een fluistering en ze beefde. 'Een bordeel.'

Thea voelde zich misselijk worden. Ze sloeg haar arm om haar zus heen en hield haar stevig vast. 'Natuurlijk weigerde ik dat in eerste instantie. Maar hij dreigde me aan te geven bij de militaire overheid wegens handel op de zwarte markt en pornografie.' Marlene snikte. 'Ik had het niet kunnen verdragen om naar de gevangenis te gaan en niet meer bij Liesel en Arthur te zijn. Misschien had ik moeten vechten. Maar ik had gewoon de kracht niet meer, en ik was bang, dus ik stemde uiteindelijk toe... Daardoor veracht ik mezelf intens.' Ze kromp ineen.

'Niet doen,' fluisterde Thea. 'Neem het jezelf alsjeblieft niet kwalijk, Marlene. Ik zou precies hetzelfde hebben gedaan als jij.'

'Ik denk dat jij het risico genomen zou hebben om aangeklaagd te worden.'

Marlenes bittere zelfhaat schokte Thea. 'Niet doen,' zei ze opnieuw.

Haar zus volgde met haar vingers het patroon van het kleed. 'De auto kwam me twee of drie maanden lang om de paar avonden ophalen. Ik mocht het natuurlijk niet aan mijn schoonouders vertellen en moest de kinderen alleen laten. Arthur vertelde je erover tijdens het tripje naar Bonn, ik loog tegen je toen ik je vertelde dat ik in een ziekenhuiskeuken werkte. Op een gegeven moment kwam de auto ineens niet meer. Ik weet niet waarom. Misschien kwam Villiers in de problemen met de Amerikanen en vluchtte hij daarom weg uit Frankfurt. Hoe dan ook... Het leven ging door. Dankzij de geldhervorming was er ineens weer genoeg te eten. Toen kreeg vader de baan als hoofdarts in het ziekenhuis van Monschau en vroeg me om samen met de kinderen bij hem in te trekken. Ik vond het heerlijk om weg te kunnen uit Frankfurt. Dat was ook een van de redenen dat ik ermee instemde. Ik deed het niet alleen om dicht bij hem en Katja te zijn. Ik verhuurde het huis en maakte een nieuwe start met de kinderen in Monschau. Ik...' Ze aarzelde en slikte moeilijk. 'Ik dacht er eigenlijk nooit meer aan.'

Opeens zag Thea dat Liesel en Arthur naar hen toe kwamen rennen. Ze schudde haar hoofd en maakte een afwijzend gebaar. Tot haar opluchting begrepen de kinderen dat er iets aan de hand was. Ze pakten elkaars hand vast en renden terug naar het water. Marlene had hen niet eens opgemerkt. Ze staarde recht voor zich uit.

'Maar het was nog niet voorbij?' vroeg Thea zacht.

'Nee... Ongeveer drie weken geleden was ik in Aken bij mijn naaister. Toen ben ik even bij een café op het terras gaan zitten. Daar zag Villiers me. Aken ligt vlak bij de Belgische grens. Waarschijnlijk heeft hij daar een paar duistere deals gesloten. Ik ben meteen weggegaan, maar op de een of andere manier ontdekte hij waar ik woon. Misschien door het kenteken van vaders Mercedes. Of via mijn achternaam, want die kende hij ook. Hoe dan ook, een paar dagen later wachtte hij me op voor de villa en liet me foto's zien. Het waren niet alleen de naaktfoto's, maar ook foto's van mij met... met... mannen. Hij wilde geld van mij. Daarom ontmoette ik hem bij het tankstation.'

'Hij chanteert je met de foto's?' vroeg Thea ter bevestiging.

'Ja, hij dreigde ze aan vader te laten zien. Villiers weet dat hij de hoofdarts is in het ziekenhuis van Monschau.' Marlene snikte opnieuw. 'Je kent vader. Hij zou me het huis uit gooien als hij erachter kwam dat ik... Zoiets is voor hem gewoon onvergeeflijk. Waarschijnlijk zou hij niet eens geloven dat ik het alleen voor Arthur heb gedaan. En bij het idee dat de dames van mijn liefdadigheidsorganisaties er op de een of andere manier achter zouden komen... Ik acht Villiers ertoe in staat om de foto's ook in Monschau te verspreiden...'

Marlenes stem brak, ze snikte ongecontroleerd. Het kostte wat tijd voor ze weer verder kon praten. 'Het liefst zou ik vertrekken met de kinderen, maar ze zijn erg gehecht aan hun opa en op zijn manier houdt hij van ze. Bovendien ben ik bang dat Villiers me ook ergens anders zal opsporen. Dan zal het altijd doorgaan en kan ik er nooit meer aan ontsnappen.' Marlenes toon was zo dof en wanhopig dat het Thea pijn deed. Haar vader zou Marlene zeker veroordelen met zijn starre morele maatstaven, daar was ze ook van overtuigd. En ze wilde zich de reacties van de respectabele dames van Marlenes goede doelen niet eens voorstellen.

'Weet jij iets over die Villiers? Weet je waar hij woont?'

'Nee, ik heb hem bij het tankstation ontmoet. Tenminste...' Marlene trilde weer hevig en ze drukte haar hand voor haar mond alsof ze een opkomende misselijkheid probeerde te bedwingen. 'Toen ik hem het geld gaf, lachte hij en zei dat ik... dat ik... dat ik naar zijn danscafé in Eupen kon komen als ik weer geld tekortkwam. Daar zou hij wel werk voor me hebben.'

Wat een vies, vuil varken. Haat welde op in Thea. 'Noemde hij de naam van het café?'

'Lido... Ik geloof dat het Café Lido was.' Marlene kwam plotseling weer bij haar positieven en keek Thea angstig aan. 'Waarom vraag je dat? Blijf in hemelsnaam uit zijn buurt. Hij is gevaarlijk.'

'Ja, ik zal uit zijn buurt blijven,' loog Thea om haar zus gerust te stellen. Ze omhelsde haar weer. Ze zou haar helpen, zwoer ze bij zichzelf. Ook al wist ze nog niet hoe. Maar Villiers zou Marlene niet meer kwellen.

32

’s Avonds reed Thea de grens met België over. De douanebeambten wierpen een vluchtige blik op haar paspoort en lieten haar toen door. De Hoge Venen strekten zich aan weerszijden van de lange, rechte weg uit in de schemering. In het westen kleurde de lucht roze. De diverse bomen en struiken tussen het uitgestrekte moerasgras wierpen lange schaduwen, en de poelen waren allemaal zo zwart en glad als vloeibare teer.

Thea had besloten een bezoekje aan Café Lido te brengen. Ze moest gewoon iets doen. Ze wilde Villiers van dichtbij bekijken en wat rondvragen in het café… Alles was beter dan op haar vrije zondagavond in haar huisje zitten, terwijl Marlene gek werd van angst en schaamte. Misschien kreeg ze ter plekke een idee hoe ze kon voorkomen dat de man haar zus bleef chanteren. Want dat hij het zeker niet bij deze ene keer zou laten, daar was Thea vast van overtuigd.

Haar grote zus, die nooit met een andere man had gedanst als Bernhard, haar man, er niet was. Die sinds haar tienerjaren niet eens naakt gezien wilde worden door haar zussen. Thea voelde zich opnieuw onpasselijk worden. Wat moest het voor Marlene afschuwelijk zijn geweest om voor de naaktfoto’s te poseren! En dan gedwongen worden om zichzelf te prostitueren. Mannen die naar haar staarden, haar betastten en… Thea wilde het zich niet eens voorstellen. Tranen welden op in haar ogen en ze veegde ze boos weg.

Had ze hier maar met vader over kunnen praten. Dan zou de afperser veel minder macht over Marlene hebben gehad. Maar zijn beschuldigingen met betrekking tot Axel Heimbach hadden Thea maar al te duidelijk gemaakt hoe onverdraagzaam en koppig hij was.

In de verte doemden een paar kerktorens op boven het schemerige moeras. Dit moest Eupen zijn. De straatlantaarns brandden al toen Thea even later de stad bereikte, die tussen glooiende heuvels lag. Op haar gevoel reed ze naar het centrum toe. Er waren veel barokke bakstenen gebouwen met grote ramen en hoge daken.

Thea reed door een paar straten. Ze droegen nog steeds Duitse namen. Na een bewogen geschiedenis had Eupen tot het einde van de oorlog bij Duitsland gehoord. Waar de rosse buurt van de stad ook was, het was in elk geval niet hier aan de rand van het centrum. Uiteindelijk zette ze de Opel langs de weg. Ze stapte uit en liep naar een ouder echtpaar dat voor een etalage met huishoudelijke artikelen stond. 'Zou u me alstublieft kunnen vertellen waar ik Café Lido kan vinden?' vroeg ze.

De twee keken naar Thea en wisselden een blik.

'Dat is geen goed adres voor een fatsoenlijke jonge vrouw,' zei de witharige heer streng.

'Ik ben dokter en ik werd geroepen voor een patiënt,' beweerde Thea. De oudere man aarzelde, maar wees haar uiteindelijk de weg.

Café Lido was te herkennen aan een groen met blauw neonbord. Een paar prostituees stonden aan de kant van de weg en keken Thea boos aan. Waarschijnlijk kwamen hier niet vaak vrouwen in hun eentje en zagen ze haar als potentiële concurrentie. Dansmuziek galmde door de open deur naar buiten. Thea balde haar handen in haar jaszakken tot vuisten en ging toen naar binnen.

Het rook er muf, naar goedkope parfum, alcohol en sigaretten. Veel van de kleine ronde tafels waren bezet. Vlak bij de bar was er nog eentje vrij en daar nam ze plaats. Het tafelblad was plakkerig.

Achter in de enorme zaal dansten stelletjes op swingmuziek. Te oordelen naar hun nietsverhullende kleding en opzichtige make-up waren sommige van deze vrouwen ook prostituees. Er waren tevens vrouwen in korsetten en netkousen die van tafel naar tafel liepen om bestellingen op te nemen.

De langzame muziek ging over in een sneller nummer. Een van de serveersters zette de cocktail die Thea had besteld voor haar neer. Ze nipte ervan. Het drankje smaakte muf en veel te zoet. Nergens was een man met een volle roodblonde baard, zoals Villiers blijkbaar had, te bekennen.

'Hé, ben jij hier helemaal alleen?' Een stevige, lange man in een bomberjack en met zijn haar glanzend van de pommade boog zich naar Thea toe. Zijn neus leek scheef te staan, waarschijnlijk was die gebroken geweest.

'Ik wacht op mijn vriend,' antwoordde ze kortaf, terwijl ze wegkeek ten teken dat ze niet met hem wilde praten.

'Niet echt aardig van je vriend om je te laten wachten. Woon je in Eupen?'

'Nee.'

'Ik heb jou hier ook nog nooit gezien.'

'Nou, het is mijn eerste bezoek.'

'En dat zomaar alleen! Het komt niet vaak voor dat mooie jonge vrouwen hier in hun eentje durven te komen.' Hij grijnsde en ging naast haar zitten. 'En ook nog zo preuts gekleed.'

Thea voelde zich angstig worden. Ze realiseerde zich dat ze in haar vest, rok en hooggesloten blouse en met spaarzame make-up duidelijk anders was dan de andere vrouwen hier. Ze moest echt van deze irritante kerel af zien te komen.

Boven een deur bij de bar hing een bord met de tekst 'Toiletten'. Thea nam haar handtas onder haar arm en stond op. Gelukkig volgde de man haar niet.

Achter de deur was een lange, slecht verlichte gang waar kratten frisdrank langs de muren stonden. Aan het einde waren de toiletten.

Aan haar kleding kon Thea niet veel veranderen. Maar aan haar gezicht viel wel wat te doen. Ze deed overvloedig lippenstift op en bracht kleur op haar wangen met wat rouge. Haar blouse opende ze, zodat de aanzet van haar borsten zichtbaar werd. Daarna verliet ze het toilet weer. Zodra ze de gang in kwam, werd ze zo ruw bij haar arm gepakt dat ze het uitschreeuwde van de pijn. De reus torende boven haar uit.

Lieve hemel... 'Hé, wat denk je wel? Laat me onmiddellijk los.' Tevergeefs probeerde Thea zich uit zijn greep los te worstelen.

De reus sleepte Thea een metalen wenteltrap op. Boven opende hij een deur en duwde haar een kamer binnen. Een man met roodblond haar en een volle baard zat achter een bureau. Dat moest Villiers zijn. Als hij niet zo'n meedogenloze uitstraling had gehad, zou hij knap zijn geweest.

'Dit is dat opvallende vrouwtje.' De reus grijnsde.

Thea begreep het niet. Wat wilden die mannen van haar?

'Nou...' Villiers kwam soepel overeind en liep naar haar toe. Thea voelde zo'n sterke afkeer van hem dat ze hem liefst in het gezicht had gespuugd. Ondanks al haar angst was ze namelijk ook vreselijk boos. Ze ontweek zijn blik niet.

Villiers greep haar speels bij de kraag van haar vest en trok haar naar zich toe. Thea's hersens maakten overuren. Wat was hij van plan? Hij zou toch niet...

Opeens lachte hij. 'Schat, als politie-informant zou je je eigenlijk wat sletteriger moeten kleden. Ga nu weg en kom niet meer terug!' Hij duwde Thea zo hard dat ze struikelde en tegen de muur botste. Toen pakte de reus haar arm weer vast en sleepte haar de trap af en het café uit. Uiteindelijk wist Thea zich los te trekken en rende ze naar haar auto.

Met trillende handen stak ze de sleutel in het contact en gaf gas. Een auto remde en toeterde. Thea's hart bonsde wild en weer kreeg ze het gevoel dat ze niet meer kon ademen. Ze slaagde er echter in Eupen achter zich te laten. Toen pas zette ze de auto stil aan de kant van de weg. Wanhoop overviel haar. Wat had ze gedacht toen ze naar dit café ging? Wat kon ze doen om Marlene te helpen?

De beschaamde houding van Marlene... Haar asgrauwe, gekwelde gezicht... Het stond op Thea's netvlies gebrand.

'Thea...' Ze schrok op door de stem van Georg Berger. Een paar patiëntenkaarten glipten uit haar handen en vielen op de grond in de kleine ruimte tussen de spreekkamers. Ze bukte zich snel en pakte ze op.

'Thea?' Hij keek haar vragend aan. Blijkbaar had hij haar een paar keer geroepen voordat ze hem hoorde.

'Kun je naar het kasteel gaan en bij Peter kijken? Mevrouw Hörter gaat zo weg. En ik moet nog een paar telefoontjes plegen.'

'Ja, natuurlijk.' Thea knikte.

'Je hebt de sterilisator toch wel aangezet, hè?'

'O, het spijt me, dat ben ik vergeten,' zei ze berouwvol.

'Het geeft niet, ik doe het zelf wel.' Haar baas keek haar onderzoekend aan. 'Heb je nog meer berichten ontvangen van het universitair ziekenhuis van Hamburg?'

'Nee, alles is in orde, en bedankt voor het aanzetten van de sterilisator.' Voordat Georg Berger nog meer vragen kon stellen, ontvluchtte Thea de praktijk.

Het was warm en zonnig buiten. Afwezig deed ze haar vest uit en hing het los om haar schouders. Ze was bijna bij de brug over de beek toen er een paard-en-wagen naderde. Meneer Hörter zat op de bok. Blijkbaar kwam hij zijn vrouw ophalen.

Hij tikte tegen zijn pet ter begroeting. 'Dag, dokter, mijn vrouw zei dat de jongen het ergste achter de rug heeft.'

'Ja, maar hij is nog steeds erg zwak en mag niet te lang alleen zijn.' Probeerde meneer Hörter met zijn opmerking duidelijk te maken dat hij het er niet mee eens was dat zijn vrouw voor Peter zorgde?

'Ik begreep dat hij van een boerderij in Oost-Pruisen komt.'

'Ja, hij is daar samen met zijn moeder weggegaan. Hij houdt heel veel van dieren. Wilt u binnenkomen in het kasteeltje om kennis te maken met Peter?'

'Nee, nee, dat hoeft niet,' zei meneer Hörter tot Thea's teleurstelling.

Op dat moment ging de voordeur open en haastte mevrouw Hörter zich naar buiten. Ze glimlachte naar Thea. 'Peter slaapt nu, ik heb hem even voorgelezen en we hebben ook een kaartspelletje gedaan. Dat vond hij erg leuk.'

'Wat fijn,' zei Thea hartelijk.

'Dan kom ik morgenochtend weer.'

Meneer Hörter fronste zijn wenkbrauwen en hielp zijn vrouw op de bok. Hij leek inderdaad niet echt blij te zijn met haar bezoeken aan het kasteel.

Zoals mevrouw Hörter al had gezegd, sliep Peter toen Thea een kijkje ging nemen in de logeerkamer. Hij zag er erg mager uit in het grote bed. In zijn armen hield hij een teddybeer die zuster Fidelis voor hem had weten te bemachtigen. Op de een of andere manier was hij door de ziekte weer in een kind veranderd en was hij zijn hardheid kwijtgeraakt. Thea had die eerdere angstaanjagende blik in zijn ogen niet meer gezien sinds ze Peter half bewusteloos in de schuur had gevonden.

Wat zou het fijn zijn als Georg en zij een thuis voor hem zouden kunnen vinden.

Thea legde voorzichtig de dekens recht en liep net naar de bijkeuken om iets te eten te maken voor de jongen toen Georg Berger achter haar aan kwam.

'Heeft meneer Hörter zijn vrouw opgehaald?'

'Ja, helaas wilde hij niet kennismaken met Peter.' Thea zette de elektrische kookplaat aan en pakte een kan met melk om wat in een pan te doen. Haar vest gleed van haar schouders. Georg Berger bukte zich om het op te rapen. 'O, dank je,' zei Thea.

'Thea!'

Door de scherpte in zijn stem keek ze om. Zijn blik was gevestigd op haar rechterbovenarm. Daar waren nu een paar blauwe plekken zichtbaar, herinneringen aan het uitstapje van de voorgaande dag naar het danscafé. Waarom had ze daar niet aan gedacht en het vest aangehouden?

'Heeft een patiënt dat gedaan?'

'Nee...'

'Wie dan?'

Thea zei niets. 'Ik...' Plotseling begon haar hart weer te bonzen. Ze voelde druk op haar borst en longen en ze boog zich voorover in een wanhopige poging om adem te halen.

'Verdorie, Thea!' Georg Bergers stem leek van ver weg te komen. 'Ademen, heel rustig blijven ademen...' Hij nam haar in zijn armen. 'Ja, zo gaat het goed. Blijven ademen.' Zijn woorden waren als een reddingsboei, ze greep zich eraan vast en op de een of andere manier kreeg ze meer lucht. Ze merkte dat die ondraaglijke benauwdheid overging. Haar hoofd rustte op Georg Bergers schouder. Het was fijn en geruststellend om door hem vastgehouden te worden. Maar nu de aanval van benauwdheid voorbij was, was dat natuurlijk niet meer gepast. Ze maakte zich snel van hem los.

'Bedankt, nu gaat het weer.'

'Heb je dat wel vaker?'

'Ja, af en toe.'

'En wanneer is dat begonnen?'

Thea fronste nadenkend. 'Het gebeurde 's nachts een keer tijdens een ontmoeting met koffiesmokkelaars op de landweg. En toen nog eens. Die keer dat Jupp Vogten me aangeraakt had,' zei ze aarzelend.

'Waarom heb je me niet verteld dat je paniekaanvallen had?'

'Omdat ik dacht dat het wel zou overgaan. Ik heb het nog nooit zo heftig gehad. Bovendien schaamde ik me ervoor.'

'Lieve hemel, ook dokters kunnen instorten en paniekaanvallen krijgen.' Hij keek haar boos en tegelijkertijd teder aan.

Haar vader dacht daar beslist anders over. Doktoren mochten

nooit zwak zijn of de controle verliezen, vooral niet over zichzelf. Georg Berger leek haar gedachten opnieuw te kunnen lezen. 'Thea, je hebt je man verloren in de oorlog, je hebt bombardementen overleefd, je bent ontslagen, je zou kunnen worden beschuldigd van smaad en je kunt je baan verliezen. Ik denk dat dat wel genoeg is om van streek te raken.'

'Anderen hebben veel erger meegemaakt en hebben nergens last van.'

'Maar weet jij hoe die mensen zich echt voelen? Zoals ik al eerder zei, heb ik een erge hekel aan de onzin van artsen en wetenschappers die sinds het einde van de oorlog overal te horen is, dat de menselijke geest bijna oneindige veerkracht heeft. Dat is gewoon niet waar. Integendeel, op een gegeven moment kunnen mensen het leven niet meer aan en dat is heel normaal.'

Thea wilde geen ruzie maken met Georg Berger, zeker niet nu.

Hij raakte haar schouder aan en keek haar opnieuw aandachtig aan. 'Kijk me eens aan. Je hebt mijn vraag nog steeds niet beantwoord. Je bent plotseling je concentratie kwijt en geagiteerd. Ik vraag me de hele ochtend al af wat er aan de hand is. Zo ben je helemaal niet. En nu zie ik dat iemand je pijn heeft gedaan. Wat is er gebeurd?'

'Het gaat niet om mij…' Thea beet op haar lip. Dat had ze eigenlijk niet willen zeggen.

'Wat is er gebeurd?' herhaalde hij. Zijn stem was zacht, maar ook vastberaden en hij keek haar strak aan.

Thea wist niet wat ze moest doen. Ze verlangde ernaar om Georg Berger in vertrouwen te nemen, maar mocht ze Marlenes geheim vertellen? Aan de andere kant, als iemand haar zus niet zou veroordelen, dan was hij het wel. Daar was ze zeker van. Daarvoor was hij veel te onconventioneel en te grootmoedig.

'Mijn oudere zus wordt gechanteerd,' zei ze ten slotte toonloos.

'De lijfwacht van Villiers, of wie hij ook denkt dat hij is, heeft me het café uit geschopt en ik ben naar de Opel gerend en weggereden,' besloot Thea haar verslag. Ze zaten op de roestige stoelen op het terras van het kasteel, waar gras en onkruid tussen gebroken plavuizen groeiden. Een eekhoorn klom behendig in een met klimop bedekte boom, rende over een tak en sprong toen elegant op het halfvergane kippenhok. De ganzen waggelden rond in de wei die geel zag van de paarden- en boterbloemen. Thea vond hun aanblik troostend, het was zo gewoon en had niets te maken met lijden, angst en vernedering.

Georg Bergers gezichtsuitdrukking was veranderd terwijl Thea hem alles vertelde. Zijn gezichtsuitdrukking was eerst meelevend en boos geweest, maar nu keek hij alleen nog maar geïrriteerd.

'Waarom besloot je helemaal alleen naar die dansclub te gaan?' snauwde hij. 'Je hebt geluk gehad dat je er niets ergers aan overgehouden hebt dan wat blauwe plekken.'

Thea realiseerde zich dat er bezorgdheid achter zijn woede zat, dus slikte ze een scherp antwoord in. 'Ik weet ook wel dat het roekeloos was. Maar ik moest gewoon iets doen. Ik laat Marlene niet chanteren door deze man. Op de een of andere manier moet ik die foto's en de negatieven in handen krijgen. Ook al weet ik nog niet hoe.'

'Je kunt dit niet bij de politie neerleggen.'

'Dat realiseer ik me.'

'Misschien zou Villiers onder druk bereid zijn om ons de foto's en de negatieven te geven.'

Ons... Hij had weer in het meervoud gesproken, net als die avond dat ze hem had verteld over de brief van het universitair ziekenhuis van Hamburg. 'Wil jij me helpen dan?' Thea was verrast en ontroerd en wist niet hoe ze op dit genereuze aanbod moest reageren.

'Wat dacht je dan?' vroeg hij op zijn bekende norse toon. 'Wil je soms dat ik je weer alleen naar Eupen laat rijden?'

'Maar waarom wil je me helpen?' Ondanks zijn norse toon leken zijn ogen vol warmte te staan.

'Ik heb gewoon een hekel aan die kerel. Wat denkt hij wel, een vrouw tot prostitutie dwingen.' Op het gezicht van Georg Berger stond afschuw te lezen. 'Bovendien wil ik niet dat je iets onnadenkends doet. Zonder mij zou je dat beslist doen.'

'Luister eens even...'

'We kunnen beter gaan nadenken over wat we tegen Villiers kunnen doen en stoppen met dat nutteloze geharrewar.' Georg Berger gebaarde ongeduldig. 'Misschien weet Axel Heimbach iets via zijn contacten in de Belgische onderwereld wat we kunnen gebruiken om Villiers onder druk te zetten.'

'Wil je hem ook chanteren?'

'Ja, dat is precies wat ik in gedachten heb.'

Dat idee was bij Thea ook al opgekomen. Marlene was belangrijker dan haar gekrenkte trots en woede jegens Alex Heimbach. 'Ik zal met hem praten,' zei ze.

'Goed.' Georg Berger keek op zijn horloge. 'Nu kan ik maar beter naar de praktijk gaan. Anders verschijnen de eerste patiënten waarschijnlijk hier bij het kasteeltje. In elk geval is het nooit saai met jou in dienst.' Zijn geveinsde gemopper had iets geruststellends.

Thea ging terug naar de bijkeuken. Terwijl ze eindelijk de griesmeelpap voor Peter klaarmaakte, voelde ze zich meteen een stuk opgeluchter. Het was fijn dat ze haar zorgen over Marlene met Georg Berger had kunnen delen en dat hij aan haar kant stond.

De klok van de barokke kerk in de buurt sloeg zeven keer. Thea pakte haar glas sap van de tafel, maar ze was te nerveus om ervan te drinken. Ze had afgesproken om Axel Heimbach te ontmoeten in het restaurant waar ze samen wat hadden gedronken na het liefdadigheidsevenement. Ze was nog steeds boos op hem en dat was blijkbaar duidelijk zichtbaar. Toen ze hem eerder in zijn atelier had opgezocht om af te spreken, was de flits van blijdschap op zijn gezicht meteen weer verdwenen.

Maakt niet uit, dacht Thea grimmig. Axel Heimbach moest niet denken dat er iets aan haar gevoelens voor hem was veranderd. Op weg naar het restaurant was ze langs de opticien gekomen waar ze samen met Katja de bril had gepast. Het had haar meteen weer herinnerd aan de ruzie met haar zus en natuurlijk aan de reden daarvoor.

Axel Heimbach kwam het restaurant uit en stapte het terras op. Hij keek om zich heen. Een paar vrouwen bekeken hem met duidelijke interesse. Met zijn slanke gebruinde gezicht en zijn haar nonchalant naar achteren gekamd zag hij er net zo aantrekkelijk uit als anders. Hij zag Thea vrijwel meteen en liep naar haar toe.

'Zoals ik al eerder zei, heb ik je hulp nodig,' zei ze kortaf toen hij ging zitten.

'Daar kun je op rekenen. Maar eerst wil ik nog iets uit de weg helpen. Ik ben oprecht geïnteresseerd in de schilderijen van je overleden echtgenoot en deed beslist niet alsof.' Zijn stem klonk eerlijk. 'Ik zou ze heel graag willen exposeren.'

Thea's boosheid, die net weer was opgelaaid, ebde weg. 'Ja, ik geloof je,' antwoordde ze na een pauze.

'Gelukkig.' Axel Heimbach glimlachte zwakjes. 'Waar kan ik je mee helpen?'

'Zegt de naam Henry Villiers je iets? Hij runt een nogal louche danscafé in Eupen.'

'Wat moet je van hem?' Hij staarde haar verbaasd aan.

'Dus je kent Villiers?'

Axel Heimbach leunde achterover in zijn stoel en keek Thea met gefronste wenkbrauwen aan. Hij had een defensieve uitdrukking op zijn gezicht.

'Georg Berger en ik hebben je uit de gevangenis gehouden en misschien zelfs je leven gered,' zei Thea scherp. 'Volgens mij ben je me wel iets verschuldigd.'

'Het is niet dat ik je niet wil helpen.' Axel Heimbach schudde zijn hoofd. 'Het is gewoon... Villiers is gevaarlijk, je kunt hem maar beter niet uitdagen.'

'Weet je iets over hem waarmee we hem angst aan kunnen jagen en hem kunnen bedreigen?'

'Je maakt zeker een grapje.' Axel Heimbach lachte onzeker.

Thea keek hem zwijgend aan. Door iets in haar uitdrukking en haar stem leek hij te beseffen dat ze het meende.

'Er gaan wat geruchten rond, maar...' Axel Heimbach schudde weer zijn hoofd. 'Waarom wil je Villiers bedreigen?'

'Dat kan ik je niet vertellen.'

'Je gaat toch niet alleen op hem af?'

'Georg Berger helpt me.' Dat kon ze tenminste toegeven.

'Berger, ah, juist.' Axel Heimbach stak een sigaret op en inhaleerde de rook. Hij keek Thea peinzend aan, alsof hem iets duidelijk was geworden. 'Ik zal eens rondvragen,' zei hij ten slotte. 'Maar ik kan je niet beloven dat ik met iets concreets kom.'

'Ik ben al blij als je me belooft dat je gaat rondvragen.'

'Je hebt mijn woord.'

'Dank je,' antwoordde Thea eenvoudig. Ze legde het geld voor het sap op tafel en stond op.

Buiten op de stoep liep ze om een groep toeristen heen die voor een herberg stonden. Waarom had Axel de naam van Georg Berger op zo'n vreemde manier benadrukt? Het maakte ook niet uit. Hopelijk zou hij iets vinden wat tegen Villiers zou kunnen worden gebruikt.

Even na achten arriveerde Thea in Eichenborn. Ze haastte zich naar het kasteel. Ze wilde haar baas een beknopte versie van haar gesprek met Axel Heimbach uit de doeken doen. De voordeur was niet op slot, zoals altijd het geval was sinds Peters ziekte. Het was zo'n gewoonte geworden dat ze hier in en uit liep. Opeens realiseerde Thea zich dat ze dat zou missen als Peter weer gezond zou zijn en een thuis had gevonden.

Het was stil in de hal, afgezien van het gezang van de vogels in de tuin. Ze haastte zich naar de eerste verdieping. De deur van de logeerkamer stond open. Het bed was leeg.

'Georg?' riep ze.

Geen reactie. Was hij misschien met de jongen de tuin in gegaan? Peter hield van dieren, en behalve die verfoeide ganzen waren er ook kippen, wist ze inmiddels.

De logeerkamer lag aan de achterkant van het kasteel.

Thea tuurde uit het raam. Op het terras lag een kat te zonnen, op veilige afstand van de door het hoge gras waggelende ganzen. Georg Berger en Peter waren nergens te zien.

Was de gezondheid van Peter plotseling verslechterd en had Georg Berger hem naar het ziekenhuis in Monschau gebracht? Thea schrok even, maar realiseerde zich meteen dat dat onlogisch was. Peter had al een paar dagen geen koorts meer gehad. Toen bedacht ze plotseling waar Georg Berger met de jongen naartoe zou kunnen zijn gegaan.

Toen Thea zich naar de paardenweide haastte, zag ze Georg Berger en Peter meteen. Ze waren te paard. Peter droeg een van de oude wollen truien van haar baas over zijn pyjamabroek en had veel te grote rubberen laarzen aan zijn voeten. De twee leken het goed met elkaar te kunnen vinden. Peter leunde vol vertrouwen tegen de man aan, die vaak zo mopperig kon zijn. Zijn gezicht stond zacht en ontspannen. Dat was een hele nieuwe kant van hem. Zou hij graag kinderen hebben gehad? De gedachte trof haar plotseling.

'Is dit een mannenuitje?' vroeg ze glimlachend, terwijl ze bij het hek bleef staan.

'Ja, ik dacht dat het een warme avond zou worden en dat het Peter goed zou doen om even buiten te zijn. Nu is het tijd om weer naar bed te gaan.' Georg Berger sprong van het paard en tilde Peter eraf.

'Dit is Lissy.' De jongen streelde de merrie. 'En dit is Hugo.' Hij wees geïnteresseerd naar het andere paard, dat nu ook aan kwam lopen. In het bijzijn van de dieren was hij heel anders en verdween zijn gebruikelijke verlegenheid volledig. 'Ze zijn leuk, ik mag hen heel graag.' Op zijn bleke wangen stond een kleur van enthousiasme.

'Ik kan al paard rijden sinds ik een kleine jongen was. U kunt toch ook wel paardrijden?' Hij keek Thea verwachtingsvol aan.

'Nee, helaas niet.' Ze schudde haar hoofd.

'Dat is jammer.'

'Dat vind ik ook,' zei Georg Berger meteen. 'Wil je niet even proberen om op de merrie te zitten?' In zijn ogen stond een glimlach te lezen.

'Wat? Nee, absoluut niet...'

'Lissy is heel aardig,' hield Peter vol.

'Nee, ik doe het niet!'

'Waarom niet? Houdt u niet van paarden?' Zijn gezicht was geschokt, hij leek diep teleurgesteld.

'Nu ben je zijn respect verloren.' Georg Berger had ook nog het lef om naar Peter te knipogen.

'Toe, probeer het eens.' De jongen keek haar smekend aan. Die twee spanden tegen haar samen. De merrie leek heel rustig te zijn en haar angst was eigenlijk belachelijk als zelfs kleine kinderen al durfden te rijden.

'Oké, even dan,' gaf Thea tot haar eigen verbazing toe.

'Bravo!' Georg Berger hielp haar op het paard.

Thea deed haar ogen dicht. Toen ze die weer opendeed, zag ze twee lachende gezichten voor zich. De merrie was niet in een monster veranderd. Integendeel, het voelde niet eens oncomfortabel. Een paar ogenblikken bleef Thea zo zitten.

'Nou, dat is wel genoeg voor nu,' zei ze toen.

Georg Berger strekte zijn armen uit en hield haar stevig vast toen ze zich van de rug van het paard liet glijden. Secondelang hing ze boven hem, haar gezicht heel dicht bij het zijne. Zijn ogen, die de avondlucht weerspiegelden, waren diepblauw, zijn lippen stonden een beetje uit elkaar. Ze voelde zijn handen op haar heupen. Sterke handen die toch heel zacht waren en die ze tot haar verbazing heel graag om haar middel voelde. Toen stond ze weer op de grond, een beetje buiten adem en in de war.

'Vond je het leuk om op het paard te zitten?' vroeg Peter.

'Nou, leuk is een groot woord. Maar het ging goed.'

Georg Berger opende het hek van de paardenweide. Peter glipte erdoor en sjokte in zijn te grote rubberen laarzen in de richting van het kleine kasteel, zijn blik gericht op de rand van het pad, waar een egel om zich heen gluurde en een veldmuis in het gras verdween.

Thea en Georg Berger slenterden achter hem aan. 'Ik ben bij Axel Heimbach geweest, daarom kwam ik nog even langs het kasteel.' Ze keek naar Georg Berger.

'En wat zei hij?'

'Dat Villiers gevaarlijk is, maar dat hij wel rond wil vragen of er iets is waarmee we hem onder druk kunnen zetten.'

'Dan wachten we dat gewoon af.' Georg Berger knikte. Thea voelde zich opnieuw opgelucht dat hij aan haar kant stond. Later, toen ze in de spreekkamer op het bed lag, net voordat ze in slaap viel, herinnerde ze zich hoe Georg Berger haar van de rug van het paard had getild.

Hoe heerlijk was dat moment tussen hemel en aarde geweest. Met een licht schuldgevoel realiseerde ze zich dat ze Hans er niets over had verteld.

Er waren drie dagen verstreken sinds ze Axel Heimbach in Monschau had ontmoet. Neerslachtig liep Thea net voor het middagspreekuur naar het kasteel. Georg Berger was nog niet terug van zijn bezoekronde. Daarom wilde ze even bij Peter en mevrouw Hörter langsgaan. Ze had in de tussentijd wel wat van Axel Heimbach gehoord, maar dat had niets met Villiers te maken. 's Nachts was Thea gewekt door het geluid van zware motoren, en toen ze slaperig naar het raam was gesukkeld, had ze vrachtwagens zonder licht vanuit het moeras in de richting van de stad zien rijden. Dat moest de grootschalige koffiesmokkel zijn geweest die Heimbach met de Belgische officier had geregeld, want 's morgens had er een zak met koffiebonen voor haar deur gestaan. Waarschijnlijk kwam die van de Eichenborners.

In het kasteeltje zat mevrouw Hörter met Peter aan de keukentafel. Ze was een kartonnen modelvliegtuigje met hem aan het maken. Ondanks haar zorgen moest Thea glimlachen. Was ze speciaal naar Monschau geweest om de spulletjes daarvoor te halen?

Ze wilde hen niet storen en wilde juist het kasteel verlaten toen de telefoon in de werkkamer ging. Was dat misschien Axel Heimbach? Of een patiënt? Bij afwezigheid van haar baas was het de gewoonte dat zij de telefoon opnam.

'Praktijk dokter Berger, u spreekt met dokter Graven,' zei ze.

Aan de andere kant van de lijn was het even stil.

'U bent de nieuwe werknemer van Georg, nietwaar? Ik herinner me u.' De stem van de vrouw was melodieus en een beetje hees. Het was de stem van een zeer zelfverzekerde vrouw.

'Sorry, met wie spreek ik?' vroeg Thea, hoewel ze het precies wist.

'Melanie Winter.'

'Dokter Berger is momenteel nog bij een patiënt.'

'Dan probeer ik het later nog eens. U hoeft niets tegen hem te zeggen.' Toen hoorde ze een droge klik en de kiestoon.

Thea bleef staan met de hoorn in haar hand. Dus Melanie Winter en Georg Berger hadden nog steeds contact met elkaar. Of Melanie Winter probeerde in elk geval weer met hem in contact te komen.

U hoeft niets tegen hem te zeggen, had ze gezegd. Maar was het juist als ze Georg Berger niet vertelde over dit telefoontje? Haar verstand en geweten zeiden nee, maar Thea's hart zei ja.

Toen ze bij de praktijk kwam, was Georg Berger al in zijn spreekkamer.

'Je bent lang weggeweest.' Besluiteloos bleef ze voor zijn bureau staan.

'Ja, toen ik bij een boerderij kwam om een zieke man met een longontsteking te onderzoeken, stak een boerenknecht zich in zijn voet met een hooivork. Dat hield me op.'

'Nee, maar! Dat is ook toevallig.' De woorden klonken hol in

Thea's oren. Het was niet goed om niets over het telefoontje te zeggen. Ze herpakte zich. 'Trouwens, mevrouw Winter heeft nog gebeld. Ze heeft geen boodschap doorgegeven en zou het later nog eens proberen.'

'Bedankt voor het melden.' Georg Berger begroef zijn handen in de zakken van zijn jas en boog zijn hoofd. Zijn stem klonk neutraal. Te neutraal.

'Dan ga ik naar mijn spreekkamer. De eerste patiënten komen al snel.' Op de een of andere manier had Thea het gevoel alsof ze in een toneelstuk zat, waarbij de personages wel met elkaar in gesprek waren, maar de essentiële dingen onuitgesproken bleven.

'Ja, zeker.' Georg Bergers gezicht had een gespannen, gekwelde uitdrukking die Thea aan het hart ging. Was zijn relatie met Melanie Winter voor hem echt definitief voorbij? Hij zou zeker nog gevoelens voor haar hebben. Al had hij zelf misschien anders gehoopt. O, had ze het telefoontje maar niet gemeld! Maar dat zou niets hebben veranderd.

Ongemakkelijk en verdrietig liep ze de spreekkamer uit. Iemand kwam de wachtkamer binnen. De eerste patiënt voor vanmiddag. Thea knikte vluchtig zonder de persoon echt op te merken.

'Dokter Graven!' Het was Axel Heimbachs stem.

Ze stopte abrupt en staarde hem aan. 'Heb je iets?'

'Heimbach...' Georg Berger hoorde hem ook en voegde zich bij hen.

De bezoeker keek van Thea naar Georg Berger. 'Nou, ik denk dat ik jullie met Villiers kan helpen,' zei hij toen.

33

De hemel kleurde in het westen vlammend rood. De bomen en struiken in de Hoge Venen vormden zwarte silhouetten tegen de felle achtergrond, alsof ze in vlam hadden gestaan en nu slechts nog verkoolde resten waren. Toen de Ford door de volgende kuil in de weg reed en Thea door de schok naar voren vloog, ving ze in de zijspiegel een glimp van haar gezicht op. Ze had zware make-up op en haar haar bedekt met een felgekleurde sjaal, en ze droeg haar oude bril weer. Hopelijk herkenden Villiers en zijn lijfwacht haar niet meteen als ze met Georg Berger het danscafé binnenstapte.

Axel Heimbach had hun inderdaad iets kunnen geven tegen de afpersers van Marlene. Een overval waarbij Villiers betrokken was geweest. Maar was dat voldoende? Axel Heimbach had nog maar eens benadrukt hoe gevaarlijk Villiers was.

Thea werd misselijk van de spanning. Gelukkig hoefde ze niet alleen eropaf en vergezelde Georg haar. Kalm zat hij naast haar, zo leek het tenminste. Maar zelfs al was hij in zijn binnenste ook zenuwachtig, ze wist inmiddels dat ze in moeilijke situaties op hem kon rekenen. Hij wierp haar een geruststellende blik toe, alsof hij doorhad hoe geagiteerd ze was.

'Het lukt ons wel.'

'Fijn dat jij er ook zo over denkt,' zuchtte Thea.

'Je vermomming is zo slecht nog niet. Zelfs al is je nieuwe bril mooier dan de oude.'

'Hou je mond!' Maar ze glimlachte en voelde zich meteen een beetje beter. Wanneer zouden ze weer teruggaan naar Eichenborn? Zouden ze met of zonder de belastende foto's en negatieven vertrekken? Ze hadden de hele nacht de tijd, omdat dokter Frielingsdorf zo vriendelijk was geweest om hen te vervangen in de praktijk en zuster Fidelis op Peter paste in het kasteeltje.

Even later hadden ze Eupen bereikt. Café Lido was ook snel gevonden. Nadat Georg Berger de Ford aan de kant van de weg had geparkeerd, knoopte Thea haar blouse een stukje los, zodat de aanzet van haar borsten weer zichtbaar werd.

'Nou, daar gaan we.' Hij gaf haar een bemoedigend knikje.

'Ja. Bedankt dat je met me meegaat.'

'Hou je mond nu maar,' gromde hij.

Ze stapten uit de auto en Thea haakte bij hem in, omdat ze wilden doen alsof ze geliefden waren. Ze had voor schoenen met extra hoge hakken gekozen en strompelde nu naast Georg Berger voort, haar best doend om niet te struikelen. Misschien waren die schoenen toch niet zo'n goed idee geweest.

Langs de kant van de weg stonden weer prostituees en het was nog drukker in het danscafé dan bij Thea's vorige bezoek. Ze ademde oppervlakkig. Haar maag draaide zich om door de geur van alcohol en goedkoop parfum. Ze keek gespannen om zich heen.

'Villiers is er niet,' fluisterde ze tegen Georg Berger.

'Dan moeten we even gaan zitten en wat drinken.'

Ze liepen juist naar een van de weinige vrije tafels toe toen Thea plotseling de reus ontdekte. Hij kwam recht op hen af. Haastig boog ze haar hoofd.

'Wat is er?' Georg Berger boog zich naar haar toe toen hij merkte dat ze ergens van schrok. Om hem antwoord te kunnen geven voerde ze hem mee naar de dansvloer, tussen de koppels.

Meteen stopte de muziek. Thea durfde weer op te kijken. De reus had haar niet herkend. Hij stond bij de band en zei iets tegen de bandleider.

'Die grote man met de gebroken neus, die eruitziet als een bokser, werkt voor Villiers,' mompelde ze heimelijk met een knikje in zijn richting.

De band begon weer te spelen. De reus wiegde mee op het ritme van de muziek en liet zijn ogen door de zaal dwalen.

'Sta je me toe?' Georg Berger legde zijn armen om Thea heen. Het nummer was traag, een bekende hit. Ze leunde met haar hoofd tegen zijn borst om haar gezicht te verbergen. Zijn jasje rook naar sigaretten en een beetje naar hooi. De stof voelde ruw aan, maar dat vond ze eigenlijk wel fijn. Ze genoot van het gevoel van zijn hand op haar rug. Die voelde sterk en veilig. Op de een of andere manier gaf het haar zekerheid en vertrouwen in dit nare café. Georg Berger trok haar nog dichter naar zich toe, alsof hij haar wilde beschermen tegen de priemende ogen van de reus. Zijn wang raakte haar haar. Thea kroop tegen hem aan. Even was ze zich alleen bewust van zijn nabijheid. Toen hief ze haar hoofd op en hun lippen raakten elkaar, ze waren tenslotte zogenaamd geliefden. Maar op de een of andere manier maakte de kus geen onderdeel uit van hun dekmantel. Hij voelde heel echt, teder, gepassioneerd en vol verlangen. Maar hoe zou dat kunnen? Hoe zat dat met Melanie?

Toen de muziek was afgelopen, stonden ze daar tussen de andere koppels. Thea glimlachte onzeker toen ze zich losmaakte van Georg Berger. Wat was er gebeurd? Hij keek haar aan en leek net zo verrast en verbaasd als zij was. Haar hart klopte snel. Toen keek hij weg.

'Is dat Villiers, die roodharige man met de volle baard?' Hij knikte richting de bar.

Thea keek om zich heen. 'Ja,' fluisterde ze tegen hem.

De lijfwacht was nergens te bekennen, dus baanden ze zich een weg door de menigte. Aan de bar drongen ze zich tussen een paar mannen en vrouwen die op de hoge stoelen zaten en bier en cocktails dronken.

'Kan ik u helpen?' Villiers wendde zich tot hen.

Thea kreeg geen woord uit haar keel. Georg Berger leunde naar voren.

'We willen zaken met u doen.'

Villiers fronste zijn wenkbrauwen. Hij keek van Georg Berger naar Thea, zijn blik bleef op haar gericht. 'Ik ken u,' merkte hij langzaam op. 'De politie-informante! Ik dacht dat ik u duidelijk had gemaakt dat u hier niet welkom was.'

'Ik ben niet van de politie.' Ze had haar stem weer terug. 'Hij ook niet.' Ze wees naar Georg Berger. 'Zoals mijn...' Hoe zou ze hem noemen? 'Zoals mijn vriend al zei, willen we graag zaken met u doen.'

'Is dat zo? Maar misschien heb ik wel helemaal geen zin om met u te praten.' Villiers draaide zich naar de tap en vulde een paar glazen voor de helft met bier.

'Ook goed, misschien hebben de Amerikanen meer interesse dan u.' Georg Berger haalde zijn schouders op, nam Thea bij de arm en maakte aanstalten om samen met haar te vertrekken.

'De Amerikanen?' Er flitste een trekje van onzekerheid over Villiers' gezicht. 'Hé, wacht even.' Hij wenkte een jonge kerel en gebaarde dat hij de bardienst moest overnemen. Toen kwam hij achter de bar vandaan. 'Die kant op.' Hij wees richting de gang naar de toiletten, waar Thea al geweest was. Ze volgden hem naar binnen en liepen de smalle metalen wenteltrap op. Op de eerste verdieping opende Villiers de deur van het kantoor.

O nee... Thea's hart stokte even. Daar stond de lijfwacht. Hij was bezig dozen met sloffen sigaretten uit te pakken.

'Antoine.' Villiers had ineens een pistool in zijn hand. 'Check of ze allebei ongewapend zijn.'

Antoine fouilleerde Georg Berger. Toen kwam hij bij Thea. Ze klemde haar tanden op elkaar terwijl zijn handen over haar lichaam gingen.

'Geen wapens dus.' Villiers ging achter het massieve bureau zitten en borg zijn pistool weer op.

'Waar gaat het over?'

'We willen u graag onder vier ogen spreken.' Georg Berger wees naar Antoine. 'Laat hem vertrekken.'

Villiers aarzelde, knikte toen en gebaarde dat de grote man de kamer moest verlaten. De deur viel achter hem dicht.

'Nu kunt u vrijuit spreken.' Villiers leunde achterover in zijn bureaustoel en keek Thea en Georg Berger afwachtend aan.

'We willen iets van u.' Thea haalde diep adem. 'We willen de foto's en negatieven die u van Marlene Helmholz hebt gemaakt.'

'Bent u daarom hier?' Villiers begon te lachen. 'U denkt toch niet dat ik u die ga geven? Waarom willen groentjes als u die vrouw eigenlijk helpen?' Met loerende ogen keek hij naar hen.

'Dat zijn uw zaken niet. Bovendien denk ik dat u ons die foto's wel gaat geven.' Georg Bergers toon was heel kalm. Thea vond het beter om hem het woord te laten doen. Ze was bang dat haar stem te bibberig klonk. Trouwens, Villiers nam haar als vrouw waarschijnlijk toch niet serieus. 'Anders zullen de Amerikanen van ons horen dat u begin februari een inval leidde in een van hun legerkampen in Spangdahlem. De overvallers werden opgemerkt en tijdens de schietpartij werd er een bewaker gedood. De Amerikanen zijn er nog steeds erg boos over en zouden de verantwoordelijken maar al te graag aanhouden.'

'Mooi verhaal, maar u hebt geen bewijs.'

'Nou, we weten in elk geval dat behalve u drie Belgen en twee Duitsers bij de aanval betrokken waren. En dat u hoogstwaarschijnlijk degene was die het fatale schot loste. Als ik u was, zou ik liever niet het risico lopen Amerikaanse aandacht te trekken. Zodra ze een onderzoek tegen u openen, zullen sommige vervelende transacties waarschijnlijk ook worden ontdekt. Sigaretten uit militaire voorraden zijn dan wel het minste waarover u wakker hoeft te liggen.' Georg Berger wees naar de dozen met sigaretten.

De ogen van Villiers vernauwden zich. 'Ik zou u nu allebei kunnen neerschieten,' zei hij zacht en dreigend.

‘Doe niet zo belachelijk. Dat zou u alleen maar onnodig in de problemen brengen. Zo dom bent u niet.’

Villiers en Georg Berger keken elkaar peilend aan. Thea zag hoe Villiers zijn kansen afwoog. Aan de ene kant was daar Marlene, die niet veel financiële middelen had, zoals hij heel goed wist. Aan de andere kant waren daar de Amerikanen, die erg geïrriteerd zouden zijn als iemand het hun lastig maakte, en er alles aan zouden doen om de moordenaar van een van hun soldaten voor het gerecht te brengen. Zelfs een tip zonder bewijs zouden ze zeker opvolgen en als hun vermoedens ook maar enigszins zouden werden bevestigd, zouden ze niet loslaten. Was dat de chantage waard?

Na enkele ogenblikken haalde Villiers zijn schouders op. ‘Oké.’ Hij stond op, liep naar een kluis en opende die. Toen pakte hij een stapel foto’s en gooide ze op het bureau.

Thea herkende in een oogopslag haar naakte zus. ‘De negatieven ook.’ Ze keek Villiers recht in de ogen.

Hij aarzelde en keek haar boos aan. Ten slotte reikte hij weer in de kluis en gooide de negatieven bij de foto’s. Thea greep ze bij elkaar en stopte alles snel in haar tas. Toen stonden ze op. Georg Berger pakte haar bij de arm. Ze draaiden zich om en wilden vertrekken.

‘Weet u, ik heb Marlene Helmholz ook een paar keer gehad. En geloof me, ze heeft er echt van genoten,’ hoorde ze Villiers achter zich zeggen. ‘Niemand heeft haar ooit zo lekker te pakken genomen.’

Wat een varken! Thea draaide zich om en sloeg Villiers met alle kracht die ze in zich had in zijn gezicht. Verbaasd deinsde hij achteruit, botste tegen het bureau en verloor zijn evenwicht. In zijn val nam hij een lamp mee. Kletterend viel die op de vloer.

‘Wat is er aan de hand, baas?’ Antoine stormde het kantoor binnen. Georg Berger sloeg hem vol in de maag en Antoine viel op zijn knieën. Toen renden Thea en Georg Berger het kantoor uit. Thea verzwikte haar enkel op haar hoge hakken. Georg Berger ving haar op en terwijl ze renden schopte ze haar schoenen uit. Toen hadden ze de wenteltrap bereikt en renden ze de smalle treden af en de schemerige gang met de kratten drank langs de muur. Eenmaal in het café baanden ze zich een weg door de mensen heen. Eindelijk kwam de koele nachtlucht hun tegemoet. Ze waren buiten. Nu hoefden ze nog maar een klein stukje. Even later waren ze bij de Ford. Snel namen ze plaats. Georg Berger startte de motor en ze reden met piepende banden weg.

We hebben de foto's en de negatieven... We hebben ze... Marlene is vrij. Het bloed gonsde in Thea's oren.

In een vlot tempo reden ze door de donkere straten van Eupen. Al snel hadden ze de Hoge Venen bereikt.

Georg Berger parkeerde de auto langs de weg en zette de motor af.

'Ben je soms gek geworden? Wat denk je wel om Villiers te slaan?' Er klonk ongeloof in zijn stem door. 'Dat had slecht kunnen aflopen!'

'Het spijt me, ik weet ook niet wat me bezielde. Wat hij zei over Marlene maakte me zo boos en...'

'Helemaal gek!' Georg Berger sloeg zijn handen voor zijn gezicht en schudde zijn hoofd. 'Krankzinnig... Terwijl ik altijd dacht dat je rationeel en voorzichtig was.' Hij zweeg even, alsof hij moeite had om zijn gedachten te ordenen. 'Maar we hebben die vervloekte foto's en de negatieven!' Naast ongeloof klonk er nu blijdschap in zijn stem door.

'Ja, we hebben het voor elkaar.'

Ze keken elkaar aan. Ergens schreeuwde een vogel die opgeschrokken was. Een klaaglijk en toch ook verlangend geluid.

Toen, plotseling, omhelsden ze elkaar. Ze kusten elkaar onstuimig en gepassioneerd. Hun lippen weken uiteen, ze streelden elkaar en drukten zich dicht tegen elkaar aan. Tranen liepen over Thea's wangen. De opluchting dat ze aan het gevaar was ontsnapt, de vreugde dat ze Villiers hadden verslagen en het plotselinge, onthutsende en opwindende besef dat ze verliefd was geworden op Georg Berger lagen allemaal besloten in die hartstochtelijke kus.

De koplampen van een passerende auto deden hen opschrikken

en ze lieten elkaar los. Een paar ogenblikken zaten ze ademloos en stil in het donker. Thea was er helemaal ondersteboven van. Nu moest ze echter ook weer denken aan Georgs gekwelde gezichtsuitdrukking toen ze hem vertelde over het telefoontje van Melanie Winter. Waarom zei hij niets?

'Georg.'

Hij reikte in zijn jaszak. Een aansteker vlamde even op. Hij stak een sigaret op en schraapte zijn keel. Zijn blik ontweek die van Thea.

'We moeten naar huis.'

'Ja, we moeten weer naar huis,' herhaalde ze.

Ze zonk terug in haar stoel. Het dashboard lichtte even op toen hij de sleutel in het contact omdraaide. In het zwakke licht leek zijn gezicht gesloten en stijf. Had hij die kus wel echt gewild of had hij er spijt van? Ze zou het hem het liefst vragen, maar ze was te bang voor zijn antwoord.

Uiteindelijk bereikten ze de grens, waar ze hun paspoort lieten zien. Het was rond elf uur 's avonds op een doordeweekse dag, dus waren ze de enige auto. De douanebeambte gaf het signaal dat ze door mochten rijden. Zwijgend vervolgden ze hun reis.

Thea was opgelucht toen de huizen van Eichenborn eindelijk in het donker zichtbaar werden. De straten waren verlaten. In het licht van de koplampen rende een kat voor de auto langs.

Voor hen doemde het kasteel op. Georg sloeg het pad in naar de golfplaten garage, parkeerde de Ford en stapte uit.

Alles was beter dan deze pijnlijke stilte. 'Georg, ik wil je nogmaals bedanken voor je hulp,' begon Thea. 'En... en... ik wil je vragen of...'

'Ja?' Eindelijk keek hij haar weer aan.

Thea haalde diep adem. Door een geluid op het pad keek ze echter om.

Melanie Winter kwam naar hen toe. Haar honingblonde haar glansde in het licht van de straatlantaarn. Ze zag er mooi uit.

Bezitterig legde ze haar hand op Georgs arm.

'Ik moest je gewoon zien. We moeten praten.'

Als betoverd keek hij haar aan. 'Melanie...' zei hij met rauwe stem. Zijn gezicht weerspiegelde geluk en pijn.

Thea had genoeg gezien. 'Ik wil jullie niet storen,' mompelde ze voor ze wegvluchtte. Hoe had ze kunnen denken dat Georg ooit echt afscheid zou nemen van deze vrouw?

Hoe had ze er zelfs maar op kunnen hopen? Thea zat aan de tafel in de keuken van het huisje en staarde recht voor zich uit. Ze zat daar lang. Kort nadat ze Georg alleen had gelaten met Melanie Winter was het licht in de praktijk aangegaan. In de wei erachter had ze de glans van het licht gezien. Georg kon haar natuurlijk niet meenemen naar het kasteel. Daar was zuster Fidelis met Peter.

Tegen haar verstand in had ze gehoopt dat Georg zijn relatie met Melanie Winter definitief zou beëindigen, dat hij haar deze keer echt vaarwel zou zeggen. Een half uur later had ze echter de Mercedes horen wegrijden, en even later had ze het karakteristieke geluid van de Ford gehoord, die weg was gereden.

Ze kon nog steeds niet geloven dat het echt was gebeurd. Ze was verliefd geworden op Georg. De man aan wie ze zich in het begin zo had geërgerd, van wie ze had gedacht dat hij nors, zelfingenomen en arrogant was. Maar het was wel gebeurd, anders zou ze nu niet zo vreselijk verdrietig zijn.

Wanneer waren haar gevoelens voor hem veranderd? De nacht dat hij Axel Heimbach opereerde op de oude eiken tafel in de keuken van het kasteeltje? Tijdens hun gesprek in de toren? Of door alle intieme momenten die ze sindsdien hadden gedeeld? Het maakte echter niets uit. Georg hield van Melanie Winter en niet van haar.

De volgende ochtend voelde Thea zich uitgeput. Ze had nauwelijks een oog dichtgedaan. Ze zou Marlene pas kunnen bellen als hun vader naar het ziekenhuis toe was. Dan kon ze haar vertellen dat ze van

Villiers niets meer te vrezen had, maar er was wel iets anders wat ze kon doen. Thea wakkerde het vuur in de kachel aan. Toen het echt goed brandde, gooide ze de foto's van Marlene en de negatieven erin. De vlammen likten aan de randen van de foto's. Een doordringende geur steeg op toen ze de negatieven en de foto's verteerden. Thea zag hoe de vlammen de foto's waar Marlene zich zo voor schaamde verslonden en tot as verbrandden. Na een kattenwasje en een kop koffie ging ze naar de praktijk.

Thea draaide het nummer van de villa. Ze liet de telefoon lang overgaan, maar niemand nam op. Eindelijk hing ze op. Ze zou het later nog eens proberen.

Ze had net haar doktersjas aangedaan toen de telefoon op haar bureau rinkelde.

'Praktijk dokter Berger,' zei ze. Aan de andere kant van de lijn was het stil.

'Thea...' Het was Georg. Haar hand klemde zich om de hoorn.

'Ja?'

'Ik ben twee of drie dagen weg. Ik besef dat jij dan veel moet werken, maar dan mag je daarna vrij nemen. Mevrouw Hörter en zuster Fidelis kunnen je met Peter helpen.'

'Bedankt voor het doorgeven.' Ze probeerde haar toon neutraal te houden.

'Vanzelfsprekend. Thea, ik...' Zou hij de kus noemen?

Even hoorde ze hem ademen en ze stelde zich voor dat hij de sigarettenrook in kringeltjes uitblies. Maar het enige wat hij zei was: 'Tot ziens.'

'Ja, tot snel.' Thea balde haar vuisten en deed haar best haar kalmte te bewaren. Maar haar verdriet en gekwetste gevoelens deden er nu niet toe, ze moest aan het werk.

Ze belde dokter Frielingsdorf en informeerde naar de patiënten die hij 's nachts had bezocht. Kort daarna kwam zuster Fidelis langs voor een bespreking.

Thea ging haar tegemoet in de wachtkamer. 'Goedemorgen, zuster! Dokter Berger zal een paar dagen weg zijn. Daarom moeten we met z'n tweeën voor de patiënten zorgen. Maar we redden het wel.' Ze probeerde optimistisch te klinken terwijl ze zich eigenlijk zo depressief voelde.

'Is de dokter een paar dagen weg?'

'Inderdaad.'

Thea verwachtte dat de non zou vragen waarom Georg zo plotseling was vertrokken, maar met een somber gezicht nam ze plaats op een stoel in de wachtkamer.

'Die vervloekte vrouw,' mompelde ze. 'Ik zag haar Mercedes gisteravond voor het kasteel geparkeerd staan. Ik wist het wel! Alles tussen haar en de dokter begint weer van voren af aan. Mijn gebeden hebben niet geholpen.'

Thea staarde de non aan.

'De dokter heeft zijn ziel aan haar verkocht. En het feit dat ze ooit zijn leven heeft gered maakt het er niet beter op.'

Had Axel Heimbach niet ooit gezegd dat Melanie Winter zo'n vrouw was die de ziel van een man kon verteren? Buiten lachte iemand luid. De eerste patiënten verzamelden zich voor de praktijk. Thea wilde meer weten over Georg en Melanie Winter, maar eigenlijk ook weer niet. Misschien wilde ze liever niet weten waarom deze vrouw zo veel voor hem betekende. Zuster Fidelis vatte haar stilzwijgen echter op als een uitnodiging om verder te gaan. 'De dokter is niet iemand die zijn mening voor zich houdt. Hij zei publiekelijk dat de nationaalsocialisten criminelen zijn. Een paar overtuigde nazi's in het dorp, zoals Horst Scheibler, meldden dat bij de Gestapo.'

'Horst Scheibler, wie is dat?'

'Hij heeft een boerderij aan de rand van het dorp, vlak bij de wagons. Daar woont een vluchtelingenvrouw met haar twee dochters.'

Dat moest de boerderij zijn waar Heidi Meixner met haar moeder en zus woonde. Thea herinnerde zich hoe minachtend de boer over Georg had gesproken, en de woede in Georgs ogen toen Horst Scheibler naar de tafel met de notabelen bij de kermis was gelopen.

'Scheibler heeft nog steeds een hekel aan de dokter. Na de oorlog klaagden twee joden die vanuit het dorp naar Amerika waren gevlucht hem aan omdat hij hun huizen had afgenomen. De dokter was net teruggekeerd uit een krijgsgevangenschap en getuigde tegen hem. Scheibler raakte de huizen kwijt en moest zelfs een schadevergoeding betalen. Ik weet zeker dat hij de dokter nog steeds graag dood zou zien. En daarin had hij ook bijna zijn zin gekregen.'

'Als Melanie Winter het leven van dokter Berger niet had gered?' hoorde Thea zichzelf zachtjes vragen.

'Ja. Een paar dagen nadat hij was gearresteerd kwam ze naar Eichenborn. In die tijd heette ze nog Melanie Spangenberg. Ze was al lang getrouwd met een nazi en woonde bij hem in München, maar blijkbaar wilde ze de dokter ontmoeten. Toen ze niemand in het kasteel en de praktijk vond, kwam ze naar mij toe. Misschien had de dokter haar over mij verteld, of misschien had ze in het dorp gehoord dat ik de verloskundige was en dacht ze dat ik hem goed kende. Ik vertelde haar dat de Gestapo de dokter had meegenomen. Het was meteen duidelijk wat dat betekende. En, lieve hemel, ik kan haar niet uitstaan, maar op dat moment werd haar gezicht doodsbleek. Ze zag eruit alsof ze op het punt stond flauw te vallen. Ze mompelde dat ze de dokter uit het concentratiekamp zou halen. Ik weet niet hoe ze het voor elkaar heeft gekregen en ik wil het ook niet weten. Misschien heeft ze wat mensen omgekocht, of is ze naar bed gegaan met een hooggeplaatste nazi. Het is haar in elk geval gelukt om de dokter vrij te krijgen en naar een strafbataljon aan het front te sturen. Dat was natuurlijk al erg genoeg, maar hij heeft het tenminste overleefd. En met alles wat we na de oorlog over de kampen hebben gehoord...' Zuster Fidelis schudde haar hoofd en zuchtte.

Een paar ogenblikken leek ze diep in gedachten verzonken. Toen keek ze Thea aan. 'En nu is de dokter weer met haar meegegaan. Waarschijnlijk is er een wonder voor nodig om hem afscheid van die vrouw te laten nemen,' voegde ze er grimmig aan toe. 'Maar ik blijf bidden.'

Iemand gluurde door het raam van de wachtkamer en klopte op de ruit. De deur van de praktijk zat natuurlijk nog op slot. Thea haastte zich om die open te maken. Het zou waarschijnlijk echt een wonder zijn als Georg zich eindelijk van Melanie Winter zou losmaken, dacht ze bedroefd. Een wonder waarin zij niet geloofde.

Ondanks al haar verdriet om Georg, was er ook iets goeds gebeurd: Marlene had niets meer te vrezen. In de loop van de ochtend had Thea de kokkin te pakken weten te krijgen. Mevrouw Mageth had haar laten weten dat mevrouw Helmholz terug zou komen voor de lunch. Daarom besloot ze na haar bezoekronde naar Monschau te gaan. Ze kon haar zus beter persoonlijk vertellen dat de vreselijke foto's en negatieven weg waren. Dat was veel beter dan via de telefoon.

Thea vond Marlene in de woonkamer van de villa. Mevrouw Mageth had haar binnengelaten. Haar zus zat met haar knieën opgetrokken op de bank met een breiwerk op schoot. Haar hele houding, het gebogen hoofd en de opgetrokken schouders lieten zien hoe wanhopig ze was. Het raakte Thea diep.

'Marlene...' Thea ging naast haar zitten.

Haar zus keek op. 'O, jij bent het, Thea.'

Thea pakte haar hand en gaf er een kneepje in. 'Marlene, ik heb de foto's en de negatieven van Villiers in handen gekregen. Ze zijn weg. Ik heb ze vanmorgen verbrand.'

'Je hebt...' Marlene greep naar haar borst en staarde Thea met wijd opengesperde ogen aan.

'Villiers kan je niet meer chanteren. Je hoeft niet meer bang voor hem te zijn.'

'Maar hoe...'

'Georg Berger hielp me en is met me meegegaan naar het café van Villiers. We hadden informatie die we tegen hem konden gebruiken.' Marlenes gezicht werd zo wit als een doek. Ze liet een klagend geluid horen. Toen bedekte ze haar gezicht met haar handen en begon hartverscheurend te huilen.

'Sst, nu is alles goed.' Thea sloeg haar armen om haar zus heen en wiegde haar zachtjes. 'Alles is in orde...' Opnieuw voelde ze een diepe haat voor de man die Marlene zo had gekweld en vernederd.

Het duurde lang voordat haar zus kalmeerde en er een verlegen glimlach op haar gezicht verscheen.

'O, Thea,' zuchtte ze. 'Ik weet niet eens hoe ik je moet bedanken.'

'Het is oké, je hoeft niets te zeggen. Ik ben gewoon blij dat je dit allemaal achter je kunt laten.' Ze trok Marlene weer stevig tegen zich aan en kuste haar op de wang. 'En nu moet ik gaan, het middagspreekuur begint zo.'

Ze liepen net de hal in toen Katja de trap af stormde. Blijkbaar was ze eerder van kantoor weggegaan of had ze een vrije dag. Ze deed haar handschoenen aan en het zag eruit alsof ze van plan was uit te gaan. 'Marlene, weet jij waar mijn rood-wit gestippelde sjaal is?' riep ze. Pas toen merkte ze Thea op en haar ogen werden donker. 'Wat doe jij hier?'

'Ik sta op het punt om te vertrekken.' Thea had geen zin om met Katja in discussie te gaan, deze dag was al moeilijk genoeg.

'Je bent weer met Axel gezien. Een paar dagen geleden, op het terras van een restaurant aan de Roer. Omdat je niets met hem hebt. Hypocriet!' Ze spuugde de woorden bijna in Thea's gezicht.

'Katja, laat Thea met rust.' Marlene keek hun jongere zus boos aan. 'Ze heeft zo veel voor me gedaan. Ze heeft mij beschermd en...'

'O, is dat zo?' Katja draaide zich om, zodat ze haar aan kon kijken. Maar haar minachting maakte plaats voor ontzetting toen ze Marlenes gezwollen rode ogen zag. 'Waarom heb je zo gehuild?' vroeg ze geschrokken. 'Wat er is gebeurd?'

Thea schonk haar oudere zus een snelle, bemoedigende glimlach en glipte toen het huis uit.

34

Eenmaal terug in Eichenborn ging Thea nog even bij Peter kijken. Het kasteel voelde vreemd leeg aan zonder Georg. Nu ze wist dat hij weer samen met Melanie Winter was, voelde ze zich plotseling een indringer. De hal, de oude keuken… elke kamer deed haar aan hem denken. Hoe kon ze ooit nog met hem samenwerken nu ze wist hoeveel ze voor hem voelde?

Op het terras ontdekte ze mevrouw Hörter, voor haar op de oude tafel lag een boek met pennen en wat vellen papier. Was er echt nog geen week verstreken sinds ze Georg hier had verteld dat Marlene werd gechanteerd?

Aan de andere kant van de overwoekerde tuin zag ze Peters witblonde haar. Blijkbaar zocht hij iets in de struiken.

'O, hallo, dokter,' lachte mevrouw Hörter haar toe. 'Peter en ik oefenden wat met lezen en schrijven. Hij heeft de laatste jaren nauwelijks scholing gehad en is veel vergeten.'

'Dat kan ik me goed voorstellen. En wat doet hij in de tuin?' Peter deed iets in een mand.

'Eieren rapen, de kippen leggen niet in het hok. Blijkbaar heeft de dokter zich daar nooit druk over gemaakt.'

'O…' Agrarische zaken waren Thea nog vreemd. Maar Peter leek plezier te hebben in zijn zoektocht naar eieren en de ganzen lieten hem met rust. Even keken mevrouw Hörter en zij naar de jongen.

'Mevrouw Hörter,' zei Thea toen. 'Ik weet dat het veel gevraagd is, maar ik wilde u vragen of u vannacht in het kasteel wilt overnachten. Dokter Berger is er een paar dagen niet en ik heb nachtdienst. Als het u niet uitkomt, vraag ik het aan zuster Fidelis.'

'Ik vind het prima. Althans...' Mevrouw Hörter zweeg even en haar gezicht klaarde op. 'Ik zou Peter ook voor een nachtje mee kunnen nemen naar onze boerderij. Ik heb hem er al veel over verteld, vooral over de dieren. En we hebben meer dan genoeg ruimte.'

'Nou...' Na haar laatste ontmoeting met meneer Hörter twijfelde Thea of hij daar blij mee zou zijn. Maar Peter kwam net het terras op gelopen met de mand met eieren, dus hield ze haar mond.

'Peter.' Mevrouw Hörter pakte zijn hand. 'Dokter Berger is er niet en dokter Graven heeft nachtdienst. Wil je met mij meegaan en bij ons slapen?'

'Dokter Berger komt toch wel terug?' De jongen keek Thea bezorgd aan. Peter had al zo veel verloren in zijn leven, mensen en plaatsen die veel voor hem betekenden, dat elke verandering hem van streek maakte.

'Ja, natuurlijk komt hij terug,' verzekerde Thea hem. 'En ik weet zeker dat hij graag nog eens met je meegaat om paard te rijden.' O, zij miste hem ook.

Peter keek mevrouw Hörter ernstig aan en knikte. 'Ja, dan wil ik wel met u mee,' stemde hij in.

Na het middagspreekuur steriliseerde Thea de medische instrumenten. Even daarvoor had ze door het raam gezien hoe meneer Hörter met de wagen was gekomen om zijn vrouw op te halen. Gezien de blik op zijn gezicht en zijn lichaamstaal toen hij Peter op de bok tilde, was hij niet echt blij geweest met de beslissing van zijn vrouw. Thea hoopte dat alles goed ging en dat de jongen niets voelde van zijn afwerende houding.

De telefoon ging. Een patiënt misschien? Of Georg? O, waarom klopte haar hart sneller? Dat sloeg nergens op.

'Praktijk dokter Berger, u spreekt met dokter Graven,' zei ze.

'Dokter Graven, wat fijn dat ik jou aan de lijn krijg.' Aan de andere kant van de lijn klonk een mannenstem die Thea bekend in de oren klonk, maar die ze niet kon plaatsen.

'Je spreekt met Engelhardt. Je voormalige huisgenoten hebben me je nieuwe adres en telefoonnummer gegeven...' Thea's maag draaide zich om. Wilde haar voormalige collega haar vertellen dat het universitair ziekenhuis van Hamburg echt besloten had om aangifte tegen haar te doen?

'Dokter Engelhardt, het spijt me, ik wilde juist vertrekken.' Het was laf, maar ze wilde het nieuws nu niet horen.

Toen hoorde ze hem lachen. Het klonk bijna als een zucht. 'Dokter Graven, ik wilde je even laten weten dat professor Arnhem weer een incident heeft veroorzaakt. Deze keer overleefde de patiënt het, maar de professor zal niet langer als chirurg werken. Ik dacht dat je dat wel zou willen weten.'

Opeens kreeg Thea een slap gevoel in haar benen en zakte ze neer op de bureaustoel. Even wist ze helemaal niets te zeggen. Dit betekende dat er waarschijnlijk ook geen aanklacht wegens laster ingediend zou worden.

'En nog iets anders. Ik weet van een vriend dat het universitair ziekenhuis van Marburg op zoek is naar een assistent-arts gynaecologie. Als je niet als plattelandsdokter wilt eindigen, zou je daar eens moeten solliciteren.' Engelhardt had zijn kalmte hervonden en zijn toon was even ironisch als altijd. 'Ik denk niet dat het universitair ziekenhuis van Hamburg je een haarbreed in de weg zal leggen als de collega's uit Marburg naar je zullen informeren. Ze willen gewoon dat dit vergeten wordt.'

'Bedankt voor je telefoontje, het betekent veel voor me,' wist Thea uit te brengen. 'Maar ik moet nu echt gaan. Ik neem binnenkort nog eens contact met je op. Woon je nog steeds op hetzelfde adres?' Nadat haar voormalige collega bevestigend had geantwoord, hing ze snel op.

Meteen kreeg ze het te kwaad en barstte ze in tranen uit van opluchting. Wat zou het fijn zijn geweest om dit aan Georg te vertellen.

Ook de volgende dag overheersten gevoelens van opluchting en melancholie. Sinds haar gesprek met haar collega Engelhardt was er een nacht verstreken. Ze kon nog steeds nauwelijks geloven dat ze in ere hersteld was en dat er geen aanklacht tegen haar zou komen. Het was alsof er een enorme last van haar was afgevallen, alsof ze ineens weer vrij kon ademen. Maar ze had ook verdriet over Georg.

Toen het ochtendspreekuur die zaterdag was afgelopen en Thea de praktijk verliet, kwam meneer Hörter aanrijden met zijn paard-en-wagen. Zijn vrouw en Peter waren niet bij hem. Wat betekende dat? Ze hoopte dat er niets ergs aan de hand was. Het had haar sowieso al verbaasd dat mevrouw Hörter en de jongen die ochtend niet naar Eichenborn waren gekomen. Bezorgd liep ze naar de boer toe.

'Dokter!' Hij flapte het eruit voordat ze hem kon begroeten. 'Ik moet met u praten.' Hij zag er overstuur en verdrietig uit, waardoor ze nog bezorgder werd.

'Ja, natuurlijk. Wilt u naar de praktijk komen? Daar kunnen we in alle rust praten. Er zijn geen patiënten meer.'

Hij knikte. 'Ik bind het paard even vast.'

'Neem plaats,' zei Thea vriendelijk toen meneer Hörter even later in haar spreekkamer verscheen. Hij zakte neer in de bezoekersstoel en draaide zijn hoed rond in zijn handen, duidelijk niet wetend hoe hij moest beginnen.

'Waarom bent u zonder uw vrouw en Peter gekomen?' vroeg Thea uiteindelijk voorzichtig, in een poging hem aan het praten te krijgen.

'Mijn vrouw...' Hij slikte moeilijk. 'Toen de jongen gisteren in bed lag, zei ze dat ze bij haar zus in zou trekken als ik weigerde hem in huis te nemen. Ze kan het niet meer aan op de boerderij met mij en mijn verdriet. Het verstikt haar langzaamaan. Ze zei ook dat onze zonen me zeker niet zouden begrijpen en dat ik me moest schamen, omdat ik alleen aan mezelf denk en de jongen geen thuis wil geven.'

Meneer en mevrouw Hörter zouden toch geen ruzie krijgen over Peter, dacht Thea. Dat verdienden ze niet, en de jongen ook niet.

'Ik heb uw vrouw vaak met Peter gezien en ze zag er gelukkig uit. Peter mag haar ook heel graag, daar ben ik zeker van...' zei Thea voorzichtig.

'Ja, dat heb ik ook gemerkt, dat ze veel gelukkiger is sinds ze voor de jongen zorgt. Ik heb ook helemaal niets tegen hem. Hij heeft veel meegemaakt. Hij heeft moeten vluchten en toen stierf zijn moeder ook nog... Het is ook niet zo dat ik hem niet mag. Hij ziet er oké uit. Maar...' Hij zweeg en zuchtte.

'We hebben het hier al eens eerder over gehad. U bent bang dat u uw zonen verraadt als u Peter een thuis biedt, toch?'

Meneer Hörter liet zijn hoofd zakken en zei niets. 'Ja, dat is het,' zei hij ten slotte.

'Maar dat is helemaal niet zo. Integendeel, ik ben er vast van overtuigd dat u zich dichter bij uw zonen zult voelen als u van Peter gaat houden. En...' Thea zocht naar woorden. 'Helaas heb ik uw zoons niet gekend. Maar ik heb u en uw vrouw leren kennen als hartelijke mensen, en ik weet zeker dat u uw zonen ook zo hebt opgevoed. Dus ik kan me niet voorstellen dat ze jaloers zouden zijn op een kleine jongen die u een thuis geeft.'

Meneer Hörter staarde recht voor zich uit.

'U moet uw hart voor Peter durven openen,' zei Thea na een tijdje zacht. 'Voor Peter, voor uw vrouw en voor uzelf.'

Ten slotte hief hij zijn hoofd op en keek haar aan. Hij haalde diep adem, alsof hij een zware interne strijd had gevoerd. 'Nou, als de jongen dat wil, mag hij blijven,' beloofde hij.

'Dan stel ik voor dat u dat eerst aan uw vrouw vertelt. Als u wilt, kan ik na de patiëntenbezoeken naar de boerderij komen, zodat we met z'n drieën met Peter kunnen praten.'

'Ja, dat zou fijn zijn.' Meneer Hörter knikte opgelucht.

Peinzend liep Thea die avond door de hoofdstraat. Ze groette de bewoners van Eichenborn vriendelijk terug. Op de warme juniavond zaten ze voor hun huizen of deden ze de laatste klusjes op de boerderijen. Haar gedachten waren bij Peter. De jongen had graag bij de Hörters willen blijven. Hij had niet veel gezegd, maar zijn smalle gezicht klaarde op toen ze hem dat in het bijzijn van het stel had gevraagd. Hij had zich tegen mevrouw Hörter aan genesteld en die had een gelukkige trek op haar gezicht gehad. Meneer Hörter had ook heel vriendelijk gekeken. Hij had zijn hand op de schouder van de jongen gelegd en er een kneepje in gegeven, alsof hij zijn belofte nog een keer wilde bezegelen.

Thea was zo blij dat Peter een thuis had gevonden. Ze was ervan overtuigd dat Georg er ook blij om zou zijn. Maar nu was er nog iets anders waar ze aan dacht en wat ze heel graag wilde doen.

35

In de warme lucht roken de bloemen op de graven heel intens. Thea ging naar de bank bij de oude taxusboom waar ze op Hans' verjaardag had gezeten en nam plaats. Ze sloot haar ogen weer. Lieverd, ik heb het je niet meteen verteld, dacht ze, maar ik was zo in de war… Maar je had het vast al geraden. Ik ben weer verliefd geworden. Ik ben verliefd op mijn baas, de man die ik in het begin helemaal niet kon uitstaan. Het gebeurde zomaar, zelfs terwijl hij mijn gevoelens niet beantwoordt. Dat is het geval, en ik kan er niets aan veranderen.

Je mag en kunt weer verliefd worden! Ik wens met heel mijn hart dat je ooit gelukkig zult zijn, hoorde ze Hans zachtjes antwoorden in haar hoofd.

Dat weet ik, dacht Thea. En wat er ook gebeurt, je zult altijd een deel van mijn leven zijn.

Thea bleef een tijdje zitten. Ze luisterde naar de vogels die floten en keek hoe de zon langzaam onderging boven de Hoge Venen. Eindelijk stond ze op. Verdrietig, maar ook dankbaar en blij met de tijd die ze met Hans had gekregen.

Ze besefte dat ze vooruit moest kijken. Het was tijd om afscheid te nemen, van Georg en van Eichenborn. Ze was niet in staat om met hem samen te werken, hem elke dag te zien en dicht bij hem te zijn en tegelijkertijd haar gevoelens te onderdrukken. Maandagochtend zou ze bellen met het universitair ziekenhuis van Marburg en solliciteren op de vacature bij gynaecologie. Dat nam ze zich vast voor.

'Het is zo fijn om Peter bij ons te hebben! Het lijkt wel alsof hij altijd hier is geweest en niet pas sinds twee dagen.' Mevrouw Hörter schonk Thea nog een kop koffie in. De keuken was warm en gezellig, terwijl de regen tegen de ramen sloeg. Na haar patiëntenbezoeken op maandag was Thea naar de boerderij gereden om bij Peter te kijken.

'Er is eindelijk weer leven in huis,' vervolgde mevrouw Hörter. 'Peter vindt het hier ook leuk. Hij is niet meer zo serieus en lacht vaker. En hij is niet meer zo verlegen als Leonhard erbij is. Leonhard zegt niet veel, maar ik zie aan hem dat hij de jongen leuk vindt. We willen binnenkort pleegzorg informeren, zodat alles formeel in orde is en Peter ook naar school kan. Ze zullen toch niet moeilijk gaan doen? Wat denkt u, dokter?' Ze keek Thea een beetje bezorgd aan.

'Dat kan ik me niet voorstellen. U bent een respectabel paar dat twee zonen heeft grootgebracht. En mochten er tegen de verwachting in problemen ontstaan, dan zouden dokter Berger en ik graag voor u instaan.'

Toen ze over Georg sprak, voelde Thea een pijnlijke steek. Hij was nog steeds niet terug in Eichenborn, maar hij zou zeker blij zijn dat de Hörters Peter in huis hadden genomen. Dat wist ze zeker.

Even later, toen Thea door de regen naar haar auto rende, ving ze een glimp op van de stallen. Ze zag Peter bij meneer Hörter, hij hielp hem met het melken. De twee waren geconcentreerd aan het werk en leken zo tevreden met elkaar dat Thea hen niet wilde storen.

Mijn tijd in Eichenborn heeft Peter en de Hörters in elk geval goedgedaan, dacht Thea, terwijl ze voorzichtig over het steile, modderige pad naar de weg reed. Eerder had ze het hoofd gynaecologie in Marburg gebeld en een afspraak gemaakt voor een gesprek. Hij had sympathiek geklonken en leek erg ingenomen met haar vorige baan. Als ze de baan aangeboden zou krijgen, zou ze die aannemen.

Thea reed de weg op. De lucht werd lichter, de regen hield op en ze had vrij uitzicht over het moeras en de zomerse groene vlakte tot de verwoeste kerktoren van Eichenborn.

O, ze zou het dorp en zijn inwoners missen, de Hörters, Peter en vooral Georg. Zijn mopperige opmerkingen en zijn wrange humor, de blanke pit onder de ruwe bolster, de glimlach die zijn gezicht soms plotseling zo mooi verlichtte als de zon op een bewolkte dag. Thea kreeg een brok in haar keel.

Maar het was nu eenmaal zoals het was en het had geen zin iets onbereikbaars te wensen. Ze deed haar best om kalm en redelijk te zijn, knipperde de tranen weg die desalniettemin in haar ogen opwelden en concentreerde zich op het rijden.

Plotseling klonk er een enorme knal, veel luider dan de donder. De grond schudde en de Opel werd als door een machtige hand opzijgeduwd. Thea probeerde wanhopig tegen te sturen om de auto op de weg te houden. Het oorverdovende geluid en de drukgolf kwamen haar maar al te bekend voor. Maar dat kon niet waar zijn, want de oorlog was voorbij en er was vrede. Geschrokken en met trillende handen bracht ze de auto tot stilstand. Het was echter geen nare droom waar ze in beland was. Een paar kilometer verderop steeg een enorme rookkolom op van wat voorheen een boerderij was. Een bomexplosie!

Toen Thea kort daarna de hoeve bereikte, hing er nog steeds rook in de lucht. Door de explosie opgeworpen aardedeeltjes vielen neer op de voorruit en vormden door de regen een vettige roodachtige laag. Door de streperige ruit zag ze een man wankelend naar de wagen lopen, bloedend uit een gapende hoofdwond.

Zonder verder nog na te denken pakte Thea haar dokterstas, sprong uit de auto en rende naar hem toe. Ze keek snel om zich heen. Het huis en de stallen lagen in puin. Mensen dwaalden tussen de puinhopen, jammerend en schreeuwend. Ergens hinnikte een paard in paniek. Kippen renden kakelend van angst rondjes, hun veren aangekoekt met modder en vuil, en een varken, waarvan de flank was opengereten, strompelde over het erf. Alleen een soort krakkemikkige schuur voor landbouwvoertuigen, die nu leeg stond, was grotendeels ongeschonden door de explosie. Het leek er redelijk droog te zijn. Ze greep de arm van de man en leidde hem daarheen.

'Emil wilde gewoon een pad maken met de graafmachine,' kreunde hij. 'Ik zei nog tegen hem dat hij moest oppassen dat hij geen stenen raakte... Ik dacht niet eens aan een blindganger.' Zijn stem brak. Achter de puinhopen, aan de rand van een veld, zag ze een enorme krater.

'Ga op de grond zitten, alsjeblieft. Ja, zo is het goed...' Thea sprak sussend tegen de man terwijl ze naast hem knielde en zijn hoofdwond behandelde. Eindelijk was in de verte een sirene te horen. Een brandweerauto raasde het erf op, gevolgd door meerdere auto's.

'Er liggen mensen onder het puin!' riep iemand.

Thea was zich vaag bewust van de brandweerlieden en een groep dorpelingen die zich met schoppen naar de puinhopen haastten. Twee andere mannen legden een vrouw bij haar neer, die een wond in haar buik had en zo te zien meerdere breuken. Ze schreeuwde het uit van pijn. Thea diende haar haastig morfine toe, haalde voorzichtig een stukje metaal uit haar lichaam en verbond de wond met een geïmproviseerd verband.

Toen werd er een meisje naar haar toe gebracht. Overal in haar lichaam zaten stukjes glas. Haar ogen waren nog groot van de schok. Werktuigelijk ging Thea door. Ze was volledig gefocust op haar taak en werkte met vaste handen, ondanks de chaos om haar heen. Opnieuw klonk het geluid van sirenes. Er kwamen ambulances het terrein op rijden. De hemel zij dank!

Uitgeput ging Thea rechtop zitten.

'Er zit een jonge kerel in een kelder, hij zit vast, we krijgen hem er niet uit,' schreeuwde een man.

'Dokter, hij zit vast onder een balk en gevallen stenen.' Het bleke gezicht van een brandweerman verscheen naast haar.

'Ik kom eraan.' Thea reikte naar haar dokterstas.

'Er is een stuk plafond naar beneden gevallen in de kelder!'

'Het houdt niet lang meer!'

'Straks komt het hele dak naar beneden!'

Er klonk een wirwar van opgewonden stemmen om haar heen.

'Franz, mijn hemel, Franz is daarbeneden, mijn zoon!' Een vrouw, haar gezicht en kleren volledig bedekt met vuil, rende huilend over het erf.

'Doe iets!'

Thea ging naar haar toe en legde haar handen op haar schouders. 'Rustig maar, ik ga uw zoon helpen,' zei ze dringend. 'Ik zal er alles aan doen om ervoor te zorgen dat u hem levend terugziet.'

Plotseling kwam er een lange heer met grijs haar naar Thea toe gelopen in de chaos. Uiteraard was het ziekenhuis in Monschau inmiddels op de hoogte en was het volkomen logisch dat haar vader hier zou verschijnen. Toch was het heel onwerkelijk om hem te zien. Hij straalde helemaal de hoofdarts en ervaren chirurg uit en er leek wel een aura van focus en energie om hem heen te hangen.

'Thea, we gaan samen naar de kelder,' zei hij.

'Vader…' stamelde ze verbaasd.

'Nee, ik ga met dokter Graven mee,' hoorde ze nu iemand zeggen. Thea's hart sloeg een slag over. Ze draaide zich om. Georg stond inderdaad naast haar en keek haar aan. Een paar seconden, in alle verwarring, was hij de enige die ertoe deed. Zijn blik was intens, bezorgd en vol genegenheid.

Haar vader aarzelde even. 'Kom dan met mij mee, Berger. Dat is sowieso beter dan mijn dochter, een vrouw… Wie weet wat ons in de kelder te wachten staat.'

Zijn stem trilde een beetje en Thea besefte dat hij haar wilde beschermen. Maar ze zou Georg niet met haar vader daarheen laten gaan, beslist niet. Ze wilde bij hem zijn.

'In het veld hebben we een boerenknecht gevonden met een borstwond,' schreeuwde iemand. 'Hij bloedt dood, is hier een dokter?'

‘Vader, die man heeft je nodig,’ zei Thea snel. ‘Zorg goed voor hem, jij kunt het beter dan ik.’

Haar vader aarzelde even. ‘Pas goed op, ja?’ zei hij toen met een strak gezicht.

‘Dat doe ik.’ Thea glimlachte naar hem.

‘Kom op.’ Georg raakte haar arm aan. Samen renden ze over het erf naar de ingang van de kelder.

‘Deze zult u nodig hebben daarbeneden.’ Een jonge man drukte Thea een zaklamp in haar handen. Ze daalden de smalle stenen trap af. Ook in de gang waren er al delen van het plafond naar beneden gekomen en ze moesten zich een weg banen door het puin. Had Georg in de praktijk van het ongeval gehoord of was hij op weg geweest naar Eichenborn? Maar dat deed er nu niet toe. Het enige wat telde was dat hij hier was, bij haar.

De lateibalk in de kelder hing helemaal scheef. Het licht van de zaklamp viel op het puin erachter, waar Thea en Georg nu overheen klommen. Voor een ingestorte muur zat een gestalte ineengedoken op de grond. Ze hadden de gewonde man bereikt. Het was een heel jonge man, bijna nog een jongen. Zijn rechterbeen zat tot aan de knie vast onder een eiken balk en wat stenen.

Zijn ademhaling ging moeizaam en hij kreunde. Toen hij zijn ogen opende, was zijn blik vol angst en pijn.

‘Moeder…’ jammerde hij. ‘Mijn been, het doet zo’n pijn…’ Het onderbeen moest verbrijzeld zijn.

‘Maak je geen zorgen, we halen je hier wel uit. Nog even en je zult geen pijn meer hebben.’ Georg diende morfine toe, sprenkelde wat druppels chloroform op het daarvoor bedoelde masker en zette dat op het gezicht van de jongen. Daarna wendde hij zich tot Thea. ‘Heb je ooit geholpen bij een amputatie?’

‘Ja, een paar keer tijdens de oorlog.’ Ze knikte. Dit waren operaties die ze haatte. Ze waren weliswaar levensreddend, maar maakten levens ook stuk. Maar nu hadden ze gewoon geen andere keuze. Georg was al bezig het been net onder de knie af te binden.

Thea plaatste de zaklamp zo dat het licht er zo goed mogelijk op viel. Vielen er nu nog meer stenen naar beneden? Ze hield zich voor daar niet op te letten. Alleen de gewonde en de operatie waren nu belangrijk. En Georg, die snel en vakkundig de eerste sneden zette door huid en spieren heen.

Het was moeilijk om het bot door te zagen, omdat de gewonde man voorovergebogen zat. Maar ze werkten routinematig door, terwijl ze meer met blikken dan met woorden communiceerden. Op de een of andere manier slaagden ze erin om het been te amputeren en konden ze de jongeman voorzichtig op zijn rug leggen. Op een gegeven moment was het tijd om alles te hechten en de huidflap over de beenstomp vast te maken.

Georg stond onvast op. 'We hebben hem los!' riep hij, terwijl hij een paar stappen de kelder in deed. Toen draaide hij zich naar Thea en sloeg zijn arm om haar heen. Ze nestelde zich tegen hem aan en vergat even de gevaarlijke situatie, zo blij was ze om bij hem te zijn.

In de gang klonken voetstappen en geschreeuw. Helpers kwamen met een brancard over het puin geklommen. De gewonde man werd erop gelegd en Thea en Georg volgden de groep haastig door de gang, de trap op en naar buiten.

Bovenaan de trap striemde de regen in hun gezicht. Thea wilde net met de gewonde jonge man meelopen naar de ambulance toen haar vader op haar af kwam rennen. 'Thea!' flapte hij eruit. 'Godzijdank!' Ze had hem niet meer zo geschokt gezien sinds de dood van haar moeder.

'Ik zal voor de gewonde zorgen.' Georg knikte naar haar en liep naast de brancard naar de ambulance.

'Thea...' Haar vader nam haar bij de arm en trok haar een paar meter opzij. 'Ze zeiden dat er nog een stuk van het plafond instortte! Ik... Ik dacht dat ik je nooit meer zou zien... Ik had zo'n spijt dat ik je nooit had verteld hoeveel ik van je hou, ondanks onze ruzie en ondanks al mijn harde woorden. Je hebt altijd een speciale plek in mijn hart gehad. En ik zou het niet hebben verdragen als je...' Zijn stem brak, hij schraapte zijn keel en rechtte zijn rug. 'Een paar dagen geleden kreeg ik een telefoontje uit Hamburg...'

'Heeft iemand van het universitair ziekenhuis contact met je opgenomen?' vroeg Thea verbaasd. Dat had ze niet verwacht.

Haar vader interpreteerde haar woorden verkeerd. 'Ja, een van de afdelingsartsen heeft me in vertrouwen verteld dat professor Arnhem een vreselijke fout heeft gemaakt. Ik weet nu dat je er goed aan deed om hem aan te geven. Ik had trots op je moeten zijn. In plaats daarvan heb ik je beledigd en je beschuldigd van ondankbaarheid en aandachttrekkerij.' Haar vader zweeg even, omdat de ambulance wegreed met zwaailicht en sirenes. Enkele brandweerlieden die een instortende muur ondersteunden, schreeuwden luid naar elkaar. Toen verstomden de geluiden en ging haar vader haastig verder. 'Ik... Ik realiseerde me dat ik je verkeerd heb beoordeeld en dat ik een vertekend beeld van je had, ook in relatie tot Hans. Ik had direct na het telefoontje naar je toe moeten komen om je om vergeving te vragen, maar ik was te trots. En nu was ik je bijna kwijt...' Zijn stem trilde en zijn ogen glommen plotseling van de tranen. Thea wist hoe moeilijk het voor haar vader moest zijn om zijn fout toe te geven.

'Vader,' zei ze zacht. 'Ik heb ook altijd van jou gehouden, zelfs als ik boos en gekwetst was en nare dingen tegen je zei. En ik zou zo graag willen dat het weer goed was tussen ons.'

'Dus je vergeeft me?' Hij maakte een gebaar alsof hij haar naar zich toe wilde trekken, maar liet toen, plotseling verlegen en onzeker, zijn armen weer zakken.

'O, vader.' Thea glimlachte naar hem. 'Ja, natuurlijk vergeef ik je.'

Ze sloeg haar armen om hem heen en haar vader omhelsde haar. Hier had ze al zo lang naar verlangd.

Toen opnieuw het geluid van gillende sirenes weerklonk, besefte ze weer waar ze was. Thea zag dat Georg tactvol een eindje verderop was blijven staan. Haar vader volgde haar blik.

'Ga naar hem toe,' zei hij zacht.

Begreep hij hoeveel hij voor haar betekende? Thea gaf een kneepje in zijn hand en haastte zich naar Georg toe.

Later, toen alle gewonden waren verzorgd en afgevoerd, liepen Thea en Georg door de ravage op het erf. Het regende nog steeds, een aanhoudende stortregen, waardoor er diepe plassen waren ontstaan. De geur van de explosie hing nog scherp in de lucht. Haar vader was de laatste ambulance naar het ziekenhuis gevolgd in zijn Mercedes.

Thea was uitgeput, maar ook opgelucht. Van alle gewonden die door Georg, haar en haar vader waren verzorgd, was er niemand gestorven. De jonge man wiens onderbeen geamputeerd had moeten worden, zou het zeker overleven.

'Ik ben zo blij dat je gekomen bent,' zei ze zacht en ze kneep in Georgs hand. 'En dat je bij mij was in de kelder.'

'Ik zou het mezelf nooit vergeven hebben als ik niet bij je was geweest.' Zijn stem klonk bijna hard toen hij dat zei. Het was ook logisch dat hij zo reageerde, want hij voelde zich verantwoordelijk voor haar als haar baas en ze waren inmiddels goede vrienden.

Toen stonden ze bij de twee auto's. 'Thea, laten we samen terugrijden in mijn auto.' Georg raakte haar arm aan. 'Ik wil je iets vertellen. En in het kasteeltje of in de dokterspraktijk worden we vast weer gestoord.'

'Dat is goed, want ik heb ook nog wat op mijn hart.'

Terwijl ze samen bezig waren geweest de gewonden te verzorgen, hadden zijn liefde voor Melanie Winter en haar naderende vertrek er niet toe gedaan. Maar nu drukte het weer op haar schouders. Hij zou haar zeker gaan vertellen dat hij nog steeds van Melanie Winter hield, weer een relatie met haar had en dat hij spijt had van de kus die nacht in de Hoge Venen. Hij zou zeggen dat dat niets betekend had en dat hij alleen maar vriendschap voor haar voelde.

Ze reden een stukje over de weg in de richting van Eichenborn, toen sloeg Georg een onverharde zijweg in. De Ford stuiterde door de kuilen. Net voorbij een bocht, waarvandaan de weg niet meer te zien was, zette Georg de auto stil. Boomtakken spreidden zich uit boven het dak en het geluid van de regen werd gedempt.

'Thea...' begon hij.

'Nee,' onderbrak ze hem hoofdschuddend. 'Laat mij eerst mijn zegje doen.' O, het was zo moeilijk om het te zeggen, maar het moest gebeuren en dan had ze het tenminste achter de rug. 'Ik wil ontslag nemen.'

'Waarom?' Hij fronste zijn wenkbrauwen en keek haar verbaasd aan. Op zijn gezicht verscheen een sombere trek.

'Er hebben zich nieuwe mogelijkheden voorgedaan en...' Ze kon nu gewoon zeggen dat ze zou solliciteren naar de functie van assistent-arts aan het universitair ziekenhuis van Marburg en dat het altijd haar droom was geweest om gynaecologe te worden. Maar ze wilde eerlijk tegen hem zijn. Dat was ze hem verschuldigd.

Thea haalde diep adem. 'Georg, ik ben verliefd op je geworden. Daarom kan ik niet meer met je samenwerken. Ik kan mijn gevoelens voor jou niet blijven ontkennen, en dat wil ik ook niet.' Eindelijk had ze het gezegd.

'Dus je bent verliefd op mij geworden?'

'Ja.' Waarom vroeg hij dat op zo'n vreemde toon? Ze wilde er eigenlijk niet meer over praten. De regen liep langs de autoruiten. De buitenwereld bestond slechts nog uit vervaagde tinten groen.

'Je hoeft je ontslag niet in te dienen omdat je verliefd op me bent geworden, weet je.'

'Georg!' snauwde Thea hem toe. 'Ik heb toch uitgelegd waarom ik weg wil?'

Zijn gezichtsuitdrukking was veranderd. De frons was weg en zijn blik was ineens heel hartstochtelijk. 'Je hoeft je gevoelens voor mij echt niet weg te stoppen. Dat zou ik zelfs heel jammer vinden. Omdat ik ook verliefd op jou ben geworden. Dat wilde ik je vertellen.'

Maakte hij haar belachelijk? De warme gloed in zijn ogen en de tedere toon in zijn stem bewezen echter het tegendeel.

'Maar je bent met Melanie vertrokken.'

'Ik ben niet met haar meegegaan, ik ben achter haar aan gereden.'

'Ik snap er niets van.'

'Thea, in die bar in Eupen en toen we op de terugweg stopten en elkaar kusten realiseerde ik me dat ik van je hou. Dit besef kwam heel plotseling. Ik hou al jaren van Melanie. En toen Melanie ineens voor me stond... Ik had haar vaarwel gezegd, zoals ik eerder ook had gedaan. Maar op dat moment laaiden mijn gevoelens voor haar weer op. En...' Georg schudde zijn hoofd alsof hij zijn gedachten wilde ordenen. Hij zweeg en luisterde naar de regen. Zijn gezicht had die afwezige, gepijnigde blik die Thea haatte.

'Ja?' vroeg ze eindelijk zacht. Ze durfde Georgs bekentenis dat hij van haar hield nog steeds niet echt te geloven. Hij had net zelf gezegd dat zijn gevoelens voor Melanie weer opgelaaid waren.

Toen keek Georg haar weer aan. Zijn blik was open en eerlijk.

'Melanie vertelde me die avond dat ze van haar man wilde scheiden, zodat wij konden trouwen. Ze maakt al zo lang deel uit van mijn leven, zelfs tijdens de jaren dat we geen contact hadden. Zelfs gedurende die tijd, en dat was best lang, dat ik haar haatte, was ze... Hoe zal ik het zeggen? Net een kompas waarop mijn gedachten en gevoelens afgestemd waren. Nog maar kort geleden zou ik er alles voor gedaan hebben om met haar te kunnen trouwen. Die bekentenis sloeg de grond onder mijn voeten weg. Ik had tijd nodig om alleen te zijn en erachter te komen wie ik werkelijk was en wat ik wilde. Ik stapte in de auto en reed gewoon de hele nacht door, zonder te weten waar ik naartoe ging.' Georg sprak nu heel vlug, alsof hij een zware last met zich meetorste en die zo snel mogelijk van zich af wilde schudden.

'In de vroege ochtend kwam ik aan bij de Zwitserse grens. Ik nam een kamer in een klein hotel in een dorp en heb daar uren rondgedwaald. Geleidelijk kwam ik tot bezinning. Ik realiseerde me eindelijk dat jij de vrouw bent van wie ik met heel mijn hart hou en bij wie ik voor altijd wil zijn. Ik realiseerde me ook dat liefde niet pijnlijk, kwellend en verwoestend hoeft te zijn. Met jou is het zo anders, gelukkig en bevredigend. Omdat je bent zoals je bent. Je bent zo vol leven en liefde en je bent dapper en moedig...' Georg stopte met praten. Zijn gezicht was zacht en kwetsbaar. Hij had zijn hart voor haar uitgestort, zich aan haar overgegeven. Thea was diep geraakt. Ze geloofde hem. Een overweldigend geluksgevoel kwam in haar op.

'O, Georg...' fluisterde ze.

'O, Georg? Dat klinkt echt enthousiast.' Hij glimlachte liefdevol en innig naar haar en streek haar vochtige haar naar achteren. Zijn hand rustte tegen haar wang.

'Hoe kan ik nu enthousiast zijn? Ik ben verliefd geworden op een cynische, lompe man die mij en zijn patiënten constant afsnauwt. En...'

'O, hou je mond!' Hij nam haar in zijn armen en drukte zijn lippen op de hare. Thea beantwoordde zijn kus hartstochtelijk. Georg kussen was mooi, opwindend en bevredigend. Het voelde goed. Ze voelde het met elke vezel in haar lichaam. Ze hield van hem en ze wilde zich helemaal aan hem geven. Nu, op dit moment. Zijn aanrakingen werden steeds hartstochtelijker en ze realiseerde zich dat hij hetzelfde voelde.

'Denk je dat we hier...' fluisterde ze ademloos.

'Ja, dat denk ik.' Hij boog zich glimlachend over haar heen. Hij knoopte haar blouse los. Zijn handen streken over haar blote huid en ze huiverde. De kus was slechts een belofte geweest. Ze trokken elkaars kleren uit. Thea drukte zich dicht tegen hem aan, ze versmolten in elkaar, bedreven de liefde teder en stormachtig tegelijk.

En later, terwijl de regen nog steeds op het dak tikte, lag Thea in Georgs armen, ontroerd tot in het diepste van haar ziel en volledig overweldigd door zijn liefde.

Epiloog

Het raam van de bus stond een stukje open. Thea keek naar buiten en voelde zich licht van geluk. Het middaglicht viel over het zomers groene landschap dat zich uitstrekte aan weerszijden van de landweg. Hier en daar stonden fleurige bloemen in het hoge gras en de geur van bloeiende gaspeldoorn zweefde door de bus. Wat zag alles er anders uit dan een paar maanden geleden tijdens haar eerste rit hiernaartoe in de mist. Er was zo veel gebeurd in zo'n korte tijd dat het eigenlijk voelde als een heel leven. Soms scheen het Thea nog heel onwerkelijk toe. Haar baan in Georgs praktijk en dat ze het respect van de mensen van Eichenborn had verdiend. Haar verzoening met haar vader en dat Katja en zij hun ruzie hadden uitgesproken. En het mooiste en wonderbaarlijkste was dat Georg en zij, hoe onwaarschijnlijk dat in eerste instantie ook leek, verliefd op elkaar waren geworden.

Thea was de vorige nacht en ochtend in Marburg geweest voor haar sollicitatiegesprek met het hoofd gynaecologie. Ze was de avond ervoor aangekomen en had een kamer genomen in een voordelig pension, omdat het reizen met de trein en de bus omslachtig en tijdrovend was, en ze had er niet in de afgeleefde Opel naartoe willen rijden. Thea glimlachte in zichzelf. Zelfs in die paar uren had ze Georg gemist. Ze kon zich niet meer voorstellen dat ze eens blij was geweest hem niet te zien.

'Eichenborn, de volgende halte is Eichenborn!' galmde de stem van de chauffeur door de bus. Van een afstand zag Thea Georg bij de bushalte op het kerkplein staan. Op deze warme dag was hij in een overhemd gekleed. Hij droeg geen jas, zijn das hing losjes om zijn hals, zijn hoed stond een beetje naar achteren en zijn ogen waren heel blauw en helder. Hij stond met zijn handen in zijn broekzakken. Op de een of andere manier was die houding typerend voor hem. Afwachtend en sceptisch, maar ook toegewijd.

Mijn geliefde, dacht Thea teder.

Zijn gezicht, waarop een ernstige en bedachtzame trek te zien was geweest, klaarde op toen ze uit de bus stapte en hij haastte zich naar haar toe.

'Je bent er weer, goed om je weer te zien,' glimlachte hij naar haar.

'Hallo, dokter.' Enkele dorpelingen op het plein begroetten hen. De mensen hadden zich omgedraaid en keken hen nieuwsgierig aan. Ze glimlachten veelbetekenend. Op de een of andere manier had het bericht zich intussen door het hele gebied verspreid dat Georg en zij een stel waren, ook al waren ze heel discreet geweest. Natuurlijk had Thea alleen in het geheim de nacht in zijn kasteeltje doorgebracht.

Een kus in het openbaar zou nog steeds voor sensatie zorgen en zou waarschijnlijk wekenlang onderwerp van gesprek zijn, dat was niet de bedoeling. Later zouden ze het wel in kunnen halen. Ze hielden dan ook alleen elkaars hand vast.

'En? Hoe ging het gesprek?' vroeg Georg. Hij nam de kleine reistas van haar over. 'Aan je stralende gezicht te zien is het vast goed gegaan.' Hij keek haar vol warmte en genegenheid aan. Ze liepen langzaam door de hoofdstraat.

'Ja, ik krijg de aanstelling als arts-assistent. Ik ben er zo blij mee, ik kan het niet geloven. Ik word gynaecologe!' Thea was nog steeds ondersteboven door de gedachte. 'Maar ik moet volgende maand al beginnen,' voegde ze er aarzelend aan toe.

'We hadden al besproken dat ik een nieuwe medewerker zal

zoeken om jou te vervangen. Ik weet zeker dat ik snel iemand zal vinden.'

'Natuurlijk...' Thea was blij dat Georg achter haar carrièreambities stond en haar ook zou helpen om een gynaecologiepraktijk te openen in Eichenborn na het succesvol afronden van haar opleiding. Maar op de een of andere manier had ze gewild dat hij het jammer had gevonden en er wat minder rationeel mee om was gegaan. Ze zouden elkaar immers een jaar lang alleen in het weekend kunnen zien en zelfs dan maar zelden.

Georg vroeg nu naar de details van het sollicitatiegesprek en naar haar nieuwe baas. Thea vroeg op haar beurt wat ze in de praktijk had gemist, maar eigenlijk was ze een beetje van slag.

Toen ze het kasteeltje bereikten, keek ze op haar horloge. 'Iets voor vier uur, dus we moeten meteen naar de praktijk.'

'Nee.' Georg schudde zijn hoofd.

'Maar het spreekuur begint toch bijna?' Thea begreep het niet.

'Er hangt een briefje op de deur dat dokter Frielingsdorf ons de rest van de dag zal vervangen.'

'Alweer? Is dat niet een beetje veel gevraagd?'

'Hij wil in de zomer twee weken op vakantie en dan zal ik hem vervangen. Maak je geen zorgen.' In Georgs stem klonk een zweem van zijn gebruikelijke ongeduld door, maar die werd verzacht door zijn glimlach. 'Kom maar gauw mee naar het kasteeltje.'

Nog steeds verbaasd volgde Thea hem. Ze liepen door de hal en daarna de wenteltrap op naar de zolder, waar het stof danste in het zonlicht dat door de dakramen viel. Ten slotte gingen ze de trap op naar de toren.

De lucht was helder en het uitzicht was weer adembenemend. Maar Thea kon er nog niet echt van genieten. Georg rommelde in zijn broekzak. Hij zou vast een pakje sigaretten en een aansteker tevoorschijn halen.

Maar toen hield hij plotseling een oud leren doosje in zijn hand en opende dat. Er zat een klein klompje in. Het leek wel een steentje, maar het volgende moment glinsterde het in het zonlicht.

'Maar dat is goud!' riep Thea verbaasd uit.

'Inderdaad. Ik heb het gekregen van een oude patiënt voor wie ik een paar jaar zorgde voordat hij stierf. Het komt uit de Eifel, hij heeft het zelf opgegraven toen hij jong was. Ik...' Georg stopte en schraapte zijn keel. 'Ik heb het bewaard voor een speciale gelegenheid en die is nu gekomen. Ik had geen tijd om een verlovingsring voor je te kopen. Maar ik zal er een voor je laten maken als je...'

'Doe je me nu een aanzoek?' Thea staarde hem aan. Haar hart klopte snel.

'Ja, helaas is hier niet genoeg ruimte om te knielen.' Georg glimlachte naar haar, maar was tegelijkertijd heel serieus. 'Ik weet dat we elkaar nog niet zo lang kennen en dat we nog maar kort een stel zijn. Maar gisteravond, toen je weg was, realiseerde ik me dat ik de rest van mijn leven met je wil doorbrengen. Ik ben daar zeker van. De oorlog heeft me geleerd hoe kostbaar het leven is en dat elke dag telt. Dat is nog een reden waarom ik niet langer wil wachten, als jij tenminste ook wilt.'

Thea zei niets. Ze was er helemaal ondersteboven van. Dat was ook precies wat zij wilde, de rest van haar leven met Georg doorbrengen. Ook zij was daar volkomen zeker van.

'Je gaat niet op mijn voorstel in?' Georg keek haar vragend en bezorgd aan. 'Sorry, het was niet mijn bedoeling om je te overrompelen. Als je nog tijd nodig hebt, begrijp ik dat best. Ervan uitgaande dat je zelfs maar overweegt met me te trouwen natuurlijk.'

'Ja, hoe kun je daar nu aan twijfelen?' Uiteindelijk lukte het Thea weer om iets te zeggen, al trilde haar stem omdat ze moest huilen van blijdschap. Wat greep alles haar aan de laatste tijd. Ze glimlachte door haar tranen heen. 'Natuurlijk wil ik je vrouw worden en voor altijd bij je zijn...' Ze omhelsde Georg hartstochtelijk. 'Ik hou zo veel van je!'

'Ik ben blij dat ik niet ben afgewezen,' mompelde hij en hij kuste haar tranen weg.

Thea gaf zich helemaal over aan de liefkozing. Ze zou gelukkig zijn met Georg en hun leven samen zou overvloedig, waardevol en mooi zijn. Diep in haar hart wist ze dat.

Nawoord

Tijdens mijn onderzoek voor *De dorpsdokter* merkte ik steeds weer hoe tegenstrijdig de vroege jaren vijftig waren. Enerzijds was er de enorme economische ontwikkeling: het was de tijd van de wederopbouw en het wirtschaftswunder, de winkels lagen weer vol producten en de mensen kregen het steeds beter. Het toerisme was levendig in de Eifel. Zo kort na het einde van de oorlog kwamen er veel Nederlanders en Belgen hier vakantie houden. Aan de andere kant waren er nog steeds veel vluchtelingen die in slechte omstandigheden leefden. Overal waren oorlogsinvaliden en er waren nog steeds nationaalsocialistische ideeën en aanhangers, ondanks de denazificatie van de geallieerden. Dit zag je bijvoorbeeld ook terug in de besturen van kindertehuizen en weeshuizen.

Natuurlijk was de geneeskunde in het begin van de jaren vijftig niet zo ver ontwikkeld als nu. De ijzeren long bestond al wel, er waren couveuses voor te vroeg geboren baby's en penicilline, dat pas net in grote hoeveelheden werd geproduceerd, werd beschouwd als een grote zegen en belofte. Bacteriële infecties hadden tot die tijd immers vaak tot de dood geleid. Aan de andere kant konden hartaanvallen en beroertes slechts worden behandeld met weken bedrust en moest de patiënt het gewoon rustig aan blijven doen. Ziekenhuizen hadden geen eerstehulpafdelingen en ambulances werden bemand door paramedici, maar er reden geen artsen mee. De oproepdienst bestond eigenlijk ook nog niet. Huisartsen moesten min of meer vierentwintig uur per dag, zeven dagen per week beschikbaar zijn. De mogelijkheid om overal zelf een praktijk te beginnen ontstond pas begin jaren zestig.

Tot lang na de oorlog was de opvatting dat de menselijke geest een bijna oneindige veerkracht had zowel onder professionals als in de samenleving wijdverbreid en geaccepteerd. Deels had dit ook een politieke bedoeling, omdat schadeclaims van getraumatiseerde slachtoffers van het nationaalsocialisme hierdoor afgewezen konden worden. Militairen die psychisch leden onder de gevolgen van de oorlog hadden vanwege dit gedachtegoed vaak geen recht op een arbeidsongeschiktheidspensioen.

In dit boek lees je diverse malen over een artsenregistratie of bevoegdheid. Daarmee wordt verwezen naar de vergunning die een arts moet hebben om de geneeskunde toe te mogen passen. Ik las over levende schapenluizen als een succesvolle remedie voor hepatitis B in de memoires van dokter Gisela Bruns-Funke, een vrouwelijke arts die vanaf de naoorlogse periode tot in de jaren tachtig werkzaam was in het landelijke gebied rond Detmold.

Zoals in al mijn romans heb ik mezelf ook wat vrijheden veroorloofd. Onder andere het dorp Eichenborn is fictief. Ik ben ook wat vrij geweest in de beschrijving van het kasteel van Monschau, omdat dit beter uitkwam voor mijn roman. Het dorp Eichenborn is gebaseerd op het stadje Mützenich aan de Belgische grens. Daar, maar ook in de rest van het grensgebied, speelde koffiesmokkel in de periode direct na de oorlog en in het begin van de jaren vijftig een grote rol, wat te wijten was aan de hoge belasting op koffie in Duitsland. De belasting bedroeg in die tijd tien mark per kilo en dat maakte smokkel zo aantrekkelijk. Een kilo koffie kostte in Duitsland tot tweeëndertig mark, terwijl het in België voor acht mark kon worden gekocht. Er werden echt Belgische militaire voertuigen ingezet voor de koffiesmokkel, zelfs tanks. Pas toen in 1953 de belasting op koffie in Duitsland van tien naar vier mark werd verlaagd, verloor de smokkel terrein.

Aan het begin van de jaren vijftig probeerde de gemeente Mützenich om Belgisch te worden. Dit detail nam ik over voor mijn dorp Eichenborn. Op Goede Vrijdag 1949 had België een verdrag ondertekend waarmee het land de aanspraak op Mützenich en andere plaatsen die tot dan toe tot het Belgisch grondgebied hadden behoord had opgegeven. Veel inwoners van Mützenich wilden echter toch bij België horen, en daar waren verschillende redenen voor. De betere economische situatie in het buurland was er daar zeker een van.

Een paar punten die ik belangrijk en interessant vond in verband met mijn onderzoek voor het boek:

- Vanaf de naoorlogse periode tot de jaren vijftig waren er in Duitsland honderdduizenden weeskinderen en dakloze kinderen en jongeren. Slechts enkelen van hen werden in tehuizen opgenomen. Met de kennis die we vandaag hebben over de omstandigheden in veel kindertehuizen en weeshuizen in die tijd betekende een plek in een tehuis een dak boven je hoofd, een bed en eten, maar slechts in heel weinig gevallen een echt beschermd en veilig leven. Integendeel, verwaarlozing en draconische straffen waren aan de orde van de dag.
- Tot in de jaren tachtig werden dwangarbeiders denigrerend 'buitenlanders' genoemd. Omdat deze term in de jaren vijftig gebruikelijk was, heb ik het in mijn boek bijvoorbeeld ook over een 'buitenlandse'.
- De kinderen en jongeren die vanuit de dorpen in de grensgebieden naar België en Nederland gingen en bedelden om chocolade en ander voedsel werden 'chocoladekinderen' genoemd. Begin jaren vijftig richtten de Britten in Aken een tehuis in voor verweesde chocoladekinderen die tijdens het bedelen door de politie waren opgepakt. De locatie van het tehuis in Aken, en de adjunct-directeur, Miss Morgan, heb ik zelf verzonnen.
- In 1950 heette een Volkswagen Kever eigenlijk niet zo. De huidige

Kever werd toen gewoon een Volkswagen genoemd. Voor de duidelijkheid heb ik hier de tegenwoordige benaming gebruikt.

- In 1950 begon het schooljaar in alle deelstaten na de paasvakantie, behalve in Beieren. Het was de tijd van de achtenveertigurige werkweek en zaterdag was een normale werkdag. Je bereikte de volwassenheid met eenentwintig jaar, maar de minimumleeftijd om een rijbewijs te halen was achttien jaar, ook toen.
- Begin jaren vijftig was er een klein ziekenhuis in Simmerath, een gemeente vlak bij de Belgische grens en ongeveer acht kilometer van Monschau. Om dramaturgische redenen wordt dit ziekenhuis niet genoemd in deze roman.
- In Duitsland hoeven schotwonden niet bij de politie te worden gemeld, behalve als het om minderjarigen gaat.
- Nog iets over de tijd en het begin van zonsopgang en zonsondergang. In 1950 was er geen zomertijd, men hield gedurende het hele jaar de wintertijd aan, de 'standaardtijd' zogezegd. Zo was het van april tot oktober een uur eerder licht en een uur eerder donker dan vandaag de dag het geval is.
- En last but not least: aan het einde van de negentiende en het begin van de twintigste eeuw werden er echt kleine hoeveelheden goud gewonnen in de Eifel, vooral in het gedeelte dat nu bij België hoort.

Dankwoord

Graag wil ik mijn man Hartmut Löschcke bedanken, voor onze gezamenlijke reizen naar de Eifel en de Hoge Venen en, zoals altijd, voor suggesties, opbouwende kritiek en geduld in moeilijke schrijffasen.

Veel dank aan dokter Birgit Nückel en Wolfgang Guting; zij vertelden uitgebreid over de praktijk die hun vader begin jaren vijftig als huisarts en verloskundige aan de noordkant van de Eifel voerde. Dankzij deze hulp heeft mijn roman een lokaal tintje gekregen.

Dokter Birgit Nückel wil ik in het bijzonder bedanken voor het proeflezen van de medische stukken. Daarnaast ben ik dank verschuldigd aan mijn vriendin en verloskundige Carina Kroth en mijn schoonmoeder Dorothea Löschcke, die vroeger verloskundige was. Mochten er toch nog medische foutjes in de tekst staan, dan vallen die mij aan te rekenen.

Dank aan mijn redacteuren Wiebke Rossa en Anja Franzen van Blanvalet Verlag. Zij volgden het manuscript met enthousiasme en veel inzet. De intensieve gesprekken met hen waren zeer inspirerend en nuttig.

Mijn redacteur Gisela Klemt wil ik bedanken voor haar waardevolle vragen en opmerkingen. Ik kan volledig op haar vertrouwen.

Mijn vriendin en collega Mila Lippke ben ik dankbaar voor de uitgebreide discussies over de eerste schetsen voor dit boek. Haar tips waren erg belangrijk voor mij.

Verder wil ik mijn agent Andrea Wildgruber bedanken voor haar toegewijde advies en ondersteuning.

Felicia Otten